HELVETIAS TÖCHTER

Nadine A. Brügger

ARIS VERLAG

HELV ETIAS TÖCH TER

Kampf, Streik, Stimmrecht: Acht Frauengeschichten aus der Schweiz von 1846 bis 2019

Nadine A. Brügger

Bibliografische Information der Deutschen Nationalbibliothek:
Die Deutsche Nationalbibliothek verzeichnet diese Publikation in der Deutschen Nationalbibliografie; detaillierte bibliografische Daten sind im Internet über http://dnb.d-nb.de abrufbar.

Die Originalausgabe ist 2021 als Hardcover im Arisverlag erschienen
(Ein Unternehmen der Redaktionsbüro.ch GmbH)
Schützenhausstrasse 80
CH-8424 Embrach
www.arisverlag.ch | www.redaktionsbüro.ch
Umschlag und Satz: Lynn Grevenitz | www.kulturkonsulat.com
Foto: Privatarchiv Nadine A. Brügger
Lektorat: Katrin Sutter & Red Pen Sprachdienstleistungen e.U.
Korrektorat: Red Pen Sprachdienstleistungen e.U.
Druck: CPI books GmbH | www.cpibooks.de
ISBN: 978-3-907238-36-3

Dieses Buch ist den Frauen gewidmet.

Jenen, die waren, jenen, die sind – und allen, die noch kommen.

Hélène

Als die Schweiz zur egalitärsten Demokratie der Welt wurde – für Männer. Die Geschichte einer jungen Frau, die mehr will, als sie darf.

Als Maya von Steig, geborene Bleuler, ein gesundes Mädchen zur Welt brachte, war sie enttäuscht. Gesund war gut – aber ein Junge wäre besser gewesen. Seit der Hochzeit hatte die Schwiegermutter auf einen Fehltritt gewartet. Von ihr, Maya Bleuler, die den letzten Spross der von Steigs geheiratet hatte. Ein Berner Patriziersohn, verführt von einer bürgerlichen Zürcherin. Ausgerechnet. Das hatte zu reden gegeben. Jetzt war er also da, der Fehltritt: ein Mädchen – und es sollte noch schlimmer kommen. Hélène Sophie war ein ärgerliches Kind und die Jahre machten sie nicht besser. Sie wuchs zu einer ärgerlichen jungen Frau heran, die ärgerliche Dinge tat.

Davon aber ahnte Maya von Steig an diesem Februarmorgen noch nichts. Die Hebamme führte mit ruhiger Stimme und geübten Handgriffen durch die Geburt, der Hausarzt war zu spät dran und Maya brüllte ihren Schmerz in immer kürzeren Abständen Richtung Decke. Nach sieben Stunden war endlich eine dritte Stimme zu vernehmen. Runzlig und schrumpelig hatte ein gesundes Mädchen sich an das Licht der Welt gekämpft. Die Hebamme durchtrennte die Nabelschnur, wusch das Kind und legte es eingewickelt in weißes Leinen an die Brust der Mutter. Maya war selig. Die Enttäuschung kam erst später. Der Hausarzt traf wenige

Minuten vor dem Hausherrn ein. Er informierte Johann Gottlieb von Steig über die Geburt seines ersten Kindes: Mutter und Tochter seien wohlauf. Johann Gottlieb lugte durch die Tür, küsste seine Frau auf die abgetupfte Stirn und betrachtete das Kind, das die Hebamme ihm auf Augenhöhe präsentierte. Zögerlich fuhr er mit seinem tintengeschwärzten Finger über die Händchen und das Näschen. Er hatte nicht gewusst, dass der Mensch so klein begann, Mensch zu sein. Seine Finger fuhren über den schwarzen Flaum auf dem Kopf des Kindes und die Runzeln auf der Stirn. Eindeutig eine von Steig, befand er dann, dem Urgroßvater wie aus dem Gesicht geschnitten. Dann küsste er seine Frau erneut auf die Stirn, fühlte sich überflüssig in dem schlecht gelüfteten Raum und zog sich in sein Studierzimmer zurück. An seine Stelle trat die Schwiegermutter, eben zurück von einem ihrer Treffen mit den Kirchenfrauen, deren Vorsitz sie innehatte.

«Ein Mädchen», sagte sie kalt, «ein Mädchen leistet man sich zuletzt. Wenn die Linie gesichert ist, wenn man Buben auf die Welt gestellt hat. Ist dir bewusst, Maya, dass unser Geschlecht ausstirbt, wenn du keinen Buben gebierst? Ein Mädchen nützt uns erst, wenn wir wissen, dass wir bestehen bleiben. Dann lohnt es sich, das Kind gut zu erziehen und zu verheiraten. Wir nennen sie Hélène, hoffentlich wird sie zumindest hübsch. Zum Glück bist du noch jung und kannst noch oft schwanger werden.»

Tatsächlich sollte Maya noch viermal schwanger werden. Ein Kind verlor sie mit viel Blut und Schmerzen, kurz nachdem sie gemerkt hatte, dass sie guter Hoffnung war. Ein Kind, wieder ein Mädchen, starb kurz nach der Geburt. Maya gab sich Mühe, das Gute darin zu sehen. Und dann, erst dann, waren sie endlich da: die Buben. Erst kam Alfred Johann, ein Jahr später Viktor Emil. Und nach den beiden Jungen kamen bald auch die ersten Hauslehrer. Hélène, die Erstgeborene, wurde mitunterrichtet – das nütze zwar wenig, meinte der Vater, schade aber auch nicht. Kein Jahr nachdem der letzte Hauslehrer die Villa von Steig verlassen hatte, sollte Johann Gottlieb von Steig eines Besseren belehrt werden.

^v

«Rechtswissenschaften», sagte Hélène ruhig. «Als Hörerin. Du weißt ja, dass die Universitäten keine Frauen zum Studium zulassen.[1] Aber dasitzen und zuhören dürfen wir. Und es nützt mir doch, wenn ich verstehe, wie unser Bundesstaat aufgebaut ist, was in unserer Verfassung steht und wie unsere Gesetze funktionieren. Damit kann man etwas anfangen, Vater.» Noch ehe dieser etwas sagen konnte, fügte sie an: «Und Servietten hat Maman so viele bestickt, dass es für die nächsten zwei Generationen reicht. Bevor sie gestorben ist, hat sie mir alles gezeigt, was eine Haushälterin können muss.»

Hélène, die alle nur Héli nannten, gab sich Mühe, das Wort «Haushälterin» so neutral wie möglich auszusprechen. Natürlich würde sie nie eine Haushälterin werden – wenn schon, würde sie eine anstellen. Sie war eine von Steig, sie würde gut heiraten. Aber auch in reichen Familien war Bildung bei Frauen nur so weit erwünscht, wie sie der Unterhaltung des Gatten und der feinen Gesellschaft diente. Kaum einer wollte eine Frau mit einer Meinung.

Aber Hélène hätte sich die Vorsicht sparen können. Der Vater sah sie traurig an.

«Mamans Tod setzt dir noch immer zu», sagte Johann Gottlieb und Hélène war erstaunt ob der Wärme in der Stimme ihres Vaters. «Ich verstehe, dass du Ablenkung suchst und nicht den ganzen Tag hier sein willst, wo alles an sie erinnert.» Einen Augenblick lang schaute der alte Mann sie nachdenklich an. Dann nickte er und murmelte, mehr zu sich selbst: «Ja, es ist an der Zeit.» Und lauter: «Ich werde mit einigen Leuten sprechen.»

Mit diesen Worten war Hélène entlassen. Sie knickste vor dem Schreibtisch ihres Vaters und ging. Nachdem die Tür zum Studierzimmer hinter ihr ins Schloss gefallen war, jubelte sie. Einen Abschluss würde sie nicht machen können, das war Hélène klar. Ihr Studium wäre nichts wert, im Gegensatz zu jenem ihres Bruders Alfred, der sich vor einem halben Jahr an der Juristischen Fakultät eingeschrieben hatte. Alfred selbst wollte weder Rechtsgelehrter noch Anwalt werden. Der Vater sah das allerdings anders.

«Das alles gehört irgendwann dir», sagte er manchmal und meinte damit die Lagerhalle in Genua voll wertvoller Ware. Die Schiffe, die von Europa in die Neue Welt fuhren, und die ledergebundenen Wälzer, in denen der Vater Buch führte über Ein- und Verkäufe. All das geschah, ohne dass die Ware jemals bis nach Zürich kam. Stattdessen reiste der Vater oft über den Gotthardpass bis Genua, um nach dem Rechten zu sehen. Alfred machte der Gedanke Angst, das alles einst zu besitzen. Die Verantwortung für all das zu übernehmen, was sein Vater aufgebaut hatte. Lieber mochte er reisen, die Länder sehen, aus denen die exotischen Waren kamen. Von dort berichten, schreiben, entdecken – frei sein von all den Erwartungen. Dem Vater sagte Alfred das nicht, der Schwester schon.

«Ach Héli, wie einfach alles wäre, wenn du und ich einfach tauschen könnten», sagte er einmal leise. Da lachte Hélène.

«Du würdest also lieber den ganzen Tag allein im Haus sitzen und darauf warten, dass dein Ehemann zu dir nach Hause kommt?»

«Ich würde tagein, tagaus Kaffeekränzchen halten.» Hélène schaute böse, doch Alfreds Grinsen war rasch wieder verschwunden und er sagte: «Wenn ich wüsste, dass ich damit nicht den Ruf der ganzen Familie aufs Spiel setze, dann würde ich verschwinden.»

Das war einfach so dahingesagt. Und doch fürchtete Hélène manchmal, der Bruder könnte genau das tun. Es wäre ihm zuzutrauen. Dann bliebe ihr nur noch Viktor. Lieb war er, aber etwas langsam im Kopf. Hélène hatte mit ihrem jüngsten Bruder oft Schule gespielt: Sie war der Professor, er ihr Schüler. Als strenger Professor ließ Hélène ihren Schüler Vokabeln pauken und rügte ihn, wenn er die Mathematik-Aufgaben falsch löste. Hier und da zeigten die strengen Stunden mit Professor Héli tatsächlich Erfolg – dann waren die Hauslehrer sehr zufrieden mit sich. Sie wussten ja nichts von den Extrastunden. Aber als Maman hinter die Schulspielchen kam, wurde sie wütend. Sie nahm ihre Tochter zur Seite und las ihr ausführlich die Leviten. Wie all die anderen Male auch schon. Als Hélène am Schreibtisch des Vaters Rechnungen für die Nachbarskinder geschrieben hatte, denen sie in beratender Funktion beim Bau von Indianerdörfern und Ritterburgen geholfen hatte, etwa. Oder als sie in Alfreds Kleidern zum Neujahrsempfang gekommen war.

«Es ziemt sich einfach nicht», hatte Maman dann immer gesagt und Hélène ein bisschen streng und ein bisschen enttäuscht angeschaut. Wieso nur bin ich mit einer Tochter gestraft, die das nicht einsieht, hatten ihre Augen gefragt und Hélène hatte sich schlecht gefühlt. Nicht weil sie nicht einsah, was sich ziemte und was nicht. Sondern weil diese Dinge für Jungen und Mädchen verschiedener Art waren. Hélènes treuer Partner in allen Unterfangen war Alfred. Ihn aber nahm Maman nie zur Seite. Wäre Maman noch da, hätte Hélène mit ihrem Wunsch, als Hörerin an die Universität zu gehen, die schlechtesten Karten gehabt. Denn natürlich ziemt es sich für eine junge, unverheiratete Frau nicht, mit lauter Männern in einer Vorlesung über Ökonomie zu sitzen.

Hélène freute sich schon, Alfreds Gesicht zu sehen, wenn sie ihm von Vaters möglichem Ja erzählte. Am Abend war es dann allerdings Alfred, der eine Überraschung für seine Schwester hatte.

«Ich treffe mich morgen mit dem Sohn von Großrat Furrer zum Abendessen. Papa hat das eingefädelt, ich glaube, er will irgendein Geschäft durchbringen. Jedenfalls meinte er, du sollst mich begleiten, das wäre gut für dich. Der Sohn, Eugen heißt er, glaube ich, studiert auch Rechtswissenschaften. Allerdings ist er ein paar Semester über mir. Er schließt schon bald ab.»

Hélène strahlte – ihr Vater hatte also ein Treffen mit einem Studenten eingefädelt, der ihr alles über ihr auserwähltes Studienfach würde erzählen können. Und dann erst noch in einem Restaurant. Was für ein wunderbarer Tag das doch war. Und der nächste Abend sollte noch besser werden.

In den goldenen Kronleuchtern des Restaurants brannten Kerzen, in den Augen der Gäste die Neugier, als Alfred und Hélène den getäfelten Speisesaal betraten. Der Maître de Service persönlich geleitete die beiden zu ihrem Tisch. Die Blicke der Männer, die heute hier speisten, folgten Hélène. Sie war die einzige Frau im Raum. Eugen, der bereits gewartet hatte, stand rasch auf, küsste Hélène die Hand und rückte ihr den Stuhl zurecht. Er war ein hübscher, etwas steifer junger Mann. Auf einige Fragen nach dem Befinden der jungen Dame und der lieben Familie folgte die Vorspeise. Zarte Gänseleber mit in Butter gebratenen Radieschen. Eugen und Alfred erzählten von ihren Vätern und deren Geschäften und Interessen. Eugen entspannte sich sichtlich. Nach dem Hauptgang aber schüttelte Hélène den Kopf.

«Wir sind doch eigenständige Menschen, die selbst etwas zu erzählen haben. Lasst die Väter mal in Frieden!»

Die beiden jungen Männer lachten und das Gespräch wandte sich in Richtung Politik. Man sprach über den vor etwas mehr als einem Jahrzehnt gegründeten Bundesstaat. Alfred und Hélène hatten Verwandte in Bern. Ihr Vater war ein Kind des Berner Patriziats und erst kurz vor der Gründung des Bundesstaates als Geschäftsmann nach Zürich gekommen. Einer seiner Cousins ersten Grades war in den Fünfzigerjahren beim Bau des Bundes-Rathauses[2] maßgeblich beteiligt gewesen.

«Das erzählt er zumindest gerne», sagte Hélène und Eugen lachte herzlich. Von Bern verlagerte sich das Gespräch nach Zürich, zu einem Anwalt namens Friedrich Locher.[3] Eugen hatte schlechte Erfahrungen mit ihm gemacht, als er einen Sommer lang bei ihm hospitierte.

«Der Mann hat eine solche Wut auf Zürich», sagte Eugen.

«Und auf Escher», fügte Alfred hinzu. «Meine Kommilitonen und ich haben uns auch schon über ihn unterhalten. Ich glaube, er gibt Alfred Escher und den Zürcher Liberalen ganz persönlich die Schuld daran, dass er selbst derart dilettantisch agiert. Wieso hast du denn ausgerechnet bei ihm hospitiert?» Alfred war fließend vom Sie zum Du übergegangen, Eugen schien sich daran nicht zu stören.

«Ich wollte einmal etwas anderes sehen. Die Gesellschaft aus den liberalen Kreisen meines Vaters kenne ich. Ich weiß, wie diese Männer politisch denken und handeln, und ich weiß, wie sie arbeiten. Locher ist politisch eher bei den Demokraten angesiedelt. Dieser erfolglose Haufen, der sich vor allem in Winterthur zusammengerottet hat. Aber ehrlich gesagt», Eugen senkte die Stimme, als würde er etwas Verbotenes sagen, «einige ihrer Ideen und Gedanken finde ich gut. Wir leben in einer Demokratie, die Allgemeinheit, das Volk – und damit meine ich eben auch die Bauern und Handwerker und all jene, die keinen Bekannten im Zürcher Kantonsrat sitzen haben – sollte mehr Mitsprache haben. Escher und seine Ideen tun unserem Land und unserer Stadt gut, die Kreditanstalt, die er gegründet hat, die Eidgenössische Technische Hochschule und sein Drängen auf bessere Eisenbahnverbindungen durch die Schweiz – er hat mit allem recht. Aber man kann den Leuten die Modernisierung doch nicht einfach aufzwingen. Man muss sie schon mitreden lassen.»

«Alle Leute muss man mitreden lassen?», fragte Hélène.

«Ja, selbstverständlich alle Leute», bestärkte Eugen.

Auf Alfreds Gesicht zeigte sich eine Mischung aus Mitleid für Eugen und Vorfreude auf die kommende Diskussion. Er wusste genau, worauf seine Schwester hinauswollte. Eugen hingegen lief mit stolz geschwellter Brust ins offene Messer.

«Also auch Tagelöhner und Arbeiter?», fragte Hélène weiter.

Eugen nickte und ein Lächeln breitete sich auf seinem Gesicht aus.

«Und außer den Christen auch die Juden?»

Eugen nickte erneut. «Alle Menschen sollen in der Schweiz mitbestimmen können. Alle sollen die Möglichkeit haben, ihre Heimat mitzuformen und etwas Großes aus unserem kleinen Land zu machen. Und ich gehe sogar noch einen Schritt weiter, ich sage: Es ist nicht nur ihr Recht, ihren Teil beizutragen, es ist auch ihre Pflicht. Unser Land kann nur prosperieren, wenn verschiedene Perspektiven gesehen und verschiedene Meinungen gehört werden. Wenn sich alle beteiligen. Ich bin auch für die Volksinitiative. Meiner Meinung nach war es 1848 ein großes Versäumnis, dass sie nicht Eingang in die Bundesverfassung gefunden hat. Denn nur so können alle Bevölkerungsschichten teilhaben an der Entwicklung der Schweiz und Einfluss nehmen auf die Welt, in der sie leben. Und nur so strengen sich doch alle an, das Beste daraus zu machen. Weil sie wissen, dass sie selbst etwas verändern können. Aber da finde ich bei meinem Vater und seinen Ratskollegen nur wenig Verständnis. Darum haben mich die Ideen der Demokraten immer wieder fasziniert. Die setzen sich genau dafür ein. Dafür, dass alle Menschen tatsächlich gleich werden.»

«Auch die Frauen?», fragte Hélène.

Eugen schaute sie einen Augenblick erstaunt an.

«Die Frauen?», fragte er dann zurück, das Lächeln in seinem Gesicht war verschwunden. Er maß Hélène mit seinem Blick, als wollte er herausfinden, ob sie das ernst meinte oder ihn nur testen wollte.

«Du sagst, alle Menschen sollen tatsächlich gleich sein, alle Menschen sollen mitbestimmen können. Da frage ich mich natürlich: Wenn wir davon ausgehen, dass wir Frauen auch Menschen sind – plädierst du etwa für die Anliegen der Suffragetten?»

Eugen blickte unsicher zu Alfred. Der zuckte nur die Schultern. Er wollte sehen, wie Eugen sich aus der Situation befreite, in die er so gönnerhaft lächelnd hineingestolpert war.

«Du meinst die Engländerinnen, die das Stimm- und Wahlrecht für sich beanspruchen? Das ist doch aber nur eine ganz kleine Gruppe von Frauen. Die Mehrheit will das auch in England nicht.»

«Lösen wir uns von England, wir sind hier ja schließlich mitten in Europa. Denkst du, wenn alle Menschen gleich sind, müssten Frauen die gleichen Rechte und Pflichten haben wie die Männer?», fragte Hélène.

«Auch die gleichen Pflichten», wiederholte Eugen aufgeschreckt. «Nein, die gleichen Pflichten auf keinen Fall! Sie müssten dann ja in die Armee eintreten. Nein, das möchte ich nicht. Das wäre unmenschlich.

Aber vielleicht gäbe es eine andere Art der Wehrpflicht, die für Frauen besser geeignet wäre. Ich weiß es nicht, ich, also, ehrlich gesagt kenne ich die Beschaffenheit der Frauen nicht gut genug, um genau zu wissen, wie sie einsetzbar wären.» Ein Hauch von Rot stahl sich auf Eugens Wangen.

«Wir Frauen kennen unsere Beschaffenheit gut genug. Man müsste uns aber mitreden lassen, damit wir unser Wissen beisteuern könnten. Man müsste uns also als Menschen behandeln, genau wie die Juden und die Bauern. Findest du nicht, Eugen?»

«Nun, jede Frau hat ja irgendwann einen Mann. Und er kann ja entscheiden. Eine schöne Ehe stelle ich mir so vor, dass die Eheleute sich beraten und der Mann vielleicht in gewissen Fragen auch auf die Frau hört.» Aus Eugens Stimme war jegliche Überzeugung gewichen.

«Wäre es nicht eine schöne Ehe, wenn zwei gleichberechtigte Menschen sie eingingen? Wenn sie sich berieten, damit danach beide ihre eigene Entscheidung treffen könnten? Unabhängig voneinander? Statt dass der Mann sich einfach eine kostenlose Haushälterin[4] ins traute Heim heiratet.»

Als Hélène von Ehe sprach, wurde Eugens Gesicht noch etwas röter. Hilfesuchend blickte er zu Alfred.

«Ich halte es in dieser Hinsicht ganz genau gleich wie der Herr Journalist Leuthy, der schrieb: Weiber sind Menschen und als solche stehen ihnen die genau gleichen Rechte zu wie allen anderen Menschen in der Schweiz»,[5] sagte dieser, hob sein Glas und prostete der Schwester zu.

Eugen schien mit sich zu ringen. Dann aber hob auch er sein Glas: «Von Steigs, ihr seid fortschrittlicher als Escher und seine Liberalen und konsequenter als alle Demokraten, die ich bisher kennengelernt habe!»

Hélène und Alfred kehrten in aufgekratzter Stimmung und nach der ausgemachten Stunde heim. Der Vater war noch wach. Er zitierte die jungen Menschen in sein Studierzimmer und wollte wissen, ob die

Herrschaften einen schönen Abend verbracht hatten und was der Sohn vom Furrer für einer sei.

«Ungefestigt, aber charmant», sagte Hélène leichthin.

«Hat er dir von seinem Studium erzählt? Davon, wie anstrengend das alles ist?», fragte ihr Vater.

«Das hat er, ja. Jetzt freue ich mich umso mehr, bald auf der Hörerbank zu sitzen.»

Mit dem, was daraufhin geschah, hätten weder Hélène noch Alfred gerechnet. Johann Gottlieb von Steig schlug mit der Faust auf seinen Schreibtisch. Einmal, zweimal, dreimal.

«Hélène Sophie von Steig», der Vater klang wütend und ungeduldig, als hätte er diese Diskussion schon zu oft führen müssen, «du wirst nicht studieren. Du wirst keine weitere Bildung mehr bekommen. Du bist bereits bestens ausgebildet für das, was auf dich wartet. Nun wirst du tun, wozu du geboren wurdest: Du wirst heiraten und eine gute Ehefrau sein. Eine gute Mutter.»

Hélène starrte ihren Vater fassungslos an. Hatte er nicht gesagt, er verstehe, dass sie Abwechslung brauche? Hat er nicht auch verstanden, dass sie zu mehr fähig war als nur zur Haushaltsführung? Hatte er sie nicht genau deswegen zu dem Treffen mit Eugen Furrer mitgehen lassen, damit sie vorbereitet wäre auf die Universität? Was hatte zu diesem Sinneswandel geführt?

«Du bist viel zu jung, du weißt nicht, was gut für dich ist. Aber du wirst sehen, mit dem richtigen Mann an deiner Seite wirst du ein erfülltes Leben haben, glaub mir. Deine Mutter hätte es so für dich gewollt», fügte Johann Gottlieb mit ruhiger Stimme an und blickte seiner Tochter ins Gesicht. Doch Hélène war noch nicht bereit, aufzugeben.

«Heiraten, Kinder bekommen, sticken und die Haushaltung führen. Wenn du das als so erfüllend empfindest, warum machst du das alles nicht selbst? Du hast Kinder und ein Haus, warum kümmerst du dich nicht darum? Warum verbringst du den ganzen Tag mit deinen Geschäften und überlässt diese ach so erfüllende Arbeit deinen Angestellten?

Bist du ein so großzügiger Mann? Oder bist du vielleicht einfach ein Lügner?»

«Raus», sagte ihr Vater, mehr müde als wütend. Bevor Hélène noch etwas erwidern konnte, hatte Alfred sie bereits am Arm gepackt und aus dem Zimmer gezogen. Hélène schüttelte ihn ab und verschwand ohne einen einzigen weiteren Blick für ihren Bruder in ihrem Zimmer. Sie fühlte sich verraten und hilflos und ohnmächtig bei dem Gedanken, dass die Zukunft, die ihr Vater für sie plante, einst tatsächlich Realität werden könnte. Denn wer entschied, was mit ihr passierte, war einzig und allein ihr Vater. Und irgendwann ihr Mann. Wenn keiner von beiden einwilligte, würde sie niemals studieren oder arbeiten können. So war das Gesetz. Drei Tage lang blieb Hélène in ihrem Zimmer. Weder das Poltern ihres Vaters noch das gute Zureden des Bruders holten sie aus dem abgrundtiefen Schacht, in den ihr Geist gefallen war.

Nur Hanni, dem Zimmermädchen, öffnete Hélène die Tür. Sprechen wollte sie nicht, aber sie nahm die warme Milch, die Hanni ihr brachte. Dann, am dritten Tag, traf sie eine Entscheidung. Sie schickte Hanni zu Alfred, der bald darauf mit besorgter Miene in ihrem Zimmer stand.

«Sprichst du wieder?», fragte er.

«Von jetzt an werde ich nicht mehr schweigen», sagte Hélène und erklärte ihm ihren Plan.

Er verstand sie. Aber es machte ihm Angst. Hélène wollte studieren, hinter dem Rücken des Vaters. Sie wollte eine Arbeit finden, so schnell wie möglich. Als Frau, als von Steig, in Zürich. Alfred wusste jetzt schon, dass schwere Zeiten auf die Schwester warteten. Und dann wollte sie verschwinden. In die Welschschweiz oder über die Grenze nach Deutschland, oder nach England – oder nach Amerika. Hauptsache, weg aus Zürich und außer Reichweite des Vaters.

«Du musst mir helfen, Alfred. Du musst! Vater ist imstande, mich mit dem nächstbesten Mann zu verheiraten. Dann bin ich verloren.»

^v

Die Tür zum Büro des Dekans fiel ins Schloss. Hélènes Schritte hallten klar und hell durch den Gang, als sie neben Alfred zum Auditorium Maximum lief, ihrer ersten Vorlesung entgegen. Das Einschreiben war Hélène beinahe zu schnell gegangen. Ihr Reife- und Sittenzeugnis hatte der Dekan gar nicht sehen wollen. Wichtig war ihm Alfreds Unterschrift, die stellvertretend für den außer Landes weilenden Vater beglaubigte, dass dieser Hélène den Besuch der Universität erlaubte. Nun, nachdem ihr kleiner Bruder für sie unterschrieben hatte, war Hélène also Teil der Juristischen Fakultät. Als sie bemerkte, wie schnell das doch alles gegangen sei, erklärte der Dekan mit einer fahrigen Handbewegung: «Bei den richtigen Studenten ist das auch etwas umfassender. Aber Sie sind ja nur Hörerin, Fräulein. Da konnten wir einiges überspringen.»

Es hatte Hélène einen Stich versetzt, dieses «nur Hörerin», aber mit jedem Schritt Richtung Vorlesung spürte sie den Stich weniger. Der Saal war gefüllt mit adrett gekleideten jungen Männern. Sie redeten, sie blickten ernst, sie gestikulierten – und jeder Einzelne maß Hélène oben bis unten. Hélène war eine auffällige Erscheinung. Sie trug ihr dunkelrotes, hüftlanges Haar halb hochgesteckt, sodass die Locken ihr tief in den Rücken fielen. In Frankreich war das gerade die neueste Mode. Dazu ein lindgrünes Kleid, hochgeschlossen und in der Taille eng geschnürt. Eine Frau, wie sie die jungen Männer so oder so nicht alle Tage zu Gesicht bekamen. Geschweige denn an der Universität. Hélène schaute sich um. Keine einzige andere Frau saß auf den Holzbänken. Dafür erkannte sie ganz vorne ein bekanntes Gesicht: Eugen Furrer.

«Eugen assistiert dem Professor, der diese Vorlesung hält. Er ist also der zweitwichtigste Mann im Raum», sagte Alfred mit dem Anflug eines spöttischen Grinsens in den Augen. Als Eugen die Geschwister von Steig sah, nickte er und lächelte. Hélène hob die Hand zum Gruß. Dann setzte sie sich weit hinter Alfred auf eine der leeren Holzbänke, lauschte dem Professor und machte Notizen.

Aus einer Vorlesung wurden viele. Auf den Gängen traf Hélène hier und da andere Frauen, Gasthörerinnen wie sie. Allerdings ausnahmslos aus dem Ausland. Frauen aus der Zürcher Gesellschaft oder aus einer anderen Schweizer Stadt traf Hélène keine. Sie verbrachte viele Stunden in der Bibliothek. Sie las und las und mehrmals vergaß sie die Zeit und wäre um ein Haar zu spät nach Hause gekommen. Allzu schlimm wäre das allerdings nicht gewesen. Der Vater weilte noch immer im Ausland und Hélène hielt Hanni, das Hausmädchen, nicht für allzu scharfsinnig. Was Hélène tatsächlich fürchtete, war die Zürcher Gesellschaft. Immerhin kannte ihr Vater einige der Professoren – und viele Väter der jungen Männer, hinter denen sie nun täglich auf der Vorlesungsbank saß. Früher oder später würde sie in der Stadt zum Gesprächsthema werden. Was, wenn man ihren Vater direkt auf sie ansprach? Denn irgendwann würde Johann Gottlieb wieder nach Hause kommen.

Vorerst aber war der alte von Steig froh, sich in Genua um seine Geschäfte kümmern zu können. Auch wenn er das niemals zugegeben hätte, er war auch erleichtert, der verstockten Zürcher Gesellschaft den Rücken zukehren zu können. Und, wenn er ehrlich war mit sich selbst, erleichterte es ihn nicht zuletzt auch, ein Felsmassiv zwischen sich und seiner Tochter zu wissen. Wenn er an das dachte, was er im Herbst, allerspätestens im Winter, würde tun müssen, fühlte er sich schlecht. Bestimmt empfand er nicht gleich für seine Kinder, wie seine Frau das getan hatte. Und natürlich war das Mädchen ihm fremder als ihre beiden Brüder. Und doch: Sie war stur und wissbegierig, einen Tick zu hochnäsig und gleichzeitig erstaunlich unkompliziert. Sie erinnerte ihn an sich selbst. Und das tat weh. Weil er wusste, wie er sich gefühlt hätte, hätte sein Vater ihm Dinge wie das Studium verboten. Manchmal fragte er sich, ob er sich nicht noch viel stärker aufgelehnt hätte, als seine Tochter das tat. Oder ob – und das hoffte er inständig – sein Respekt gegenüber den eigenen Eltern groß genug gewesen wäre, um sich ihrem Willen zu beugen. Um darauf zu vertrauen, dass sie es gut meinten mit ihm. Denn genau das tat er jetzt auch: Er meinte es gut mit seiner Tochter. Er wollte ihr ein angenehmes Leben ermöglichen. Eine gute Stellung in der Gesellschaft, einige Freiheiten, die eine gute Ehe und Respekt mit sich brachten. Das Angebot, das er bekommen hatte, würde das alles garantieren. War es nicht seine Pflicht, seiner Tochter zu einer guten Zukunft zu verhelfen? Irgendwann würde sie ihm dafür danken. Oder? Das «oder» hielt sich hartnäckig in Johann von Steigs Kopf. Niemals hätte er geahnt, dass seine Tochter ihre Zukunft längst in die eigenen Hände genommen hatte.

Von ihren Mitstudenten lernte Hélène nur wenige kennen. Einige versuchten angestrengt, nicht in ihre Richtung zu blicken, andere schauten unverhohlen vorwurfsvoll zu ihr. Die meisten aber gewöhnten sich ebenso rasch an Hélènes Anwesenheit, wie sie sich bereits an jene der übrigen Hörerinnen gewöhnt hatten. Zu reden gab einzig die Frequenz, mit welcher der Assistent des Institutsleiters, Eugen Furrer, die Gesellschaft der einzigen inländischen Hörerin suchte. Hélène genoss seine Aufmerksamkeit. Sie wusste nicht, ob es nur an ihm lag oder auch an der Position, die er an der Universität innehatte. Sie sah, wie viele der Erst- und Zweitsemester stolz erröteten, wenn Eugen Furrer sich mit ihnen unterhielt. Sie sah auch, wie selbstverständlich der Sohn des Großrats mit den Professoren diskutierte und zuweilen auch lachte. Ein durch und durch respektabler Mann, dachte sie bei sich. Und der Gedanke gefiel ihr. Wenn Alfred allerdings spöttisch grinste oder wissend dreinblickte, dann zog sie die linke Augenbraue hoch und erklärte, sie finde den Herrn Eugen noch immer genauso nett und anziehungslos wie bei ihrem allerersten Treffen. Immerhin riskiere sie den väterlichen Herzinfarkt nicht, um Männern schöne Augen zu machen, sondern um sich die Rechtswissenschaften zu erschließen. Und je mehr sie lernte, umso mehr wollte sie wissen. Und umso klarer wurde ihr, dass sich etwas ändern musste in ihrer Heimat.

«Gleiche Ausbildungschancen und dann natürlich gleicher Lohn für gleiche Arbeit,[6] das wäre doch das Dringlichste!», sagte Hélène, während sie mit Alfred und Eugen Mittagspause machte.

«Nun ja, dass Männer mehr verdienen und auch mehr erben, hat einen praktischen Grund», setzte Eugen an, «sie müssen ihre Familie ernähren. Die Frauen bekommen zwar weniger, profitieren dann dafür vom Lohn oder Erbe ihres Mannes. So ist das doch gerecht aufgeteilt.»

«Gerecht? Gerecht ist in unserem Regelwerk gar nichts, werter Eugen. Hast du dir das Zürcher Familienrecht einmal genau angesehen? Oder das Kindsrecht? Heiratet eine Frau, geht ihr Besitz an den Gatten über. Wird sie Mutter, entscheidet allein der Mann über die Zukunft der Kinder. Lässt sie sich scheiden, bleibt ihr weder Geld noch das Recht, ihre Kinder zu versorgen.[7] Und das in unserem liberalen, modernen Zürich»,[8] stellte Hélène fest.

«Nun, es sollte natürlich gar nie dazu kommen. Zu einer Scheidung, meine ich», sagte Eugen. Nun schüttelte Alfred den Kopf.

«Aber wenn doch, nehmen sie den Frauen ihre Kinder weg, weil sie laut Gesetz nicht deren Vormund sein können. Die Kinder kommen dann zu einer Pflegefamilie. Oder ins Heim. Eine verwitwete Mutter hat sich kürzlich vor lauter Kummer erhängt, habe ich gehört», sagte er.

Hélène schauderte und Eugen wechselte das heikle Thema. Er wollte wissen, wie die von Steig'schen Geschäfte in Genua liefen, und Alfred gab freimütig zu, dass ihn das nur wenig interessierte. Bevor sie sich verabschiedeten, fragte Eugen leise: «Alfred, dürfte ich noch einen Augenblick mit Hélène sprechen?»

Alfred nickte und ging grinsend einige Meter vor den beiden anderen her. Hélène schaute Eugen fragend an. Er sagte einen Moment lang nichts, dann fragte er Hélène, ob sie und Alfred am Sonntag Lust auf ein Picknick am See hätten. Man könnte vielleicht ein wenig rudern und in der Sonne liegen und sich abseits der Universität kennenlernen. Hélène sagte zu, versprach, Alfred auf jeden Fall zu überreden, und Eugen strahlte. Dann verabschiedeten sich die beiden und Hélène lief so schnell es ging hinter Alfred her. Einige Meter vor ihrem Elternhaus hatte sie ihn wieder eingeholt und in die Sonntagspläne eingeweiht.

«Und das wollte er dich alleine fragen? Na, da trifft es sich ja gut, dass ich wahnsinnig viel zu lesen habe. Ich begleite euch gerne, bringe aber meine Bücher mit. Auf den See rudern müsst ihr also alleine. Aber ihr werdet wohl schon etwas mit der Zeit anzufangen wissen.»

Die Sonne schien von einem königsblauen Himmel, als Hélène und Eugen nach dem Sonntagspicknick in das frisch gestrichene Ruderboot stiegen. Alfred zog zum Abschied den Hut, dann widmete er sich im Schatten eines Baumes der Wissenschaft. Eugen ruderte und Hélène zog sich ihren Hut in die Stirn. So war sie etwas besser von der Sonne geschützt – und konnte Eugen unverhohlen betrachten. Sie mochte ihn, er war anständig und nicht aufdringlich. Nur ein klein wenig mehr Witz hätte sie sich von ihm gewünscht. Als er sie ein gutes Stück auf den See hinausgerudert hatte, hängte Eugen die Paddel in ihre Halterungen, legte die Hand über seine Augen und schaute zum Ufer. Hélène folgte seinem Blick. Die schattenspendenden Bäume waren ganz klein geworden.

«Ob man uns von dort noch sieht?», fragte sie.

Eugen lächelte halb verlegen, halb schelmisch. «Meine Hoffnung war: nicht mehr allzu gut», sagte er dann.

«So», fragte Hélène gespielt vorsichtig, «was hast du denn vor mit mir?»

«Ich wollte dich vor Gesellschaft nicht blamieren, aber: Hast du verstanden, was der Professor in der letzten Vorlesung erklärt hat?»

Hélène blickte ihn einen Moment verdutzt an. Dann realisierte sie, dass er versuchte, sie zu necken. «Ich schon, Herr Eugen, aber vielleicht muss ich Ihnen das Erbrecht ja nochmals genau erklären?»

«Die Dame ist aber keck», sagte Eugen, «ich weiß nicht, ob ich das tolerieren kann, vielleicht muss ich ihr zur Strafe den Hut entwenden.» Blitzschnell hatte er nach Hélènes Hut gegriffen und ihn sich selbst aufgesetzt. «Viel besser», seufzte er jetzt und zog sich die Krempe in die Stirn, die Augen nun geschützt vor der Sonne.

«Ach so, nicht das Erbrecht ist Ihr Problem, Herr Furrer. Sie haben es eher mit den Schenkungen. Dann will ich Ihnen doch mal zeigen, wie genau diese funktionieren.»

Finger für Finger zog Hélène ihre Handschuhe aus und legte sie vor Eugen auf die Bank. Dann beugte sie sich vor und öffnete ihre Schuhe. Heute trug sie ein einfaches hellblaues Kleid, das vorne mit einem dunkelblauen Band gebunden war. Langsam öffnete sie das Band. Das Kleid glitt über ihre Schultern und bauschte sich am Boden des Bootes zu einem Stoffberg auf. Hélène arrangierte ihre Kleidungsstücke zu einem Bündel und drückte es Alfred in die Hand.

«Hier, das ist eine Schenkung. Darüber können Sie nun frei verfügen. Und ich», sagte sie und stellte sich im Unterrock auf die Ruderbank, «ich kühle mich jetzt endlich mal ab.»

Mit diesen Worten klatschte Hélène, Hintern zuerst, ins Wasser. Eugen brauchte einen Augenblick, bis er sich gefasst hatte. Dann legte er seine Schenkung auf den Boden, legte die eigenen Kleider dazu und folgte Hélène mit einem Kopfsprung in den Zürichsee. Das kühle Wasser wusch Schweiß und Sommerhitze ab und die beiden tauchten und prusteten und spritzten einander Seewasser ins Gesicht.

Zurück im Boot ließen sie sich vom leichten Wind und von der Sonne trocknen. Eugen schaute Hélène an.

«Wenn ich mit dir Zeit verbringe, fühle ich mich leicht. So leicht wie sonst nie. Mit dir scheint alles erlaubt», sagte er dann.

«Nicht alles», sagte Hélène und hob den Zeigefinger.

«Zumindest das Glücklichsein – und das ist doch schon sehr viel», sagte Eugen. Er hatte leise gesprochen, mit weicher Stimme, aber klar und deutlich. Er schien sich tatsächlich alles andere als unwohl zu fühlen in dieser Situation. Hélène kannte keinen anderen jungen Mann, der sich getraute, das Herz derart auf die Zunge zu legen. Und auch keinen, der einfach so mit ihr in den See gesprungen wäre. Das hätte sich wohl nicht einmal Alfred getraut.

Dieser grinste breit, als die beiden mit feuchtem Haar und schlecht sitzender Garderobe zurück ans Ufer gerudert kamen. Eugen vertäute sein Boot am Steg und bald darauf befanden die drei sich auf dem Heimweg. In der Kutsche, die Eugen gerufen hatte, wurde gescherzt und gelacht. Keine Sekunde dieses wunderbaren Sonntags deutete auf das hin, was der Abend bringen sollte.

«Der Herr von Steig erwartet Sie zum Abendessen. Er ist heute Mittag aus Genua zurückgekehrt», sagte das Hausmädchen Hanni, als die Geschwister von Steig eintraten.

«Oh, das heißt, es gibt Lammschmorbraten mit Pflaumen», frohlockte Alfred.

Als Alfred und Hélène frisch umgezogen ins Esszimmer kamen, roch es tatsächlich nach Braten. Von Johann Gottlieb von Steig allerdings war keine Spur. Er kam erst, nachdem die Geschwister bereits Platz genommen hatten. Er begrüßte seine Kinder steif, ließ Alfred ein Tischgebet sprechen und aß die ersten Minuten schweigend. Dann begann er von Genua zu erzählen. Davon, dass er ein neues Schiff besichtigt habe und eine neue Lagerhalle im Begriff sei, fertig zu werden. Dann wollte er wissen, warum seine Kinder an einem Sonntag erst so spät nach Hause gekommen waren.

«Ein Picknick mit Eugen Furrer? Aber natürlich, er studiert ja mittlerweile mit euch beiden.» Johann von Steigs Tonfall hatte sich um keine Nuance verändert. Sein Blick aber ruhte direkt auf seiner Tochter, als er fortfuhr. «Ich habe vor einiger Zeit ein Angebot bekommen, eine Anfrage, eigentlich, von einem jungen Mann – für deine Hand, Hélène. Ich habe dem jungen Mann gesagt, ich müsse darüber nachdenken. Ich habe ihm auch gesagt, ich wolle das besprechen, als Familie. Aber ihr beide lasst mir keine Wahl. Meine Tochter hat mich hintergangen. Und mein Sohn», jetzt schaute er zu Alfred, «du hast zugelassen, ja sogar erlaubt, dass deine Schwester sich vor der gesamten Zürcher Gesellschaft lächerlich macht. Ist dir bewusst, welche Konsequenzen das für eine junge, ledige Frau haben kann? Dass davon ihre gesamte Zukunft abhängen kann, all ihre Chancen auf ein komfortables Leben? Ich bin sofort zurückgekommen, als ich von diesem Trauerspiel erfahren habe. Und zum Glück, zum großen Glück, steht das Angebot noch immer. Dein Verhalten hat mich dazu gezwungen, es so schnell wie möglich anzunehmen. Du wirst noch vor Weihnachten heiraten, Hélène Sophie. Mein Entscheid ist endgültig.»

Alfred wollte seine Schwester verteidigen. Aber Hélène sprach zuerst. Ihre Stimme war leer und tonlos.

«Wen?», fragte sie nur.

«Den Sohn von Großrat Furrer, Eugen. Du scheinst ihn ja mittlerweile ganz gut leiden zu können. Ob du weiterhin zur Universität gehen darfst, wird er entscheiden. Das ist dann nicht mehr mein Problem.»

«Du meinst, *ich* bin dann nicht mehr dein Problem?»

^v

«Madame Furrer, dürfen wir Ihnen ein leichtes Mittagessen servieren?» Die Tür zu Hélènes großzügigem Erste-Klasse-Abteil war aufgegangen und einer der Zugangestellten stand mit einem Tablett in der Hand vor ihr. Hélène nickte. Seit einem Jahr war sie nun Madame Furrer, ganz an den neuen Namen gewöhnt hatte sie sich aber noch nicht. Woran sie sich allerdings augenblicklich gewöhnen wollte, war das Reisen mit der Eisenbahn. Komfortabel waren die Sitze und aufmerksam die Bedienung. Hélène reiste in einer ersten Etappe von Zürich nach Bern, damit der Weg nach Genf nicht allzu anstrengend wurde. In ihrem Zustand war es wichtig, dass sie achtgab auf sich. Das sagten jedenfalls alle – Hélène selbst fand das schrecklich. Sie war schwanger, nicht krank.

In Bern wurde Hélène von Richard, einem Cousin väterlicherseits, im Hotel Schweizerhof empfangen. Noch stand der alte Name des Hotels verblassend an der Fassade zu lesen: «Zähringerhof».

«Das gesamt-helvetische ‹Schweizerhof› passt einfach besser, jetzt, wo wir die Hauptstadt der Schweiz sind», sagte Richard, als Hélène auf den alten Schriftzug deutete.

«Bundessitz, meinen Sie, werter Cousin», korrigierte Hélène, «unser Bundesstaat verfügt de jure bekanntlich über keine Hauptstadt.» Hatte ihr Cousin nicht auch die Rechtswissenschaften studiert? Er müsste es doch besser wissen. Aber Richard ging gar nicht auf die Anmerkung seiner Cousine ein.

«Ob Ihr Eugen eines Tages als Ständerat nach Bern kommen wird?», fragte er stattdessen. Dünkte es Hélène nur, oder klang ein spöttischer Unterton in seiner Stimme mit?

«Wenn es nach seinem Vater geht, dann ganz bestimmt. Das ist der eigentliche Grund für unseren Umzug nach Genf. Eugen wird einem bekannten Advokaten und Genfer Ständerat zur Hand gehen», sagte Hélène. Damit waren zwei Fliegen mit einer Klappe geschlagen: Das Netzwerk, das es für eine nationale politische Laufbahn brauchte, war ausgelegt. Und die Anwaltskarriere bekam Aufwind; das Patent hatte Eugen eben erst erworben. Er hatte direkt nach der Hochzeit gemeinsam mit Hélène dafür gelernt. Schöne Abende waren das gewesen, sie beide mitten in einem Stoß Bücher. Sie hatten Begriffe nachgeschlagen, einander flammende Plädoyers gehalten und immer neue, noch kompliziertere Fälle mit umso komplizierteren juristischen Finten gelöst.

«Ich habe gehört», fuhr Richard fort, «auch Sie, liebe Cousine, haben einen längeren – wie soll ich sagen – Spaziergang durch die Zürcher Universität abgehalten. Hinter dem Rücken des Herrn Vater.»

«Ich war Hörerin an der Universität, ja. Einen Spaziergang würde ich das nicht nennen, mir ist allerdings nicht bekannt, wie Sie Ihre Studienzeit verbracht haben. Ich die meine meist in Vorlesungen. Für gewöhnlich sitzt man da.»

«Wo auch immer Sie an der Universität gesessen oder gestanden haben – mein Onkel hat dem rasch ein Ende bereitet, wie ich höre.»

«Das hätte er bestimmt gerne. Aber es konnte ihm ja nicht schnell genug gehen, mich zu verheiraten. Und mein Mann betrachtet mich als Partnerin auf Augenhöhe.»

Johann Gottliebs Verbot hatte auch Eugen verärgert. Nur schon aus Protest gegenüber dem Alten müsse er seiner Frau erlauben, ihn wieder an die Universität zu begleiten, hatte er gesagt und das Verbot von Hélènes Vater nach der Hochzeit aufgehoben. Zu reden hatte das gegeben, aber Hélène hatte es nicht gestört. Und Eugen nur ein klein wenig mehr, als er zugab.

«Und da hatte mein Onkel nichts dazu zu sagen? Und Alfred? Er muss von der Situation ja ganz besonders betroffen gewesen sein, als Student an derselben Universität.»

Alfred hatte Hélène anvertraut, wie erleichtert er sei, zu sehen, dass Eugen sie zu schätzen wisse. Ihm habe gegraut vor dem Moment, in dem seine Schwester in die Rolle einer biederen Ehefrau gezwängt würde. Nun sah es ganz danach aus, als wäre sie diesem Schicksal ein für alle Mal entronnen. Aber darüber mochte Hélène nicht mit ihrem Cousin sprechen.

«Alfred ist Manns genug, sich nicht um das Geschwätz von anderen zu scheren», sagte sie darum nur. «Außerdem ist er mit einem Fuß längst aus der Universität heraus. Er wird, wie Sie ja wissen, dereinst Vaters Geschäfte übernehmen. Daran arbeitet er bereits.»

Die Waren, mit denen Johann Gottlieb von Steig handelte, kamen aus den verschiedensten Winkeln der Welt. Und jeder einzelne reizte Alfred mehr als die Schweiz. Warum in Genua sitzen oder in Zürich, wenn man das Ausschiffen der Kisten auch von Indien aus kontrollieren konnte, oder von Amerika? Doch auch darüber mochte Hélène mit ihrem Cousin nicht sprechen. Stattdessen fragte sie ihn, wie es denn bei ihm weitergehe, der Abschluss an der Universität liege ja doch bereits einige Monate zurück.

«Mal sehen», hatte Richard gesagt. Es gab in diesem Teil der Familie zwar viel Geld und Ämter zu erben, ein Geschäft allerdings war keines vorhanden. Aber Richard ließ sich nicht auf den eigenen Schwachstellen herumtanzen.

«Stört es Sie denn gar nicht, nun dem Herrn Gemahl zuzudienen, ohne eigene Meriten gewinnen zu können? Ihm nun gar in die Fremde hinterherzureisen?», fragte er.

«Nein», sagte Hélène bestimmt. Sie wusste, was die Berner von Steigs, altes Patriziat, vom arbeitenden Zürcher Zweig hielten, und sie hatte nicht vor, sich auf Richards Spielchen einzulassen. Aber noch während sie sprach, hatte Hélène erstaunt festgestellt, dass der Neid gegenüber ihrem Mann, der den Abschluss bekommen hatte, den sie selbst so gerne hätte, sich tatsächlich in Grenzen hielt. Im vergangenen Jahr hatte sie erkannt, wie lieb sie Eugen hatte. Wie sehr sie es genoss, Zeit mit ihm zu verbringen. Seit sie schwanger war, hatte dieses Gefühl noch zugenommen. Darum hatte sie auch nicht gezögert, als er sie gefragt hatte, ob sie sich das vorstellen könne: in Genf leben. Nicht für immer, aber für ein paar Jahre.

«Eugen und ich in der Fremde – für mich klingt das nach einem Abenteuer», sagte sie zu Richard. «Es wird mir guttun, mein Französisch zu pflegen. Zudem habe ich gehört, die Genfer seien um einiges weltoffener als die verstockten Zürcher – oder Berner.»

Hélène war froh, als sie am nächsten Tag den Zug nach Genf bestieg. Erst zischte und stampfte die Lokomotive mit ihrer Last an Hügeln und Wäldern vorbei. Das Dunkelgrün der Tannen mischte sich mit dem zarten Hellgrün der Laubbäume zu einem fröhlichen Gemisch. Dann zogen gepflegte Felder an den Fenstern vorbei, in Reih und Glied gepflügte Äcker, die Hélènes Augen müde machten. Gerade wünschte sie sich die wilden Wälder zurück, als der Zug mit einem saugenden Geräusch in einen Tunnel einfuhr. Schwärze umgab alles, bevor das strahlende Tageslicht zurückkam und Hélène blinzeln ließ: Die Aussicht war atemberaubend. Vor ihr lag funkelnd der Genfersee, gesäumt von hellgrünen Rebstöcken, deren kleine Blätter das dunkle, knorrige Holz ihrer Stämme noch nicht zu verbergen vermochten. Die Sonne stand hoch über der Bergkette und zeichnete eine Straße aus Licht über den See, wie eine Einladung. Aber die stampfende Lokomotive dachte gar nicht daran, von ihren teuren Schienen abzukommen. Im Gegenteil. Zischend und ratternd trug sie Hélène weg von Bern und Richard, weg von ihrem

Zürcher Daheim, weg von Alfred und der Familie, hin zu Eugen nach Genf. Er hatte versprochen, sie am Bahnhof abzuholen und direkt in das neue Haus zu bringen, das er für sie beide angemietet hatte.

«Mit einem Studierzimmer, so groß, dass es für uns beide reicht», hatte er überschwänglich geschrieben und Hélène hatte sich gefreut. Als der Kontrolleur verkündete, man treffe nun bald an der Endstation ein, spürte Hélène ein wohliges Kribbeln. Eugen stand wie versprochen am Bahnhof und winkte wild, den Hut in der Hand, damit Hélène ihn ja nicht übersah. Als sie endlich vor ihm stand, hauchte Eugen seiner Frau einen flüchtigen Kuss auf die Wange und führte sie zur Kutsche, auf der Hélènes Gepäck bereits mit dicken Hanfseilen festgezurrt war. Die Kutsche fuhr mit einem Ruck los und führte das Ehepaar Furrer erst mal durch das Stadtzentrum. Hélène lehnte sich an Eugen und schaute aus dem Fenster. Herrschaftliche Stadthäuser zogen an ihnen vorbei und es dünkte Hélène, sie könne den See riechen. Dann bog die Kutsche ab und fuhr langsam aus der Stadt hinaus. Eine Kurve noch, dann lag der See glitzernd vor ihnen. Die grünen Flächen zwischen den Häusern wurden größer. Schließlich hielt die Kutsche vor einem mächtigen, weißen Haus an. Ein breiter, geschwungener Kiesweg führte von der Hauptstraße bis vor die große, aus Holz geschnitzte Haustür. Efeu kletterte an der einen Ecke hoch, ein Rosenbusch versuchte sich an der anderen.

«Gefällt es dir?», flüsterte Eugen ihr ins Ohr.

«Und wie», flüsterte Hélène zurück.

Eugen führte seine Frau durch das ganze Haus. Der Salon war elegant, aber ein wenig karg eingerichtet.

«Der Raum braucht wohl noch deine weibliche Fürsorge, bevor wir hier Gäste empfangen können», sagte Eugen. Vom Salon kam man durch einen kleinen Bogen in der Wand direkt ins Wohnzimmer, in dem ein grün-weiß gekachelter Ofen stand. An der gegenüberliegenden Wand hatte Eugen Bilder ihrer beiden Familien anbringen lassen. Da lächelte nun die verstorbene Maya von Steig hinunter auf den gebohnerten Holzboden, daneben blickte ihr Mann nachdenklich in die Ferne. Der Vater von Eugen, Hélène hatte ihn vor und nach der Hochzeit nur je einmal gesehen, ließ seine Hand auf der Schulter von Eugens Mutter Beatrice ruhen. Ihr freundliches Gesicht war Hélène längst vertraut. Zurück im Salon sah Hélène, dass der Garten bis zum See hinunter reichte. Unten am Steg war ein Boot vertäut. Weiter ging es in die Küche mit einem offenen Kamin und sieben glänzenden Herdplatten. Die Tür zur bereits gut gefüllten Vorratskammer stand einen Spalt breit offen. Hier hinein warf Hélène nur einen kurzen Blick. Sie mochte, was aus der Küche kam, nicht aber den rauchigen, oft üppig duftenden Raum selbst. Die Regale der Bibliothek waren bereits gefüllt, aber da war auch noch etwas Platz für die Bücher von Hélène. Das Schlafzimmer verfügte über einen eigenen Kachelofen, der das Bett daneben sonderbar klein wirken ließ. Zwei deckenhohe Flügeltüren führten hinaus auf den kleinen Balkon, von dem aus man den See überblickte. Das Kinderzimmer war noch leer.

«Auch damit wollte ich auf dich warten», sagte Eugen und lächelte. «Kinderdinge sind ja Frauensache.» Die Gästezimmer dagegen sahen einladend aus. Das Studierzimmer allerdings fiel nicht so groß aus, wie Hélène sich das vorgestellt hatte. Und noch stand darin nur ein Schreibtisch, jener von Eugen. Ansonsten aber hatte ihr Mann ganze Arbeit geleistet. Zurück im Salon begrüßte Hélène die Köchin, das Hausmädchen und den Knecht, der eben noch einige Worte mit dem Kutscher gewechselt hatte. Hélène war etwas müde von der Reise, doch als Eugen sie fragte, ob sie Lust hätte, ihn am Abend zu einer kleinen Tischgesellschaft im Hause seines neuen Mentors zu begleiten, sagte sie begeistert zu. Das war die beste Gelegenheit, ihr Französisch auf die Probe zu stellen. Hélène liebte Gesellschaften, sie lernte Menschen einfach und schnell kennen und sprach mit fast allen gerne.

Dem einen folgten zahlreiche weitere Abende mit der Genfer Gesellschaft. Denker und Politiker, viele aus Frankreich, hier und da auch ein Gentleman aus London. Man aß, man trank, man sprach und diskutierte und nicht selten setzte sich irgendwann einer der Herren oder eine der

Damen ans Klavier. Hélène, die mit einer rauchigen Stimme und einem guten Musikgehör gesegnet war, stellte sich oft daneben und sang. Es dauerte dann selten lange, bis die Gesellschaft zu tanzen begann. Eugen, der das Tanzen nicht allzu sehr mochte, stand lieber am Rand und diskutierte mit einem der gewichtigen Herren. Oder verzog sich mit einigen der älteren Gäste auf den Balkon oder die Terrasse oder in eine der anderen Fluchtmöglichkeiten, die die ausladenden Stadtpalais allesamt zuhauf boten. Dann rauchte er und sprach über die Pläne der Liberalen, die Revision der doch eigentlich noch ganz neuen Bundesverfassung, das Referendumsrecht für das gemeine Volk, das Stimmrecht für die Juden, den Ausbau des Eisenbahnnetzes, die Position der Schweiz im europaweiten Handel. Hier und da blickte er durch das Fenster oder den Türrahmen und erhaschte einen Blick auf seine Frau, das Zentrum des Trubels. Er liebte es, wenn sie sang und lachte, und war doch froh, damit nicht allzu viel zu tun haben zu müssen. Und er liebte es, zu sehen, wie ihr Bauch immer runder und runder wurde. Einige der Herren und älteren Damen hatten ihn ernst darauf angesprochen. Es zieme sich für eine schwangere Frau doch nicht mehr, an solchen Gesellschaften teilzunehmen. Dann zuckte Eugen jeweils die Schultern und befand, er könne seine Frau nicht in der Langeweile eines einsamen Zuhauses sitzen lassen. Und sollte das Kind einen der prunkvollen Salons dem Kreissaal vorziehen, nun denn, jede der Gesellschaften verfügte über mindestens zwei Ärzte. Meist sogar mehr, Hélène wäre also in guten Händen.

Man schüttelte in Genf den Kopf nicht gleichermaßen ob dem Ehepaar Furrer, wie das noch in Zürich der Fall gewesen war. Aber ein missbilligendes Verziehen der Mundwinkel, eine vage Bewegung des Kopfes, das gab es auch hier im mondänen Genf. Hélène war das egal und Eugen befand, solange seine Frau glücklich war und seine Karriere florierte, wollte er an der Situation nichts ändern. Bald würde sich das von ganz alleine fügen. Dann nämlich, wenn Hélène mit ihrem Neugeborenen im Arm zu Hause im Garten saß und an den lauten und ausschweifenden Gesellschaften gar keinen Gefallen mehr finden würde.

^v

Es war eine dieser vertraut gewordenen Abendgesellschaften an einem besonders warmen Abend Ende September, an dem sich Hélène eine neue Welt auftat. Eine Welt, von der sie bald begriff, dass es immer schon ihre gewesen war. Eine Welt, die ihr fast alles nehmen würde, was ihr lieb und teuer war.

An diesem bedeutungsvollen Tag hatten sie und Eugen in ihr Haus am See geladen. Die Luft war schwül und schien mit jeder Bewegung der tanzenden Gäste schwerer zu werden. Eugen hatte sich mit Geheimrat von Kroning, seinem österreichischen Gast, in die Bibliothek zurückgezogen, um etwas Ruhe zum Diskutieren zu haben. Hélène dagegen hatte neben dem Klavier gestanden und gesungen. Sie spürte, wie sich Schweißtropfen ihren Weg über ihren immer dicker werdenden Bauch suchten. Das Kind war nun so schwer, dass ihr langes Stehen Mühe bereitete. Nach dem dritten Chanson verbeugte sie sich betont entenhaft, wofür sie lachenden Applaus erntete, und beschloss, sich für einige Augenblicke in den Garten zu setzen. Der Mond spiegelte sich im See, der Rosenbusch, der nur zögerlich die Hauswand hochgewachsen war, hatte die letzten dicken, gelben Blüten halb geschlossen. Hélène spürte eine leichte Brise vom Wasser her wehen und genoss das kühlende Gefühl auf ihrer warmen Haut.

«Schön haben Sie es hier, Hélène.»

Hélène erschrak. Sie war so versunken gewesen in den Anblick des Sees und ihre eigenen Gedanken, dass sie nicht bemerkt hatte, wie ihr jemand aus dem Haus in den Garten gefolgt war. Es war eine Frau mittleren Alters. Das dunkle Haar im Nacken zu einem aufwendigen Knoten gebunden, die Hände in Handschuhen aus Spitze.

«Ich hoffe, ich habe Sie nicht erschreckt», sagte sie und Hélène erkannte das Französisch einer Genferin und war erstaunt, sie bisher noch nicht getroffen zu haben. Eugen hatte sich zum Ziel gesetzt, alle wichtigen Leute in Genf so schnell wie möglich kennenzulernen.

«Ein wenig», gab sie zu. «Wie kommt es, dass ich Sie bisher noch nie gesehen habe?»

Die Frau trat wenige Schritte vor, bis sie Hélène die Hand reichen konnte.

«Marie Goegg-Pouchoulin,[9] mein Mann Amand und ich wohnen im Badischen. Wir sind nur zu Besuch hier. Allerdings spielen wir mit dem Gedanken, ganz zurückzukommen. Mein Mann hat einige Projekte, die er in der Schweiz umzusetzen hofft. Wir haben eine Weile in England gelebt, London, natürlich. Eine Firma von dort sähe ihn gerne als Leiter ihrer Schweizer Dependance hier in Genf. Und mich zieht es ehrlich gesagt auch wieder in die Heimat. Darum haben wir uns über die Einladung Ihres Mannes sehr gefreut.»

Hélène wusste nun, wen sie vor sich hatte. Und sie war erstaunt. Eugen gab sich Mühe, modern und offen zu sein. Aber Marie Goegg-Pouchoulin und ihren zweiten Gatten einzuladen – das hätte sie ihm nun wirklich nicht zugetraut. Die Frau hatte zwei Kinder von zwei verschiedenen Männern. Sie hatte sich scheiden lassen und erneut geheiratet. Selbst Hélène, die von allem, was gegen die Norm verstieß, angezogen wurde, wusste nicht recht, was sie von diesem Gast halten sollte. Marie Goegg-Pouchoulin hatte sich in der Friedensbewegung stark gemacht. Immerhin. Das war etwas, was man akzeptieren konnte. Sie sprach die Frau darauf an. Marie Goegg-Pouchoulin nickte.

«Die Friedensbewegung ist das eine. Das andere ist der Abolitionismus.»

Hélène wusste nicht, was das war, und ihr Gast erklärte es ihr: die Abschaffung der Sklaverei. Hélène verspürte augenblicklich das Bedürfnis, sich zu rechtfertigen.

«Mein Vater kauft und verkauft regelmäßig Waren, die auch durch Sklavenarbeit entstanden sind. Er hat sich die Plantagen und Werkstätten allerdings angesehen. Die Sklaven bekommen dort alles, was sie brauchen. Und es ist davon auszugehen, dass sie gar nicht so einfach urplötzlich in Freiheit leben könnten. Es ist viel sinnvoller, sie langsam daran zu gewöhnen. Und darüber hinaus gilt: Arbeiten muss der freie Mensch meist auch.»

Die ältere Frau schaute Hélène lange an, ohne etwas zu sagen.

«Sie sind Schweizer Bürgerin», sagte sie dann. Es war keine Frage, aber Hélène nickte trotzdem. «Sind Sie stolz auf diesen jungen Schweizer Bundesstaat?», diesmal war es eine echte Frage und Hélène bejahte sie. «Nehmen Sie daran teil, an diesem Bundesstaat?»

«Ich bin ein Teil der Gesellschaft, ja, wie alle anderen Schweizer auch.»

Nun lachte die ältere Frau und Hélène ärgerte sich. Sie fühlte sich vorgeführt wie ein Schulkind und wusste dennoch nicht wirklich, worauf Madame Goegg-Pouchoulin hinauswollte. Bundesstaat und Sklaverei hatten ihrer Meinung nach reichlich wenig miteinander zu tun.

«Ihnen ist also das große Kunststück gelungen, ein Teil der Gesellschaft zu sein, wie alle anderen Schweizer auch. Darum beneiden Sie bestimmt viele Schweizerinnen, die nicht Teil dieser Gesellschaft sind.»

«Ich meinte damit nicht die politischen Rechte, wenn Sie darauf anspielen, ich meinte», sagte Hélène, aber die fremde Frau warf allen Anstand in den Wind und unterbrach sie mitten im Satz.

«Aber natürlich spiele ich darauf an. Oder finden Sie es etwa richtig, in einer Gesellschaft zu leben, die von Ihnen verlangt, sich allen Regeln zu beugen, denen sich auch die Herren zu beugen haben – und noch einigen mehr! –, aber keinen Einfluss auf die Schaffung dieser Regeln nehmen zu dürfen?»

Hélène schaute die Frau schweigend an. Sie wollte ihr nicht die Genugtuung verschaffen, wie eine gelehrige Schülerin die erwartete Antwort zu geben.

«Ich habe mich zwar nicht wie Sie mit den britischen Suffragetten verbündet», sagte sie dann. Sie hatte gehört, dass Goegg-Pouchoulins zweiter Mann nicht freiwillig mit seiner Frau nach London gegangen, sondern aus seiner Heimat Baden verstoßen worden war. London war ein Exil gewesen. Aber es hatte seiner Frau die Möglichkeit geboten, sich mit den krawallmachenden Kämpferinnen für das Frauenstimmrecht auseinanderzusetzen. Sie wollten, dass alle Frauen abstimmen, ihr eigenes Geld besitzen und frei über sich entscheiden konnten. In Hélènes Kreisen hatte man darüber lediglich pikiert gesprochen. Scheiben schlugen diese Weiber ein und beschmierten Fassaden. Hélène hingegen war davon fasziniert gewesen. «Aber wenn Sie mich gegen die Ungerechtigkeit zwischen den Geschlechtern aufbringen wollen: Daran habe ich mich bereits als Kind gestört.»

Stolz hatte Johann Gottlieb seiner kleinen Hélène vor vielen Jahren erklärt, dass das Volk in keinem anderen Land so viel mitzubestimmen habe wie in der Schweiz. «Eine Nation von Brüdern» hatte er die Heimat genannt. Hélène hatte nach den Schwestern gefragt. Darauf hatte der Vater keine Antwort. Hélène erinnerte sich, wie sehr sie das erstaunt hatte. Immerhin war es doch zu Hause stets die Mutter, die entschied. Nur einmal hörte Hélène aus dem Nebenzimmer mit, dass Johann Gottlieb ein Machtwort gegenüber seiner Frau sprach. Um sie, Hélène, war es gegangen. Und darum, ob sie weiterhin gemeinsam mit Alfred unterrichtet werden sollte. Einen «unnötigen Luxus» hatte die Mutter das genannt.

«Den gönne ich ihr», hatte der Vater gekontert.

«Und wie erklärst du ihr dann nach all den Jahren des Gleichseins, dass ihr Leben niemals aussehen wird wie das ihrer Brüder», hatte Maya leise gefragt, «wie ziehst du einen Schlussstrich, ohne sie für immer zu verletzen?»

Erst viel später hatte Hélène verstanden, was die Mutter damit gemeint hatte. Dass Maya von Steig aus der eigenen Erfahrungswelt geschöpft und ihre Tochter nicht mit einem Lebensstil und Privilegien hatte locken wollen, die sie nur allzu bald wieder würde abtreten müssen. Maya von Steig war gestorben, kurz bevor der gefürchtete Schlussstrich hatte gezogen werden müssen. Ihr Mann hatte es darum alleine, hart und diskussionslos getan.

«Sie finden also, als Mensch stehen Ihnen die gleichen Rechte zu wie den Männern?» Die Stimme von Marie Goegg-Pouchoulin brachte Hélènes Gedanken abrupt zum Stehen.

«Ich finde, das Geschlecht sollte nicht alleine den Weg vorgeben, den wir im Leben gehen. Damit werden wir geboren, das suchen wir uns nicht aus», sagte Hélène.

«Denken Sie, wenn man Ihnen etwa das Recht, einen Studienabschluss zu erlangen oder zu wählen, von heute auf morgen gewähren würde, bräuchten Sie dennoch eine Generation oder gar mehr, um sich daran zu gewöhnen und Ihr Recht wahrzunehmen?», fragte Goegg-Pouchoulin.

«Natürlich nicht», antwortete Hélène vehement.

«Und, um den Kreis zur Sklaverei nun also zu schließen: Warum verhält es sich Ihrer Meinung nach mit Menschen schwarzer Hautfarbe anders? Warum sollten sie sich so viel langsamer umgewöhnen als die weißen Frauen?»

Hélène sagte nichts. Marie Goegg-Pouchoulin hatte sie zutiefst beschämt.

«Solange wir uns nicht alle wie echte Schwestern zusammenraufen und gemeinsam dafür kämpfen, dass tatsächlich alle Menschen vor dem Gesetze gleich sind, wird in dieser Gesellschaft mit zweierlei Ellen gemessen», sagte die Frau. «Auch ich habe von Ihnen gehört, Hélène. Sie haben sich gegen den ausdrücklichen Willen Ihres Vaters in die Universität gesetzt. Rechtswissenschaften, wenn mich nicht alles täuscht? Davon zu hören hat mich sehr gefreut. Und es hat mich träumen gemacht. Was könnten wir Frauen nicht alles erreichen, wenn wir aus einer Universität dereinst nicht nur als Hörerin hinauslaufen, sondern mit einem Abschluss in der Tasche, bereit, in die Berufswelt einzusteigen?»

Hélène deutete in Richtung Pavillon: «Sollen wir uns dort auf die Bank setzen? Mein Rücken macht das lange Stehen kaum noch mit. Und bitte, nennen Sie mich Héli.»

Marie lächelte, bestand aber darauf, «Hélène» zu sagen.

«Immerhin spreche ich gerade mit einer intelligenten erwachsenen Frau, nicht mit einem Mädchen. Wie man sich bezeichnet, macht einen Unterschied.» Sie sagte das nicht tadelnd, sondern freundlich. Dann deutete sie auf Hélènes kugelrunden Bauch. «Ich erinnere mich noch zu gut an meine eigenen Schwangerschaften. Mutter werden ist anstrengend», sagte sie. «Aber Mutter sein noch mehr», fügte sie dann nachdenklich hinzu.

«Ich habe Angst, dass es mich noch mehr einschränkt», sagte Hélène.

«Noch mehr als die Schwangerschaft jetzt?»

«Nein, noch mehr als die Ehe», sagte Hélène.

«Ihr Mann scheint ein aufgeschlossener Mensch zu sein. Ich nehme an, Sie kennen die Geschichte von Amand? Und jene von mir? Nicht jeder hätte uns zu einer solchen Runde eingeladen. Aber er tat es, mit Nachdruck.»

«Mein Vater hat Eugen für mich ausgesucht. Sie haben das gemeinsam ausgemacht, ohne mich.»

Marie Goegg-Pouchoulin schaute Hélène einen Augenblick unschlüssig an. «Dann scheint der Herr Vater eine gute Wahl getroffen zu haben», sagte sie dann. Ein Zögern klang in ihrer Stimme mit. Als hätte sie etwas anderes sagen wollen, sich dann aber an ihren Status als Gast hier im Hause Eugen Furrers erinnert.

«Ich habe Eugen sehr lieb. Er ist ein guter Mann», Hélène strich langsam über ihren runden Bauch. Der zarte Stoff ihres Kleides fühlte sich gut an unter ihren Händen. Aus dem Haus klang Gelächter. Jemand hatte die Tür hinaus zum Garten geöffnet, um die Seebrise hineinzulocken. Die Grashalme glänzten unter dem Licht, das durch die unteren Fenster auf sie fiel. «Es ist nur so, dass es die Dinge verändert, wenn man sich nicht selbst dafür entscheiden darf. Der Wille von jemand anderem kann ein sehr grelles Licht auf sie werfen.» Hélène erschrak ob ihrer eigenen Worte. Erst in dem Moment, in dem sie sie aus ihrem Mund hörte, wurde ihr klar, wie wahr sie waren. Wind raschelte nun in den Bäumen und das Gelächter aus dem Haus war verstummt. Jemand hatte die Tür wieder zugemacht.

Madame Goegg blickte Hélène nicht schockiert, sondern verständnisvoll an.

«Meinen ersten Ehemann, Marc Antoine, habe ich geheiratet, weil man in dem Alter heiratet. Aber so funktioniert das nun einmal nicht. In meinen zweiten, Amand, habe ich mich Hals über Kopf verliebt. Weil er denkt wie ich, weil er Dinge verändern will und sich nicht davor scheut, Menschen wütend zu machen mit dem, was er will. Und auch nicht mit dem, was er eben nicht mehr will. Und doch erscheint es mir sogar jetzt wahnsinnig schwierig, eine Beziehung auf Augenhöhe zu führen. Wie auch? Haben wir als Frauen doch vor allen Institutionen weniger Wert, weniger Gewicht und weniger Macht. Das macht etwas mit den Männern – und es macht noch viel Schlimmeres mit uns.»

«Ich habe das meinem Bruder so oft zu erklären versucht. Dieses Gefühl, keinen Zugang, auch nicht die kleinste Strickleiter, zu der Ebene zu haben, auf der alle Männer geboren werden. Mein Bruder, müssen Sie wissen, ist ein ausgesprochen aufgeschlossener Mensch.» Hélène hielt kurz inne. Kaum jemals hatte sie mit jemandem über diese Themen und Ansichten gesprochen. «Er findet, Frauen sollten abstimmen können und arbeiten gehen und in allem ganz genau gleich behandelt werden wie die Männer. Aber er versteht nicht, dass er mir gegenüber noch so verständnisvoll sein kann, unter dem Strich kann er ja doch durch all die Türen gehen, die mir verschlossen bleiben. All die Chancen packen, an die ich nicht einmal denken darf. Er könnte etwas verändern. Ich nicht. Ich glaube, wer diese Ohnmacht nie selbst gefühlt hat, kann das gar nicht verstehen.»

«Sie sind eine faszinierende junge Frau», sagte Marie. «Nicht viele können dieses Gefühl so ausformulieren wie Sie. Nicht viele haben dieses Gefühl überhaupt, fürchte ich. Noch nicht, zumindest. Aber die Schweiz wird sich ändern. Sie ist vielleicht das Land in Europa, in dem das, was wir die Frauenfrage nennen, die schnellsten und größten

Fortschritte machen könnte. Wir haben eine egalitäre Verfassung. Männer, die sich eine solche Verfassung geben, können nicht mehr lange die Hälfte der Bevölkerung davon ausschließen. Das muss nicht einmal aus Nächstenliebe oder aus dem Willen zur Gerechtigkeit sein. Es ist schlicht die logische Konsequenz aus dem bisherigen Handeln.»

Hélène dachte an Zürich, an die Universität und die Blicke der Studenten, die sie als Hörerin auf sich gespürt hatte. Sie dachte an den Unterton in der Stimme ihres Cousins Richard, als er sie nach ihrem «Spaziergang an der Universität» gefragt hatte.

«Ich fürchte, davon ist diese Gesellschaft noch weit entfernt», sagte sie. «Aber ich denke, durch die richtige Bildung der Frauen könnte sich mit der Zeit eine einflussreiche Bewegung bilden. Sie müssen lernen, mitzureden – und erkennen, dass sie eigene Entscheidungen fällen dürfen.»

Marie nickte heftig. «Die Bildung ist so oder so essenziell. Erst dann haben Frauen eine Chance, auch in Politik und Wirtschaft auf die gleiche Stufe mit den Männern zu treten. Um das zu erreichen, brauchen wir allerdings die Kraft vieler Gleichgesinnter.» Sie blicke Hélène einen Augenblick an. Dann fuhr sie fort: «Ich spiele mit dem Gedanken, eine Vereinigung zu gründen. Damit Frauen aus verschiedenen Städten – oder sogar Ländern – gemeinsam für das Ziel der Gleichheit kämpfen können. Es gibt zudem auch Männer, die vehement nach Gleichberechtigung verlangen.»

«Männer?», fragte Hélène und zog die Augenbraue hoch. Sie wusste, dass Alfred und Eugen ihre Meinung im Privaten teilten. Aber sie konnte sich weder ihren Bruder noch ihren Gatten vorstellen, wie er das Gleiche in der Öffentlichkeit vertrat.

«Vehementer noch als die meisten Frauen», bestätigte Marie. «Weil sie die nötige Bildung besitzen. Und das Selbstbewusstsein. Leider sind es nur wenige. Die meisten haben kein Interesse an einer ‹Herrschaft des Unterrocks›, wie ein Herr sich kürzlich in der Zeitung ausdrückte. Und je mehr Frauen einfordern, umso vehementer wird der Widerstand.»

«Sie meinen also, wir müssen unsere Ziele tiefer stecken und unsere Erwartungen kleinhalten, um nicht noch mehr Gegenwind heraufzubeschwören.» Hélènes Stimme klang enttäuscht. Das Gespräch mit dieser fremden Frau regte sie an. Sie sprach Gedanken, die Hélène zu unterdrücken versucht hatte, freimütig aus.

Marie schüttelte den Kopf. «Das heißt nur, dass es besser ist, in Teilschritten zu operieren. Aber das Ziel ist klar: vollkommene Gleichstellung der Geschlechter.» Sie hob die Hand und ballte sie zur Faust. Dann setzte sie zu einem Plädoyer an, das sie nicht zum ersten Mal zu halten schien: «Ich will den moralischen und geistigen Fortschritt der Frau erreichen. Ich will Schritt für Schritt die Verbesserung ihrer Stellung in der Gesellschaft erreichen. Das geht nur durch Erlangen der menschlichen, zivilen, wirtschaftlichen, sozialen und politischen Rechte. Ich fordere die Gleichberechtigung auf dem Gebiet der Entlöhnung, des Unterrichts, des Familienrechts und vor dem Gesetz.»[10]

«Wohl gesprochen», sagte Hélène und schaute ihr Gegenüber an. Ihre Schultern hatten sich wieder entspannt. «Allerdings ist es nicht wenig, was Sie da fordern, Marie. Und die Argumente dagegen werden so zahlreich sein wie die Gegner selbst.»

«Es wird ein harter Weg. Aber wenn wir nicht lockerlassen, dann finden wir gerade hier in der Schweiz fruchtbaren Boden, davon bin ich überzeugt. Wir müssen Interessensgemeinschaften, Vereine und Publikationsorgane gründen, um die Frauen zu informieren. Wir müssen uns in die Diskussion der Männer einbringen und sie daran erinnern, dass es nicht nur darum geht, jüdische Männer in die politischen Prozesse miteinzubeziehen,[11] sondern alle Menschen.»

«Ich fürchte, nicht nur die Männer müssen überzeugt werden», sagte Hélène nach einer Weile. «Ich habe die Erfahrung gemacht, dass viele Frauen ihre Rolle als gottgegeben betrachten. Dass ich zusammen mit meinem Bruder unterrichtet wurde, war für die Freundinnen meiner Mutter die Höhe der Extravaganz. Und selbst wenn ich Frauen kennengelernt habe, die ihren Einflussbereich vergrößern wollten, dann nur, weil sie sich als Ergänzung zu den Männern verstehen. Sie möchten ihren Einflussbereich ausweiten, damit sie ihren Beitrag an dem Gemeinwohl leisten können, weil sie davon ausgehen, dass es Dinge gibt, die die Frau aufgrund ihrer Natur besser kann.» Hélène zögerte einen Moment. «Was Sie fordern, würden diese Frauen als egoistisch und überrissen bekämpfen. Sie würden sich und ihre Sache davon beleidigt verstehen. Sie wollen, glaube ich, gar nicht, dass Frauen und Männer als gleich wahrgenommen werden.»

Hélènes Stimme war immer lauter geworden. Marie nickte.

«Sie sprechen mir aus dem Herzen», sagte sie. «Jedem Menschen gebührt gleiches Recht bei gleicher Pflicht. Das Geschlecht tut dabei nichts zur Sache. Aber ich stimme Ihnen zu, auch ich habe in der Schweiz bisher noch nicht allzu viele Frauen getroffen, die sich dezidiert für ihre eigenen Rechte einsetzen wollen. Das ist in England natürlich ganz anders, dort ist der Kampf um das Frauenwohl heftig entflammt – und er hat mit dem Gemeinwohl wenig zu tun. In unseren Breitengraden müssen wir den Funken erst noch überspringen lassen. Aber auch hier werden die Frauen begreifen, dass es mit ein wenig Kirchenarbeit und einigen Stunden Sittenkunde nicht getan ist. Sie werden begreifen, dass sie richtig kämpfen müssen – für sich.»

Hélène spürte, wie sehr sie für diesen Kampf bereit war. Hatte sie nicht schon immer genau das gewollt: Gleich behandelt werden wie ihre Brüder? Gleiche Rechte haben wie ihr Ehemann? Nicht weil sie damit irgendjemandem besser dienen oder helfen konnte, sondern weil es ihr als Mensch zustand. War sie nicht viel intelligenter als ihr kleiner Bruder Viktor? Warum also sollte seine Zukunft rosiger aussehen als ihre? Warum musste er nächstes Jahr an die Universität, während ihr das Gleiche verboten worden war? Die Gedanken und Worte von Marie ließen Hélène regelrecht vibrieren. Nicht nur sie hatte diese Gedanken, Wünsche und Gefühle. Vielleicht würden sie irgendwann nicht nur Interessensgruppen bilden, sondern Mehrheiten.

«Hélène?» Eugens Stimme schallte über den Rasen zu den beiden

Frauen. Seine Silhouette zeichnete sich dunkel gegen den hell erleuchteten Hintergrund ab. Er hatte sich Sorgen um seine schwangere Frau gemacht. Nebeneinander liefen die beiden Frauen zurück zum Haus.

Zum Abschied fragte Marie: «Ich nehme an, Sie sind vertraut mit den Teekränzchen, die die Damen der guten Gesellschaft abhalten? Ich sage meiner Freundin Émilie de Morsier,[12] sie soll sich bei Ihnen melden.»

«Und mich zum Frauenkränzchen mit Tee und Selbstgebackenem laden?»

Marie hörte den sarkastischen Unterton in Hélènes Stimme und lachte laut. «Émilie nennt diese Treffen die ‹Thé Suffragiste›. Sie finden immer am ersten Montag des Monats statt. Und sie werden Ihnen gefallen, vertrauen Sie mir.»

Drei Wochen nach dem Gespräch mit Marie brachte der Postbote frühmorgens einen Brief. Die Adresse war mit schwungvollen Buchstaben auf den Umschlag notiert. Darin steckte eine Einladung, die nur Hélène galt. Das Pergament war schwer und sah teuer aus.

Sehr geehrte Madame Furrer

Ich hoffe, diese Zeilen finden Sie bei bester Gesundheit. Meine geschätzte Freundin, Marie Goegg-Pouchoulin, hat mir von Ihnen erzählt. Sie könnten, meinte Marie, eine wunderbare Ergänzung für unsere Runde sein. Wir treffen uns immer am ersten Montag des Monats zum Tee. Wir, das sind einige Damen aus der Stadt und der näheren Umgebung. Es gibt Selbstgebackenes und immer etwas zu erzählen.

Ich freue mich auf Ihre Antwort und sende Ihnen
die besten Grüße
Émilie de Morsier

Eugen hatte den an Hélène adressierten Brief geöffnet und ihr vorgelesen. Hélène selbst saß im Fauteuil und hatte die Füße hochgelagert. Ohne genau zu wissen warum, war sie dankbar für die Unverbindlichkeit des Schreibens.

«Ein Teekränzchen?», fragte Eugen erstaunt. Dann lächelte er und nahm die Hand seiner Frau. «Das dünkt mich ein geeigneter Zeitvertrieb. Dann lernst du endlich auch jene Damen aus der Region kennen, die spätabends nicht mehr aus dem Haus gehen. Die Mütter. Ein Austausch mit ihnen wird bestimmt bald von großem Nutzen für dich sein», er lächelte Hélène an.

Sie lächelte zurück, angestrengt, denn gerade rollte der Schmerz einer neuerlichen Übungswehe über sie hinweg. Sie versuchte, in den Schmerz hineinzuatmen. So, wie die Hebamme es ihr für den Ernstfall gezeigt hatte. Doch plötzlich spürte Hélène, wie eine warme Nässe sich auf dem Polster ihres Fauteuils ausbreitete. Ihre Fruchtblase war geplatzt. Und nun kamen Wehen, die mit «Übung» nichts mehr zu tun hatten. Eugen half Hélène hoch ins Schlafzimmer und rief nach Arzt und Hebamme. Als die Hebamme kam, schickte sie Eugen routiniert aus dem Zimmer. Doch Hélène erhob Einspruch. Sie wollte ihren Mann dabeihaben. Das hier ging sie beide etwas an. Und obwohl kaum ein Mann vor ihm das jemals getan hatte: Eugen blieb. Ein bisschen unsicher und ungelenk, aber er blieb an ihrer Seite. Daran änderte auch das Eintreffen des Hausarztes nichts, der mit lauter Stimme mehrmals betonte, wie unüblich es sei, in einer solchen Situation auf den Ehemann zu treffen, und dass dieser doch besser daran täte, die Frau machen zu lassen. Die Blicke von Hélène und Eugen trafen sich. Sie hatten genau darüber gesprochen. Es war Hélènes ausdrücklicher Wunsch, Eugen an ihrer Seite zu haben. Und er blieb. Er hielt ihre Hand, er wischte ihre Stirn mit einem kalten Lappen ab, er brachte Tee, den niemand trank, und er gab sich Mühe, nicht auf den unteren Teil des Bettes zu blicken, auf dem Hélène nun lag. Es war bereits tiefe Nacht, als endlich ein markerschütternder Schrei den kleinen Nicolas Frédérique Furrer ankündete.

«Ein Junge», seufzte Eugen selig.

«Es ist vorbei», stöhnte Hélène im selben Augenblick.

Doch es fing eben erst an.

^v

Draußen regnete es in Strömen. Hélène presste ihren Kopf an das kalte Glas der Kutsche. Innert Minuten war der See in einem grauen Schleier aus Wolken und Regenfäden verschwunden. Nun knirschte nasser Kies unter den Rädern der Kutsche und an den Fenstern zogen Reihe um Reihe säuberlich beschnittener Rebstöcke vorbei. Es war Montag und Hélène war auf dem Weg nach Vernier, wo die de Morsiers wohnten. In ihrer Tasche lag ein in Leder gebundenes Büchlein. Vor ihr hatte es bereits Émilie gelesen, nach ihr würde sie es an Caroline weitergeben. Es war eine der wenigen Ausgaben von Olympe de Gouges «Erklärung der Rechte der Frau und Bürgerin», veröffentlicht vor fast hundert Jahren. Es war nicht das erste Buch, das Hélène gemeinsam mit den anderen Frauen der «Thé Suffragiste» las. Meist war es Émilie, die die Werke auswählte. Auch ihr Mann war sehr interessiert an einer gleichberechtigten Gesellschaft und fand die Art, wie Männer ihre Vormachtstellung als selbstverständlich und gottgegeben betrachteten, grässlich. Als Mann war es einfacher, an Literatur zu kommen, die im Handel nicht gerade den Schaufensterplatz bekam. «Die Frau hat das Recht, das Schafott zu besteigen. Sie muss gleichermaßen das Recht haben, die Tribüne zu besteigen» hatte de Gouges im Rausche der französischen Revolution geschrieben. Nicht «Liberté, Égalité, Fraternité» wollte sie auf die Fahnen der Revolutionäre schreiben, sondern «Liberté, Égalité, Solidarité». Vor ihr hatte auch ihr Landsmann und Philosoph Nicolas de Condorcet den «Akt der Tyrannei» beklagt, den die französischen Revolutionäre begingen. Für universelle Menschenrechte wurde Leben um Leben geopfert, den Frauen aber wollte man weiterhin die Teilhabe am neuen Gemeinwesen versagen. Das, obwohl auch ihr Blut für die

Menschenrechte geflossen war. Auch von ihm hatten Hélène und die übrigen Frauen bereits Schriften gelesen. Dazu weitere französische und englische Philosophen, kürzlich auch Schriften Harriet Jemima Winifred Clisbys, einer Australierin, die verschiedene spannende Ideen proklamierte – etwa bessere Hygiene in der Pflege, Bewegung für die Frauen, damit sie ihren Körper wahrnahmen. Sie hatten einige Gymnastikübungen Clisbys später selbst ausprobiert, in Émilies Garten. Es war eine Stunde voller Lachen und Unbeschwertheit gewesen.

Nun also Olympe de Gouges. Hélène hatte sich beim Lesen gefühlt, als klebe Blut an ihren Händen. Dafür, dass de Gouges ihre Gedanken – die gleichen Gedanken, die Hélène so oft hatte – ausgesprochen und aufgeschrieben hatte, war sie gestorben. Das Recht, auf einer Tribüne zu stehen, hatte der Jakobiner Robespierre ihr nie eingeräumt. Dafür aber allzu bald jenes, auf das Schafott zu treten. Sie war 1793 guillotiniert worden. Kurz nachdem – und vor allem weil – das Buch, das nun in Hélènes Tasche lag, veröffentlicht worden war. Hélène freute sich darauf, mit ihren neuen Gesinnungsgenossinnen die Gedankenspiele und Forderungsansätze zu diskutieren, die darin enthalten waren. Es fühlte sich geradezu revolutionär an. Immerhin standen die Zeichen zurzeit ganz anders. Rousseau hatte in seinem «Emile» erklärt, die Frau sei nur da, um dem Mann zu gefallen. Damit verbaue sie sich die Möglichkeit, am «Contrat social», also dem Gemeinwesen, teilzuhaben. Dort könne nämlich nur mitreden, wer unabhängig sei. Da die Frau aber von der Zuwendung des Mannes lebe, disqualifiziere sie sich als Glied des Souveräns. Und auch der große Genfer Reformator Calvin hatte den Frauen ein dickes Ei gelegt, wie Hélène sich zur Freude ihrer Freundinnen ausgedrückt hatte. Er bezeichnete die Ehefrau als Ergänzung des Ehegatten, ihre höchste Pflicht: diesen zu erfreuen.

Die Fahrt nach Vernier dauerte nicht allzu lange. Kaum hatte die Kutsche vor dem Anwesen der de Morsiers Halt gemacht, sprang die Tür auch schon auf und das Dienstmädchen ließ Hélène eintreten. Noch ehe sie ihren Mantel abgelegt hatte, kam ihr Émilie entgegen und begrüßte sie. Émilie strahlte, sie war erstmals guter Hoffnung und die Schwangerschaft stand ihr gut. Aber ihr Anblick erinnerte Hélène auch an Eugens Wunsch nach einem zweiten Kind und sie spürte ein flaues Gefühl im Magen. Die Hebamme hatte während ihrer Niederkunft beteuert, alle Schmerzen seien vergessen, sobald das kleine Wesen an ihrer Brust läge. Aber Hélène erinnerte sich auch jetzt noch an den Schmerz und an die düsteren Wochen nach der Geburt. Kaum etwas lag ihr ferner, als es auf eine Wiederholung davon ankommen zu lassen. Das hatte sie zu der Überzeugung gebracht, dass etwas mit ihr nicht stimmte. Vielleicht hing alles zusammen. Ihr Wunsch, Dinge zu tun, die einer Dame nicht zustanden. Ihre schiere Gier, sich Wissen anzueignen und später damit glänzen zu können. Ihre Abneigung gegen die Abhängigkeit, in der sie sich ihr Leben lang befand. Und dann ihre Unfähigkeit, das zu tun, was ansonsten jeder Frau so leicht zu fallen schien.

Im Kamin brannte ein Feuer, Caroline[13] und Mathilde waren bereits da und das Dienstmädchen goss Tee in bauchige Porzellantassen. Auf einer Etagere waren Törtchen und anderes Gebäck ausgelegt, deren Duft bis zum Eingang wehte. Hélène begrüßte ihre Freundinnen herzlich und blieb schließlich vor dem letzten Sessel stehen. Der adrette Herr, der darin gesessen hatte, war augenblicklich aufgesprungen. Er stand auf, küsste ihre behandschuhte Hand und stellte sich als Louis Bernard vor, Maler, Philanthrop und – nur des Überlebens willen – Rechtsprofessor aus Toulouse. Er hatte dunkles Haar, helle Haut, stechend blaue Augen und war für zwei Semester von der Universität Genf als Gastprofessor angestellt worden. Er war ein entfernter Verwandter von Émilies Mann und, wie Hélène bald erfahren sollte, ein flammender Feminist. «Feminist», das Wort war Hélène neu. Fast war es den Frauen in der Runde unangenehm, dass Louis von der vollständigen Gleichstellung der Geschlechter sprach. Vehement und mit hoher Dringlichkeit brachte er seine Argumente vor. Man fühle sich beinahe ein wenig überfahren von so vielen Forderungen, hatte Caroline gesagt und Louis hatte sich davon geschmeichelt gezeigt. Hélène hatte Carolines Bemerkung mit Stirnrunzeln quittiert.

«Solange wir nichts fordern, werden wir auch nichts bekommen», sagte sie. «Monsieur Bernard hat da schon recht. Wir sollten uns zusammentun, nicht nur wir hier, in dem kleinen Kreise, sondern öffentlich. Damit auch Frauen aus anderen Schichten dazukommen. Auf dass wir unsere Gedanken verbreiten mögen.»

Die Runde nickte. International müsse man denken, fügte Louis hinzu. Denn die Frauen überall auf der Welt würden gleiche Ziele verfolgen. Vielerorts sei man im Kampf auch schon ein Stück weiter. Nicht viel allerdings, die Schweiz könne problemlos aufholen. Müsste es eigentlich gar leichter haben, sei doch die Prämisse der Gleichheit bereits seit bald zwanzig Jahren in der Verfassung verankert.

«Gerade wird darüber diskutiert, auch jüdischen Männern das volle Bürgerrecht zu geben», warf Hélène ein, «warum die Diskussion nicht auf die Frauen ausweiten?»

Sie blickte in die Runde. Sie war sich selbst nicht ganz sicher, ob sie diese Forderung nun ausgesprochen hatte, weil sie von Herzen so fühlte – oder weil Louis Bernard im letzten Sessel saß. Doch Mathilde und Émilie nickten. Caroline hingegen schüttelte den Kopf. Man dürfe nicht zu forsch auftreten, nicht zu dreist fordern. Das würde die Männer nur abschrecken, eine Abwehrhaltung erzeugen, noch bevor das Kleinste sich verändert habe. Sie möchte nicht mit den englischen Suffragetten verwechselt werden, sagte Caroline. Sie möchte die Gleichstellung gemeinsam mit den Männern erreichen. Weil es doch auf der Hand liege, dass Männer und Frauen sich aufs Beste ergänzen.

«Die Männer werden uns aber nicht helfen, wenn wir sie nicht erkennen lassen, über welche Fähigkeiten wir Frauen tatsächlich verfügen», sagte Hélène. «Der Blick der Männer auf uns Frauen wird sich nicht einfach so verschieben. Er wird der gleiche bedauernde Blick bleiben, den sie auch heute auf uns werfen – solange wir nicht Dinge einfordern, Instrumente, die es uns erst möglich machen, unsere Tüchtigkeit unter Beweis zu stellen!»

Mathilde nickte. «Hélène hat recht», sagte sie. Nur diese drei Worte.

Aber in Hélènes Herz verschoben sie Felsblöcke. Nach jenem Treffen beschloss eine kleine Gruppe um Hélène, Mathilde und Louis, sich häufiger zu treffen. Einmal die Woche, meist im Haus von Hélène, da sie nur ein Kind hatte, kaum Personal und Eugen sich nicht daran stören würde.

«Weil er so tolerant ist», hatte Hélène gesagt, «und was ihm an Toleranz fehlt, macht er mit Abwesenheit wett», hatte sie angefügt.

Louis hatte über ihre spitze Bemerkung etwas länger gelacht als die übrigen und sein Blick war an Hélène hängen geblieben. Hélène allerdings hatte davon nichts bemerkt. Ihre Gedanken waren nun in der weiten Welt. Sie wollte aktiv werden. Etwas tun. Seit sie an den «Thé Suffragiste» teilnahm, las Hélène wie eine Berserkerin. Schriften der Amerikanerinnen, der Engländerinnen, der Franzosen. Sie las auch Schriften der Abolitionisten und der Freiheitsbewegung. Denn war der Kampf der Frauen nicht genau das? Der Kampf von Sklaven für die eigene Freiheit. Je mehr sie las und je mehr sie nachdachte, umso überzeugter war Hélène, dass die Frauen sich vereinen mussten. Eine alleine hatte keine Kraft. Doch wenn die Hälfte der Gesellschaft etwas forderte – wie konnte die andere Hälfte dann noch Nein sagen? Und um die Frauen zu vereinen, musste man sie informieren. Sie mussten erkennen, welches Unrecht ihnen angetan wurde. Was war das beste Mittel dazu? Was war legal? In dieser Frage konnte Louis helfen. Stundenlang diskutierte sie während der Treffen bei Émilie oder in ihrem eigenen Haus mit ihm. Dann wieder saß sie alleine an ihrem Schreibtisch, in der Hand den goldenen Füllfederhalter, geprägt mit ihrem Namen. Ein Geschenk von Eugen zum Hochzeitstag. Oder war es ihr Geburtstag gewesen? Oder einfach so? Eugen hatte die neue Gewohnheit, ihr auch einfach so Geschenke zu machen. Die Geschäfte liefen gut. Je weniger Zeit Eugen für seine Familie hatte, umso mehr verwöhnte er sie mit Luxus. Einmal hatte er eine Schneiderin kommen lassen und dazu eine Wagenladung herrlicher Stoffe. Hélène hatte sich einen Stoff für eine teure Abendgarderobe aussuchen dürfen. Dazu einen zweiten für ein wunderbares

Nachtkleid. Die Schneiderin hatte Eugen in den höchsten Tönen gelobt. Was sich der Mann alles ausdenke für seine Frau. Und dabei wusste sie noch nicht einmal, dass Eugen seine Frau mit einer Reise nach Paris überraschen wollte. Hélène trug das elegante Kleid zum ersten Mal in der Pariser Oper. Und das fließende Nachtkleid später im Hotel. Dort im Hotel, beim Frühstück, hatte sie erstmals versucht, Eugen an ihrer neuen Gedankenwelt teilhaben zu lassen.

«Eine Vortragsreihe hier, in der Schweiz? Mit einer echten englischen Suffragette?»

Hélène hatte begeistert genickt.

«Das kommt gar nicht infrage! Stell dir vor, was die Leute über mich sagen, wenn ich dir so etwas erlaube. Und auch über dich würde geredet!»

«Aber die Leute reden doch nur, weil sie schlecht informiert sind. Genau das möchte ich damit», begann Hélène, aber Eugen fiel ihr ins Wort.

«Ich habe dich nicht extra nach Paris eingeladen, um über deine neue Freizeitbeschäftigung zu sprechen.» Die Worte hallten kalt und hart in Hélènes Ohren nach. Das war doch nicht ihr Eugen, der da sprach? So klang er doch nicht! Eugen selbst schien seinen Fehler augenblicklich erkannt zu haben. Er griff über den Tisch und nahm Hélènes Hand, ein versöhnliches Lächeln im Gesicht. «Du bist meine Frau und ich liebe dich», sagte er leise.

Hélène unterdrückte den Impuls, ihre Hand zurückzuziehen.

«Erinnerst du dich noch an diesen einen Tag auf dem Zürichsee? Als Alfred im Schatten hinter seinen Büchern hockte und du mir das Prinzip der Schenkung erklärt hast?» Seine Stimme war nun wieder sanft.

Hélène nickte und ließ ihre Hand in der von Eugen liegen. Bilder stiegen in ihrer Erinnerung auf. Der blaue Himmel, die wenigen Wolken am Horizont. Eugen, das Ruderboot und sie beide im Wasser. Dann die überraschende Heimkehr des Vaters am gleichen Tag, das Gespräch mit ihm, wütend und drohend. Alfred, der sie verteidigen wollte und doch nichts ausrichten konnte. Alfred, den sie schon so lange nicht mehr gesehen hatte. Auch seine Briefe waren kürzer und seltener geworden. Munter klang er, aber abgelenkt. Zürich, die Schweiz, Hélène, alles schien weit hinter ihm zu liegen.

«Ich vermisse ihn, Alfred, meine ich», sagte Hélène.

«Ich versteh dich, meine Liebste. Aber versuche doch, es so zu sehen: Nicolas und ich, wir sind jetzt deine Familie. Und wir lieben dich über alles, in unseren Gedanken und Herzen spielst du die größte Rolle.»

Hélène hatte seine Hand gedrückt und gesagt, dass sie von Nicolas' Gedankenwelt noch nicht allzu überzeugt sei. Da hatte Eugen laut gelacht.

«Wäre es nicht schön, unsere Familie zu vergrößern?», fragte Eugen dann.

Hélène blieb stumm. Sie wollte kein zweites Kind. Es bekam ihr einfach nicht. Sie wollte ihre Zeit für Dinge nutzen wie die Vortragsreihe. Die Gründung eines Vereins womöglich. Aber sie wusste, dass das Eugen nicht gefallen würde. Vielleicht war sogar das erst der Grund, warum er plötzlich ein zweites Kind wünschte. Dann wäre sie zu beschäftigt für Vorträge und Suffragetten.

«Ich will dich zu nichts drängen, Liebes», fuhr Eugen fort, «aber es wäre gut für Nicolas, wenn er kein Einzelkind bleibt. Stell dir nur vor, wir stehen am Fenster und blicken hinaus in den Garten, wo unsere zwei oder gar drei Kinder zusammen spielen.» Eugen lächelte bei der Vorstellung.

«Vielleicht hast du recht», sagte Hélène und Eugen fuhr, bestärkt von ihrem Zugeständnis, fort:

«Als du mir eben gesagt hast, wie sehr du Alfred vermisst, habe ich daran denken müssen, wie schön das Band zwischen Geschwistern sein kann. Ich wünsche mir, dass auch unser Nicolas das eines Tages erfahren darf.»

Im Zug von Paris zurück nach Genf war Hélène schweigsam. Eugen hatte recht, es war egoistisch von ihr, nur an sich zu denken. Warum sollte Nicolas alleine bleiben müssen? Es war falsch von ihr gewesen, anzunehmen, dass er ihre Familie nur vergrößern wollte, um seine Frau von anderen Dingen abzuhalten. Sie spürte seinen Blick auf sich und schaute auf. Er lächelte.

«Ich habe Sie bei unserem letzten Treffen vermisst», sagte Louis, als die kleine Runde in Hélènes Garten saß. Es war Sommer und Nicolas übte mit dem Kindermädchen auf wackeligen Beinen erste Schritte.

«Mit einem Besuch in der Pariser Oper kann nicht einmal das hier mithalten», Hélène deutete mit einer ausladenden Handbewegung auf den Garten, den See und die Berge dahinter.

«Jetzt kokettieren Sie aber», sagte Louis, dessen Blick Hélènes Hand gefolgt war.

«Gar nicht», sagte Hélène und lehnte sich zurück.

Mathilde, deren Leibesfülle ihr an warmen Tagen zum Verhängnis wurde, hatte sich etwas abseits in den Schatten gesetzt, dem Panorama den Rücken zugekehrt, das Gesicht hinter einer aufgefächerten Zeitung versteckt. Ob sie darin las oder sich damit zu noch mehr Schatten verhalf, blieb offen.

«Gustave und ich spielen mit dem Gedanken, ganz nach Paris zu ziehen. Wir hätten beide so viel mehr Möglichkeiten dort», sagte Émilie, die an diesem Tag mit von der Partie war. Hélène schaute sie erschrocken an. Der Gedanke, eine Freundin und Vertraute an eine Stadt so viele Kilometer weit weg zu verlieren, machte ihr Angst. Gleichzeitig hatte Émilie recht. Zumindest, was sie selbst betraf. Gustave war Banker, Hélène fand, diesem Metier konnte man auch in Genf aufs Beste nachgehen. Sie sprachen über Genf und den Umzug. Émilie hatte ihr Kind in der Zwischenzeit bekommen. Der wenige Monate alte Auguste[14] schlummerte in einem Stubenwagen bei Mathilde im Schatten der Bäume, während um ihn herum emanzipatorische Pläne geschmiedet wurden. Émilie stillte noch, darum hatte sie den Kleinen nicht zu Hause beim Kindermädchen lassen wollen. Jetzt sofort, sagte sie und zeigte in Richtung Kind, möchte sie den Umzug nicht in Angriff nehmen.

«Vielleicht in ein, zwei Jahren», sagte sie dann und beendete das Thema, indem sie sich wieder der Liste mit bekannten Rednerinnen zuwandte, die nahe genug lebten und so für eine Einladung in die Schweiz infrage kamen.

Jetzt hob Mathilde den Kopf von ihrer Zeitung auf und rief: «Ziehen Sie besser nach Zürich statt Paris, liebe Émilie.» Die Runde blickte fragend, Mathilde wedelte mit der Zeitung. «Dort dürfen nämlich jetzt auch die Weiber studieren. So steht es hier. Und glauben Sie mir, der Schreiber ist nicht erfreut darüber.»

«Die Universität Zürich ist für Frauen bereits geöffnet», sagte Hélène und war erstaunt, dass Mathilde sich nicht erinnerte. «Ich war doch da, an der Uni, vor vier Jahren. Aber Abschluss hätte ich keinen machen dürfen. Wir Frauen sind nur als Hörerinnen zugelassen.»

«Sie waren zu früh dran, meine Beste», sagte Mathilde. «Hier steht, dass ab dem Jahr 1864 auch Damen das Studium an der Universität Zürich erlaubt sein wird, mit Examen und Diploma.»

Hélène war so schnell aufgestanden, dass der Stuhl hinter ihr wankend ins Gras kippte. Sie musste die Nachricht selbst lesen. Ihre Augen flogen über die Zeilen. Tatsächlich: Wäre sie jetzt in Zürich, könnte sie studieren. Einen Abschluss machen, wie Alfred und Eugen und all die anderen Herren. Sie wäre eine eigenständige Person. Zumindest eigenständiger, als sie es jetzt war. Ein Abschluss in der Tasche, wie schwer würde das wiegen, wie gut würde das tun.

Als die Gruppe sich verabschiedete, wartete Hélène ungeduldig auf die Heimkehr von Eugen. Sie musste mit ihm über diese neue Möglichkeit sprechen. Sie hatte in Erfahrung gebracht, dass die Öffnung der Universität nur für Zürich galt, in Genf waren die Frauen weiterhin ausgeschlossen. Es gab also nur diesen einen Weg: Sie musste zurück nach Zürich. Eugen würde es verstehen, er würde sie unterstützen, sie wusste es. Tag für Tag sah sie, wie ihr Mann seine Arbeit genoss, die Bildung, das Weiterkommen, der stete Gewinn von Einfluss. Niemals würde er das seiner Frau verwehren, jetzt, wo es möglich war. Selbst wenn das hieß, dass sie beide für eine Weile an zwei unterschiedlichen Enden einer Eisenbahnstrecke leben würden.

«Nein», sagte Eugen ohne nachzudenken. Hélène argumentierte, doch er schüttelte den Kopf. «Meine Frau wohnt etliche Kilometer weg von mir? Um zu studieren? Was denken dann die Leute? Dass es uns an Einkommen mangelt? Dass ich dich nicht unter Kontrolle habe? Und Nicolas? Er müsste mit dir mitkommen, ein Kind gehört ja schließlich zu seiner Mutter. Aber sein Heim ist hier, bei mir», Eugens Stimme war nicht wütend, aber deutlich.

«Seit wir uns kennen, will ich studieren. Richtig studieren. Das weißt du, Eugen. Nun bietet sich diese Möglichkeit – und dann erst noch in meiner Heimat», sagte Hélène und gab sich Mühe, nicht zu betteln.

«Ich kann dich nicht alleine zurückkehren lassen. Das geht einfach nicht.»

«Dann komm mit mir mit! Dein Vater hat in Zürich beste Verbindungen.»

Eugen schaute sie nachdenklich an. Er schwieg lange.

«Meine Aufgabe hier in Genf wird wohl tatsächlich nicht mehr allzu lange dauern», sagte er dann. «Ein Jahr noch, denke ich, dann könnten die Karten in Zürich zu meinen Gunsten neu gemischt sein. Zwei Jahre, maximal. Wenn wir dann so oder so nach Zürich zurückkehren, ich bereits in einer angesehenen Position, dann sieht es anders aus. Lass uns dann nochmals darüber sprechen. Lass uns nicht jetzt alles überstürzen, wegen einer Depesche in einer Zeitung.»

Es war Eugens letztes Wort gewesen und es hatte sich für Hélène angefühlt wie die größte Niederlage ihres Lebens. Sie wusste, dass sie dramatisierte und Eugen vielmehr dankbar sein müsste, dass er die Türe halb offen stehen lassen hat. Aber sie schaffte es kaum, ihren Groll gegen ihn herunterzuschlucken. Mit Mathilde und den anderen Frauen hatte sie darüber nicht gesprochen. Das Thema Universität war noch einige Male aufgekommen und sie hatte mit Verweis auf Nicolas abgewunken. Vorerst bleibe sie in Genf. Aber es sei doch gut zu wissen, dass Türen sich geöffnet hätten. Je mehr Zugänge die Männer zu ihren Heiligtümern gewährten, umso besser für die Frauensache. Man hatte ihr beigepflichtet und die Planung der Vortragsreihe war weiter vorangeschritten. Mit Eugen hatte Hélène darüber nicht mehr gesprochen.

«Viele Frauen machen auch längere Vortragstouren durch Europa. Sie könnten wir quasi abzweigen, damit sie auch hier an einigen Abenden sprechen», sagte Mathilde an einem weiteren Nachmittag im Hause Furrer.

Hélène stimmte sofort zu. Kosten wurden diskutiert, Namen auf die Liste genommen und wieder gestrichen. Schließlich verabschiedete sich Mathilde etwas früher als geplant. Zurück im Garten blieben Louis und Hélène. Es war ein herrlicher Herbstabend. Hélène schickte nach dem Hausmädchen, es solle dem Herrn bitte noch ein Getränk anbieten, bevor auch er sich auf den Heimweg mache. Sie wollte nicht zu lange mit Louis alleine bleiben. Eugen wäre es unangenehm, sie beide in trauter Zweisamkeit im Garten vorzufinden, wenn er nach Hause käme.

«Sie sind eine faszinierende Frau, Hélène von Steig», sagte Louis plötzlich.

«Furrer», korrigierte Hélène.

«Finden Sie das richtig? Den Namen ihres Mannes zu tragen, als wären Sie sein Eigentum?»

«Macht es einen Unterschied, ob ich seinen Namen trage oder den meines Vaters?»

«Damit sind Sie zumindest aufgewachsen. Geworden, wer Sie heute sind.»

«Die Nachnamen zeigen doch nur einmal mehr, welche Rolle wir Frauen in der Gesellschaft haben. Erst bevormunden uns unsere Väter und geben uns ihre Namen. Sie mögen es noch so gut meinen, uns noch so umsorgen – die Freiheit bekommen wir von ihnen nicht. Stattdessen geben sie uns weiter, sobald wir reif sind, an den nächsten Mann, der die Vormundschaft übernimmt und uns nun seinerseits den eigenen Namen aufdrückt. Wie einen Stempel, damit klar ist, wer die Verantwortung für uns trägt.»

«Die Spanier machen es besser. Dort geben Vater und Mutter beide dem Kind einen Nachnamen mit», sagte Louis.

Hélène nickte. Ihr Blick fiel auf den See, dessen Wellen mittlerweile rot, orange und golden glänzten. Die Sonne war eben dabei, unterzugehen.

«Wie steht es denn mit Ihnen, Louis? Haben auch Sie schon eine junge Frau mit Ihrem Namen markieren können?» Hélène wusste, wie forsch sie klang. Aber sie schämte sich nicht. Etwas an Louis reizte sie. Er reizte sie, seit sie ihn zum ersten Mal gesehen hatte. Seine Gegenwart, ja, nur schon der Gedanke an ihn, stachelte sie an. Drängte sie, mehr zu tun, mehr zu erreichen, etwas zu bewegen. Wenn seine stahlblauen Augen auf ihr ruhten, hatte sie das Gefühl, die Energie regelrecht durch ihren Körper pulsieren zu fühlen.

«Ich weiß nicht, ob ich das je möchte. Es müsste ein ganz besonderer Mensch sein.» Sein Gesichtsausdruck änderte sich und er schüttelte den Kopf, kurz und heftig, als würde er eine Fliege verjagen. «Ich hoffe, ihr Mann weiß zu schätzen, was er an Ihnen hat», sagte er und stand jäh auf.

Als das Hausmädchen die Erfrischung für den Herrn Bernard brachte, war dieser bereits weg. Hélène zog das Glas zu sich und trank in großen Schlucken daraus.

Als Eugen nach Hause kam, war es längst dunkel geworden. Hélène erwartete ihn im Bett. Sie trug das seidene Nachtkleid, das das Hausmädchen nach Paris gereinigt und ihr ins Schlafzimmer gehängt hatte. Sie hörte, wie Eugen seine Kleider ablegte, dann ging sie zu ihm, mit nackten Füßen und offenem Haar. Sie zog ihn ins Schlafzimmer, half ihm, sich zu entkleiden, küsste ihn und zog ihn ins Bett.

Am nächsten Morgen spürte Hélène ein Ziehen in ihrem Unterleib. Sie ging zur Toilette und war erleichtert, dass es gerade noch früh genug war, um die dicken Baumwollbinden einzulegen, damit das Menstruationsblut nicht ihre gesamte Unterwäsche ruinierte. Eugen würde enttäuscht sein, er wünschte sich so sehr ein Geschwisterchen für Nicolas. Hélène dagegen war erleichtert und fragte sich gleichzeitig, ob ihre eigene Angst eine erneute Schwangerschaft verhinderte.

Sie sprach mit Caroline darüber. Diese schüttelte lachend den Kopf.

«Keine Sorge, beim Kindermachen hat der Kopf nichts zu melden», sagte sie. Es könne aber sein, dass Hélènes Körper noch nicht wieder bereit sei für die Beschwerden einer Schwangerschaft und einer Geburt. «Nur Geduld, es kommt alles, wie es muss.»

Vorerst allerdings kamen schlechte Nachrichten. Mathilde hatte sich eine schwere Grippe geholt. Sie würde wohl Wochen im Bett verbringen, bis ihr Körper sich vollumfänglich erholt hatte. Sie musste sich jetzt um sich selbst kümmern, das feministische Planen überließ sie darum Hélène und Louis. Hélène versuchte jede Woche, sich nicht auf die gemeinsamen Nachmittage mit Louis zu freuen. Mehr als ein halbes Jahr kannte sie ihn nun schon und mit wenigen Unterbrüchen verbrachten sie jeden Freitagnachmittag zusammen. Nicht alleine natürlich, sondern mit Mathilde, Caroline, Émilie und oft auch noch einigen anderen Frauen. Aber wann immer sich die Gelegenheit ergeben hatte, zu zweit zu sprechen, hatten sie sie genutzt. Hélène hatte das Gefühl, Louis besser zu kennen als Eugen. Sie hatte sich gesorgt, Louis könnte sich nach der Diskussion um Nachnamen und seinem überstürzten Abschied anders verhalten. Doch er blieb charmant und faszinierend.

«Ich würde mich freuen, Sie einmal in einer meiner Vorlesungen zu sehen», hatte er kürzlich gesagt. «Auch an der Universität Genf sind Gasthörerinnen zugelassen.» Hélène hatte erst abgewunken. Doch der Gedanke war immer wiedergekommen. Bis sie sich eines Morgens besonders umsichtig frisiert und gekleidet und zur Universität aufgemacht hatte. Eugen war für wichtige Besprechungen für mehrere Tage in Zürich und sie langweilte sich zu Hause, alleine mit dem Kind und den Bediensteten. Ein Besuch an der Universität klang nach einer guten Abwechslung. Es hatte ihr gefallen zu sehen, wie die Studenten an den Lippen von Professeur Bernard hingen. Es hatte ihr auch gefallen, wie er sie nach der Vorlesung begrüßt hatte. Mit Handkuss und einem strahlenden Lächeln, als wäre sie sein Ehrengast. Er hatte sie durch die Fakultät geführt und einigen Kollegen vorgestellt und danach gefragt, ob er sie zum Mittagessen ausführen dürfe.

«Ich sollte besser nach Hause», hatte Hélène schnell geantwortet. Und Louis, erschrocken ob der eigenen Forschheit, hatte sie zum Ausgang begleitet.

«Bitte entschuldigen Sie meine Frage», sagte Louis, nachdem sie schweigend den Gang zum großen Tor gegangen waren. «Ich vergesse manchmal, dass Sie kein Mann sind.»

Hélènes unangenehme Anspannung von eben löste sich in einem lauten Lachen: «Ich werde mich von nun an also um ein damenhafteres Verhalten bemühen.»

Louis sah den Schalk in ihren Augen und lächelte ebenfalls.

«Ich vergesse manchmal, dass Sie kein Mann sind.» Die Worte hallten in Hélènes Kopf nach. Er betrachtete sie also als ebenbürtig. Sie lächelte. Erst als sie zu Hause angekommen war und alleine beim Mittagessen saß, kam ihr ein anderer Gedanke: Er sah sie also nicht als Frau? Fand er sie nicht anziehend? Hélène war irritiert. Um nicht weiter darüber nachdenken zu müssen, setzte sie sich an Eugens Schreibtisch, sie selbst hatte noch immer keinen, und verfasste die Einladung für ihren ersten Informationsanlass. Sie hatten einen Raum, der Salon der de Morsiers, dazu eine der Lehrerinnen, die bereit war, eine Einführung in die Schweizer Staatskunde zu geben. Das Datum lag ebenfalls bereits fest. Es war also höchste Zeit, die Einladungen zu schreiben. Doch Hélène hatte Mühe, sich zu konzentrieren. Immer wieder neu setzte sie die Feder an, strich das Geschriebene durch, begann wieder von vorne und schließlich war das Blatt voll mit nichtsnutzigen Zeilen und das

Tintenfässlein leer. Hélènes Blick glitt über die aufgeräumte Schreibtischplatte ihres Mannes. Alles lag ordentlich an seinem Platz. Sie öffnete die oberste Schublade, fand darin aber nur Löschpapier und neue Federn für den Federhalter. In der nächsten Schublade lagen Korrespondenzen. Das war bestimmt geschäftlich und ging sie, Hélène, nichts an. Gerade wollte sie die Schublade wieder zuschieben, da erkannte sie die Schrift auf einem der Briefe. Es war die Handschrift ihres Vaters. Sie zog den aufgerissenen Umschlag aus der Schublade.

Lieber Eugen

Ich hoffe Sie, meine Tochter und meinen Enkel bei guter Gesundheit. Ich schreibe Ihnen nach Absprache mit Ihrem Herrn Vater. Es verhält sich nämlich derart, dass im Zürcher Stadtrat noch vor Ende der nächsten Wahlen ein Sitz frei wird. Wir beide finden: Sie sollten diesen besetzen. Es wäre ein Gewinn für alle Seiten. Das Gewerbe dieser Stadt könnte von einer Gesinnung wie der Ihren nur profitieren. Auch für Ihren weiteren Weg wäre es der erhoffte Schritt. Und jetzt, wo Alfred auf Reisen ist, würde meine alte Seele sich freuen, die Familie wieder näher zu wissen.

Hélène ließ den Brief sinken. Ihr Vater hatte ihrem Mann eine Möglichkeit angeboten, nach Zürich zurückzukommen. Das war doch, was sie sich wünschte: Sie würde studieren können.

«Und du würdest Louis nie wiedersehen», sagte eine Stimme in ihrem Kopf. Ihr Blick fiel erneut auf den Briefumschlag. Das Siegel war gebrochen, aber der Poststempel noch gut zu lesen. Der Brief war kurz vor der Nachricht eingetroffen, dass in Zürich nun auch Frauen würden studieren können. Als Hélène Eugen also danach gefragt hatte, ob er eine Möglichkeit sähe, in die Limmatstadt zurückzukehren, hatte er von dem Angebot bereits gewusst – und es ihr verschwiegen. Eugen kam am gleichen Tag von seiner Reise nach Zürich zurück. Er sah müde aus und hatte dunkle Ringe unter den Augen. Es war schon spät, aber Hélène war wach geblieben. Sie wollte ihn nach dem Angebot des Vaters fragen. Vielleicht hatte Eugen ja erst alles in Zürich besprechen wollen, bevor er sie in seine Pläne einweihte. Damit sie sich keine Hoffnungen machte, die dann doch nicht zur Erfüllung kamen. Nun saß er auf der Bettkante und erzählte von der Zugfahrt Richtung Genf. Eine ganze Stunde sei der Zug außerhalb des Bahnhofes angehalten worden, bevor er hatte einfahren können. Warum, hatte niemand gesagt. Im gelben Licht der Nachttischlampe sah Eugen müde aus. Und alt. Viel älter als damals, als sie sich einander versprochen hatten. Viel älter als bei der Geburt von Nicolas. Falten lagen um seinen Mund und die Haut wirkte fahl und gelblich. Die Ringe unter den Augen waren dunkel und regelrecht in das Gesicht geprägt. Die Augen darüber glanzlos, die Lider schwer. Hélène küsste ihren müden Mann auf die Stirn und drehte sich im Bett auf die andere Seite. Als Eugen die Lampe löschte, hatte sie ihre Augen bereits geschlossen.

Eugens Augenringe schienen sich in den nächsten Tagen wenn, dann noch zu verdunkeln. Umso erstaunter war Hélène, als er ihr von einem Sommerfest erzählte, das der Bürgermeister veranstaltete, zu dem er sie gerne ausführen würde.

«Wir beide – wie früher?», fragte Hélène und lächelte ihn an.

«Nun ja, es ist für mich vor allem eine geschäftliche Gelegenheit. Wir haben diesen einen Klienten, den wir nicht verlieren dürfen, nicht ihn auch noch, und er wird dort sein. Aber ich freue mich, dich mitzubringen. Du hast diese Fêtes früher doch stets gemocht.»

«Was meinst du mit ‹nicht ihn auch noch›, läuft es nicht gut bei euch in der Kanzlei?», fragte Hélène.

Eugen zuckte die Schultern. «Nichts, worüber du dich sorgen müsstest, meine Liebste», sagte er und wandte sich ab. Aber Hélène ließ nicht locker. Den Brief im Kopf, fragte sie weiter.

«Hast du in Zürich meinen Vater getroffen?», fragte sie.

Eugen blickte widerwillig zu ihr zurück. «Ja, kurz», sagte er dann, «warum?»

«Vielleicht weiß er ja von einer Gelegenheit in Zürich. Wäre das nicht wunderbar?»

Eugen schaute sie einen Augenblick schweigend an. Dann schüttelte er widerwillig den Kopf.

«Weder dein Vater noch ich wissen von einer Gelegenheit für mich in Zürich», sagte er dann. Er sah älter aus denn je.

Alles, was Rang und Namen hatte, nahm am Sommerfest teil. Nur Mathilde fehlte. Ihr ging es noch immer nicht besser und Hélène machte sich große Sorgen. Sie unterhielt sich mit einigen der anderen Frauen über den Zustand der Freundin und Eugen freute sich, seine Frau bei ihren Teekränzchen-Freundinnen zu wissen. So konnte er ohne schlechtes Gewissen die Gespräche führen, deretwegen er gekommen war. Das Essen wurde im Garten aufgetragen, an langen Tafeln mit weißen Brokat-Tischtüchern. Ein Streichquartett spielte, bis auch die verspäteten Gäste eingetroffen waren und das Bankett eröffnet wurde. Zu den Verspäteten gehörte Louis. Er wurde zu seinem Platz an einer anderen Tafel geführt und Hélène hatte keine Gelegenheit, ihn zu grüßen. Während sie sich mit ihrer Tischnachbarin unterhielt, einer reizenden Dame aus Lausanne, spürte sie ihr Herz heftiger klopfen als sonst. «Ich vergesse manchmal, dass Sie kein Mann sind.» Louis Worte klangen in Hélènes Kopf.

Als es langsam dunkler wurde, entzündeten die Dienstboten zahllose Fackeln. Nach dem Essen spielten die Musiker erneut und die Gesellschaft begann auf dem Rasen zu tanzen. Eugen entschuldigte sich und Hélène blieb allein zurück.

«Eine junge Frau wie Sie, die nicht tanzt?», fragte eine fröhliche Stimme. Louis hatte sich mit etwas Abstand auf einen freien Stuhl in ihrer Nähe gesetzt. Er wirkte ungezwungen und entspannt.

Hélène atmete tief durch. «Nun, wenn der Herr sich alleine nicht auf die Tanzfläche, Pardon, den Tanzrasen getraut, begleite ich ihn selbstverständlich gerne. Sind wir Frauen nicht genau dafür gemacht: die Männer zu unterstützen bei all ihren mutigen Taten?»

Louis lachte laut und reichte ihr fröhlich den Arm.

«Erst frage ich allerdings besser noch den Herrn Gemahl», sagte er dann, ließ Hélène bei einer kleinen Damengruppe stehen und machte sich auf die Suche nach Eugen.

«Was für eine charmante Bekanntschaft Sie da gemacht haben», sagte eine der Frauen zu Hélène.

«Kennt man sich bereits?», fragte eine andere.

Hélène kannte die Frauen nur flüchtig. Sie gehörten nicht dem Zirkel an, den sie oft bei kleineren Gesellschaften gesehen hatte.

«Ja, selbstverständlich», sagte Hélène, «ansonsten würde ich kaum ein Tänzchen mit ihm wagen. Er ist der Verwandte eines befreundeten Paares von uns.»

Noch ehe die Konversation hatte weiterplätschern können, war Louis zurück und drückte Hélène einen Kuss auf den Handrücken.

«Mit besten Grüßen vom Herrn Eugen Furrer, ich dürfe seine Gattin durchaus über den Tanzrasen führen. Nur Vorsicht, er hätte die Frau Furrer gerne in einem Stück zurück.»

Hélène entledigte sich kurzerhand ihrer Schuhe. Sie spürte den Rasen unter ihren Füßen, die Abendluft in ihrem Gesicht und sie fühlte sich beim Tanz mit Louis so lebendig wie lange nicht mehr. Als die Musik aussetzte, führte Louis seine Tanzpartnerin zurück zu ihrem Platz. Eugen war noch nicht wieder zurück und so setzte Louis sich an seinen Platz.

«Besten Dank für diesen wunderbaren Tanz», sagte Hélène atemlos.

«Ich habe keine Sekunde vergessen, dass Sie kein Mann sind», sagte Louis und ein Blitzen zeigte sich in seinen Augen. Auch er hatte also über diesen Satz nachgedacht.

«Und was hat Sie denn so heftig erinnert?», fragte Hélène keck und schaute Louis direkt in die Augen.

«Alles», antwortete Louis. Die Musik hatte wieder zu spielen begonnen, der Tanzrasen füllte sich erneut.

«Sollen wir?», er deutete auf die tanzenden Menschen. Hélène wollte gerade Ja sagen, da kam die Frau auf sie zugelaufen, mit der sie vor dem letzten Tanz kurz gesprochen hatte.

«Ihr Mann verlangt nach Ihnen. Er wartet draußen vor dem Eingang. Die Kutsche sei bald bereit, lässt er ausrichten», sagte die Frau und betrachtete Hélène und Louis neugierig. Als sie ging, blieb eine merkwürdige Stille zurück.

Eugen stand neben der Straßenlaterne, sodass nur die Hälfte seines Gesichtes von dem Licht erhellt wurde. Die andere Hälfte lag im Dunkeln. Erst als sie in der Kutsche waren, begann Eugen zu sprechen.

«Der Bürgermeister hat mir von dem Informationsanlass erzählt, den Émilie bei sich zu Hause veranstaltet», sagte er.

Hélène nickte und wartete ab, was noch kommen würde.

«Bist du eingeladen?», fragte Eugen.

«Selbstverständlich», erwiderte Hélène, «Émilie ist meine Freundin.»

«Dann hast du dir eine der Einladungen, die du verfasst hast, zur Seite gelegt?», Eugens Stimme hatte ein gefährliches Vibrieren angenommen. Und Hélène erschrak. Sie hatte mit Eugen seit ihrem Gespräch in Paris nicht mehr über die Veranstaltung gesprochen. Er reagierte immer empfindlicher auf Themen, die dem schweizerischen Zeitgeist nicht voll und ganz entsprachen.

«Früher hättest du dich gefreut über mein Engagement», sagte Hélène.

«Früher hättest du mir selbst davon erzählt. Nun erfahre ich vom Bürgermeister, dass meine Frau sich bei weibischen Aufständen involviert.» Eugens Stimme war mit jedem Wort lauter geworden, bis er schließlich schrie.

«Du bist derart abgekämpft, ich wollte dich mit meinen Belangen nicht auch noch behelligen», sagte Hélène.

«Ich verbiete dir, an diesem Anlass teilzunehmen», stieß Eugen hervor. «Ich verbiete dir, dich weiter mit diesen, diesen Leuten zu treffen. Und ich verbiete dir, dich weiter für eine Sache zu engagieren, die diesem Land nur Schaden bringen kann.»

«Meinst du mit der ‹Sache› die Gleichberechtigung der Geschlechter?»

«Ich meine damit alles, dein Gerede von Frauenstimmrecht, dein Gerede von Studium und Abschluss. Damit ist jetzt Schluss. Du bist eine Frau, du bist meine Frau. Warum kannst du nicht einfach sein wie die Frauen der anderen Männer? Zufrieden daheim, glücklich als Mutter und dankbar als Ehefrau. Warum habe ausgerechnet ich ein Weib geheiratet, das mir in den Rücken fällt?»

Hélène starrte ihren Mann an. War das wirklich Eugen? Ihr Eugen?

«Das meinst du nicht so», sagte sie.

«Ach nein? Weißt du jetzt also nicht nur besser, was gut ist für unser Land, weißt du jetzt auch noch, was ich wie meine?» Eugens Stimme bebte, als er fortfuhr. «Unsere Kanzlei hat deinetwegen einen großen Auftrag verloren. Der Bürgermeister hat es mir heute Abend mitgeteilt. Viel Geld, Prestige, alles weg, deinetwegen!»

Hélène hatte nachgefragt, worum es denn genau gehe und ob sie helfen könne. Aber Eugen hatte nur den Kopf geschüttelt und an ihr vorbei aus dem Fenster gestarrt. Zu Hause angekommen, war er in Nicolas' Zimmer verschwunden. Lange hatte Eugen seinen schlafenden Sohn betrachtet, dann hatte er im Gästezimmer geschlafen.

Bei einem Besuch an Mathildes Krankenbett, deren Wangen endlich wieder etwas rosiger geworden waren, sah Hélène Louis wieder. Er begleitete Émilie und Gustave, die Mathilde ebenfalls besuchen wollten. Vier Tage waren seit dem Fest beim Bürgermeister vergangen.

«Müssen Sie auch zurück nach Genf?», fragte Louis laut und Hélène nickte.

«Darf ich Sie einladen, die Kutsche mit mir zu teilen?»

«Wenn es Ihnen nichts ausmacht.»

«Émilie und Gustave fahren, soweit ich weiß, zurück nach Vernier», Louis blickte fragend in die Runde. Gustave nickte, bot aber an, einen Bogen über die Stadt zu machen. Louis winkte ab, er wolle keine Umstände machen.

Alleine mit Louis. Der Gedanke traf Hélène, noch ehe die Kutschentür zufiel. Er fragte sie, ob sie nach dem Sommerfest gut nach Hause gekommen sei. Und sie erzählte ihm von dem Streit mit Eugen. Davon, dass ihr Handeln ihn einen wichtigen Klienten gekostet hatte. Und davon, dass er für den Rest der Woche geschäftlich nach Paris gereist war, ohne sich von ihr zu verabschieden.

«Aber möchte Ihr Mann denn wirklich jemanden vertreten, der so vehement gegen die Ideale seiner Frau verstößt?», Louis Stimme klang ehrlich erstaunt.

«Seiner Kanzlei geht es schlecht, finanziell», Hélène zuckte die Schultern, «es tut aber eigentlich auch nichts zur Sache.» Zu gerne hätte Hélène dem Mann, der ihr gegenübersaß, mehr von dem Streit erzählt. Von der Fremdheit, die sich zwischen ihr und ihrem Mann ausgebreitet hatte. Von ihrer Verzweiflung darüber, dass Eugen alles, was ihr wichtig und teuer war, immer weniger bedeutete. Aber das war ganz und gar nicht angebracht.

«Hatten Sie denn noch einen schönen Abend?», fragte sie stattdessen, um einen munteren Ton bemüht.

«Ich habe mich bald nach Ihnen ebenfalls empfohlen. Um ehrlich zu sein: Ohne Sie hatte das Fest seinen Reiz für mich verloren.» Er beugte sich zu Hélène vor. Sein Blick suchte ihren, er schien sich zu fassen, sich zu sammeln. «Ich weiß, Sie sind verheiratet. Die Gefühle, die ich Ihnen gegenüber hege, stehen mir nicht zu. Und sie Ihnen nun so plump zu offenbaren, ist wohl das Beschämendste, was ich in meinem Leben geleistet habe. Und doch muss ich es Ihnen sagen, ich kann einfach nicht anders: Ich bewundere Sie, Hélène, ich bewundere Sie und ich begehre Sie.»

Draußen verlangsamte sich der Rhythmus der Pferdehufe, die auf den Boden schlugen. Sie waren nun nahe der Stadt. Bald würde die Kutsche vor dem Furrer'schen Anwesen anhalten.

Am nächsten Tag schwirrte Hélène der Kopf. Der Blick, mit dem Louis sie angesehen hatte, seine Worte, seine Hände, seine Berührungen. Sie fuhr mit der Hand über das durcheinandergebrachte Bettlaken neben sich. Louis war gegangen, bevor die Sonne aufging. Aber sein Duft hing noch in der Luft, genau wie sein Angebot. «Verlasse ihn, Hélène, verlasse ihn und heirate mich. Kämpfe mit mir zusammen für unsere Ziele. Werde glücklich – mit mir.»

Sich scheiden lassen? Was wäre dann mit Nicolas? Konnte sie ihn mit sich nehmen? Sollte sie das überhaupt, war sie tatsächlich das bessere Elternteil für den Buben? Marie, mit der sie kurz vor Nicolas' Geburt gesprochen hatte, wie lange war das her, hatte sich auch scheiden lassen. Und wieder geheiratet. Zwei Kinder von zwei verschiedenen Männern. Hélène erinnerte sich an die Dinge, die über Marie gesagt worden waren. Bis Zürich hatte man gelästert. Und sie erinnerte sich an die Gedanken, die sie selbst gehabt hatte. Ertrug sie es, Zielscheibe von all dem zu werden?

Am nächsten Tag, erst kurz vor dem Abendessen, kam Eugen aus Paris zurück. Er trat ohne Gruß durch die Tür und kam direkt auf Hélène zu. Seine Miene unergründlich. In der Hand hielt er ein Telegramm.

«Dein Bruder Viktor ist schwer erkrankt. Dein Vater hat sogar einen Arzt aus Deutschland kommen lassen. Niemand weiß, was er hat. Aber die Krankheit scheint ihn regelrecht aufzuzehren. Dein Vater lässt ausrichten: Wenn du ihn noch einmal sehen möchtest, ist jetzt der Moment gekommen, nach Zürich zu reisen. Gestern besser als heute.» Eugen hielt inne und schaute seine Frau an. «Es tut mir sehr leid, Viktor und – alles. Es tut mir leid», sagte er dann.

«Ich muss zu ihm», sagte Hélène.

«Ich wusste, dass du das sagen wirst. Es ist bereits alles in die Wege geleitet. Morgen fährt dein Zug. Du nimmst Nicolas und das Kindermädchen mit, ich werde mit allem anderen bald folgen.»

«Folgen», fragte Hélène verständnislos, «mit allem anderen?»

«Natürlich, davon weißt du ja noch gar nichts. Wir ziehen zurück nach Zürich. Erst im Frühling, dachte ich. Aber unter diesen Umständen», seine Worte hingen einen Augenblick in der Luft, ehe er fortfuhr: «Ich habe eine Professur an der Universität Zürich angeboten bekommen. Und dazu darf ich mir gute Chancen auf einen Sitz im Stadtrat ausrechnen. Stell dir vor, ohne politische Karriere davor. Das meinen zumindest unsere beiden Väter, der alte Merz auch und, so sagen sie, auch Escher höchstpersönlich. Und wenn er es sagt, ist es gesetzt.»

Eugen gab sich Mühe, seine Freude zu verbergen. Doch er konnte nicht anders, sein Gesicht strahlte. Hélène sagte nichts. Sie würden nach Zürich zurückkehren. Weg von Genf, weg von Louis, weg von allem. Sie hatte keine Worte mehr.

^v

Johann Gottlieb von Steig wurde exakt zwei Jahre nach seinem jüngsten Sohn Viktor zu Grabe getragen. Die Trauergemeinschaft fand sich in beinahe identischer Konstellation vor dem Familiengrab wieder. Nur ein Mann stand in der ersten Reihe, der bei der ersten Beerdigung nicht anzutreffen gewesen war. Er stand direkt neben der trauernden Tochter des Verstorbenen. Sein Blick lag ebenso oft auf dem Grab wie auf der Frau neben ihm. Hélène trug einen schwarzen Hut mit dunklem Netz, das ihr Gesicht verbarg. Sie war froh darum, die letzten Jahre hatten sie gezeichnet. Unter ihrem schwarzen Kleid wölbte sich ihr Bauch. Die Niederkunft ihres zweiten Kindes stand kurz bevor.

Zwei Jahre waren seit der überstürzten Abreise der Familie Furrer aus Genf vergangen. Noch im Zug nach Zürich hatte Hélène vier Briefe geschrieben. Einen an Mathilde, in dem sie ihr die Abreise erklärte und ihrer Hoffnung Ausdruck verlieh, die gemeinsamen Projekte weiterzuführen. Mathilde hatte umgehend geantwortet und Hélène versichert, dass die Distanz zwischen Zürich und Genf ihren Plänen nichts anhaben konnte. Im Gegenteil: Als Gattin eines so gut wie gewählten Zürcher Stadtrates besitze Hélène nun die nötige Autorität, um auch die Frauen in der Deutschschweiz für ihre Sache zu mobilisieren. Vor allem die Damen aus Bern, betonte Mathilde, seien der Sache der Frau zugetan. Sie notierte Hélène die Adresse einer jungen Patrizierin, Helene von Mülinen[15] war der Name. Sie sei sehr gebildet, interessiert und hätte, wie auch Hélène, gerne studiert. «Notiere dir auch den Namen Julie von May.[16] Sie teilt dein juristisches Fieber und deine Besessenheit, als Allererstes die rechtliche Lage der Frau zu verbessern» schrieb Mathilde. Der zweite Brief ging an Émilie und war beinahe identisch mit jenem an Mathilde. Ein dritter Brief ging an Alfred. Darin erzählte Hélène ihrem Bruder alles. Sie schrieb von den Mühen des Mutterseins und von den Freundschaften in Genf. Von den Plänen, die Frauensache voranzutreiben, und von der Öffnung der Universität. Sie schrieb von Eugens Widerstand dagegen, ihrer Enttäuschung, ihrem Gefühl, von ihrem Mann mit der Zeit immer weniger als ebenbürtige Partnerin und vielmehr als Verpflichtung wahrgenommen zu werden. Sie schrieb von Louis und seinem Angebot, sie zu heiraten. Sie schrieb das alles, weil sie wusste, dass sie ihren Bruder nicht an Viktors Krankenbett antreffen würde. Alfred weilte in Indien, von wo aus er seine Übersiedlung nach Amerika plante. Dazwischen würde er nicht nach Zürich zurückkehren. Die väterlichen Geschäfte liefen besser denn je, Alfred akquirierte Handelspartner, dass die Kassen kaum zu klingeln aufhörten. Er schrieb ihr, dass Geld genug vorhanden war für eine Passage nach Amerika und ein Haus mit genügend Platz für seinen kleinen Neffen. Er schrieb auch, dass die Welt dort eine andere war, geschiedene Frauen einen Platz darin hatten und die Gesellschaft sowieso eine gleichere sei. Hélène antwortete ihm, dass sie hier, in ihrer Heimat, etwas verändern wolle. Dass sie es diesem jungen Staat doch schulde, ihn besser zu machen, ihn aufbauen zu helfen. Dass sie überzeugt sei, dass es sich lohne.

Der letzte Brief kostete Hélène die größte Kraft.

Geliebter Louis

Diese Zeilen an dich zu schreiben, schmerzt. Ich sitze im Zug nach Zürich und werde nicht wieder nach Genf zurückkehren. Mein Bruder liegt auf dem Sterbebett, darum der überstürzte Aufbruch. Bleiben aber werden wir, weil Eugen einen Posten an der Universität Zürich antreten wird. Ich mache es kurz: Ich werde meinen Mann nicht verlassen. Ich habe lange über deine Worte nachgedacht. Aber könnte aus einer stürmischen Liebschaft tatsächlich eine solide Ehe erwachsen? Und könnte ich es ertragen, Nicolas zu verlieren? Denn ihn würde Eugen nicht hergeben. Und es wäre sein Recht, obliegt doch die Vormundschaft für die Kinder dem Ehemann. Vom ersten Augenblick an, damals, im Salon der de Morsiers, hast du mich belebt. Deine reine Anwesenheit hat mich angetrieben. Deine Zuneigung hat mich glücklich gemacht. Ich will das Gefühl, das du in mir ausgelöst hast, niemals vergessen. Und ich will das Feuer, das du in mir angefacht hast, nicht erlöschen lassen. Ich werde jeden Funken davon verwenden, um weiterhin für unsere Sache zu kämpfen. Tue du das Gleiche und verschwende deine Kraft nicht darauf, weiter an mich zu denken.

In Liebe und Dankbarkeit
Hélène

Eugen hatte sich für die Beerdigung von Viktor nicht rasch genug von seinen Geschäften in Genf trennen können. Erst zwei Wochen später war er in Zürich eingetroffen. Hélène aber hatte sich bald gewünscht, er wäre nie gekommen. Hatten die Kontakte in Genf ihren Mann über die Jahre etwas traditioneller in der Wahrnehmung der Geschlechterrollen werden lassen, so beschleunigten die Liberalen in Zürich diesen Vorgang um ein Vielfaches.

«Ausgelacht wurde ich, als ich mich erkundigt habe, wie das Damenstudium an der Universität denn vonstattengehe», sagte er außer sich.

Hélène zuckte die Schultern. «Pioniere werden nicht immer bejubelt», sagte sie dann. Aber Eugen wollte nichts mehr davon wissen.

«Ich finde das Studium für eine Frau nicht an sich falsch», sagte er, «aber du an der Universität – das könnte man mir in der Politik vorhalten. Niemand wird einen Stadtrat wählen, der sich ein solch exzentrisches Leben gönnt. Dann war alles umsonst.»

Hélène hatte nur den Kopf geschüttelt. «Du enttäuschst mich, Eugen», hatte sie dann gesagt.

«Wieso bist du so sperrig», hatte Eugen geschrien. «Wieso kannst du keine rechte Frau sein, eine Ergänzung zum Manne? Tüchtig auf all den Gebieten, auf denen wir Männer es nicht sind. Warum passt du nicht hinein in diesen Dualismus, den Gott sich für uns Menschen ausgedacht hat? Wieso sträubst du dich so sehr? Ich will dir doch entgegenkommen. Ich will dich doch glücklich machen. Ich liebe dich! Aber ich kann dir keine andere Welt anbieten. Ich habe nur diese eine zur Hand und in dieser bin ich der Mann und du die Frau und sie dreht sich nicht einfach in die andere Richtung, nur weil du dir das wünschst, Hélène.»

Nach diesem Gespräch war Eugen in eines der Gästezimmer gezogen und Hélène hatte Nicolas' Kinderbettchen zu sich geholt. Der Streit mit Eugen, die Distanz zu ihren Genfer Freundinnen und das Wegfallen ihrer Beziehung zu Louis hatten ihre Bindung zu Nicolas verstärkt. Er war jetzt das Einzige, was sie noch hatte. Jeden Tag beschäftigte sie sich viele Stunden mit dem Kind. Sie beobachtete, wie er wuchs und sich entwickelte und immer mehr zu einem kleinen, ungelenken Spiegelbild ihrer selbst wurde. Mit jedem Tag wurde ihr klarer, wie viel sie verändern konnte, wenn sie dafür sorgte, diesen kleinen Jungen zu einem gerechten, weltoffenen und toleranten Mann zu erziehen.

Wenn Hélène nicht mit ihrem Sohn spielte, traf sie sich mit Frauen aus der Zürcher Gesellschaft. Die eine oder andere war interessiert an Hélènes Gedanken, doch das Feuer für die Sache, das sie mit Mathilde, Caroline und Émilie geteilt hatte, ließ sich nicht wieder entfachen. Und Hélène musste vorsichtig sein. Die Damen waren meist Gattinnen von Politikern und wichtigen Herren der Gesellschaft. Herren, die einen Einfluss auf Eugens Karriere hatten. Und diese wiederum war ins Wanken geraten. Die Position Alfred Eschers, des Zaren von Zürich, wie sie ihn nannten, war nicht mehr so unbestritten wie früher. Es war ein kleines Büchlein[17] erschienen, das Escher und die Liberalen in ein schlechtes Licht rückte. Und ohne Escher war Eugens Laufbahn nicht mehr so sicher. Umso wichtiger war es, dass er sich in der Gesellschaft gut stellte, sich auch mit den Demokraten einließ und sich so möglichst breit abstützte. Hélène war hin- und hergerissen. Sie wünschte Eugen den Erfolg. Aber sie verachtete die Demokraten, die alle Menschen auf der Welt gleich machen wollten – nur die Frauen nicht. Und sie sorgte sich, dass Eugen sich den Demokraten nicht nur aus politischem Kalkül annäherte. Hatte er nicht vor all den Jahren bei ihrem allerersten Treffen, dem Abendessen mit Alfred, erklärt, er finde nicht alle Ideen der Demokraten verwerflich?

Oft saß Hélène in der Bibliothek und las. Zu ihrer Lektüre gehörte auch das «Privatrechtliche Gesetzbuch»,[18] das 1853 in Kraft getreten war und das sie bereits während ihrer Zeit an der Universität durchgeblättert hatte. Wie lange war das her? Nun unterstand auch sie, die sie ihre Ehe hier in Zürich geschlossen hatte, diesen Gesetzen. Sie machten Zürich zu einem Schlaraffenland für Männer, die in der Wirtschaft etwas erreichen wollten. Eugen war darauf sehr stolz. Auch Hélènes Vater war darauf sehr stolz gewesen – und hatte die Bestimmungen genutzt, um das Familienvermögen zu vergrößern. Was die Frauen betraf, wollte das Gesetzbuch von einer «abstrakten Rechtsgleichheit» allerdings nichts wissen, las Hélène. Vielmehr nehme der Mann eine «überragende Stellung» gegenüber seiner Frau ein, denn «sein Schicksal zieht das ihrige magnetisch an und mit». Sie hatte ihm also überallhin zu folgen. Alles Geld, das Hélène in die Ehe eingebracht hatte, hatte sie laut Gesetz dem «ehelichen Vormund» abzutreten. Im Gesetzbuch stand, der Mann «verwaltet ihr Vermögen und hat das Recht, das Vermögen seiner Frau zu gebrauchen und zu genießen». Ihr Geld, ihr Leben, ihr Kind – alles gehörte Eugen. Bitter dachte Hélène, dass es auf der Hand lag, warum es den Männern nicht behagte, wenn ihre Frauen studierten. Sie hatte Eugen von ihren Entdeckungen in der juristischen Bibliothek erzählt, aber er hatte sich auf kein Gespräch mit ihr eingelassen.

Bei Abendgesellschaften, Spaziergängen im Park und den Stunden in der Bibliothek lernte Hélène hier und da einen Mann kennen, der sich nicht fürchtete oder ärgerte ob der Frau, die kaum einmal schwieg. Mit einigen wenigen von ihnen ging sie gleich weit wie damals in Genf mit Louis. Doch mit keinem Einzigen wiederholte sie den Fehler, sich zu verlieben. Sie wusste nicht, ob es Lust oder Verdruss war, der sie in die Arme fremder Männer trieb. Sie wusste nur, Liebe durfte es nimmer wieder sein. Ob Eugen, der dieser Tage an allen Fronten für sich warb und kämpfte, etwas davon mitbekam, wusste Hélène nicht. Sie gab sich Mühe, ihre ehelichen Pflichten ihm gegenüber so gut und oft er es wünschte zu erfüllen. Als sie erkannte, dass sie guter Hoffnung war, bestand darum durchaus die Chance, dass das Kind von ihm war. Hélène kam kurz nach der Beerdigung ihres Vaters mit einer Tochter nieder. Sie nannte sie Mathilda, ihrer guten Freundin Mathilde zu Ehren, und beobachtete gerührt, wie der mittlerweile vierjährige Nicolas sich um das Schwesterchen bemühte. Nach der zweiten Geburt blieb Hélènes Seele leicht und hell. Keine düsteren Wolken zogen auf, wie sie es bei Nicolas erlebt hatte. Hélène war dankbar und schöpfte daraus Zuversicht und Hoffnung. Schwangerschaft und Geburt hatten ihr diesmal neuen Antrieb verliehen. Sie schrieb lange Briefe an Alfred, der sich über den munteren und zuversichtlichen Ton darin freute. Sie traf sich mit Frauen der Gesellschaft, darunter eine faszinierende, bürgerliche Dame mit Namen Elise Honegger.[19] Mit Elise schmiedete Hélène Pläne, diskutierte das Zürcher Gesetzbuch und kam sehr bald zu der Überzeugung, dass die demokratischen Kreise recht hatten: Zürich brauchte eine neue Verfassung. Keine kleinen Anpassungen, wie das die Liberalen um Escher forderten, nein, eine neu aufgesetzte, neu ausgedachte Verfassung. Zu ihrer Überraschung stimmte Eugen dem zu. Elise und Hélène machten sich daran, einen Zirkel gleichgesinnter Frauen[20] aufzubauen. Hélène reiste auch einmal mit beiden Kindern nach Genf, wo ein solcher Kreis längst bestand. Mathilde revanchierte sich ihrerseits mit einem Besuch in Zürich: Sie konnte von ihrem Patenkind kaum genug bekommen. Man tauschte sich aus und Hélène blühte auf. Auch die still klaffenden Löcher zwischen ihr und Eugen schienen sich mit Nicolas' kindlicher Stimme und dem Glucksen der kleinen Mathilda wie von selbst zu füllen.

Das Jahr 1867 kam und brachte dem Ehepaar Furrer ein letztes Aufflammen vergangener Gefühle. Die Stimmbürger des Kantons Zürich hatten einer Totalrevision ihrer Verfassung zugestimmt. Darauf hatten Eugen und Hélène gemeinsam hingearbeitet. Es war ein Anliegen der Demokraten und damit Eugens neuer politischer Gesinnung äußerst nah. Und es war eine Möglichkeit, vielleicht die einzige, den Frauen zu einem besseren Stand im Kanton zu verhelfen. Hélène und Eugen hatten sich glücklich in den Armen gelegen, nachdem die Stimmen ausgezählt waren und das Ergebnis festgestanden hatte. Und es kam noch besser: Eugen war als Rechtsgelehrter in den Verfassungsrat zur Totalrevision der Verfassung berufen worden. Das bedeutete: Eugen konnte eigene Anliegen einbringen; seine eigenen – und jene von Hélène.

Doch Hélène war vorsichtig geworden. Sie wusste, dass ihr Mann ihr Anliegen, was die Frauensache betraf, nicht mehr teilte. Wehmütig erinnerte sie sich an den Abend, als sie Eugen zum allerersten Mal gesehen hatte. Als sie dachte, ihr Vater habe das Treffen ausgemacht, um ihr erste Einblicke in das Studium der Rechtswissenschaften zu geben. Sie erinnerte sich an das Gespräch zwischen ihr, Alfred und Eugen. Daran, wie ihr Bruder Leuthy zitiert hatte, der bereits in den Dreißigerjahren geschrieben hatte, die Weiber seien doch auch Menschen, entsprechend stünde ihnen ebenso das Wahl- und Stimmrecht zu. Damals hatte Eugen den Geschwistern zögernd, aber – davon war sie überzeugt – von Herzen zugestimmt. Sie musste an den Eugen von damals gelangen. Musste ihm zeigen, dass die Mitbestimmung der Frauen die Gesellschaft nicht über den Haufen werfen würde, sondern besser machen konnte. Dass freie Menschen glückliche Menschen waren, davon war Eugen überzeugt. Wenn zudem seine Überzeugung stimmte, dass das Kinderkriegen und Kinderumsorgen fest in der weiblichen Natur verankert lag, musste er sich auch nicht darum sorgen, dass die Frauen es vernachlässigen würden. Im Gegenteil, das eine würde das andere doch aufs Vortrefflichste ergänzen. Je mehr sie darüber nachdachte, umso sicherer war sich Hélène, dass sie Eugen würde überzeugen können, das Aktivbürgerrecht für die Frauen in die revidierte Verfassung mit aufzunehmen.

«Ich würde mich politisch komplett exponieren», rief Eugen aus, als Hélène ihn zu Beginn des neuen Jahres darum bat. «Jetzt, wo man so viel Vertrauen in mich setzt, kann ich nicht einfach willkürliche Forderungen stellen.»

«Immerhin plädieren die Demokraten doch dafür, allen Menschen gleiche Rechte zu geben. Dem Bauern ebenso wie dem Patrizier. Es wäre also keine Willkür, die Bäuerin gleich zu behandeln wie den Bauern», konterte Hélène. Den Druck von außen konnte sie verstehen. Sie lebte mit Eugen zusammen in dieser Gesellschaft. Es schmerzte sie zwar, dass er so mutlos mit dem Strom schwamm, statt den Pioniergeist zu leben, den sie hätte respektieren, ja gar bewundern können. Doch Eugen war noch nicht fertig.

«Aber es ist nicht nur das, Hélène. Ich selbst bin davon überzeugt, dass die Frauen dieser Volksrechte nicht bedürfen. Haben sie nicht bereits die moralische Hoheit über die Männer? Wozu also auch noch das Stimmrecht? Es ist unnötig. Es soll sich ein jeder um den Garten kümmern, in dem er die meisten Früchte wird ernten können. Für die Frau liegen diese Gärten im Heim, bei der Familie, in der Fürsorge und lieblichen Pflege. Für den Mann hingegen draußen, in der Politik und der rauen Welt der Wirtschaft. Diese raue Umgebung würde die empfindsame Seele der Frau zu sehr beschädigen. Schau dich an, schau, wie das Gerede um Gleichheit dich aufreibt. Das frohe Mädchen, dass ich einst geheiratet habe, ist fast gänzlich hinter Sorgenfalten und bitterem Zynismus verschwunden. Das will ich keiner anderen Frau antun. Nein, mehr noch, ich will sie davor bewahren, soweit es in meiner Hand liegt.»

«Eugen, du hast die Möglichkeit, meinem größten und wichtigsten Anliegen Geltung zu verschaffen. Mein Lebensziel zumindest in Richtung Realität zu stoßen. Wenn du das nicht tust, wenn du diese Gelegenheit verstreichen lässt, sogar ablehnst, kann ich dir nicht mehr in die Augen blicken. Nie mehr.»

Die Frauen, die Hélène sorgsam ausgewählt und zu sich nach Hause eingeladen hatte, hatten ihr aufmerksam zugehört. «Eine Petition», fragte eine von ihnen, «und wie formulieren wir das? ‹Sehr verehrte Herren, teilen Sie ab sofort Ihre Macht mit uns›?»

«Wir schreiben», sagte Hélène, «wir seien enttäuscht darüber, dass bei der ganzen Rede von der Erweiterung der Volksrechte keine einzige Partei der verkümmerten und unterdrückten Menschenrechte der Frauen gedacht habe. Und wir schreiben, wir fordern volle bürgerliche Rechte für alle Frauen ab dem 20. Lebensjahr. Vollständige, rechtliche Gleichheit der Geschlechter. Denn anders kann die von den Herren so oft wiederholte Losung Freiheit, Bildung, Wohlstand für das gesamte Schweizer Volk niemals richtig Tat und Wahrheit werden.»[21]

Hélène griff zu Papier und Feder und schrieb die Petition in einer einzigen fließenden Bewegung herunter.

«Unterzeichnend: einige anonyme Frauen aus dem Volke», sagte sie und notierte auch das. Nachdem die Tinte getrocknet war, faltete sie das Pergament und steckte es in einen Umschlag.

Drei Tage später kam Eugen außer sich nach Hause. Die Petition war beim Verfassungsrat angelangt.

«Denkst du, ich erkenne die Handschrift meiner eigenen Frau nicht? Denkst du, ich weiß nicht, aus welcher Feder diese Absurdität stammt? Ich verzeihe dir Mal für Mal, und du? Hintergehst mich!»

Eugen ließ Hélène Zeit, sich von den Kindern zu verabschieden. Mathilda war zu klein, um zu begreifen, was vor sich ging. Aber Nicolas war nun fast sechs Jahre alt und verstand es genau. Er schrie und weinte und schlug mit seinen kleinen Fäusten auf Hélène ein und beschwor sie, nicht wegzugehen. Als Hélène ihren Koffer nahm, bettelte Nicolas, ihn mitzunehmen. Dann wurde aus dem Fäustehagel eine schluchzende Umarmung, ein Bitten und Flehen. Er klammerte sich am Reiseumhang seiner Mutter fest, sodass Eugen alle Kraft aufwenden musste, um seinen Sohn von der Mutter zu trennen. Kaum hatte er eines der Fingerchen gelöst und ging zum nächsten über, griff das erste wieder umso fester nach der Mutter. Hélène versuchte, die Fassung zu wahren. Ihren Sohn zu beruhigen.

«Ich liebe dich, für immer und immer», flüsterte sie. «Wir werden uns wiedersehen, das verspreche ich dir. Sei nur brav mit dem Papa und gib acht auf die kleine Mathilda, damit sie ein ganz genauso vortreffliches Kind wird wie du. Und vergiss nicht, dass ich jede Minute von jedem Tag an dich denke. Immer. An euch beide.»

Als Hélène aus der Tür trat, einen Regenschirm in der einen und eine Reisetasche in der anderen Hand, zerbrach sie. Sie fühlte das Brechen ihres Geistes bis in die letzte Faser ihres Körpers. Sie wusste in diesem Augenblick, dass sie nie wieder heil sein würde. Sie wusste auch, dass sie Zürich den Rücken kehren musste, wenn sie überleben wollte. Wenn sie es gewollt hätte: Nun wäre ihr die Tür der Universität offen gestanden, der Weg zum Diplom frei. Doch was hätte es gebracht? Ein Studium, an dessen Ende kein Anwaltspatent wartete, brachte ihr kein Geld ein. Doch ohne Aktivbürgerrecht war es ihr nicht erlaubt, als Anwältin zu praktizieren.[22] Und das Aktivbürgerrecht, davon war Hélène in diesem Moment überzeugt, würden die Zürcherinnen, ja alle

Schweizerinnen, noch sehr, sehr lange nicht bekommen.

Der Regen floss in Strömen und hatte den Saum ihres Kleides längst durchnässt, als Hélène das schützende Dach des Bahnhofs erreichte. Sie fragte, wann der nächste Zug nach Genf fuhr.

«Morgen», antwortete der Mann am Schalter mit gelangweilter Stimme. So fragte Hélène nach dem nächsten Zug überhaupt und kaufte dafür einen Fahrschein.

«Bei internationalen Billetts muss ich den vollen Namen der Passagiere notieren», sagte der Angestellte.

Hélène zögerte.

«Hélène von Steig», sagte sie dann klar und deutlich.

Emerita

Die Welt befindet sich im Krieg, die internationale Schwesternschaft wankt. Da erkennt eine junge Frau, dass sie keine Lückenfüllerin mehr sein will.

«Und Sie?», fragte die Frau im gelben Kleid. Wie ein Kanarienvogel sah sie damit aus, fand Emerita. Nicht schrill, aber exotisch. Zumindest hier, in den Bündner Bergen. Anders als die übrigen Patienten trug Mary Fitzherbert stets ihre eigene Garderobe. Zum Kleid, das bis zur Taille eng saß und von dort in verschwenderischen Bahnen zu Boden fiel, hatte die Lady heute einen Strohhut und goldene Ohrringe gewählt. Emerita überschlug die Stoffmenge des Rocks im Kopf: Aus den gelben Bahnen hätte sie gut und gerne zwei Sonntagskleider nähen können. Sie war sich nicht sicher, ob die Frau wirklich eine Lady war oder ob die Angestellten im Kurhaus sie einfach so nannten, weil sie so elegant und erhaben wirkte. Emerita war neu im Kurhaus und neu in Arosa. Sie fühlte sich unsicher. Noch nie in den 17 Jahren ihres Lebens hatte sie ihr Tal verlassen. Jetzt war sie hier, einen Tagesmarsch von ihrem Elternhaus entfernt, und sollte lernen, sich um ihre Patienten zu kümmern. Dabei verstand sie nichts von Krankenpflege. Bis jetzt hatte ihre Arbeit hier darin bestanden, Handlangerdienste für die Patienten durchzuführen und sie zu bedienen. Ihnen etwa das Frühstück ans Bett zu bringen. So, wie sie es nun gerade für die englische Dame tat. Mit Spritzen und Tinkturen hatte sie, und darüber war Emerita froh, noch kaum zu tun gehabt.

Miss Fitzherbert hatte vom Krieg erzählt, der jetzt seit bald einem Jahr in Europa wütete, und Emerita hatte sich gefürchtet.

«Der Krieg hat auch seine guten Seiten», hatte Miss Fitzherbert gesagt, als sie Emeritas Angst bemerkte. «Ich glaube, er wird die althergebrachte Ordnung umkrempeln und etwas Neues entstehen lassen.»

Wenn die Lady sprach, klangen ihre Worte rund, als hätte sie etwas im Mund, was sie daran hinderte, die deutschen Worte genauso kantig auszusprechen, wie Emerita das tat. Das Gespräch schien die Lady zu unterhalten; Emerita hatte ihren Frühstückstisch längst eingedeckt, aber die Patientin schien gar nicht daran zu denken, sie zu entlassen. Stattdessen nun also diese Frage, dieses «Und Sie?», das sich nach Ebenbürtigkeit anhörte. Das war ungewohnt und hatte Emerita noch mehr verunsichert. Sie spürte den auffordernden Blick der Lady auf sich. Aber sie wusste doch gar nicht, was die althergebrachte Ordnung überhaupt war, geschweige denn, was Neues kommen könnte. Sie errötete leicht und schaute zu Boden.

«Der Krieg macht mir Angst, Miss Fitzherbert», sagte sie nach einer kurzen Pause. «Mein Vater steht seit einem Jahr an der Grenze. Darum bin ich ja auch hier, um Geld zu verdienen, damit wir einigermaßen durchkommen. Ich habe schreckliche Angst um ihn. Dabei ist die Schweiz nicht einmal aktiv dabei, beim Krieg. England hingegen schon, Sie müssen sich wohl wahnsinnig sorgen», Emerita stockte. Selbstverständlich stand es ihr nicht zu, der Lady zu sagen, was sie zu fühlen hatte.

Zu ihrem Erstaunen lächelte Miss Fitzherbert.

«Ich sorge mich nicht allzu sehr. Die Menschen, die ich liebe, befinden sich nicht im Krieg. Zumindest nicht an jener Front, an der Blut vergossen wird. Obwohl auch sie natürlich viele Opfer bringen müssen», sagte sie und Emerita verstand nicht. Waren die Fitzherberts so reich, dass sie sich aus dem Krieg hatten herauskaufen können? War das möglich? Miss Fitzherbert sah Emeritas fragenden Blick.

«Die Frauen, meine ich», sagte sie lächelnd.

«Aber, Sie haben doch bestimmt auch einen Vater? Und Brüder? Oder Cousins? Und einen lieben Mann, auf den Sie sehnsüchtig warten?»

Die letzte Frage ging zu weit. Emerita merkte es augenblicklich, nachdem sie ihr herausgerutscht war. Sie wusste, dass Miss Fitzherbert nicht verheiratet war, und es interessierte sie brennend, warum. Eine wunderschöne Frau war sie, zart und strahlend und intelligent dazu. Stapelweise Zeitungen las sie jeden Tag, auf Englisch und Französisch und Deutsch. Ihre Kleider ließen ahnen, wie viel Geld die Familie besaß. Doch obwohl sie viel und teuren Schmuck trug, war ihr Ringfinger leer. In ihrem Alter, die Lady musste der Dreißig schon sehr nah sein, wäre es wohl an der Zeit, sich einem passenden Gatten versprechen zu lassen. Aber – Emerita biss sich auf die Lippen – fragen hätte sie die Lady niemals dürfen. Schon wieder eine Indiskretion. Innerlich verfluchte sie ihre Neugierde. Wenn die Patientin das meldete, war Emerita wieder daheim, lange bevor der Krieg zu Ende ging. Sie beugte sich tief über das Tablett mit dem Frühstück und beeilte sich, der Lady Tee einzugießen.

Aber Emeritas Sorge war vorerst unbegründet: Miss Fitzherbert lachte.

«Mein Vater war ein guter Mann, da haben Sie recht. Um ihn würde ich mich sorgen. Aber er ist gestorben, als ich noch ein kleines Mädchen war. Mein Bruder, nun, er ist der Grund dafür, dass ich jetzt hier bin, statt in England bei meinen Schwestern im Geiste. Der Earl ist eine Beleidigung für jeden intelligenten Menschen, der sich mit ihm abzugeben hat, auch wenn er dafür wenig kann. Ich fürchte, die meisten Männer in meinen Kreisen sind dieser Art geraten. Es entspricht dem Zeitgeist. Auch meine Cousins spielen lieber Polo, als die Geschäfte ihrer Grafschaften zu besorgen, essen importierte Gänseleber, während das Proletariat in hartes Brot beißt, und vergnügen sich mit jungen Mädchen, ohne auch nur an eine Ehe mit ihnen zu denken. Oder daran, dass das gleichwertige Wesen sind. Darum gibt es keinen Mann, auf den ich sehnsüchtig warte. Da muss ich Sie enttäuschen.»

«Ich bitte um Entschuldigung», sagte Emerita und knickste unbeholfen, «diese Frage war unziemlich. Ich gehe jetzt hoch und richte alles für Sie ein. Sobald die Terrasse bereit ist, gebe ich Ihnen Bescheid.»

Miss Fitzherbert hatte um einen Schattenplatz auf der Sonnenterrasse gebeten, damit sie nach dem Frühstück die internationale Presse studieren konnte. Mit ihrer hellen Haut konnte sie allerdings kaum eine Viertelstunde an der Bergsonne sitzen, ohne danach rot wie ein Marienkäfer in ihr Zimmer zurückzukehren. Auch jetzt, im Mai, musste die Lady bereits vorsichtig sein. Emerita richtete ihr darum einen Platz im hinteren Teil der Terrasse ein. Die Aussicht auf das herrliche Bergpanorama, die man von weiter vorne hatte, war hier nicht ganz so beachtlich. Aber die Lady ignorierte die Berge ohnehin meistens. Sie wollte ihre Lektüre und ihre Ruhe. Diesen Wunsch konnte Emerita gut verstehen. Wie gerne hätte sie sich auch einmal einige Stunden zurückgezogen. Ihr aber blieb hier in Arosa nur das kleine Zimmer im Dach, das sie sich mit drei anderen Mädchen teilte. Einmal hatte die freie Zeit für einen Spaziergang am Untersee gereicht. Herrlich war das gewesen.

«So ruhig und schattig, der Lady täte das auch gefallen», hatte Emerita bei sich gedacht. Aber niemals hätte sie sich getraut, einer Patientin einen Vorschlag zu machen. Schon gar nicht, wenn dieser sie aus dem Kurhaus herausgebracht hätte. Emerita trug Decken und Kissen hoch und richtete den Liegestuhl so warm wie möglich ein. Dann ging sie nach unten zum Empfang und ließ sich die Post der Lady geben. Ein Brief aus schwerem Pergament war dabei. Dazu, wie jeden Tag, ein dicker Stapel Zeitungen. Das aufgedruckte Datum lag bei den meisten Zeitungen bereits einige Zeit zurück. Emerita war erstaunt, dass Post aus dem Ausland überhaupt in der Schweiz ankam. Den Poststapel in der einen, ein Tablett mit Tee in der anderen Hand, ging sie auf die Terrasse. Als sie alles auf das Beistelltischchen stellen wollte, wehte ein Windstoß die obersten Zeitungen auf den Boden und verfing sich in den knisternden Seiten.

«Herrje», rief Emerita aus, hob die Zeitungen auf und versuchte vergeblich, das dünne Papier wieder glatt zu streichen.

«Ach, lassen Sie nur, das wird nicht schöner, wenn ich zu lesen beginne», winkte die Lady ab, als sie hinter Emerita auf die Terrasse trat. Als Emerita die Post dennoch wieder möglichst hübsch zu drapieren versuchte, fiel ihr Blick auf das Bild von einem guten Dutzend formidabler Frauen,[23] die sich an einer langen Tafel aufgereiht hatten. Hinter ihnen, Friedenszweigen gleich, eine Reihe von Palmwedeln. Vor ihnen, ebenfalls als Zeichen des Friedens, Sträuße verschiedener weißer Blumen. Unter dem Bild wand sich ein Band aus gedruckten Namen: «Die Damen am internationalen Frauenkongress in Den Haag».[24] Emerita konnte den Blick kaum davon lösen. Anita Augspurg – *aus Deutschland*? Chrystal Macmillan – *aus England*? Da saßen Frauen aus verfeindeten Nationen nebeneinander an einem Tisch. Derweilen trachteten sich ihre Brüder und Väter in den Schützengräben nach dem Leben. Emerita blieb der Mund offen stehen.

Miss Fitzherbert folgte Emeritas Blick und nickte: «Frauenrechtlerinnen aus aller Welt wollten in Den Haag über den Frieden sprechen und Forderungen an die Nationen der Welt stellen, um den Frieden nach dem Ende dieses grässlichen Krieges lange erhalten zu können. Auf dass wir nicht gleich ein zweites Mal in einen solchen Schlamassel schlittern.»

«Da sitzen Frauen zusammen am Tisch, deren Vaterländer miteinander im Krieg liegen. Dass das überhaupt möglich ist», rief Emerita aus.

«Bei Männern bestimmt nicht. Wenn wir Frauen nicht eingreifen, gibt es über kurz oder lang einen zweiten und vielleicht gar einen dritten großen Krieg», sagte die Lady. «Viele meiner Freundinnen aus dem Vereinigten Königreich hatten sich ebenfalls für den Kongress angemeldet. Aber man hat ihnen keine Reisepässe ausgestellt. Herbert Henry Asquith gefiel es gar nicht, dass die englischen Frauen ohne ihn mit den Weltnationen verhandeln wollten. Dass Frauen sich überhaupt das Recht herausnehmen wollten, zu verhandeln und selber über ihre Zukunft zu bestimmen, Einfluss zu nehmen auf die Entwicklungen im

Land und in der Welt. Das gefiel dem Earl ganz und gar nicht. Keinem Mann gefällt das.» Jetzt klang die Stimme der Lady grob.

Emerita wusste nicht, wer dieser Earl Asquith war. Vielleicht der Bruder, über den die Lady so geschimpft hatte? Wenn sie tatsächlich eine Lady war, müsste ihr Bruder doch ein Earl oder Lord sein. Oder nicht? Emerita hätte sie gerne gefragt, wer der Earl denn sei. Aber Miss Fitzherbert schien plötzlich weit weg. Ihr Blick flog bereits über die Zeilen.

«Meine mutigen Schwestern – mehr als tausend Frauen aus zwölf verschiedenen Nationen waren in Den Haag», murmelte sie, während sie las.

Emerita stand noch einige Wimpernschläge neben der Lady. Diese aber war nun vertieft in ihre Lektüre und hatte das Mädchen neben sich völlig vergessen. Emerita knickste unbemerkt und entfernte sich. Aber die Worte der Engländerin hallten in ihrem Kopf nach: «Meine mutigen Schwestern.» Sie weckten einen Stolz, den sie gar nicht gekannt hatte. Ob auch Schweizerinnen nach Den Haag gereist waren, um für den Frieden zu kämpfen?[25] Wie viel Mut es brauchte, während eines Krieges das eigene Land zu verlassen! Dass die Amerikanerinnen sich getraut hatten, den Atlantik zu überqueren, wo doch in allen Zeitungen stand, dass die U-Boote der deutschen Marine nur darauf warteten, die Schiffe all jener Nationen auf den Meeresgrund zu schicken, die sich nicht auf ihre Seite geschlagen hatten. Sollten die Vereinigten Staaten in den Krieg eintreten, dann an der Seite ihres Mutterlandes England. Das hatten zumindest die anderen Angestellten beim Essen gesagt. Der Maître de Service etwa war so überzeugt davon gewesen, dass Emerita ihm einfach glaubte.

Als Emerita am späten Nachmittag gerufen wurde, um die Terrasse aufzuräumen, lagen die Zeitungen der Lady auf einem grob zusammengefalteten Haufen. Sie schien sie alle durchgeblättert zu haben. Achtlos ganz zuoberst auf den Stapel geworfen lag das Ende eines zerrissenen Briefes.

«I hope this finds you well, Thomas» – Emerita las nur die Abschiedsworte, dann hatte sie sich wieder unter Kontrolle und schob den

Umschlag über das Geschriebene. Danach trug sie alles hinunter in die Küche. Die Zeitungen konnte man vorzüglich zum Anfeuern benutzen. Sie legte das Papier zu den trockenen Ästen in den Korb und war schon fast aus der Tür, da siegte ihre Neugierde doch noch. Emerita wusste, dass sie mit der Post der Patienten nichts zu schaffen hatte. Dennoch drehte sie sich um, lief die wenigen Schritte zurück und nahm den Papierstapel erneut in die Hand. Minutiös ging sie ihn durch. Nicht der Brief des unbekannten Thomas lockte sie, sondern etwas anderes. Das Bild mit den Frauen war schnell gefunden, der Text darunter kurz. Emerita las die Worte Buchstabe für Buchstabe.

Im Rahmen des Weiber-Kongresses von Den Haag wurde ein Resolutionskatalog an die Nationen der Welt formuliert. Er enthält Forderungen nach der Einrichtung eines ständigen internationalen Gerichtshofes und einer internationalen Organisation zur Friedenssicherung, einer weltweiten Kontrolle des Waffenhandels sowie der Einrichtung einer neuen Weltwirtschaftsordnung.
An die neutralen Staaten appellieren die Frauen, zwischen den kriegsführenden Staaten einen sofortigen Friedensschluss ohne territoriale Ansprüche zu vermitteln. Massenvergewaltigungen werden als Mittel der Kriegsführung aufs Schärfste verurteilt. Auch die Tatsache, dass Frauen bei einer Heirat ihre Staatsbürgerschaft aufgeben müssen, prangern die Frauen an. So komme es, dass eine in internationaler Ehe verheiratete Frau in ihrem eigenen Land als feindliche Partei angesehen werde und nicht mehr einreisen könne.[26]

«Emerita?» Die Stimme der Köchin ließ Emerita zusammenfahren. «Du liest doch nicht etwa die Post unserer Gäste?»

«Nein, nein, gar nicht», beteuerte Emerita und schreckte hoch. Die Köchin war eine breitschultrige Frau mit rotem Kopf und einer donnernden Stimme. Sie war länger im Hause als alle anderen Angestellten und wer es sich mit ihr verdarb, hatte hier oben kein gutes Leben. Aber

Emerita las ja wirklich keine private Post und sich nach Feierabend alte Zeitungen anzusehen, musste doch wohl erlaubt sein. Doch als sie sich reinen Gewissens zu der Köchin umdrehte, segelte aus dem Stapel in Emeritas Händen nicht etwa das Bild der Frauen, sondern der zerrissene Brief.

«Ach, dann ist das hier also keine private Post?» Die Köchin hob den Brief hoch und schaute Emerita streng an. «Wenn so etwas noch einmal vorkommt, muss ich es melden. Dann kannst du deine Habseligkeiten packen, das ist dir hoffentlich klar.»

Emerita nickte widerstrebend, den Blick gesenkt. Sie hätte zu gern erklärt, dass der Brief sie nicht interessiert hatte, sondern das Bild dieser Frauen, die sich zusammenfanden, obwohl ihre Männer gegeneinander fochten. Aber sie wusste, dass sie ihre Situation nicht verbessern konnte, indem sie sich verteidigte. Das hatte ihre Mutter ihr früh beigebracht und daran wollte sie sich halten. Und sie begriff, dass die Köchin sie auch gar nicht verstanden hätte.

Auf der Sonnenterrasse herrschte drückende Hitze. Emerita war schon lange nicht mehr hier oben gewesen und die Aussicht auf die Bündner Berge raubte ihr von Neuem den Atem. Die letzten vier Wochen hatte sie vor allem damit zugebracht, im Keller Nachttöpfe zu putzen und in der großen Waschküche zu helfen. Die Lady hatte sie in dieser Zeit nicht gesehen.

Nun schaute Miss Fitzherbert sie erfreut an: «Hatten Sie Ferien, Miss Emerita?» Dann setzte sie, atemlos und ohne Emeritas Antwort abzuwarten, nach: «Haben Sie es schon gehört?»

Emerita schüttelte den Kopf. «Nur andere Arbeit aufgetragen bekommen», sagte sie zögernd. «Verzeihen Sie, was hätte ich denn hören sollen?»

«Die Däninnen haben es geschafft! Sie haben sich das Wahlrecht erstritten![27] Bald werden Frauen im nationalen Parlament von Dänemark sitzen – können Sie das glauben?» Die Stimme der Lady zitterte und Emerita musste zweimal hinsehen, aber doch, es war richtig: Freudentränen rollten über die Wangen der noblen Dame. Das pure Glück hatte ihre manierliche Kontrolliertheit ganz und gar aufgelöst. Sie hielt ihre rechte Hand hoch und zählte an den Fingern ab: «Australien, Neuseeland, Finnland, Norwegen und jetzt auch Dänemark, fünf Staaten betrachten uns Frauen nun als gleichwertige, ebenbürtige Menschen.»

Das Gesicht der Engländerin glühte, als sie sich in ihren Sessel zurücklehnte, von den guten Nachrichten und der eigenen freudigen Aufregung darüber regelrecht erschöpft. Die Lady, dachte Emerita bei sich, zieht aus diesem Entscheid doch eigentlich gar keinen Nutzen. Aber freuen tut sie sich, als hätte sie selber das große Los gezogen. Wie großherzig sie war.

«Das ist schön, dass Sie sich so für die Däninnen freuen», sagte Emerita und lächelte.

«Aber natürlich, es sind meine Schwestern im Geiste», sagte die Lady. Dann verwandelte sich das selige Lächeln, das ihre Lippen und Augen umspielt hatte, plötzlich in etwas anderes. Ihr Blick wurde ernster, härter und ein Körnchen Triumph klang in ihrer Stimme mit, als sie sprach. «Jetzt hat der alte Asquith keine Wahl mehr. Zum Teufel mit den Traditionen! Jetzt muss England nachziehen.»

Nun fiel es Emerita wie Schuppen von den Augen: Sie hatte Asquiths Namen in einem der Zeitungsschnipsel entdeckt, die sie in den letzten Wochen aus dem Stoß mit Zündmaterial gefischt und heimlich gelesen hatte. Obwohl sie wusste, was es sie kosten konnte – die Nachrichten aus der Welt hatten sie zu sehr gelockt. Asquith war der Premierminister des Vereinigten Königreichs. Sie musste über sich selbst lachen. Der Bruder von Miss Fitzherbert? Wie konnte sie das nur gedacht haben? Dass Emerita ob sich selber den Kopf schütteln musste, passierte ihr in letzter Zeit immer öfter. Die anderen Angestellten, die Gäste, die Zeitungsschnipsel hier und da und die kurzen Gespräche mit

Miss Fitzherbert hatten Emerita gezeigt, dass die Welt viel weiter und komplizierter war, als sie sich das daheim in ihrem Dorf ausgemalt hatte. Manchmal fühlte Emeritas Kopf sich an wie ein wolkenloser Abendhimmel, an dem Stunde um Stunde mehr Sterne zu leuchten begannen.

«Denken Sie, auch die Frauen in der Schweiz werden dereinst wählen und stimmen können?» Emerita wusste, wenn sie zu lange trödelte, würde sie nur allzu schnell wieder bei den Nachttöpfen landen. Aber das Gefühl, wenn wieder ein Stern mehr leuchtete, wenn ihr Geist sich ein bisschen heller anfühlte, war wunderbar, sie konnte gar nicht damit aufhören, mehr und mehr wissen zu wollen und zu fragen. Zudem war Emerita fasziniert von der Lady und den Frauen, die so viel auf sich nahmen, um mitreden zu können und gehört zu werden. Wenn Emerita sich vorstellte, dass sie selber etwas sagte und die Leute ihr zuhörten – und dann vielleicht sogar nach dem handelten, was sie gesagt hatte –, bekam sie Gänsehaut.

«Ach, irgendwann bestimmt. Aber die Schweizerinnen sind handzahm. Sie versuchen, eine Einigung zu erzielen, und zwar gemeinsam mit den Männern. Sie suchen Kompromisse, probieren aufzuzeigen, wo die Frauen dem Staat und der Gesellschaft noch besser dienen könnten. Sie wollen nicht zu viel auf einmal fordern. Lieber in den Kirchgemeinden ein bisschen mittun und vielleicht bei der Pflege und der Erziehung ein Wörtchen mitreden als das Große wagen, das Stimmrecht fordern, sich gleichberechtigt neben dem Mann aufstellen und über die nationale Zukunft gemeinsam bestimmen.»

Die warme Freude in der Stimme der Lady war einer kühlen Sachlichkeit gewichen. Emerita war sofort klar, was sie, heute in himmelblaue Seide gekleidet, von den Schweizerinnen und ihren Kompromissen hielt.

«Aber ist es denn nicht genau richtig, die großen Dinge gemeinsam und vor allem bedächtig anzugehen?», fragte Emerita.

«Meine englischen Schwestern und ich, wir fordern unser Recht laut und deutlich ein. Wir finden, es sendet ein durch und durch falsches Signal, eine Gegenleistung zu erbringen für etwas, was uns Frauen seit Jahrhunderten zu Unrecht vorenthalten wird. Wir wollen uns nicht durch besonderes Engagement zu Kriegszeiten hervortun, damit wir endlich bekommen, was uns zusteht. Wir sind nicht bereit, zu verhandeln», Miss Fitzherberts Stimme war hart geworden. Sie betrachtete Emerita einen Moment. «Aber Sie wollten ja nicht meine persönliche Meinung, sondern nur wissen, wie das hierzulande ist. Ich bin wegen des Krieges schon viel länger in der Schweiz, als mir lieb ist. Da ist das eine oder andere hängen geblieben. Also: Es gibt Stimmrechtsvereine, in denen Sie Informationen bekommen und auch mitarbeiten können», sagte sie. Ihre Stimme klang auffordernd und obwohl in Emeritas Gesicht «Nein» geschrieben stand, fuhrt Miss Fitzherbert fort. «Ihr Schweizerinnen denkt anders als wir Engländerinnen. Als die meisten engagierten Frauen. Ihr wollt nicht fordern, ihr wollt verhandeln. Für euch ist Mitsprache ein Tauschgeschäft: Ihr wollt etwas und bietet dafür bereits im Vornherein etwas anderes, einen Vorgeschmack, wenn Sie so wollen. Um den Männern zu zeigen, dass es sich lohnt, euch mitreden zu lassen. Aber natürlich muss man in der Schweiz tatsächlich einige Männer mehr überzeugen als in den übrigen Ländern. Wir kennen ja keine direkte Demokratie. Bei uns reicht es, wenn die politische Führung ein Einsehen hat.»

«Was bieten die Frauen denn zum Tausch an?», fragte Emerita. Die direkte Demokratie, klar, das kannte sie. Da war man stolz darauf. Aber was hatten die Frauen zu tauschen? Da schien ein Geschäft im Gange, von dem sie noch nie gehört hatte.

«Gerade sammeln eure Frauenvereine Geld für den Staat.[28] Da geben Mütter, Alleinstehende und junge Frauen von ihrem wenigen Geld etwas her, damit die Regierung die Kosten für die Mobilmachung der Soldaten und des Landes bezahlen kann. Man muss sich das mal vorstellen!» Die Lady hatte ihre guten englischen Manieren vollkommen vergessen und schüttelte missbilligend den Kopf. «Sie hoffen, für diese Spende belohnt zu werden. Mit dem Stimmrecht in den Kantonen werden sich viele schon abspeisen lassen. Vielleicht werden sie versuchen, es sogar auf der nationalen Ebene einzuführen. Aber ich sage Ihnen, Miss Emerita, das wird nicht gelingen. Vater Staat wird das Geld nehmen, er wird es benutzen, aber er wird sich nicht erkenntlich zeigen. Er wird nicht einmal Danke sagen. Wenn wieder Frieden herrscht, wird eure Leistung in Vergessenheit geraten. Er wird euch warten lassen, warten und warten. Nichts wird sich ändern, außer ihr seid irgendwann bereit, den Verhandlungstisch umzuwerfen und zu kämpfen.»

Emeritas erschrockener Blick ließ Miss Fitzherbert sich ihrer guten Umgangsformen wieder entsinnen. Sie strich ihr Kleid glatt, atmete durch und sagte ruhig: «Aber wie sagt man: Andere Länder, andere Sitten. Wer weiß, vielleicht täusche ich mich, vielleicht ist die Schweizer Regierung gerecht und das Männervolk ebenso und ihr werdet bald belohnt.»

Emerita spürte einen Druck auf der Brust. Am liebsten hätte sie geweint. Wie wenig die Lady von der Schweiz hielt! Wie schlecht sie von den Schweizer Frauen dachte! Emerita hätte niemals nach ihrer Ansicht fragen sollen. Am liebsten hätte sie rechtsum kehrt gemacht und wäre gegangen. Aber das ziemte sich nicht, denn die Lady hatte sie noch nicht entlassen. Stille breitete sich aus und die Lady schaute Emerita verwundert an.

«Gehören Sie denn auch zu den Suffragetten?», fragte Emerita schließlich zögerlich. Sie hatte von den kämpferischen Suffragetten aus England gehört und ahnte schon lange, dass die Lady eine solche war. Das war ihr Moment, endlich danach zu fragen.

«Aber ist Ihnen das noch nicht klar geworden? Natürlich!»

Emerita blickte erschrocken, aber sie wollte tapfer sein und sich nicht einschüchtern lassen.

«Was sind die Suffragetten denn genau? Und was wollen sie?»

«Wir sind die britischen Kämpferinnen für das Frauenwahlrecht. Suffragetten kommt von ‹suffrage›, das englische Wort für das Wahlrecht. Einen schlechten Ruf haben wir nur bei denen, die davon ausgehen, dass es nicht recht ist, uns Frauen gleich gut zu behandeln wie die Männer», sagte Miss Fitzherbert.

«Das denke ich nicht», sagte Emerita leise.

«Warum machen Sie denn so ein gramvolles Gesicht?» fragte Miss Fitzherbert und schaute sie besorgt an. Emerita strengte sich an, ruhig und entspannt zu lächeln.

«Es ist furchtbar spannend, Ihnen zuzuhören. Ich muss mich nur manchmal fest konzentrieren, damit ich auch alles richtig verstehe.»

Die Lady schenkte ihr ein mildes Lächeln und Emerita schalt sich innerlich selber. Wie gedankenlos sie war! Erst hatte sie die Lady mit ihrer Fragerei in Rage gebracht und nun auch noch betrübt. Dabei war sie doch krank, sonst wäre sie nicht hier zur Kur. Sie musste sich erholen, nicht Lehrerin spielen für ein dummes Bergmädchen. Bestimmt hatte das lange Reden ihre Lungen sehr beansprucht. Emerita knickste und stieg mit leisen Schritten die Treppe hinunter, weg von der hellen Sonnenterrasse. Es war höchste Zeit gewesen, wie sie mit Schrecken feststellte, man wartete bestimmt schon auf sie. Das Kurhaus hatte nicht nur den einen Gast aus England, der versorgt werden musste. Als Emerita an diesem Abend ins Bett fiel, geschah etwas Sonderbares. Ihr Körper war müde, regelrecht ausgelaugt. Vierzehn Stunden am Stück war sie auf den Beinen gewesen. Sie hatte sich nur zweimal hingesetzt, um etwas zu essen: einmal am Mittag und einmal am Abend. Nun aber lag sie im Bett und konnte nicht schlafen. Sie spürte die Anstrengung in jedem Zentimeter ihres Körpers, eine Müdigkeit bis in die Fußspitzen. Aber der Schlaf wollte nicht kommen. Abgeschreckt von den Gedanken, die sich in ihrem Kopf wanden, machte er nur ihren Körper schlaff und schwer, nicht aber die Augenlider.

«Bin ich auch eine von denen?», fragte sich Emerita. Eine, die ungerechte Kompromisse suchte, statt ihr Recht einzufordern? Natürlich war sie das. Sie wusste noch nicht einmal, was ihr Recht war, wie also sollte sie es einfordern? Und wenn sie es hätte, was tun damit? Emerita fühlte sich klein und dumm und unwissend, und das war ein schreckliches Gefühl. Sie konnte ihre Tränen kaum noch zurückhalten. Sie war wütend auf ihre Mutter, die ihr nichts von alldem erzählt hatte. Sie war wütend, dass die Mutter von alldem wohl selber nichts wusste und sich auch nicht darum kümmern musste. Denn Mutter war daheim im Dorf, nur sie, die kleine Emmi, hatte man weggeschickt. Sie war wütend auf sich selbst. Warum verstand sie, Emerita, noch immer so wenig, wo es doch jetzt, hier, im Kurhaus, Zeitungen gab und Menschen, Frauen, die von allem wussten und ihr davon erzählten? Und sie war auch wütend auf die Lady, die alles besser wusste. Die bei sich zu Hause Scheiben einschlug und Briefkästen anzündete und nun hinabschaute auf die braven Schweizerinnen. Emerita wälzte sich auf die eine, dann auf die andere Seite. Sie klopfte ihr Kissen auf und drehte die Decke um, damit die kühle Außenseite auf ihrem Körper zu liegen kam.

«Ist jetzt endlich Ruhe?», zischte Helga aus dem Bett nebenan.

Emerita hörte, wie Helga sich entnervt auf die andere Seite drehte. Die Atemzüge der anderen beiden Mädchen waren tief und regelmäßig. Irgendwann fiel auch sie in einen rastlosen Schlaf. Plötzlich war sie auf einer Alpweide im Sommer. Hinter ihr stand eine schnaubende Kuh, die sie ungehalten mit ihrem Maul anstieß. Emerita sah, dass ihr Euter prall gefüllt war. Sie molk die Kuh und ließ die frische Milch in einen Eimer fließen. Als sie davon trinken wollte, schnaubte die Kuh und blickte sie streng an. Emerita nahm den riesigen goldenen Löffel, der vor ihr aus dem Gras lugte, und fütterte die Kuh mit ihrer eigenen Milch. Immer und immer wieder: melken, füttern, melken, füttern. Dann stieß die Kuh sie mit dem Kopf an und sprach: «Emerita! Emerita!» Emerita wich zurück, aber das Stupsen hörte nicht auf.

«Das nenne ich einen tiefen Schlaf», sagte Helga, über Emeritas Bett gebeugt. «Beeil dich, du bist spät dran», rief sie, als sie sah, dass Emerita die Augen endlich aufgeschlagen hatte. Sie warf sich ihre Schürze über und war im nächsten Moment aus der Tür und verschwunden.

Emerita streckte sich. Ihr Körper fühlte sich an, als hätten die

Waschweiber ihn die ganze Nacht übers Waschbrett gezogen. Als Emerita in die Küche kam, begrüßte die Köchin sie unwirsch.

«Kein Haferschleim für Langschläfer», brummte sie und deutete auf ein Tablett mit Frühstück. «Hier, bring das hoch zur Lady, sie hat ausdrücklich nach dir verlangt.»

Ein Gast hatte explizit nach ihr verlangt? Emerita war neugierig und geschmeichelt. Trotz der schlechten Nacht war ihre Faszination für die Engländerin, die jeden Tag von allem wusste, was in der Welt geschah, und so viel Mut hatte, dass Emerita das Gefühl bekam, ein klein wenig davon habe auf sie abgefärbt, ungebrochen. Sie ertappte sich bei Gedanken, die ihr früher nie gekommen wären. Dass sie in die Stadt wollte, nach Chur oder Zürich, und nicht für immer in ihrem kleinen Dorf bleiben. Und dass es ihr eigentlich egal war, was Fadri davon hielt. Der Nachbarsjunge, von dem alle sagten, dass er Emerita nach dem Krieg heiraten würde. Ob sie ihn auch heiraten wollte, danach hatte nie jemand gefragt. Nicht einmal sie selber hatte sich das gefragt. Bis jetzt.

«Emerita, wie schön, kommen Sie, setzen Sie sich.» Miss Fitzherbert saß an einem neu aufgestellten und bereits gedeckten Frühstückstisch in ihrem Zimmer und deutete mit ihrer Hand auf den freien Stuhl neben sich.

Emerita fühlte sich unwohl. Sie glaubte nicht, dass bei den Patienten am Frühstückstisch zu sitzen etwas war, was sie tun durfte. Sie glaubte vielmehr, dass das etwas war, was einem viele Stunden mit schmutzigen Nachttöpfen im Keller einbringen könnte. Oder gar die Kündigung. Sie zögerte.

«Ich sage es auch bestimmt niemandem, dass Sie sich im Zimmer einer Patientin hingesetzt haben», sagte die Lady, die Emeritas Zögern richtig interpretiert hatte.

Emerita setzte sich auf die Stuhlkante, bereit, sofort wieder aufzuspringen, wenn sich von draußen Schritte näherten.

«Ich habe mich nach unserem Gespräch von gestern schlecht gefühlt», eröffnete die Lady ihr. «Ich habe Ihr patriotisches Gefühl, Ihren

Nationalstolz verletzt. Das war nicht meine Absicht. Wir alle kämpfen auf unsere Art. Wie wir uns zur Wehr setzen, ist zweitrangig. Wichtig ist, dass wir es tun. Es tut mir leid, Sie beleidigt zu haben.» Sie schaute Emerita direkt in die Augen. «Verzeihen Sie mir?»

Emerita erschrak. Damit hatte sie nicht gerechnet. Die Lady faszinierte sie und brachte sie gleichzeitig unglaublich in Verlegenheit. War ihr denn nicht klar, dass sie sich bei Emerita nicht entschuldigen musste? Nun fühlte sie sich noch unwohler als zuvor. Doch die Lady schien davon nichts zu bemerken. Sie nahm ihr ledergebundenes lindgrünes Notizbuch hervor und schlug es auf.

«Ich möchte Ihnen von Marie Goegg-Pouchoulin erzählen, einer Frau, die ich glühend verehre. Sie hat im vergangenen Jahrhundert den Kampf für das Frauenstimmrecht ins Rollen gebracht. Eine Galionsfigur der Frauen, wenn Sie so wollen. Und das Bild, das Sie in der Zeitung bestaunt haben, erinnern Sie sich, vom Kongress in Den Haag mit Frauen aus verfeindeten Ländern? Marie Goegg-Pouchoulin war das Vorbild all dieser Frauen. Sie nämlich war es, die erkannt hat, dass wir Frauen nur gemeinsam stark sind. Darum hat sie die ‹Association internationale des femmes› gegründet, die erste internationale Frauenvereinigung, die für die Gleichstellung der Frau auf der ganzen Welt kämpfen wollte. Und Madame Goegg-Pouchoulin», hier machte die Lady eine kunstvolle Pause, «war eine Landsfrau von Ihnen, eine Schweizerin.» Nun lächelte sie, offensichtlich zufrieden mit sich.

«Dann waren Sie vorher schon einmal in der Schweiz und haben mit Madame Goegg über all diese Dinge gesprochen, von denen Sie mir erzählt haben? Gleiche Rechte und all das?», fragte Emerita. Aber Miss Fitzherbert schüttelte bedauernd den Kopf.

«Ich habe sie leider nie persönlich kennengelernt. Dafür eine Freundin von ihr, auch eine Deutschschweizerin wie Sie.» Sie nickte Emerita zu. «Sie wurde mir bei meiner ersten Reise in die USA vorgestellt, eine Anwältin. Sie sagte, Frauen müssen ihre Rechte kennen, sonst erkennen sie gar nicht, wogegen sie sich auflehnen müssen. Ich war damals noch fast ein Kind, aber diesen Satz habe ich nicht vergessen. Sie ist, oder war», die Lady hielt nachdenklich inne, «ich weiß gar nicht, ob sie noch lebt. Sie ist eine glühende Suffragette, ein wahres Vorbild.»

«Oh», entfuhr es Emerita, der das Wort «Suffragette» noch immer ein ungutes Gefühl im Magen auslöste. Als würde jemand von sich sagen, eine Diebin zu sein, oder ähnlich Schlimmes. Aber sie wollte nicht, dass Miss Fitzherbert dachte, sie halte den Kampf für Frauenrechte für etwas Schlechtes. Um von ihrem ungewollten Ausruf abzulenken, setzte sie rasch mit einer Frage nach. «Wie hieß sie denn, diese Schweizerin?»

«Hélène», sagte Miss Fitzherbert, «aber an den Nachnamen erinnere ich mich nicht mehr. Er dürfte Ihnen aber so oder so nichts sagen, sie hat nämlich einen Amerikaner geheiratet.»

«Ist das schlimm?», fragte Emerita.

«Einen Amerikaner zu heiraten? Aber nein. Das ist wunderbar. Die Amerikaner, sie seien gesegnet, sind viel weniger verstrickt in Traditionen als wir in der alten Welt.»

«Traditionen sind doch einfach da, wie kann man sich darin verstricken?» Emerita verstand nicht, was die Lady meinte.

«Was denken Sie, warum weilt eine gesunde Frau in einem Kurhaus in der Schweiz? Mein Bruder hat mich hierher abgeschoben, weil ich ihm zu aufsässig geworden bin. Ich hatte meine Koffer schon gepackt, um direkt von hier nach Amerika zu reisen. Dann brach der Krieg aus. Und jetzt», sie machte eine Handbewegung, «jetzt sitze ich mit all meinen schön gepackten Koffern hier fest. Für weiß Gott wie lange.»

«Immerhin sind Sie hier sicher, die Schweiz ist ja neutral», sagte Emerita.

Miss Fitzherbert lachte trocken. «Neutralität ist meine Sache nicht. Ich bin eine Frau, die Partei ergreift, für das, was ich richtig finde. Darum wurde ich meinem Bruder ja auch zu viel.»

«Haben Sie denn das getan, was man gemeinhin von den Suffragetten hört? All das?»

Diese Frage hatte Emerita bereits am Tag zuvor auf der Zunge gebrannt. Aber sie war nicht dazu gekommen, sie zu stellen. Und sie hätte sich auch gar nicht getraut. Aber nun, da Miss Fitzherbert sogar nach ihr geschickt hatte, fühlte sie sich sicherer.

«Was hört man denn über die Suffragetten?», fragte die Lady.

«Dass sie Steine in Schaufenster werfen, Mülleimer in die Luft sprengen, Häuser anzünden und zu Tausenden vor dem Parlament in London demonstrieren.»

Miss Fitzherbert lächelte. «Genau das», sagte sie.

«Aber warum? Damit haben Sie bestimmt eine Verhaftung riskiert.»

«Ich wurde sogar mehrere Male verhaftet. Aber eine Fitzherbert sitzt nie lange. Während meine Schwestern mit weniger einflussreichen Verwandten monatelang in den schlimmsten Löchern festgehalten wurden, mit einem Schlauch direkt in den Hals zwangsernährt wurden, als sie in den Hungerstreik traten, während sie litten wie die Hunde, setzten sie mich immer und immer wieder diskret auf freien Fuß. Aber ich ließ nicht locker. Ich protestierte, ich schrieb Flugblätter, ich war alles andere als diskret. Und dann», sie stockte einen Augenblick. Sammelte sich, ehe sie weitersprach. «Und dann ließ mein Bruder mich eines schönen Tages im Juli einfach verschleppen. In der Gesellschaft erzählt er, ich sei zur Kur gefahren, weil ich einen Nervenzusammenbruch gehabt hätte. Damit erklärt er gleich auch meinen Kampf für die Frauenrechte, ‹nervlich äußerst *fragile*, sonst hätte sie sich von diesen schlimmen Frauen doch gar nicht manipulieren lassen›.»

Die Wangen der Lady waren rot geworden. Jene von Emerita ebenso, aber nicht vor Wut, sondern vor Scham. Das alles ging sie nichts an, doch saß sie da, hörte zu, stellte Fragen und kam nicht umhin, festzustellen, dass ihr Kopf über die Antworten nachdachte. Es empörte sie, dass jemand die Lady so schlecht behandelte. Und sie erschrak ob dem Gedanken, dass nicht einmal eine Frau vom Format einer Miss Fitzherbert sich dagegen hatte zur Wehr setzen können.

Leider kam es so bald nicht wieder zu einem Treffen mit Miss

Fitzherbert. Emerita war den ganzen Herbst über im Ostflügel eingeteilt, die Lady aber residierte im Westflügel. Und Emerita musste bedauernd einsehen, dass sie auch nicht wieder nach ihr schicken ließ. Bald legte sich der erste Schnee auf Berge, Bäume, Häuser und den Sims vor dem Fenster von Emeritas Kammer. Auch die Sonnenterrasse war unter einer dicken Schneeschicht versunken. Die Kälte war in den Kammern der Bediensteten und den Gängen des Kurhauses nun so intensiv, dass Emerita sich gar nicht mehr vorstellen konnte, wie es sich anfühlte, es von der Nasenspitze bis in die Füße warm zu haben. Es war in diesen kalten ersten Wintertagen, in denen zwei Ereignisse kurz aufeinander folgten, die Emerita zutiefst betrübten. Sie war gerade dabei, einen Wagen mit frischer Bettwäsche zu beladen, um im Ostflügel die Betten der Gäste frisch zu beziehen, als ein junger Mann auf sie zukam, den sie bisher noch nie gesehen hatte. Seine Kleidung war elegant, wies ihn aber klar als Dienstboten aus. Allerdings gehörte er nicht zu ihrem und auch zu keinem anderen Kurhaus in Arosa. Sonst hätte Emerita seine Uniform erkannt.

«Emerita?», fragte er barsch. Er sprach ihren Namen so ungewohnt aus, dass Emerita beinahe verneint hätte, weil sie ihn kaum erkannte.

«Ich bin Emerita», sagte sie, um sicherzugehen, dass es sich nicht um eine Verwechslung handelte.

Der Mann nickte nur ungeduldig, fasste sie mit den Spitzen seiner behandschuhten Hand am Ellenbogen und nickte den Gang hinunter zum Hinterausgang.

«Folgen, mir», sagte er und Emerita meinte, diesen Akzent in viel schwächerer Form bereits gehört zu haben. Aber sie war nicht bereit, ihre Arbeit einfach stehen zu lassen und einem fremden Mann zu folgen. Sie hatte keine Lust auf erneutes Nachttopfputzen. Im Winter mussten die Kellergewölbe noch um einiges kälter und ungemütlicher sein als im Frühling und im Sommer.

«Wer sind Sie und was wollen Sie?», fragte sie darum kühl, ohne sich anmerken zu lassen, dass ihr Herz vor Nervosität schneller schlug.

Ein Gedanke schoss ihr durch den Kopf: Hatte die Schweiz nun etwa doch am Krieg teilgenommen? Waren sie besetzt worden?

«Miss Fitzherbert hat nach Ihnen verlangt», sagte der junge Engländer nun auf Französisch, in der Hoffnung, die Schweizerin würde diese Sprache besser verstehen als sein eigenes Idiom. Das tat sie natürlich nicht. Emerita sprach Deutsch. Aber sie erkannte den Namen der Lady. Einen Augenblick kämpften Neugier, Sorge und Pflichtbewusstsein miteinander. Dann folgte sie dem Mann den Gang hinunter und durch die Hintertür. Ein kalter Wind blies ihr entgegen, kaum war sie aus dem Haus getreten. Es war erst Nachmittag, doch die Dunkelheit begann bereits, die Konturen der Berge, Straßen und Häuser zu verschlucken. Ein kleiner Wagen stand nahe der Straße, anstelle von Rädern waren Kufen angebracht worden. Das eingespannte Pferd schnaubte und die warme Luft aus seinen Nüstern dampfte in der Kälte. Es warf den Kopf ungeduldig hoch. Emerita löste den Blick von dem mächtigen Tier und betrachtete die kleine Kutsche. Als sie aus dem Haus getreten war, hatte sich die Tür geöffnet. Eine dick eingepackte Gestalt saß darin und winkte Emerita zu. Selbst mitten im Winter, eingewickelt in Fell und Wolle, war die Eleganz der Frau unverkennbar: Es war Miss Fitzherbert.

«Ich reise zurück nach England, Emerita», rief sie, noch ehe Emerita die Kutsche, die eher eine Karre war, erreicht hatte.

«Aber es ist doch noch immer Krieg», flüsterte Emerita erschrocken.

«Thomas, mein Bruder, er ist in Frankreich gefallen.» Die Stimme der Lady klang dumpf, als würde der Schnee, der alle Geräusche der Natur schluckte, auch ihre Stimme verschlucken.

«Dann sind Sie jetzt ganz allein? Das tut mir sehr leid», sagte Emerita.

«Mir auch», sagte die Lady und Emerita meinte, echtes Erstaunen aus der dumpfen Stimme herauszuhören. «Ich habe eine Möglichkeit gefunden, nach England zurückzureisen. Es gibt nun vieles zu regeln für mich. Aber ich wollte nicht abreisen, ohne mich von Ihnen zu verabschieden, liebe Emerita. Sie waren mein Lichtblick hier in den Bergen.»

«Nein – Sie waren meiner! Sie haben meine Welt unendlich groß gemacht», platzte es aus Emerita heraus, ehe sie sich auch nur einen Augenblick gefragt hatte, ob das, was sie da sagte, angebracht war.

Die Lady streckte eine Hand aus der Karre und berührte Emeritas Schulter. Der Schnee, der sich bereits darauf festgesetzt hatte, schmolz unter der Berührung.

«Leben Sie wohl, Schwester», sagte sie.

Dann schloss der junge Mann, der Emerita geholt hatte, die Tür, stieg auf der anderen Seite in die kleine Kutsche und das Pferd setzte sich schnaubend in Bewegung. Bald verschluckte die anbrechende Nacht Tier und Wagen.

Am nächsten Tag spürte Emerita einen leichten Schnupfen in ihrer Nase aufsteigen. Nichts, was sie von der Arbeit abgehalten hätte. Aber ein klares Zeichen, dass sie tags zuvor zu lange in der Kälte gestanden hatte. Ihre Nase lief noch immer und sie hustete auch, als zwei Wochen später ein Telegramm eintraf, das alles veränderte.

«Mutter liegt darnieder. Du musst heimkommen. Sofort» stand da.

«Verlässt du uns?», fragte Helga, als Emerita ihr am Abend in ihrer Kammer von dem Telegramm erzählte. Emerita nickte nur und deutete auf ihren Koffer, der gepackt vor der Tür stand. Es war erstaunlich leicht gegangen, frei zu bekommen. Emerita hatte den Verdacht, dass man froh war, einen Mund weniger stopfen und einen Lohn weniger zahlen zu müssen. Viele Patienten waren wie Miss Fitzherbert irgendwann trotz des Krieges abgereist, neue waren kaum dazugekommen. Emerita machte sich große Sorgen um ihre Mutter und fragte sich, was sie wohl befallen hatte. Nach Hause zu gehen war das einzig Richtige, es war ihre Pflicht, sich um ihre Familie zu kümmern. Genauso, wie sie zuvor für die Familie nach Arosa gekommen war. Aber diesmal fragte Emerita sich, ob sie das überhaupt wollte – nach Hause gehen. Sie stellte fest, dass Wehmut sich in ihr ausbreitete. Darüber, dass das Lesen in den alten Zeitungen aus der Kiste mit Anzündsachen und die Geschichten der anderen Angestellten bald bloß eine Erinnerung wären und die Lady mit all ihrem Wissen ebenso.

Als sie Richtung Aroser Bahnhof aufbrach, lag Schnee auf der Straße und es war ein Kampf, ihn zu durchpflügen. Schnee wirbelte durch die Luft, verfing sich in ihren Haaren und legte sich auf ihre Schultern. Der Bahnhof war ein stattliches, neues Gebäude. Die Bahnstrecke von Chur nach Arosa war kurz nach Kriegsbeginn eingeweiht worden. «Ein Schritt in die Moderne», hatte es damals geheißen. Und genau so hatte Arosa sich für Emerita auch angefühlt. Die Lokomotive stand bereits dampfend im Bahnhof, als Emerita ihre Fahrkarte löste. Die Scheiben der Waggons waren angelaufen, milchig-weiß und blind blickten sie auf den Bahnsteig. Emerita setzte sich ans Fenster und rieb mit dem Mantelärmel ein Guckloch frei, um etwas sehen zu können. Als der Zug langsam den Berg hinunterfuhr, vorbei an tief verschneiten Tannenwäldern und über Brücken, unter denen in schwindelerregender Tiefe das Wasser zwischen Eiszapfen hindurch sprudelte, gab Emerita sich selbst ein Versprechen. Sie wollte den Wissensdurst nicht verlieren. Sie wollte, dass ihr Geist einem immer helleren Sternenhimmel glich. Und sie wollte niemals mehr vergessen, sich selbst zu fragen, was sie denn eigentlich wollte – und was nicht.

^v

«Wie lange brauchst du ihn denn, Gion?» Emerita tätschelte die Flanke ihres Esels und schaute den schlaksigen jungen Mann vor sich fragend an.

«Zwei Tage wären es sicher», sagte dieser und zählte an den Fingern ab, «ich würde dort übernachten, damit wir am Morgen früh auf den Markt können. Und dann am Nachmittag zurückkommen.»

«Dann haben wir Trütsch erst am nächsten Morgen zurück – hundemüde von der langen Reise», stellte Emerita fest. «Du verstehst, dass ich ihn dir nicht umsonst ausleihen kann?»

Gion schaute Emerita ratlos an. Sie war wirklich nicht mehr das kleine Mädchen von früher.

«He, Gion», tönte da plötzlich eine Stimme. Sie gehörte Michael, Emeritas großem Bruder. Er schüttelte Gion mit festem Druck die Hand. Sie hatten im vergangenen Winter nebeneinander an der Grenze gestanden, das verband.

«Ich brauche Trütsch für ein Weilchen», sagte Gion.

«Du darfst ihn dir ausleihen, das kostet ...» Weiter kam Emerita nicht. Ihr Bruder legte ihr eine seiner großen, schwieligen Hände auf die Schultern und unterbrach sie.

«Du musst dich nicht kümmern, Emmilein, ich übernehme das schon. Schau du besser nach den Kleinen. Mutter ist seit dieser schlimmen Lungenentzündung nicht mehr die Alte. Außerdem will Vater etwas mit dir besprechen, er hat nach dir geschickt.» Er nickte seiner Schwester zu und wandte sich dann Gion zu. «Geld wollte sie von dir für den Esel?», hörte Emerita Michael fragen, als sie langsam vom Stall weglief. Dann lachte er laut und herzlich: «Du musst sie entschuldigen. Während des Krieges, als Vater und ich an der Grenze waren,[29] da hat sie zu Hause das Kommando übernommen. Zumindest, nachdem Mutter – ach, das hast du ja alles schon gehört. Jedenfalls habe ich den Eindruck, Emmi vergisst manchmal, dass sie morgens den Rock und nicht die Hose anzieht.»

Beide Männer lachten und Emerita spürte, wie Ärger in ihr aufstieg. Sie lachten komplizenhaft und ein wenig wohl tatsächlich belustigt ob der Tatsache, dass das Schwesterlein die Hosen anhaben wollte.

«Sie muss sich daran gewöhnen, dass die Männer wieder zurück sind und im Haus zum Rechten sehen. Je schneller sie das tut, desto besser», hörte Emerita Gion sagen.

Leise nur noch, sie war schon fast zu weit weg. Während sie Richtung Wald lief, verschwand das Gerede der Männer hinter ihr endgültig. Sie wollte weg von den Häusern und den Menschen im Dorf. Immer öfter hatte sie dieses Bedürfnis: weg. Während sie die Mutter gepflegt und sich um die Geschwister gekümmert hatte, war für solche Gedanken kein Platz gewesen. Dann kam der Frühling und mit ihm die Feldarbeit, dann der Sommer und schließlich der Herbst, die Ernte, das Einmachen und Pökeln und Verarbeiten. Als der Nebel aus dem Tal immer öfter bis zu ihnen hochstieg und die Matten draußen morgens mit dickem Raureif überzogen waren, kam die erlösende Nachricht: Der Krieg ist aus. Deutschland hat kapituliert. Friede herrscht wieder rund um die Schweiz. Vater und Bruder kehrten nach Hause zurück. Endgültig, nicht nur für wenige Tage, wie während ihrer Zeit im Aktivdienst. Kein Schweizer hatte das ganze Jahr über an der Grenze stehen müssen. Und doch hatte Emerita ihr kleines Haus mit den drei Zimmern und der Küche nie als so beengend empfunden wie im vergangenen Winter, als beide Männer vom Dienst zurückgekehrt waren. Sie waren lauter und stolzer geworden, dünkte es Emerita. Und auch sie selber war wohl noch etwas größer geworden im letzten Jahr. Vielleicht war in dem Haus bald nicht mehr Platz für sie alle.

«Emmi!»

Ein erfreuter Ruf riss sie aus ihren Gedanken. Es war Fadri, der Nachbar. Er trug ein Zicklein in den Armen. Emerita zog die Augenbrauen hoch und schaute fragend von ihm zu dem weiß-braun gesprenkelten Tier und wieder zurück. Fadris Wangen waren rot, sein Haar blond und verstrubbelt. Hübsch war er, fand Emerita.

«Sie ist irgendwo hängen geblieben. Schau, ihr Vorderlauf ist verletzt. Nur verstaucht, hoffe ich. Aber ich nehme sie mit zu uns, zumindest für die Nacht. Nicht, dass das noch schlimmer wird.»

Erst jetzt sah Emerita das Blut am Bein des Zickleins. Vorsichtig verlagerte Fadri das Gewicht des Zickleins, als er vor Emerita stehen blieb. Er musterte sie einen Augenblick.

«Ich habe mit deinem Vater gesprochen», sagte er dann.

«Ach so, willst du Trütsch auch ausleihen?», fragte Emerita.

«Will ich – was?» Fadri schaute sie verwundert an.

«Unseren Esel, Trütsch», sagte Emerita und machte eine wegwerfende Handbewegung. «Gion braucht ihn morgen und übermorgen, er hat eben danach gefragt.»

«Ach so», sagte Fadri und blickte etwas verloren auf das Zicklein in seinen Armen. «Nein, also den Trütsch, für den hab' ich nicht gefragt», sagte er und Emerita hatte den Eindruck, dass seine Wangen noch etwas röter geworden waren. Er deutete ein Schulterzucken an, merkte aber, dass sich damit das Gewicht des Zickleins in seinen Armen verlagerte und hörte augenblicklich damit auf. «Wie auch immer, er wird dir dann schon davon erzählen, sobald er es für richtig hält. Also dein Vater, nicht der Trütsch. Obwohl der ja manchmal auch viel zu erzählen hat, gestern hab ich ihn fast eine Stunde lang plärren gehört.» Er blickte sie mit seinem breiten Lächeln an, das ein kleines Grübchen in seine rechte Wange bohrte, zeigte mit dem Kopf auf die kleine Patientin in seinem Arm und verabschiedete sich.

Kaum war Fadri aus ihrem Sichtfeld verschwunden, hatte Emerita das Gespräch mit ihm auch schon wieder vergessen. Sie pflückte eine Handvoll Walderdbeeren für ihre kleinen Geschwister, dann ging sie langsam zurück. Vom Wald schlängelte sich ein schmaler Pfad ins Dorf, ausgetreten von den Kindern, die im Wald spielten, und den Männern, die zum Holzhacken vom Dorf her kamen. Emerita ignorierte den Trampelpfad und lief quer über die Wiese zu ihrem Haus. Noch bevor sie die Haustür erreicht hatte, hörte sie bereits wieder ihren Namen. Diesmal war es die Mutter, die nach ihr rief.

«Vater will dich sprechen, er sitzt hinter dem Haus», sagte sie und nickte Richtung Bank.

Die letzten Sonnenstrahlen des Tages waren bereits verschwunden, aber die steinerne Hausmauer hinter der Bank war noch warm. Ein guter Platz, Vaters Lieblingsplatz.

«Setz dich zu mir, liebe Emmi», sagte er und klopfte auf den leeren Platz neben sich. «Ich habe mit Fadri gesprochen», sagte er dann und ließ die Worte ohne weitere Erklärung im Raum stehen.

«Ich auch, gerade eben», kam es Emerita wieder in den Sinn,

«eines seiner Zicklein hat sich verletzt. Es ist wohl irgendwo hängen geblieben.»

Der Vater zog an seiner Pfeife, sammelte den Rauch in seinem Mund, um ihn dann als weiße schwebende Kringel in einem raschen Stakkato auszublasen. Emerita verfolgte sie mit ihren Augen. Erst waren sie klein und kompakt, bald aber wurden sie immer größer und dünner, bis sie sich schließlich ganz in der Luft verloren.

«Fadri und ich haben über etwas Schönes gesprochen», sagte ihr Vater dann. «Über dich nämlich, meine Tochter. Es wird dich nicht überraschen, dass Fadri mich gefragt hat, ob es mir gefiele, wenn ihr beiden den Bund der Ehe eingehen würdet.»

Emerita wandte den Blick wieder ihrem Vater zu.

«Das würde mir sogar sehr gefallen, habe ich ihm gesagt», der Vater lächelte nun zufrieden. «Im Haus wird es immer enger und du wirst auch nicht jünger. Und Fadri ist ein guter Mann, wie sein Vater und sein Neni. Eine gute Familie, eine passende Lösung für dich.»

Emeritas Herz klopfte ihr plötzlich bis zum Hals. Sie hatte gewusst, dass dieser Moment kommen würde. Für die beiden Familien wäre es eine gute Verbindung. Fadri brauchte eine Frau und Emerita ein neues Heim. Ihr Vater hatte recht, es wurde eng bei ihnen. Aber Emerita hatte nicht vergessen, was sie sich selber versprochen hatte, damals im Zug von Arosa nach Chur. Sie sollte sich immer fragen, was sie selbst wollte. Emerita war aufgestanden und fröstelte. Ohne die warme Wand im Rücken fühlte sie die Kälte der Berghänge um sich. Noch war nicht Sommer.

«Du hast recht, Fadri ist ein guter Mann, ein lieber», sagte sie und ihr Vater nickte zufrieden. «Aber ich will ihn nicht heiraten. Ich kann mir nicht vorstellen, dass das alles ist, was in diesem Leben auf mich wartet. Ich will mehr.»

Ihr Vater schaute Emerita sprachlos an. «Ja, denkst du, einer der reichen Herren aus der Stadt kommt, heiratet dich und baut dir auf Hohen Rätien ein neues Schloss?» Spott lag in seiner Stimme.

Emerita schüttelte den Kopf. «Nein, das denke ich nicht. Ich denke, wenn ich ein Schloss will, muss ich es mir selbst bauen. Sonst kann ich darin nie glücklich werden.»

Jetzt schaute ihr Vater sie verständnislos an. «Sprich Schweizerdeutsch», brummte er dann.

«Ich möchte in die Stadt und Hebamme werden. Und dann vielleicht nach England, da kommen ja auch Kinder auf die Welt.»

«Hebammen kann man hier auch brauchen», sagte der Vater, «wozu also nach England?»

«Ich möchte Englisch lernen und etwas von der Welt sehen, jetzt, wo sie den Krieg überstanden hat. Dann komme ich vielleicht wieder zurück und vielleicht auch nicht. Ich will das selbst entscheiden.»

Die Glut in der Pfeife war ausgegangen, der Vater zündete den Tabak erneut an und zog kurz und rasch an seiner Pfeife, bis erneut ein stetes Rauchfähnchen daraus aufstieg.

«Das ist eine dumme Idee, Emerita», sagte er dann. «Wir würden Fadri vor den Kopf stoßen. Er braucht jetzt eine Frau, nicht in ein paar Jahren, nachdem du einer halben Armee Engländer die Nabelschnur durchgeschnitten hast. Dann nimmt er sich eine andere. Andrina vielleicht», sagte der Vater und pufft kleine, dicke Kringel aus.

Emerita zuckte die Schultern.

«Stell dir nur Mutters Enttäuschung vor, wenn du nicht bald heiratest. Und Geld kannst du von uns nicht erwarten. Du kannst mitnehmen, was du hast, dein Bündel und deine Kleider. Mehr nicht. Überleg dir das gut.»

Dann klopfte er die Pfeife aus und ging, ohne seine Tochter eines weiteren Blickes zu würdigen, ins Haus.

Emerita setzte sich auf die nun leere Bank und blickte in die Weite. Jetzt war es also gesagt. Und auf seine Art hatte der Vater ihre Entscheidung akzeptiert. Sie sog den Duft der Erde, der Häuser und Tiere ein. Ihr Blick schweifte über die Hausdächer und den Waldrand, die weiße Kirche und die glühenden Bergspitzen. Das alles würde sie vermissen – wenn sie denn Zeit dafür hatte, dort draußen in der Welt. Lange saß Emerita noch draußen und atmete die kalte Bergluft ein. Die grauen Schieferdächer und die weiße Kirche verschwanden langsam in der Dunkelheit der aufsteigenden Nacht. Am Himmel blinkten nun – einer nach dem anderen – die ersten Sterne und leuchteten auf Emerita herab.

Luisa

Am 11. November 1918 endet der Erste Weltkrieg. Einen Tag später steht die Schweiz kurz vor einem Bürgerkrieg. Soldaten zielen auf die unbewaffnete Bevölkerung. Mittendrin eine junge Arbeiterin, die endlich mitreden will.

ERSTER TAG: STREIK

Luisa schlägt die Augen auf. Blinzelt zwei, drei Mal, bis der letzte Schleier aus Nacht und Schlaf sich in die Augenwinkel zurückgezogen hat. «Heute ist es so weit», denkt sie. Endlich. Erst dann spürt sie den Hunger, der größer zu sein scheint als ihr Magen. Gleichzeitig ist ihr schlecht. Durch die Ritzen und Spalten der Kammer dringt das Klappern von beschlagenen Pferdehufen auf Pflastersteinen zu Luisa hoch. Es müssen Dutzende Pferde sein, die im Schritt von der Kaserne ins Stadtinnere ziehen. Oberstdivisionär Sonderegger hat die Kavallerie aufgeboten. Luisas Blick fällt auf die alten Holzbalken über ihr. Sie spürt das Gewicht, das die Dachbalken tragen, förmlich auf ihrer eigenen Brust. Schwer und drückend, sodass die kalte Luft kaum ihren Weg in die Lunge findet. Auch jetzt, unter der Decke, fühlt Luisa die Kälte. Sie sitzt in jeder Ecke des Raumes, lauernd, bereit, Luisa anzuspringen, sobald sie die Decke zurückschlägt. Das Licht ist heute anders als an all den Morgen zuvor. Heller, klarer – denn normalerweise wäre Luisa jetzt schon seit zwei Stunden in der Fabrik. Aber heute ist nichts, wie es normalerweise ist. Heute wird die Schweiz ins Wanken geraten.

Luisa schlägt die Decke zurück. Mit schnellen Griffen zieht sie den dunkelblauen Wollrock über ihr Nachthemd. Zwei Schichten sind wärmer als eine. Sie wird heute den ganzen Tag draußen sein, in der feuchten Novemberkälte. Sie setzt sich auf das Bett und zieht die Strümpfe hoch bis über die Knie. Auf dem Wasser in der Waschschüssel hat sich über Nacht eine hauchzarte Eisschicht gebildet. Luisa durchbricht sie mit beiden Händen gleichzeitig, schöpft Wasser, trinkt und wäscht sich das Gesicht. Ihre Haare kämmt sie mit den Händen, bevor sie sie flink zu einem langen Zopf zusammenflicht. Sie schiebt die Brosche mit der in zarten Farben ausgemalten Keramikblume ins Haar. Wie früher, als sie mit der Mutter sonntags noch zur Messe ging. Sie schnürt ihre guten Stiefel und schiebt ihren Ausweis und etwas Geld unter den Bund ihres Rocks, dort, wo es sicher ist. Das Klappern der Hufe unten auf der Straße ist verklungen. Hut, Handschuhe, Mantel und schon fliegt die Tür zur Dachkammer hinter Luisa ins Schloss. Schlüssel gibt es keinen. Luisa hat weder das Recht auf Privatsphäre noch das Glück, sich potenzielles Diebesgut leisten zu können. Nur um die dicke Bettdecke wäre es schade. Aber wem käme es überhaupt in den Sinn, bis unters Dach zu steigen?

Schnell und leise eilt Luisa die Treppe hinunter, öffnet die Holztür zum Dienstboteneingang und tritt auf die Straße. Es ist kaum kälter als in ihrer Dachkammer. Trotzdem zieht Luisa den Mantel enger um sich. Am Laternenpfahl neben der Tür flattert ein Zettel im Wind.

«An die Anwohnerschaft der Stadt Zürich.

Unsere Truppen sind mit Handgranaten ausgerüstet. Sie haben Befehl sie zu gebrauchen, wenn aus Fenstern und Kellerlöchern geschossen wird. Die Truppe weiss, dass auf blosse Vermutung hin, dass aus einem Fenster geschossen worden sei, die Handgranate verwendet werden darf. Wo aber einwandfrei feststeht, dass aus Häusern geschossen worden ist, wird das Handgranatenwerfen zur befohlenen Pflicht.

Zürich, 11. November 1918.

Kommando der Ordnungstruppen für Zürich:
Oberstdivisionär Sonderegger.»[30]

Soldaten haben die Zettel tags zuvor in der ganzen Stadt verteilt. Soldaten, die in Zürich einmarschiert sind und die Stadt besetzt haben. Soldaten, die sich auf einen Häuserkampf vorbereiten. Die Handgranaten sind ausgezählt, die Maschinengewehre bereit, Patronen gibt es genug. Im Krieg hatte die neutrale Schweiz keinen Feind, gegen den sie sie hätte verschießen können. Jetzt ist der Krieg zu Ende. Will die Armee ihre Reserven aufbrauchen? Gegen das eigene Volk? Die schwarz gedruckte Warnung Sondereggers bestärkt Luisas Entscheidung erst recht. Sie hofft, dass es vielen anderen Arbeiterinnen und Arbeitern gleich geht. Doch anders als Luisa haben sie alle die Wahl. Noch können sie sich gegen den Streik entscheiden, zu Hause bleiben, zur Arbeit gehen, hoffen, dass nichts passieren wird. Hoffen, dass es keinen erneuten Krieg gibt, nur einen Tag nachdem der große Krieg in Europa zu Ende gegangen ist. Keinen Bürgerkrieg, in dem die Schweizer Armee gegen Schweizer Bürgerinnen und Bürger schießt. Luisas Schritte hallen leise in der leeren Straße. Ein Schritt, zwei Schritte, sie greift nach Sondereggers Feiglingsaufruf, reißt das dicke Papier vom Nagel, zerfetzt es zu unförmigen Streifen mit weichen Kanten und wirft es in den Novemberwind. Dieser trägt die Papierstückchen nur kurz, dann segeln sie allesamt auf die harten Pflastersteine der Straße. Luisa läuft in Richtung Treffpunkt. Ihre Schritte sind entschlossen und schnell, ihre Gedanken flattern. Was, wenn die anderen nicht kommen? Was, wenn sie von Soldaten abgepasst und mitgenommen wird? Wenn ihr ganzer langer Weg bis zu diesem Moment, hier und jetzt, in einer Sackgasse endet?

^v

Olten, im August 1917

«Komm mit!» Emils Stimme war leise, als er Luisas Hand nahm und sie hinter sich herzog. Normalerweise hätte sich das flackernde Licht der Straßenlampen auf den nassen Pflastersteinen gespiegelt. Doch die Lampen brannten nicht. Olten sollte ein dunkler Fleck zwischen anderen dunklen Flecken bleiben. In Europa war Krieg und in der Schweiz war das nie so gut zu spüren wie nachts, wenn die Fenster verdunkelt wurden. Oder wenn der Bauch einmal mehr vor Hunger schmerzte. Als Emil sie zu dem Treffen eingeladen hatte, war es mehr der Hunger als der Kopf gewesen, der Luisa hatte Ja sagen lassen.

«Genossen», rief der Mann mit tiefer Stimme und ausgebreiteten Armen. Obwohl Emil gesagt hatte, bei den Treffen der Sozialdemokraten seien alle gleich, war augenblicklich klar, wer hier das Sagen hatte. Die Geheimratsecken hatten sich bereits tief in den Ansatz des dunklen Haares gefressen, der Schnauz bauschte sich dafür umso imposanter über der Oberlippe, die nie zur Ruhe kam. Der Mann sprach im Auftrag des Herrn Nationalrat und Genossen Robert Grimm. Jedes Gesicht war ihm zugewandt, jedes Ohr lauschte seinen Worten. «Genossen! Der Bundesrat stellt uns Säcke mit Kartoffeln hin. Der Bundesrat druckt Lebensmittelmarken. Aber die Kartoffeln schmecken wie Papier und für die Lebensmittelmarken bekommt man jeden Tag weniger. Die Säle der Suppenküchen sind voll, ihre Vorratskammern leer. Sie sagen uns, der Krieg wird vorbeigehen, der Krieg wird nicht mehr lange dauern. Seit drei Jahren ist Europa im Krieg. Drei Jahre zu wenig von allem und das Ende ist noch immer nicht in Sicht. Und warum nicht? Weil sie es nicht wollen! Sie, die den Krieg angezettelt haben, sitzen in ihren Palästen und speisen wie die Könige. Wir Arbeiter sind es, die vom Sonnenaufgang bis zum Sonnenuntergang arbeiten, um den Motor am Laufen zu halten. Wie kann es sein, Genossen, dass wir es sind, die am meisten leiden? Wie kann es sein, dass wir das größte Opfer zu bringen haben, wo wir diesen Krieg doch

am wenigsten wollten? Wie kann es sein, dass der Bundesrat an uns zuletzt denkt, wo wir doch die Ersten sind, die morgens aufstehen, um die Fabriken dampfen zu lassen?»

Raunen breitete sich aus im Keller, wie das Summen eines wütenden Bienenschwarms. Die Gesichter blickten sich in der Menge um, Augenpaare suchten einander, Köpfe nickten zustimmend.

«Der Milchpreis hat sich verdoppelt, die Bauern verdienen sich eine goldene Nase an uns», rief eine Frau mit grauen Haaren und roten Wangen.

«Brot sollen sie uns geben und Wurst, nicht nur schrumpelige Kartoffeln», forderte der Mann neben ihr mit lauter Stimme und ballte die Hand vor sich in der Luft zur Faust.

«Ich bin Hebamme und ich sage euch, die Kinder, die im Krieg geboren werden, sind klein und schwach», übertönte eine Frau den Lärm. «Ihre Mütter haben keine Milch, sie haben nicht genug zu essen. Und ihre Väter stehen für das Vaterland an der Grenze, verdienen nichts und können kein einziges Feld bestellen.»

«Die Steuern werden jedes Jahr höher[31] *und das Geld jede Woche wertloser», rief eine junge Frau mit lauter, klarer Stimme. Sie sprach Hochdeutsch mit französischem Akzent und Luisa drehte den Kopf interessiert in ihre Richtung. Was machte eine welsche Arbeiterin dieser Tage in der Deutschschweiz? «Der Bund saugt uns aus, um seine Kriegskosten finanzieren zu können, aber was gibt er uns zurück? Noch mehr Arbeit, noch höhere Steuern und noch weniger Geld. Nicht einmal die Grundnahrungsmittel sind rationiert. Die Bauern können machen mit ihren Ernten, was sie wollen. Das muss ein Ende haben!»*

Beifall aus der Menge. Nun ergriff der Mann mit den Geheimratsecken erneut das Wort.

«Genossen! Eure Wut ist meine Wut! Und ich sage euch: Es ist die Wut der Gerechten! Lasst die Bourgeoisie spüren, wie sehr sie uns braucht. Lasst sie ahnen, was passiert, wenn sie uns noch länger hungern lassen, noch länger hinhalten und noch länger ausnehmen!»

«Wie die Weihnachtsgänse, von denen wir schon seit Jahrzehnten keine

mehr gegessen haben», rief ein Mann dazwischen und einige seiner Freunde schlugen mit den Fäusten gegen die Kellerwände. Das dumpfe Geräusch übertrug sich pochend auf die Stimmung im Raum.

«Die Genossen in Basel oder Zürich legen am 30. August die Arbeit nieder», rief der Mann mit den Geheimratsecken so laut, dass der Klang seiner Stimme alles durchdrang. Er hob die Hand und ballte sie zur Faust: «Lasst es uns ihnen gleichtun!»

Die Menschen im Keller reckten ihre Fäuste der einen Faust entgegen, riefen und stampften mit ihren Holzschuhen auf den Boden, als hätte sie alle das gleiche Fieber gepackt.

«So beginnt die Revolution», dachte Luisa und spürte Emils Hand auf ihrer Schulter.

^v

Damals trauten sich die Arbeiter etwas. Sie streikten und es nützte sogar. Grundnahrungsmittel wurden rationiert, der Milchpreis fiel, die Kammern der Suppenküchen füllten sich. Werden sie sich auch heute wieder trauen? Luisa reißt sich mühselig von ihrer Erinnerung los. Ihre Schritte sind jetzt nicht mehr die einzigen, die auf dem Kopfsteinpflaster klappern. Je näher sie zum Treffpunkt kommt, umso mehr Menschen gehen in die gleiche Richtung. Sie schaut sich um. Einige Gesichter sind ihr bekannt. Man nickt sich zu, lächelt, aber nur kurz, die Lage ist ernst. Frauen und Männer in Sonntagskleidern. Die schäbigen Schuhe poliert. Manchmal hat Luisa das Gefühl, Emils rundes Gesicht in der Menge zu erkennen, die mit jedem Meter und jeder Gasse, die sich auf die Straße hin öffnet, wächst. Dann zuckt etwas in ihrem Bauch und in ihrer Brust. Überraschung und Freude, gefolgt von Schmerz, wenn ein Blinzeln zeigt, dass es nur einer der vielen jungen Zürcher ist, die sich wie Luisa aufmachen zum Generalstreik. Keiner von ihnen ist Emil – und keiner von ihnen wird jemals Emil sein. Luisas Gedanken lösen sich nur langsam von diesem Sommer 1917.

^v

Während der Krieg sich weiter durch Europa fraß, küssten Emil und sie sich das erste Mal. Unten an der Aare, dort, wo niemand sie sah. Viele Abende saßen sie dort und sprachen über den Genossen Lenin, der in Russland die Revolution anführte. Und über den Genossen Grimm, von dem man sagte, er habe sich bei jeder Gelegenheit mit Lenin gestritten. Emil hatte freundliche braune Augen und krauses Haar, das er erfolglos unter seiner grauen Kappe zu verstecken versuchte. Er war Pazifist und arbeitete in einer Munitionsfabrik. So war das, man tat, was man musste, um sich über Wasser zu halten. Und doch reichte die Kraft hier und da zum Träumen und zum Diskutieren, für Ideale und für Wut. Emils Lippen waren rau. Er entschuldigte sich dafür und Luisa erklärte ihm, dass das am Vitaminmangel liege. Sie lachten beide.

^v

Luisas Gedanken stocken. Sie will die Erinnerung an diesen Abend nicht zu Ende denken. Sie will, dass die Erinnerung dort endet. Dort, wo die Sonne sich in der Aare spiegelt, bevor es dunkel wird und sie beide Hand in Hand zurück zur Stadt laufen und – Luisa schüttelt den Kopf. Sie ist jetzt da, am Treffpunkt. Und sie ist überwältigt. Ganz Zürich hat die Arbeit niedergelegt und sich hier aufgereiht. Ganz Zürich streikt. Zumindest kommt es ihr so vor. Ob es all die anderen Menschen in all den anderen Städten auch tun?

Doch nicht nur die Arbeiter und Angestellten sind gekommen. Auch die Armee ist da. Hoch zu Ross die Kavalleristen, die Luisa unter ihrem Fenster vorüberreiten gehört hat. Die Bajonette blitzen an den Gürteln, die Gewehre tragen sie auf dem Rücken. Am Boden kauern die Scharfschützen; vor sich, wie Heuschrecken auf Stelzen, haben sie die Maschinengewehre auf ihren dreibeinigen Ständern aufgestellt. Neue Patronen liegen in langen Riemen auf dem Boden. Die dunklen Mündungen zielen auf unsichtbare Punkte zwischen dem harten Boden und den Füßen der Arbeiterinnen und Arbeiter in ihren geputzten Sonntagsschuhen. Die Vorstellung, dass der Soldat, der gerade die Plane eines Pferdewagens zurückgeschlagen hat und nun aus groben Spankisten Handgranaten verteilt, ihre Sprache spricht, erscheint Luisa unwirklich. Wie ein Feind sieht er aus, nicht wie einer, mit dem sie sich unterhalten könnte. Luisas Blick schweift über die Gesichter der Soldaten und zurück zu ihren eigenen Reihen. Tausende Männer und Frauen sind gekommen. Noch viel mehr, als am vergangenen Sonntag auf dem Münsterplatz gestreikt hatten. 7000 seien es gewesen, berichteten die Zeitungen am nächsten Tag. Und die Soldaten schossen nur in die Luft, nicht in die Menge. Luisa atmet tief ein. Sie denkt an Sondereggers Zettel, den sie von einem Laternenpfahl gerissen hat. Würden die Soldaten wirklich von den Handgranaten Gebrauch machen? Schießen – auf ihre eigenen Landsleute? Wird Luisa morgen um die gleiche Zeit noch da und die Schweiz noch dieselbe sein?

Die Gruppe der Arbeiter sammelt sich und beginnt ihren Marsch. Einige halten handgeschriebene Plakate mit Forderungen und Klagen in die Höhe. Manche reden miteinander, trotzdem bleibt es eigentümlich ruhig. Luisa läuft mit fremden Menschen, sie hat ihre eigene Gruppe nicht gefunden. Aber das ist egal, denn heute sind sie alle eine große Gruppe. Menschen mit den gleichen Sorgen, mit dem gleichen Ziel. Luisas Beine passen sich von selbst dem Gleichschritt der Beinpaare um sie herum an.

Die Armee läuft im gleichen Tempo mit. Meter um Meter, bis zum nächsten Treffpunkt. Bis noch mehr Menschen zum Demonstrationszug hinzustoßen. Frauen stehen am Straßenrand und verteilen Tee. Die mit schönen Mänteln reichen ihre Tassen den Soldaten, jene mit abgeschabten Kutten geben ihre den Streikenden. Wut macht sich in Luisa breit. Jede Einzelne der feinen Damen macht einen unverzeihlichen Fehler. Neun Forderungen haben Grimm und sein Oltener Aktionskomitee dem Bundesrat vorgelegt. Neun Forderungen,[32] ohne deren Erfüllung sie den Generalstreik beliebig lange weiterführen werden. Punkt zwei fordert das Stimm- und Wahlrecht für die Frauen. Ab sofort. Und nun reichen die feinen Damen den Männern Tee, die den Streik beenden wollen, ohne dass die Forderungen erfüllt werden müssen.

Luisa stellt sich vor, wie es sich anfühlen würde, einen Stein vom Boden aufzuheben, Anlauf zu holen und ihn mit Wucht gegen den hohlen Kopf der nächsten Tee-Tante zu schmettern. Die Vorstellung tut gut und verdrängt die nagende Angst. Die Angst, die Luisa zuflüstert, dass Basel und Bern, Lausanne und Genf, Grenchen und Olten, Bellinzona und Chur und all die anderen Schweizer Städte sich vielleicht gar nicht beteiligen. Dass der Generalstreik sich nur hier in Zürich anfühlt, als hätte er das ganze Land erfasst. Dass in Tat und Wahrheit alles beim Alten geblieben ist und die Forderungen einfach übergangen werden. Punkt zwei gestrichen, zusammen mit der Forderung nach mehr Lohn, einer 48-Stunden-Woche und den Versicherungen für Alte und Kranke.

Bald gehen raunend die neuesten Nachrichten von Mund zu Mund. Zu lesen gibt es nichts, denn es wird keine Zeitung gedruckt. Die Arbeiter in den Druckereien streiken. Die Postboten streiken. Die Munitionsfabriken und Nähstuben sind leer. Die Lokomotiven stehen in den Bahnhöfen. Steine und Barrikaden versperren die Gleise, im Tessin soll ein einziger Bahnwärter mit dem Velo von Bahnhof zu Bahnhof gefahren sein, um seinen Genossen vom Streik zu erzählen – die daraufhin als Erste in der ganzen Schweiz die Arbeit niederlegten. Kein Schiff pflügt über den Zürichsee. Die Schokoladenfabriken stehen still, die Schulen sind leer. Ein historischer Tag. Luisa bekommt Gänsehaut. Dann fällt der erste Schuss.

Die Arbeiter werden unruhig, die Pferde, auf deren Rücken Soldaten sitzen, ebenso. Der Schuss klang dumpf und fern. Nicht wie von einem Gewehr. Trotzdem denkt Luisa wieder an Sondereggers Warnung. Die Leute werfen aus Fenstern und Dachluken Steine auf die Soldaten. Scheiben werden eingeschlagen und Gülle auf die Soldaten gekippt. Wie die guten Nachrichten zuvor kriechen auch diese Neuigkeiten durch die Menschenmenge, hangeln sich von Mund zu Mund, bis sie die ganze Menschenkette durchquert haben. Um Luisa herum bücken sich die Menschen, heben ihrerseits Steine vom Boden auf und sind bereit. Luisa will sich jetzt nicht mehr vorstellen, wie sie nach einem Stein greift. Keine Gewalt, keine Provokation und kein Alkohol – das haben die Organisatoren des Streiks ihnen eingebläut. Wenn der Streik eskaliert, gibt es einen Bürgerkrieg. Sondereggers Soldaten werden schießen. Fünf Jahre lang hat man sie darauf vorbereitet. Aber an der Grenze zu Deutschland, Frankreich und Italien hat es für Schweizer Soldaten nichts zu schießen gegeben. Manchen muss der Abzugsfinger schon seit Jahren jucken. Eine junge Frau drückt Luisa einen Knüppel in die Hand. Sie schiebt ihn zurück und erkennt das Gesicht vor sich. Es ist die Frau, die damals im August bei dem Treffen in Olten, dem Treffen mit Emil, von Steuern, Löhnen und Inflation gesprochen hat. Véronique, eine junge Frau aus dem Jura. Luisa hat sich danach, als sie noch in Olten lebte, einige Male mit ihr unterhalten. Jetzt ist sie also in Zürich. Und sie gehört zu denen, die es darauf ankommen lassen wollen. Luisa aber nicht. Sie schüttelt den Kopf. Luisa will, dass der Generalstreik die Schweiz verändert. Sie will nicht, dass er eskaliert, dass das Militär einschreitet und die Forderungen der Arbeiter unter Gewehrsalven zersplittern. Véronique zuckt die Schultern, nickt, steckt den Knüppel in die Schlaufe an ihrem Gürtel, geht aber weiter neben Luisa her, als würden sie zusammengehören.

Tausende Schritte und viele Stunden später öffnet Luisa die Türe zum Haus, unter dessen Dach sie wohnt. Véronique folgt ihr über die Schwelle.

«Was meinst du, wie viele Streiktage gibt es nach heute noch?»

Véroniques Frage hängt einen Augenblick in der Luft, zusammen mit den weißen Atemwolken und dem Klang ihrer Schritte auf der ausgetretenen Holztreppe.

«Hoffentlich braucht es nicht mehr viele, bis der Bundesrat unsere Forderungen erfüllt», sagt Luisa.

«Vor allem Punkt zwei», sagt Véronique und Luisa lacht leise. Sie will kämpfen für das Frauenstimmrecht, ohne geht es nicht mehr. Der Tag hat sie aufgekratzt. Die ganze Schweiz steht still, die gesamte eidgenössische Arbeiterschaft befindet sich im Generalstreik. Sondersession im Parlament, der Bundesrat außer sich, der Freisinn hat Schaum vor dem Mund.

«Sogar Emilie Gourd[33] soll dem Bundesrat ein Telegramm geschickt haben, in dem sie erklärt, ihre Bewegung unterstütze vor allem Punkt zwei[34] des Forderungskataloges», sagt Véronique strahlend.

«Woher weißt du das?», fragt Luisa, während sie sich aus ihren Kleidern schält.

«Getuschel», entgegnet Véronique.

Luisa hat viel über den Schweizerischen Verband für das Frauenstimmrecht gelesen: reiche bürgerliche Frauen. Frauen wie Emilie Gourd hatten mit den Arbeiterinnen der sozialistischen Frauenbewegung nichts zu tun. Frauen wie sie waren es, die heute in eleganten Mänteln Tee für die Soldaten ausgeschenkt haben. Ein solches Telegramm hätte Luisa nicht erwartet.

«Weißt du, was das bedeutet, wenn solche Frauen uns unterstützen?»

Véronique lächelt, zieht alle ihre Kleider aus und stürzt sich unter die Decke. «Ohne Kleider können wir einander besser wärmen», sagt sie.

Luisa tut es ihr gleich. Noch nie hat sie so mit jemandem gelegen. Nackt und freiwillig. Wärme geht von Véroniques Körper aus und Luisa drängt sich näher an sie heran. Sie spürt Véroniques Hand, ihre Lippen, ihren Körper. Sie tastet mit ihren Fingern über Véroniques Körper. Véroniques Hände in Luisas blondem Haar. Ihre Lippen auf Véroniques Hals. Véroniques Hände überall an ihrem Körper, das unerbittliche Verlangen nach noch mehr Berührung, nach endloser, schneller Berührung. Glühen, das sich von Luisas Körpermitte ausbreitet, wie Wellen, die bis in ihre Fingerspitzen branden. Ihre Hände an Véroniques Körper.

Haare, Hitze, Feuchtigkeit. Véroniques warmer Atem, der Spuren in die kalte Luft von Luisas Kammer zeichnet. Ihre Stimme, die mit Lauten statt Worten spricht. Kurz durchzuckt der Gedanke Luisas Kopf, dass das, was sie hier tut, dem Pfarrer nicht gefallen würde. Aber wann ist sie zuletzt in der Kirche gewesen? Luisa weiß es nicht mehr.

«Ich habe das noch nie gemacht», sagt Luisa. Sie liegt schwer atmend neben Véronique unter der Decke. «Mit einer Frau, meine ich.» Wärme durchflutet noch immer ihren ganzen Körper.

«Ich auch nicht», sagt Véronique.

Die Dunkelheit um sie herum fühlt sich weich an, samtig, nicht kalt und gefährlich.

«Und mit einem Mann?», fragt Luisa zögerlich.

«Auch nicht», sagt Véronique.

Luisa sagt nichts, stattdessen greift sie unter der Decke nach Véroniques Hand.

«Und du, Luisa, hast du einmal mit einem Mann gelegen?»

«Nein», sagt Luisa. Stille. Und dann: «Doch. Aber nicht so wie mit dir. Ich wollte es nicht», Luisa zögert, aber dann fährt sie fort, «er hat mich einfach gepackt und sich genommen, was er wollte.»

Noch nie hat sie mit jemandem über diesen einen Abend gesprochen. Über das, was geschehen ist, nachdem sie Emil unten an der Aare geküsst hat. Doch jetzt, eingehüllt in Wärme und Dunkelheit, geht es plötzlich ganz leicht. Véronique drückt ihre Hand. Sie hört zu, wartet ab. Sie wird Luisa verstehen. Sie wird ihr glauben. Erst langsam, dann immer schneller, fallen die Wörter aus Luisas Mund.

«Emil musste zusehen. Zwei Männer haben ihn festgehalten, während Hans, der Fabrikvorsteher, mich auf den Boden gedrückt hat. Es hat sich angefühlt, als würde etwas in mir reißen. Da war Blut. Danach habe ich versucht, zurück in die Fabrik zu gehen. Unter Hans' Augen weiterzuarbeiten, als wäre das nicht geschehen. Aber ich konnte es nicht. Darum habe ich alles gepackt und bin nach Zürich gekommen. Olten ist jetzt meine Vergangenheit. Und Emil», Luisa hält inne. Ihre

Stimme hat immer mehr gezittert, bis sie schließlich ganz brach. Sie kann nicht über Emil sprechen. Was sollte sie auch erzählen? Véroniques Hand sucht in der Dunkelheit ihr Gesicht. Streichelt sie sanft.

«Du musst nicht weitererzählen», flüstert sie.

Aber Luisa spürt, dass jetzt endlich nicht mehr der Moment ist, um die Worte hinunterzuschlucken.

«Was Hans mir angetan hat, war die Strafe für uns beide, Emil und mich. Weil wir gestreikt hatten, damals, im August. Wir haben unseren Genossen davon erzählt. Aufgewiegelt hätten wir sie, sagte Hans. Und Aufwiegler müssten bestraft werden.»

«Wie bist du von ihm weggekommen?», flüstert Véronique.

«Er hat mich weggestoßen, als er fertig war. Ich bin erst auf den Knien weg, dann aufgestanden und gerannt. Ich dachte, Emil sei direkt hinter mir. Ich dachte, sie hätten ihn losgelassen, als es nichts mehr zu sehen gab. Aber er war nicht hinter mir. Sie haben ihn nicht losgelassen. Ich habe Emil nie wieder gesehen.»

ZWEITER TAG: STREIT

Luisa schlägt die Augen auf. Langsam nur, die Lider sind schwer, die Welt von draußen trifft nur flackernd auf ihre Netzhaut. Sie blinzelt. Schwere Balken, tanzendes Licht, weißes Leinen, darauf schwarzes Haar. Ein halb geöffneter Mund, eine Hand, die vor dem Schlaf ihre eigene gehalten hatte: Véronique. Jetzt hat sie die Augen geöffnet und lächelt Luisa an.

Luisa erwidert Véroniques Lächeln. Ihre Blicke weben ein Band zwischen ihnen. Ein dickes, sicheres Band. Und plötzlich kann sie es kaum erwarten, wieder auf die Straße zu gehen. Der zweite Streiktag steht an und dieses Mal geht sie nicht alleine los, dieses Mal steht sie nicht in einer Menge fremder Menschen. Jetzt ist Véronique bei ihr.

Der Himmel ist bedeckt und die Luft zwischen den Streikenden und den Soldaten klirrend kalt. In Zürich hat es Verletzte gegeben. Manche sprechen davon, den Streik abzubrechen. Andere halten vehement dagegen. Ein Verrat an der eigenen Sache wäre das, sagen sie. Bürgerkrieg wäre das, kontern die anderen. Von ihnen gibt es in Zürich allerdings nur wenige. Luisa versteht die Angst nicht mehr. Véronique ebenso wenig. Wer anfängt, muss auch weitermachen, finden beide. Der Rückhalt fühlt sich gut an. So gut, dass Luisa nicht weg will von Véronique. Nicht weg von den Menschen, deren Energie und Wut sie teilt. Während draußen die Soldaten in der feuchten Kälte dem sozialistischen Umsturz in der Schweiz die Stirn bieten, sammeln die Arbeiter sich in den Suppenküchen. Das Essen hier ist weder gut noch ausreichend, dafür aber ist es warm. Das hat Luisa bereits während des Krieges erlebt, als es von allem zu wenig gab. Und der unterzeichnete Waffenstillstand hatte die Vorratskammern bis jetzt nicht wieder zu füllen vermocht.

«Dazu braucht es den Frühling», denkt Luisa und ihr Bauch knurrt. Das tut er seit fast drei Jahren praktisch immer. Früher hatte sie das angestachelt. Jetzt hat sie sich daran gewöhnt.

Bern, im November 1916

Die Wolken hingen tief über der Bundesstadt. Ganz so, als wollten auch sie mit ansehen, was sich gleich vor dem Bundeshaus abspielen würde. Noch war es ein normaler Markttag. Körbe mit Kohl, Zwiebeln und Kartoffeln standen bereit, Brot lag auf den einfachen Holzladen, aber die Weglein zwischen den Marktständen waren noch größtenteils leer. Die Händler rieben sich die Hände gegen die Kälte. Manche hatten neue Preisschilder aufgestellt. Andere nannten ihren Kunden die Preise ihrer Ware direkt. Sie stiegen dieser Tage so rasant, dass sich ihrer Meinung nach das Schreiben neuer Schilder nicht mehr lohnte. Für ein Ei bekamen die Händler mittlerweile das Dreifache von dem, was sie noch vor zwölf Monaten hatten verlangen können. Als die Glocken von Münster, Heiliggeist und der Friedenskirche einmal schlugen, kam eine einzige Frau die Straße herunter, sie hatte ihr Schultertuch über den Kopf gezogen, um sich warm zu halten, und hielt direkt auf den ersten Marktstand zu. Sie schaute sich die Preise für die Kartoffeln an und ging weiter, zum nächsten Stand. Hier fragte sie, wie viel das Kilo kostet.

«Schon wieder mehr», murmelte sie zu sich selbst, dann ging sie weiter. Plötzlich drehte sie sich um. Die Bewegung ließ ihr Schultertuch zur Seite flattern, dunkle Locken und ein markantes Kinn kamen zum Vorschein.

«Das ist die Frau vom Sozialisten Grimm, von dem, der sich mit Lenin trifft», raunte einer der Händler seinem Nachbarn zu.

Luisa und die Köchin der Familie Burgener, für die sie dieser Tage den Haushalt besorgte, standen nahe genug, um die Worte zu hören. Dass die Preise von Woche zu Woche stiegen, bekamen vor allem die Angestellten zu spüren. Ihre Suppe am Abend bestand fast nur noch aus heißem Wasser mit Salz. Luisa reckte den Hals und betrachtete die Frau neugierig. In diesem Augenblick erhob diese ihre Stimme.

«Wucher», rief sie.

Und plötzlich waren Schritte zu hören in den Straßen und Gassen. Frauen, Hunderte, kamen mit leeren Körben und Tüchern auf den Markt zugelaufen.

Erneut erhob die Frau ihre Stimme: «Das ist Wucher! Was ihr hier für eure Ware verlangt, ist sie nicht wert», sagte sie und die Frauen klatschten Beifall und riefen: «Unsere Kinder hungern – wir alle hungern. Verkauft eure Ware zu gerechten Preisen. Packt die neuen Preisschilder weg und lasst Menschlichkeit walten!»

Weiterer Beifall von den Frauen. Auf dem Markt selber aber blieb es seltsam still.

«Das hätte sie wohl gerne, diese Sozialistenbraut», knurrte der Händler hinter Luisa durch seine zusammengebissenen Zähne. «Aber wovon sollen wir dann leben?»

Sein Nachbar stieß einen heiseren Laut aus, halb Husten, halb Lachen.

Dann spuckte er seinen Kautabak auf den Boden, direkt neben Luisas Füße. Luisa spürte, wie Wut in ihr hochkochte.

«Wir können eure Preise nicht mehr bezahlen. Entweder ihr senkt sie, oder wir gehen mit leeren Körben wieder nach Hause», rief eine Frau aus der Menge.

«Und ihr alle mit leeren Taschen und faulen Kartoffeln», rief eine andere.

«Schert euch zum Teufel, Weiberpack», donnerte einer der Händler, dessen Stand ganz hinten, nahe dem Eingang zum Bundeshaus, aufgebaut war. «Hoffentlich ist der Krieg bald zu Ende und eure Männer wieder daheim von der Front. Ihr habt nicht zu wenig Geld bekommen in den Kriegsjahren, ihr habt zu wenig Züchtigung bekommen.»

«Und was tut ihr, während die Männer dieser Frauen an der Grenze stehen, um unser Land zu verteidigen? Ihr schröpft ihre Frauen, ihre Schwestern und Mütter. Schämt euch!» Luisa erschrak ob ihrer eigenen Worte, die von einem leisen Rascheln ihrer Gedanken zu einem lauten Ausruf geworden waren. Und dieser fachte ihre eigene Wut noch weiter an. Sie riss der Köchin, die neben ihr stand, den noch leeren Korb aus der Hand und stemmte ihn in die Höhe. «Wir werden heute unsere Körbe füllen», verkündete sie. «Heute werden die Familien dieser Frauen nicht mit leerem Bauch ins Bett gehen!»

Die Blicke der Menschen auf und um den Markt waren nun auf sie gerichtet. Auch jener von Rosa Grimm.

«Das ist Diebstahl!», rief einer der Händler und zahlreiche andere stimmten ihm zu.

«Diebstahl ist, was ihr mit euren überrissenen Preisen treibt», rief nun Rosa Grimm. «Wir hingegen werden gerecht und ehrbar einkaufen. Frauen», sie erhob die Stimme nun zu ihren Genossinnen am Rand des Platzes, «übernehmt die Stände!»

Hunderte von Frauen fluteten den Markt, drängten die Händler und Bäuerinnen weg und begannen, deren Waren zu verkaufen. Anstelle eines Handgemenges entstand ein ganz normales Markttreiben.[35]

«Das erzähl' ich der Frau Burgener», zischte die Köchin und riss Luisa den leeren Korb aus der Hand. Sie stapfte alleine zu einem der Marktstände

und kaufte ein, was auf ihrer Liste stand. Luisa blickte sich um. Da waren Frauen in grauen Fetzen, genau wie sie. Angestellte, Arbeiterinnen, arme Weiber. Aber es gab auch Damen mit schicken Hüten und glänzenden Mänteln, die mit kleinen Körben nur symbolisch etwas Gemüse kauften.

«Ob das wohl die Frauenstimmrechtlerinnen sind?», fragte sich Luisa. Die reichen Frauen, die für das Stimmrecht gekämpft hatten, bevor der Krieg ausgebrochen war. Man hatte von ihnen gehört und auf Luisa hatte ihr Kampf Eindruck gemacht. Was sie aber auch gehört hatte, war, dass die gut betuchten Damen falsche Ansätze verfolgten. Zu hohe Ziele. Meilenweit entfernt von dem, was einer einfachen Arbeiterin wie ihr helfen könnte. Aber da waren sie, die noblen Frauen, stellten ihre Körbe in den Schmutz und packten mit an.

Als Luisa an diesem Tag nach Hause lief, in das Stadthaus ihrer Herrschaft, waren ihre Gedanken bei den Frauen. Bei der geballten Kraft, die sie als Gruppe dargestellt hatten. Bei der Macht, die von Rosa Grimm und den anderen ausgegangen war. Und von ihr selbst. Sie hatte erst nicht verstanden, warum die Frauen den Händlern alle Einnahmen für ihre Waren abgetreten hatten, nachdem sie sie zu billigeren Preisen verkauft hatten. Aber je länger Luisa lief, umso mehr verstand sie. Die Frauen hatten nicht aus rebellischem Ungehorsam heraus gehandelt oder gar aus Profitgier. Sie waren verzweifelt. Und das war ihre Antwort darauf. Sie wollten eine untragbare Situation wieder erträglich machen.

«Kartoffel-Krawalle auch in Bern» titelten einige Zeitungen am nächsten Tag und berichteten von den aufsässigen Weibern rund um die Sozialistin Rosa Grimm. Luisa las die Worte erst zwei Tage später, als sie mit einer der Zeitungen ihre kleine Holztruhe einwickelte, in der alles lag, was ihr teuer war. Dann steckte sie die Truhe in ihren Rucksack, knöpfte den Mantel zu und machte sich auf den Weg nach Olten. Die Herrschaften hatten sie an eine befreundete Familie weitergegeben, die ihre Dienste brauchen könne. Die Arbeit in Bern war nicht bemerkenswert gewesen. Das Gefühl von Macht hingegen, in jenem Augenblick, in dem alle Frauen zusammengestanden waren, das würde sie nicht so schnell wieder vergessen. Und auch nicht die Tatsache, dass sie, Luisa, aufbegehrt hatte, als sie auch hätte schweigen können.

^v

Die Männer am Tisch hinter Luisa und Véronique werden lauter. Alkohol wird nicht ausgeschenkt, das hat das Streikkomitee verboten. Aber der Streik selber scheint eine berauschende Wirkung auf die Arbeiter zu haben. Die Stimmen schmettern, die Gedanken hinken den gesprochenen Worten immer einige Sekundenbruchteile hinterher. Gerade lange genug, damit es für eine Korrektur nicht mehr reicht. Die Meinungen dröhnen und die Emotionen übernehmen die Führung. Unter dem Tisch greift Véronique nach Luisas Hand. Luisa drückt sie. Eine Nachricht aus Bern hat die Gemüter zum Kochen gebracht: Der Bundesrat hat dem Oltener Aktionskomitee, den Streikmeistern, ein Ultimatum gestellt. Entweder der Generalstreik wird unverzüglich abgebrochen, oder die Armee geht zum Angriff über. Mit anderen Worten: Kapitulation oder Bürgerkrieg. 250'000 Streikende könne man doch nicht einfach zum Aufgeben zwingen, sagen einige. Robert Grimm werde das Ende des Streiks nicht zulassen. Ein Mann steht auf. Sein Kopf ist rot und die Faust, die er mit voller Wucht auf die Tischplatte herunterfahren lässt, groß und fleischig.

«Für die 48-Stunden-Woche werde ich nicht mein Leben riskieren! Lieber krampfen, bis der Tod kommt.»

Ein anderer schüttelt den Kopf.

«Das Aufgeben wird diesen unsäglichen General Wille und seinen Schoßhund Oberstdivisionär Sonderegger doch nur bestätigen», kontert er.

Der Mann mit dem roten Kopf stützt sich mit beiden Händen auf der Tischplatte ab, den massigen Oberkörper in die Höhe gereckt.

«Die Armee? Die Armee wäre doch enttäuscht, weil das Streik-Ende auch ihr Ende bedeutet. Ihre Rückkehr in die Kaserne. Die Degradierung des Generals zurück zum Chef der Armee – dann, wenn der Krieg endgültig zu Ende geht.»

Der Mann mit dem roten Kopf findet, dass nichts auf der Forderungsliste den Tod von Hunderten wert ist. Nichts. Luisa und Véronique schauen einander an.

«Punkt zwei wäre es wert», denken beide. «Für ein Leben mit gleichen Rechten lohnt es sich zu sterben», das hat Luisa nicht nur gedacht, sie hat es gesagt. Jetzt gerade, laut und deutlich. Der Mann mit dem roten Kopf dreht sich um.

«Gleiche Rechte für wen?», will er wissen. «Die Arbeiterschaft nämlich, und die Sozialdemokratie sowieso, die werden zu ihren Rechten kommen. Vielleicht nicht mehr in diesem Jahrzehnt. Dann halt im nächsten. Ohne dass dafür Blut fließen muss. Die Frauen hingegen», er misst Luisa, die in der Zwischenzeit von ihrer Bank aufgestanden ist, von oben bis unten, «die Frauen werden warten müssen. Es reicht ja wohl, wenn einer in der Familie mitreden kann.»

Luisa spürt, wie das Blut in ihre Wangen schießt.

«Ein gutes Weib», ruft der Mann mit dem roten Kopf, «eine gute Sozialdemokratin wird niemals anders abstimmen und anders wählen als ihr Mann. Die, die sich aufspielen und eine eigene Meinung haben wollen, das sind die bürgerlichen Damen. Warum also für den weibischen Stimmzettel dieser Brut mit dem Blut der Arbeiterschaft bezahlen? Wann haben Frauen denn jemals Interesse gezeigt an der Politik? Wann etwas zu verändern versucht für das Gemeinwohl? Haben sie nicht in der heimischen Sicherheit gesessen, während ihre Männer an der Grenze das Land beschützt haben?»

^v

Zürich, am 10. Juni 1918

Luisa spürte Schultern links und Schultern rechts, vor sich sah sie das Zürcher Parlamentsgebäude, hinter sich wusste sie Kampfgeist. Die Frauen liefen in einer engen Gruppe gemeinsam zum Rathaus. Zwei Jahre waren vergangen, seit Luisa sich mitten in einem Marktaufstand in Bern wiedergefunden hatte. Zwei Jahre, in denen die Preise zumindest einiger Lebensmittel stabil geblieben waren. Zwei Jahre, in denen Monat für Monat auf das Ende des Krieges gehofft wurde. Jetzt allerdings schien es nah. Doch von dieser Hoffnung hatten die Armen nicht gegessen, davon wurden sie nicht satt. Die Armen, zu denen auch Luisa gehörte. Die Lebensmittel waren nun rationiert und nur noch mit Marken und Karten zu bekommen. Doch auch das reichte nicht. Wer nicht aus dem eigenen Garten, vom Nachbarn oder Schwarzmarkt etwas dazuholen konnte, hungerte. Schwangere gebaren viel zu kleine Kinder, Kranke siechten dahin, zu schwach und ausgebrannt, um zu genesen.

Die Frauen links und rechts von Luisa trugen genauso abgewetzte, aber saubere Kleidung wie sie. Es war ihre Sonntagstracht, auch wenn sie in den Augen der Reichen aussah wie Stallkleidung. Luisa polterte mit der Faust an die hölzerne Tür des Rathauses. Einige der kleinen Gruppe taten es ihr gleich. Dann forderten sie mit lauter, vereinter Stimme ihr Recht auf Anhörung im Parlament. Es stand in der Zürcher Verfassung, dass ihnen das zustand. Dass es zumindest jedem Bürger des Kantons Zürich zustand. Ob Frauen damit auch gemeint waren, wusste Luisa nicht. Höchstwahrscheinlich hing das, wie so vieles in diesem Land, davon ab, welchen Mann man gerade in welcher Verfassung vor sich hatte. Und dieses Mal, Luisas Ohren brannten heiß vor Stolz, hatten sie es geschafft. Sie durften vor dem Kantonsrat erklären, dass die Verteilung von Lebensmitteln an Bedürftige dringend nottat. Ihre Lösungsvorschläge wurden angehört. Den Ausbau der Suppenküchen brachten sie vor, die Gratisabgabe von Kartoffeln und Brot an die, die es am nötigsten hatten.

Diese Aktion hatte den Arbeiterinnen neue Freundinnen eingebracht. Die Frauen vom Stimmrechtsverein hatten sich nämlich gemeldet. Nicht bei Luisa, sondern bei Dorothée, der Anführerin ihrer kleinen Gruppe. Sie wollten Dinge besprechen, für die man doch auch zusammen einstehen könnte. Lohnforderungen für Frauen zum Beispiel.

«Alle gemeinsam, wie damals in Bern auf dem Markt», hatte Luisa gedacht und gehofft, dass das auch tatsächlich passieren würde. Dass das

Ende des Krieges der Anfang von etwas Starkem werden würde – und nicht der Windstoß, der eine eben erst entzündete Flamme wieder zum Erlöschen brachte.

^v

Die Männer wollen Luisas Worte nicht hören.

«Schweig, keifendes Weibsvolk», schleudert ihr einer entgegen.

«Der Streik muss ein Ende haben», donnert ein anderer.

«Am besten läutet man das gleich mit einem Schuss Obstbrand ein. Damit der Tee endlich trinkbar wird», ruft einer und zieht umständlich einen Flachmann aus der Manteltasche. Die Männer um ihn herum halten ihm ihre Tassen hin. Das Alkoholverbot ist längst vergessen. Doch neben Luisa ist jetzt auch Véronique aufgestanden. Und plötzlich ist der ganze Raum erfüllt vom Reiben und Schaben verschobener Bänke. Eine nach der anderen stehen die wenigen Frauen im Raum auf. Und Luisa erinnert sich an Bern. An das Gefühl vom vergangenen Sommer, Schulter an Schulter vor dem Rathaus. Auch die Erinnerung an den Abend an der Aare, an Emil, die beiden Männer aus der Fabrik und die Ohnmacht kriecht in ihr hoch. Eine Viertelmillion Männer und Frauen haben in der ganzen Schweiz ihre Arbeit niedergelegt und kämpfen,[36] die meisten friedlich und alle für ein besseres, gerechteres Leben. Es ist der größte Streik der Schweizer Geschichte. Und sein Erfolg darf nicht aufs Spiel gesetzt werden. Nicht jetzt, wo die Streikführung mit Bern verhandelt. Wo die Arbeiterschaft so nah am Ziel ist. Der Bundesrat wird versuchen, Streikführer Grimm und die anderen in die Knie zu zwingen. Aber das wird ihm nicht gelingen. Doch was, wenn die Streikführung sich für die Fortsetzung des Streiks entscheiden will, obwohl der Bundesrat mit der Armee droht, mit Bürgerkrieg – und dann trifft die Meldung von betrunkenen Ausschreitungen in Zürich ein? Darum muss Luisa aufstehen, auch wenn es einfacher gewesen wäre, sitzen zu bleiben. Und darum stehen auch alle anderen auf. Und jetzt, wo sie alle die Bänke zurückgeschoben haben, jetzt muss Luisa auch etwas sagen.

«Brüder und Schwestern, wir haben alle viel zu verlieren», mahnt sie und sieht, wie sich die Gesichter ihr zuwenden. «Wenn der Streik zur Gewalt eskaliert, bevor der Bundesrat unsere Forderungen erfüllt, haben wir nichts erreicht. Genosse Grimm hat uns den Alkohol aus einem Grund verboten. Wenn wir jetzt trinken und randalieren, setzen wir alles aufs Spiel.»

Luisa schaut sich um. Zustimmendes Raunen breitet sich im Raum aus. Noch mehr Bänke werden zurückgeschoben. Nun stehen Männer Schulter an Schulter mit den Frauen. Der eine aber, der den Flachmann gezogen hat, bleibt sitzen. Ebenso seine Kameraden. Sie rempeln absichtlich ihre Banknachbarn an, während sie aus dem Flachmann trinken. Lange, ruhige Schlucke. Jeder hat einen mit dabei. Ein junger Mann, vom trinkenden Banknachbarn mit dem Ellenbogen im Gesicht getroffen, schlägt als Erster zu. Seine Faust trifft den Trinkenden in die Magengegend, dieser lässt den Flachmann spritzend zu Boden fallen. Véronique zieht Luisa am Arm, sie will weg, heraus aus der Suppenküche, bevor sie zum Dampfkochtopf wird. Geschrei von überall, Schalen und Flaschen zerbersten, Besteck klappert auf dem kalten Steinboden. Luisa fühlt sich, als bräche um sie die Hölle los. Sie duckt sich unter einem kräftigen Arm hindurch, folgt Véronique weg aus dem immer enger werdenden Knäuel wütender Menschen. Véroniques Griff an Luisas Arm wird fester, trotzdem entgleiten die beiden einander. Dann trifft ein Schlag Luisa knapp über dem rechten Schlüsselbein. Sie taumelt. Véronique ruft ihren Namen, laut und deutlich. Luisa fängt sich, dreht vorsichtig den Kopf in die Richtung, aus der Véroniques Stimme eben noch kam. Sie will raus aus der Suppenküche, aber nicht allein. Doch sie kann Véronique nicht mehr sehen. Luisa stolpert in Richtung Ausgang, weicht einem Mann aus, der einen anderen im Schwitzkasten hat, will sich festhalten und merkt erst jetzt, dass ihr rechter Arm ihr nicht mehr gehorcht. Statt Halt spürt sie einen stechenden Schmerz durch ihre Schulter fahren. Dann prallt ihr Kopf auf die abgewetzte Tischkante. Die Welt wird schwarz.

^v

DRITTER TAG: ENDE

Luisa schlägt die Augen auf. Diffuses Licht umgibt sie. Keine Dachbalken, keine Ritzen in der Wand, dafür ein weißer Vorhang um ein weißes Bett. Ein fremdes Bett, in dem sie liegt. Stimmen hinter dem Vorhang. Wo ist Véronique? Menschen stehen hinter dem Vorhang, aber keine der Stimmen klingt bekannt. Luisa hört Gesprächsfetzten. Tote in Grenchen,[37] drei Männer, erschossen von der Armee.

«Dabei ist der Streik doch vorbei», sagt eine Stimme.

Das Wort pocht in Luisas Kopf: vorbei. Der Streik ist vorbei, abgebrochen, aufgegeben.[38] Sie will sich aufrappeln, aber ihr Körper gehorcht ihr nicht. Sie will sich umsehen, aber ihr Kopf steckt in einem großen, festen Kissen. Wo ist Véronique? Wo ist sie selbst? Erinnerungen an Schmerz und Dunkelheit werden wach. An laute Stimmen und trampelnde Schritte. An Véronique, die schreit und ruft und plötzlich weg ist. Die zurückkommt mit vielen Händen und Menschen dazu, die Luisa packen und wegtragen. Sie erinnert sich an klebrige Wärme in ihrem Gesicht und unter ihrer Brust. Ihre Augenlider flackern. Die Dunkelheit der Nacht kommt zurück, aber ohne den Schmerz. Die Welt um Luisa herum beginnt sich wie Nebelschwaden aufzulösen. Sie hört nicht mehr, wie Schritte sich ihrem Bett nähern. Sie sieht nicht mehr, wie der weiße Vorhang zurückgezogen wird und Licht auf ihr weißes Bett fällt. Sie spürt nicht mehr, wie eine Hand sie streichelt. Wie weiche Lippen ihre Wange berühren. Wie Véroniques Stimme ihren Namen murmelt, immer und immer wieder.

«Luisa, Luisa, wach auf, bitte. Luisa, mach die Augen auf, Luisa, bitte ...»

Véronique

Eine Mutter nimmt den Kampf gegen das Patriarchat auf – oder: Wie die größte Petition, die die Schweiz je gesehen hat, in einer einzigen Schreibtischschublade Platz fand.

Durch das offene Zugfenster war das Stampfen und Zischen der Lokomotive zu hören. Ihr Rauch zog über die Dächer der Waggons hinweg, der Fahrtwind aber blies durch das geöffnete Fenster und kühlte die glänzenden Gesichter der Passagiere ab. Es war Ende August und die Sommersonne brannte erbarmungslos auf das Zugdach. Véronique spürte, wie der Schweiß sich unter ihrem lockeren Baumwollkleid zu Tropfen sammelte. Sie hätte das Rückgrat durchstrecken sollen, damit der Fahrtwind Schweißflecken auf ihrem Rücken verhindern könnte. Aber sie fühlte sich dazu nicht imstande. Stattdessen lehnte sie sich in das weiche Polster zurück und atmete tief ein. Augenblicklich stach ihr das starke Parfum der eleganten Dame im Abteil nebenan in die Nase.

«Erste Klasse zu fahren hat also doch nicht nur Vorteile», dachte Véronique bei sich und spürte, wie der Geruch nach Geranien und Rosen ihr Kopfschmerzen bereitete. Aber an Véroniques Unwohlsein waren nicht nur Parfum und Sonnenschein Schuld. Sie hatte sich bereits unwohl gefühlt, als sie den Entscheid getroffen hatte, nach Bern zu fahren. Sie hatte das Gefühl resolut verdrängt, genau so, wie sie es seit langer Zeit mit Gefühlen tat, die ihr nicht behagten. Zehn Jahre war es her, dass sie zuletzt einen Fuß in die Deutschschweiz gesetzt hatte. November war es damals gewesen, kalt und grau. Was hätten die Arbeiterinnen und Arbeiter damals beim Landesstreik um einen Hauch der heutigen Wärme gegeben! Véronique fühlte sich matt und schwach und das grässliche Schweizerdeutsch, das rund um sie herum alle sprachen, nagte an ihren Nerven. Während der Zug ruckelte und die Luft durch das offene Fenster nur schlecht umgewälzt wurde, stiegen Bilder in Véroniques Kopf auf. Tausende Menschen in Sonntagskleidern, bewaffnete Soldaten in Uniform, innige und urplötzliche Verbundenheit mit einer praktisch Fremden, alte Holzbalken über einer kalten Dachkammer, eine brodelnde Suppenküche, lautes Rufen, Fluchen und Handgemenge, rotes Blut in blonden Locken, ein blütenweißes Tuch, unter dem Luisas Gesicht mit den geschlossenen Augen für immer verschwindet.

Dann, urplötzlich, ein dumpfer Knall. Véronique schrak aus ihren Gedanken hoch. Nach dem Knall: Stille. Es dauerte einen Augenblick, bis Véronique die Situation erfasste: Die parfümierte Dame mit dem steifen blauen Kleid und den dicken Unterarmen hatte das offene Zugfenster mit einer einzigen vehementen Bewegung geschlossen.

«Das fährt mir zu sehr durch die Frisur», sagte sie und nestelte an ihren hochgesteckten, buttrig glänzenden Locken herum. Dann setzte sie sich zurück in ihr Abteil. Augenblicklich stand die Luft im Waggon wieder, die Augusthitze schien greifbar. Der grobe Stoff der Sitzpolster kratzte und juckte auf der feuchten Haut der Passagiere und die beiden einzigen Kinder im Waggon rutschten unruhig hin und her.

«Maman, bist du wieder müde?», fragte das Mädchen, als sie sah, dass die Mutter nicht mehr in Gedanken versunken war. Isabelle war ihr Name, sie trug ein gelbes Kleidchen mit rosa Knöpfen und einem rosa Kragen. Ihre Füße steckten in Sandalen und ihr Haar – es glich jenem ihrer Mutter Véronique – war zu zwei Zöpfen geflochten, aus denen vorwitzige Locken herausstachen. Doch anders als ihre Mutter, die sich oft träge und leer fühlte, war Isabelle ein Ausbund an Energie und Freude.

Ihr gegenüber, ebenfalls sehnsüchtig aus dem Fenster blickend, saß ihr großer Bruder. Er hieß Paul und hatte sich zur Feier des Tages eine Blume ins Knopfloch seines Hemdes gesteckt. Nun reckte er die Brust, damit das Blümlein auch ja nicht knickte. Er war sechs Jahre älter als seine kleine Schwester und ließ sie das nur zu gerne spüren.

«Dauert es noch lange bis Bern?», fragte Isabelle ungeduldig.

«Hast du den Schaffner eben nicht gehört? ‹Nächster Halt: Bern.›» Die letzten Worte sagte Paul laut und tief, den Ruf des Schaffners nachahmend.

«Doch, hab' ich», entgegnete Isabelle trotzig, «aber er hat nicht gesagt, wann der nächste Halt ist.»

Véronique schüttelte die letzten Gedankenschleier aus ihrem Kopf und schaute auf die schmale Uhr an ihrem Handgelenk.

«In weniger als fünf Minuten sind wir da», sagte sie. Und fügte mit einem Seitenblick auf ihre Tochter hinzu: «So lange etwa, wie es zu Fuß von uns daheim bis zum Ententeich der Dupins dauert.»

Bald hatte der Zug die Stadtgrenze passiert. Nun tauchten linker Hand die Silhouetten der sandsteinernen Stadt auf. Hoch thronte sie über dem grün leuchtenden Fluss, über den sich elegant die hohen Brücken spannten. Hinter der Stadt ragten auch jetzt, im August, die weiß verschneiten Spitzen der Alpen in den blauen Himmel.

Der Bahnsteig war ein einziges Durcheinander aus Menschen, Schaffnern und ganzen Wagen voller Gepäck, das mit der Eisenbahn transportiert werden musste. Die Damen und Herren auf dem Perron waren allesamt elegant gekleidet. Kein Wunder, denn heute war kein beliebiger Tag. Die Herren trugen Tücher in den Hemdtaschen, polierte Schuhe und schicke Hüte. Wirklich auffällig aber waren die Damen. Ihre bunten Sommerkleider leuchteten mit ihren Gesichtern um die Wette. Und es ware viele Frauen, so viele, wie sonst nie am Bahnhof zu Bern unterwegs waren. Und sie alle kamen eben erst an, keine reiste ab. Bern schien sich in eine Stadt der Frauen zu verwandeln. Die meisten gingen am Arm eines Herrn dem Ausgang entgegen, manche bewegten sich aber auch in großen und kleinen Frauengruppen. Es war ein Lachen und Summen von Hunderten Stimmen. Isabelle griff bei dem Anblick der vielen Menschen schüchtern nach Véroniques Hand. Diese packte auch ihren Großen, Paul. Den Einwand, er sei dafür doch schon viel zu alt, strafte sie mit einem noch festeren Griff.

«Wir wollen uns in dem Getümmel nicht verlieren», sagte Véronique und marschierte mit ihren beiden Sprösslingen dem Ausgang zu. Der Bahnhof hatte mehrere Ein- und Ausgänge und alle waren fahnengeschmückt. Die Kinder entdeckten den behäbigen Berner Bären, den bedächtig stehenden Glarner Mönch, den Bündner Bock, die beiden Basler Bischofsstäbe und immer und immer wieder die Schweizer Fahne, das weiße Kreuz auf rotem Grund, die sich gemächlich im Wind bauschte, in sich selber verfing und wieder entwand.

Dann endlich entdeckten sie ihn: Riesengroß und leuchtend stand der Schriftzug mitsamt Pfeil auf drei vollständig beklebten Litfaßsäulen.

«Da lang, da steht ‹Saffa›», rief Paul laut und deutete auf die Litfaßsäulen.

«Was heißt Saffa, Maman?», fragte Isabelle.

«Das weißt du nicht? Darum sind wir doch hier», rief Paul empört.

«Ich habe es wieder vergessen», antwortete Isabelle mit leiser Stimme.

«Schweizerische Ausstellung für Frauenarbeit»,[39] sagte Véronique und zog ihre beiden Kinder weiter. Schulter an Schulter mit fast allen Neuankömmlingen folgten Mutter, Tochter und Sohn dem Pfeil. Doch bevor sie das Gelände erreicht hatten, zog die Mutter ihre Kinder von der Straße weg. Bald würde der Festzug zur Eröffnung der Saffa hier durchziehen. 2000 Frauen und rund 40 geschmückte Wagen sollten es sein, stand im Ausstellungskatalog zur Saffa. Erst danach würden die Tore zur Pavillon-Stadt offiziell eröffnet.

Musik übertönte das Knarren der Räder, als die ersten Karren des Umzugs in ihrem Blickfeld auftauchten. Véronique hatte ihre Tochter hochgehoben, damit sie besser sehen konnte. Sie spürte Isabelles

Gewicht auf ihren Schultern und zwang sich, die Gedanken von eben endgültig zu verdrängen.

«Paul! Paul, das glaubst du nicht! Jetzt kommt eine Schnecke! Eine Riesenschnecke – sie hat einen ganzen Wagen für sich alleine!» Isabelles Stimme quietschte vor Freude, während sie von Véroniques Schultern aus über die Menge spähte.

«Die Fortschritte des Frauenstimmrechts in der Schweiz», las Paul laut das Spruchband, das unter der gigantischen Schnecke am Wagen festgemacht worden war.

«Was ist Frauenstimmrecht?», fragte Paul.

«Das heißt, dass die Frauen in der Politik genau gleich mitreden dürfen wie die Männer», erklärte Véronique.

«Darfst du denn nicht genau gleich mitmachen wie Papa?» Paul war verwirrt. «Aber du und Papa, ihr setzt euch doch immer zusammen an den Tisch, wenn die Stimmzettel kommen. Dürftet ihr das gar nicht? Ist das etwas Verbotenes?» Jetzt klang etwas Verschwörerisches in seiner Stimme mit. Waren seine Eltern womöglich doch nicht so langweilig wie befürchtet?

Noch bevor die Schnecke ganz an ihnen vorbeigezogen war, nahm Véronique die beiden Kinder bei der Hand und führte sie von der Menschenmenge weg. Sie wollte an den Stadtrand kommen, bevor alle anderen Zuschauer am Umzug das gleiche Ziel hatten. Dort würden sie im Haus von Bekannten ihres Mannes Gérard übernachten, einer Familie aus Frankreich, die ihrerseits die Voisiers bereits mehrmals in Genf besucht hatte. Véronique war über das Logier-Arrangement vor allem darum froh, weil es bedeutete, dass sie kein Deutsch würde sprechen müssen. Sie beherrschte die Sprache sehr gut, aber sie behagte ihr nicht mehr.

Nachdem sie die Kinder ins Bett geschickt hatte, verabschiedete auch Véronique sich bald und zog sich in das Gästezimmer zurück. Dort streifte sie die beiden goldenen Armspangen und ihre Perlenohrringe ab und legte sie sorgsam auf eine einfache, hölzerne Kommode. Dann wusch sie sich die Anstrengung des Tages mit einem feuchten Lappen vom Leib und schlüpfte in ihr weißes, luftiges Nachthemd. Wie gut es tat, nach der Abendtoilette die Füße hochzulegen und den anstrengenden Reisetag hinter sich zu lassen. Véronique knipste die Nachttischlampe an, schob sich ein Kissen in den Rücken, griff zu ihrer Lesebrille, lehnte sich zurück und nahm die Zeitung zur Hand, die sie mit auf ihr Zimmer genommen hatte. Es war die Abendausgabe des «Bundes» vom Vortag und sie eröffnete mit einem rot eingerahmten ganzseitigen Bericht über die Saffa.

«Die Ausstellung ist zu einer Prüfung der organisatorischen Fähigkeiten der Frau geworden»[40] stand da bereits im ersten Absatz und Véronique blies die Luft durch die Nase aus.

«Als hätten wir Frauen nicht längst gelernt, uns selber zu organisieren», murmelte sie leise und dachte an all die Frauen, die es nicht so einfach hatten wie sie selbst.

Véronique war zwar nicht in ärmlichen Verhältnissen aufgewachsen, doch vermögend war sie nie gewesen. Das hatte sich erst geändert, als sie den charmanten Keksfabrikanten Gérard Voisier kennengelernt und geheiratet hatte. Ein Dienstmädchen ging Véronique nun bei allen Hausarbeiten zur Hand, eine Waschfrau stand ihr zur Verfügung und Isabelle wurde den Tag hindurch von einer Kinderfrau betreut. Es war die gleiche ältere, warmherzige Frau, die sich auch um Paul gekümmert hatte, nachdem seine Mutter, Gérards erste Ehefrau, verstorben war.

«Das Fundament der Familie und damit der Zivilisation liegt in einer Frauenarbeit, die man nicht zeigen, die man nur erfahren kann. Die große Mühsal der Hausfrau und Mutter bleibt in den Wänden des Heims und kann nicht an eine Schaustellung getragen werden»[41] las Véronique weiter. «Wenn unsere Arbeit das Fundament der Zivilisation ausmacht, wie hoch muss diese Zivilisation dann die Nase in die Luft strecken, damit sie ihr eigenes Fundament so geflissentlich und umfassend übersehen kann», dachte Véronique bei sich und schüttelte den Kopf. Genau da lag doch das Problem: Die Arbeit der Frau wurde weithin eben nicht als fundamental und wichtig angesehen, sondern als selbstverständlich und austauschbar. Der Schreiber des Artikels meinte es gut. Er strich die Wichtigkeit der Frauenarbeit hervor, er betonte die Schwierigkeiten, die es bis zur Eröffnung der Saffa zu überwinden galt, ja, die Schwierigkeiten, die es für die Frauen ganz grundsätzlich zu überwinden galt. «Aber bei allem Wohlwollen: Auch dieser Artikel beschreibt uns Frauen nicht als vollwertige Mitglieder der Gesellschaft», dachte Véronique, «dabei kämpfen wir schon so lange dafür.» Doch bei diesem Gedanken hielt sie inne. «Wir?», fragte sie sich. «Was habe ich denn in den letzten zehn Jahren für die Sache der Frau getan?»

Als die drei Voisiers am nächsten Tag gemeinsam mit vielen anderen aufgeregten Besuchern Richtung Ausstellungsgelände liefen, sahen sie als Erstes den markanten Aussichtsturm, dann die um einiges kleineren Ausstellungspavillons und die schmucken Musterhäuser, die den Aussichtsturm umrahmten. Wie Wolken, die jemand am Boden festgebunden hatte, standen die Pavillons auf dem Gelände, weiß und ausladend. So viele Leute wollten die Ausstellung sehen, dass die kleine Gruppe sich in eine lange Schlange einreihen musste. Während sie warteten, besah Paul sich die Eintrittskarten: 26.8.1928 stand mit schwarzer Tinte darauf gedruckt. Laut las er das Datum seiner kleinen Schwester vor. Dann war es endlich so weit und sie konnten die Pavillonstadt betreten. Was es darin alles zu sehen gab!

Beim Pavillon der Berufsberatung und Lehrlingsfürsorge war zu sehen, welcher Arbeit die Frauen außerhalb des Heimes nachgehen konnten. Da gab es die Ausbildung zur Kindergärtnerin, Lehrerin oder Hebamme. Auch Buchhalterinnen und Ärztinnen, Weberinnen, Schuhmacherinnen, Haushälterinnen, Gouvernanten, Architektinnen, Chemikerinnen, Köchinnen, Bildhauerinnen, Malerinnen, Anwältinnen und Landfrauen waren an der Saffa vertreten. Paul und Isabelle staunten und Véronique, angesteckt von der Begeisterung ihrer Sprösslinge, staunte mit ihnen.

Bei der Seidenbandproduktion konnten sie zusehen, wie eine Frau glänzende Seidenfäden zu einem wild gemusterten Band wob. Von Pavillon zu Pavillon eröffneten sich den Besuchern mehr Räume. Isabelle und Paul konnten gar nicht genug davon bekommen, einen nach dem anderen zu entdecken. Die kantonale Haushaltungsschule von Münsingen zeigte mit einer reichen Auslage, wie exakt ihre Schülerinnen sticken, stricken, häkeln und nähen lernten. Nur bei der Ausstellung der kantonalen Arbeits- und Strafanstalt für Frauen in Hindelbank, die einen kleinen Auftritt mit anschaulichen Zeichnungen hatte, mochten die Kinder nicht verweilen. Im Pavillon von Persil, dessen Äußeres mit hübschen Bäumchen geschmückt war und dessen Inneres mit elektrischen Haushaltshilfen und den neusten Erkenntnissen der Forschung in Sachen Wasch- und Putzmittel aufwartete, blieben Paul und Isabelle fasziniert stehen. Bei der Säuglingsstation trugen Diakonissinnen mit weißen Hauben und Schürzen pausbackige Kinder auf dem Arm und Paul konnte gar nicht glauben, dass auch er einst so klein gewesen war. Eines der Musterhäuser, die nahe bei dem mächtigen Aussichtsturm aufgestellt waren, zeigte einen Kindergarten. Isabelle war kaum noch von dem Haus loszureißen. Erst Véroniques Vorschlag, auf den Aussichtsturm zu steigen, brachte das kleine Mädchen zum Weitergehen.

«Alles, was ihr hier sehen könnt, haben Frauen geplant und gebaut», sagte Véronique, während sie an weiteren schmucken Musterhäusern vorbei zum Aussichtsturm liefen. «Die Pavillons, den Turm, die Häuser und alles, was wir darin bestaunt haben.» Stolz schwang in ihrer Stimme mit.

«Maman, ich will auch einmal Türme bauen», rief Isabelle aus und Véronique lächelte. Es war doch eine gute Idee gewesen, mit den Kindern nach Bern zu reisen.

Als sie oben auf der Plattform des Aussichtsturmes standen, wurde Véronique klar, was für ein Gesamtkunstwerk die leitende Architektin der Saffa, Lux Guyer, doch entworfen hatte. Die breite weiße Allee, von der kleinere Straßen zu den weiter hinten platzierten Pavillons abzweigten, sah von oben aus wie ein Band, das den Aussichtsturm und die Frauenausstellung mit den weiß leuchtenden Alpen verband. Als wäre auch die arbeitende Frau so selbstverständlich und natürlich wie die uralte, massive Bergkette.

Der Ausflug an die Saffa in Bern gab den beiden Kindern noch lange zu reden. Als die Blätter der Bäume bereits rot, goldgelb und immer öfter auch knisternd braun zu Boden segelten, sprachen sie noch immer von der Ausstellung. Die Saffa war ein Thema, das nicht so schnell zu vergehen schien wie die letzten warmen Sommertage. Auch Véronique fand sich in ihren Gedanken nur zu oft in der weißen Pavillonstadt wieder. Es hatte ihr gefallen, die Leistungen der Frauen so prominent und unverblümt ausgestellt zu sehen. Trotzdem hatte ihr etwas gefehlt. Die Schnecke, der Isabelle so zugetan war, hatte auch Véronique am allerbesten gefallen. Sie war das einzige Objekt in der Ausstellung, das explizit nach etwas verlangte, während all die übrigen Stände nur darstellten und auf Applaus hofften. Die Saffa-Schnecke aber hatte klar und deutlich gemacht: Wir Frauen leisten unseren Teil dazu, dass diese Gesellschaft, diese Schweiz funktioniert. Warum werden wir noch immer behandelt wie Menschen zweiter Klasse? Wie Kinder, die zwar mithelfen dürfen, die Entscheidungen aber den Erwachsenen zu überlassen haben. Das musste sich ändern, entschied Véronique.

Als sich der September seinem Ende zuneigte und die Saffa ihre Tore ein letztes Mal öffnete, für die Bauarbeiter, die die Pavillons abtransportierten, begann das Rechnen. Bald darauf folgten die ersten Zahlen in den Zeitungen. 800'000 Schweizerinnen und Schweizer hatten die Ausstellung zur Frauenarbeit besucht, 11 Millionen Franken waren umgesetzt worden, der Reingewinn belief sich auf 600'000 Schweizer Franken. Véronique konnte es kaum glauben, als sie an diesem Tag die Zeitung las. Das musste sie den Frauen in ihrem Nachbarschaftsverein erzählen.

«Darauf müssen wir aufbauen, das ist unser Moment! 800'000

Menschen haben gesehen, wie unverzichtbar Frauen für dieses Land sind», rief sie und warf die Zeitung auf den Tisch. Der Artikel über die Saffa prangte auf der Titelseite. «Wir Frauen werden gelobt, aber niemand geht den nächsten Schritt. Dabei liegt er auf der Hand: Nun müssen wir Frauen unsere Forderungen stellen. Wir müssen das Frauenstimm und -wahlrecht verlangen. Jetzt, wo niemand uns den großen Nutzen abzusprechen vermag, den wir der Gesellschaft tagtäglich erbringen.»

Stille breitete sich im Pavillon aus, in dem die Frauen bis eben bei einem munteren Kaffeekränzchen gesessen hatten. Die Frauen wussten nicht recht, was sie sagen sollten. Sie wollten die Frau des Keksfabrikanten nicht vor den Kopf stoßen. Immerhin hatten sie lange um ihre Aufmerksamkeit geworben. Gérard Voisiers verstorbene erste Frau, möge sie in Frieden ruhen, war ein geschätztes Mitglied ihres kleinen Nachbarschaftsvereins gewesen. Die Voisiers waren eine wichtige Familie hier in der Region, da war es ganz selbstverständlich, sich auch um die neue Frau zu bemühen. Über die Tatsache, dass die Ehe nicht standesgemäß war, hatten die Frauen großzügig hinweggeschaut. Mademoiselle Véronique, wie sie ihnen anno dazumal vorgestellt worden war, brachte zwar kein Geld in die Ehe, aber sie war ein liebes Mädchen und entstammte einem ehrbaren Haushalt, war gut erzogen und dass sie vor einigen Jahren beim Generalstreik mitgetan hatte, war nur ein Gerücht. Fest stand: Sie würde dem kleinen Paul eine gute Mutter sein und sie machte Monsieur Voisier ganz augenscheinlich sehr glücklich. Die Frauen hatten sich also gefreut, als Madame Voisier nach all den Jahren unbeantworteter Einladungen an einem Spätsommerabend in ihrer Runde erschienen war. Sie war ein angenehmer Gast: lachte viel, war hilfsbereit und freundlich. Nur diese plötzliche Versteifung auf das Frauenstimmrecht, damit wussten die Damen nicht recht umzugehen. Die Blicke der Frauen gingen aus dem Fenster, auf die Tischplatte, den Boden oder die mit schweren Ölbildern behangene Wand. Kein einziger Blick kreuzte jenen von Véronique. Aber so schnell gab sie nicht auf.

«Findet ihr es denn gerecht, dass eure Männer, ja gar eure Söhne, über euer Schicksal bestimmen dürfen? Ohne dass sie mit euch Rücksprache zu nehmen brauchen?»

«Sie machen es doch schon ganz recht, unsere Männer», sagte eine der Frauen. Die übrigen nickten erleichtert.

«Es geht doch nicht darum, zu urteilen, ob sie es recht machen oder nicht. Politik ist nun einmal immer auch eine Meinungsfrage. Auch wir Frauen werden, wenn wir dereinst mitreden dürfen, nicht immer gleicher Meinung sein. Es geht doch darum, dass die Schweiz anerkennen soll, dass wir Frauen auch Menschen sind wie die Männer. Oder sind wir das etwa nicht?»

Die Blicke wanderten erneut zu den Ölbildern und aus dem Fenster. Nach einem kurzen Moment der Stille fasste eine weitere Dame der kleinen Gesellschaft sich ein Herz und ergriff das Wort.

«Braucht es denn nicht eine Volksabstimmung, um unsere Bundesverfassung zu ändern?», fragte sie. «Das würde bedeuten, dass die Mehrheit aller Männer uns Frauen mit in die politischen Geschäfte hineinziehen wollte. Das wird nie passieren. Selbst wenn wir uns für die politische Mitsprache engagieren wollten, spätestens an den Stimmbürgern würden wir scheitern.»

Véronique lächelte. Das war nun endlich ein Argument, mit dem sie tatsächlich arbeiten konnte.

«Es könnte einen anderen Weg geben. Ich habe mich darüber informiert, nachdem ich in Bern an der Saffa war. Eine Gruppe von Frauen aus unserer Bundesstadt hat vor einigen Jahren gefordert, in das kantonale Stimmregister eingetragen zu werden. Als Argument führten sie die verfassungsmäßig verbriefte Gleichheit aller Menschen an.»[42]

«Hatten sie damit Erfolg?» Triumph klang in der Frage mit, wussten doch alle am Tisch, dass auch die Bernerinnen bis heute keine politischen Männerrechte genossen.

«Nein, aber», Véronique war mit ihrer Argumentation noch nicht fertig, doch sie wurde von einer weiteren Frau am Tisch unterbrochen.

«Na, sehen Sie, es hat keinen Sinn. Die Männer wollen es nicht. Und sie haben, wie ich finde, damit auch recht.»

«Jetzt lassen wir Véronique doch ausreden. Sie hat ihre Argumentation doch noch gar nicht zu Ende gebracht», sagte Madame Liselotte Moulin, die bis anhin wortlos zugehört hatte.

Véronique lächelte ihr dankbar zu.

«Der Anwalt, der die Frauen damals in Bern unterstützt hat, ist der Überzeugung, dass der Begriff ‹Stimmbürger› in der deutschen Sprache durchaus Männer und Frauen meint.[43] Oder zumindest meinen kann. Wir müssen den Bundesrat nur dazu bewegen, das zu prüfen. Wenn er sieht, dass ein großer Teil der Bevölkerung das wünscht, wird er das auch tun, daran muss ich einfach glauben. Denn selbst wenn dieser große Teil der Bevölkerung weiblich ist – die Regierung waltet doch auch für uns Frauen. Immerhin nimmt sie auch unser Steuergeld entgegen. Warum also nicht auch unsere Forderungen?»

An diesem Abend kehrte Véronique frustriert nach Hause zurück. Die Frauen waren nicht zu überzeugen gewesen.

«Haben Sie etwas Geduld mit uns», hatte ihr Liselotte Moulin geraten, als sie sich von ihr verabschiedet hatte, «das sind große Forderungen, die Sie da stellen wollen. Vielleicht müssen Sie kleiner anfangen. Weniger fordern, um die Menschen nicht augenblicklich zu verschrecken.»

Véronique hatte sich bedankt, gelächelt und war alleine nach Hause gefahren.

«Aber es hat keinen Sinn, mit diesen Frauen zu diskutieren. Es ist nicht so, dass ihnen die Informationen fehlen würden. Sie wollen nicht einsehen, was ich ihnen zu erklären versuche. Sie wollen es einfach nicht», sagte Véronique am Abend, als die Kinder im Bett waren, zu Gérard. Dieser machte ein finsteres Gesicht und versuchte gar nicht erst, seine Frau zu beschwichtigen. Sie hatte doch recht. Doch wie er ihr genau dazu, zu ihrem Recht, verhelfen konnte, das wusste er selber nicht.

«Ich bin zu alt, um wie damals, beim Generalstreik, zu demonstrieren», sagte Véronique, «und ich stünde mutterseelenallein auf der Straße. Das Volk ist für solche Dinge heute nicht mehr aufzubringen. Ich muss einen anderen Weg finden.» Den letzten Satz sagte Véronique mehr zu sich als zu ihrem Mann. Gérard nickte dennoch nachdenklich.

Während der Herbst das Land vollständig überzog, blieb Véronique der Damengruppe fern. Liselotte Moulin hatte kurz nach Véroniques gescheitertem Versuch, die Damen des Nachbarschaftsvereins für das Frauenstimmrecht zu aktivieren, ein nettes Brieflein geschickt. Darin bat sie Véronique, doch bitte trotz der gedanklichen Differenzen weiterhin zum Tee zu erscheinen. Die Frauen hätten sich über ihr neues Mitglied gefreut und würden sie nun vermissen. Véronique zweifelte am Wahrheitsgehalt dieser Worte. Aber das war es nicht, was sie von weiteren Treffen mit den Frauen fernhielt. Sie hatte einfach keine Lust darauf. Immer öfter zog sie sich in ihre Gedanken zurück. Gérard weilte an einer Messe für Keksfabrikanten und Hersteller anderer Süßigkeiten in Österreich, Paul war zurück in der Schule und die Kinderfrau kümmerte sich um die kleine Isabelle. Das Haus war leer und stumm. Immer öfter erschien Véronique dieser Tage die Erinnerung an den Generalstreik viel näher und echter als die Gegenwart. Wie lebendig sie sich damals gefühlt hatte. Wie ein Rausch war das Gefühl gewesen, endlich etwas zu unternehmen, endlich zu kämpfen – nicht alleine, nein, mit Tausenden an ihrer Seite, die die gleichen Ziele verfolgten, von einer gleichen Welt träumten. Und dann war da natürlich diese junge Frau, die sie damals kennengelernt hatte. Luisa. Blondes Haar, Kleidung so einfach, wie Véronique sie nicht einmal zu Hause als Kind getragen hatte, blaue Augen. Oder waren sie grün gewesen? Véronique besaß kein Bild von Luisa, keine Möglichkeit, die Erinnerung an den Menschen, den sie nur drei Tage gekannt hatte, festzuhalten. Véronique schloss die Augen und reiste in ihren Erinnerungen zurück. All die Jahre komfortabler Ehe, Mutterglück, Schwangerschaft, voller Vorratskammern, Kutschen und aufgeschüttelter Kissen rauschten an ihr vorbei, bis sie wieder in dem Bett unter den Balken lag. Da war Luisas Gesicht, verschwommen zwischen Véroniques vom Schlaf noch schweren Lidern. Véronique blinzelte. Doch klar wurde nur das Gefühl von damals. Die Verbundenheit, die sie zu einem Menschen gefühlt hatte, den sie doch kaum kannte. Dieses Verständnis, das zwischen ihnen geherrscht hatte. Und das Verlangen nach allem, was Luisa ausmachte. Gérard war ein guter Mann und Véronique liebte ihn. Sie wusste, dass sie ihn liebte. Aber damals war das Gefühl ein anderes gewesen. Ein ganz und gar anderes.

Als Paul am Abend aus der Schule kam, fand er seine Mutter auf dem Sofa im Empfangszimmer. Das Gesicht hatte sie den Sichtbalken an der Decke zugewandt, die Augen waren geschlossen. Paul erschrak, der Brief, den er in seiner Hand trug, zitterte und segelte zu Boden. Er war an Véronique adressiert.

«Maman», rief Paul erst leise und fragend, dann lauter, «Maman!»

Véronique schreckte augenblicklich aus ihrem Tagtraum hoch. Ihr Sohn stand mit weißem Gesicht vor ihr. Sie streckte den Arm nach ihm aus.

«Ich muss eingenickt sein, Liebling, kein Grund zur Sorge.»

«Du hast dich gar nicht mehr bewegt», die Stimme des Jungen klang gepresst. Véronique setzte sich auf und strich ihm über den Kopf. Sie sah zu, wie das Gesicht ihres Sohnes sich entspannte. Auch wenn er sich kaum an seine erste Mutter, an die Frau, die ihn in sich getragen und geboren hatte, erinnern konnte, der Verlust steckte in ihm, genauso wie die Angst davor, ihn noch einmal erleben zu müssen. In diesem Augenblick, in dem vor dem Fenster das blaue Licht der Dämmerung waberte und das Haus in Dunkelheit versank, weil die Kinderfrau nur im oberen Stockwerk, bei Isabelle, Licht gemacht hatte, konnte Véronique die Erinnerungen loslassen. Sie spürte die Wärme des Hauses um sich, die Erleichterung des Jungen und sie lächelte.

«Was hältst du davon, wenn wir beide heute im Garten Marroni braten? In der alten Pfanne auf der Feuerstelle.»

«Darf ich das Feuer machen?» Pauls Augen leuchteten.

«Klar», sagte Véronique.

Sie entließ die Kinderfrau an diesem Abend früher und bald stand sie mit Isabelle und Paul vor einem glühenden Feuer. Sie hatten nicht nur Marroni, sondern auch Würstchen in die Pfanne geworfen und Brotteig wie dicke weiße Schlangen um Stöcke geschlungen. Den Brief, den Paul hatte fallen lassen, fand Véronique erst einige Tage später. Die Schrift war ihr unbekannt. Neugierig riss sie das Couvert auf.

Werteste Madame Véronique Voisier

Eine gemeinsame Bekannte von uns hat mich darauf aufmerksam gemacht, dass Sie sich für die Interessen der Frauen engagieren. Nun verhält es sich derart, dass unser Schweizerischer Verband für das Frauenstimmrecht, gegründet im Jahr 1909, sein zwanzigjähriges Jubiläum feiert. Dazu möchten wir eine bescheidene Feier ausrichten und eine Festschrift mit Bildern der ersten Tage unserer Bewegung drucken lassen. Darum suchen wir gleichgesinnte Frauen, die im Rahmen unseres Genfer Stimmrechtsvereins die Ärmel hochkrempeln und für die gemeinsame Sache ihr Engagement zeigen möchten.

Wir treffen uns zu einer ersten Besprechung am 9. November im Goldenen Kreuz. In der freudigen Erwartung, Sie dort persönlich kennenzulernen, verbleibe ich mit den besten Grüßen,

Ingeborg Grütter

PS: Dem umfassenden Erfolg der Saffa folgend, haben der Schweizerische Verband für das Frauenstimmrecht[44] *und die sozialdemokratischen Arbeiterinnen beschlossen, eine Petition für das Frauenstimmrecht auf nationaler Ebene zu wagen.*[45] *Sie finden beiliegend zwei vorgedruckte Bögen, für den Fall, dass es Ihnen zusagt, einige Unterschriften zu sammeln.*

Véronique schaute einen Moment auf die Zeilen. Eine gemeinsame Bekannte, wer konnte das sein? Sie legte den Brief beiseite und betrachtete die beiden Unterschriftsbögen. Auf beide war der Petitionstext gedruckt.

> *«Die unterzeichneten volljährigen Schweizer und Schweizerinnen sind der Überzeugung, dass das Mitbestimmungsrecht und die Mitarbeit der Frauen in öffentlichen Angelegenheiten in unserem demokratischen Staate eine Forderung der Gerechtigkeit und eine Notwendigkeit ist, und ersuchen daher die hohe Bundesversammlung, eine Ergänzung der schweizerischen Bundesverfassung in die Wege zu leiten, durch welche den Schweizerfrauen das volle Stimm- und Wahlrecht zuerkannt wird.»*[46]

Véronique legte die beiden Bögen vor sich auf den Tisch und strich sie entlang der Falzung glatt. Unter ihrer Hand spürte sie die ins Papier gedruckten Lettern. Immer und immer wieder strich sie über das Papier, bis die beiden Blätter flach auf dem Tisch lagen. Véroniques Finger glitten über die leeren Zeilen, die es zu füllen galt. War es vielleicht doch wieder an der Zeit, auf die Straße zu gehen? Nicht Schulter an Schulter mit Gleichgesinnten, sondern allein. Nur sie, Véronique, und nur für das, was sie erreichen wollte: das Frauenstimmrecht. Keine Arbeiterschaft vor, hinter und neben ihr. Aber auch keine zusätzlichen Forderungen rund um diese eine. Wenn Luisa noch leben würde, käme sie mit ihr hinaus?

Die ersten beiden Anläufe waren kläglich gescheitert. Die Hand in der Manteltasche fest um einen Stift geklammert, war Véronique die Straße hinuntergelaufen, die beiden Bögen sorgsam zwischen Buchseiten in ihrer Tasche verstaut. Sie wollte zum Bahnhof laufen, wo mehr Leute waren als hier bei ihr im Wohnquartier, und die ankommenden Reisenden ansprechen. Doch kaum stand sie am Bahnhof, fühlte sie die Hektik des Ankommens und Abfahrens rund um sich.

«Wer abreist, hat doch keine Zeit, stehen zu bleiben und über das Frauenstimmrecht zu diskutieren. Sonst fährt der Zug plötzlich ab», dachte Véronique bei sich und schaute sich nach ankommenden Passagieren um. Doch als der nächste Zug einfuhr und seine Passagiere wie Murmeln aus den Türen plumpsten und an Véronique vorbeieilten, erleichtert, angekommen zu sein, erleichtert, bald die Füße hochlagern zu können, sagte Véronique zu sich: «Wer ankommt, will so kurz vor dem endgültigen Ziel nicht stehen bleiben.»

Unverrichteter Dinge kehrte sie nach Hause zurück. Abends im Bett beschloss sie, am nächsten Tag erneut loszuziehen. Diesmal allerdings wollte sie bereits die erste Person ansprechen, die ihr entgegenkam. Wer im Quartier unterwegs war, hatte doch bestimmt mehr Zeit als die Menschen am Bahnhof.

Die Sonne schien und das spärliche Laub, das noch an den Bäumen hing, glänzte golden, als Véronique mit offenem Mantel aus der Tür trat. Nach wenigen Minuten kreuzte sich ihr Weg mit jenem einer Kinderfrau. Sie schob einen quietschenden roten Kinderwagen vor sich her und verfolgte mit dem Blick zwei kleine Jungen, die einander die Straße hoch und runter jagten.

«Sie hat schon alle Hände voll zu tun, sie spreche ich nicht an», sagte Véronique bei sich, nickte der Dienstbotin zu und ging weiter. Als Nächstes kreuzten zwei alte Damen ihren Weg. Die eine ging am Stock, die andere sah aus, als hätte auch sie einen nötig.

«Die beiden haben andere Sorgen», dachte Véronique, grüßte und ging weiter. Genau wie Véronique schritt auch die Zeit voran. Bald war der Nachmittag nahe an seinem Ende. Eine Gruppe Schulbuben, deren Unterricht für den Tag zu Ende war, näherte sich Véronique. Auch Paul würde bald nach Hause kommen, da sollte sie nicht mehr länger auf der Straße verweilen.

«So kenne ich dich ja gar nicht.» Man hörte Gérards Stimme die Kraftanstrengung an, die es ihn kostete, einigermaßen neutral zu klingen, als Véronique ihm von der Petition und ihren missglückten

Versuchen, etwas dazu beizutragen, erzählte. Gérard war spätabends aus Österreich heimgekehrt und hatte die Unruhe seiner Frau sofort gespürt. Nun musste er lächeln. Seine Véronique – schüchtern?

«Glaubst du vielleicht selbst nicht an den Erfolg des Unterfangens und tust dich darum schwer, es anzugehen?», fragte er, als er sah, dass seine Frau nicht zum Spaßen aufgelegt war.

«Ja, vielleicht», Véronique zuckte die Schultern. «Natürlich musste ich an die beiden Motionen[47] denken, die kurz nach dem Generalstreik eingereicht wurden. Sie verstauben beide folgenlos in der Schublade eines Bundesrates. Und ich habe auch an die Bernerinnen gedacht, die vom Bundesgericht mit Verweis auf das Gewohnheitsrecht abgewiesen wurden.[48] Hier drin hat mich das allerdings erst recht angetrieben. Wie soll man denn etwas Falsches ändern, wenn als Begründung zum Beibehalten der Zustände reicht, dass der Fehler bereits seit vielen Jahren besteht? Aber als ich dann draußen auf der Straße stand, da war mir jede Ausrede genehm, um nur ja nichts sagen zu müssen.»

«Ich bin darin ja kein Experte, aber vielleicht verhält es sich mit dem Unterschriftensammeln wie mit allem: Man muss die Hemmschwelle überwinden und wenn das getan ist, geht es leichter. Willst du an mir üben?»

Gérard stand auf und ging aus dem Zimmer. Einen Augenblick später kam er, den Hut in die Stirn gezogen und den Mantel zugeknöpft, wieder zurück. Er schlenderte durch die Tür und war schon beinahe an Véronique vorbei, als diese ihn ansprach.

«Monsieur! Ich muss Sie auf etwas Schändliches aufmerksam machen.»

Gérard blickte milde interessiert. «Ach ja? Ich habe aber nicht viel Zeit, Mademoiselle.»

«Madame», korrigierte Véronique und blickte dann nachsichtig. «Wussten Sie, dass wir in der Schweiz jeden Tag gegen verfassungsrechtlich verbrieftes Recht verstoßen?»

«Nein, das glaube ich nicht.»

«Wenn ich es Ihnen doch sage! ‹Stimmbürger› beinhaltet in der deutschen Sprache sowohl Männer als auch Frauen.[49] Man spricht dann vom sogenannten generischen Maskulinum, der männlichen Form, die die Frauen aber selbstverständlich mit meint. Dennoch ist es den Frauen verboten, abzustimmen.»

«Soso, darum geht es also. Um das Frauenstimmrecht. Ich glaube allerdings nicht, dass dieses generische Maskulinum, von dem Sie sprechen, in der Praxis tatsächlich so benutzt wird. Warum auch? Wenn man doch beide Geschlechter meint, dann muss man auch beide Geschlechter nennen.»

«Da sind Sie aber schlecht informiert, Monsieur. Das generische Maskulinum wird etwa im Steuerrecht verwendet. Obwohl dort nur vom ‹Steuerzahler›, nicht aber von der ‹Steuerzahlerin› die Rede ist, sind wir Frauen steuerpflichtig. Ebenso verhält es sich im Schweizerischen Zivil- und Strafgesetzbuch. In beiden wird nur die männliche Form verwendet, dennoch gelten die Gesetze auch für uns Frauen. Nur beim Stimm- und Wahlrecht, da ist es anders. Das gilt nur für die Männer. Ist das gerecht?»

«Nun, nein. Aber so ist nun mal unsere Tradition.»

«Das heißt, wenn Sie traditionell ein geringes Einkommen erhalten, sollte es nicht erhöht werden, nur weil die Umstände sich verändern?»

«Doch, aber ...»

«Und wenn es früher recht war, Streitigkeiten in einem Duell zu schlichten, soll man diese tödliche Justiz beibehalten, bloß weil sie Tradition hat?»

«Nein, aber ...»

«Na, da sehen Sie es, wenn Sie nicht der Meinung sind, Frauen seien geringere Menschen als Männer, dann ist es an der Zeit, dass Sie Ihren Beitrag leisten.»

Véronique zog den Unterschriftsbogen aus ihrer Tasche und streckte ihrem Mann den Stift entgegen.

«Aber Madame, sehen Sie doch: Auf dem Rütli waren nun einmal auch keine Frauen zugegen.»

«Ach so, die politischen Rechte sind also jenen Menschen vorbehalten, die 1291 auf der Rütliwiese gestanden haben? Dann ist es um unseren Souverän allerdings schlecht bestellt, liegt er doch bereits seit Hunderten Jahren unter der Erde und kann nichts mitbestimmen.»

«So ist es natürlich nicht.»

«Nicht? Das heißt, Sie waren damals mit dabei? Oder woher sonst leiten Sie Ihr natürliches Recht auf Mitsprache ab?»

Gérard ließ seine Rolle fallen, grinste Véronique an und zog sie an sich. Dann griff er zu Stift und Bogen und setzte Namen, Adresse und Unterschrift auf die erste freie Linie.

Die erste Unterschrift, die Véronique außerhalb ihrer heimischen vier Wände gewann, war jene einer jungen Frau, die sie nicht lange überzeugen musste. Den ganzen Winter und Frühling über sammelte sie Unterschriften. Oft eilten die Menschen vorbei, ohne Zeit für Véroniques Anliegen aufzubringen. Manche hörten ihr zwar zu, schüttelten dann aber den Kopf und gingen ihres Weges. Andere diskutierten lange, ohne sich überzeugen zu lassen. Andere nickten irgendwann und griffen zum Stift. Bald musste Véronique neue Unterschriftsbögen bestellen. Als sie sie abholte, lernte sie nach und nach die Frauen des Stimmrechtsvereins kennen. Und beim Treffen im November, zu dem Ingeborg Grütter sie eingeladen hatte, war Véronique längst keine Unbekannte mehr. Sie erfuhr, dass es Liselotte Moulin gewesen war, die sie bei Ingeborg empfohlen hatte. Sie waren entfernt verwandt. Und zu Véroniques Überraschung erklärte sich Liselotte kurz vor Weihnachten bereit, gemeinsam mit Véronique Unterschriften zu sammeln. Jemanden an seiner Seite zu haben, war ein gutes Gefühl. Dennoch war Véronique meistens alleine unterwegs, manchmal aber mit Isabelle an der Hand. Das kam nicht immer gut an.

«Schämen Sie sich! So etwas vor Ihrer Tochter zu tun!», herrschte sie ein älterer Mann an.

Einmal sah eine Frau sie mitleidig an. «Wissen Sie denn nicht, dass Gott die Menschen mit gutem Grund unterschiedlich erschaffen hat?», fragte sie verständnislos. «Es gibt Aufgaben für die Männer und Aufgaben für die Frauen. Die zu mischen, ist von Gott nicht vorgesehen.»

Ein älterer Herr riss Véronique den Unterschriftsbogen aus der Hand und zerriss ihn wutentbrannt in kleinste Fetzen. Damit gingen zum Glück nur zwei Unterschriften verloren. Véronique war dennoch außer sich. Viele Frauen winkten mit der Begründung ab, dass sie leider gar nicht unterschreiben könnten. Dass das Petitionsrecht auch für Frauen galt und ihre Unterschrift durchaus von Wert war, wollten die Damen dann erst recht nicht hören. Den ganzen Winter über lag der Schnee hoch auf den Straßen, die Kälte trieb die Menschen von den öffentlichen Plätzen weg in die Häuser. Also kämpfte Véronique sich durch den Schnee und klingelte an einer Haustür nach der anderen. Fast drei Wochen lang konnte sie keine Unterschriften sammeln, weil eine heftige und nicht enden wollende Grippe sie an das Bett fesselte. Die Kälte und die Anstrengung hatten sie so geschwächt. Doch kaum konnte sie wieder längere Zeit stehen, machte Véronique sich warm eingepackt erneut auf den Weg, die Unterschriftsbögen in der Tasche. Mehrmals wurde sie bedroht und verjagt, eine alte Frau trieb sie gar mit erhobenem Besen und lautem Keifen bis zur nächsten Weggabelung. Und dann gab es die, die in der höhnischen Überzeugung unterschrieben, dass die Petition keinen Unterschied machen und das Frauenstimmrecht ganz bestimmt nie kommen würde. Man könne also unbesorgt unterschreiben und dann wieder seine Ruhe haben, sagten sie. Die meisten Menschen, die Véronique ansprach, Frauen wie Männer, schlossen allerdings einfach wortlos die Tür vor ihrer Nase. Dann stand Véronique draußen in der Kälte, weiße Wölkchen aus Atemluft vor sich. Nur wenige ließen sich von Véronique die Sache erklären, noch weniger unterschrieben bereitwillig. Mit einer Sache wie dem Frauenstimmrecht wollten die Leute nichts zu tun haben.

«Unter uns gesagt, ich finde die Sache gar nicht schlecht», sagte ihr eine Frau mittleren Alters einmal. «Aber meinen Namen schwarz auf weiß auf einer solchen Liste haben? Das möchte ich nicht.»

Besonders viele Frauen fürchteten sich davor, was die Gesellschaft denken könnte, würde publik, wo sie da unterschrieben hatten.

«Sie haben gesagt, meine Mutter ist eine dreckige Suffragette und ich habe riesiges Pech, von einer solch verachtenswerten Person geboren worden zu sein», sagte Paul.

Er trug seinen Tornister in der Hand statt auf dem Rücken. Einer der Lederriemen war ausgerissen. Über dem linken Auge begann ein Veilchen zu sprießen und seine gebügelte Hose war mit brauner Erde befleckt.

«Und was hast du gesagt?», Gérards Stimme war sanft.

«Ich habe ihnen gesagt, dass meine Mutter schon lange gestorben ist.» Paul schaute auf seine Schuhspitzen. Erdklümpchen hatten sich von seiner Hose gelöst und waren auf den Boden gerieselt. «Und dass es nicht Pech ist, dass Véronique meine zweite Mutter geworden ist. Sondern dass ich mir das gewünscht hatte.» Er blickte hoch, ganz kurz zu Véronique, flüchtig, schüchtern, dann zu seinem Vater. «Und dann habe ich ihnen gesagt, dass ich stolz bin, der Sohn einer dreckigen Suffragette zu sein.»

Tränen stiegen Véronique in die Augen.

«Den Tornister haben sie mir erst dann vom Rücken gerissen. Der Riemen ist ab, ich glaube, den kann man nicht wieder anmachen», schob Paul kleinlaut nach.

Véronique blinzelte, dann legte sie ihrem Sohn beide Hände auf die Schultern.

«Paul, ich bin sehr, sehr stolz auf dich. Den Tornister kriegen wir wieder hin.»

Paul blickte sie erleichtert an.

«Du bist mein Sohn, Paul, und ich liebe dich über alles.»

Der Zwischenfall auf Pauls Schulweg sollte allerdings nicht der einzige bleiben. Es sprach sich in der Nachbarschaft und in den Kreisen, in denen die Voisiers verkehrten, schnell herum, dass Madame sich für das Frauenstimmrecht einsetzte. Ein Großkunde zog seine gesamte Keksbestellung zurück, als er erfuhr, dass die Gattin des Fabrikanten Unterschriften dafür sammelte. Andere Kunden zogen ihre Bestellungen zurück, ohne sich zu erklären. Auch Pauls Lehrer verlangte ein Wort mit Gérard.

«Wir haben gesehen, zu was das Getue in England geführt hat», erklärte er ihm im dunkel werdenden Klassenzimmer. «Die Schweiz funktioniert doch prächtig, so, wie sie ist. Den Weltkrieg haben wir unbeschadet überstanden. Ich glaube nicht, dass das auch mit dem wankelmütigen Weibergemüt so gelaufen wäre.»

An diesem Abend kam Gérard wütend nach Hause. Die Ahnung, welchen Diskussionen und Anfeindungen seine Frau ausgesetzt sein würde, war zu einer Gewissheit geworden. Sie tat ihm leid und weckte gleichzeitig seinen Stolz und seinen Respekt. Auch die Nachbarn rümpften die Nase. Viele grüßten Véronique nur noch, wenn sie mit Gérard unterwegs war. Trafen sie sie alleine auf der Straße, schauten sie gespielt interessiert in die andere Richtung. Isabelle war bei den Nachbarskindern plötzlich nicht mehr willkommen und spielte von da an meist alleine in ihrem Zimmer.

Doch Véronique ließ sich nicht beirren. Für jede langweilige Nachbarin, die auf der Straße den Kopf von ihr wegdrehte, hatte sie beim Genfer Frauenstimmrechtsverein eine spannende neue Freundin kennenlernen dürfen. Und dann waren die Unterschriften auf den Bögen ausgezählt: Fast 250'000 Unterschriften waren zusammengekommen.[50] Véronique rechnete: Das waren rund zehn Prozent aller erwachsenen Schweizerinnen und Schweizer. Es war unglaublich.

Durch die geschlossenen Zugfenster war das Stampfen und Zischen der Lokomotive kaum zu hören. Regen prasselte auf das Dach und wurde vom Fahrtwind als flüchtige, nasse Streifen an die Fenster geworfen. Es war der 6. Juni 1929, ein ungemein grauer und garstiger Tag. Aber der strömende Regen war Véronique egal. Sie sah die Aufregung und den

Stolz in den Gesichtern der Frauen ihres Stimmrechtsvereins. Véronique streckte das Rückgrat durch, damit Liselotte und Ingeborg im Abteil weiter hinten sie hören konnten.

«Der heutige Tag wird in die Geschichtsbücher eingehen, davon bin ich überzeugt», rief sie und einige der Frauen klatschten.

«Und ob», rief Ingeborg zurück.

Am Bahnhof in Bern trafen die Frauen aus Genf Delegationen aus vielen anderen Kantonen. Gemeinsam formten sie einen langen Demonstrationszug, überdacht mit großen Regenschirmen. Jede Delegation hatte ihren Kantonsnamen und die Anzahl der gesammelten Stimmen auf ein Schild geschrieben, das sie nun in die Luft reckten. Auf dem ersten Schild stand «Petition für das Frauenstimmrecht in der Schweiz». Es war ein Siegeszug, aber auch eine Provokation. Véroniques Herz klopfte heftig, als sie inmitten der vielen Frauen und wenigen Männer hinaus aus dem Bahnhof und durch die Gassen der Bundesstadt lief. Man marschierte nicht einfach mit einem so unerhörten Anliegen und in so großer Masse durch die Stadt, ohne die Gemüter zu erregen. Aber so musste es sein, nur aufgescheuchte Gemüter ließen mit sich reden. Wer sich zu gemütlich zurücklehnte, war kaum erreichbar. Allerdings, stellte Véronique enttäuscht fest, waren die Straßen, durch die sie gingen, nicht von Schaulustigen gesäumt. Der Regen hatte die Menschen unter die Lauben und hinter ihre schützenden Fenster und Vorhänge gedrängt. Statt zur Seite blickte Véronique nach vorne, auf die vielen Köpfe vor ihr, die gleich dachten wie sie. Als Véronique inmitten des Frauenzuges durch den Regen lief, Schulter an Schulter mit Gleichgesinnten, vereint unter Hutkrempen und Regenschirmen, erinnerte sie sich an das Gefühl, das sie während des Generalstreiks gehabt hatte.

Als sie das letzte Mal mit so vielen Menschen durch die Straßen einer Stadt gegangen war, um für ihr Recht einzustehen, war die Schweiz noch nicht so weit gewesen. Doch zehn Jahre waren eine lange Zeit. Vor dem Vestibül des Bundeshauses schließlich kam der Demonstrationszug zum Stehen. Die Präsidenten des National- und Ständerates waren aus ihren Sälen gekommen, um die Unterschriften in Empfang zu nehmen. Von den Bundesräten ließ sich allerdings keiner blicken.

Ein Blitzlicht zuckte durch den Regen. Erst als kein Donner folgte, wurde Véronique klar, dass es der Blitz einer Kamera gewesen war. Auch Journalisten und Fotografen hatten sich nämlich vor dem Bundeshaus versammelt. In ihren Gesichtern stand Interesse. Das konnte man von den meisten Parlamentariern, die zur Übergabe gekommen waren, nicht behaupten. Nur wenige, stellte Véronique enttäuscht fest, standen ihrem Zug mit feierlicher Miene gegenüber. Manche blickten unverhohlen unwirsch und böse. Die meisten aber hatten ein belustigtes Grinsen im Gesicht. Als würden sie Kindern zusehen, die Erwachsene spielten. Diesen Blicken begegnete Véronique am liebsten. Sollten sie nur abwarten und sich vorsehen. Vielleicht nicht in diesem Jahr, vielleicht nicht im nächsten, aber bald würden einige von ihnen ihre Sitze im trockenen Bundeshaus räumen müssen und den Frauen Platz machen. Nicht als Bittstellerinnen und nicht als Zuschauerinnen auf der Tribüne würden die Frauen dann hier hereinmarschieren, sondern als Nationalrätinnen, als Ständerätinnen. Und irgendwann sogar als Bundesrätinnen.[51]

Gemeinsam mit einigen anderen Frauen setzte sie sich in ein Café am Berner Waisenhausplatz. Tee wurde bestellt und Kaffee, bevor eine der Frauen aufstand, den Kopf schüttelte und ausrief: «Lauwarmes Wasser? Ja, seid ihr denn von Sinnen? Heute trinken wir Champagner!»

Während in der Stadt Kristallgläser in die Höhe gehoben wurden und Frauen auf neue Zeiten tranken, zog unter den grünen Kuppeln des Bundeshauses der Thurgauer Bundesrat Heinrich Häberlin die mittlere rechte Schublade seines Schreibtisches heraus. Seit zehn Jahren lag hier die Motion von Herman Greulich, dem Begründer der Schweizer Sozialdemokratie. Der Nationalrat hatte die Ungehörigkeit besessen, direkt nach dem Landesstreik erneut Forderungen zu stellen. Auf dem Papier des Sozialdemokraten lag eine weitere Motion aus demselben Jahr, mit derselben Forderung. Es war jene von Emil Göttisheim, einem Freisinnigen und Parteikollegen Häberlins. Auch er forderte dreist das

Frauenstimmrecht. Wo man im Land doch eben erst für Ruhe hatte sorgen können. Der Nationalrat hatte die beiden Motionen an den Bundesrat überwiesen, damit dieser sie weiterbearbeiten möge. Häberlin legte das Petitionsschreiben der Frauen zu den beiden Motionen in die Schublade und schloss sie wieder. Die Schublade stockte beim Zuschieben und Häberlin musste sie gewaltsam zustoßen. Aber das war nicht schlimm. Er hatte nicht vor, die Schublade so bald wieder aufzumachen. Es gab bei Gott dringendere Probleme anzugehen.[52]

Elsa

Vom Traum einer jungen Frau, die Enge der Schweiz hinter sich zu lassen. Und ihrem Versuch, in der Schweiz zu Weltkriegszeiten das Richtige zu tun.

Sie sagen, heute sei der 8. Mai 1945. Ich vertraue ihnen nicht. Aber ich muss ihr Wort dafür nehmen. Denn das Zeitgefühl ist mir längst abhandengekommen. Manchmal weiß ich nicht einmal mehr, welche Jahreszeit wir gerade haben. Aber jetzt, wo meine Finger den Bleistift umfassen, wo ein Stoß ordentlicher weißer Blätter vor mir liegt, jetzt ist es an der Zeit, mich zu erinnern. Abenteuer wollte ich erleben, weit weg der Heimat – in England. Und ein Abenteuer habe ich erlebt. Allerdings nicht in der Fremde, sondern hier, in unserer kleinen Schweiz. Ich will davon Kunde tun, damit die Leute nicht nur Schlechtes denken, wenn sie sich meiner erinnern. Ich bin Elsa Waldvogel, Landesverräterin.

Das Unglück brach am 5. September 1941 über mich herein. Nach zwei Jahren und wenigen Tagen Krieg in Europa. Krieg rund um die kleine Schweiz. Und mittendrin ich, Elsa. Tochter der Hermine und des Walter Albert Waldvogel, kleine Schwester der Charlotte. Ich werde hier mit Bleistift von ihnen schreiben, wie sie für mich ein Leben lang geheißen: Mutti, Vati und Lotti. Geboren und aufgewachsen bin ich in Wunderklingen bei Hallau im Kanton Schaffhausen. Am äußersten Rande der Eidgenossenschaft. Dort, wo durch ein beschauliches

Wäldchen aus Tannen, Buchen und Eichen die Landesgrenze allem Einhalt gebietet. Hier die neutrale Schweiz, drüben das Deutsche Reich. Unter den Bäumen die Soldaten der Schweizer Armee. Am Waldrand die Wehrmacht.

Doch begonnen hat mein Verhängnis schon viel früher. Als noch kaum einer wusste, wo die Schweiz aufhört und Deutschland beginnt. Im Juli 1938 habe ich mein Verhängnis unterzeichnet, mit schwungvoller, eifrig geübter Signatur. Ich erinnere mich an einen endlos blauen Himmel über den grünen und gelb werdenden Feldern, durch die mein Zug stampfend von Schaffhausen nach Bern zog. Was für eine Fahrt! Doch ich konnte mich der Schönheit unseres Landes kaum erfreuen. Denn ich hatte es satt, dieses Land. Vor Augen verschwamm mir der blaue Himmel, stattdessen sah ich Lottis tränennasses Gesicht vor mir. Lotti, zwei Tage nach ihrer Hochzeit mit Erich. In der Hand einen Brief vom Bösinger, darauf stand in schwarzen, kantigen Schreibmaschinenbuchstaben: Kündigungsschreiben. Grund: Eheschließung. Man hatte Lotti die Anstellung genommen, ohne den Erich oder sie zu fragen. Es reichte, dass Lotti vor dem Herrgott Ja zum Erich und der Ehe gesagt hatte.[53] Als Lotti sich wehrte, schimpfte der Bösinger sie eine raffgierige Doppelverdienerin, die aus Geiz und Habgier einem armen Familienvater den Posten stehlen wolle. Dabei hatte der Bösinger auf Lottis Posten noch nie einen Mann gesetzt. Und er tat es auch nicht, nachdem das Lotti weg war. Aber das hat nichts daran geändert, dass das Gesetz auf seiner Seite war. Lotti blieb nur, von da an zu Hause zu bleiben. Vor Augen hatte ich auch das Bild vom Vati, der den Kopf schüttelt.

«Weißt du, wie hoch das Lehrgeld für eine Schneiderin ist, Elsie? Wir müssten es uns am Mund absparen. Nur dafür, dass es dir in wenigen Jahren genau gleich ergeht wie dem Lotti. Es lohnt sich einfach nicht, dass du einen Beruf erlernst. Schau dir so viel du kannst vom Mutti ab, sie macht das doch auch ganz recht.»

So saß ich also im Zug und hatte genug. In Bern ließ ich mir den Weg zum Englandplatzierungsbüro[54] weisen und unterschrieb ohne zu zögern den Vertrag für meine Abreise. Zwei Wochen später war eine Familie aus London gefunden, die ein Hausmädchen aus der Schweiz suchte, drei Wochen später saß ich mit Hut, Koffer, klopfendem Herzen und drei Dutzend anderen jungen Dingern mit dem gleichen Ziel vor Augen im Zug nach dem Ärmelkanal. Ein Schiff brachte uns bei stürmischem Wetter über das Wasser und an der Londoner *Victoria Station* holte mich ein livrierter Herr mit schwarzem Wagen ab. Nun standen mir herrliche Monate bevor. Mir zittert die Hand bei dem Gedanken, die unbeschwerten, freien Tage im Kopfe erneut zu erleben. Spaziergänge im *Hyde Park*, an der Seite des einen oder anderen jungen Misters. Vormittage und Nachmittage mit den drei Kindern der Familie Harris und einem dicken Französischwörterbuch. Abende im *Cinema* mit Jennifer, Nächte mit Champagner, Musik und Tanz. Freiheit war das, Freiheit! Ich war nicht mehr Elsie, die Tochter der Waldvogels, die nur tun darf, was kein schlechtes Licht auf die Familie wirft. Ich war Elsa Waldvogel, die selbst entscheidet, was sie mit ihrem Leben unternimmt.

Mister Dennis Harris war Chefarzt an einem Spital, dessen Namen mir entfallen ist. Er arbeitete von früh bis spät, verdiente viel Geld und hatte wenig Zeit. Dennoch erinnere ich mich, wie er sich an Sonntagen zu den Kindern setzte und ihnen zuhörte, als wären ihre Alltagsquerelen die spannendsten Nachrichten des Tages. Und ich erinnere mich, wie er seine Frau Emma ansah. Auf der Stelle habe ich mir dort ein Versprechen gegeben: nie zu heiraten, bevor ein Mann mich nicht mit demselben Blick betrachtet. Und das ist nicht der einzige Anspruch an mein Leben, der seinen Ursprung im rauchigen, nebligen London hatte. Verantwortlich dafür zeichnet vor allem die Dame des Hauses: Emma Harris. Es ist nämlich kein Zufall, dass die Familie Harris nach einem Schweizer Hausmädchen hatte schicken lassen. In einer kleinen Kirche in den Bündner Bergen auf den Namen Emerita getauft, war Mrs. Emma Harris bis zu ihrer Eheschließung selbst Schweizerin. Zwar hat sie Schweizer Pass und Staatsbürgerschaft ablegen müssen, die Sprachen ihrer Bündner Heimat aber konnte ihr niemand nehmen. Wie meine Wenigkeit auch, verzweifelte Emma an den Unmöglichkeiten unserer gemeinsamen Heimat. Wie ich jetzt, hatte sie vor zwanzig Jahren ihren Koffer gepackt, den Bergen den Rücken gekehrt und ihren Blick und alle Hoffnung auf die Fremde gerichtet. Und wie sie damals von Anfang an, dachte auch ich mit jedem Tag in England vehementer: Es soll kein Zurück mehr geben. Emma hat mir Fahrstunden in ihrem eleganten schwarzen Automobil gegeben und allzu bald das Du angeboten. So wurde aus dem Anstellungsverhältnis eine Freundschaft. Was haben wir geredet und gelacht, sobald die Kinder im Bett waren! Rot wurde Emmas Kopf, wenn ich ihr von den helvetischen Gepflogenheiten erzählte, die sich in all den Jahren ihrer Abwesenheit nicht verändert hatten. Davon, wie es Lotti nach der Hochzeit und mir mit meinem Wunsch nach einer Ausbildung ergangen war. Davon, wie die Frauen selber sich zu einer Liga gegen die Rechte der Frau zusammengeschlossen hatten.

«Sie denken, sie schützen die Familie. Dabei stützen sie nur ihre machtgierigen Gatten», hat Emma ausgerufen.

Von der großen Unterschriftensammlung habe ich ihr erzählt, aus der Zeit, in der ich selber noch ein Kind war. Ich erinnere mich, wie Mutti uns sagte, nun werde sich etwas ändern. Viele Tausend Schweizerinnen und Schweizer hätten unterschrieben, dass sie das Stimmrecht für alle wollen. Also auch für die Frauen. Wir haben Portwein getrunken an diesem Abend, am Küchentisch, Emma und ich. Ich sehe die kleinen Kristallgläser und die schwarze Flasche noch vor mir. Dunkelrot und süß war der Wein, noch nie hatte ich so etwas zuvor gekostet. Und nun werde ich es auch nie wieder trinken. Ich habe Emma erzählt, dass niemand in Bern jemals wieder von den vielen Unterschriften gesprochen hatte. Ich selbst wurde vom Mädchen zur jungen Frau, ohne dass sich etwas verändert hätte. Da hat Emma mit der flachen Hand auf den Tisch geschlagen, dass die Gläser und die Flasche wackelten.

«Und bis sich nicht etwas ändert in diesem Land, kehre ich nicht zurück», hat sie gerufen. Im Stillen und Geheimen, ganz tief in mir drin, habe ich ihr zugestimmt.

«Ich auch nicht», habe ich gedacht.

Doch wie das mit unseren irdischen Plänen so oft geschieht: Der Herr im Himmel hatte anderes vor. Erst haben die Leute gemunkelt, auf dem Markt und beim Tee, dass über Europa ein Krieg aufzieht. Dann haben die Zeitungen darüber geschrieben, warum es keinen Krieg geben werde. Da wussten wir alle: Der Krieg kommt. Gerüchte wurden über Wochen und Monate zur Gewissheit. Auch England würde sich in den Kriegswirren verstricken. Ich wurde von der Schweizer Botschaft in London zur Heimkehr aufgefordert. Aber statt nach Hause, ging ich mit Jennifer ins *Cinema*. Dort sah ich in der Wochenschau junge Männer in eidgenössischer Militäruniform aufmarschieren. Die Schweiz hatte mobil gemacht, um ihre neutralen Grenzen zu schützen. Ich erinnere mich an den Schauder, den ich verspürte. Wenn die Soldaten ihre behelmten Köpfe drehten, schaute mich dann Erich an? Oder der Vati? Wurden sie auch eingezogen? Ein Sehnen und Reißen hatte mich gepackt, nicht nach der Heimat, aber nach den guten Menschen, die ich dort zurückgelassen hatte. Und so war es denn nicht gänzlich gegen meinen Willen, als ein letztes Schiff mich, die übrigen Schweizer Hausmädchen und auch eine Handvoll Schweizer Männer auf das Festland brachte und wir gemeinsam der Heimat zureisten. Eine der größten Rückholaktionen der Schweizer Geschichte[55] sei es gewesen, sagte Vati später, als Mutti und ich nebeneinander auf dem Ofenbänklein saßen und Wollsocken strickten. Für den Erich und seine Kameraden, damit der Winter an der Grenze sie keine Zehen kostet. Ein historisches Ereignis also, und ich, Elsa Waldvogel, mittendrin. Bevor es aber Zeit für das Ofenbänklein und die Wollsocken wurde, nahm Vati uns mit an die Landesausstellung nach Zürich.[56] Es war ein munterer Ausflug mit dem Automobil der Familie Schumacher. Ich hätte es bestimmt besser gelenkt, doch Vati wollte nichts davon wissen. Die «Landi», wie man die Landesausstellung liebevoll nannte, war die vierte ihrer Art, eine Ausstellung also über alles, was die Schweiz ausmacht.

«Da schwillt dem Eidgenossen das Herz», rief Vati aus, als wir zwischen den Ständen und Pavillons flanierten.

Ich erinnere mich, wie ich damals Mutti, Lotti und dem Vati horchte und dabei das Gefühl nicht loswurde, dass sie in meiner Abwesenheit irgendwie «schweizerischer» geworden waren. Vielleicht aber war ich es auch, die britischer geworden war.

«Mir wär's recht», dachte ich damals trotzig, war ich doch trotz des Krieges noch nicht recht versöhnt mit dem Schweizerlande.

Je länger ich in der Heimat weilte, umso mehr zogen düstere Wolken über meinem Gemüte auf. Lotti hatte kaum mehr Zeit für mich, mit zwei Kindern am Rockzipfel und einem dritten unterwegs. Mutti verhielt sich sonderbar distanziert. Ich dachte, der Krieg schlage auch ihr auf das Gemüt, und wollte sie nicht weiter bedrängen. Und wenn ich ehrlich bin, fehlten mir auch die Kraft und der Wille, sie aufzuheitern. So saß ich also daheim und hatte nichts zu tun. Einige Monate trug ich die Post aus, weil Egon Grenzdienst leisten musste. Das Postaustragen hat mir redlich Freude gemacht und obwohl der Lohn für mich nicht gleich hoch war wie jener von Egon, war es bei uns zu Hause doch willkommenes Geld. Aber die Freude währte nicht lange, sagte mir der Postchef Bösinger doch bereits am vierten Tage, ich solle es mir nur ja nicht zu gemütlich einrichten auf dem Postvelosattel. Es bleibe Egons Platz, für dann, wenn er von der Grenze wieder zurückkomme. Das hatte übrigens nicht einmal der Bösinger selbst entschieden. Das wollen die in Bern so.[57] Ich weiß, mein Egoismus war fehl am Platz, brauchte das Vaterland doch unser aller Hände in diesen schwierigen Zeiten. Und doch: Es tat meiner Moral nicht gut, zu wissen, dass ich stets zweite Wahl sein würde, was auch immer ich tue. Elsa Waldvogel, die Übergangslösung, die Warmhalterin.

«Du musst heiraten, Schwesterlein», hatte mir Lotti geraten, als ich mich bei ihr über die Situation beklagte. «Dann bist du die Nummer eins, nicht nur für deinen lieben Mann, sondern auch und erst recht für deine Kinder. Schau nur, wie Idalein und Franz mich brauchen.»

Ich konnte Lotti nicht sagen, dass mich ein Leben wie das ihre graust. Niemandem konnte ich das sagen. Lotti war nicht die Einzige, die ihre Erfüllung in der Mutterschaft fand und darin mehr noch als einen Dienst am Manne, einen Dienst am gesamten Vaterlande sah. Ich schreibe es hier schwarz auf weiß, ich habe ja nun nichts mehr zu verlieren. Ich fand es erbärmlich. Doch es war erst der Anfang. Bald kamen die Flugblätter. Ich erinnere mich an zwei, die mein Gemüt zum Kochen gebracht haben. Das eine war in etwa dieser Art verfasst:

> *«Der Schweizerin wird eine überaus wichtige Aufgabe zufallen: Sie hat dafür zu sorgen, dass in ihren männlichen Kameraden das Verständnis und der Opfergeist für die Wehrbereitschaft wach bleibt.»*[58]

Auf dem anderen stand geschrieben:

> *«Während der Schweizer sich aber gegen außen wappnet, schleicht heimlich und unerkannt ein Feind heran, der von innen heraus seine Heimat bedroht. Wie eine zehrende Krankheit sitzt er im Mark unseres Volkskörpers. Es ist der Geburtenschwund, der ihn kalt erfasst hat. Er ist der Staatsfeind Nr. 1.»*[59]

Bei den Flugblättern blieb es nicht. Vielmehr wurde ich bei jeder sich bietenden Gelegenheit gefragt, warum ich denn nicht nach einem Manne Ausschau halte. Das Land brauche doch Kinder und ich einen Menschen, der für mich sorgt. Als Egon nach seiner Zeit an der Grenze wieder zurückkam, hatte ich auch keine Anstellung mehr. So fiel mir der Entscheid leicht, als ich vom Frauenhilfsdienst hörte. Der Frauenhilfsdienst, FHD genannt, ist nämlich dem Militärdepartement unterstellt, territorial organisiert wie auch der Rest der Armee und hat direkt von Herrn General Guisan seine Richtlinien erhalten.[60] Ich schrieb mich also beim Schaffhauser Regiment ein. Natürlich bekamen wir weder Waffe noch eine Stellung an der Grenze. Wir Frauen blieben bei dem, was wir schon immer getan hatten.

«Tätig ist der zivile FHD vielmehr in der Soldatenfürsorge, den von Frau Else Züblin-Spiller bereits im ersten großen Krieg eingerichteten Soldatenstuben oder der Kriegswäscherei. Zum zivilen gesellt sich ein militärischer FHD, der sich näher zum Geschehen begibt. Die Frauen decken die Bereiche Gesundheit, Verwaltung, Übermittlung, Transport, Fürsorge, Motorwagendienst, Fliegerbeobachtung, Küche und Feldpost ab», so stand es in der Broschüre, die ich gelesen hatte. «Motorwagendienst» stach mir sofort ins Auge, hatte ich doch von Emma das Wagenlenken erlernt, wenn auch auf der anderen Straßenseite.

Anders als die zivile, obligatorische Unterstützung von Luftschutzmaßnahmen,[61] die uns Frauen ohne Wenn und Aber und vor allem ohne Gegenleistung auferlegt wurde, war der Dienst als FHD freiwillig. Wer sich aber einmal gemeldet hatte, musste zu seiner Entscheidung stehen. Eine Frau im Frauenhilfsdienst, die bei Berufung nicht einzieht, hat mit einer Strafverfolgung zu rechnen, ganz so, wie sie auch dem Manne blüht, würde er den ordentlichen Militärdienst verweigern. Mutti und Vati haben mir darum dringlichst davon abgeraten. Erich, der treue Schwiegersohn, hat dann auch noch brieflich ausrichten lassen, in der Kaserne habe man für die Frauen des FHD keine schmeichelnden Namen. Zum «Feldhurendienst» vervollständige man die Abkürzung, «Offiziersmatratzen» und Ähnliches schimpfe man die Frauen. Hätte ich mich davon abschrecken lassen, säße ich nun nicht im Gefängnis, wo die einzige noch mögliche Reise in die Erinnerungen führt. Doch gerade die Tatsache, dass alle gegen meinen Eintritt in den militärischen FHD waren, stachelte mich an. Dazu der Gedanke, wegzukommen und junge Frauen zu treffen, die nicht nur an Hochzeitsfeste und Geburten dachten. Und, so schien es mir, alles ist besser, als bei Mutti auf der Ofenbank zu sitzen und mir Rücken und Hintern zu wärmen, während die Männer Europas meine Zukunft in Flammen aufgehen lassen.

So also begann meine Zeit beim Frauenhilfsdienst gegen den Willen der Familie. Brotsack, Dienstbüchlein, Mütze, Armbinde und Schutzmaske wurden uns gleich zu Beginn ausgehändigt. Dann folgte eine Art verkürzte Rekrutenschule. Strammstehen und Salutieren will geübt sein. Meinen Einsatz als Fahrerin leistete ich gemeinsam mit den Rotkreuzfahrerinnen. Meist ging es darum, die Truppen in ihren Kasernen mit frischen Kleidern zu versorgen. Säcke voller Flickwaren habe ich auf meinen Camion gehievt und jede Straße unseres Schweizerlandes, so scheint es mir, mehrmals abgefahren. Zum Ende meines ersten Monats im Aktivdienst bekamen wir den ersten interessanten Auftrag. Eine Truppe der französischen Armee bat nach dem Einfall und Sieg der deutschen Wehrmacht um Einlass in die Schweiz. Unser General hat dem Ansinnen zugestimmt und die Soldaten, hernach Internierte in der Schweiz, mussten auf eidgenössischem Boden untergebracht werden. Als Erstes haben unsere Männer die Franzosen entwaffnet. Wir Frauen haben sie dann, entschärft wie sie waren, in unsere Wagen geladen und in die Internierungslager gebracht. Dort werden sie, so sich nichts am neutralen Zustand der Schweiz ändert, bis zum Ende des Krieges ausharren. Und dann? Das hängt ausschließlich davon ab, wer zum Schluss den Krieg für sich entscheidet und das blutende Europa als Trophäe mit nach Hause nimmt. Manchmal höre ich hier auf den Gängen ein Munkeln und Flüstern vom baldigen Ende des Krieges. Die Hoffnung der Hoffnungslosen. Sie war schon da, als ich hergebracht wurde. Erfüllt hat sie sich bisher nicht. Aber die Hoffnung gehört zum Krieg wie Gitter und Sehnsucht zum Gefängnis.

Erichs Worte über den FHD, den «Feldhurendienst», habe ich in der ganzen Zeit meines Einsatzes nicht vergessen. Die Blicke der Soldaten und vor allem der Offiziere, die immer wieder auf uns zu ruhen kamen, die verzogenen Mienen und die Art, wie wir von männlichen Vorgesetzten kommandiert wurden, zeigten nur zu deutlich, was man in der Schweizer Armee von uns hielt: nichts. Wie gut also tat es unseren geschundenen Herzen, den Respekt der französischen Mannen zu spüren. Der Internierten-Transport war der erste und einzige Einsatz, bei dem ich mit den Truppen eines anderen Landes in Berührung kam. Der Krieg, so schien es mir, rückte in diesem Moment ein gutes Stück näher an mich heran. Das löste in mir zu meinem eigenen Erstaunen nicht Angst, sondern Tatendrang aus. Wie gerne wäre ich ein wichtigeres Figürchen im Gefüge der Zeit gewesen. Stattdessen blieb ich Platzhalterin der zweiten Garde: «Jede FHD macht einen Soldaten für die Front frei» steht auf den Affichen, mit denen der FHD um neue Frauen wirbt. Nicht dass wir eine Front hätten, versteht sich. Solange die Schweiz nicht im Krieg ist, verfügen wir über eine Grenze, nicht über eine Front. Doch Sprache, wird mir immer klarer, je länger der Krieg andauert, ist der Politik verpflichtet, nicht den Tatsachen. An dieser Stelle will ich mich bremsen. Denn der Dienst hat viel Gutes. Die Kameradschaft – oder soll ich sagen: die Kameradinnenschaft – unter uns FHD hat in mir eine unglaubliche Freude entfacht. Wir Frauen haben viel gelacht und geredet und es war Balsam für meinen Geist, auf ordentlich viele gute und interessante Frauen treffen zu dürfen.

Mit einer jungen Frau aus Basel, Bertha ist ihr Name, habe ich mich ganz besonders innig befreundet. So kam es bei unseren lustigen Stunden denn auch, dass wir von den leichten zu den schweren Themen wechselten. Berthas Familie stammt eigentlich von ennet der Grenze, aus dem Deutschen, genau gesagt. Basel liegt ja, wie mein liebes Schaffhausen, nahe am Reich. Geografisch, will ich betonen, nicht geistig. Die unerhörte Wahrheit ist aber, dass man Bertha erst gar nicht zum Hilfsdienst hatte zulassen wollen, war sie dem möglichen Feind doch verwandtschaftlich verbunden. Dass Bertha dann doch der Schweiz zu Diensten sein durfte, kommt daher, dass ein Freund der Familie, ein einflussreicher Mann in der Armee, so sagte mir Bertha, sich für das Mädchen verbürgt hatte und seine Kameraden davon überzeugen konnte, dass aus Bertha keine deutsche Spionin werde. Berthas Brüder allerdings, zwei an der Zahl, könnten durchaus in Bedrängnis geraten, würde die Armee einen allzu exakten Blick auf ihr Treiben werfen. Die beiden, auf Bürgen des gleichen Familienfreundes, nehme ich an – oder aus Mangel an jungen, kräftigen Alternativen –, stehen in Basel an der Grenze, direkt beim Rhein zu. Nun verhält es sich so, dass an dieser Stelle immer wieder Flüchtlinge aus

Deutschland oder dem besetzten Frankreich versuchen, den Fluss zu überqueren, um auf den rettenden Schweizer Boden zu gelangen. Meistens sind es wohl Juden, die versuchen, den Lagern zu entgehen. Frauen und Kinder, alte Leute und junge Männer auf der Flucht vor den Nazis. Die Schweizer Grenzsoldaten, zu denen auch Berthas Brüder gehören, wurden aufgefordert, diese Flüchtlinge einzufangen und zurückzubringen. Die Flüchtigen, sobald eingefangen, schreien und flehen, bitten und appellieren, man möge sie nicht zurückschicken, man möge sie aufnehmen. Denn bei den deutschen Grenzern warte der Tod auf sie. Dass das wohl die Wahrheit ist, ahnen wir alle. Man kam nicht umhin, die Gerüchte von Lagern und grauenvollen Taten zu hören. Bertha weiß das alles von ihren Brüdern. Sie weiß auch, dass manch ein Flüchtling weder lebend auf die eine noch auf die andere Seite gelangte, sondern mit einer Kugel im Kopf dazwischen liegen blieb. In mir bäumt sich, so ich diese Zeilen schreibe, die Entrüstung auf, jetzt genauso wie damals, als Bertha mir zum ersten Male davon erzählt hat. Berthas Brüder haben dem Treiben zugesehen, erst starr vor Schreck. Dann aber haben sie einen Pakt geschlossen miteinander und mit drei anderen Soldaten. Sie haben die Flüchtlinge abgepasst und am Ufer des Rheins versteckt, bis die Nacht kam, dann haben sie sie mit anderweitig rationiertem Benzin nach Basel gefahren. Dort haben die Polizisten, der roten Basler Regierung ist es zu verdanken, beide Augen zugedrückt. In Basel, so erzählte es mir Bertha, leben viele jüdische Familien, die die Geflüchteten auf eigene Kosten bei sich beherbergten. Bertha hat mir damals das Ehrenwort abgenommen, darüber mit niemandem zu sprechen. Ich sollte es, wenn ich mich recht besinne, auch nicht aufschreiben. Ich hätte es auch nicht getan, wenn mich nicht kürzlich die Frau vom Roten Kreuz, der ich Bleistift und Papier verdanke, erneut besucht hätte. Ihr Blick war auf die Blätter gefallen, die ich bereits mit meinen Bleistiftlinien versehen hatte.

«Tut es gut, alles aufzuschreiben?», hat sie gefragt und mich angelächelt. Ich habe genickt und ihr gesagt, dass es mir Erleichterung verschaffe, zu wissen, dass hier die Möglichkeit liegt, mich zu erklären. Da hat sie lange geschwiegen, die gute Frau. Jung ist sie, nicht viel älter als ich. Wären die Zeiten anders: Wir hätten Freundinnen sein können. Wäre mein Schicksal anders: Wir hätten zumindest Kameradinnen im Dienst für das Vaterland sein mögen. Nun hat der Herrgott es aber anders eingerichtet. Und er hatte für mich nicht einmal die wohltuende Ignoranz vorgesehen. Vielmehr fasste die junge Frau vom Roten Kreuz sich ein Herz und sagte mir, dass niemand meine Geschichte lesen werde. Sie werde verbrannt. Die Frau hat gesagt, dass sie mir eine Beschäftigung geben wolle und dass ich, solange ich schreibe, nichts Dümmeres anstellen könne. Mir ist erst Tage später bewusst geworden, was sie damit gemeint hat. Das Papier ist ihr Mittel, um zu verhindern, dass ich mich in meiner Zelle erhänge, bevor die Behörden ihre Rache an mir nehmen dürfen. Da braucht sie sich nicht zu ängstigen. Vielleicht ist das Papier aber auch eine Geste nur für mich. Weil ich ihr erzählt habe, dass zu Hause in der Nachttischschublade ein lieb gewonnenes Heftlein liegt, dessen Anwendung ich oft vermisse. Mein Tagebuch.

Da ich ja doch nichts anderes zu tun habe, schreibe ich nun also allein für das Feuer und die Flammen. So gelange ich in meiner Geschichte endlich zu jenem 5. September 1941, an dem mein Leben sich ein letztes Mal aufbäumte, um danach seinen Sinn zu verlieren. Es war ein Freitag in einem goldenen Altweibersommer. Ich stand beizeiten auf und begab mich mit Mutti und Lotti aufs Feld. Die Bäuerinnen brauchten in diesen Tagen jede Hilfe, die sie bekommen konnten. Standen die Söhne und Väter doch an der Grenze und konnten nichts tun, während das Feld in voller Reife stand. Doch noch bevor wir recht im Acker waren, rief es von der Straße her. Man verlange mich auf dem Polizeiposten, verkündete Egon, der heimgekehrte Postbote, kaum stand ich nahe genug. Ich weiß noch, wie ich sagte, ich habe Gescheiteres zu tun, als mit den Polizisten zu reden, vornehmlich, weil ich nicht wusste, was sie von mir wollten. Egon aber drängte, ich solle gleich mitkommen, es müsse schnell gehen, habe der Herr Obrecht gesagt. Der alte Dorfpolizist war ein netter Mann, wenn man ihm nicht auf die Füße trampelte. Ich winkte also Mutti und den anderen zu, ein kleines Adieu in der Annahme, dass ich innert Kürze wieder in ihren Reihen auf dem Acker stehen würde. Die Herren Polizisten waren freundlich zu mir und die leise Sorge, die sich in mir breitgemacht hatte, wandelte sich alsbald zur Neugierde. Ich sei doch FHD, sagte der alte Obrecht mit seiner lieben Stimme. Ich nickte.

«Das ist brav, Dienst am Vaterlande, ein jedes auf seine Art», sagte er und schien mir sehr zufrieden.

Dazu gab es nichts mehr zu sagen und so wartete ich, dass er mir erklärte, wozu man mich in einer derartigen Eile vom Acker geholt hatte. Es zeigte sich bald, dass man meiner Fahrkünste bedurfte. Ein großer Camion mit schwerer Fracht beladen wartete in der Garage des alten Zeughauses darauf, dass sich jemand seiner annahm und ihn zur Grenze fuhr, über die Grenze gar, zu einem bestimmten deutschen Grenzposten. Man habe in diesen schweren Zeiten selbst keine Kapazitäten frei, hat Obrecht mir erklärt, und so sei man auf den Gedanken gekommen, dass doch ich im FHD als Motorwagenfahrerin Dienst tue und also auch den Camion fahren könnte. Einmal an die Grenze und zurück, sitzend, anstatt den ganzen Tag gebückt im Acker zu stehen? Man hätte mich auch dann nicht zweimal zu bitten brauchen, wenn ich eine Wahl gehabt hätte. So beugte ich mich also mit Obrecht über die alte Faltkarte, schmuddelige Flecken und angerissene Ränder hatte sie, und ich erinnere mich, wie mir der Gedanke durch den Kopf ging, ob es nicht gescheiter wäre, nach einer neuen Karte zu fragen, weil vielleicht die rechten Grenzen hier gar nicht mehr eingezeichnet waren. Und die Grenze am falschen Ort zu überqueren kann in Kriegszeiten gefährlich sein. Doch gesagt habe ich nichts. Der Obrecht hat mit einem gespitzten Bleistift den Standort von dem bestimmten Grenzposten auf deutschem Boden eingezeichnet und mir einen Passierschein für die Grenze gegeben.

«Pass auf den aber nur gut auf, gell», hat er gesagt.

Der Schein war richtig schwer, dickes Papier, in dem die Buchstaben der Schreibmaschine versanken. Dazu Stempel und Emblem, hochoffiziell. Wie damals, als wir die Internierten transportierten. Ein ordentlicher Auftrag. Was ich diesmal zu transportieren hätte, damit wollte Obrecht allerdings nicht herausrücken. Ich trank die Tasse Tee aus, die man mir hingestellt hatte, ging nach Hause, warf mich in Uniform und stand wieder vor dem Polizeiposten, bereit für meine Dienstfahrt. Der Camion war groß und schwer, einen solchen hatte ich noch nie gefahren. Ich fragte Obrecht, ob er gepanzert sei, so ein Ungetüm sei mir meiner Lebtag noch nicht untergekommen. Obrecht sagte, vielleicht ein bisschen, und fragte mit väterlicher Fürsorge, ob es mir denn wohl sei, mit dem Monstrum zu fahren.

«Wenn dir das große Fahrzeug Angst macht, dann halt damit nicht hinter dem Berg. Wir wollen ja nicht, dass du damit im Straßengraben landest. Dein Vati würde es mir nie verzeihen», sagte er und da hätte ich, ich weiß es bis heute, den einen letzten Ausweg gehabt. Denn tatsächlich war es mir nicht wohl bei dem Gedanken, ein solch großes Gefährt zu lenken. Aber ich wollte mir vor den Polizisten keine Blöße geben. Ich wollte nicht die FHD sein, die kneift, wenn man sie für einmal wirklich braucht. Also zog ich mich hoch in den Führerstand, rückte den Sitz zurecht und probierte erst einmal aus, ob meine Füße die Pedale erreichten. Das taten sie und alsbald drückte ich das Gas durch und fuhr mit offenem Fenster los in den Tag.

So munter war mein Geist, dass ich irgendwann mit lauter Stimme zu singen begann. Mit «Lueget, vo Berg und Tal» fing ich an, ohne Pause ging es weiter mit dem «Burebüebli», wir hatten das während der Ausbildungszeit im FHD aus einem Dutzend Kehlen zusammen gesungen und so stiegen allenthalben die schönen Erinnerungen in mir wieder auf. Ich sang lauthals und doch hörte man mich auf der Straße schon nicht mehr, so laut dröhnte der Motor des Camions. Das war auch besser so. Denn eine Singstimme, das hatte Mutti mir schon als kleines Mädchen ganz behutsam vermittelt, habe ich nicht. Die Singvögelchen in der Familie waren ganz eindeutig und unangefochten der Vati und Lotti. Aber wen kümmerten die falschen Töne und hinkenden Takte jetzt. Ich war fast am Ende des Sennenliedes angelangt, als ein lauter Chlapf mich zusammenfahren ließ. Wie ein Schuss war er durch die Landschaft geknallt und augenblicklich schlingerte mein Camion, es war mir schier unmöglich, ihn auf der Straße zu halten.

«Bin ich angeschossen worden? Bin ich nah genug an der Grenze, dass man mich anschießen könnte?», fragte ich mich erschrocken. Langsam und vorsichtig, wie ich es gelernt hatte, brachte ich den Camion am Straßenrand zum Stehen. Als er stand, blieb ich für einen Moment im Führerstand sitzen, die Hände noch immer am Lenkrad. Atemzug für Atemzug beruhigte ich mich wieder. Ich hätte, als der Gedanke eines Schusses mir durch den Kopf ging, wohl Gescheiteres tun können, als in bester Sicht ruhig sitzen zu bleiben. Dann endlich stieg ich aus dem Führerstand und schaute mir den Wagen an: Der hintere rechte Pneu war zerfetzt, das Metall der Felgen hatte eine Spur auf dem Boden hinterlassen. Vielleicht waren gar ordentlich Funken gesprungen, bevor ich den Camion genug hatte verlangsamen können. Was tun? Ein Funkgerät hatte der Transport-Camion nicht und auch mich hatte niemand damit ausgestattet. Den Pneu auszutauschen hatte ich gelernt, aber dazu brauchte ich das rechte Werkzeug. Erst recht bei einem derart schweren Fahrzeug. Aber weder im Führerstand noch unter dem Camion war etwas zu finden. Und hier, schier am Ende der Schweiz, kam wohl kaum einer zufällig des Weges, der mir hätte helfen können.

«Elsa», sagte ich mir laut, «du musst jetzt ruhig Blut bewahren und eine Lösung finden.»

Ersatzrad und Wagenheber befanden sich im Innern des Laderaumes. Wäre dort explosives Material drinnen, hätte ich darüber informiert werden müssen. Ich konnte den Laderaum also ohne Sorge öffnen, das Rad wechseln und weiterfahren. Den deutschen Grenzern, die laut Obrecht Bescheid wussten und auf mich warteten, konnte ich das kaputte Rad zeigen, dann hätte meine Verspätung bestimmt auch keine schlimmen Folgen. Während ich nachdachte, vernahm ich ein Geräusch. Matt und dumpf und kaum hörbar: ein Kratzen, ein Klopfen und – ein Rufen? Woher kam es? Täuschte ich mich? Spielte mein Kopf mir in der ungelegenen Lage faule Streiche? Aber nein, da war es wieder, ein Klopfen und ein Rufen, das wie «Hallo» oder «Hilfe» oder auch nur «Heee» klang. Da war jemand in meinem Camion drinnen! War es ein Dieb, der sich eingeschlichen hatte, mir die Ladung zu entwenden, sobald wir weit weg der Zivilisation waren? Ich musste den Camion öffnen und ich musste es bald tun. Nur so ließ sich das Rad reparieren, die Fahrt fortsetzen und, wie sich nun wies, das Rätsel um den Inhalt des Transports lösen.

«Ich mache auf, treten Sie zurück», rief ich mit lauter Stimme, die ich so tief und männlich wie nur möglich klingen ließ. Wenn es ein Dieb war, sollte er sich ruhig fürchten vor dem, was kam. Der Camion ließ sich nur von außen öffnen, er war nicht verschlossen, aber versiegelt. Was nur war darin? Noch nie hatte ich einen versiegelten Camion zu sehen bekommen. Doch ich musste das Siegel brechen. Ich hoffte inständig, es möge keine Konsequenzen haben. In Kriegszeiten, so hört man, ist wohlwollendes Verständnis oft dünn gesät. Mit einem einzigen Ruck hatte ich das feste Siegel gebrochen und mit einer Portion Anstrengung war der Camion offen. Und was bot sich mir da für ein Anblick! Noch heute überkommt mich das Zittern, wenn ich an den Moment zurückdenke.

Aus dem Dunkel des Laderaumes blinzelten mich sechs Augenpaare an. Dreckig waren die Menschen und der Geruch, der sich nun mit der frischen Luft vermengte, eigentümlich. Ein Mann, etwa in Erichs Alter, stand der Tür am nächsten. Sein Anzug, Sammet muss es einst gewesen sein, stand vor Dreck. Er war nur einen kleinen Schritt zurück in den Camion gewichen, als er hörte, dass sich von außen jemand an der Tür zu schaffen machte. Nun war er bereit zum Sprung, zögerte aber, als er mich im Gegenlicht sah. Hinter ihm saß eine Frau im gleichen Alter, ein Bündel neben sich. Neben ihr eine zweite Frau, etwas älter als Mutti, das Haar grau und zu einer erbarmenswerten Frisur gesteckt. Den

Arm schützend um sie, ein Mann mit ähnlich grauem Haar. Als meine Augen sich endlich an das dunkle Licht gewöhnt hatten, erkannte ich mit Schrecken, dass dicht neben der Frau kein Bündel lag, sondern zwei kleine Kinder. Ob Mädchen oder Junge, ich konnte mir nicht sicher sein. Dreckig blonde Locken hingen ihnen ins Gesicht, die blauen Äuglein schauten erschrocken, nicht zu mir, sondern zur Mutter. Denn das musste sie sein.

«Wo sind wir?», fragte der Mann, der mir am nächsten stand, und ich spürte aus jedem Wort die unterdrückte Angst.

«Kurz vor der deutschen Grenze», sagte ich, worauf der alte Mann die Augen schloss und leise stöhnte.

Der junge Mann drehte sich um. «Hör auf zu seufzen, Tate, noch ist nicht alles verloren. Vor der deutschen Grenze heißt, wir sind noch in der Schweiz!»

Die zerfetzten Kleider, das gute Deutsch, die Angst vor der Grenze, die Geheimhaltung, schlagartig schoss mir ins Bewusstsein, was ich hier tat. Ich war dabei, deutsche Flüchtlinge, die Schutz in der Schweiz gesucht hatten, zurück in die Fänge ihrer Häscher zu bringen. Mag der Kopf manchmal Kapriolen schlagen, in diesem Augenblick diente er mir tadellos. Ich hatte die Möglichkeit, augenblicklich das Tor zuzuschlagen, auf den Reifen zu verzichten und zu Fuß Hilfe zu holen. Am besten direkt bei einem Grenzposten. Ich wäre lange unterwegs gewesen, aber ich hätte meine Fracht wie befohlen abgegeben, wäre spätabends wieder daheim in meinem Bett gewesen und mein Leben wäre weitergegangen wie bisher. Aber hätte ich denn einschlafen können in meinem weichen Bett, im Wissen um die Menschen, die ich einem grauenvollen Schicksal ausgeliefert hatte? Hätte ich am nächsten Morgen mein Gesicht im kalten Wasser waschen und mir danach im Spiegel über dem Waschbecken in die Augen blicken können? Könnte ich mich irgendwann, wenn wieder Frieden herrscht auf der Welt, über das Ende des Krieges freuen? Frauen und Kinder und alte Leute, was da in meinem Camion sich zusammenkauerte, waren doch keine Verbrecher.

Der Mann sah mich so eindringlich an, dass ich glaubte, seine dunklen Augen läsen in meinen Gedanken wie in einem offen daliegenden Büchlein.

«Sie müssen uns helfen», beschwor er mich.

«Wer seid ihr?», sagte ich, als täte es in jenem Augenblick voll Dringlichkeit etwas zur Sache.

Der Mann deutete auf die Frau hinter sich.

«Das ist meine Frau Amelie und unsere Kinder, Iza und Vincent.» Er drehte den Kopf in die andere Richtung und deutete auf die alte Frau und den Mann, der noch immer den Arm schützend um sie gelegt hatte. «Das sind meine Eltern, Avital und Aaron.» Die Frau lächelte mich an oder versuchte es zumindest, ganz schwach und müde, und doch sah ich aus der Distanz, wie die Hoffnung, die sie sich verboten hatte, sich ihren Weg zurück in ihre Augen bahnte. Dieser Augenblick steht mir vor Augen, als würde ich ihn jetzt, in diesem Moment, erleben. «Und ich», fuhr der Mann unbeirrt fort, meine Frage aufs Vollständigste beantwortend, «ich bin Frank. Wir sind die Familie Levi. Wir sind Juden. Ich gehe davon aus, dass Sie darauf bereits selber gekommen sind. Wir haben uns in Pforzheim versteckt, es sollte nur kurz sein. Wir wollten über die Grenze und in die Sicherheit Frankreichs. Von dort dann quer durchs Land und ans Meer, aufs Schiff und weg von diesem kranken Kontinent. Amerika, Afrika, es war uns einerlei. Aber dann siegte die Wehrmacht in Frankreich und wir saßen in der Falle. Wir sind geblieben, versteckt, solange es ging. Als sich dann die Gelegenheit bot, in die neutrale Schweiz zu fliehen, haben wir sie beim Schopfe gepackt. Aber man hat uns an der Grenze aufgegriffen, Schweizer Grenzwächter, nicht deutsche. Man hat uns auf den Polizeiposten gebracht und angehört und wir waren guten Mutes. Eine Nacht schliefen wir im Gefängnis, es muss jenes zu Schaffhausen gewesen sein. Seit langer Zeit war es die erste Nacht ohne Furcht. Die erste Nacht, in der die letzte Frage vor dem unruhigen Schlaf nicht war: Leben wir morgen früh noch? Dann kam der nächste Morgen, der heutige Morgen, und sie sagten uns, wir hätten zurückzukehren. Der jüdische Glaube sei in der Schweiz kein anerkannter Grund, dem deutschen Reiche zu entfliehen. Man sehe aber von einer Strafe wegen unerlaubten Grenzübertritts ab und bringe uns einfach zurück, wo wir hergekommen sind.»

Er hat dann eine Pause gemacht, ich erinnere mich nur zu gut, es war in dieser Pause, in der ich die Übelkeit in mir aufsteigen fühlte, in der meine eiskalten Fingerspitzen mir zum Bewusstsein drangen und ich erkannte, dass meine Beine zitterten.

Dann sagte er: «Wenn Sie uns jetzt zur Grenze bringen, schicken die ss-Leute uns ins Lager.»

«Wir haben einen geplatzten Reifen. Ich muss ihn auswechseln», sagte ich. Doch alles Suchen half nichts: Weder einen Ersatzreifen noch den Wagenheber konnten wir im Innern des Laderaumes finden. Sollte ich die Familie Levi einfach laufen lassen, zu Fuß ihrem Schicksal überlassen und Hilfe holen? Ich könnte es womöglich so darstellen, dass nicht ich, sondern ein Fremder das Siegel aufgebrochen und die Türen geöffnet hatte – in meiner Abwesenheit, als ich notgedrungen meinen Weg zu Fuß ins nächste Dorf tat, um dort Hilfe und Ersatzteile zu finden. So hätte ich sie nicht ausgeliefert, hätte sie nicht in den sicheren Tod geschickt und gleichzeitig mein eigenes Leben gerettet.

«Ich schließe nun den Camion wieder und laufe los, ins nächste Dorf, bis ich einen Reifen besorgen kann. Dann komme ich zurück und wir flicken den Camion. Dann fahren wir von der Grenze weg», sagte ich und erst, als ich meinen eigenen Worten nachlauschte, war mir klar, dass ich genau das wirklich tun wollte. Ich konnte diese Menschen nicht ihrem Schicksal überlassen. Ich würde mein Bestes tun, sie zu retten. Bertha kam mir in den Sinn, Bertha und ihre Brüder. Sie wissen, was zu tun war. Ich musste es bis Basel schaffen, bis zu dem schönen Haus auf dem Bruderholz, ohne dass mich jemand aufhielt. Hoffnung und Angst spiegelten sich in den Gesichtern der Menschen. Sie wollten nicht, dass die Türen des Camions sich erneut schlossen. Sie hatten Angst. Aber sie mussten mir vertrauen. Plötzlich fuhr Frank, der sich auf den Rand des Camions gesetzt hatte, erschrocken hoch. Ein Motorengeräusch näherte sich uns. Schnell schlug ich die Türe zu und als der knatternde Wagen bereits in Sichtweite war, kam mir das gebrochene Siegel in den Sinn. Wer auch immer im näher kommenden Automobil war, das würde ihm auffallen. Benzin war rationiert, wer Auto fuhr, tat dies nur mit ausdrücklicher Erlaubnis der Armee. Entsprechend wusste er Bescheid über Dinge, die der Armee nicht gefallen würden. Ich riss das Siegel komplett aus der Halterung. Nun, das war mir glasklar, gab es keinen Weg mehr zurück, nun war die eigentliche Entscheidung getroffen. Das Auto näherte sich und ich beschloss, um nicht verdächtig zu wirken, direkt heftig zu winken. Das Auto wurde langsamer und hielt schließlich direkt hinter mir. Zwei junge Männer in Uniform stiegen aus und musterten mich von Kopf bis Fuß. Es war ein jedes Mal dasselbe: Frauen in Uniformen verwirrten Männer in Uniformen. Doch man fing sich und fragte, was denn passiert sei.

«Ich habe einen Platten», sagte ich und deutete auf mein Problem. Ein Blick auf den Reifen und schon machte der eine der beiden Soldaten sich daran, Richtung Camion zu laufen. Er wollte aus dem Laderaum den Ersatzreifen holen und mir beim Flicken helfen. Nun mischte sich in meine Angst, meine kostbare Fracht könnte entdeckt werden, die Wut: Dachte der junge Mann tatsächlich, ich, der Uniform nach zu schließen eine voll ausgebildete Motorwagenfahrerin des Frauenhilfsdienstes, wisse nicht, wo mein Ersatzreifen liegt?

«Halt, Soldat», sagte ich darum mit lauter Stimme. Ich konnte mir die Sorgen denken, die meine Worte im Innern des Camions auszulösen vermochten. Hoffentlich verhielten die Kinder sich ruhig. Verwundert drehte der junge Mann sich um. Er sprach mit Berner Dialekt.

«Was denn?»

«Sie führen mich mit Ihrem Handeln vor. Anstatt mir, einem diensttuenden Schweizerbürger, wie Sie einer sind, auf Augenhöhe zu begegnen, übergehen Sie mich und setzen zu einem Handeln an, das auf der Annahme beruht, ich selber sei noch nicht auf den Gedanken gekommen, nach dem Ersatzreifen zu suchen. Oder es sei mir gänzlich unmöglich, einen solchen mit meinen Frauenhänden anzubringen. Aber ich warne Sie, Soldat, vor einer solchen Annahme. Ich bin ebenso gut angelernt worden wie Sie. Vielleicht besser, denn ich bin FHD-Motorfahrerin, während Sie beide in einem normalen Personenwagen unterwegs sind, dessen Lenkung weder viel Können noch Wissen erfordert. Es ist nun dies das Verhalten, das zu dem von General Guisan so dringlich beklagten Zwist zwischen Armee und militärischem FHD geführt hat. Wir wollen ihm doch nun nicht erneuten Grund zur Gram geben. Ich versichere Ihnen: Meine Ladung verbirgt keinen Ersatzreifen und auch keinen Wagenheber. Ich wäre Ihnen aber äußerst verbunden, wenn Sie mich mit dem Auto mitnehmen und zur nächsten Werkstatt fahren könnten.»

Der Soldat drehte sich langsam zu seinem Kameraden um.

«Ach Karli, schau an, jetzt hast du das Fräulein vom FHD brüskiert», sagte dieser und ich kam nicht umhin, seinen belustigten Unterton zu hören. Aber sie nahmen mich mit und sie brachten mich, obwohl es für sie ein Umweg war, zum nächsten Mechaniker, der helfen konnte. Brenzlig wurde es erst jetzt wieder, wo sich die Frage stellte, wer den Reifen zurücktransportiere und wer den Camion zu seinem Ziel fahre. Karli, der den Anschein machte, etwas bei mir gutmachen zu wollen, bot sich an, meinen Dienst zu übernehmen. Aber ich schüttelte den Kopf und erklärte, dass ich mit der Lieferfahrt betraut worden bin und sie darum auch zu Ende führen werde. Etwas anderes komme nicht infrage. Es ließ sich aber nicht vermeiden, dass Karli und sein Compagnon mich mitsamt dem neuen Reifen zurück zum Camion begleiteten. Mein Herz schlug wild gegen meine Brust. Ich war mir sicher, man müsse alles von außen sehen. Wie grandios war meine Erleichterung, als ich den Camion am Straßenrand stehen sah. Mit geplatztem Reifen und verschlossener Tür, ganz so, wie ich ihn zurückgelassen hatte. Das Glück war mir hold. Hoffentlich lange genug, dachte ich bei mir. Mit der Hilfe der beiden Soldaten war der Reifen rasch entfernt und der neue aufgesetzt. Ich wollte schon in die Führerkabine zurück, da lehnte Karli sich an meinen Camion und zündete eine Zigarette an.

«Sie verpfeifen uns doch wohl nicht, Fräulein FHD», sagte er und schaute mich verschwörerisch an. Dann bot er mir einen Zug an, aber ich lehnte dankend ab. Sein Kamerad schlug nun mit der flachen Hand auf den Camion.

«Was transportieren Sie denn eigentlich, Fräulein FHD, wenn man fragen darf?», fragte er, natürlich ohne abzuwarten, ob er denn auch fragen dürfe. Die beiden Männer aber taten keinen Schritt in Richtung ihres eigenen Wagens.

Ich zuckte einfach die Schultern.

«Nachschub, hat es geheißen, mehr weiß ich nicht.»

«Na», sagte Karli und paffte Rauch aus seinem Mund, «dann wollen wir doch mal einen Blick auf die Ladung werfen, die uns einen so angenehmen Nachmittag verschafft hat.»

Wieder schritt er in Richtung Camion. Wieder musste ich ihn aufhalten.

«Ich habe die Anweisung, meine Ladung unverzüglich und ungeöffnet abzuliefern. Dem Befehl will ich gerecht werden. Ich bitte darum, den Camion verschlossen zu lassen. Und ich sollte jetzt auch losfahren. Dieser Reifen hat mich bereits zu viel Zeit gekostet. Ich muss heute noch bis Bern», den letzten Satz betonte ich bedeutungsvoll, in der Hoffnung, dass die Herren mir daraus eine Wichtigkeit zuschrieben, die ich auf keinen Fall besaß. Karli aber schien nun erst recht gereizt.

«Nach Bern, soso, wartet dort ein fescher Offizier auf die Reitkünste seiner kleinen FHD?», fragte er anzüglich und ließ seine Hüften kreisen. Ich hätte ihm an den Kopf spucken mögen!

«Lass sie, Karli», sagte sein Kamerad, «diese FHD mag nicht mit dir spielen. Die nächste vielleicht wieder. Auch wir sollten zurück.»

Er schien sich für den Kameraden langsam ein wenig zu schämen, tippte sich zum Abschied mit den Fingerspitzen an die Stirn und drehte sich um. Und zu meiner unendlichen Erleichterung folgte Karli ihm.

Kaum waren sie weg, wollte ich den Camion öffnen und den mir Anvertrauten Bescheid geben, dass nun alles gut werde. Doch ich hütete mich davor, das Schicksal noch weiter herauszufordern. Unverzüglich stieg ich zurück hinter das Lenkrad, ließ den Motor warmlaufen und fuhr los. Eine Hürde war geschafft. Es dauerte dennoch bestimmt eine halbe Stunde, bis mein Herz wieder normal schlug und mein Atem ruhig ging.

Basel tauchte am späten Nachmittag vor mir auf. Mehr als dass ich zum Bruderholz musste, wusste ich nicht. Und was genau das Bruderholz war, leider genauso wenig. Ein Quartier wohl. Aber in der Stadt? Kurz davor? Ich hielt an und studierte die alte Karte, die Obrecht mir mitgegeben hatte. Ich fand den Weg und beschloss, den Camion stehen zu lassen und das Haus von Berthas Familie zu Fuß zu suchen. Es dauerte vielleicht eine Viertelstunde, da war die Tat vollbracht und in der offenen Tür erschien niemand anderes als meine liebe Bertha. Sie war ganz außer sich vor Freude über den spontanen Besuch. Sie wollte wissen, was mich denn herbringe und wie lange ich zu bleiben gedenke und ob ich alleine da sei, und da stiegen die Gedanken in mir hoch. Was, wenn ich nun mit dem Zug hier angekommen wäre. Im Gepäck ein schönes Kleid und einen Badeanzug, ein Buch vielleicht und dazu aufgelegt, mit Bertha die Stadt zu erkunden, zu plaudern, Erinnerungen zu teilen und Neues zu erzählen. Wie schön das wäre.

«Hör zu, Bertha», unterbrach ich darum sie und mich selber, «tun deine Brüder noch Dienst? Auch jene Art, von der du mir im Vertrauen erzählt hast?»

Bertha starrte mich an, dass ich auf offener Straße davon sprach, erschien ihr unerhört. Sie zog mich beinahe grob ins Haus. Kaum im Hause, erzählte ich Bertha alles. Ihr stockte der Atem – und mir stockte er auch. Ich konnte kaum fassen, was ich getan hatte. Aber doch spürte ich in jedem Augenblick tief in mir drin, dass es das Richtige gewesen war.

«Hans steht noch an der Grenze, aber Werner hat seinen Dienst beendet. Er ist wieder bei uns. Er sollte jeden Moment von der Arbeit nach Hause kommen. Er ist Lehrer am Gymnasium», fügte sie an. Also warteten wir, die Zeit verging, die Tür blieb zu. Wir trauten uns nicht, den Camion näher ans Haus heranzuholen, und auch nicht, das Tor zu öffnen und meine Fracht herauszulassen. Wir sprachen kaum. Hier und da nahm Bertha meine Hand und murmelte: «Elsie, Elsie, was hast du nur gemacht.»

Lieb sagte sie es, voller Sorge und Bewunderung. Dann endlich, die Dämmerung war längst hereingebrochen, kam Werner zur Tür herein. Anständig sah er aus, Berthas Bruder, in seinem einfachen Anzug und dem Hemd, das dunkle, glänzende Haar gescheitelt, einen sanften Bartschatten auf den schmalen Wangen. Er begrüßte mich, wie ein vollendeter Gentleman sich einer Dame empfiehlt. Sein Atem roch ein wenig nach Alkohol. Berthas Blick wurde hart.

«Nur ein Bierchen unter Freunden, Berthie», sagte ihr Bruder rasch.

Er hätte sich so oder so nicht zu verteidigen brauchen, war doch die Zeit fürs Levitenlesen alles andere als reif. Bertha erklärte ihrem Bruder meine Situation. Er nickte nur knapp, dann drehte er sich zu mir um. Er legte mir beide Hände auf die Schultern und schaute mir tief in die Augen. Ich roch seinen Atem und wusste, dass es nicht nur ein Bier gewesen war. Hoffentlich hatte er seine Tässchen noch gut genug beisammen, um mir und meinen Flüchtlingen helfen zu können.

«Du hast dich in eine ganz verzwickte Lage manövriert», sagte er dann, sein Basler Dialekt noch stärker als jener von Bertha.

Ich nickte.

«Du selber wirst aus dieser Situation auf keinen Fall mehr gut herauskommen. Ist dir das bewusst?»

Ich nickte erneut, unwillig dieses Mal. Ich wollte doch gar nicht wissen, wie ich aus dem Schlamassel wieder herauskam. Erst einmal wollte ich wissen, wie wir die Menschen in Sicherheit bringen konnten. Aber Werner war noch nicht fertig.

«Was du getan hast, erfordert den größten Mut und ich ziehe meinen Hut vor dir», sagte er und senkte den Kopf. Dann plötzlich bekam seine tiefe Stimme einen geschäftlichen Tonfall. «Ich werde dir nun eine Adresse aufschreiben. Ein großes Haus etwas außerhalb der Stadt. Dort fährst du hin, klingelst und wenn man dich fragt, wer du bist, dann sagst du: ‹Nicht der Santiglaus.› Du sagst es genau so, verstanden? Dann übergibst du dem Mann, der herauskommt, die Schlüssel zu deinem Wagen und wartest im Haus, bis er wieder zurückkommt. Du bewegst dich nicht weg, du wartest genau dort. Er wird den Wagen zu einer Basler Familie bringen, Juden, die sich um deine Leute kümmern können. Je weniger du weißt, umso besser für uns alle. Wenn mein Kontakt zurückkommt, nimmst du den Wagen und fährst zum Posten der Basler Polizei. Stadt, nicht Land, verstehst du mich. Stadt! Dort stellst du dich und gestehst alles, was du getan hast. Hier in Basel nehmen wir nicht alles, was der Rothmund[62] verzapft, für bare Münze. Hier lassen wir Menschlichkeit walten. Sogar die Tschugger. Aber du musst dich stellen. Für dich gibt es keinen Weg, zu entkommen. Sie wissen alles von dir. Du kannst nur hoffen, dass die Basler dich mit einer geringen Strafe davonkommen lassen. Sag ihnen, du hättest die Juden in der Stadt aus dem Auto gelassen, weil man hier freundlicher mit ihnen sei als anderswo. Bleib dabei, egal was sie dir bieten oder drohen.»

Ich habe genickt und Bertha hat mich fest umarmt. Dann bin ich zurück zum Camion gegangen, es war schon fast ganz dunkel jetzt und von da an ist alles genau so gekommen, wie Werner es vorausgesagt hatte. Bis ich auf dem Platz vor dem Polizeiposten ankam. Schon fast war ich drin. Aber es brannte kein Licht mehr. Nirgendwo brannte Licht. Ich saß alleine in einem dunklen Camion, mitten in einer dunklen, fremden Stadt. Und plötzlich keimte in mir die Hoffnung, dass es einen anderen Weg geben könnte. Dass das nicht das Ende sein möge. Ich habe den Schlüssel ins Schloss gesteckt, der kalte Motor hat aufgeheult, dann habe ich gewendet und bin losgefahren. Mit Licht durch die Nacht, aber bei all den Regeln, die ich an diesem Tage gebrochen hatte, kam es darauf auch nicht mehr an. Ich habe geweint und geweint, während ich durch die Nacht gefahren bin. Es hat ordentliche Tränenflecken auf meiner Uniform gegeben davon. Vor Glück und Erleichterung habe ich geweint. Darüber, dass die Familie Levi einstweilen in Sicherheit war. Und vor Angst und Verzweiflung habe ich geweint. Darüber, dass ich mein Leben vertan hatte. Ich bin etwa eine Stunde gefahren, als vor und hinter mir Lichter aufflammten. Militär und Polizei haben mich gemeinsam aufgehalten und festgenommen. Meine Aussagen hatten kein Gewicht. Sie haben mir den Prozess gemacht, ohne dass ich meine Familie noch einmal sehen konnte.

Landesverrat. Das Wort hallt bis heute in meinem Kopf, der, so scheint es, immer leerer und leerer wird. Ich habe keinen Hunger und keinen Durst. Sie haben mich nach Bern verlegt, zwei Jahre ist das jetzt her. Vielleicht. So genau kann ich es nicht mehr sagen. Nun sitze ich hier im Schloss Hindelbank, der Arbeits- und Strafanstalt für Frauen, und warte auf das Ende. Oder zumindest auf den Bericht, dass es tatsächlich für mich beschlossen wurde. Mit Männern, so habe ich gehört, machen sie bei einem Vergehen wie dem meinen kurzen Prozess: Kopfschuss. Ob sie mir das gleiche Ende gewähren? Die Frau vom Roten Kreuz versucht, mir Hoffnung zu machen.

«Eine Frau zu erschießen wäre schlecht für die Volksmoral, jetzt, so kurz vor dem Ende des Krieges», hat sie mir zugeraunt.

Sie mag mich gut leiden. Ich aber glaube nicht an das baldige Ende des Krieges. Also sitze ich hoffnungslos im Halbdunkel und warte. Ich warte darauf, dass ich die Gesichter der Menschen vergesse, deren Leben ich mit meinem eigenen gekauft. Ich warte darauf, dass ich die lieben Stimmen meiner Familie vergesse, die meine Erinnerung wärmen. Ich warte darauf, dass das Sehnen nach den Zeiten in England, nach Freiheit und Zukunft aufhört. Ich warte darauf, dass die Scham überhandnimmt und ich vergesse, dass es keine Schande ist, das Menschliche zu tun. Ich warte darauf, dass der Regen vor dem Fenster sich im Herbst in Schnee verwandelt – und im Frühling wieder zurück. Die Frau vom Roten Kreuz versteht nicht, dass es eine Gnade ist, mit einem Schuss aus dieser Misere zu entfliehen. Vaterland, wirst du sie mir irgendwann zugestehen, die Gnade? Mir, Elsa Waldvogel, Landesverräterin?

Thea

Ein Walliser Bergdorf rebelliert: Trotz Verbot aus Bern lässt es seine Frauen an die Urne. Doch die Rebellen bleiben Ausnahmen, denn die Schweizer Männer wollen ihre Macht nicht teilen.

Bedford Lewis, Chefredaktor des «Boston Chronicle», saß hinter seinem Schreibtisch, eine rauchende Pfeife in der einen Hand, das Kinn in der anderen. Mit gerunzelter Stirn beugte er sich über seine hellblaue Lettera 22. Als er hörte, wie die Glastür ins Schloss fiel, blickte er auf.

«Miss Miller, nehmen Sie Platz», sagte er und wies auf den durchgesessenen Stuhl ihm gegenüber. «Geben Sie mir noch zwei Minuten», fügte er an, den Blick bereits wieder auf dem Blatt in seiner Schreibmaschine.

Thea nahm Platz, schlug die Beine übereinander und strich ihren Rock glatt. Sie gab sich große Mühe, ihre Anspannung zu verbergen. Seit drei Monaten arbeitete sie nun für den «Boston Chronicle» – und noch nie hatte ihr Boss sie in sein Büro bestellt. Thea war die erste Frau, die die Zeitung nicht für Rezepte oder Mode, sondern für Artikel über Politik angestellt hatte. Sie fand, sie mache ihre Arbeit gut. Aber vielleicht sahen die Herren das anders? Mit einem lauten Tippen setzte Lewis einen Punkt hinter sein letztes Wort und wandte sich Thea zu.

«Miss Miller, ich habe Großes mit Ihnen vor», sagte er, «ich schicke Sie für eine Reportage in die Schweiz.»

Thea gab sich große Mühe, ihre Gefühle zu verbergen.

«In die Schweiz», wiederholte sie und zog die linke Augenbraue ein klein wenig hoch.

«Sie haben doch Bekannte dort», sagte Lewis.

«Familie», korrigierte Thea.

«Wichtig ist: Sie sprechen fließend Deutsch. Nicht wahr?»

«Selbstverständlich. Aber ich habe es hier in den USA gelernt, nicht in Europa», erklärte Thea. Dann siegte ihre Neugierde: «Was gibt es denn aus der Schweiz Spannendes zu berichten?»

«Wie Sie als Feministin», bei diesem Wort blickte Lewis seine Redaktorin über den Brillenrand hinweg an, «wissen dürften, besitzen die Schweizerinnen noch immer keine politische Mitsprache. Doch ein kleines Bergdorf rebelliert und will seine Frauen trotzdem abstimmen lassen. Es geht um», Lewis machte eine Pause, sein Blick glitt über seinen beladenen Schreibtisch. Er schob einige Blätter und Zeitungen hin und her, bis er fand, was er suchte: einen maschinengeschriebenen Brief mit offiziell aussehendem Briefkopf. «Ah, hier», murmelte er. «Das Dorf Unterbäch im Kanton Wallis will bei der Volksabstimmung über das Zivilschutzobligatorium für Frauen ebendiese mit abstimmen lassen. Die kantonale und die nationale Regierung haben das verboten, aber Unterbäch hält an seinem Vorhaben fest.»

Schon als Kind hatte Thea gelernt, dass die Schweiz kein guter Ort war. Doch obwohl sich in Thea alles gegen eine Reise in dieses Land der käsemachenden Patriarchen sträubte, merkte sie, wie die Geschichte sie packte. Und so kurz nach ihrer Anstellung bereits nach Europa geschickt zu werden, war ein gutes Zeichen.

IN UNTERBÄCH

Die Welt um Thea war grau und weiß. Weiß der tief verschneite Boden, grau der wolkenverhangene Himmel. Durch das Zugfenster sah Thea die dunklen Schemen gigantischer Berge. Sie rückten von beiden Seiten immer näher an die Bahngleise heran, bis sie diese irgendwann einfach verschluckten. Im Tunnel flackerte das Licht an der Zugdecke, beleuchtete mit seinem Schein das Innere des gut gefüllten Zuges und spiegelte sich in den Fenstern. Thea zog ihren weichen Kaschmirschal enger um sich und überlegte, ob es an der Zeit war, den Pelzmantel wieder von der Hutablage zu nehmen. Ihr gegenüber im gleichen Abteil saß eine schlanke, blonde Frau. In ihrem dunkelroten Kostüm und den hohen Schuhen leuchtete sie aus der grauen Menge der übrigen Menschen heraus wie die erste züngelnde Flamme in einem Stoß trockenen Holzes. Sie begegnete Theas neugierigem Blick und sagte etwas auf Schweizerdeutsch. Thea verstand «kalt» und «Frühling» und nickte mit Nachdruck. Die Frau setzte erneut an, diesmal klang es nach einer Frage.

«Sorry?», fragte Thea automatisch nach, korrigierte sich aber augenblicklich und fragte auf Deutsch: «Entschuldigung, was haben Sie gesagt?»

«Ah», sagte die Frau und das Lächeln, das sich über ihre rot geschminkten Lippen ausbreitete, machte ihr hartes Gesicht augenblicklich weicher. «Sie kommen aus Amerika?»

Sie hatte fließend auf Englisch geantwortet, was Thea ärgerte. So schlecht war ihr Deutsch nämlich nicht. Sie nickte trotzdem freundlich.

«Sie sind bestimmt wegen der Abstimmung in Unterbäch hier. Sind Sie Journalistin?», fragte die Frau weiter. Als Thea bejahte, stellte die Frau ihr im Stakkato weitere Fragen.

«Welchen Ansatz verfolgen Sie denn für Ihren Artikel?»

«Es soll eine Reportage werden», sagte Thea, überrascht ob der konkreten Fragen.

«Wissen Sie noch von anderen US-Zeitungen, die Reporter hierherschicken?»

«Nicht konkret, aber ich gehe davon aus, dass ich nicht die Einzige sein werde.»

«Nein, bestimmt nicht», sagte die Frau, musterte sie erneut und fügte an, «aber wohl eine der einzigen Frauen, die über unseren kleinen Coup berichten werden. Oder ist das mittlerweile anders bei Ihnen, gibt es viele Frauen, die über die wichtigen Themen schreiben dürfen?»

«Sie kennen sich ja aus in der Welt amerikanischer Zeitungen», konterte Thea und zog die Augenbraue hoch. Sie war es gewohnt, selbst die Fragen zu stellen. Diese Dame hier, so interessant sie ihr noch immer erschien, war sehr forsch.

«Ach, ich habe einige Zeit in den USA gelebt. Auch etwas geforscht. Wissen Sie, ich schreibe ein Buch. Es ist bald fertig.» Sie lächelte zufrieden und betrachtete kurz ihr Spiegelbild im Zugfenster.

«Worüber schreiben Sie denn?»

«Über die Menschen. Über die Frauen. Es ist ein Buch, wie ich es als junge Frau selber gerne gelesen hätte. Aber einen Verlag dafür zu finden, dürfte schwierig werden. Ich habe mir nicht nur Freunde gemacht, hier in der Schweiz. Wenn ich ehrlich bin, war auch das ein Grund, nach Amerika zu gehen: die Schweiz verlassen zu können. Nehmen Sie sich in Acht, man ist furchtbar hinterwäldlerisch hier.»

Zum ersten Mal spürte Thea einen Anflug echter Sympathie für die Frau.

«Was macht sie denn so hinterwäldlerisch, die Schweizer?»

«Ach, wer weiß das schon. Die Beengtheit der Berge, vielleicht etwas Schlechtes im Trinkwasser», sie lachte laut.

«Aber was stört Sie so sehr an Ihren Landesgenossen?»

«Die gesellschaftlichen und politischen Strukturen. Das Patriarchat. Aber verstehen Sie mich nicht falsch, daran sind nicht alleine die Männer Schuld. Die Frauen sind genauso Teil des Problems. Sie lassen sich wirtschaftlich und sexuell vollständig knebeln. Das geht so weit, dass sie gar nicht wissen, was sie wollen könnten», sagte sie und lachte trocken. Dann zog sie ihren rechten Handschuh aus und streckte Thea die Hand entgegen.

«Ich habe mich ja noch gar nicht vorgestellt. Ich bin Iris von Roten.»

«Sehr erfreut, mein Name ist Thea Miller», antwortete Thea. Sie war angetan von Frau von Roten, die einer verbalen Lawine gleich über sie hinwegrollte. Nun sprach sie über Unterbäch und davon, dass die Schweizer Frauen das Stimmrecht eigentlich längst haben müssten. Thea packte die Gelegenheit für mehr Hintergrundinformationen beim Schopf und von Roten führte aus.

«In der Schweizer Verfassung steht nirgendwo drin, dass die Frauen nicht abstimmen dürfen. Es steht dort, stimmberechtigt seien ‹alle Schweizer›.» Von Roten sagte die letzten beiden Worte auf Deutsch, um klarzumachen, dass es eine sprachliche Finesse war. «Man kann das entweder so verstehen, dass die Frauen mitgemeint sind, oder so, dass es nur die Männer betrifft. Beim Steueramt und im Gesetzbuch meint man die Frauen automatisch mit. Obwohl sich auch dort niemand die Mühe gemacht hat, von ‹Schweizerinnen und Schweizern› zu schreiben. Sehen Sie, die Herren legen unsere Verfassung aus, wie es ihnen am besten passt.» Die Frau hatte sich in Rage geredet.

«Es geht also nur um die Interpretation eines einzigen Wortes?», fragte Thea erstaunt. Sie hatte sich auf ihre Reise vorbereitet, über die Schweizer Politik und besonders das zur Abstimmung stehende Zivilschutzobligatorium gelesen. Sie hatte die Wut der Schweizerinnen augenblicklich verstanden: Es wurde über etwas entschieden, was nur die Frauen betraf. Aber entscheiden durften ausschließlich die Männer. Davon, dass der Grund für diese Ungehörigkeit ein Interpretationsstreit war, hatte sie allerdings noch nie gehört.

«Bedeutet das, dass die Unterbächer gar kein Gesetz brechen, sondern einfach die Verfassung anders interpretieren und ihre Frauen darum abstimmen lassen können?», fragte Thea.

«Genau: reine Interpretationsfrage»,[63] antwortete von Roten und hob ihre nun wieder behandschuhten Hände ringend in die Luft. «Der Bundesrat und das Bundesgericht beharren auf dem Gewohnheitsrecht. Weil man bisher in der Bundesverfassung unter ‹alle Schweizer› nur die Männer verstanden hat, kann man das jetzt nicht einfach umdeuten, sagen sie.[64] Das ist gerade darum unfair, weil wir schon vor hundert Jahren dagegen gekämpft haben. Es ist also gegen unseren Willen zum

Gewohnheitsrecht geworden und wird jetzt gegen uns verwendet. Und der allergrößte Hohn: Die Regierung sagt so lange schon, dass nur durch eine Verfassungsänderung das Frauenstimmrecht eingeführt werden könnte. Dafür aber müsste die Mehrheit aller Männer und die Mehrheit aller Kantone Ja sagen. Ich bin ehrlich mit Ihnen: Das wird nie passieren.»

Erst jetzt fiel Thea auf, dass die anderen Passagiere im Zug ihnen verstohlene Blicke zuwarfen. Manche tuschelten. Die Menschen hier schienen Frau von Roten zu kennen. Gegrüßt aber hatte sie niemand. Frau von Roten bemerkte die in der Luft liegende Ablehnung allerdings nicht. Oder sie ignorierte sie gekonnt.

«Der Interpretationsweg», fuhr von Roten fort, «ist der beste Weg. Es gibt mittlerweile viele angesehene Juristen, die dieser Meinung sind. So kam mein Mann überhaupt erst auf die Idee mit Unterbäch. Aber natürlich! Sie müssen sich unbedingt mit meinem Mann unterhalten. Vielleicht können Sie ja direkt ein Interview mit ihm drucken.»

Der Mann der roten Dame, wie Thea die Frau in ihren Gedanken nannte, hieß Peter. Er war Nationalrat für den Kanton Wallis gewesen, das wäre ein Abgeordneter in den USA, ließ Thea sich erklären.

«Nun ist er Kantonsrat und Präfekt von Westlich Raron. Das alles fällt also in seinen Zuständigkeitsbereich.»

Frau von Roten zog ein Notizbuch aus ihrer eleganten Ledertasche und notierte sich Theas Namen und das Hotel, in dem sie bis zur Abstimmung am kommenden Wochenende wohnte.

«Peter wird sich bei Ihnen melden», sagte sie. «Oh, schauen Sie, Fräulein Miller», rief sie dann aus, «wir sind schon in Brig, hier müssen Sie aussteigen. Ich bleibe sitzen bis Raron. Adieu!»

Thea spürte die neugierigen Blicke der übrigen Fahrgäste in ihrem Rücken, als sie mit ihrem großen Koffer aus dem Zug ausstieg. Der Bahnhof war klein und dem Wetter ebenso vollständig ausgeliefert wie der ganze Ort. Thea rutschte auf dem vereisten Pflaster und brauchte einen Augenblick, um Halt zu finden. Zum Glück war es zum Hotel du Pont nicht allzu weit. An der Rezeption zog der Angestellte die Augenbraue hoch, als Thea bestätigte, dass, doch, doch, die Reservation korrekt vorgenommen worden sei: Sie reise alleine, ohne männliche Begleitung. Aus dem Fenster ihres Zimmers blickte Thea auf das nächtliche Brig. Leere Straßen, gedämpfte Laternen, die meisten Fenster bereits dunkel – schwarze Löcher in steinernen Fassaden. Morgen wollte sie hoch zu dem Bergdorf, das bald viel zu reden geben würde. Seit zwei Jahren verband eine Drahtseilbahn das Dorf mit der Welt darunter.

Als Thea am nächsten Morgen zum Frühstück erschien, wartete bereits eine Nachricht auf sie. Der Präfekt von Westlich Raron ließ ausrichten, er würde das Fräulein gerne treffen, um mit ihr die Umstände der Schweizer Frauensache zu diskutieren. Nachdem sie am Abend zuvor die Bekanntschaft der Iris von Roten gemacht hatte, war Thea neugierig auf den Mann, der an der Seite einer solchen Frau stand. Sie wurde nicht enttäuscht. Kantonsrat Peter von Roten war eine eindrückliche Erscheinung. Hochgewachsen, dunkles Haar, eindringlicher Blick und eine Stimme, die es gewohnt war, zu reden und zu erläutern. Sein Lachen warf Fältchen über sein ganzes Gesicht.

«Meine Frau hat sich sehr über die Begegnung mit Ihnen gefreut», sagte er.

«Die Freude war ganz meinerseits», antwortete Thea. «Aber sagen Sie, was bringt einen Mann dazu, sich für Frauenfragen starkzumachen?»

Von Roten lachte laut. Dann machte er ein ernstes Gesicht.

«Die Frauenfrage betrifft ja nun einmal unsere ganze Gesellschaft. Und ich bin sowohl Politiker als auch Jurist geworden, weil ich für das kämpfen will, was richtig ist. Und das Frauenstimmrecht, nun, das sehen Sie in Ihrem Land ja selbst, ist eben richtig.»

«Sie scheinen der einzige Mann im Land zu sein, der das so sieht.» Thea schaute Herrn von Roten herausfordernd an.

«Das wäre zu viel der Ehre», antwortete er und seine Augen funkelten. «Direkt nach dem Landesstreik von 1919 gab es zwei Motionen – beide eingereicht von Männern –, die das Frauenstimmrecht verlangten.» Anders als seine Frau lehnte von Roten sich beim Reden zurück, ließ das Gegenüber atmen. «Dann gab es viele kantonale Vorstöße, Motionen für die Beteiligung in Teilbereichen, Einsitz in Kommissionen etwa, die», er zeichnete mit seinen schlanken Fingern Anführungszeichen in die Luft, «Frauenthemen betreffen. Es gab Versuche, zumindest das Referendums- und das Initiativrecht auf die Frauen auszuweiten. Dann dürfen wir natürlich nicht vergessen, dass viele Männer die Petition für das Frauenstimmrecht unterschrieben haben, die 1929, nach der Saffa, eingereicht wurde.»

«Sie haben gesagt, es gab kantonale Versuche. Können Sie das ausführen?», unterbrach ihn Thea.

«Aber natürlich. Bis zum heutigen Tag gab es dreizehn Abstimmungen, um das Frauenstimmrecht auf Kantonsebene einzuführen. Und zwölf Gemeindeabstimmungen.»

«Und alle wurden abgelehnt?», fragte Thea. Von Roten nickte. «Aber warum, wenn, wie Sie sagen, durchaus auch Männer das Frauenstimmrecht wollen.»

«Nun, wir sind eine direkte Demokratie. Es reicht nicht, wenn einige Männer mit offenem Geist eine Idee für richtig befinden. Es reicht auch nicht, wenn die Mehrheit aller Männer mit einem politischen Amt sie richtig findet.»

«Tut sie das denn, die Mehrheit aller Männer mit politischem Amt?»

«Aber nein, ganz und gar nicht. Vor einigen Jahren habe ich im Nationalrat vorgeschlagen, bei der anstehenden Revision des Wahlgesetzes die Frauen doch einfach mitaufzunehmen. Das betrachteten meine Kollegen als, ich zitiere: ‹absurde Idee›. Ein Jahr später hat der Bundesrat einen Bericht vorgelegt, der die Neuinterpretation der Verfassung vollständig ausschloss. Dagegen habe ich natürlich opponiert. Wissen Sie, wie viele der übrigen 139 Nationalräte mich unterstützt haben?»

«Sie werden mich bestimmt gleich erhellen», sagte Thea.

«Elf Männer haben mich unterstützt. Die übrigen 128 betrachteten das ‹Problem› damit als erledigt.»

«Mir scheint, so frustrierend das sein muss, die Sache ist damit tatsächlich erledigt. Warum verfolgen Sie diesen Ansatz weiter?»

Zum ersten Mal verschwand das Lächeln aus dem Gesicht des Politikers. Nun ließen die feinen Fältchen um seine Augen ihn nicht mehr attraktiv erscheinen, sondern müde.

«Weil ich keine andere Lösung sehe. Vor vier Jahren, 1953 also, hat der Kanton Bern das fakultative Frauenstimmrecht auf Gemeindeebene abgelehnt. Fakultativ! Auf Gemeindeebene!» Von Roten schüttelte den Kopf. «Nachdem die Frauen wegen der Zivilschutzabstimmung endlich richtig wütend geworden sind, hat der Bundesrat einen 130 Seiten langen Bericht ausgearbeitet, um das Frauenstimmrecht einzuführen. Aber», nun schaute er Thea fest an, «er macht das nicht, weil er das Frauenstimmrecht wirklich will. Und wenn das Parlament den Bericht annimmt, dann nicht, weil die Parlamentarier es für richtig empfinden. Sie alle tun es, weil sie sich auf das Volk verlassen. Darauf, dass die Herren Stimmbürger das Anliegen abschmettern werden. Dann kann man sagen: Die Schweiz ist noch nicht so weit. Das macht es dann leicht, weiterer Kritik zu trotzen.»

«Das klingt äußerst pessimistisch, Herr von Roten», sagte Thea.

«Aber glauben Sie mir, so ist es.»

Während Thea sich Notizen machte, schüttelte sie oft den Kopf. Wie ohnmächtig die Frauen sich fühlen mussten, ein Land, ein Leben mit Menschen zu teilen, die sie schlicht nicht für voll nahmen.

«Aber welche Argumente haben die Männer gegen das Frauenstimmrecht? Immerhin ist es ein Recht, das ihnen selbst ganz selbstverständlich zusteht. Wie können sie es ihren Frauen verweigern?», fragte sie.

Von Roten begann zu erklären, dann hielt er inne: Ihm war etwas eingefallen. Er zog eine seiner Schreibtischschubladen auf und durchsuchte sie. Mit einem breiten Grinsen und einem Stoß loser Papierbögen in der Hand blickte er Sekunden später wieder auf.

«Lassen wir die Herren doch am besten selber sprechen», sagte er. «Ich zitiere nun für Sie den parteilosen Herrn Nationalrat Josef Schuler aus dem Kanton Schwyz. Er brachte als Argument gegen das Frauenstimmrecht im Jahre des Kriegsendes vor: ‹Wenn jetzt so ein Mann Ratsherr, Gemeinderat, Kantonsrat oder sogar Nationalrat geworden ist, hat bis jetzt die Frau einen gewissen Stolz gehabt und gesagt: Mein Mann ist etwas. Wenn nun aber die Frau Gemeinderat, Kantonsrat oder gar Nationalrat wird, der Mann aber nicht, wie muss man dann dem Mann sagen? Ich glaube, das würde den Mann geradezu erniedrigen.›» Von Roten ließ sich die Worte auf der Zunge zergehen. «Gleicher Herr, gleicher Tag: ‹Anno 1291 sind auf dem Rütli nur Männer gewesen. Da hat man keine Frauen gesehen.›»[65]

Thea zog angewidert die Augenbraue hoch.

«Es geht noch weiter, Miss Miller. Mein Parteigenosse, der Luzerner Nationalrat Karl Wick: ‹Es ist gefährlich, sich immer nur auf die abstrakten Menschenrechte zu berufen. Man ist nie Mensch, man ist entweder Mann oder Frau, und die Eigenart beider muss auch in der Demokratie zum Ausdruck kommen.›»[66] Von Roten lachte trocken. «Halten Sie es noch aus?», fragte er dann und als Thea gequält nickte, fuhr er fort: «Jetzt kommt Herr Eugen Bircher, BGB-Nationalrat aus dem Aargau, zu Wort. Er zitiert zuerst einmal Schopenhauer und nennt die Frau einen ‹Knalleffekt der Natur›.» Von Roten blickte über den Rand seines Papiers vielsagend zu Thea. Dann las er weiter. «‹Die Frau steht in ihrer anatomisch-geschichtlichen Entwicklung dem Kinde näher als dem Mann. Der Mann hat geistig die größere Aufnahmefähigkeit, die größere Sensibilität, die Frau jedoch – das zeigt sich gerade bei den jetzigen Anhängerinnen des Herrn von Roten›», er grinste, «‹die größere Irritabilität. Sie ist auch leichter beeinflussbar und suggestibel.›[67] Da haben Sie's – wenn Sie nun finden, die Argumente gegen das Frauenstimmrecht seien ein klein wenig, nun, haltlos, dann wurden sie wohl allzu leicht von mir beeinflusst.»

Thea schüttelte den Kopf, während sie sich die Zitate notierte. Von Roten wollte sein Papier bereits weglegen, nahm es dann aber doch wieder vors Gesicht.

«Ein letztes Zitat noch, erneut Parteikollege Wick. Er sagt: ‹Das politische Frauenstimmrecht wäre im Grunde genommen die Kapitulation der Frauen vor dem Manne, das Eingeständnis, dass das Parlament, die einseitige Demokratie, wichtiger ist als das Haus und der Herd und das Heim.›»

Nun legte er das Blatt weg und schaute Thea herausfordernd an.

«Das klingt für mich vor allem nach Menschen, die Angst davor haben, Macht zu verlieren. Oder den Beweis erbracht zu bekommen, dass sie gar nicht besser sind als mindestens die Hälfte der Bevölkerung», sagte Thea angewidert.

«Sehr trefflich», sagte von Roten, «die in Bern fürchten den Machtverlust. Die einfachen Stimmbürger hier, die fürchten den konkreten Kontrollverlust über ihre Frauen.»

«Und Sie, Herr von Roten, sind Sie dabei die große Ausnahme?»

Von Roten lachte. «Selbstverständlich. Der Versuch, Iris, meiner Frau, etwas vorzuschreiben, würde kläglich scheitern. Wir», er lächelte und schaute Thea prüfend an, «wir nehmen die Tatsache sehr ernst, dass wir einander nicht gehören. Auch nicht in der Ehe.»[68]

«Das heißt, Ihre Frau braucht Sie nicht um Erlaubnis zu bitten, wenn sie etwa ein provokatives Buch schreiben möchte?», fragte Thea.

«Genau das.»

«Und es heißt auch, sie braucht Sie nicht um Erlaubnis zu bitten, wenn sie, sagen wir einmal, einen interessanten Mann näher kennenlernen möchte?»

Thea staunte ob ihrer eigenen Dreistigkeit. Sie sprach hier mit einem verheirateten Politiker über potenzielle Untreue.

«Und ich brauche sie ebenso wenig um Erlaubnis zu bitten, wenn ich», er machte eine kurze, kunstvolle Pause, «eine interessante Frau näher kennenlernen möchte.»

Die Worte hingen noch in der Luft, als von Rotens Sekretärin klopfte und hereinkam.

«Sie haben in zehn Minuten ein Treffen mit Paul Zenhäusern.

Reicht Ihnen das zeitlich?», fragte sie und von Roten nickte.

«Zenhäusern ist der Gemeindepräsident von Unterbäch», sagte er zu Thea, als die Sekretärin die Türe wieder hinter sich geschlossen hatte. Seine Stimme war wieder ernst geworden.

«Glauben Sie, was Sie und Herr Zenhäusern geplant haben, wird in der Denkweise der Schweizer etwas verändern? Wenn sie sehen, wie die Frauen in Unterbäch abstimmen?», fragte Thea.

Von Roten schüttelte den Kopf.

«Warum lassen Sie die Frauen denn überhaupt antreten?»

«Weil es richtig ist. Wissen Sie, die ganze Sache in Unterbäch ist eine juristische Fachsimpelei. Im Endeffekt geht es mir weiterhin darum, die Bundesverfassung anders zu deuten als bisher. Wir müssen der Schweiz zeigen, dass das geht, und so neue Gewohnheiten schaffen, um das Gewohnheitsrecht als das zu entlarven, was es ist: falsch.»

«Aber Bern hat das Vorhaben offiziell verboten, korrekt?»

Der Politiker nickte langsam. «Korrekt», sagte er.

«Dennoch wollen Sie es durchführen. Denken Sie, es wird sich überhaupt eine einzige Frau an die Urne getrauen? Wäre das nicht fahrlässig – oder sogar gefährlich?»

«Nun ja, man wird im Dorf auf jeden Fall wissen, wer abgestimmt hat und wer nicht. Aber die Walliser Frauen sind mutig. Und sie haben juristisch nichts zu befürchten. Wenn, dann bekomme ich ein Problem – und der Gemeindepräsident von Unterbäch. Aber Zenhäusern ist zäh – und ich auch», fügte er dann noch an und es klang, als müsste er vielmehr sich selber als Thea davon überzeugen. Einen Moment war es ruhig zwischen ihnen. Nur das Ticken der Uhr verriet, dass die Zeit für ihr Gespräch ihrem Ende zulief.

«Eine Frage möchte ich Ihnen noch stellen, Herr von Roten», sagte Thea laut in die Stille hinein. «Sie vertreten vehement den Interpretationspfad. Aber birgt es nicht ein großes Risiko, wenn die Regierung nach ihrem eigenen Gutdünken einen Artikel der Bundesverfassung einfach neu interpretiert? Über den Kopf ihrer Stimmbürger hinweg. Das klingt für mich nicht mehr nach einer direkten Demokratie, sondern vielmehr nach Diktatur.»

Von Roten schwieg einen Augenblick. «Bei anderen Gesetzen wird das Wort ebenso interpretiert, wie wir das zu erreichen versuchen. Entsprechend würde die Regierung nicht gänzlich eigenmächtig handeln. Zudem hat sich unsere Lebensrealität verändert. Im Ausland, wo bereits sehr viele Länder den Frauen gleiche politische Rechte einräumen wie den Männern. Aber auch die Schweiz selbst ist im Wandel.»

«Offensichtlich nicht stark genug, sonst hätten zumindest einige Kantone das Frauenstimmrecht bereits angenommen – und es wäre nicht nötig, die Volksabstimmung zu umgehen, oder?»

Von Roten schaute Thea an. «Wissen Sie, Miss Miller, was das Schlimmste ist an dieser Debatte?», fragte er. «Es ist nicht die Wut, die gewisse Kollegen im Rat offenbaren, wenn wir das Thema ansprechen. Nicht ihre Sorge um die Zukunft, die Gesellschaft, um alles, was ihnen lieb und teuer ist. Denn diejenigen, die so reagieren, nehmen die Frauen zumindest einigermaßen ernst. Nein, schlimm ist die Heiterkeit, die sich im Raum ausbreitet, sobald es um das Stimmrecht der Frauen geht. Das Grinsen auf den Gesichtern der alten Männer. Das Zucken in ihren Mundwinkeln, das gelassene Zurücklehnen im Stuhl – als hätte ein Kind nach einem Stück Kirschtorte verlangt. Kollege Duttweiler[69] hat mir davon erzählt und als ich dann Nationalrat war, habe ich es selber erlebt. Ich erlebe es auch jetzt als Präfekt, als Mensch mitten in dieser Gesellschaft. Das müssen Sie auch in Ihren Artikel schreiben, ja, wie überzeugt die Männer hier von ihrer Position sind. Nicht zuletzt, weil es auch viele Frauen gibt, die ihnen das versichern.»

Erneut klopfte es an der Tür.

«Herr von Roten, Sie sollten nun ...», sagte die Sekretärin entschuldigend. Von Roten nickte und stand auf.

«Die Frauen, die gegen das Frauenstimmrecht sind, sind nochmals ein ganz anderes Thema», sagte er und schüttelte Thea lange die Hand. «Wenn sich noch Fragen ergeben, allenfalls auch am Sonntag nach der

Auszählung – melden Sie sich einfach bei mir», sagte er.

Als Thea ins Hotel du Pont zurückkam, herrschte dort reges Treiben. Transportwagen standen vor dem alten Haus. Männer liefen ein und aus. Das Fräulein an der Rezeption und der Portier hatten mit den Neuankömmlingen alle Hände voll zu tun. Theas Blick schweifte über die Nummernschilder der Wagen: Frankreich, Italien, Deutschland, England – Journalisten aus aller Welt waren angereist. Während Thea an den zahlreichen Fahrzeugen vorbeilief, riss plötzlich die Wolkendecke. Ein Sonnenstrahl fiel wie ein Scheinwerfer aus dem Himmel auf die gegenüberliegende Bergwand – direkt auf das Dorf, das Thea am nächsten Tag besuchen wollte. Thea löste ihren Blick allzu spät von dem Naturschauspiel. Um ein Haar wäre sie mit einem Mann zusammengestoßen, der mit zügigen Schritten aus dem Hotel kam. Im letzten Augenblick wich sie taumelnd aus.

«Sorry, Ma'am», sagte der Mann und stützte Thea an der Schulter ab. Er klang amerikanisch.

«Never mind», antwortete Thea und winkte ab – die Gedanken noch bei dem Gespräch mit Herrn von Roten. Es war durch und durch interessant gewesen.

In einem eleganten Zweiteiler stieg Thea am Morgen des Abstimmungstages[70] die Treppe zum Frühstückssaal hinab. Kaum betrat sie den Raum, ruhten die Blicke von mindestens einem Dutzend Männern auf ihr. Außer der Dame, die den Kaffee brachte, war Thea die einzige Frau im Saal. Und sie war, wie immer, eine spektakuläre Erscheinung. Sie hielt nach einem leeren Tisch Ausschau und setzte sich. Nachdem Kaffee und Brötchen gebracht worden waren und dazu eine Platte mit verschiedenen Käsesorten, die um einiges intensiver rochen, als Thea das gewohnt war, näherte sich einer der Herren ihrem Tisch.

«Miller, ‹Boston Chronicle› – habe ich recht?», fragte er.

«New York Times, nehme ich an», antwortete Thea, die den Mann vom Vorabend erkannte. «Euch kaufen wir dann die Bilder ab. Ich habe nämlich keinen Fotografen mit dabei.»

Die New York Times würde nirgendwo ohne Fotografen erscheinen. Er lachte und nickte.

«Wir haben noch einen Platz bei uns im Wagen frei. Dürfen wir Sie mit hochnehmen ins Dorf?»

Thea hatte eigentlich geplant, mit der Gondel hoch ins Dorf zu gleiten. Aber bei dem Wetter war sie sich nicht einmal sicher, ob die Gondel überhaupt fuhr. Sie lächelte und sagte dankend zu. Zufrieden ging der Journalist zurück an seinen Tisch. Dabei schaute er drein, als hätte Thea ihm den weitaus größeren Gefallen getan als umgekehrt. Er würde sie noch am gleichen Abend fragen, ob sie mit ihm ausgehen möchte. Und Thea würde dankend ablehnen. Sie hatte gegen ein Rendez-vous grundsätzlich nichts einzuwenden. Aber der Mann musste es wert sein.

Weiße Schneeflocken wirbelten wild vor den Fenstern des Hotels. Thea zog zwei Paar Strümpfe übereinander. Einen Hosenanzug und darüber ihren dicken, beigen Wollpullover. Der Kalender mochte März anzeigen, das Thermometer aber hatte noch Winter. So ausgerüstet stieg sie in den Kastenwagen der New York Times. Der Motor stotterte lange, bis er endlich ansprang.

«Verdammte Kälte», fluchte der Mann hinter dem Steuer. Dann ging es los. Kurz nach Raron wurde die gepflasterte Straße zu einem Feldweg. Der Wagen holperte nun über gefrorenes, verschneites Erdreich. Thea war froh, in einem der ersten Wagen zu sitzen, die nach Unterbäch fuhren. Die Räder gruben sich in den tiefen Neuschnee und fanden so zumindest etwas Halt. Der Fahrer versuchte, im gleichen Tempo und ohne anzuhalten die gewundene, steile Bergstraße hochzukommen. Doch vor einer der letzten Biegungen blieb der Wagen stehen. Die Räder drehten im Leeren, der Fahrer fluchte.

Thea stieß die Wagentür auf, winkte den übrigen Mitfahrern zu und begann, das Auto zu schieben.

«Fahr einfach hoch», rief sie dem Fahrer zu, als die Räder im Schnee wieder Griff fanden und das Auto anzog, «wir laufen!»

Es konnte nicht mehr weit sein, die Bergstation der Seilbahn befand sich auf der gleichen Höhe wie sie. Der Journalist, der Thea zum Mitfahren eingeladen hatte, bot ihr nun seinen Arm, aber sie lehnte dankend ab. Kurz darauf rutschte der Mann aus und wäre beinahe in den Schnee gefallen. Alle lachten und beglückwünschten Thea zu ihrem Nein. Dann stapften sie weiter durch die beißende Kälte. Der Schneefall hatte nachgelassen, aber dafür drückten Nebelschwaden aus dem Tal sich entlang der Abhänge hoch und schluckten immer größere Stücke der Welt, aus der Thea und die übrigen Journalisten eben erst losgefahren waren. Eine Kurve noch, dann hatte die kleine Karawane den unteren Rand des Dorfes erreicht. Die tief verschneiten Häuser schmiegten sich an den Berg, Rauch drang aus den Kaminen. Als Thea den Kopf drehte, um ein prächtiges Haus aus Holz zu betrachten, wurde ein rotweiß karierter Vorhang hastig vor eines der Fenster im zweiten Stock gezogen. Theas Blick wanderte weiter, hoch zu den Bergspitzen, deren Gipfel unerreichbar im Weiß der Wolken verschwanden. Aus dem Augenwinkel sah sie, wie der Vorhang wieder ein kleines bisschen zurückgezogen wurde. Stirn und Augen einer alten Frau waren zu sehen, die die Neuankömmlinge aus dem Schutz ihres Hauses beobachtete. Andere gebarten sich weniger verstohlen. Drei Knaben winkten und riefen aus einer Dachgaube und ein alter Mann nickte ihnen freundlich zu. Er deutete die Straße hoch und nach links.

«Das Stimmlokal ist dort hinten.»

Doch bevor die kleine Gruppe es erreicht hatte, drang von weiter oben donnernder Lärm herab. Thea blickte sich erschrocken um. Sie war vor Lawinen gewarnt worden; gepresste Schneebretter, die ins Rutschen kamen und alles mit sich rissen. Die kalte Luft brannte ihr in der Kehle. Der Nebel war nun so dicht, dass die Häuser am Dorfrand bereits auszufransen schienen. Die Berghänge waren kaum mehr auszumachen. In unmittelbarer Nähe aber bewegte sich nichts, doch der Lärm hielt an, wurde lauter und schließlich erkannte Thea das Bimmeln vieler Glocken. Ein Zug schwarz gekleideter Männer bog um die nächste Ecke. Es war ein Protestzug gegen die Frauenabstimmung.[71] Thea und die übrigen Journalisten stellten sich an den Rand, um die Protestierenden vorbeiziehen zu lassen. Die Männer lärmten und riefen und schwangen die Glocken mit ihren Händen. Ein kleines Mädchen stand in der offenen Haustür und traute sich nicht weiter, den Blick ängstlich auf die Männer gerichtet. Dann plötzlich sprang weiter oben an der Straße ein Fenster auf. Eine Frau mit geblümtem Tuch im Haar steckte den Kopf hinaus, gestikulierte und rief dem Protestzug immer wieder das Gleiche hinterher: «Verschwindet, Gesindel!»

Als Thea endlich vor dem Stimmlokal stand, war sie enttäuscht. Hier sollte Frauengeschichte geschrieben werden? Schmal und einfach stand das Haus vor ihr. Sein Dach kaum höher als die beiden Häuslein neben ihm. Linkerhand führte eine schäbige Treppe hoch zu dem Raum, in dem die Urne stand. Ein Junge lief an ihr vorbei und warf einen Schneeball Richtung Stimmlokal.

«Hey», rief Thea.

«Ist doch bloß das Schulhaus», sagte der Junge verächtlich. Bis Thea seine Worte einigermaßen verstanden hatte, war er weg. Noch war es ruhig rund um das Stimmlokal, das also eigentlich ein Schulhäuschen war. Bald trieb die Kälte Thea und ihre Begleiter in eine der einzigen Gaststuben in dem kleinen Dorf.

Erst am frühen Abend kehrten die Journalisten zum Stimmlokal zurück. Nun standen trotz der Kälte kleine Gruppen von Menschen davor. Männer, die neugierig die Köpfe reckten, wer sich der Urne näherte. Aber auch Frauen standen in ausgebeulten, braunen Mänteln im Nebel. Ihr Blick wanderte von der dunkler werdenden Straße hinüber zum hell erleuchteten Eingang des Lokals. Hineingehen oder nicht, fragte ihr Blick. Einige hielten ihren Stimmzettel offen in der Hand. Die meisten aber hatten ihn in die Mantel- oder Handtasche geschoben. Oder gar nicht erst dabei, weil sie nicht hier waren, um helvetische Tradition zu brechen, sondern um zu beobachten, wie andere es taten. Der Weg zum Stimmlokal war breit ausgetreten. Der weiße Schnee hatte sich an vielen Stellen braun verfärbt. Thea erkannte vornehmlich die Abdrücke von Männerschuhen, die sich ihren Weg zur hell erleuchteten Tür gebahnt hatten. Es war kurz nach 6 Uhr abends und bereits dunkel, als ein Raunen durch die Grüppchen ging. Zwei Frauen kamen mit gemäßigten Schritten auf die Ansammlung zugelaufen. Sie hatten sich beieinander untergehakt, als würden sie sich gegenseitig stützen.

«Schämt euch», rief ein Mann und spuckte von Tabak braun gefärbten Speichel in den Schnee.

«Das ist Katharina Zenhäusern, die Frau des Gemeindepräsidenten», hörte Thea einen ihrer Kollegen sagen. Sie drehte sich zu ihm um.

«Er hat uns gestern gesagt, dass seine Frau auf jeden Fall abstimmen werde, gemeinsam mit ihrer Cousine. Die ist es, die mit dem dunkelbraunen Haar.»

Die beiden Frauen liefen auf Thea zu, die vor dem Stimmlokal stand, schauten aber weder links noch rechts, sondern stur geradeaus, Richtung Tür und Licht.

«Frau Zenhäusern, sind Sie aufgeregt?», rief Thea laut. Die Frau drehte den Kopf und hielt Ausschau nach der Fragestellerin.

«Ein wenig», sagte Katharina Zenhäusern, die noch ein paar Schritte weiter auf Thea zugekommen war.

«Sie hätten auch daheimbleiben können», sagte diese.

Katharina schüttelte den Kopf. «Für mich ist es selbstverständlich, dass ich gehe. Für meine Mutter übrigens auch.»

Sie nickte Thea zu und lief an der Seite ihrer Cousine weiter. Thea folgte ihnen hinein ins Stimmlokal. Auf dem Tisch stand nicht eine, sondern zwei Urnen. Eine für die Frauen und eine für die Männer. Die beiden Frauen ließen sich von einem der anwesenden Herren an die Urne weisen und warfen ihre Stimmzettel ein. Augenblicklich erhellte das Licht zahlreicher Blitze ihre Gesichter. Auch die Kameras der Fernsehleute surrten und zeichneten auf, wie sie lächelnd, aber unbeeindruckt Geschichte schrieben. Als Thea später wieder draußen vor der Tür stand, sah sie eine alte Frau mit Kopftuch und Mantel die Straße hochlaufen.

«Schäm dich», rief ihr jemand aus einem Fenster hinterher. Doch die Alte ließ sich nicht einschüchtern.

Sie blieb stehen, drehte sich um und rief, so laut es ging: «Ich gehe und wer nicht auch geht, ist ein Feigling!»[72]

Einige der Anwesenden johlten. Verhaltenes Klatschen hallte durch die kalte Luft. Die Stimmung vor dem improvisierten Stimmlokal hatte sich verändert. Das Tuscheln war zu einem lauten Reden angeschwollen. Entspannung lag auf den Gesichtern und auch Freude. Thea mischte sich unter die Leute, Stift und Block in den behandschuhten Händen.

«Ich will es mit den Worten unseres mutigen und fortschrittlichen Gemeinderates sagen: ‹Der Anstand und der gute Ton verlangen es in diesem Falle besonders, dass wir Männer uns nicht als allmächtige Vormünder benehmen, sondern Rechte und Pflichten unserer Frauen in Einklang bringen›»,[73] sagte einer der Männer.

«Berichten Sie nur auch von den schönen Bergen», meinte ein anderer, «damit die Engländer rege Lust auf Ferien hier bei uns bekommen.»

Statt ihn darüber aufzuklären, dass sie Amerikanerin war, wandte Thea sich einer der Frauen zu, die eben aus dem Stimmlokal kamen. Bisher hatte Thea deren 33 gezählt, die hineingegangen waren. Die Frau lächelte etwas schüchtern.

«Es hat sich gar nicht komisch angefühlt», sagte sie dann.

Eine andere kam deutlich weniger schüchtern aus dem Lokal.

«Eine Frechheit ist das: Sie haben eine Männer-Urne und eine Frauen-Urne aufgestellt. Weil sie wissen, dass unsere Stimme nicht zählen wird. Wozu bin ich dann überhaupt hergekommen?» Sie schaute Thea wütend an.

«Um ein Zeichen zu setzen, vielleicht», schlug diese vor.

«Jaja, wer weiß», murrte die Frau und ging ihres Weges.

Eine junge Frau mit dicken blonden Zöpfen zuckte die Schultern.

«Es ist doch vor allem traurig, dass heute über das Schicksal aller Frauen entschieden wird. Aber nur wir hier in Unterbäch dürfen unsere Meinung dazu sagen. Alle anderen müssen abwarten, was ihre Männer für sie entscheiden.»[74]

Drei Tage später saß Thea im Zug nach Zürich, den Koffer auf der Gepäckablage und den Kopf surrend. Sie schaute den Walliser Bergen aufgewühlt dabei zu, wie sie in der Ferne verschwanden. Die Schweizer Männer hatten die Zivildienstvorlage, die ihren Frauen eine offizielle Dienstpflicht aufgebürdet hätte, abgelehnt. Der Radiosprecher hatte es spät am Sonntagabend verkündet. Die Stimmen der Frauen von Unterbäch, die – das hatte Thea in Erfahrung bringen können – die Vorlage hatten annehmen wollen, waren nicht in die offizielle Zählung mit eingeflossen. Ihren Artikel hatte Thea noch am gleichen Abend geschrieben, nachdem sie aus dem Bergdorf ins Hotel zurückgekehrt war. Sie hatte ihn per Telefon an Bedford Lewis' Sekretärin diktiert. Nun war er bereits gedruckt und sorgte für eine stattliche Schwemme von Leserbriefen, wie Lewis ihr persönlich mitgeteilt hatte. Nachdem sie einen Meilenstein in der Geschichte der Schweiz hatte miterleben dürfen, war es an der Zeit, sich um ihre eigene Geschichte zu kümmern. Sie griff in ihre Handtasche und zog Simone de Beauvoirs «Le Deuxième Sexe» hervor. Thea hatte das aufrührerische Werk der Französin kurz vor ihrer Reise nach Europa zu lesen begonnen, weil es ihr als passende Reiselektüre erschienen war. Sie schlug das Buch auf und nahm den weißen Umschlag heraus, den sie bei ihrer Abreise sicher zwischen den Buchseiten verstaut hatte. Der Stempel «By Airmail» prangte darauf. Thea zog das Schreiben heraus.

«Das Leben wird vorwärts gelebt und rückwärts verstanden.»
Nicolas Frédérique Furrer

1863–1956

Wir sind dankbar für die lange Zeit, die du, lieber Vati, Großvati und Urgroßvati, auf Erden weilen durftest. Nun darf Mutti dich im Himmel in die Arme schließen.

Bernhard und Marianne Furrer
Nelly Furrer
Sybille und Alain Berger-Furrer mit Simone und Maximilian
Traugott und Christina Furrer-Mettler
mit Traugott Junior, Ida und Anna

«Das Leben wird vorwärts gelebt und rückwärts verstanden», murmelte Thea, «hoffentlich gilt das nicht für uns alle.»

Auf dem goldenen Plättchen über dem Klingelknopf stand «Familie Bernhard Furrer». Theas Herz schlug heftig gegen ihre Brust. Was sollte sie diesen Menschen sagen? Ehe ihr etwas einfiel, wurde die Tür geöffnet. Eine junge Frau stand auf der Schwelle. Sie hatte das gleiche rote Haar wie Thea, die gleichen weit auseinanderstehenden, grünen Augen, die gleichen langen Beine, die gleichen leicht abstehenden Ohren. Die Frau zog eine einzelne Augenbraue hoch. Eine Mimik, die auch Thea beherrschte.

«Sind Sie mein verloren gegangener Zwilling?», fragte die junge Frau im Zürcher Dialekt und lachte laut. Sie war um einiges leichter zu verstehen als die Menschen im Wallis.

«So was in der Art», sagte Thea und zeigte der Frau das Zirkular. Die Frau machte große Augen, als sie die Todesanzeige ihres Großvaters in den Händen einer fremden Frau sah, die noch dazu mit amerikanischem Akzent sprach. Dann bat sie Thea herein. Sie setzten sich an den Küchentisch und Nelly, so hieß Theas Cousine zweiten Grades, kochte in einer kleinen Kanne Kaffee, während sie Thea aufmerksam zuhörte.

«Meine – entschuldigen Sie – unsere Urgroßmutter Hélène kam vor vielen Jahren aus der Schweiz in die USA. Sie hat ihre beiden Kinder Mathilda und Nicolas hier zurückgelassen, als sie noch ganz klein waren. Mathilda, meine Großmutter – Granny Mathilda», ein Lächeln huschte bei dem Gedanken an die schlagfertige alte Dame über Theas Gesicht, «ist ihr als junge Frau über den Atlantik gefolgt. Sie hat ihre

Mutter gesucht und gefunden und ist in den USA geblieben. Dann kam irgendwann meine Mutter zur Welt, wurde in den USA groß, heiratete meinen Vater und», sie deutete mit einer eleganten Handbewegung auf sich, «bekam mich und meinen Bruder.»

«Opa Nicolas hat kaum etwas erzählt. Und auch Papa hat so wahnsinnig ungern über seine Oma gesprochen. Sie war wie ein Geist in unserer Familie, ein Schreckgespenst. Wie wunderbar, sind Sie jetzt da! Oder – sollen wir Du sagen?»

«Gern», sagte Thea.

Die Kaffeetassen waren längst leer, doch die beiden Frauen redeten und redeten. Nelly war Damenschneiderin geworden. Sehr zum Leidwesen ihrer Eltern, die sie lieber an einer höheren Mädchenschule und danach bald unter der Haube gesehen hätten. Als Thea von ihrer Wohnung erzählte, stöhnte Nelly neidvoll auf.

«Amerika ist ja wirklich das Land der unbegrenzten Möglichkeiten! Damit ich hier ausziehen könnte, müsste ich heiraten. Aber ich habe keine Lust, mich an einen einzigen Menschen zu binden», sagte sie zu Thea. «Und ich liebe meine Arbeit. Ich will damit noch nicht aufhören.»

Thea schaute sie fragend an. «Wenn eine Frau heiratet, dann hört sie ja meistens auf zu arbeiten. Ist das bei euch in Amerika nicht so?» Thea schüttelte vehement den Kopf und Nelly stöhnte erneut. «Bei uns schon. Da steht für ein Mädchen schon bei der Geburt fest, wie ihr Leben aussehen wird. Schule, Heirat, Kinder, Familiengrab. Wenn ich schon bei der Heirat nicht mitmache, wer weiß, vielleicht lebe ich dann ewig.»

Thea grinste, aber Nelly war noch nicht fertig.

«Wenn die Ehefrau wieder oder weiterarbeiten möchte, dann muss sie den Mann um Erlaubnis bitten», erklärte sie.[75]

«Und wenn sie eine Arbeit hat und man sie schätzt, aber der Ehemann Nein sagt? Dann muss sie gegen ihren Willen damit aufhören?», fragte Thea ungläubig.

Nelly nickte. «Aber klar. So steht es im Gesetz. Der Mann ist das

Oberhaupt der Familie und die Frau hat ihm den Haushalt zu besorgen.[76] Sie muss sich um die Kinder kümmern, aber wenn es darum geht, Entscheidungen zu treffen, muss sie den Mann fragen. Sie bringt die Kinder zur Welt, er entscheidet, was aus ihnen wird.»[77] Nelly zuckte die Schultern. «Das war schon immer so. Man muss aber eben auch nicht heiraten», sagte sie. Dann grinste sie plötzlich: «Für mich war das Gesetz natürlich ein Glück: Wenn Mama hätte entscheiden dürfen, wäre ich nie und nimmer Damenschneiderin geworden. Glaub mir. Sie hätte mir das in hundert Jahren nicht erlaubt. Aber irgendwann hatte Papa das Theater satt und willigte einfach ein.»

Thea war schockiert. Sie wollte weiterfragen, aber Nelly winkte ab.

«Erzähl mehr von unserer Urgroßmutter», bat sie.

«Wir haben sie Grosi genannt. Meine Mutter hat mir viel von ihr erzählt. Sie sagte immer, was sie dachte, und diskutierte gerne. Sie hat wieder geheiratet in den USA. Bob hieß ihr Mann, aber für uns war er Gramps, mein Urgroßvater.»

«Hat sie oft von der Schweiz erzählt?»

«Das sei ein scheinheiliges, feiges Land voller scheinheiliger, feiger Menschen, war das Einzige, was sie zu dem Thema sagte. Granny Mathilda hat mir erst lange nach Grosis Tod erzählt, warum ihre Mutter sie und Nicolas verlassen hatte.»

Nelly zog fragend eine Augenbraue hoch und Thea fuhr fort.

«Sie hatte immer studieren wollen, aber das ging in der Schweiz nicht und der Vater hätte es auch niemals erlaubt. Dann hat ihr Vater sie gezwungen, zu heiraten. Die Ehe war zwar arrangiert, aber sie hatte Glück, ihr Mann – unser Urgroßvater – war eigentlich ein guter Mensch. Granny Mathilda hat immer gesagt, dass sie ihrer Mutter nur habe verzeihen können, dass sie sie verlassen hatte, weil ihr Vater so gut zu ihr war. Er hat ganz viel unternommen mit den Kindern, viel Zeit mit ihnen verbracht, um ihnen die Mutter zu ersetzen. Das war damals ja sogar noch viel ungewöhnlicher, als es das heute wäre. Aber davon hat Nicolas bestimmt auch erzählt.»

«Selten», sagte Nelly. «Das Einzige, was er immer gesagt hat, ist: ‹Ich habe keine Mutter.› Und ich habe ihn irgendwie auch immer verstanden. Ich meine: Welche Frau verlässt einfach ihren Mann und ihre Kinder und wandert aus?»

Das letzte Wort sagte Nelly direkt an Thea gerichtet. Diese holte tief Luft und erzählte von dem traurigen langen Schweiz-Kapitel im Leben ihrer Urgroßmutter. Von der Unzufriedenheit mit ihrer Rolle als Hausfrau, von dem Kampf um gleiche Rechte, von dem Mann, der sie verriet, statt sie zu unterstützen – weil er sonst selber alles verloren hätte.

«Dann sind sie alle Opfer», sagte Nelly, als Thea geendet hatte, «was für eine traurige Geschichte.»

Thea nickte. «Aber all diese schlimmen Erlebnisse haben Grosi auch angespornt. Sie ist eine richtig bekannte Frauenrechtlerin geworden in Amerika.»

«Eine Frauenrechtlerin? Ausgerechnet», prustete Nelly.

In diesem Moment ging die Tür auf und Nellys Mutter Marianne trat ein. Sie riss ihre Augen weit auf, als sie am Küchentisch nicht nur ihre Tochter vorfand, sondern eine etwa gleich alte Frau mit den gleichen Haaren, den gleichen Augen, dem gleichen Lächeln wie ihre Tochter. Nelly klärte die Mutter auf und Marianne schloss Thea in die Arme. Sie lud sie ein, so lange bei ihnen zu wohnen, wie sie wollte, und auf jeden Fall zum Abendessen zu bleiben. Die Einladung zum Essen nahm Thea gerne an und so saß sie bald mit Bernhard, Marianne, Nelly und Sybille, der ältesten Furrer-Tochter, und ihren Kindern am Tisch. Es war ein lauter und lustiger Abend. «Blut ist dicker als Wasser», Thea kannte den Spruch. Sie hätte nur nie gedacht, dass er zutraf. Doch hier im Hause der Furrers fühlte sie sich so wohl, willkommen und daheim wie sonst nur mit ihrer eigenen Familie. Nach dem Essen verabschiedete sich Sybille, um die Kinder doch noch einigermaßen beizeiten ins Bett zu bringen. Die Kleinen wünschten Tante Thea artig «Gute Nacht», küssten die Oma und winkten dem Rest zu, bevor sie hinter der Mutter her durch die Tür trotteten. Marianne servierte Pflümli und Bernhard hatte einen Einfall.

«Thea, du musst Jassen lernen!»

Er erklärte ihr die Karten und den besonderen Wert, den das Spiel in der Schweizer Kultur besaß.

«Und du bist ja Schweizerin, da hat man das im Blut», erklärte er. Die Runde stellte allerdings schnell fest, dass es das Jass-Gen nicht über den Atlantik geschafft hatte. Lachend warf Thea die Karten auf den Tisch und kapitulierte.

«Thea hat übrigens aus Unterbäch berichtet», informierte Nelly ihre Eltern.

Bernhard, ein fleißiger Zeitungsleser, hatte Thea bereits zu ihrer Berufswahl gratuliert.

«Denkst du, Unterbäch wollte sich vor allem das Geld für teure Reklame sparen?», wollte er wissen. «Oder meinen die das wirklich ernst mit dem Stimmrecht für ihre Frauen?»

Seine Frau winkte ab. «Ach was, die ganze Geschichte ist lächerlich. Wir Frauen», nun wandte sie sich verschwörerisch an Thea, «wir Schweizerinnen, wir wollen das Stimmrecht gar nicht.»

«Ah ja?», fragte Thea erstaunt. Die Worte hatten sie augenblicklich aus ihrem wohligen Familienidyll herausgerissen.

«Das ist doch alles dummes Gerede von ein paar wenigen Aufwieglerinnen. Die meisten von uns wissen ganz genau, welches die rechten Werte sind.»

«Und was sind denn die rechten Werte?»

«Frauen und Männer sind nun mal verschieden. Wir müssen nicht so tun, als hätte der Herr uns alle genau gleich gemacht. Und unsere Unterschiede bringen verschiedene Talente mit sich. Die einen sind eher für die Ämter draußen gemacht, die anderen mehr für die fürsorgerischen Tätigkeiten im Heim.»

«Du findest es also richtig, dass dein Mann Bernhard hier mehr Rechte hat als du?»

«Nicht mehr, nur andere.»

«Welches Recht haben Frauen denn, auf das die Männer verzichten müssen?»

«Ich hatte das Glück, meine wunderbaren Kinder großwerden zu sehen», sagte Marianne und lächelte.

«Aber das ist doch nicht vergleichbar.» Theas ungläubiger Blick wanderte von Marianne weg zu Nelly. Die verdrehte nur die Augen und schüttelte hinter dem Rücken ihrer Mutter knapp den Kopf. Lass dich mit ihr nicht auf eine solche Diskussion ein, sagte die Bewegung.

«Es muss auch nicht vergleichbar sein. Männer und Frauen sind ja genau das auch nicht: vergleichbar. Das sollten diese Emanzen endlich einmal einsehen. Stattdessen säen sie bewusst Zwietracht unter uns Frauen.»

«Sie kämpfen dafür, dass deine Töchter einmal die gleichen Rechte haben wie ihre Männer. Das ist doch bewundernswert», sagte Thea. Ihre Stimme war lauter geworden.

«Siehst du», sagte Marianne mit einem triumphierenden Lächeln, «Zwietracht.»

Bald darauf verabschiedete sich Thea. Als Bernhard ihr anbot, sie zum Hotel zu fahren, winkte sie ab. Stattdessen schritt sie durch den Garten auf die Straße und nahm ein Taxi.

Eine unruhige Nacht später stand Thea vor ihrem Koffer und versorgte sorgsam ihre Kleider, als das Telefon klingelte.

«Anruf aus Übersee für Sie, ein Herr Lewis», sagte der Herr an der Rezeption. Seine Stimme klang neugierig. Thea dankte und ließ ihren Chef durchstellen. Bedford Lewis kam sofort zur Sache: «Ihr Artikel über die Frauenabstimmung in Unterbäch ist auch in kulturpolitischen Kreisen bestens gelesen worden.» Thea lächelte. «Jetzt haben sie mich gefragt, ob die Korrespondentin in der Schweiz den United States Information Service besuchen möchte.»

«Die Korrespondentin in der Schweiz, aha», sagte Thea und zog eine Augenbraue gefährlich hoch. Lewis sah das zwar nicht, aber er hörte es in ihrer Stimme.

«Gehen Sie doch noch rasch hin, Bern liegt bestimmt auf Ihrem Heimweg», sagte er. «Alice bucht Ihnen einen späteren Flug. Die Leute lesen gern, wie unsere amerikanische Kultur sich rund um den Globus ausbreitet, neue Standards setzt und den Kommunismus im Zaum hält.»

«Natürlich. Da tut es auch nichts zur Sache, dass der Herr Botschaftssekretär George Freimarck, dem das alles unterstellt ist, ein alter Schulfreund von Ihnen ist», sagte Thea.

Sie hörte Lewis dreitausend Kilometer entfernt in den Telefonapparat lachen: «Sie sind zu gut informiert, Miss Miller.»

Mister Freimarck stellte sich als zuvorkommender Mann mit viel Sinn für Humor heraus. Er nahm sich persönlich Zeit, Thea das Motion Picture Program for Switzerland zu erklären.

«Nachrichten für die Filmwochenschau in den Schweizer Kinos und am Fernsehen, Dokumentarfilme, Schulungsfilme für die Kinder, das wird von der US-Botschaft zur Verfügung gestellt. Auch die ersten Spielfilme, die das Schweizer Fernsehen testweise ausstrahlte, kamen aus unserem Archiv. Wir haben den Geschmack der Schweizer bestens getroffen: Wir leihen täglich mehrere Rollen aus. Unser Fräulein Marthe hat einiges zu tun», sagte Mister Freimarck. «Apropos», er drehte sich zu Thea um, «das Fräulein Marthe müssen Sie kennenlernen! Sie sind ja überhaupt wegen der Frauenrechte in die Schweiz gekommen, hat mir Bedford gesagt. Davon kann sie Ihnen einiges erzählen.»

Das Fräulein Marthe allerdings hatte gerade alle Hände voll zu tun. Sie musste zum Büro der Filmzensur, um das Material der neuen Wochenschau absegnen zu lassen.

«Auch Aufnahmen aus Unterbäch sind mit dabei», sagte sie und streckte Thea ihre Hand entgegen. «Marthe Gosteli, sehr erfreut, Sie kennenzulernen»,[78] sagte sie auf Englisch und war mit einem Fuß bereits wieder aus der Tür. «Wenn Sie später am Nachmittag noch Zeit haben, zeige ich Ihnen gerne die fertig geschnittene Wochenschau, aber jetzt muss ich los», sagte sie und war augenblicklich verschwunden.

Weil auch Mister Freimarck nun wieder anderen Geschäften nachgehen musste, beschloss Thea, sich das Haus anzusehen, in dem die bockigen Herren saßen. Hoch über dem Fluss thronte das Bundeshaus. Schön sah es aus, mit seinen türkisfarbenen Kuppeln und den goldenen Verzierungen, majestätisch und doch aus dem gleichen Stein gemacht wie die übrigen Häuser der Stadt. Thea machte sich an den steilen Aufstieg. Oben angekommen, stellte sie erstaunt fest, dass vor dem Sitz der Schweizer Regierung ein buntes Treiben herrschte: Es war Wochenmarkt. Stände mit dicken, gelben Käselaiben, andere mit Würsten und Schinken, Gemüse in allen Schattierungen von Hellgrün bis Braun und die ersten Schnittblumen wurden feilgeboten. Über allem lag eine Wolke aus Rufen, Reden und Lachen. Und noch etwas stellte Thea erstaunt fest: Zum ersten Mal sah sie in diesem Land fast nur Frauen. Hatte sie an den Bahnhöfen und offiziellen Stellen bisher in erster Linie Herren in grauen Anzügen und mit Aktenkoffern angetroffen, so waren es nun Damen mit geflochtenen Körben am Arm, bunten Tüchern um den Hals und Leiterwagen, die sie beladen mit Einkäufen hinter sich herzogen. Wie bunt die Welt plötzlich war. Thea stand unter einem der Bögen des Bundeshauses und beobachtete das muntere Treiben. Da hörte sie plötzlich eine Stimme neben sich. Erschrocken drehte sie sich um. Ein junger Mann stand neben ihr, einen Packen grauer Mappen in der Hand.

«Was haben Sie gesagt?», fragte Thea. Als er ihren amerikanischen Akzent hörte, wechselte er augenblicklich ins Englische.

«Ob Sie sich nicht unter die Leute wagen, habe ich gefragt», sagte der Mann. Er hatte einen heftigen schweizerischen Akzent, ein breites Grinsen und erstaunlich langes, rötliches Haar. Sein Anzug saß unverschämt gut. Nur die Krawatte war allzu locker gebunden.

«Arbeiten Sie dort?», Thea deutete mit einem Kopfnicken auf das Bundeshaus.

«Meistens in Lausanne. Ich bin der persönliche Assistent von Bundesrichter Werner Stocker», sagte er stolz, «aber wir haben oft Sitzungen hier in meiner Heimatstadt.» Er balancierte seine Akten, sodass er Thea eine kräftige Hand reichen konnte: «Max Schönbächler.»

«Thea Miller», sagte sie und reichte dem Mann ihrerseits die Hand. Er schüttelte sie mit festem Griff und entschuldigte sich, dass ein galanter Handkuss mit all seinen Mappen gerade schlecht gehe. Werner Stocker, der Name kam Thea bekannt vor. Noch während der Mann sprach, erinnerte Thea sich.

«Stocker! Aber natürlich! Das ist der Bundesrichter, der sagt, das Frauenstimmrecht könne auch durch eine Neuinterpretation eurer Verfassung eingeführt werden! Er hat Herrn von Roten und Herrn Zenhäusern von Unterbäch überhaupt erst auf die Idee gebracht, die Frauen auch abstimmen zu lassen.»

Herr Schönbächler schaute überrascht: «Sie sind aber gut informiert für eine Touristin», sagte er.

«Ich bin beruflich hier», antwortete Thea.

«Und da wollte ich Sie eben fragen, was eine Frau ohne Begleitung in der Fremde tut. Sie sind Amerikanerin, habe ich zumindest das richtig erraten?»

Thea nickte. «Amerikanische Journalistin, «Boston Chronicle». Ich habe aus Unterbäch berichtet.»

Max Schönbächler war beeindruckt – und neugierig. Er hatte für seinen Vorgesetzten einen Großteil der juristischen Recherchen für Unterbäch erledigt.

«Wie war es denn?», fragte er.

In diesem Moment schlug die Kirchenglocke zur Mittagszeit und verschluckte die letzten Worte von Max Schönbächler. Er schaute gen Himmel.

«Darf ich Ihnen diese Frage bei einem Mittagessen noch mal stellen, anstatt hier, so ganz ungemütlich unter dem Steinbogen?» Er zögerte einen Moment, dann fragte er: «Jetzt?»

Rote Wangen, strahlende Augen, eine angenehm tiefe Stimme. Er war wohl etwa gleich alt wie sie, vielleicht ein wenig jünger. Er schien intelligent und begeisterungsfähig – und bestens über die Frauenfrage informiert.

«Wieso nicht», sagte Thea. «Aber erst mal müssen Sie Ihr Papier sicher unterbringen. Das nehmen wir nicht mit ins Restaurant.»

Beim Essen erzählte Thea von Unterbäch und der sonderbaren Stimmung zwischen Aufbruch und Angst, die sie in dem Bergdorf gespürt hatte. Max war ein guter Zuhörer und Thea merkte, wie sie abschweifte. Und ehe sie sich versah, hatte sie ihm von ihrer Familie in der Schweiz erzählt. Er schaute bedauernd.

«Ich kann mir vorstellen, dass Sie sich da beinahe verraten gefühlt haben, erst diese Vertrautheit, dann die Enttäuschung. Aber vielleicht sieht zumindest die Tochter es anders?»

Seine Stimme klang mitfühlend und Thea war erstaunt, dass er emotional auf diese kurze Erzählung einging und nicht mit politischen Argumenten.

«Ja, vielleicht. Aber sie hat sich auf jeden Fall nicht getraut, ihrer Mutter zu widersprechen. Und wenn das schon nicht möglich ist, wie kann man denn erwarten, dass sich in der Gesellschaft etwas verändert?», fragte Thea.

«Sie sind ja pessimistisch», rief Max aus und grinste. «Ich bin überzeugt, dass wir eine gerechtere Gesellschaft erreichen, wenn wir uns nicht so einfach geschlagen geben. Jetzt hat der Bundesrat seine Botschaft ausgearbeitet – vielleicht sagt der Nationalrat Nein, vielleicht der Ständerat, am wahrscheinlichsten aber das Volk. Dann ist es halt so. Dann machen wir von dort weiter.»

«Mit der Neuinterpretation», sagte Thea und Max nicke nachdrücklich.

Dann fragte er nach der Arbeit beim «Boston Chronicle», nach dem Leben in Amerika.

«Ich habe ja schon immer einmal in die USA reisen wollen. Mit einem Buick durch die Weiten des Landes, nach Las Vegas, ein Konzert hören, den Pazifik sehen und riechen, nach New York, unbedingt nach New York», er strahlte Thea über den Tisch hinweg an und sie lächelte zurück. Max hatte eine Art, die Dinge heller und leichter erscheinen zu lassen, die ihr augenblicklich behagte. «Was halten Sie als Politik-Expertin eigentlich von Senator Kennedy? Ich muss gestehen, ich habe sein Buch ‹Profiles in Courage› verschlungen.»

Während sie über Kennedy debattierten, wurde das Essen aufgetragen. Und ehe Thea realisierte, wie schnell die Zeit vergangen war, half Max ihr bereits wieder in den Mantel und bald darauf standen sie vor dem Restaurant. Thea wusste, dass der Mann zurück zur Arbeit musste – und sie zurück zu Fräulein Marthe. Aber am liebsten hätte sie den Abschied noch ewig hinausgezögert. Max schien es ähnlich zu gehen.

«Wussten Sie, dass mitten in unserer kleinen Stadt Bären wohnen?», fragte er.

«Das glaube ich Ihnen nicht, das müssen Sie mir schon beweisen.» Thea lächelte herausfordernd.

Er grinste, bot ihr seinen Arm und führte Thea durch die Stadt. Vorbei an einem Brunnen mit einem grauenvollen Mann, der Kinder fraß und auf den Max erstaunlich stolz war. Entlang sandsteinerner Fassaden, über eine der zahlreichen Brücken, die die Stadt wie ein Luftschloss wirken ließen, und schließlich standen sie da: vor einem Graben, in dem Bären lebten. Mitten in der Stadt. Nachdem sie die Bären gefüttert hatten, schlenderten sie die verwinkelten, gepflasterten Straßen der Stadt entlang. Die Arbeit, die auf sie beide wartete, hatten sie längst vergessen. Max erzählte ihr Stadtgeschichten aus längst vergangenen Zeiten, die im Schatten der alten Häuser wieder zum Leben erwachten. Je länger Thea unter den Lauben und entlang der Sandsteinmauern wandelte, umso klarer spürte sie, wie Geschichte hier nicht einfach verging, sondern ein Teil der Gegenwart blieb.

«Haltet ihr Schweizer deshalb so sehr an euren alten Sitten fest, weil ihr denkt, dass sie es sind, die euren Alltag stützen?», fragte Thea unvermittelt.

Max seufzte tief, als Thea das sagte. Ein kurzer Augenblick der Stille entstand, der erste an diesem Nachmittag. Ansonsten waren die Worte wie Bälle zwischen Thea und Max hin- und hergesprungen.

«‹Never change a winning team› sagt man bei euch, nicht? Das reden sich hier auch viele ein», sagte er dann. Als Thea auf die Uhr schaute, erschrak sie: Sie hätte längst bei Fräulein Gosteli sein sollen. Die Zeit verging in der Gegenwart von Max Schönbächler offensichtlich schneller.

«Sehen wir uns wieder?», fragte er.

Doch Thea, die wusste, dass sie übermorgen um diese Zeit schon wieder die roten Backsteinhäuser Bostons vor sich haben würde, schüttelte den Kopf.

«Darf ich Ihnen schreiben?», fragte Max.

Thea zögerte. Dann zog sie das erste Stück Papier, das ihr in die Finger kam, aus der Tasche und notierte ihre Adresse auf das Zirkular von Nicolas Furrer. Sie riss den untersten Streifen ab und reichte ihn Max. Als sie sich umdrehte und schnell zur nächsten Straßenbahn lief, blieb er noch lange stehen und schaute ihr nach.

«Wenn mein Leben jeden Tag wie heute wäre, wäre ich ein richtig glücklicher Mann», murmelte er, als der Pelzmantel samt Thea Miller darin in der Menge verschwand.

Das Fräulein Marthe war gerade dabei, ihren Mantel zuzuknöpfen, als Thea klingelte und sich schwer atmend für die Verspätung entschuldigte. Aber Marthe winkte ab. Sie knöpfte den Mantel wieder auf und nahm Thea mit. Erst in das Filmarchiv,[79] in dem sie Dokumentarfilme über die Weltkriege und Kernspaltung, über Schifffahrt, den Atlantik und den Untergang der Titanic verwahrte. Auch Stücke über die Frauenbewegungen im Ausland waren zu finden. Marthe wischte mit dem Finger über die Filmrollen und Staub wirbelte durch die Luft.

«Sehen Sie nur», sagte sie, «so lange ist es schon her, dass die Frauen rund um die Schweiz das Stimmrecht bekommen haben, dass auf dem Filmmaterial dazu schon Staub liegt», sagte sie. «In Deutschland und Österreich bekamen sie es 1918», sie tippte auf eine besonders verstaubte Filmrolle. Dann zuckte sie die Schultern. «Ausgeliehen haben wir das Material, soweit ich weiß, noch nie.» Dann sprachen sie über Unterbäch und Fräulein Gosteli schüttelte den Kopf. «Es ist schon recht, was man dort versucht hat. Es nützt nur leider nichts»,[80] sagte sie. «Dieser Neuinterpretationsweg», sie winkte ab, «das ist nichts.»

«Warum denn nicht? Er erscheint mir sehr einleuchtend», gab Thea zurück, obwohl sie Marthes Meinung teilte.

«So oft schon wurde versucht, das Frauenstimmrecht durch eine Neuinterpretation der Verfassung zu erreichen. Immer erfolglos», sagte die junge Film-Archivarin. «Ich weiß, der Weg der Volksabstimmung ist beschwerlicher und das Risiko, dass wir noch zehn oder mehr Jahre warten, ist groß. Aber es ist der richtige Weg.»

«Aber warum, wenn Sie das Stimmrecht doch so bald bekommen könnten?», warf Thea ein.

«Es braucht eine Verfassungsänderung. Wer sagt uns denn, dass der Artikel 74 nicht plötzlich wieder anders interpretiert wird? Nein, das Stimmrecht muss in der Gesellschaft breit abgestützt sein. Wir müssen es ehrlich erringen, nicht mit diesem Bubentrickli erschleichen. Nur dann haben wir Frauen eine Chance auf echte Gleichberechtigung in diesem Männerland. Aber diese Diskussion können wir uns so oder so hoffentlich bald sparen», fügte Marthe noch an.

«Wegen des Berichts des Bundesrates?»,[81] fragte Thea, erstaunt, dass Marthe der Abstimmung so optimistisch entgegenblickte. «Glauben Sie denn, Parlament und Volk sagen Ja?»

«Wenn nicht, dann warten wir und nehmen einen weiteren Anlauf. Auch das ist besser als diese halbgare Bastelei mit dem Interpretationsweg», antwortete Marthe. Ihre Stimme war voller Energie.

Draußen war es in der Zwischenzeit dunkel geworden. In den

Fenstern spiegelte sich das elektrische Licht der Archivlampen. Thea fasste sich ein Herz.

«Ich habe gehört, dass die meisten Schweizerinnen das Frauenstimmrecht gar nicht wollen. Es sei nur eine kleine, privilegierte Gruppe, die sich dafür einsetzt.»

«Wo haben Sie das gehört?», fragte Marthe scharf und Thea erzählte es ihr.

«Oh je, Sie Arme, eine solche Verwandtschaft wünscht man keiner», sagte die junge Frau und lächelte mitfühlend. Dann wiederholte sie die Antwort, die Thea bei ihrem Spaziergang bereits von Max bekommen hatte.

«Verschiedene Kantone haben konsultative Frauenabstimmungen durchgeführt, um zu klären, ob die Frauen nun das Stimmrecht wollen oder nicht. Und raten Sie, was dabei herauskam? Sie wollen es!»[82] Genugtuung klang mit jedem ihrer Worte mit.

Bevor sich die beiden Frauen verabschiedeten, lud Marthe die Amerikanerin ein, am nächsten Morgen am Treffen des Berner Stimmrechtsvereins teilzunehmen, bei dem sie selber im Vorstand saß.

«Vielleicht schreiben Sie über uns ja auch einen Artikel», sagte sie und lachte herzlich, als Thea zusagte. Man traf sich am nächsten Vormittag und diskutierte die Vorlage des Bundesrates.

«Schon wieder», flüsterte Gosteli ihrem Gast ins Ohr.

Es galt, die National- und Ständeräte so zu bearbeiten, dass sie der Vorlage des Bundesrates zustimmten. Nur wenn das Parlament das Stimmrecht annahm, konnte es zur Volksabstimmung kommen, erinnerte Thea sich. Sie fand das erstaunlich und fühlte sich in der direkten Demokratie noch nicht ganz sicher.

«Das Parlament sind doch die gewählten Volksvertreter?», fragte sie. Gosteli nickte. «Und selbst wenn die vom Volk gewählten Politiker die Verfassung ändern, braucht es zusätzlich auch noch eine Volksabstimmung?»

Gosteli nickte erneut. Die Stimmung unter den Frauen war heiter und voller Tatendrang. Listen mit Nationalräten, die es zu überzeugen galt, wurden aufgesetzt. Auch einige Ständeräte kamen darauf. Viele der Frauen hatten exzellente Verbindungen zu den Politikern, die unter den eleganten Kuppeldächern des Bundeshauses saßen. Während Thea das Geschehen beobachtete und den Ausführungen der Frauen lauschte, war sie sich plötzlich sicher: Frauen wie diese konnten sich alles erkämpfen, was sie wollten.

«Fast hatten wir es schon geschafft», sagte eine Dame, die sich als Marie Boehlen[83] vorstellte. «Im vergangenen Jahr hat es im Kanton Bern eine Abstimmung gegeben. Eine Volksinitiative, von uns Bernerinnen mit auf die Beine gestellt und angetrieben. Wir haben das Stimmrecht auf Gemeindeebene gefordert. Durchgekommen sind wir mit der Initiative nicht, aber es war schon viel knapper als andere Male», fügte sie hinzu, «und die Stadt Bern hat Ja gesagt. Das nützt uns konkret nichts, aber wir verbuchen es dennoch als Erfolg. Es war ein Schritt in die richtige Richtung.»

Thea ließ ihren Blick umherschweifen: Rauch von zahlreichen Zigaretten zog durch den Raum. Eine Schreibmaschine klapperte und Füllfedern kratzten über Papier. Sie bewunderte diese Frauen.

ZURÜCK IN BOSTON

Die roten Backsteinhäuser von Boston erschienen Thea grell, nach den sanften, sandfarbenen Stadthäusern Berns. Sie vermisste die Berge am Horizont, wenn sie aus dem Fenster schaute. Und wann immer sie ihre Post durchsah, legte sie den Stapel enttäuscht weg: kein Brief von Max Schönbächler. Dafür war ihre Familie umso interessierter an ihr. Sie wollte nämlich alles über die Furrers wissen und war entrüstet, als sie hörte, wie Marianne zu den Frauenrechten stand.

«Da hat sich über die Generationen ganz offensichtlich nicht viel verändert, wenn mein Cousin eine solche Frau heiratet», sagte Theas Mutter und schüttelte den Kopf. «So, wie es aussieht, sind wir die schwarzen Schafe in einer langen Linie von Patriarchen.»

Ihr Chef zitierte Thea direkt in sein Büro, kaum war sie zurück auf der Redaktion. Er reichte ihr eine Kartonschachtel gefüllt mit Briefen.

«Fanpost», sagte Bedford Lewis und grinste.

Die Leserbriefe waren äußerst unterschiedlicher Natur. Viele ließen sich über die Rückständigkeit der Schweizer aus. Andere wiederum sahen durchaus den Reiz einer Gesellschaft, in der die Weiber den Mund zu halten hatten. Lewis für seinen Teil war äußerst zufrieden mit allen eingesandten Meinungen.

«Sie waren beste Werbung für uns», versicherte er Thea, «die Abonnentenzahlen sind noch steiler in die Höhe gegangen, als sie das normalerweise tun.» Er strahlte.

Bald schon schob sich das knospende Grün des Frühlings vor die roten Backsteinhäuser und machte Boston zu einem schöneren Ort. Thea führte Interviews und recherchierte, doch keines der Themen packte sie ebenso leidenschaftlich an wie die Schweizer Frauenfrage. Über die Ostertage reiste sie nach Kalifornien, um Granny Mathilda zu besuchen.

«Jetzt hast du also die Furrers kennengelernt», sagte die alte Frau und hustete. «Ein verbittertes Völkchen, nicht wahr?»

«Nicht alle», sagte Thea und erzählte von Nelly.

«Ja, du siehst meiner Mutter unglaublich ähnlich», sagte Mathilda und fuhr ihrer Enkelin durch das rote Haar. «Ob es Nicolas wohl gestört hat, dass seine Enkelin unserer Mutter ebenso aus dem Gesicht geschnitten ist?» Mathilda lachte ihr heiseres, trockenes Lachen. Aber ihre Augen funkelten. Obwohl sie gerne über ihren Bruder schimpfte, hatte sie ihn immer geliebt. «Der alte Sauertopf», murmelte sie.

Als Thea von Marianne erzählte, verdrehte Granny Mathilda die Augen. Als das Fräulein Marthe zur Sprache kam und ihr Zirkel rauchender, debattierender Frauen, strahlte Mathilda. Und Thea erkannte einmal mehr den gleichen Kampfgeist, den sie bei den Frauenrechtlerinnen in der Schweiz gesehen hatte.

«Hat es dich nie in die Schweiz zurückgezogen, Granny? Es gibt dort so viel zu tun», fragte Thea.

Ihre Großmutter antwortete ohne zu zögern. «Nein, mein Schatz, mich hat es nie zurück in die Schweiz gezogen. Für diesen Kampf hatte ich nicht genügend Kraft.» Sie hielt einen Augenblick inne. «Aber bei dir, da könnte es anders sein ...»

Bald wurden die Tage länger und heißer, bald glühte Boston unter der Sommersonne und Thea war dankbar für den Ventilator, der direkt über ihrem Schreibtisch hing. Wenn sie aus der Redaktion nach Hause kam und an der Rezeption ihre Post abholte, hoffte sie noch immer, einen Brief mit Luftpoststempel in dem Stapel zu finden. Max hatte sich in ihre Gedanken geschlichen und weigerte sich, wieder zu verschwinden. Und immerhin hatte sie ihm ihre Adresse gegeben. Doch die Tage und Wochen vergingen, ohne dass ein Brief aus Übersee eintraf. Irgendwann hörte Thea auf, den Poststapel nach einem Couvert mit den typischen roten und blauen Streifen der Airmail zu durchsuchen. Die große Überraschung kam dann auch nicht mit der Post, sondern aus dem Mund von Bedford Lewis.

«Walther Siegert ist gestorben», sagte er während der Redaktionssitzung und ein trauriges Raunen ging durch die Reihen. Walther war ihr Korrespondent in Berlin gewesen. Nicht die idealste Lage, um aus ganz Europa zu berichten, aber auf jeden Fall ein spannender Ort. Walther, in der Weimarer Republik groß geworden, war ein begnadeter Schreiber. Allerdings hatte er sich nie ganz von den Verletzungen, die er sich als junger Soldat in Russland zugezogen hatte, erholt.

«Wir brauchen einen Ersatz», sagte Lewis und sein Blick blieb länger auf Thea hängen als auf den übrigen Redaktoren. «Ich bin offen für Vorschläge.» Wind blies trockenes, gelbes Laub über die Straße, als

Thea an diesem Abend nach Hause ging. Mehr als ein halbes Jahr war vergangen, seit sie aus der Schweiz zurückgekehrt war. Sie hatte viel Zeit auf eine Recherche verwendet, in der sie die Rassentrennung in den USA analysierte. Drei Jahre zuvor war diese offiziell in allen Staaten aufgehoben worden. Aber wurde das auch umgesetzt? «Nein» war das klare Fazit von Theas Analyse, das ihr sehr viele wütende Leserbriefe aus den Südstaaten eingebracht hatte.

«Ah, sie lesen uns auch dort unten», hatte Lewis gesagt.

Thea hätte gerne mit Dr. King, dem Pfarrer und Anführer der Bürgerrechtsbewegung gesprochen, hatte aber bisher erfolglos um einen Termin gebeten. Dafür durfte sie Senator Kennedys schwangere Frau Jackie für ein sehr privates Interview im Familienanwesen treffen. Die Zeitung mit diesem Familienporträt darin hatte sich verkauft wie warme Semmeln. Kurz hatten sie auch über das neuste Buch des Senators gesprochen und Thea hatte an Max denken müssen. Wäre er ein Kandidat, den zu fragen sich lohnen würde? Als Korrespondent? Bescheid wissen würde er auf jeden Fall, aber er war ja glücklich mit seiner Arbeit. «Und allzu gerne schreiben tut er wohl auch nicht», dachte Thea, als sie durch einen großen Haufen Laub stapfte. «Und warum eigentlich einen trockenen Juristen fragen? Ich könnte den Job viel besser machen.» Ein Lächeln breitete sich auf ihrem Gesicht aus.

Am nächsten Tag klopfte Thea an die Glastür zum Büro ihres Chefs.

«Ich will den Job. Ich gehe nach Europa», sagte sie, noch bevor Bedford Lewis sie gebeten hatte, Platz zu nehmen.

«Na endlich», rief Lewis, «ich dachte schon, ich hätte mich in Ihnen getäuscht.»

«Ich möchte als Erstes in die Schweiz. Dort hat im Herbst die erste Kammer die Vorlage für das nationale Frauenstimmrecht angenommen. Dort könnte es interessant werden. Und in Berlin spitzt sich die Lage stetig zu, während die Sowjetunion im Osten die Muskeln spielen lässt. Wenn ich meine Basis in der Schweiz einrichte, in Zürich oder Basel, bin ich überall einigermaßen schnell vor Ort.»

Ihr Chef nickte. «Die Lage mitten in Europa ist gut. Aber die Schweiz ist ein teures Pflaster.»

Thea nickte. «Ich komme schon zurecht.»

Als Thea zu Hause ihren Poststapel durchging, hielt sie inne. «By Airmail» stand auf einem der Umschläge. Mit klopfendem Herzen riss sie den Umschlag auf.

Liebe Thea

Ich habe lange gezögert, Dir zu schreiben, weil ich mir nicht sicher sein konnte, dass Du Dich über Post aus der Schweiz – und von mir im Besonderen – freuen würdest. Dann aber gab ich mir einen Ruck. Unser Zusammentreffen hat mir so viel bedeutet und wenn es Dir auch nur in ungleich kleinerem Maße ebenso ergangen ist, dann würdest Du Dich ob meiner Zeilen freuen.

Auch wenn ich den Blick, den Du meiner lieben, gegenwartsfremden Mutter zugeworfen hast, als wir über das Frauenstimmrecht gesprochen haben, so schnell nicht vergessen werde. Sie selber hat das, fürchte ich, gar nicht realisiert. Meine Eltern sind regelrechte Spezialisten darin, Dinge, die nicht in ihr Weltbild passen, einfach auszublenden.

Mir ist das Kunststück geglückt, ohne zu heiraten das Zürcher Nest zu verlassen! Ich habe am Basler Mädchengymnasium eine Anstellung als Handarbeitslehrerin bekommen. Es ist kein Modeatelier in Paris – aber immerhin bereits nahe an der Grenze und weit weg vom Blick meiner Eltern. Apropos: Solltest Du wieder in die Schweiz kommen, wisse bitte, dass Du bei mir immer aufs Herzlichste willkommen bist.

In familiärer Umarmung
Nelly

Thea war gleichermaßen überrascht, erfreut und bodenlos enttäuscht. Beim Anblick des Umschlags hatte sie keine Sekunde daran gezweifelt, dass die Zeilen darin von Max stammten. Die Handschrift hätte denn auch durchaus jene eines Mannes sein können. «Basel also», dachte Thea und machte sich sofort daran, Nelly zu antworten.

Liebe Nelly

Was haben Deine Zeilen Überraschung und Freude bei mir ausgelöst! Ich habe viel an euch Furrers und vor allem an Dich, meine Doppelgängerin in der alten Welt, gedacht.

Der Zufall will es, dass ich tatsächlich wieder in die Schweiz komme. Diesmal nicht nur für wenige Tage, sondern für unbestimmte Zeit. Ich werde die neue Europa-Korrespondentin des «Boston Chronicle». Du kannst dir also vorstellen, wie gerne ich auf Dein Angebot zurückkomme, zumindest vorübergehend bei Dir zu wohnen. Ich fliege am 3. April hier ab und werde am 4. in Paris landen. Dort gönne ich mir einen Spaziergang auf den Champs-Élysées und danach fahre ich mit dem Zug in Deine Richtung.

Ich freue mich auf Deine Antwort und schicke Dir tausend Grüße
Thea

Während Thea sich in Boston von ihrer Familie und ihren Freunden verabschiedete, lief auf der anderen Seite des Atlantiks ein junger Mann mit einem Brief in der Hand zur Poststelle. Max hatte fast ein Jahr gezögert, diesen Brief zu schreiben. Er hatte die Adresse der umwerfenden Amerikanerin zwar behalten, sich aber fest vorgenommen, sich nicht bei ihr zu melden. Eine Schwärmerei über den Ozean hinweg, das brauchte er nicht. So etwas raubte nur Energie und machte einen traurig. Aber sie ging ihm nicht aus dem Kopf, diese Thea Miller.

^v

IN BASEL

Thea war froh, während der ersten Tage in Basel bei Nelly wohnen zu dürfen, selbst wenn das Zimmer, das Nelly hier mietete, für zwei Frauen eher eng war. Aber Thea war so oder so kaum dort. Einen Tag nach ihr traf Francis E. Willis, die US-Botschafterin in Norwegen, in Bern ein. Diesmal war es nur ein Besuch, bis 1957 aber war Willis US-Botschafterin hier, in der Schweiz, gewesen. Thea hatte schon lange ein Interview mit der ersten Frau Botschafterin der USA machen wollen. Nun bot sich die Gelegenheit. Im Zug nach Bern, wo sie Willis treffen würde, las sie nochmals den Artikel, den das deutsche Magazin «Der Spiegel» bei Willis' Ernennung gedruckt hatte.

> *«Eine neue Epoche in der Geschichte der ‹ältesten Demokratie der Welt› hatte begonnen, als Miss Frances Elizabeth Willis am 4. Oktober dem Abteil erster Klasse des Pariser Schnellzuges entstieg und auf dem halb ländlichen Bahnsteig der schweizerischen Kapitale vom Chef des Protokolls begrüßt wurde. (…) Denn die schweizerische Politik wird ausschließlich von Männern gemacht, die Frauen haben kein Stimmrecht, und eifersüchtig wachen die männlichen Eidgenossen über ihr Privileg, das älter und ehrwürdiger ist als die Schießkünste Wilhelm Tells. Unter diesen Umständen mag es verständlich sein, dass die Erteilung des Agréments für die ehemalige Geschichtslehrerin am feudalen Goucher-College von den eidgenössischen Verfechtern männlicher Exklusivität mit der Einwilligung der naiven Trojaner zur Einholung des berüchtigten hölzernen Pferdes verglichen wurde.»*[84]

Miss Willis, die Frau im Männerstaat – das hatte damals auch unter den Journalisten zu reden gegeben, als Präsident Eisenhower sie ernannt und ausgerechnet dorthin geschickt hat. Nachdem Thea mit Miss

Willis über ihre Arbeit im Männerstaat und die Rolle der Mutter, die ihre Botschafts-Tochter in die Schweiz begleitet hatte, ausfragen durfte, reiste sie direkt weiter nach Berlin. Die Kontrolle zwischen West und Ost empfand sie als äußerst unangenehm. «Als wäre der Krieg noch in vollem Gange», dachte Thea bei sich. Als sie dann aber endlich am Ziel war, war sie fasziniert von der Stadt, in der West und Ost, Kapitalismus und Kommunismus sich so nah aneinander rieben wie sonst nirgendwo auf der Welt. Sie saß lange an dem Artikel, in dem sie dem amerikanischen Volk zu erklären versuchte, dass es dort, an diesem Außenposten der westlichen Welt, um mehr ging als nur um Einfluss. Familien fürchteten, getrennt zu werden. Liebende mussten einen Grenzposten passieren, um sich in die Arme zu schließen. Da war der Krieg seit mehr als zehn Jahren zu Ende, aber man ließ die Normalität nicht einkehren. Thea traf auch die Familie ihres Vorgängers, Walther Siegert, und sprach lange mit dessen Witwe. Die Frau verstand nicht, warum Thea in Europa arbeiten wollte, wenn sie doch stattdessen in den USA leben könnte. Und sie verstand noch weniger, was eine junge Frau an der Schweiz reizte.

«Nehmen Sie sich eine Wohnung in Paris oder Barcelona, oder Wien – aber doch nicht in Basel», sagte sie kopfschüttelnd.

Von Berlin aus reiste Thea mit der Deutschen Bahn nach Ulm. Dort standen zehn Männer vor Gericht, die während des zweiten Weltkrieges der Gestapo, dem Sicherheitsdienst und der Ordnungspolizei angehört hatten. Als Thea im Zug die Gerichtsunterlagen minutiös durchging, stockte ihr der Atem. Dem ehemaligen SS-Standartenführer Hans-Joachim Böhme etwa wurde gemeinschaftliche Beihilfe zu gemeinschaftlichem Mord vorgeworfen. Als Anführer der Sicherheitspolizei hatte Böhme in Litauen den Tod Tausender Juden veranlasst. Nach dem Krieg gab er sich als aus der Gefangenschaft entflohener einfacher Soldat aus und arbeitete fortan als Steuerberater. Später fälschte er einen Doktortitel, verheimlichte seine Mitgliedschaft in der NSDAP und bei der Gestapo, heiratete und arbeitete bis zu seiner Verhaftung als Wirtschaftsjurist.

«Diese ungeheuerliche Dreistigkeit», murmelte Thea und las weiter. Aufgeflogen waren Böhme und die anderen, weil ein weiterer Angeklagter, der ehemalige SS-Oberführer Bernhard Fischer-Schweder – als Anführer eines Kommandos in Osteuropa hatte auch er das Leben Tausender Juden auf dem Gewissen –, selber Klage erhoben hatte. Der Mann hatte drei Jahre zuvor seine Anstellung verloren, weil Teile seiner Vergangenheit bekannt geworden waren. «Er hatte doch tatsächlich die Frechheit, vor dem Arbeitsgericht auf Wiedereinstellung zu klagen.» Thea schüttelte ungläubig den Kopf. Die Männer mussten sich unheimlich sicher gefühlt haben, um sich so zu verhalten. Thea hatte die Berichterstattung aus Ulm mit den Worten «Dieser Prozess markiert eine Kehrtwende in Deutschlands Anstrengung, seine Kriegsgeschichte umfassend aufzuarbeiten» bei ihrem Chef in Boston angekündigt.

Nach ihrer Rückkehr aus Ulm lernte Thea endlich Nellys Vermieterinnen kennen, ein älteres Paar namens Caroline und Bertha. Die beiden hatten eine neunjährige Tochter, Inez. Ein Rabauke durch und durch, befand Thea und mochte das Kind vom Fleck weg. Während Theas Abwesenheit war der Student, der im zweiten vermieteten Zimmer des Hauses gewohnt hatte, ausgezogen.

«Es ist Ihres, wenn Sie es möchten», sagte Caroline und Thea nahm dankend an. Nelly half ihr, das wenige Gepäck über den Flur in das neue Zimmer zu tragen. Später aßen alle gemeinsam zu Abend und als Inez im Bett war, öffnete Bertha eine Flasche Sherry.

«Auf unseren Neuzugang», sagte sie.

«Auf die Schweizer Frauen», entgegnete Thea.

Am 13. Juni 1958 beriet der Nationalrat über die Vorlage für das Frauenstimmrecht. Nun würde sich entscheiden, ob die Stimmbürger zur Frauenfrage befragt werden sollten oder nicht. Thea würde selbstverständlich in der Zuschauerloge des Nationalratssaales sitzen. Ihre Vermieterin Caroline, selbst eine glühende Feministin, begleitete sie nach Bern. Thea hätte sie gerne über die Beziehung zu Bertha ausgefragt.

Verbindungen dieser Art waren in keinem Land einfach, weder für Frauen noch für Männer. Aber für ein solches Gespräch kannte sie Caroline nicht gut genug und so hielt sie sich zurück.

Auf der Tribüne des Nationalrates saßen die Frauen dicht gedrängt, den Blick hinunter auf die Glatzen und grauen Haarschöpfe der Männer gerichtet. Einige der Damen erkannte Thea wieder – sie hatte sie damals während ihres Besuchs beim Berner Frauenstimmrechtsverein kennengelernt. Sie nickte ihnen zu, schüttelte Hände und setzte sich schließlich mit trockenem Mund und klopfendem Herzen in die Loge. Es dauerte mehrere Ewigkeiten, bis das Frauenstimmrecht endlich zur Sprache kam. Doch dann war er da, der Moment, auf den sie alle gewartet hatten. Die Nationalräte hielten Voten dafür und dagegen. Dann gaben sie ihre Stimme ab und nach einer weiteren Ewigkeit waren sie ausgezählt. Viele der Frauen hatten die Hände zum Gebet gefaltet. Einige hielten sich bei den Händen. Andere murmelten leise. Eine ältere Frau mit einem Kleid aus grobem Stoff und streng hochgestecktem Haar, eine füllige Matrone, hatte die Hände vor dem Gesicht zusammengeschlagen. Sie konnte keine Sekunde mehr nach unten auf die Männer schauen, in deren Händen ihr Schicksal lag. Thea hielt kurz inne mit dem Notizenmachen und lehnte sich über das Geländer, um die Männer genauer betrachten zu können. Sie erkannte, dass auch viele von ihnen nervös auf das Ergebnis warteten. Manche, Caroline erklärte ihr später, dass sie in der sozialdemokratischen Fraktion oder im Landesring der Unabhängigen saßen, schauten immer mal wieder hoch zu den Frauen, als wollten sie ihnen Mut machen – oder sich selber beruhigen.

Schließlich trat der Nationalratspräsident an das Rednerpult. Caroline packte Theas Hand und hielt sie so fest, dass es wehtat. Mit 96 zu 43 Stimmen war der Antrag, den Artikel 74 der Bundesverfassung anzupassen, um darin das Frauenstimmrecht zu verankern: «Angenommen!»

Entgegen Theas Erwartung brach auf der Tribüne kein lauter Jubel aus. Die Frauen freuten sich gemäßigt und kontrolliert. Aber sie freuten sich unbändig. Ihre Augen strahlten, sie umarmten sich, vielen liefen

Tränen über die Wangen, andere zitterten, alle lachten. Selbst Thea, die Beobachterin, fühlte den Stolz und die Hoffnung bis in ihre Fingerspitzen pulsieren.

«Nun müssen wir alles daransetzen, die Männer zu überzeugen», sagte eine der Frauen.

«Um den Finger wickeln müssen wir sie», sagte eine andere.

«Es gilt vor allem, sie zu beruhigen. Keine großen Forderungen, keine freche Kritik, nun gilt es, zu zeigen, dass sich mit dem Stimmrecht nichts an der Ordnung im Land ändern wird.»

Kaum war eine Hürde genommen, mussten die Frauen bereits an die Überwindung der nächsten, höheren denken. «Das wäre nicht nötig, wenn die Schweiz keine direkte Demokratie wäre. Dann wäre das Frauenstimmrecht jetzt Realität», überlegte sich Thea. Sie würde diese Tatsache in ihrem Artikel erläutern.

Als Thea und Caroline das Bundeshaus verließen, wartete ein Schock auf Thea. Draußen nämlich stand ein junger Mann, den sie augenblicklich wiedererkannte. Freude stieg in Thea auf. Doch dann sah sie, dass er nicht alleine war. Neben Max Schönbächler, den schmalen Arm bei ihm eingehakt, stand eine junge Frau. «Das also ist der Grund dafür, dass er mir nicht geschrieben hat. Er ist schon vergeben. Der Schuft!», dachte sich Thea und hoffte, an dem jungen Paar vorbeigehen zu können, ohne erkannt zu werden. Doch nur Sekunden, nachdem Thea ihn gesehen hatte, erblickte auch er sie. Ein Strahlen breitete sich auf seinem Gesicht aus, er sagte etwas zu seiner Begleiterin und die beiden kamen direkt auf sie zu.

«Miss Miller, was für eine Überraschung. Ich dachte, Sie befänden sich auf der anderen Seite des Atlantiks.»

«Aber nicht doch», antwortete sie, «wenn die Schweizer sich Schritt für Schritt dazu durchringen, alle Menschen als gleichwertig anzusehen, ist das eine Reise nach Europa wert.»

«Ah», sagte Max neugierig, «Sie wurden von Ihrer Zeitung hergeschickt?»

Thea nickte und verabschiedete sich sogleich von Max und seiner Begleiterin. «Die Frauen hier im Land mögen warten – die Züge tun es nicht», sagte sie.

Die Begleiterin lachte ob der Bemerkung laut. Ein durchaus sympathisches Lachen, dachte Thea und ärgerte sich. «Vielleicht laufen wir uns ja wieder über den Weg, ich würde mich freuen», sagte der junge Mann und hob die Hand zum Gruß.

Zurück in Basel merkte Nelly augenblicklich, dass Thea niedergeschlagen war.

«Ich habe dir doch von Max erzählt, erinnerst du dich?», fragte Thea. Nelly nickte. «Ich habe ihn heute getroffen – mit einer anderen Frau am Arm.»

«Oh, Liebes», Nelly legte den Arm um Thea. «Hat er sie denn als seine Frau vorgestellt? Oder als seine Verlobte?»

Thea schüttelte den Kopf. «Ich habe mich verabschiedet, bevor er überhaupt die Gelegenheit dazu hatte. Ich wollte es gar nicht hören.»

Nelly schaute ihre Cousine etwas ratlos an. «Und wenn es seine Schwester war?»

«Egal», winkte Thea ab, «wäre er interessiert, hätte er sich gemeldet. Das hat er nicht. Es macht genau genommen keinen Unterschied, wer genau die Frau war. Er will mich nicht und ich sollte aufhören, dem Mann so erbärmlich hinterherzutrauern. So war ich früher gar nicht.»

«Auch wir werden nicht jünger», sagte Nelly und grinste.

«Wenn du das sagst, was bedeutet es denn erst für mich», sagte Bertha, die eben in die Küche gekommen war. Sie drehte sich zu Thea um: «Ich habe vielleicht eine spannende Geschichte für dich.» Sie goss sich ein Glas Milch ein und setzte sich zu Nelly und Thea an den Küchentisch. «Eine junge Frau hat mich kontaktiert. Sie ist aus Israel in die Schweiz gereist, weil sie jemanden sucht. Eine alte Bekannte von mir, eine Kameradin.» Bertha machte eine kurze Pause, schüttelte den Kopf und begann von vorne. «Ich muss ein bisschen ausholen, damit das alles Sinn ergibt. Während des Zweiten Weltkrieges standen meine beiden Brüder in Basel an der Grenze. Wir alle haben bald Gerüchte davon gehört, was in Deutschland mit den Menschen passiert, die der Führer nicht als arisch einstufte.»

«Du meinst, wir wussten von den Konzentrationslagern?», Nellys Stimme klang erschrocken. «Ich war damals noch fast ein Kind, ich erinnere mich an die Lebensmittelmarken und das Verdunkeln. Aber nicht daran, dass von diesen schlimmen Dingen die Rede war.»

«Darüber spricht man ja auch nicht oft», sagte Bertha, «aber wir in Basel, wir wussten Bescheid. Und Caroline, die in Olten aufgewachsen ist, wusste es auch. Jedenfalls haben meine Brüder mitansehen müssen, wie jüdische Flüchtlinge an der Grenze von Schweizer Soldaten abgefangen und zurückgeschickt wurden.»

Thea sog die Luft scharf ein.

«Sie haben es sich zur Aufgabe gemacht, so viele Menschen wie möglich zu retten. Sie haben die Flüchtlinge versteckt und in der Nacht nach Basel gebracht. Hier gab es jüdische Familien und auch christliche, die die Flüchtlinge bei sich aufgenommen haben.» Sie schaute Thea an, die sie ungläubig anstarrte. «Das waren schwierige Zeiten damals, auch für uns hier in der Schweiz. Ich selber bin in den Frauenhilfsdienst eingetreten, FHD heißt er. Es gibt ihn noch heute, alles auf freiwilliger Basis, nicht wie das Zivilschutzobligatorium, das die Herren in Bern gern gehabt hätten. Dort habe ich eine junge Frau aus Schaffhausen kennengelernt, Elsa. Eines Tages, unser FHD-Einsatz war durch und wir beide wieder zu Hause, da tauchte sie einfach bei uns im Quartier auf, mit einem Lastwagen der Schweizer Armee, auf dessen Ladefläche eine jüdische Familie saß. Elsa hätte die Familie über die Grenze zurück nach Deutschland bringen sollen. Aber sie ist mitsamt dem Lastwagen und den Flüchtlingen nach Basel durchgebrannt, weil ich ihr erzählt hatte, dass meine Brüder solchen Menschen helfen.»

Nelly hörte Bertha mit Tränen in den Augen zu. Thea hatte ganz automatisch ihr Notizbuch aus der Tasche gezogen, die noch immer neben ihr stand, und mitzuschreiben begonnen.

«Mein Bruder hat Elsa geholfen, die Familie in Basel zu verstecken. Das Letzte, was wir von ihnen gehört hatten, war, dass sie in Sicherheit sind. Für Elsa aber konnten wir nichts tun. Sie wurde verhaftet und verurteilt.»

«Ich kann es kaum glauben», stieß Nelly aus.

«Das ist allerdings eine gute Geschichte», sagte Thea. «Sitzt Elsa noch immer im Gefängnis?»

«Ich weiß es nicht», sagte Bertha leise. Sie schaute aus dem Fenster, während sie weitersprach. «Ich habe mich nicht getraut, nach Elsa zu fragen oder gar Kontakt mit ihr aufzunehmen. Ich war auch nicht an ihrem Prozess. Ich hatte viel zu große Angst, dass die Fremdenpolizei dann entdecken könnte, was meine Brüder tun. Und dass auch sie», sie atmete tief durch, «dass auch sie ins Gefängnis kommen. Oder schlimmer. Landesverrat endet bei Männern viel eher mit dem Tod als bei Frauen.»

«Es war Krieg.» Nelly legte den Arm um Bertha. In ihren Worten lag so viel Wärme, dass nun auch Bertha die Tränen in die Augen stiegen. Sie räusperte sich mehrmals, bevor sie fortfuhr.

«Diese junge Frau aus Israel, Iza ist ihr Name, ist eines der beiden Kinder aus Elsas Lastwagen. Sie möchte sich bei ihr bedanken. Dafür, dass Elsa ihrer Familie das Leben gerettet hat.»

Thea atmete tief ein und nickte. Sie würde alles daransetzen, diese Frau zu finden. Erst einmal aber gab es so viel zu tun, dass Thea kaum merkte, wie die Wochen verstrichen. Bald stand der erste August an, der eidgenössische Nationalfeiertag. Kurz davor kam Nelly mit einer Karte in der Hand zu ihr ins Zimmer. Die Furrers luden ihre Tochter und die amerikanische Verwandte recht herzlich zur 1.-August-Feier nach Zürich ein. Thea wusste, dass früher oder später die Diskussion auf das Frauenstimmrecht kommen würde. Sie sagte dennoch zu – und sie behielt recht: Nellys Mutter Marianne war dem Komitee gegen das Frauenstimmrecht beigetreten.

«Wir haben im ganzen Land Unterstützerinnen und Unterstützer», sagte sie und als Thea fragte, warum man denn von kaum jemandem aus dem Komitee auch nur den Namen kenne, schüttelte Marianne heftig den Kopf und hob die Hände.

«Damit bringst du es auf den Punkt», rief sie aus. «Wenn man sich hier in Zürich oder in Basel als Gegnerin des Frauenstimmrechts bekennen wollte, könnte man sich genauso gut unter einen Schnellzug werfen. Man wird gesellschaftlich komplett boykottiert. Darum will nicht einmal unsere Präsidentin öffentlich auftreten. Wir versuchen, so gut es geht, anonym die Strippen zu ziehen.»[85] Marianne nahm einen Schluck Wasser. «Wir schicken den Medien fast jeden Tag Artikel und Anekdoten, die darlegen, wie viel Ungemach das Frauenstimmrecht der Schweiz bringen würde. Und die Zeitungen drucken sie in großer Menge», fuhr sie fort, als niemand sie unterbrach.

«Ja, das habe ich gesehen» antwortete Thea. «Aber wenn ihr als Stimmrechtsgegnerinnen von so vielen Menschen aufgrund eurer Meinung angegriffen werdet, dann heißt das doch auch, dass die meisten das Frauenstimmrecht wollen», stellte sie fest.

Aber Marianne schüttelte den Kopf. «Du bist noch nicht lange genug hier in der Schweiz, um die Eigenart unseres Volkes zu verstehen. Es gibt einige, die laut schreien, und ganz viele, die den Kopf in die Richtung ducken, in der eben am lautesten geschrien wird. Und glaub mir, die Emanzen haben Kehlen wie Trillerpfeifen. Darum ist es wichtig, die schweigende Mitte vor dem Unglück zu bewahren. Und dafür opfern wir uns.» Thea schaute noch immer skeptisch und Marianne sah sich veranlasst, ihre Position noch weiter zu verteidigen. «Sogar die Schwester von Peter von Roten, Marie-Anne von Sury-von Roten, ist gegen das Frauenstimmrecht. Sie sieht aus erster Hand, was das Emanzentum mit einem Mann, ja mit einer Familie anstellen kann. Darum setzt sie alle Hebel in Bewegung, die breite Masse davor zu bewahren. Die gute Seele.»

«Gibt es eigentlich noch Dessert, Mutti?», fragte Nelly, die das Gespräch satthatte.

Thea war ihr dankbar. Die Diskussion hatte ihr nicht behagt.

Einerseits fand sie Mariannes Einstellung absolut nicht nachvollziehbar. Andererseits war sie Gast hier im Land und jetzt bei den Furrers. Es stand ihr nicht zu, am Tisch der Familie, die sie so gastfreundlich eingeladen hatte, lautstark ihre Meinung kundzutun. Schließlich wurde der Abend trotz Mariannes ärgerlicher Ansichten für Thea zu einer schönen Erinnerung.

Wo sie schon einmal in Zürich war, beschloss Thea, auch die Saffa zu besuchen und einen kurzen Bericht darüber zu schreiben. Eine Ausstellung von Frauen über Frauen und für alle Schweizer. Man hatte am Ufer des Zürichsees extra eine Insel für die Ausstellung aufgeschüttet und ein Männerparadies eingerichtet, um die Herren Stimmbürger jetzt schon für ein Ja an der Urne weichzuklopfen. Zwar stand der Abstimmungstermin noch nicht fest, aber es konnte nicht schaden, früh genug damit anzufangen. Während Thea und Nelly, die sie begleitete, den Herren im Männerparadies zuschauten, winkte ihnen einer augenzwinkernd zu. Nelly winkte zurück, Thea wollte weitergehen.

«Was bist du denn so prüde», fragte Nelly und hakte sich bei ihrer Cousine unter.

«Ich finde das schrecklich, diese Anbiederung bei den Männern. Ein Männerparadies, also wirklich», sie schüttelte den Kopf.

«Ach, du bist doch nur genervt, weil keiner der Männer so hübsch ist wie dein mysteriöser Max», stichelte Nelly.

«Ach, der», sagte Thea, «für den hätte ich gar keine Zeit.»

Nelly grinste. «Soso», sagte sie, als die beiden Frauen weiterschlenderten.

Was für ein kleines Land die Schweiz war, erkannte Thea, als Anfang September ein Paket für sie in Basel eintraf. Eine Karte lag bei.

In der Hoffnung, dass meine Gedanken Ihnen helfen, das Wesen der Schweizerin, mit der Sie sich künftig häufiger abzugeben haben, zu begreifen.

Mit den besten Grüßen
Die Dame aus dem Zug

In Packpapier geschlagen war ein dickes Buch. «Frauen im Laufgitter» stand in dicken, weißen Lettern auf dem Einband. Darunter, hinterlegt mit einem hoffnungsvoll grünen Band, «Offene Worte zur Stellung der Frau». In filigraner schwarzer Schrift prangte über allem der Name der Autorin: Iris von Roten. Thea erinnerte sich noch sehr gut an Frau von Roten – und an ihren attraktiven Mann. Sie schlug das Buch auf und begann zu lesen.

Hier ist das Buch, das ich mit zwanzig Jahren gerne gelesen hätte, aber nicht fand. Es ist für die Jugend geschrieben. Denn es spricht vor allem jene an, die ihr Leben noch nicht investiert haben.[86]

Von Roten erörterte den schlechten Stand der Frauen im Berufsleben, nannte Mutterschaft eine «Bürde ohne Würde» und die Schweiz ein «Volk von Brüdern ohne Schwestern». Sie hatte keine Hemmungen, die Schuldigen an dieser misslichen Lage zu nennen, und sie machte auch vor der weiblichen Sexualität, dem Verlangen und den Bedürfnissen nicht halt. Die Männer nannte von Roten «Riesensäuglinge mit Schnuller», die Frauen schimpfte sie «wohltätige Dummerchen», die nicht merkten, wie die Gesellschaft sie ausnutzte. Thea hatte bereits mehr als die Hälfte des Werkes verschlungen, als Caroline das Buch sah.

«Damit hat sie uns keinen Gefallen getan», sagte sie düster. Thea zog die Augenbrauen hoch und Caroline erklärte: «Im Moment gilt es, die Männer bei Laune zu halten. Sich ruhig und tüchtig zu zeigen, um den Stimmbürgern zu beweisen, dass sie mit einem Ja an der Urne keine Meute wildgewordener, sexlüsterner Emanzen loslassen, sondern nur ins offizielle Gleichgewicht bringen, was die Gesellschaft längst lebt: das friedliche und produktive Miteinander von Mann und Frau. Aber mit einem solchen Buch auf dem Markt können wir den Männern noch lange erzählen, es bleibe alles beim Alten – die glauben uns kein Wort mehr», fügte sie hinzu.

Thea war hin- und hergerissen. Von Roten hatte durchaus recht, die Missstände aufzuzeigen. Aber sie verstand auch die Strateginnen, die alles über sich ergehen ließen, um endlich ein Ja erzielen zu können. Das letzte Kapitel des Buches las Thea im Zug nach Rom. Papst Pius XII. hatte in seiner Sommerresidenz Castel Gandolfo einen Schwächeanfall erlitten und lag im Sterben. Fast einen Monat blieb Thea in Rom, bis Pius zu Grabe getragen worden war und weißer Rauch über dem Petersdom die erfolgreiche Wahl eines Nachfolgers ankündigte. Ein Monat des Wartens. Thea las alle in Rom erhältlichen Schweizer Zeitungen und ärgerte sich über die zahlreichen Texte, die der Bund der Frauen gegen das Frauenstimmrecht unterbringen konnte. Umso mehr freute sie der Bericht über Bundesrat Markus Feldmann, der das Frauenstimmrecht nachdrücklich unterstützte und die Stimmbürger dazu aufforderte, es bei der Abstimmung anzunehmen. Das war umso wichtiger, weil Feldmann der Bauern-, Gewerbe- und Bürgerpartei angehörte, in der die lautesten Gegner des Frauenstimmrechts saßen. Thea las aber nicht nur Zeitung. Sie traf sich auch mit zwei charmanten jungen Herren zum Abendessen. Und zu Cocktails. Und zum Tanzen. William war ein Journalist bei der BBC und verbrachte seine Zeit wie Thea mit Warten auf den neuen Papst. Sie hatten sich bei einer Pressekonferenz verstohlene Blicke zugeworfen, danach hatte Thea ihn angesprochen. Er hatte Hunderte rote Sommersprossen auf dem Gesicht, dem Hals und den Armen. Bereits nach dem zweiten Abendessen mit ihm hatte Thea sich zu wundern begonnen, ob die Sommersprossen wohl Williams gesamten Körper bedeckten. Selbstverständlich würde sie dieser Neugierde mit einem Mann, der nicht wenigstens ihr Verlobter war, niemals nachgeben. Aber der Gedanke daran war prickelnd. Alessandro hatte Thea bei ihrer Suche nach anderen berichtenswerten Themen aus Italien kennengelernt. Er war Soziologe an der Universität La Sapienza in Rom und erforschte die Aufarbeitung des Faschismus in

Italien. Thea hatte den goldenen Ring an seinem Finger gesehen. Aber das hatte sie nicht davon abgehalten, seine Einladung zu einem gemeinsamen Mittagessen anzunehmen. Alessandro hatte sie zum Abschied auf die Wange geküsst und gefragt, ob er sie anrufen dürfe. Er durfte. Die beiden Männer brachten Abwechslung in Theas Tage in Italien. Und es ärgerte sie furchtbar, dass sie trotz der langen Abende mit Alessandro und der schweißtreibenden Rock-'n'-Roll-Nächte mit William noch immer hier und da an Max denken musste. Was hatte dieser Schweizer nur mit ihr gemacht, dass ein einziger Nachmittag mit ihm reichte, um ihr über Jahre den Kopf zu verdrehen?

Am 28. Oktober 1958 war es denn endlich so weit: Angelo Giuseppe Roncalli wurde von den Kardinälen zum neuen Papst ernannt und übernahm sein Amt als Johannes XXIII. Nachdem Thea ihren Bericht für den «Boston Chronicle» fertig geschrieben und William seinen Beitrag für die BBC abgedreht hatte, trafen sie sich auf einen Drink in der Lobby eines luxuriösen Hotels.

«Die Geschichte kommt mir bekannt vor», sagte William nachdenklich. Thea hatte ihm von Berthas Freundin Elsa erzählt und der Familie, die sie während des Krieges gerettet hatte. «Ich bin mir nicht ganz sicher, aber ich denke, ich habe dazu einen Artikel gelesen. Wenn es wirklich um die gleiche Person ging, dann lebt deine Schweizerin jetzt in England.»

«Kannst du das für mich nachschauen, wenn du wieder daheim bist?»

«Ja, aber natürlich, das mache ich gerne. Heißt das, wir werden uns wiedersehen?»

Die gleiche Frage hatte Thea sich selber auch schon gestellt. Bei Alessandro war der Fall klar: Die Abende mit Thea, die verstohlenen Küsse, die Gespräche – das war ein Abenteuer. Aber er gehörte zu seiner Familie – und das war Thea auch recht so. Aber William war jung und intelligent und vor allem: ungebunden.

«Wenn die Frau, von der du gelesen hast, wirklich die Elsa ist, nach der ich suche, dann werde ich nach England kommen und sie treffen», sagte Thea, «und wenn ich schon einmal dort bin ...» Sie lächelte.

«Noch zwei Martini», rief William dem Kellner zu. Dann beugte er sich vor und küsste Thea auf den Mund.

Kaum war Thea zurück in der Schweiz, erreichte sie eine schlimme Nachricht: Bundesrat Feldmann war unerwartet verstorben. Die Stimmrechtsbewegung verlor eine wichtige Galionsfigur. Wer sollte nun die Nein-Sager umstimmen? Und als wäre das nicht bereits genug, waren auch die Frauen untereinander zerstritten. Grund dafür war von Rotens Buch, das, der Büchse der Pandora entschlüpft, die Emotionen hochkochen ließ. Wichtige Persönlichkeiten wie der Staatsrechtler Werner Kägi, dessen Gutachten in die Bundesrätliche Botschaft mit eingeflossen war, drohten, die Sache der Frau zu verraten, wenn man sich nicht hochoffiziell von dem Buch lossage. So kam es zu einem Schreiben, das auch Thea erreichte.

> *«Die in diesem Werk vertretenen Ansichten stehen in krassem Widerspruch zu den ethischen Zielen der schweizerischen Frauenorganisationen, wie sie auch an der Ausstellung Saffa 1958 zum Ausdruck gebracht wurden. Der Vorstand des Bundes schweizerischer Frauenvereine (BSF) distanziert sich daher mit Entschiedenheit von diesem Buche.»*[87]

Die Antwort ließ nicht lange auf sich warten. Denn in der Schweiz gab es nicht nur den behäbigen Dachverband BSF, der das Schreiben verschickt hatte, es gab auch den Schweizerischen Verein für das Frauenstimmrecht (SVF). Und dessen frisch gewählte Präsidentin Gertrud Heinzelmann sah die Sache entschieden anders. In der «Staatsbürgerin» schrieb sie mit glühender Feder:

> *«Seit wann und vor allem für wie lange ist die Saffa das Maß aller weiblicher Dinge? Wenn der Saffa diese Funktion zukommen soll, dann wäre es allerdings besser, sie wäre nie geschaffen worden.»*

Und weiter ging es im Streit der Befürworterinnen. Das Buch nämlich, schrieb Frau Heinzelmann, enthalte

> *«einen großen Strauß beachtlicher Wahrheiten, von denen man sich schlechterdings nicht distanzieren kann. Und vor allem: der scharfe Ton dieses Buches und seine Angriffe sind eine Reaktion verständlich nur jenen, die um die schlechte geistesgeschichtliche Situation der Frau wissen. Davon allerdings erzählte die Saffa nichts – davon hatte sie offenbar keine Ahnung.»*[88]

Thea verfolgte den Schlagabtausch interessiert. Dann setzte sie sich an ihre Schreibmaschine und tippte den Titel für einen neuen Artikel.

> *Die Schweizerinnen kämpfen gegeneinander statt füreinander.*

Einige Tage nachdem Thea den Artikel durchs Telefon nach Boston diktiert hatte, fuhr sie mit dem Zug nach Bern. Sie wollte sich mit Bundesrichter Werner Stocker für ein Interview treffen. Doch es war nicht der Bundesrichter, der ihr die Tür zum extra reservierten Büro im Bundeshaus öffnete, es war sein Assistent.

«Miss Miller, es tut mir schrecklich leid: der Bundesrichter ist heute leider unpässlich», sagte Max entschuldigend und schaute tatsächlich sehr betreten.

«Herr Schönbächler», nickte Thea ihm zu, «das ist natürlich schade. Wurde Herr Stocker denn ganz plötzlich unpässlich?»

«Heute früh. Wir haben versucht, Sie telefonisch zu erreichen, aber Sie waren wohl bereits auf dem Weg. Ich biete Ihnen aber sehr gerne an, alle Fragen, bei denen mir das möglich ist, an Herrn Stockers statt zu beantworten.»

Thea wollte von Bundesrichter Stocker vor allem wissen, ob die Kritik, die Iris von Rotens Buch ausgelöst hatte, sich auch auf seine Verteidigung des Interpretationsweges auswirkte. Ein Gespräch mit seinem Assistenten half ihr eigentlich reichlich wenig.

«Ja, wieso nicht», sagte sie, «aber lassen Sie uns einige Schritte gehen, statt hier drinnen zu sitzen.»

Ein kalter Wind zerrte an ihren Kleidern, als sie den gleichen Weg Richtung Bärengraben gingen, den sie im Frühling '57 hinunterspaziert waren.

«Darf ich Sie auf einen Kaffee einladen», Max deutete mit einem Kopfnicken auf den Eingang zu einem Café, «oder möchten Sie lieber draußen in der Kälte bleiben?»

Drinnen war es warm und laut. Und für einmal fiel nicht Thea auf, sondern der Mann an ihrer Seite. Es war Vormittag und an den runden Holztischen saßen Frauen jeden Alters – ausschließlich Frauen. Max und Thea setzten sich an einen Tisch etwas abseits der anderen. Thea zog automatisch ihr Notizbuch hervor, legte ihren Stift aber verschlossen daneben.

«Wie schätzen Sie das ein, Herr Schönbächler: Hat Iris von Roten der Frauenbewegung mit ihrem Buch nennenswerten Schaden zugefügt?»

«Das denke ich nicht», sagte Max, schüttelte den Kopf und bestellte einen Kaffee, Thea ein Glas Orangensaft. Als die Bedienung weg war, schaute Max ernst. Er zögerte, dann fragte er, was er schon sehr lange hatte wissen wollen. «Warum haben Sie mir eigentlich nie auf meinen Brief geantwortet?» Thea zog erstaunt eine Augenbraue hoch. «Nicht, dass Sie dazu verpflichtet gewesen wären. Ich meine, es war ja nur ein einziger Nachmittag, damals im Frühling ...» Max kratzte sich am Kopf. Thea wollte antworten, aber da redete er bereits weiter: «Mir ist auch klar, also jetzt, im Nachhinein, dass ich darin wohl etwas arg übers Ziel hinausgeschossen bin. Man spricht nicht nach wenigen Stunden, in denen man sich kennt, bereits vom Heiraten. Vor allem nicht, wenn ein Ozean einen trennt. Oder dann vielleicht erst recht», sagte er nachdenklich. Sein Blick war auf einen Punkt irgendwo über Theas Kopf gerichtet.

«Heiraten?», Thea begann langsam zu begreifen, was hier los war.

«Ja, ich meine, das war nur ein Gedankenspiel. Eine Art, Ihnen zu verdeutlichen, wie ich fühle. Oder wie ich denke zu fühlen, oder», er räusperte sich, «verstehen Sie mich nicht falsch. Sie schulden mir natürlich keine Antwort, natürlich nicht. Aber ich, aus meiner Perspektive, also ich hätte der Person, die so ehrlich zu mir war, zumindest gesagt, dass ich nicht so fühle. Das wollte ich Ihnen sagen.» Nun schaute er Thea direkt in die Augen.

«Wann haben Sie diesen Brief denn abgeschickt?», fragte sie.

«Ende März, denke ich», antwortete er leicht irritiert.

«1957 oder 1958?»

«1958, ich ...», er errötete, «ich musste mir das gut überlegen.»

«Ich bin seit dem 4. April 1958 in Basel. Post, die nach dem 1. in den USA eingetroffen ist, liegt auf einem Stapel im Haus meiner Eltern. Sie heben die Briefe für mich auf, bis ich sie an Weihnachten besuche. Ich habe diesen Brief von Ihnen nie bekommen.»

Max lächelte zögernd. «Hätten Sie sich denn gefreut, wenn Sie ihn bekommen hätten?»

«Ja», sagte Thea.

Max schaute sie lange an, sagte aber nichts.

Irgendwann wurde Thea die Stille unangenehm.

«Jetzt steht mir aber auch eine Frage zu», sagte sie. «Erinnern Sie sich an die Nationalratsdebatte um das Frauenstimmrecht, nach der wir uns getroffen haben? Die junge Frau an ihrem Arm – das war nicht Ihre Schwester, oder?»

Max atmete hörbar aus. «Nein, das war nicht meine Schwester. Das war Meta, meine Verlobte.»

Also doch. Thea spürte, wie ihr Mund trocken wurde. Sie versuchte, an William zu denken, der sie seit der Abreise aus Rom schon dreimal nach London eingeladen hatte. Aber das Bild von William war unscharf in ihrer Erinnerung. Max hingegen, der nun mit zerknirschter Miene vor ihr saß, war nie verblasst.

«Ah», sagte Thea, «dann waren Sie also bereits verlobt, als Sie mir einen Brief mit Heiratsplänen nach Amerika geschickt hatten? Ich habe die Geschäftigkeit der Schweizer ja kennengelernt, aber das dünkt mich nun doch etwas dreist.» Sie versuchte, belustigt zu klingen. Es gelang ihr nicht.

«Nein, damals nicht. Das mit Meta, das ging, also es ging ganz schnell – auch wieder vorbei.» Max sprach schnell und der letzte Satz klang wie ein einziges, unendlich langes Wort.

«Das heißt, Sie sind jetzt nicht mehr verlobt? Und auch nicht verheiratet?»

Max schüttelte den Kopf. Wie zum Beweis legte er seine Hände auf den Tisch: kein Ring.

«Warum denn nicht mehr?»

«Das ist eine lange Geschichte.»

«Erzählen Sie sie mir – bei einem Abendessen?»

Max blickte sie überrascht an.

«Ja», sagte er dann. Und nach einer kurzen Pause: «Gerne.»

Als Thea in Basel aus dem Zug stieg, hatte sie das Gefühl, doch eben erst einen Schritt aus dem Café gemacht und sich von Max verabschiedet zu haben. Ihr Herz hatte gepocht nach dem Gespräch und ihr Kopf gebrummt. Max hatte ihr einen Brief geschrieben und von Heiraten gesprochen. Aber er hatte sich mit einer anderen Frau verlobt. Er war verlobt und jetzt war er es nicht mehr. Er hatte sie zum Abschied auf die Wange geküsst. Sie würden sich wiedersehen, zu einem richtigen Rendez-vous. Nein, eigentlich nicht. Sie würden sich sehen, um über seine kurzlebige Verlobung zu sprechen. Aber er hatte sie zum Abschied auf die Wange geküsst ...

Erst der Blick auf einen Briefumschlag mit Williams Handschrift riss Thea aus ihren immer gleichen Gedanken. Sie hatte eigentlich keine Lust, jetzt einen Brief von William zu lesen. Trotzdem riss sie den Umschlag auf. Sofort fiel ihr Blick auf eine britische Adresse, die William am Ende des Briefes notiert hatte. «Das muss deine Elsa sein», stand darüber.

«Bertha, Bertha», rief Thea und lief ins Wohnzimmer. Dort saßen Caroline und Bertha zusammen auf dem Sofa, beide am Lesen. Thea wedelte mit dem Brief durch die Luft: «Ich habe Elsa gefunden!»

Bertha sprang auf und umarmte Thea. «Ich muss mich sofort mit Iza in Verbindung setzen. Und du musst Elsa von mir grüßen», sagte sie zu Thea und strahlte über das ganze Gesicht.

Später an diesem Abend setzte Thea zwei Briefe auf. Einer ging an Elsa und erzählte von der jungen Frau aus Israel, die Danke sagen wollte. Der andere ging an William, es war ein Abschied.

Am 23. Dezember 1958 verkündete der Bundesrat, dass die Abstimmung betreffend das Frauenstimmrecht am 1. Februar stattfinden werde. Am 28. Dezember trafen Thea und Max sich zum Abendessen. Am gleichen Abend entschied Thea, dass es ihr egal war, dass Max und Meta dem Drängen der Eltern nachgegeben und sich verlobt hatten. Und dass es Meta gewesen war, die die Verlobung gelöst hatte, weil sie aus Liebe und nicht aus Pflichtschuld heiraten wollte. Am 31. Dezember feierte Thea bis tief in die Nacht mit Nelly, Caroline, Bertha – und etwas weniger lang mit Inez – das Ende des alten und den Beginn des neuen Jahres. Am 4. Januar traf sie Max zum Mittagessen, bei dem sie so lange sitzenblieben, dass sie auch gemeinsam zu Abend aßen. Am Dreikönigstag gestand Max ihr, was sie längst wusste: dass er sich an ihrem allerersten Tag in sie verliebt hatte. Am 8. Januar las Thea einen letzten Brief von William, in dem er ihr für ihre Ehrlichkeit dankte und schrieb, er hätte bereits in Rom gespürt, dass sie noch Gefühle für jemand anderen hegte. Das nahm Thea mit einem schuldbewussten Gedanken an Alessandro zur Kenntnis, bevor sie sich schminkte und aufmachte zu einer Diskussionsrunde für das Frauenstimmrecht. Sie war als Moderatorin eingeladen worden und fühlte sich geehrt. Am 20. Januar stellte sie Max ihren Mitbewohnerinnen vor. Am 31. Januar lernte sie seine Eltern kennen. Am 1. Februar stimmten die Schweizer über das Frauenstimm und -wahlrecht ab.

Thea, Nelly, Caroline und Bertha saßen gemeinsam am Küchentisch, vor sich das Radio. Inez übte Klavier und fragte alle paar Minuten, ob denn jetzt schon ausgezählt sei. Nelly hatte ihre Fingernägel aus Nervosität so weit abgekaut, dass es blutete. Thea hatte ihren Notizblock und ihre Schreibmaschine hinunter ins Wohnzimmer getragen. Sobald der Radiosprecher die Resultate bekanntgab, wollte sie ihren vorbereiteten Artikel vervollständigen und sofort nach Boston diktieren. Dank der Zeitverschiebung reichte es dann sogar noch für die Abendausgabe. Darauf spekulierte zumindest Chefredaktor Lewis.

Die Ergebnisse wurden einzeln durchgegeben. Zuerst kamen viele der kleinen Kantone.

Uri: Nein. Das war natürlich zu erwarten gewesen. Es machte Thea und die anderen aber dennoch nervös. Schwyz und Glarus: Nein. Auch das war zu erwarten gewesen. Waadt: Ja![89] Caroline schreckte von ihrem Stuhl hoch und Nelly rief: «Ja! Die Waadt sagt Ja!» Bertha nickte zufrieden. «Und sie haben gleichzeitig die Vorlage für das kantonale Stimmrecht angenommen. Wie schön. Dann gibt es auf jeden Fall schon etwas zu feiern.» Doch die Freude währte nur kurz.

Ob- und Nidwalden: Nein. Basel-Stadt und Baselland: Nein. Neuenburg: Ja. Erneut ging ein Jauchzen durch den Raum. Genf: Ja. War es möglich? War es wirklich möglich, dass es heute ein Ja für die Frauen geben würde? Bern: Nein.

Schließlich waren alle Stimmen ausgezählt. Rund zwei Drittel der Schweizer Männer sagten Nein zum Stimmrecht für ihre Frauen. Mit nur drei Kantonen, die Ja gestimmt hatten, wurde auch das Ständemehr bei Weitem verfehlt.

«Ein schwarzer Sonntag ist es», rief Nelly.

«Allerdings», pflichtete Bertha ihr bei.

«Diese furchtbaren Patriarchen», wütete Caroline und schlug mit der Hand auf den Tisch.

Thea sagte nichts. Sie tippte wütend ihren Artikel fertig. Sie hatte ein solches Ergebnis erwartet, sie alle hatten das. In ihrem Artikel schrieb sie von einem Achtungserfolg, den die Schweizer Männer und die Schweizer Politik nicht ignorieren konnten. In sich spürte sie aber vor allem Wut und Enttäuschung.

Am Tag nach der Abstimmung kam Nelly kampfeslustig vom Unterricht nach Hause.

«Wir streiken»,[90] sagte sie. Thea hob fragend den Kopf. «Wir Lehrerinnen des Mädchengymnasiums streiken. Wir bleiben morgen daheim. Sollen die Männer mal sehen, wie sie im Alltag ohne uns zurechtkommen», sagte Nelly.

«War das deine Idee?», fragte Thea.

«Nein, die unserer Konrektorin. Sie kam ganz spontan heute Vormittag im Lehrerzimmer darauf. Und weil wir anderen, die wir in der Pause dort zusammensaßen, so begeistert waren, haben wir sofort eine Liste mit allen streikwilligen Lehrerinnen gemacht.»

«Und alle machen mit?» Thea konnte sich das kaum vorstellen. Nelly runzelte die Stirn.

«Na ja, bei manchen hat das einiges an Überzeugungsarbeit gekostet. Aber außer vier sauertöpfischen Damen machen alle mit. 50 Frauen im Streik, stell dir das mal vor!»

Am Tag des Streiks war die Kampfeslust dann allerdings aus Nellys Augen verschwunden. Sie lief unruhig durch das Haus. Sorgte sich, dass die anderen Frauen dann doch zur Arbeit gegangen waren und sie die einzige Daheimgebliebene war. Als es nach dem Mittag an der Tür klingelte, schreckte Nelly auf, machte aber keinen Anschein, zur Tür zu gehen. Da Caroline und Bertha bei der Arbeit waren, stand Thea auf und öffnete. Zehn etwa 15-jährige Mädchen standen vor der Tür. Das lange Haar zu Zöpfen gebunden, die Röcke glatt gestrichen und Fäustlinge an den Händen. Aus rosigen Gesichtern schauten sie Thea an.

«Wir suchen das Fräulein Furrer», sagte die Größte von allen. Thea holte Nelly und hörte sich aus dem Hintergrund an, was die Schülerinnen wollten.

«Herr Iselin hat uns heute Handarbeitsunterricht gegeben», erzählte eines der Mädchen. Die übrigen kicherten. «Er konnte es aber gar nicht gut.»

«Und Herr Schmidlin hat Französisch unterrichtet. Weil das Fräulein Hirscher ist auch daheim geblieben. Wie Sie. Wie alle Lehrerinnen», sagte eine andere.

Nelly entspannte sich. Es hatte geklappt. Sie hatten gestreikt. Im Hintergrund atmete auch Thea auf.

Die Mädchen plauderten nun alle durcheinander, erzählten von den Herren Lehrern, die teilweise Lektionen der Kolleginnen übernommen hatten, und wollten schließlich wissen, warum die Frauen daheim geblieben waren. Nelly erklärte es ihnen. Die Mädchen empörten sich allerdings nicht so sehr ob der Tatsache, dass die Frauen politisch nicht mitreden durften. Wirklich wütend machte sie der Fakt, dass die Lehrerinnen weniger verdienten als die Lehrer.

«Aber Sie machen das so viel besser als Herr Iselin! Das haben wir heute gesehen. Das ist doch wahnsinnig ungerecht, wenn er dann mehr Geld bekommt als Sie!»

«Hoffentlich werden Sie nicht bestraft dafür, dass Sie heute nicht da waren», sagte ein kleines Mädchen mit einer großen Zahnlücke und Sommersprossen im Gesicht. Ihr Wunsch wurde nicht erfüllt: Nelly und die übrigen Lehrerinnen des Mädchengymnasiums bekamen einen offiziellen Verweis. Zudem wurde ihnen allen der Lohn für den Tag abgezogen. Nelly war außer sich. Ihre Miene heiterte sich erst wieder auf, als sie erfuhr, dass die Zürcherinnen über Nacht die FHD-Plakate, die das Gesicht einer stolz dienenden Soldatin zeigten und um Mitglieder warben, mit Spruchbändern überklebt hatten. «Nicht ohne Stimmrecht» stand darauf.

^v

ZURÜCK IN BOSTON

Als das Flugzeug am Logan International Airport in Boston landete, fielen dicke Flocken vom Himmel. Da war Thea einmal wieder für kurze Zeit in der Heimat und dann das: Schnee Ende März. Sie verfluchte ihren Bruder, der darauf bestanden hatte, Ostern an der Ostküste zu feiern statt bei Granny Mathilda in Kalifornien.

«Das macht doch nichts, so fühle ich mich immerhin gleich heimisch hier. Dann bin ich nicht ganz so nervös, deine Familie kennenzulernen», sagte Max lachend und nahm Theas Hand.

«Keine Sorge, sie freuen sich jetzt auf den Schweizer», beruhigte ihn Thea, «aber glaub mir, das hat viel Überzeugungsarbeit gebraucht.»

Max schaute sie an und grinste. Dann wurde er wieder ernst: «Hast du das eigentlich ernst gemeint, dass du mich erst heiratest, wenn du dann als Schweizerin auch abstimmen kannst?»

«Aber ja! Ich lasse mich doch nicht aus Liebe zu einem Menschen zweiter Klasse degradieren.»

«Das wird also bei uns eine sehr, sehr lange Verlobungszeit», sagte Max.

«Das kommt ganz darauf an, wie gut wir kämpfen», entgegnete Thea.

Inez

Wie der Bundesrat versuchte, die Europäische Menschenrechtskonvention zu unterzeichnen, während die Schweiz selber gegen ein Menschenrecht verstieß. Und wie man diesen Zustand nach hundertjährigem Kampf endlich korrigiert hat.

Inez liebte die Rolling Stones, hasste den Vietnamkrieg und hatte letzten Freitag im Badezimmer ihrer Mütter einen Joint geraucht. Seit Kurzem fluchte sie nur noch auf Englisch. Es klang einfach wütender. Gerade allerdings half auch fluchen nicht mehr. Die Absätze von Inez' Schuhen klapperten dumpf und schnell wie Trommelstöcke auf das Trottoir. Ihr Zug war mit Verspätung in Zürich angekommen. Die Tante, die sie zur Jubiläumsfeier im Schauspielhaus eingeladen hatte, wartete bereits ungehalten. Immerhin hatte es aufgehört zu regnen. Das war gut für die wartende Tante. Und gut für Inez. Sie hatte sich nämlich vor einer Woche einen Pony in ihr lockiges, dunkelbraunes Haar schneiden lassen. Die Stirnfransen betonten Inez' dichte Brauen, lange Wimpern, strahlend grüne Augen und ihre markanten Wangenknochen. Kurz: Sie sah fantastisch aus – außer der Pony wurde nass. Dann kräuselten die kurzen Strähnen sich in alle Richtungen. Furchtbar. Angesichts des Datums, man schrieb den 10. November 1968, standen Inez also schlimme Zeiten bevor. Ein Pony war, hatte sie zu spät erkannt, bei ihrem Haar doch eher eine Sommerfrisur. Immerhin: Heute konnte

Inez ihre Frisursorgen getrost ruhen lassen. Sie war unterwegs zu einer Altweiber-Feier und hatte sich auf Langeweile eingestellt. Außer der Tante würde im Schauspielhaus niemand Interessantes auf sie warten.

Es war nun auf den Tag genau zwei Wochen her, dass Inez in die Schweiz zurückgekommen war. Und schon erschien ihr das Leben eng und grau und die Menschen vorgestrig. Zumindest im Vergleich zu Kalifornien, wo Inez ein Jahr lang bei Familie Miller gelebt hatte. Sie war losgezogen, um Englisch zu lernen, und angekommen, um das echte Leben zu entdecken. So hatte Inez das ihrer besten Freundin Doris erklärt.

Im Saal des Schauspielhauses war es laut und schummrig. Inez konnte zwar nicht bis zu den Plätzen auf dem Balkon sehen, war aber trotzdem erstaunt, wie voll es hier war. Noch nie in ihrem ganzen Leben hatte sie so viele alte, graue Frauen auf einem Haufen gesehen. Erstaunlich. Ihr Flüstern und Reden ballte sich zu einem konstanten rauen Summen zusammen, das den Raum füllte. Dann aber begann der offizielle Teil der Feier und die Stimmen im Zuschauerraum verstummten. Die Sitze waren gepolstert und die Heizungen hochgedreht. Inez spürte, wie ihre Augenlider schwer wurden. Es war gestern spät geworden. Sie hatte zusammen mit Doris Joe Cockers neues Album rauf und runter gehört, über die Welt geredet, geraucht und über die eidgenössische Langeweile lamentiert. Seit sie weg gewesen war, spürte sie die Vergangenheit umso drückender hinter jeder Schweizer Hausecke lauern. Doris ging es genau gleich – umso dankbarer war sie über Inez' Heimkehr.

Vorne auf der Bühne stand nun ein Herr Regierungsrat und gratulierte den Damen im Publikum zu ihrem Jubiläum.

«Seit 75 Jahren gibt es den Zürcher Frauenstimmrechtsverein nun schon. Sie haben vieles erreicht», sagte der Mann und machte eine ausladende Geste mit der Hand.

«Nur das nicht, wozu der Verein vor einem Dreivierteljahrhundert gegründet worden ist: das Frauenstimmrecht», murmelte Inez vor sich hin.

Dann gähnte sie ausgiebig, ohne die Hand vor den Mund zu schieben.

Während der Mann weitersprach, sank Inez' Kinn langsam Richtung Brust. Sie schreckte noch einige Male hoch, dann war sie eingeschlafen. Die Rede plätscherte weiter, die Tante, die zu Inez' Linken saß, nahm ihren Zustand schulterzuckend zur Kenntnis. Dann aber zerriss ein plötzliches Quietschen die Monotonie. Eine viel lautere, hellere Stimme hatte zu sprechen begonnen. Sie klang nicht feierlich, sondern herausfordernd. Inez schreckte hoch. Die Stimmung im Raum hatte sich verändert. Anspannung hatte die Behaglichkeit verdrängt. Die Frauen lehnten sich nun nicht mehr zufrieden in ihre weichen Polster zurück, sondern beugten sich nach vorne. Dort stand ein Grüppchen junger Frauen. Sie hatten die Bühne gekapert und steuerten die Stimmrechtsfeier nun mit den eigenen Rudern. Eine der Frauen ergriff das Mikrofon.

> *«Meine Damen, Sie sind heute hierhergekommen, um sich Reden anzuhören, um zu feiern. Schön. Aber wir fragen uns: Wozu diese Feier mit Musik und Bankett? Wissen wir nicht, dass das Jubilieren den Blick auf unsere wirkliche Situation verdeckt? Wir sollten nicht jubilieren, sondern protestieren und diskutieren. Machen Sie einen Anfang! Lassen Sie die obligate Musik beiseite, die Diskussion ist eröffnet!»*[91]

Inez war nun hellwach. Die Frau fuhr sich mit der Hand durch ihre kurzen, blonden Locken. Die grauen Frauen in den weichen Sesseln waren überrumpelt. Sie hatten sich auf gemeinsames Schulterklopfen und Champagner eingestellt. Es stand ihnen zu. All die Jahre hatten sie durchgehalten, ohne je eine Belohnung zu erhalten. Sie hatten die Musik und das Bankett, das Lob und die Wärme des Schauspielhauses redlich verdient. Aber da stand sie nun, die nächste Generation. Taufrisch und herausfordernd – zwischen den Frauen und ihren Brötchen. Und ihre wohlverdiente Belohnung wollten die grauen Damen nicht einfach so aufgeben.

«Das ist doch keine Art, eigentlich plötzlich so hereinzukommen. Ich freue mich schon über Ihr Votum, aber es geht hier nicht um eine Diskussion»,[92]

rief eine von ihnen. Aber ihre Stimme ging im lauter werdenden Gemurmel und Geraune unter.

«Das ist eine Jubiläumsfeier. Jetzt gehen Sie weg», rief ein Mann. Seine Stimme klang grob, dennoch schwang Unsicherheit mit. Er wartete vergeblich auf das Zurückweichen der jungen Frauen. *«Sonst lasse ich den Platz räumen. Sonst rufe ich die Polizei. Das ist eine geschlossene Gesellschaft hier»*,[93] setzte er erbost nach.

Doch die blonde Frau, das Mikrofon noch immer vor den Lippen, setzte erneut an.

«Meine Damen, ich begreife das nicht: Wenn man Diskussion fordert, wird uns mit der Polizei gedroht. Was sind das für Zustände? Ist es nicht berechtigt, dass wir miteinander diskutieren? Wenn wir schon einmal zusammensitzen?»[94]

Ihre letzten Worte gingen unter. Inez musste die Ohren spitzen, um überhaupt noch etwas zu hören: Das Orchester hatte alles übertönend zu spielen begonnen. Die grauen Damen und anwesenden Herren versuchten, das eigene Programm durch Ignorieren der neuen Stimmen weiterzuführen. Die jungen Frauen ließen es zu. Vorerst zumindest.

Auf dem Heimweg dachte Inez über den Abend nach. Nachdem das Orchester fertig gespielt hatte und die ersten Gäste sich bereits zum Buffet aufmachten, war die Blonde nochmals auf die Bühne gekommen. Und dann war tatsächlich diskutiert worden. Die junge Frau hatte einiges anzuprangern und die Sitze mussten sich unter den alten Hintern plötzlich alles andere als bequem angefühlt haben. Von Arbeitsbedingungen war die Rede und davon, dass zwei Drittel aller Frauen gar nie eine Berufsbildung genossen haben. Und wenn sie es taten, dann bekamen sie für gleichwertige Arbeit einen niedrigeren Lohn als die Männer. Ihr Platz, so sagte es das schweizerische Eherecht,[95] war nämlich nicht am Arbeitsplatz, sondern zu Hause. Allerdings war die Frau auch dort nicht die Chefin. Laut Eherecht war der Mann das Oberhaupt der Familie. Ihn musste die Frau um Erlaubnis bitten, wenn sie etwa arbeiten gehen wollte. Die Liste der unhaltbaren Zustände, die die Frau auf der Bühne vortrug, wurde mit Bravo-Rufen und Klatschen entgegengenommen. Und es waren bei Weitem nicht nur die jungen Freunde und Freundinnen der blonden Anführerin, die klatschten. Auch viele der grauen Damen hatten sich aus ihren Sesseln erhoben. Die Männer der meisten waren dagegen längst beim Weißwein.

Inez interessierte sich für Musik und Filme, sie mochte Martini Sour, aber kein Bier und sie hatte sich bisher nie für Politik begeistern können. Umso erstaunlicher war es also, dass die Worte der Blonden sie so bewegten. Doch bald hatte Inez wieder andere Probleme. Als sie nämlich am nächsten Tag von ihrer Arbeit nach Hause kam, stand ihre Mutter Caroline im Türrahmen. Ihr Gesicht war hart. Sie hatte die linke Hand in die Hüfte gestemmt – nie ein gutes Zeichen – und in der rechten hielt sie eine kleine Plastiktüte mit grünem Inhalt. Die Reste von dem Gras, das ihre Freundin Doris für sich und Inez besorgt hatte. Doris' Vater war Polizist und bildete Polizeihunde aus. Es war also auf der Hand gelegen, das Cannabis nicht bei den Beglingers zu lagern.

«Schön zu wissen, dass in diesem Haus Privatsphäre respektiert wird ...», sagte Inez und wollte ihrer Mutter das Säcklein aus der Hand nehmen. Aber Caroline war größer als Inez. Sie hob die Hand und ihre Tochter hatte keine Chance, an das Säcklein zu kommen. Inez zuckte die Schultern.

«Dann behalt es. Das würde dir und Mama Bertha so oder so guttun. Cannabis entspannt, weißt du.»

«Als du, ohne dich mit uns zu besprechen, beschlossen hast, dass du nicht studieren willst, haben wir das akzeptiert. Als du nach Amerika wolltest, haben wir das möglich gemacht. Als du nach Hause gekommen bist, haben wir dir Raum gegeben. ‹Sie muss halt wieder ankommen›, dachten wir.» Carolines Stimme war so ruhig, als würde sie einer ihrer Patientinnen die Routineuntersuchung erklären. Nur war Caroline längst in Pension. Das gab ihr noch mehr Zeit, um Inez hinterherzuschnüffeln.

«Dann hast du mir und Bertha Geld aus dem Portemonnaie genommen.» Inez wollte etwas einwenden, aber Caroline überging sie. «Ja, du wolltest es nur ausleihen, ich kenne deine Geschichte. Aber weißt du was, ich bin mir nicht mehr sicher, ob sie stimmt. Stell dir vor, plötzlich bin ich in der Situation, dass ich nicht weiß, ob meine Tochter mich und meine Frau anlügt. Ob sie uns bestehlen wollte, vielleicht auch schon mehrmals bestohlen hat.»

«Sie ist nicht deine Frau», konterte Inez trotzig.

«Was hast du gesagt?» Caroline fiel es immer schwerer, ihre Stimme ruhig zu halten.

«Ich meine nur, korrekterweise ist Bertha nicht deine Frau. Ihr seid nicht offiziell verheiratet, so wie die Eltern von Doris oder wie Tante Thea und Max.»

«Ja, und die Tatsache, dass deine Mutter und ich in diesem Land nicht die gleichen Rechte genießen wie viele andere, ist sehr traurig. Sie ändert aber nichts an dem Versprechen, das wir einander gegeben haben.»

Inez zuckte die Schultern. Es funktionierte jedes Mal. Als hätte sie mit einem Zauberspruch den eigentlichen Streitgrund einfach ausgelöscht.

«Und jetzt?», fragte Inez herausfordernd.

«Jetzt gehst du auf dein Zimmer und denkst darüber nach, wie du mit Menschen umgehst, die es gut mit dir meinen.»

«Du kannst mich nicht einfach auf mein Zimmer schicken. Ich bin neunzehn, nicht zwölf», sagte Inez, die Stimme ebenso ruhig wie jene von Caroline. Sie schnappte sich das Säcklein mit Gras, das Caroline in der Zwischenzeit auf den Tisch gelegt hatte, drehte sich um und knallte die Haustür hinter sich zu.

«Ich fand deine Mütter ja eigentlich immer ganz in Ordnung», sagte Dan, während er Zigarettenrauch durch seine Nase ausatmete. «Meine Eltern haben sich furchtbar aufgeregt, als ihr das Haus neben uns gekauft habt:

‹Lesben und Emanzen in unserem Dorf› und solche Sachen.»

Inez und Dan lagen nebeneinander im Baumhaus, das Dan und sein Bruder als Kind im Garten des Elternhauses gebaut hatten. Aus dem Radio tönte Jimmy Hendrix. Inez hatte eigentlich zu Doris flüchten wollen, aber dort würden ihre Mütter sie als Erstes suchen. Darum hatte sie stattdessen bei Dan geklingelt. Dan und Renato hatten das Baumhaus zu einer gemütlichen Raucherhöhle umgebaut. Zwei alte Matratzen lagen am Boden, Kissen und Decken darauf, das Transistorradio hing an der Wand und von der Decke baumelten mehrere Traumfänger. Obwohl es draußen bitterkalt war, war es drinnen angenehm warm. Dan drehte den Kopf zu Inez.

«Nein wirklich, deine Mütter haben meine Eltern fast in den Wahnsinn getrieben. Ich wäre glücklich, meine Alten wären ein bisschen weniger konform. Dass Caroline Nutten verarztet, da hat Vater sich kaum noch eingekriegt. Wusstest du, dass er auf der Gemeinde war deswegen? Er wollte das verbieten lassen. ‹Dieser unmöglichen Person das Handwerk legen›, hat er gesagt.»

Dan lachte. Dann nahm er einen tiefen Zug und blies den Rauch langsam wieder aus.

Inez sagte nichts. Sie erinnerte sich nur zu gut. Sie hatte in ihrem Zimmer gesessen und versucht, sich auf ihre Hausaufgaben zu konzentrieren, während die Polizei das Haus durchsuchte. Sie hatten nach Instrumenten für Abtreibungen gesucht, hatte Caroline ihr und Bertha später erklärt. Abtreibungen waren in der Schweiz illegal.[96] Aber sie hatten nichts gefunden.

«Warum nicht?», hatte Inez gefragt, die wusste, dass ihre Mutter auch Frauen half, ein Baby nicht bekommen zu müssen.

«Liegt alles unter deinem Bett», hatte Caroline geantwortet.

Danach hatten Inez' Mütter lange gestritten. Weil Mama Bertha fand, Caroline dürfe das Kind da nicht mit hineinziehen. Aber das Kind fand das ganz in Ordnung. Zu Caroline hatte Inez immer ein engeres Verhältnis gehabt. Obwohl Bertha ihre leibliche Mutter war. Caroline hatten sie erst später dazubekommen. Aber vom allerersten Moment an war da ein Band zwischen ihnen gewesen. Seit Inez denken konnte, war Caroline ihr liebster Mensch. Umso enttäuschter war sie von Carolines spießiger Standpauke eben.

«Sie sind genauso Establishment wie alle anderen auch.» Inez nahm Dan den Joint aus der Hand. «Shit», sagte sie, «die Glut ist aus.»

Dan suchte zwischen den Kissen nach dem Feuerzeug, fand es aber nicht.

«In meiner Tasche hat es eines.» Inez deutete auf den Lederbeutel, der neben Dan lag. Er kramte darin herum. Statt eines Feuerzeugs zog er allerdings eine Packung mit Tabletten heraus. Die kleinen Pillen hatten verschiedene Farben.

«Geil, was ist das denn?», fragte Dan. «LSD? Hätte ich dir gar nicht zugetraut.»

«Das ist die Pille, Idiot. Damit ich ficken kann, wen ich will, ohne Caroline um eine Abtreibung bitten zu müssen», antwortete Inez.

Sie wusste, dass Caroline sich geärgert hätte, wenn sie sie so sprechen gehört hätte. Darum hatte sie extra «ficken» gesagt. Sie nahm Dan die Pillenpackung aus der Hand, suchte nach dem Feuerzeug und zündete den Joint wieder an. Eine Weile rauchten sie schweigend und starrten beide an die Decke. Dann fragte Dan, warum Inez so wütend auf ihre Mütter war.

«Ich hab's dir ja eben erklärt. Sie sind so bünzlig und jämmerlich. ‹Inez will nicht studieren, wie schrecklich› oder ‹Inez raucht Gras, jetzt ist ihr Leben zerstört. Wir müssen sie retten, bevor die Nachbarn etwas davon mitbekommen› und ‹Oh nein, der Bundesrat tritt dem EU-Rat bei, ohne Frauenstimmrecht. Wie schlimm! Das verstößt doch gegen die Menschenrechte! Wir müssen alle unsere Freundinnen mobilisieren und ganz, ganz lange und leise hinter verschlossenen Türen diskutieren, damit können wir das verhindern›», sie äffte die Stimme ihrer Mütter nach. «Und was passiert? Natürlich nichts! Weil sie nur reden und Leserbriefe schreiben. Es ist lächerlich.»

«Ich finde, sie haben recht. Also nicht wegen des Grases», Dan nahm einen tiefen Zug, «aber wegen des Frauenstimmrechts.»

Inez zog die Augenbrauen hoch.

«Meine Eltern sind strikt dagegen. Vor allem mein Vater, aber Mama auch. Das ist ein ziemlich klares Zeichen dafür, dass es eine gute Sache ist.»

Dan lachte und Inez stimmte mit ein. Als die Kälte irgendwann doch durch die Bretter und Decken drang, fragte Dan, ob Inez bei ihm schlafen wolle. Sie nickte und er schmuggelte sie an seinen Eltern vorbei in sein Zimmer. Er brachte ihr Brot, Käse und Aufschnitt hoch, bevor er mit seiner Familie zu Abend aß.

«Wie gutbürgerlich», sagte Inez und grinste.

«Ach, sei doch still», zischte Dan, grinste aber auch.

In Dans Zimmer hingen Poster von Che Guevara und Martin Luther King neben Bildern der Rolling Stones und einem großen Plakat von Jimi Hendrix. Darunter lugte ein Bild der Beatles hervor. Dan hatte es einfach zur Hälfte überklebt. Sie stöberte durch seine Plattensammlung und pfiff leise durch die Zähne. Der Junge hatte Geschmack. Von unten hörte sie das Geklapper von Geschirr. Dann war es still, bis Dans Mutter fragte, ob sie nochmals schöpfen solle. Nach einer Weile war Stühlerücken zu vernehmen. Kurz darauf kam Dan ins Zimmer, die Zähne bereits geputzt und das sonst in kunstvoller Nachlässigkeit gehaltene, lange Haar glatt gekämmt und hinter die Ohren gestrichen. Inez grinste.

«Wie hübsch», sagte sie leise.

«Ich krieg' sonst alles voller Knötchen, mein Haar ist ganz fein», flüsterte Dan und machte sich am Plattenspieler zu schaffen. Bald klang Janis Joplin gedämpft durch die Boxen. Einen Augenblick stand Dan unschlüssig im Raum, dann setzte er sich neben Inez auf das Bett. Unten klingelte jemand an der Tür.

«Wer klingelt den so spät noch?», hörten sie Dans Vater sagen. Dann die Stimme von Dans Mutter, die aufgestanden war, um die Tür zu öffnen. Und dann, etwas rebellierte in Inez' Bauch, die Stimme von Bertha. Kurz darauf klopfte es an Dans Zimmertür. Inez war hinter dem Schrank verschwunden, bevor Dans Mutter die Tür aufmachte. Im schummrigen Licht von Dans Nachttischlampe war die Mutter nur schemenhaft zu erkennen.

«Hast du Inez heute gesehen? Das Mädchen der Nachbarn», fragte Dans Mutter.

Dan zuckte die Schultern. «Nö», sagte er dann. «Ich hab mit der seit der Schule ja nichts mehr zu tun», fügte er noch an.

Seine Mutter nickte, wünschte ihm eine gute Nacht und schloss sorgsam die Tür. Dan stand auf und drehte leise und vorsichtig den Schlüssel im Schloss. Erst dann kam Inez hinter dem Schrank hervor. Während sie auf Dan zuging, knöpfte sie langsam ihre Bluse auf. Noch war sie sich nicht sicher, was sie mehr wollte: Dan oder einfach nur Ablenkung. Dan starrte sie wie gebannt an. Inez streifte ihre Jeans ab, hüpfte kurz auf einem Bein, um aus beiden Hosenbeinen herauszukommen. Nur noch in Unterwäsche kam sie zu Dan ins Bett. Sie küsste ihn, erst zögerlich, dann fordernd. Er erwiderte ihren Kuss. Seine Hände glitten über ihren Rücken, sie öffnete seinen Gürtel, er stöhnte verhalten und Inez spürte, wie sie selbst feucht wurde. Sie wusste nicht genau warum, aber das passierte nicht jedes Mal, wenn sie Sex haben wollte.

«Du nimmst die Pille, ja?»

Sie nickte. «Hast die Packung ja vorhin gesehen.»

Seine Hände waren sanft und weich, als er ihr Höschen abstreifte. Sie konnte es kaum erwarten, dass er endlich in sie eindrang. Sie zog ihn zu sich. Er stöhnte.

«Soll ich dich reiten?», flüsterte sie in sein Ohr.

Dans Hände glitten von ihren Brüsten zu ihren Hüften. Er zog sich tiefer in sie hinein. Inez leckte ihre Finger ab, suchte mit den Fingerspitzen ihre Klitoris und stimulierte sich, während sie langsam auf Dan und hoch und runter ritt. Sie unterdrückte ein heftiges Stöhnen. Dan hatte den Kopf in den Nacken gelegt. Ein Zittern ging durch seinen

Körper und Inez spürte, dass er gleich kommen würde. Sie bewegte sich schneller. Dans Finger gruben sich in ihre Haut. Sein Körper versteifte sich, ehe er schlaff unter Inez in sich zusammenfiel.

«Was hast du mit deinen Fingern gemacht?», fragte er sie, als sein Atem wieder ruhiger ging.

«Meine Klitoris stimuliert.» Von der Klitoris hatte Inez in einem Magazin gelesen und sie dann mit dem kleinen Handspiegel bei sich gesucht.

«Kommst du dann besser?», fragte Dan, die Stimme noch immer rau.

«Ich komme überhaupt nur dann», antwortete Inez.

«Zeigst du mir, wie?»

Erst bewegte Dan seine Finger ungeschickt, doch er gab sich Mühe, auf Inez' Instruktionen zu hören. Schließlich spürte Inez das Blut in den Ohren rauschen und die wunderbare Anspannung durch ihren ganzen Körper pulsieren. Sie drückte sich die Hand vor den Mund, um nicht laut zu stöhnen, als sie ihren Höhepunkt erreichte. Als Inez die Augen wieder aufschlug, sah sie Dans Blick auf sich. Er schaute sie mit einer Mischung aus Neugierde und Stolz an.

«War das gut?», fragte er und grinste.

Inez grinste zurück.

Als Inez am nächsten Tag nach Hause kam, rechnete sie mit dem Schlimmsten. Aber Caroline sagte nur, Inez solle sich beim nächsten Mal bitte erst abmelden. Bertha habe vor Sorge die ganze Nacht wachgelegen. Dann drehte sie sich um und ging in ihr Praxiszimmer. Inez hörte, dass sie eine Patientin hatte. Als Bertha am Abend nach Hause kam, zeigten dunkle Ringe unter den Augen, dass Caroline nicht übertrieben hatte. Inez hatte ein schlechtes Gewissen. Ein wenig hoffte sie, dass Bertha sie anschreien würde. Dann könnte sie wenigstens wieder wütend sein. Aber Bertha tat ihr den Gefallen nicht. Sie und Caroline tauschten Blicke aus und Inez erkannte, dass die beiden sich eine

Strategie zurechtgelegt hatten. Die Tage verstrichen, Inez und Bertha gingen zur Arbeit, Caroline kochte für die ganze Familie und sie redeten, wenn überhaupt, nur über Belanglosigkeiten. Inez wusste, dass ihre Mütter erwarteten, dass sie sich entschuldigte. Aber sie hatte es satt, sich immer für alles zu entschuldigen. War es ihr Problem, wenn die Regeln der Welt ihrer Mütter für sie nicht mehr passten?

Dan hatte ihr ein Schifflein in den Briefkasten gelegt. Eigentlich war es einfach ein Zettel, den er zu einem Segelschiff gefaltet hatte.

«Ahoi von drüben» hatte er auf die gefaltete Reling gekritzelt. Im aufgefalteten Schiff stand: «Falls deine Mütter wieder nerven, oder einfach so: Ich verstecke dich gerne vor dem Bünzlitum.»

Inez musste lächeln. Dan war in Ordnung.

Der Dezember kam und brachte Schnee und hell erleuchtete Adventsfenster. Das bedeutete: Familien schmückten eines ihrer Fenster mit bunten Mustern oder Bibelszenen aus Seidenpapier und beleuchteten es von hinten. Jeden Abend ging das nächste Fensterchen auf und man feierte mit Kaffee und selbst gemachtem Weihnachtsgebäck. Das Dorf verwandelte sich dabei immer mehr in einen Adventskalender. Das Haus von Bertha, Caroline und Inez war die Nummer zehn. Inez, die gut zeichnen konnte, malte eine Winterlandschaft auf helles Backpapier, die sich von hinten beleuchtet als schwarz-weiße Silhouette sehr hübsch ausmachen würde. Caroline befestigte derweilen Tannen- und Mistelzweige rund um den Fensterrahmen. Aus der Küche drang der Duft von Anis und Zimt. Auf der Anrichte stand ein großer Speckzopf, bereit, den Anisbrötchen in den Ofen zu folgen. Manchmal tat es Inez weh zu sehen, wie viel Mühe ihre Mütter sich gaben, um im Dorf gut anzukommen und aufgenommen zu werden. Sie wusste nicht, warum der Umzug aus der Stadt aufs Land nötig gewesen war. Sie für ihren Teil war in Basel viel glücklicher gewesen. Und ihre Mütter hatten ihr Umfeld dort, ihre Freundinnen, ihre politischen Zirkel. All das aufzugeben für ein Haus, einen mittelmäßigen Garten und einen Hühnerstall – Inez verstand es nicht. Aber vielleicht hatte die Charmeoffensive ihrer Mütter, mit der sie alle von sich zu überzeugen versuchten, irgendwann tatsächlich Erfolg. Immerhin waren sie für das Adventsfenster ganz offiziell angefragt worden. Das wäre noch vor ein paar Jahren undenkbar gewesen. Als Caroline mit ihrem Werk zufrieden war und zurück ins Haus kam, schaltete sie als Erstes das Radio ein.

«... beschließt der Bundesrat, der Europäischen Menschenrechtskonvention, kurz EMRK, mit Vorbehalten beizutreten», sagte der Nachrichtensprecher gerade.

«Sag das nochmal», fauchte Caroline den Radiomoderator an.

Inez streckte den Kopf hoch. Sie hatte eben einer Eule noch die Augen fertig gemalt, dann ihr Gesamtwerk betrachtet und kaum auf die Nachrichten gehört.

«Die Europäische Menschenrechtskonvention ist ein Katalog über Grundrechte und Menschenrechte, für die jedes Land, das sie ratifiziert, einstehen muss.»

«Ich weiß, was die EMRK ist, Mum», sagte Inez.

Caroline war so außer sich, dass sie sich nicht einmal gegen das «Mum», das sie absolut schrecklich fand, wehrte.

«Vor fünf Jahren hat der Bundesrat erstaunt festgestellt, dass die Schweiz die Grund- und Menschenrechte gar nicht einhält», sagte Caroline. «Frauen von der Gesetzgebung und allen demokratischen Prozessen auszuschließen, verstößt nämlich, wer hätte es gedacht, gegen die Menschenrechte», redete sie sich in Rage. «Darauf hat Europa uns hingewiesen. Und da hat der Bundesrat ganz beschämt erkannt, dass die Schweiz eine Insel inmitten eines fortschrittlichen Europas ist.

«Mum, das weiß ich alles. Ich bin deine Tochter. Ich konnte das alles gar nicht nicht mitbekommen», sagte Inez. «Der Bundesrat war empört, weil die Schweiz als direkte Demokratie ihren Bürgern doch viel mehr politische Rechte zugestehe als die anderen Länder. Er fand es ganz unfair, dass wir im Ausland als Hinterwäldler dastehen, weil das nur auf die Männer begrenzt ist», führte Inez ironisch atemlos und im Stakkato aus.

«Aber du warst in den USA, als der Bundesrat angekündigt hat, er werde prüfen, ob er die EMRK auch mit Vorbehalten unterzeichnen könne. Also ohne das Frauenstimmrecht einzuführen und damit tatsächlich die Menschenrechte einzuhalten. Ausgerechnet am 1. Februar hat er das verkündet – am schweizerischen Tag des Frauenstimmrechts.[97] Diese Dreistigkeit!»

Caroline hatte sich schwer atmend auf einen Stuhl fallen lassen. Sie war bald siebzig Jahre alt und hielt großen Ärger nicht mehr so gut aus wie früher. Inez brachte ihr ein Glas Wasser und dachte dabei, dass es kein Wunder war, dass der Bundesrat die Frauen überging. Sie rauchten zwar vor Zorn, aber sie explodierten nicht. Da war es doch logisch, verärgerten der Bundesrat und das Parlament lieber sie als die Männer. Denn die sollten sie irgendwann auch wieder wählen. Als sie ihrer Mutter das sagte, traten dieser drohend die roten Flecken auf den Hals.

«Ich meine ja nur», sagte Inez abwehrend, «mir ist das im Endeffekt egal.»

«Wie kann dir das egal sein? Es ist deine Zukunft, bei der du kein Wörtchen mitzureden hast», rief Caroline aus.

Inez zuckte die Schultern. «Die ganze Gesellschaft ist lahm. Da will ich gar nicht mitreden.»

«Dann willst du also lieber die ganze Gesellschaft komplett umbauen, oder was?», fragte Caroline herausfordernd.

«Wieso nicht?», sagte Inez. «Meine neue Gesellschaft würde dann vielleicht auch dir und Bertha gleiche Rechte zugestehen. Die Leute, mit denen ihr jetzt kämpft, die werden euch eure Grundrechte nie geben! Findest du es nicht ein bisschen lächerlich, dich so aufzuregen – für diese Leute, in deren Augen ihr krank seid?» Inez wusste in dem Moment, in dem ihr die Worte über die Lippen gegangen waren, dass sie zu weit gegangen war. Die Familie hält zusammen, egal was die anderen Leute sagen. Das war ihr ungeschriebenes Gesetz – sie hatte es gebrochen.

«Raus.» Carolines Stimme war ein Flüstern.

Inez und Dan lagen nackt in Dans Bett, die Decke bis zum Kinn hochgezogen. Dan spielte mit einer Strähne von Inez' Haar.

«Ich mag es, wenn du dich mit deinen Müttern streitest», sagte er, «dann kommst du zu mir.»

«Du bist blöd», sagte Inez.

«Nein, ich bin glücklich», sagte Dan.

Die beiden starrten an die Decke. Auf ihren Gesichtern lagen bunte Farbflecken. Dans Familie hatte das Adventsfenster Nummer sechs inszeniert. Weil Dans Zimmer auf die Straße hinausging und er auch bei Licht schlafen konnte, war es sein Fenster, das geschmückt worden war. Dans Mutter hatte einen dicken roten Nikolaus aus Seidenpapier gebastelt. Er hatte einen weißen Bart, trug einen braunen Sack über der Schulter, proppenvoll mit großen, bunten Geschenken, und tätschelte mit der Hand den Kopf eines kleinen Mädchens, das unter ihm stand und dankbar zu ihm hochsah, ein winziges Geschenklein in den Händen. Ob Caroline Inez' Zeichnung trotz des Streits ins Fenster gehängt hatte? Inez hätte gerne gesehen, wie die schwarzen Linien wirkten, wenn man sie von hinten beleuchtete. Die Schallplatte knisterte auf dem Plattenspieler, dann verstummte das letzte Lied.

«Woran denkst du?», fragte Dan leise in die Stille.

«Lass uns nie Leute werden, die Adventsfenster dekorieren, ja?», flüsterte Inez zurück.

Sie mochte nicht mit Dan über ihre Mütter sprechen. Aber sie mochte es, ihn so nah bei sich zu spüren.

Als Inez am nächsten Morgen nach Hause kam, war das Haus still. Sie steckte ihren Kopf erst in die Küche und dann ins Wohnzimmer – niemand da. Auch Carolines Praxiszimmer und Berthas Arbeitszimmer waren leer. Inez klopfte erst an das Gästezimmer, dann an das

Schlafzimmer ihrer Mütter. Nichts. Erst jetzt öffnete sie die Tür zu ihrem eigenen Zimmer. Aufgeschlagen auf ihrem Bett lag der große braune Koffer, den sie zuletzt für ihren Sprachaufenthalt in den USA gepackt hatte. Der Koffer war bis auf ein gelbes Couvert leer. Darin lag eine Hunderternote und ein Zettel.

Liebe Inez

Wir haben uns gestern lange unterhalten, während du es vorgezogen hast, nicht in deinem Bett zu übernachten. Und wir sind zum Schluss gekommen, dass wir als Familie eine Auszeit brauchen. Wir sind heute für eine Besprechung in Bern. Wenn wir am Abend zurück sind, hast du deinen Koffer bitte gepackt und das Haus verlassen. Den Hausschlüssel kannst du in den Briefkasten werfen. Klingle bitte an der Haustür, wenn du wieder bereit bist, uns als Mitmenschen zu behandeln, die deinen Respekt verdienen.

In Liebe
Deine Mütter

«Scheiße», rief Doris erschrocken durch den Hörer. «Wenn du willst, kannst du erst mal bei mir schlafen. Mama ist bei Omi und Papa merkt eh nichts», sagte sie.

«Gern», sagte Inez dankbar.

«Über Weihnachten gehen wir dann wieder nach Adelboden, Ski fahren. Das Haus ist leer. Wir kriegen dich also bestimmt fast bis Neujahr unbemerkt unter. Aber ihr versöhnt euch bestimmt schon vorher wieder», sagte Doris tröstend.

Wohnen bei Doris war eine lustige Angelegenheit. Sobald Doris' Vater, Herr Beglinger, das Haus verließ, konnte Inez ins Bad schlüpfen, duschen und sich auf ihren jetzt viel kürzeren Arbeitsweg machen. Herr Beglinger war Polizist und trainierte auch Polizeihunde. Das war ein

Glück, das hieß nämlich, dass er auch vor dem Schlafengehen nochmals aus dem Haus ging. Dann konnte Inez Zähneputzen und ihr Gesicht waschen. Ansonsten waren es von dem Moment an, in dem Herr Beglinger abends zur Tür hereinkam, zähe Stunden. Wenn Doris das Radio laufen oder das große Licht brennen ließ, ohne selber im Zimmer zu sein, schimpfte der Vater sofort. Inez lag dann also Ewigkeiten im Dunkeln auf Doris' Bett und wusste nicht recht, was sie mit sich anfangen sollte. Sie hätte gerne gemalt, aber es fehlten ihr der Platz und die Utensilien. In einem Magazin hatte sie gelesen, wie wichtig es war, dass Frauen ihren Körper erkundeten und kennenlernten. Logisch, fand Inez. Wie sollte ein Mann wissen, was ihr gefiel, wenn sie es selber nicht wusste? Sie hatte sich also fleißig mit Spiegel und Fingerspitzen untersucht. Die Erkenntnisse daraus hatte sie zu Hause oft genossen. Sie dachte auch gerne an Dans Hände, die sie unter ihrer Anleitung befriedigt hatten. Aber auf dem Bett der besten Freundin, auf dem noch der Teddy hockte, den Doris als kleines Mädchen überall mit hingetragen hatte, ging das nicht. So gern sie es gewesen wäre: So offen war Inez nicht. Also lag sie stundenlang einfach nur auf dem Bett. Bis sie eines schönen Feierabends in die Bibliothek lief. Belanglose Kriminalromane, vielleicht auf Englisch, damit die Sprache nicht einrostete. Agatha Christie, zum Beispiel. Bertha hatte diese Werke immer gern gelesen. Dann fiel Inez' Blick auf ein kleines Büchlein: Virginia Woolfs «A Room of One's Own». Die Frau sprach ihr aus dem Herzen. Wie gern hätte Inez ein Zimmer für sich alleine! Nach Woolf griff Inez zu Simone de Beauvoirs «Das andere Geschlecht», aber auf Deutsch, weil Inez ihrem Französisch gar nicht über den Weg traute. Ihre Tante Thea hatte ihr das Buch vor einigen Jahren ausgeliehen, es lag wohl noch immer irgendwo daheim, in Inez' Zimmer. Sie hatte es nicht einmal aufgeschlagen. Jetzt aber verschlang sie das Werk. Und ihr Lesehunger war noch längst nicht gestillt. Doris brachte ihrem Bücherwurm regelmäßig frische Batterien für die Taschenlampe und ließ sich von Inez überreden, eines der Bücher mit in die Weihnachtsferien zu nehmen.

«Wenn du dann wieder daheim bist, können wir die ganze Nacht darüber diskutieren», sagte Inez und Doris verzog das Gesicht. Sie lachten beide. Aber Inez spürte, dass Doris sich sorgte. Inez gab sich Mühe, sich nicht anmerken zu lassen, wie sehr die Situation sie belastete. Aber manchmal sah Doris die Dunkelheit dann eben doch hinter ihren Augen. Da nützte auch die stärkste Taschenlampe nichts. Sie wollte ihre Freundin nicht alleine lassen, «nicht über Weihnachten», hatte sie ausgerufen. Aber der Tag der Abreise kam und Inez hörte das Garagentor und gleich darauf das Brummen des Automotors. Im hell erleuchteten Wohnzimmer konnte Inez noch immer nicht bleiben, das hätten die Nachbarn bemerkt. Sie überlegte sich, ob sie Dan anrufen und einladen sollte, ließ es aber bleiben. Stattdessen hockte sie mit ihrer Taschenlampe im Ohrensessel und las. Sie war schon fast durch das erste Drittel von Iris von Rotens «Frauen im Laufgitter», als sie hörte, wie ein Schlüssel ins Schloss gesteckt wurde. Inez spürte ein flaues Gefühl im Magen. Der Schlüssel drehte sich. Rasch knipste sie die Taschenlampe aus. War es ein Einbrecher? Sollte sie sich ihm entgegenstellen und den Besitz der Beglingers retten? Wie viel Schaden konnte so ein Buch anrichten, wenn man es einem Menschen über den Kopf zog? Aber Einbrecher hatten normalerweise keine Schlüssel. Waren es Doris' Eltern? Hatten sie etwas daheim vergessen? Inez musste sich verstecken. Aber wo? Da war nichts, außer – hektisch verschwand Inez hinter dem Sofa. Sie legte sich auf den Teppich und spürte augenblicklich, wie der Staub sie in der Nase juckte. Jetzt nur ja nicht niesen. Sie war genau im richtigen Moment verschwunden: Die Tür ging auf, das Licht an. Männerstimmen waren zu hören. Sie klangen fröhlich und laut. Einer lachte. Wenn das Einbrecher sind, dachte Inez, dann blutige Anfänger. Jetzt war die Stimme einer Frau zu hören.

«Halloooo», rief sie ins Haus hinein, «Inez, wo bist du?» Es war Doris.

Inez rappelte sich hinter dem Sofa auf. Im Flur standen drei junge Männer und schauten sie neugierig an.

«Überraschung», rief Doris und umarmte ihre Freundin. «Hast du dich hinter dem Sofa vor uns versteckt?»

«Ich dachte, ihr seid Einbrecher!»

Sie lachten und Inez lachte mit. Sie war so froh, nicht mehr allein im großen Haus zu sein.

«Wir feiern alle zusammen Weihnachten, und zwar hier. Ich habe eine üble Magenverstimmung vorgetäuscht. Hab' mir sogar den Finger in den Hals gesteckt und über Mamas Seidenbademantel gekotzt. Ich glaube, das hat ihr den Rest gegeben.» Sie deutete auf die Männer hinter ihr. «Das sind meine Cousins. Sie haben mich mitgenommen und meinen Eltern versprochen, sich gut um mich zu kümmern.» Sie ließ sich auf das Sofa fallen und schaute die Jungs herausfordernd an. «Also los, kümmert euch! Einmal Suppe für die Patientin, bitte.»

«Und einen Bitter für den Magen, das hilft», rief Inez und ließ sich neben ihre Freundin fallen.

Es war ein ausgelassener Abend, sie hörten Musik, tanzten durch das Wohnzimmer und bedienten sich großzügig an Herrn Beglingers Alkoholvorräten. Am nächsten Tag gingen die fünf mit dem Auto von Erwin, dem ältesten der Cousins, für das Weihnachtsmenü einkaufen.

«Es hat übrigens für alle Platz in der Küche», rief Inez, als die Jungs es sich im Wohnzimmer gemütlich machten, während sie und Doris sich um das Essen kümmerten.

«Ach, aber ihr kennt euch besser aus», rief Erwin zurück.

«Wie meinst du das?», fragte Inez scharf.

«He, beruhig dich. Doris kennt sich doch besser aus, weil sie ja hier daheim ist», sagte Erwin, stand aber auf und ließ sich eine Arbeit zuteilen. Sie tranken Wein, schnitten Gemüse und warteten darauf, dass die vier ganzen Hähnchen, die sie in den Ofen geschoben hatten, gar wurden. Einen Weihnachtsbaum und Geschenke gab es nicht, dafür schmetterten sie die traditionellen Weihnachtslieder aus voller Kehle, tanzten und tranken. Irgendwann setzte Sämi, der mittlere der Brüder, sich zu Inez aufs Sofa.

«Dich haben sie also daheim rausgeschmissen, was?»

Inez nickte. Sämi wollte wissen, was Inez denn verbrochen hatte, und fand es wahnsinnig radikal, dass sie zwei Mütter hatte. Sie redeten eine Weile über die Gesellschaft, die noch nicht bemerkt hatte, dass es nicht mehr 1950 war, über Freiräume, die man sich erkämpfen musste, und Veränderungen, für die es sich einzustehen lohnte. Dann erzählte Sämi, dass er zusammen mit einigen Freunden eine Wohnung gemietet hatte.

«Wir hätten noch Platz, wenn du Lust hast?»

Sämis Freunde waren eine lustige Truppe und die Wohnung überraschend geräumig. Man kochte zusammen, diskutierte beim Abendessen und schlief kaum eine Nacht im gleichen Bett. So störte es auch niemanden, dass es nicht für alle ein eigenes Zimmer gab. Inez war von allen herzlich als neustes WG-Mitglied aufgenommen worden. Sie hatte auf ein Leintuch eine Schar junger Leute gemalt, die von einem missmutigen Alten beobachtet wurden, der hinter seinem Rücken ein Fangnetz versteckte. Darüber hatte sie «Trau keinem über 30» geschrieben. Das Transparent war mit einer veritablen Feier eingeweiht worden und hing nun im Wohnzimmer über dem großen Sofa. Abends wurde oft gemeinsam musiziert. Emma spielte Panflöte, Bea und Jann Gitarre und Sämi hatte eine wunderbare Stimme. Auch Inez konnte, wie sie fand, ganz passabel singen, der Rest trommelte oder wiegte sich zumindest unterstützend zur Musik mit. Am liebsten von allen mochte Inez Jann. Als sie einen Putzplan aufgehängt hatte, auf dem Frauen und Männer gleichermaßen eingetragen waren, hatte er dafür gesorgt, dass er auch eingehalten wurde. Denn die übrigen Jungs taten sich erstaunlich schwer damit, zum Putzlappen zu greifen. Er hatte sich Virginia Woolf von Inez ausgeliehen und manchmal, nachdem sie miteinander geschlafen hatten, redeten sie darüber. Jann war mit seinen Händen zwar nicht so geschickt wie Dan, dafür hatte er viel zu erzählen. Etwa davon, wie er mit einer Gruppe junger Leute in Zürich ein riesiges Haus besetzt hatte. «Globus-Krawalle»[98] haben sie in den Zeitungen geschrieben. Inez war fasziniert. Nach Amerika war ihr die Schweiz träge und hinterwäldlerisch vorgekommen. Sie hatte den Eindruck, die Einzige zu sein, die sich die Dinge anders wünschte. Und die, die etwas bewegen wollten, wie ihre Mütter, versuchten es auf eine derart handzahme Art, dass es in Inez' Augen nicht nur armselig, sondern schon dilettantisch war. Aber jetzt war da eine Gruppe von Leuten, die wirklich etwas unternahm und nicht nur davon sprach. Jann erzählte aber nicht nur von den Globus-Krawallen, sondern auch von Vollversammlungen, in denen man bis in alle Nacht über neue Gesellschaftsformen gesprochen hatte.

«Eine neue Welt haben wir uns erdiskutiert», rief Jann. Inez wäre gerne dabei gewesen, als die Zürcher Jugendlichen das leere Globus-Warenhaus als Jugendhaus beansprucht hatten. Immer mehr junge Menschen waren an diesem Tag im Juni aus der ganzen Schweiz gekommen. «Hunderte Leute waren da, nein mehr, bestimmt 2000», rief Jann, «wir hatten vor dem Globus gar keinen Platz und saßen bald auch auf der Straße davor.» Er lächelte. «Das hat den Zürcherinnen und Zürchern nicht gepasst. Wir haben den ganzen Tramverkehr lahmgelegt, da kam nichts mehr durch.»

«So etwas sollten wir wieder machen», rief Inez aus und Jann grinste. Dann aber wurde sein Gesicht ernst.

«Es hätte komplett eskalieren können, weißt du. Erst hat die Polizei uns mit Megafonen aufgefordert, das Gelände zu verlassen. Aber wir sind geblieben. Dann haben sie die Wasserwerfer auf uns gerichtet.»

Inez war schockiert. Junge Leute, die nach einem Jugendzentrum verlangten, wurden so behandelt?

«Irgendwann haben die Polizisten uns einfach weggetragen. Mich haben vier Polizisten an den Beinen und an den Armen gepackt und ein fünfter hat», er stockte kurz, «ein fünfter hat mir mit einem Knüppel in die Eier geschlagen und gesagt, dass ich da meine freie Liebe hätte, ich Schwuchtel. Dabei habe ich niemals die Hand gegen die Polizisten erhoben. Ich habe ihnen sogar immer wieder gesagt, ich will hier friedlich demonstrieren. Ich will nicht, dass Gewalt angewendet wird.»

Inez sog die Luft ein. Jann tat ihr furchtbar leid, aber sie spürte auch, wie die Wut in ihr hochkochte. Es hatte richtige Kämpfe zwischen der Polizei und den Jugendlichen gegeben. Die Schweizer Polizei – war sie tatsächlich fähig, das eigene Volk anzugreifen? Jann erzählte weiter, wie er an diesem Junitag, an dem sie den Globus besetzt hatten, verhaftet worden war. Und wie er in Haft, wie viele andere, erneut misshandelt worden war. Inez war voller Bestürzung und Bewunderung für Jann, diesen Rebellen mit den sanften Händen.

«Aber weißt du was», sagte er, «wenn so etwas noch mal stattfindet, bin ich wieder zuvorderst mit dabei. Für die Dinge, die einem wichtig sind, muss man bereit sein, etwas zu riskieren.»

Inez nickte. Jann sprach ihr aus dem Herzen. «Ich hab' so oft mit meinen Müttern darüber diskutiert: Wenn euch etwas stört, dann kämpft dagegen. Redet nicht nur darüber, dass etwas falsch läuft.» Wütend blies sie die Luft durch die Nase aus.

«Ach, na ja, Eltern – die verstehen das halt meistens nicht wirklich», sagte Jann.

Inez dachte an das Gespräch mit Jann, als sie Wochen später erfuhr, dass es am 1. März eine Demonstration vor dem Bundeshaus in Bern geben sollte. Junge Zürcherinnen wollten die Aktion organisieren, Emilie Lieberherr würde auf dem Bundesplatz eine Resolution der Frauen vorlesen. Inez hatte den Namen auch schon gehört: Lieberherr gehörte zum Zürcher Stimmrechtsverein. Also waren doch nicht alle Alten zu feige. Aus der Zeitung erfuhr sie allerdings, dass die meisten alten Stimmrechtlerinnen sich von dem Marsch distanzierten. Erst recht, nachdem die Frauen der Frauenbefreiungsbewegung Anfang Februar beim alljährlichen Fackelzug in Zürich etwas überbordet hatten. Die Alten wollten hinter verschlossenen Türen still und gesittet eine Delegiertenversammlung abhalten.

«Das ist genau das Problem», sagte Inez zu Doris, «sie wollen niemanden stören. Lieber mieten sie den Kursaal, zahlen noch viel Geld und machen die Türen zu, damit die Welt ihre Wut nicht mitbekommt. Falls sie sich überhaupt trauen, voreinander die Masken fallenzulassen.»

Inez dachte an Janns Erzählungen, an die jungen Leute, die sich für ihre Ideale von der Polizei hatten abführen lassen. Das war Rebellion, das war Kampf, die meinten es ernst.

«Und ich wette mit dir: Meine Mütter werden dort im Kursaal bei dieser lahmen Veranstaltung mit dabei sein. Das ist genau ihr Ding. Mit dem Zug nach Bern und dann schnell, schnell wieder zurück ins Dorf, bevor die jungen Frauen auf der Straße laut werden und auffallen. Bevor irgendwem ein Härchen gekrümmt wird.»

«Schick deinen Müttern doch einen Flyer und frag sie, ob sie auch kommen. Vielleicht überraschen sie dich ja», sagte Doris.

Inez schüttelte den Kopf.

«Warum nicht?»

«Weil sie nicht kommen werden. Dafür fehlt ihnen der Mut.»

In ihrer Vorstellung sah Inez Bertha und Caroline, wie sie Arm in Arm in ihren dicken Mänteln durch eine schmale Gasse eilten, um nur ja nicht mit den Störefriedinnen zusammenzutreffen. Sie schämte sich nur schon beim Gedanken daran wahnsinnig für ihre Mütter. Wieso mussten sie auch so feige und enttäuschend sein?

«Vielleicht kommen sie für dich. Wenn sie erfahren, dass das etwas ist, was du gut findest. Immerhin seid ihr euch ideologisch wohl schon lange nicht mehr so nah gekommen.» Sie zwinkerte Inez zu und sagte: «Du bist ja eine richtige Emanze geworden.»

Doris jedenfalls versprach, mit Inez nach Bern zu fahren. Sie packte auch gleich den Flyer ein. Später am Abend setzten sich Sämi, Emma und Jann zu den beiden Frauen ins Wohnzimmer. Jann drehte sich einen Joint, nahm einen tiefen Zug und hielt ihn Doris an die Lippen. Dann ging der Joint reihum weiter. Emma hatte eine Platte von Tom Jones aufgelegt. Irgendwann waren Jann und Doris verschwunden. Als Doris' Stöhnen durch die Tür drang, zog Sämi die Augenbraue hoch.

«Wer zweimal mit der Gleichen pennt, was?», sagte er.

«... gehört schon zum Establishment», beendete Inez den Satz.

«Stört dich das nicht?», fragte Sämi. «Ich meine, du und Jann, ihr seid ja dauernd zusammen.»

Inez zuckte die Schultern. «Wir gehören einander ja nicht. Ist doch schön, wenn zwei Menschen, die ich gern habe, zusammen ein schönes Erlebnis haben.»

«Ja, klar, theoretisch ist das schon so. Aber der Kopf ist ja immer nur die eine Hälfte, nicht?»

Inez dachte lange darüber nach, was Sämi gesagt hatte: Nein, es störte sie nicht, wenn Jann und Doris Sex hatten. Einige Tage später allerdings sollte etwas geschehen, was Inez wirklich störte. So sehr, dass das Leben in der WG danach nicht mehr das gleiche war.

Es war Ende Februar und die ersten Schneeglöckchen streckten bereits ihre Köpfe aus dem kalten Boden. Der Geruch des tiefen Winters war aus der Luft verschwunden und der Frühling wartete nur darauf, loszubrechen. Inez liebte diese Zeit, weil sie spürte, wie das Leben in die Welt zurückkam. Jann hatte sie von der Arbeit abgeholt, damit sie sich zusammen ein sozialistisches Straßentheater anschauen konnten.

«In Berlin gibt's das natürlich längst an jeder Ecke, aber bei uns ist es revolutionär», hatte er dazu nur gesagt.

Das Theater war ein wildes Durcheinander aus griechischer Geschichte, Klassenkampf und Verweisen auf den Faschismus, dem «Ausverkauf des Volkes» und einem Happy End, bei dem das junge und aufgeheizte Publikum genauso mitfeiern durfte wie die Laienschauspieler auf der Bühne, die eigentlich einfach ein unbenutzter Parkplatz war. Inez war sich bei den meisten Parolen nicht sicher, ob das nun ein besonders gut verpackter Verweis auf den Klassenkampf, das Ende des Kapitalismus war oder doch einfach nur ein schlecht geschriebener Dialog. Jann hingegen war begeistert.

«Aktivismus berührt einfach etwas in mir. Dieses gemeinsame Aufstehen für die richtige Sache», sagte er auf dem Heimweg. Ohne groß darüber nachzudenken, erzählte Inez ihm von dem Marsch auf Bern, den die Zürcherinnen planten und an dem Feministinnen und Feministen aus der ganzen Schweiz teilnehmen würden.

«Es geht darum, Bundesrat und Parlament klarzumachen, dass wir die Menschenrechtskonvention nicht unterschreiben dürfen, bevor die Menschenrechte in der Schweiz nicht eingehalten werden. Erst das Frauenstimmrecht, dann die EMRK. Purer Aktivismus. Doris und ich gehen hin. Komm doch auch.»

Jann schaute sie nachdenklich an. «Denkst du nicht, man muss bei der Sache das große Ganze sehen?», fragte er dann.

«Das große Ganze ist: In der Schweiz wird uns Frauen aufgrund unseres Geschlechts ein Grundrecht verwehrt. Und ein Land, das diesen Verstoß gegen die Menschenrechte begeht, kann keine Konvention unterschreiben, die genau solche Verstöße verhindern will.»

«Aber es geht doch um den globalen Klassenkampf. Darum, dass wir uns dafür einsetzen, dass in anderen Ländern die Menschenrechte gewahrt werden. Dort sterben Menschen, weil sie für ihre Freiheit kämpfen. Den Schweizer Frauen geht es doch eigentlich sehr gut. Dieses Gekeife die ganze Zeit scheint mir ein bisschen egoistisch.»

Inez löste ihre Hand aus der von Jann und blieb stehen. Hatte sie sich gerade verhört? Er, der sich für einen Jugendraum hatte verhaften und mit einem Knüppel traktieren lassen, fand die Frauen egoistisch?

«Versteh mich nicht falsch», sagte Jann und hob die Hände, «ich finde auch, das Frauenstimmrecht muss her. Absolut! Das ist das Mindeste, was die Gesellschaft euch bieten soll. Aber muss es wirklich jetzt gleich sein? Ist das Frauenstimmrecht wirklich wichtiger als die internationalen Menschenrechte?»

«Es ist nicht wichtiger oder weniger wichtig, Jann, es ist ein Teil davon», rief Inez aus, «wie kannst du das so komplett verkennen?»

«Matthias Eggenberger, weißt du, dieser SP-Nationalrat, ist ein Freund meiner Eltern. Er hat 1965 im Nationalrat ein Postulat eingereicht, um zu prüfen, ob dieser Beitritt zur EMRK mit Vorbehalten überhaupt möglich ist. Ich fand das als Forderung erst auch schwierig. Vor allem von einem Sozialdemokraten. Aber er hat es mir dann erklärt und ich meine, der Bundesrat sieht es ja auch so, also ...»

«Da hörst du plötzlich auf den Bundesrat? Aber wenn es um ein Jugendzentrum geht, dann willst du für dein Recht bluten? Ja, klar, dann geht es eben um deinen Freiraum und dein Recht. Aber weißt du was? So was nennt man nicht Sozialismus, Jann. So was nennt man Egoismus.»

Inez schaute den Mann vor sich eine Weile einfach an. Seine braunen Augen, der Bart und das verwuschelte Haar. Seine Cordjacke offen, darunter ein leuchtend oranger Strickpulli.

«Ich finde, du überreagierst gerade», sagte er nach einer langen Zeit der Stille und versuchte, sie an sich zu ziehen. «Du weißt, wie wichtig mir die Gleichstellung der ganzen Gesellschaft ist.»

Inez entzog sich ihm. «Geh du schon vor, ich habe jetzt keine Lust, mit dir heimzugehen», sagte sie, drehte sich um und ging davon. Doch was jetzt? Wohin mit ihr? Einen Augenblick dachte Inez darüber nach, zu Hause bei ihren Müttern zu klingeln. Aber sie verwarf den Gedanken sofort wieder. Nicht nur, weil um diese Uhrzeit wohl gar kein Postauto mehr ins Dorf fuhr. Doris? Dan? Schließlich schüttelte sie wütend den Kopf. Wieso eigentlich sollte sie das Feld räumen? Sie spazierte durch die Nacht und schloss die Tür zur WG auf. Jann war eine halbe Stunde vor ihr nach Hause gekommen. Er versuchte nicht, sie zu besänftigen, sondern ließ sie erst einmal in Ruhe.

«Sind wir uns einig, dass wir uns in einigen Dingen uneinig sind?», fragte Jann am nächsten Abend und hielt Inez mit einem Augenzwinkern die Hand hin. Aber Inez konnte und wollte das nicht.

«In einer solchen Sache kann man nicht einfach verschiedener Meinung sein und trotzdem weitermachen wie bisher, Jann», sagte sie.

Schließlich diskutierten sie in der WG lange über das Thema. Ein klarer Graben ging durch die Gemeinschaft: Die Frauen waren auf Inez' Seite, die Männer auf Janns. Und weil sie keinen Kompromiss fanden, der für beide Seiten stimmte, schlug Sämi nochmals vor, was Jann bereits gefordert hatte, Akzeptanz zu üben und hinzunehmen, dass nicht alle die gleiche Meinung hatten.

«Das gehört auch dazu, dass wir alle die Freiheit haben, uns uneinig zu sein und trotzdem miteinander auszukommen», sagte er und sein Blick ruhte einen Augenblick auf Inez. Schließlich nickte sie knapp.

«Amen», sagte Jann und grinste.

Damit war die Sache gegessen und das Leben in der WG ging weiter wie bisher. Zumindest für die anderen. Inez aber verbrachte keine Nacht mehr mit Jann. Stattdessen ertappte sie sich dabei, wie ihre Gedanken öfter als sonst zu Dan abschweiften. Was er wohl machte? Ob er sie vermisste? Dass er wütend auf sie sein könnte, weil sie verschwunden war, ohne sich jemals wieder bei ihm zu melden, kam ihr gar nicht in den Sinn.

Der Rest des Februars verlief ereignislos und bald stand der 1. März vor der Tür. Doris und Inez trafen sich am Basler Bahnhof. Beide lachten ein bisschen öfter und redeten ein bisschen lauter als sonst. Sie hielten bereits am Bahnhof nach anderen Protestierenden Ausschau. Es war Samstag, niemand musste zur Arbeit. Der Zug allerdings würde bestimmt voll sein, dachte Inez, während sie und Doris die Treppe hinunter zum leeren Bahnsteig liefen. Doch als sie an den blanken Zugfenstern vorbeigingen, sahen sie zahlreiche leere Abteile. Fuhr denn niemand mit ihnen nach Bern? Oder waren sie alle schon dort? Die beiden jungen Frauen liefen die Waggons ab und schauten in die Abteile. In manchen saßen einzelne Leute, in anderen Familien. Viele waren leer. Wann immer die beiden von einem Waggon zum nächsten wechselten, blies ihnen der heftige Fahrtwind ins Gesicht und sie hörten das dröhnende Rumpeln des fahrenden Zuges. Dann endlich, im hintersten Wagen, saß eine Gruppe Frauen mit dem gleichen Ziel. Als Doris vom leeren Zug erzählte, sagte eine von ihnen bedrückt: «Ich weiß, wir sind vorhin auch schon durch den ganzen Zug gelaufen, auf der Suche nach anderen Frauen. Und die Zürcherinnen sagen, für ihr Gruppenticket von Zürich nach Bern hätten sich nur 71 Frauen gemeldet. Stellt euch mal den riesigen Bundesplatz vor und nur wir kleine Handvoll Frauen. Wir machen uns ja lächerlich.»

«Dann können die Männer erst recht sagen, dass die Frauen doch gar kein Stimmrecht wollen», sagte eine andere.

«Ach, wenn wir nur wenige sind, dann rufen wir einfach umso lauter», sagte Doris.

Inez lächelte ihre Freundin an. Doris war immer optimistisch. Sie hatte Inez überredet, ein Transparent zu malen. Inez rollte es nun auf dem Boden des Zuges aus, um die anderen Frauen abzulenken. «Menschenrechte ja – Vorbehalte nein»[99] stand darauf. Darunter hatte Inez einen dicken Politiker gemalt, der das Schweizerkreuz auf dem Revers trug und sich von einer Horde kleiner, schmalschultriger Frauen auf Händen tragen ließ.

«Bravo», rief eine der fremden Frauen und klatschte in die Hände. Die Stimmung im Zug wurde besser. Als sie am Berner Bahnhof ankamen, sah die kleine Gruppe sofort, dass aus Zürich mehr Leute angereist waren als die 71, die sich für das Gruppenticket gemeldet hatten. Die Kirchenglocken schlugen Viertel vor drei. Gemeinsam zogen die Frauen durch die Straßen der Stadt. Man war warm eingepackt, denn noch war der Frühling nicht da. Die Zürcherinnen hatten Trillerpfeifen mitgebracht, um die Männerherrschaft auszupfeifen. Inez schaute die Frauen an. Sie hatte mit einer Gruppe junger Frauen gerechnet. Aber sie hätte damit nicht falscher liegen können. Es waren gesetzte Damen in gutem, robustem Schuhwerk, mit Röcken und Mänteln und Mützen auf dem wohlfrisierten Haar. Sie hielten Schilder in die Luft, auf denen BV4 stand.

«Damit meinen sie den Gleichstellungsartikel 4 der Bundesverfassung», sagte Inez zu Doris.

Es waren bei Weitem nicht so viele Leute gekommen, wie Inez sich das vorgestellt hatte. Sie hatte gedacht, es würde eine wahre Flut von Frauen durch die Straßen ziehen, skandieren und ihr Recht einfordern.

Vor ihrem geistigen Auge hatte sie einen über und über mit Menschen gefüllten Bundesplatz gesehen. Stattdessen glich ihr Zug eher einem groß angelegten Spaziergang. Aber die Frauen waren fröhlich, winkten einander zu und spazierten gemeinsam Richtung Bundesplatz. Kurz bevor die Zeiger der Kirchenuhr auf 15 Uhr sprangen, dem offiziellen Beginn der Kundgebung, bog der kleine Zug von Demonstrantinnen um die letzte Ecke. Ein Stocken ging durch die Frauengruppe. Inez reckte den Kopf. Sie konnte nicht sehen, was los war. Versperrte ihnen jemand den Weg? War der Bundesplatz geschlossen worden, um sie am Demonstrieren zu hindern? Inez hüpfte auf und ab, aber sie sah nicht weit genug. Dann setzte sich der kleine Demonstrationszug wieder in Bewegung – und endlich sah sie es. Der Bundesplatz, dieser große, leere Platz vor dem Bundeshaus, war gar nicht mehr leer. Er war voller Menschen. Hunderte und Aberhunderte von Frauen, und auch Männer hatten sich dort versammelt. Junge und Alte, Hippies und Spießer. Am nächsten Tag würden die Medien berichten, dass sich rund 5000 Menschen zusammengefunden hatten, um für die Frauenrechte einzustehen. Inez war nicht die Einzige, die ein Transparent vorbereitet hatte. Viele hielten Plakate in die Luft, auf denen «Solange die Frauen nicht stimmen können, ist die Schweiz keine Demokratie» stand. Oder: «Ist die älteste Demokratie nicht imstande, die Gleichberechtigung zu verwirklichen?» und «Pas de discrimination». Eine Dame mit Pelzmantel und Perlenohrringen hielt ein Schild in die Höhe, auf dem stand: «Auch wir bezahlen Steuern». Eine andere Frau hatte sich eine Plakette aus Karton um den Hals gehängt, die verkündete: «Wo Männerfäuste sich erheben, kann das Menschenrecht nie leben».[100]

Erst als Doris ihr ein Taschentuch reichte, merkte Inez, dass ihr Tränen über die Wangen liefen. Die Veranstaltung der älteren Frauenstimmrechtlerinnen im Kursaal hatte bereits stattgefunden. Inez hatte gedacht, die alten Damen würden nach ihrem ordentlichen Bankett einfach nach Hause gehen. Aber das taten sie nicht. Zumindest einige von ihnen waren direkt vor das Bundeshaus marschiert. Aber es konnten nicht nur die Frauen aus dem Kursaal sein, die sich hier versammelt hatten. So viele Menschen hätten in dem ganzen Gebäude gar keinen Platz gefunden. Es waren Menschen aus allen Ecken der Schweiz, viele von ihnen hatten bisher wohl kaum für das Frauenstimmrecht gekämpft. Doch auch für sie war das Fass nun übergelaufen. Auch sie wollten jetzt endlich Gerechtigkeit. Frauen und Männer, Familien mit ihren Kindern, alte Leute, junge Menschen. Einen Augenblick dachte Inez an ihre Mütter. Waren sie heute auch in Bern gewesen? Im Kursaal? Und jetzt – waren sie hier? Wohl kaum, dachte sie. Bald stieg Emilie Lieberherr, ihre Anführerin für heute, in ihrem leuchtend roten Mantel auf das Podium. Livrierte Trommler setzten zum Wirbel an, dann wandte sich Lieberherr den drei Mikrofonen zu und begann, die Resolution zu verlesen, für die sie heute alle hier zusammengekommen waren.

> *«Wir Schweizerinnen hier auf dem Bundesplatz fordern das volle Stimm- und Wahlrecht auf eidgenössischer und kantonaler Ebene. Die Konvention zum Schutz der Menschenrechte und Grundfreiheiten des Europarates darf erst dann unterzeichnet werden, wenn dieser Vorbehalt nicht mehr nötig ist. Die Gleichstellung der Geschlechter ist eine wichtige Voraussetzung für die Verwirklichung der Menschenrechte. Sämtliche vorgeschlagenen Vorbehalte stellen die Glaubwürdigkeit unseres Landes als Rechtsstaat und Demokratie infrage. Wir fordern deshalb alle gutgesinnten Politiker und Bürger auf, das Frauenstimmrecht im Bund, in den Kantonen und allen Gemeinden so rasch als möglich zu verwirklichen.»*[101]

Die Resolution wurde in allen vier Landessprachen wiederholt. Nach jeder Wiederholung jubelte eine andere Gruppe auf dem Bundesplatz besonders laut.

«Wir stehen hier nicht als Bittende, sondern als Fordernde», rief Lieberherr und Inez applaudierte und pfiff, so laut sie konnte. Dann rief Lieberherr, verstärkt durch einen weiteren Trommelwirbel, wie eine

Marschallin zehn Losungen hinaus auf den Platz. Erst zögerlich, mit Seitenblicken, ob die Nachbarin wohl auch mitmachte, warf die Menge die Losungen im Sprechchor zurück.

«Hend Vertraue mit de Fraue», rief Lieberherr. Und: «Frauerächt, Mänscherächt!»

«Stüre zahle, aber au ad Wahle», ein Nicken ging durch die Reihen, die Stimmen auf dem Platz wurden fester und lauter.

«Bundesrat, uf zur Tat», schallte es bald über den Platz, gefolgt von einem wilden Trillerpfeifenkonzert. Die lose Demonstrantenmasse wurde immer mehr zu einem Knäuel, das sich wie eine Einheit bewegte. Und da, als ein Windstoß das Transparent einer großen Frauengruppe zur Seite wehte, sah Inez sie. Den Blick zum Podium gerichtet, die Fäuste in der Luft, standen sie dort. Ein bisschen verloren sahen sie aus neben der Gruppe junger Frauen mit ihrem großen Transparent und den ausladenden Hüten. Aber sie waren da. Sie trugen ihre dicken, spießigen Wintermäntel und skandierten die Losungen Lieberherrs begeistert mit: ihre beiden Mütter.

Inez spürte eine Wärme durch ihren Körper schwemmen, die mit der Märzsonne nichts zu tun hatte. Sie zupfte an Doris' Arm und nickte zu ihren Müttern. Doris lächelte und legte den Arm um die Freundin. Schließlich brach eine Delegation um Lieberherr auf, um die Resolution ins Bundeshaus zu bringen. Dort allerdings wartete nur der Bundeskanzler.

Einige Minuten später kamen die Frauen zurück.

«Keiner der Bundesräte hatte den Mut, uns zu empfangen», rief Lieberherr und die Menge setzte die Trillerpfeifen erneut an die Lippen. Bald darauf, die Kirchenglocken schlugen nun 16 Uhr, löste die Veranstaltung sich auf. Inez blieb auf dem Platz stehen, während die Menschenmenge sich langsam lichtete und die einzelnen Frauen und Männer über die großen Straßen, die vom Bundesplatz wegführten, entschwanden. Inez hob den Kopf und blickte zum Bundeshaus hoch. Die Wolken spiegelten sich im Glas der Fenster. Hinter welchem davon hatten die Bundesräte wohl gesessen, als sie gemeinsam ausgemacht hatten, die Frauen nicht zu begrüßen und ihre Resolution nicht entgegenzunehmen? Inez fühlte sich persönlich angegriffen von dieser Geste, mit der die Landesregierung ihr unmissverständlich zu verstehen gab: Dein Anliegen ist uns nicht wichtig. Am liebsten hätte sie einen Stein genommen und ihn in hohem Bogen gegen eines der spiegelnden Fenster geworfen.

«Irgendwie muss man ja von außen durchdringen durch diese Mauern der Politik», dachte sie sich. Einen Moment lang suchte Inez' Blick gar den Boden ab, doch es lag kein passendes Wurfgeschoss zu ihren Füßen. Was für ein Glück das war, erfuhr sie nie. Denn tatsächlich war das Bundeshaus alles andere als leer. Zahlreiche Polizisten mit Tränengas und Wasserschläuchen hatten sich bereitgemacht, um bei allfälligen Ausschreitungen einzugreifen und die Protestierenden wenn nötig auch mit Gewalt in die Schranken zu weisen. Doch Inez' suchender Blick streifte keinen einzigen Polizisten. Sie waren zu gut versteckt. Und sie suchte auch nicht nach ihnen. Während ihre Augen vom Bundeshaus zurück zur sich lichtenden Menschenmenge glitten, wurde ihr klar, wen sie aber tatsächlich suchte: ihre Mütter.

Auch Doris ließ den Blick schweifen, aber Caroline und Bertha waren nirgends mehr zu sehen. Doch da, plötzlich, am anderen Ende des Bundesplatzes, erkannte Inez ihre Mäntel. Caroline hatte sich bei Bertha eingehakt. Fast sah es aus, als würde Bertha sie stützen. Die beiden waren bereits in die Straße Richtung Bahnhof gebogen. Sie waren schon außer Rufweite. Inez zögerte: Sollte sie ihnen hinterhersprinten? Und dann? Sich entschuldigen dafür, dass sie die Wahrheit gesagt hatte? Während Inez noch mit sich rang, verschwanden die beiden dicken, grauen Mäntel um die Ecke und aus ihrem Blickfeld.

Als Inez am nächsten Montag auf dem Weg zur Arbeit auf ihren Bus wartete, fiel ihr Blick auf die Auslage beim nahen Kiosk. «Pfeifkonzert vor dem Bundeshaus» stand da in dicken Lettern auf der Berner Zeitung

«Der Bund». Die «Zürcher Woche» hingegen hatte auf ihrem Titelblatt «Kummermeitschi-Marsch auf Bern» notiert.

«Kummermeitschi?», sagte Inez empört zu sich selber und erinnerte sich an ihre Tränen, als sie all die Menschen auf dem Bundesplatz hatte stehen sehen. An das Hochgefühl, das sie ergriffen hatte, als Lieberherr gesprochen und die Frauen im Chor geantwortet hatten. Darauf trafen viele Beschreibungen zu, «Kummermeitschi» aber ganz bestimmt nicht. Aber auch die «Neue Berner Zeitung» versuchte, den Marsch vom vergangenen Samstag zu verunglimpfen. «Danebengepfiffen» stand da in einem schlechten Wortspiel. Als hätten die Frauen und all ihre Unterstützer einen Fehler gemacht. Als wäre diese eine Stunde vor dem Bundeshaus ein Fehltritt gewesen, kein Erfolg. «Zuerst nüchterne, dann lärmige Kundgebung» erklärten die «Basler Nachrichten» ebenso nüchtern. Weiter kam Inez nicht durch die Zeitungstitel, denn nun schnaufte ihr Bus um die Ecke. Aber Inez wusste, dass im Pausenraum zumindest die «Basler Nachrichten» auflagen.

Kaum war die Pausenzeit da, eilte Inez darum hoch ins Kaffeezimmer und schlug die Zeitung auf. Ihre Augen flogen über die Zeilen. Die Versammlung im Kursaal wurde als gesittet beschrieben. Die Veranstalterinnen, die Arbeitsgemeinschaft für die politischen Rechte der Frauen, bewährte Taktikerinnen rund um die Bernerin Marthe Gosteli, wurden für ihre besonnene Art, mit dem Thema umzugehen, gelobt.

«Klar, die hat ja auch keiner bemerkt, absolut unspektakulär», murmelte Inez. Dann gelangten ihre Augen zum nächsten Abschnitt. «Verunglückt» sei der nachmittägliche Marsch auf Bern gewesen. Ein peinliches Desaster «mit allgemeinem Durcheinander und nicht enden wollendem Lärm auf halbleerem Bundesplatz».

«Das stimmt doch einfach nicht!», rief Inez jetzt laut aus und warf die Zeitung auf den Tisch.[102]

Kaum hatte Inez am Abend die Haustür aufgeschlossen, hörte sie bereits den Fernseher. Es lief die Tagesschau, gesendet wurde ein Beitrag über den Marsch nach Bern, gezeigt eine nett lächelnde Emilie Lieberherr.

«Ihr wart ja ganz schön brav am Samstag», sagte Jann, als er Inez sah. Sie wollte gleich wieder aus dem Wohnzimmer weglaufen, als eine junge Frau auf dem Bildschirm erschien. Sie hatte krauses, blondes Haar und sprach über die sexuelle Revolution der jungen Menschen und insbesondere der Frauen. Der Einblender unten im Bild stellte sie als Andrée Valentin vor.

«Was sie zu sagen hat, finde ich um einiges spannender als die Rede von der Alten eben», sagte Jann und beugte sich vor Richtung Bildschirm.

Die Frau kam Inez bekannt vor. Aber von wo nur? Den Namen zumindest kannte Inez nicht. Sie hörte ihr zu, beobachtete, wie sie sich mit der Hand durchs Haar fuhr, und auf einmal war die Erinnerung zurück: Das war die Blonde vom Schauspielhaus. Die Frau, die bei der Jubiläumsfeier der Zürcher Frauenstimmrechtlerinnen das Mikrofon an sich gerissen hatte. Inez erinnerte sich nur zu gut an ihre Worte. Andrée Valentin also hieß die Frau, die Inez zum Nachdenken gebracht hatte. Jann dozierte vom Sofa aus, wie wichtig die sexuelle Revolution für eine Veränderung der Gesellschaft sei. Aber Inez hörte gar nicht mehr zu. Sie mochte Menschen mit Meinungen und sie mochte Menschen, mit denen man diskutieren konnte. Aber Jann? Da hatte es sich definitiv ausdiskutiert. Inez ging auf ihr Zimmer, das sie sich mittlerweile mit Bea teilte. Sie warf sich auf das ungemachte Doppelbett, starrte einen Moment an die Decke und hoffte, dass Bea noch lange nicht nach Hause kam. Ihr fehlte eine Tür, die sie schließen konnte und von der sie wusste, dass sie zu bleiben würde, solange sie das wollte. Sie hatte gedacht, die Gruppe fremder Menschen würde sehr schnell sehr familiär werden. Immerhin teilte man hier alles. Doch das Gegenteil schien der Fall. Je länger Inez in der WG wohnte, umso fremder erschienen ihr ihre Mitbewohner. Der einzige, von dem sie wirklich das Gefühl hatte, ihn kennengelernt zu haben, war Sämi. Aber der war gerade im WK. Während Sämi seine Sachen für die drei Wochen im Militär gepackt hatte, hatte Jann darüber lamentiert, dass sein Freund sich der Kriegstreiberei unterwerfe. Er selber war aufgrund seines schlechten Sehvermögens untauglich.

«Lieber ein paar Wochen im Jahr Militärdienst als jeden Tag die dicke Brille auf der Nase», hatte Sämi geantwortet und seinen Koffer fertig gepackt.

Am Sonntagabend dann wartete er, grün in grün, auf den Zug. Das bedeutete: mehr Platz in der Wohnung. Das bedeutete aber auch: weniger Unterstützung für Inez. Sie drehte sich auf dem Bett um und fischte auf dem Nachttisch nach dem Buch, das sie gerade las. Doch auf dem dicken Einband spürte sie etwas Dünnes, Biegsames liegen. Sie tastete mit den Fingern die Kanten ab: ein Heft. Sie zog es hervor. Es war die schmale Abschrift von Virginia Woolfs Rede über ein eigenes Zimmer. Die hatte sie Jann ausgeliehen. Er musste es zurückgelegt haben, als sie weg war. Inez blätterte die Schrift durch. Auf einer der letzten Seiten prangte ein dicker Rotweinfleck. Das Papier war gewellt, die Buchstaben aber noch gut lesbar. Der Fleck war noch nicht da gewesen, als sie Jann das Heftchen ausgeliehen hatte. Sie hoffte, dass die Bibliothek es trotzdem noch zurücknehmen würde.

«Ein eigenes Zimmer», seufzte Inez und rollte das Heftchen in ihrer Hand zusammen. Ihre Gedanken wanderten zu Doris, interessiert an der Welt, aber nur, solange sie sich dabei auch gut unterhielt. Weiter zu ihrer Tante Thea, der Journalistin, die stets predigte, wie wichtig es sei, sich zu bilden. Bescheid zu wissen, um mitreden zu können. Zu den Freundinnen ihrer Mütter, die Kurse in politischer Bildung anboten, damit die Frauen bereit sind, wenn die Männer ihnen irgendwann gleiche Rechte zugestehen. Weiter wanderten die Gedanken zu ihrer Mutter Caroline, die sich so oft daheim auf das Sofa hatte fallen lassen. Erschöpft von der Arbeit und erschöpft von der Tatsache, wie viele Frauen sich erst zu spät über den eigenen Körper aufklären ließen.

«Da muss doch etwas zu machen sein», dachte sich Inez.

Und während sie das Heftlein in ihren Händen weiterdrehte, wuchs langsam eine Idee heran.

Am nächsten Tag blätterte Inez die Zeitungen im Pausenraum rasch bis zur Inserateseite durch. Aufgeregt flog ihr Blick über die Zeilen. Doch sie fand nichts. Sie zuckte die Schultern, vielleicht hatte sie morgen mehr Glück. Statt in der nächsten Pause in den Kaffeeraum zurückzukehren, zog Inez ihren dicken Wintermantel über, steckte ihr Portemonnaie und das abgewetzte Adressbuch in die Tasche und machte sich auf zur nächsten Telefonkabine. Sie wollte ihre Tante Thea auf der Redaktion anrufen – und sie hatte Glück: Thea ging ran. Nach dem kurzen Gespräch verließ Inez die Kabine mit einem Lächeln im Gesicht. Nach Feierabend ging Inez nicht nach Hause, sondern setzte sich in ein Café. Dort zog sie ihr kleines, grünes Notizbuch hervor und begann, eine lange Liste aus Zahlen zu schreiben. Den Anfang machte ihr Einkommen, dann kamen die Ausgaben. Geld für Essen, Kleider, Busfahrkarten, Telefon. Was noch? Inez schaute aus dem Fenster. Draußen war es bereits dunkel und aus dem Fenster schaute sie ihr eigenes Spiegelbild an. Ihr knapper Pony war länger geworden und ausgefranst. Inez drehte den Kopf nach links, dann nach rechts. Es sah immer noch ganz passabel aus, befand sie. Friseurkosten kamen also keine auf die Liste. Sie würde überall sparen müssen, damit es reichte. Schließlich kam Inez auf eine Summe, die sie doppelt umkreiste. Auf die vier Blätter aus ihrem Notizbuch notierte sie nun ihrerseits ein Inserat. Suche: Zweizimmerwohnung. Der Ort war ihr nicht so wichtig, Hauptsache, der Preis stimmte. Dann schrieb sie ihre Telefonnummer viele Male hintereinander auf den Rand des Papiers und riss es ein. So konnten Interessenten sich ihre Nummer mit nach Hause nehmen. Die Inserate würde sie am nächsten Tag in verschiedenen Supermärkten platzieren. Gratisinserate waren überall möglich. Doch erstmal musste sie jetzt nach Hause.

Als Inez die Tür zur Wohnung aufschloss, spürte sie augenblicklich, dass etwas nicht stimmte. Die Stimmung war angespannt. Im Eingang hing ein fremder Mantel. Es war der einer Frau. Als Inez näher kam, hörte sie aus dem Wohnzimmer die Stimme einer Frau. Es war Doris – und sie klang richtig wütend. Inez öffnete die Tür. Als Erstes fiel ihr Blick auf

Jann, auf dessen Stirn eine dicke Ader pulsierte. Inez war erstaunt. Sie hätte nicht gedacht, dass etwas – oder jemand – Jann so aus der Fassung bringen könnte. Von Jann wanderte Inez' Blick zu Doris, die sich in diesem Augenblick zur Tür umdrehte, Inez sah und auf ihre Freundin zulief.

«Dein Mitbewohner ist ein egoistisches, patriarchales Arschloch», sagte sie.

«Das Weltbild deiner Freundin ist so schmal», rief Jann aus und formte mit seinen Händen Scheuklappen vor den Augen. «So!», rief er nochmals und schob die Hände noch näher zusammen.

«Was ist denn mit euch los? Doris, was machst du überhaupt hier?»

Doris deutete auf eine Zeitung, die aufgeschlagen auf dem umgedrehten Korb lag, der der WG als Beistelltisch diente.

«Ich wollte dir gute Nachrichten überbringen. Für den Fall, dass du es noch nicht gesehen hast.»

«Gute Nachrichten», höhnte Jann.

Jann war von den anderen Mitbewohnern in letzter Zeit sehr oft in Schutz genommen worden. Sämi und Bea etwa behaupteten fest, er sei gerade etwas anstrengend, weil er seine Arbeit verloren habe und das an ihm nage.

«Sei nachsichtig mit ihm», hatte Sämi immer wieder gesagt.

Inez aber fand, Jann war bereits vor der Kündigung immer anstrengender geworden. Nun lief sie mit wenigen Schritten durch den Raum, griff sich die Zeitung, eine Ausgabe der «Basler Nachrichten», und las, was die beiden Streithähne so in Rage gebracht hatte. Es war ein Bericht des Korrespondenten in Bern. Die Motion des Zürcher Nationalrates Fritz Tanner, die das Frauenstimmrecht und einen fixen Abstimmungstermin forderte, war durch. Nach einem Jahr in der Schublade hatte der Nationalrat sie endlich hervorgeholt, besprochen und an den Bundesrat überwiesen.

Ein Grinsen breitete sich auf Inez' Gesicht aus. Sollten die Zeitungen doch schreiben, was sie wollten: Geschadet hatte der Marsch auf Bern also nicht.

«Das ist doch eine gute Sache», sagte sie dann und reichte Doris die Zeitung.

«Finde ich auch», sagte diese und faltete das Papier. «Aber deinem Mitbewohner gefällt es nicht. Sein Freigeist hört offensichtlich beim eigenen Bettpfosten auf.»

«Wenn wir jetzt erst über das Frauenstimmrecht abstimmen müssen und erst danach die Europäische Menschenrechtskonvention unterschreiben können», donnerte Jann, «wie sehen wir denn dann aus, in den Augen der ganzen Welt? Das dauert ja noch ewig! Und was, wenn das Frauenstimmrecht nicht angenommen wird? Können wir die Konvention dann gar nicht unterschreiben? Wie peinlich das wäre, wie unendlich peinlich! Und fahrlässig noch dazu. Dass ihr das nicht versteht! Dass ihr euch so verrannt habt in eurer Idee», Jann raufte sich die Haare und Inez glaubte zum ersten Mal, dass er fast sechs Jahre älter war als sie. «Oberste Priorität haben doch die Menschenrechte auf der ganzen Welt, der Erhalt des Friedens, die Chancen», fügte er hinzu, doch jetzt unterbrach Inez ihn.

«Ich habe dir das schon mal erklärt. Ich sage es gerne nochmals: Einem Menschen aufgrund seines Geschlechts ein Grundrecht zu verbieten, verstößt gegen die Menschenrechte. Du solltest dich also freuen, passiert nun endlich, direkt vor deiner Tür, das Richtige. Dort sollte man nämlich anfangen mit dem Verbessern der Welt. So haben es all deine Vorbilder auch gemacht.»

Inez schüttelte den Kopf und lief, gefolgt von Doris, einfach aus dem Wohnzimmer. Der stehen gelassene Jann rief den Frauen «Aber man muss doch zumindest darüber diskutieren können» nach, aber Inez hatte die Tür zu ihrem und Beas Zimmer bereits zugeschlagen. Nachdem beide ihrem Ärger Luft gemacht hatten, drehte Doris einen Joint und Inez das Radio auf. Während sie nebeneinander auf dem Bett lagen und den Joint hin- und hergaben, erzählte Inez ihrer Freundin von ihrem Plan.

«Ein Frauenzimmer», fragte Doris, «was soll das sein?»

«Ein Ort, an dem Frauen sich treffen können. Nur Frauen, aber dafür alte und junge – alle Frauen.»

Doris blies den Rauch langsam durch die Nase aus.

«Darf man das denn überhaupt, so einen offiziellen Treffpunkt in einer privaten Wohnung machen?»

Inez zuckte die Schultern und nahm einen tiefen Zug. Dann blickte sie dem Rauch nach, der sich Richtung Decke kräuselte, dünner wurde und verschwand.

«Ich mach's einfach», sagte sie dann.

«Aber was hast du davon?», hakte Doris nach.

«Ich denke, mir würde es guttun zu wissen, dass ich etwas mit Substanz mache. Etwas Echtes. Ich hab dir doch erzählt, dass ich mit Tante Thea im Schauspielhaus war. Zu dieser lahmen Jubiläumsfeier. Weißt du noch? Und dass dann diese jungen Frauen gekommen sind und einfach die Bühne gekapert haben.»

Doris nickte.

«Die Frau, ich habe sie kürzlich in der Tagesschau gesehen, Andrée Valentin heißt sie, hat dort Dinge gesagt, die ich selber nicht gewusst hatte. Dabei habe ich zwei alte Emanzen als Mütter. Und diese Dinge, die haben mich nicht mehr losgelassen.»

«Was denn?», fragte Doris. Sie hatte sich auf die Seite gedreht, den Kopf auf die Hand gestützt und schaute Inez an.

«Dass laut dem Eherecht der Mann das Oberhaupt der Familie ist und darum Frauen zum Beispiel nach der Hochzeit nicht mehr arbeiten dürfen, wenn der Mann das nicht will.»

Doris lachte. «Wen willst denn du jetzt plötzlich heiraten?», fragte sie.

«Bitte was? Da ist man mal kurz weg – Inez will heiraten?» Die Tür ging auf und Inez' Zimmergenossin Bea kam herein. «Hab das mit Jann mitgekriegt eben, ich war in der Küche. Ihm geht's gar nicht gut. Ich weiß, ich weiß», fügte sie mit einer beschwichtigenden Handbewegung hinzu, «das ist keine Entschuldigung, aber eine Erklärung. Er ist sonst anders. Inez, das weißt du, du hast ihn kennengelernt, als er richtig gut drauf war.»

Inez nickte bedächtig. «Das stimmt», sagte sie dann.

«Und jetzt, wen willst du heiraten?», hakte Bea grinsend nach.

«Niemanden», antwortete Inez. «Aber», sie stützte sich auf ihren Ellenbogen, um über Doris hinweg zu Bea sehen zu können, «ich will bei euch ausziehen. Ich suche mir eine eigene Wohnung. Das hier passt für mich einfach nicht. Obwohl ich euch dankbar bin, dass ihr mich aufgenommen habt.»

«Schade», sagte Bea. Dann waren die drei lange still.

«Aber Inez will nicht einfach nur weg von euch anstrengender Truppe. Sie will ein Frauenzimmer eröffnen, darum braucht sie eine eigene Wohnung», sagte Doris in die Stille hinein. Ihre Stimme klang ein bisschen stolz und ein bisschen beschwichtigend. Als fürchte sie, Bea könnte sich von Inez' Auszug persönlich angegriffen fühlen. Wie Doris fragte auch Bea nach, was denn ein Frauenzimmer sei. Inez erklärte es ihr und führte auch für sie das Beispiel mit dem Eherecht aus.

«Das wusste ich nicht», sagte Bea leise, «krass, wie viel Macht die Männer eigentlich haben. Aber da müsste einer ja ein rechtes Schwein sein, wenn er das tatsächlich umsetzen würde.»

«Du studierst Politikwissenschaften und wusstest das nicht», sagte Inez trocken, «wie also sollen die ganz normalen Frauen Bescheid wissen? Aber das müssen sie! Sonst werden sie sich nie richtig wehren. Und sie müssen diese ganze Scheiße mit dem Europarat auch erfahren. Die meisten kümmern sich gar nicht darum, weil sie denken, es geht sie nichts an. Aber dann, wenn sie merken, es geht sie doch etwas an, schämen sie sich, nachzufragen, weil sie damit ihr Unwissen zeigen müssen – und so genau denen in die Hände spielen, die eben nicht wollen, dass Frauen sich einmischen.»

«Schlau», sagte Doris und drehte den Kopf zu ihrer Freundin.

«Na ja, es soll ja nicht nur um Theorie gehen. Ich möchte auch, dass man sich ganz ohne Männer über Dinge unterhalten kann, Bücher oder

Musik oder auch Sexualität. Ich denke, das wäre ganz wichtig. Männer haben doch so viele Räume, die einfach nur ihnen gehören. Ich denke, es ist an der Zeit, dass wir Frauen uns das Gleiche auch nehmen.»

«Gesprochen wie eine wahre Emanze», rief Doris aus und Inez streckte die Faust kämpferisch in die Luft. Die drei Frauen lachten und Bea klatschte in die Hände. Aus dem Radio klangen Ike und Tina Turner.

«Weißt du, an wen du mich erinnerst?», fragte Doris nach einer Weile.

Inez schüttelte den Kopf.

«An deine Mütter», sagte Doris. Inez blieb still. Sie vermisste die beiden und sie hoffte, dass es ihnen gut ging. Caroline war nicht mehr die Jüngste. Es hatte Augenblicke gegeben, da war Inez' Hand bereits nahe am Telefonhörer gewesen. Sie wusste, dass sie ihre Mütter verletzt hatte. Und wenn sie ehrlich mit sich selber war, wusste sie auch, dass sie das nicht gesagt hatte, weil es die Wahrheit war. Sie hatte es gesagt, weil sie Caroline in diesem Moment verletzen wollte. Und weil sie wusste, dass sie es mit diesen Worten am zuverlässigsten tun konnte. Aber wann immer Inez mit dem Gedanken spielte, sich zu entschuldigen, schob sich ein anderer Gedanken davor: «Ich habe recht. Dass die Wahrheit manchmal wehtut, kann ich auch nicht ändern. Wenn schon, müssten sie sich bei mir für ihre Überreaktion entschuldigen. Ich bin ihre Tochter und sie haben mich einfach vor die Tür gestellt.» Und so blieb der Hörer auf der Gabel und die Leitung stumm.

Die erste Nacht in Inez' neuem Daheim war laut. Regen trommelte schräg gegen die Fenster und auf das Dach, unter dem sie schlief. Die Kisten mit Inez' wenigen Habseligkeiten waren noch nicht ausgepackt. Im leeren Raum hallte das Prasseln des Regens wider. Bald rollte auch der Donner aus der Ferne immer näher, Blitze zuckten vor dem Fenster und Inez schaute zu, wie das erste Gewitter des Sommers über sie hinwegrollte. Inez mochte Gewitter und sie genoss es, zu wissen, dass die Tür, die sie eben hinter sich geschlossen hatte, erst wieder aufgehen würde, wenn sie das so wollte. Inez streckte sich unter ihrer Decke und spürte einen wohligen Schauer vom Kopf bis zu den Zehenspitzen.

Die nächsten Tage verbrachte sie damit, ihr Frauenzimmer einzurichten. Sie rollte einen dicken Teppich aus. Darauf kamen Puffs und Kissen. Das meiste hatte Inez aus Brockenstuben und auf Trödlermärkten zusammengetragen. Dort hatte sie auch die alte Wandtafel gefunden, die sie mit Hilfe von Sämi und Doris nach Hause und die Treppe hoch in den sechsten Stock gewuchtet hatte. Darauf wollte sie zusammen mit einer Gruppe von Frauen Dinge notieren, die sich in der Schweizer Gesetzgebung ändern mussten. Um einen Anfang zu machen, hatte Inez mit bunter Kreide «Eherecht – Partnerschaft auf Augenhöhe» auf die Tafel geschrieben und zwei mysteriöse Augenpaare dazugemalt. An die gegenüberliegende Wand hängte sie eine lange, weiße Papierrolle, auf die sie die Kantone notiert hatte, die das Frauenstimmrecht bereits eingeführt hatten. In dicken, pinken Lettern stand da:

Waadt: 1959
Neuenburg: 1959
Genf: 1960
Basel-Stadt: 1966
Basel-Landschaft: 1968

Doris hatte auf einem Flohmarkt ein Modell des weiblichen Unterleibs gefunden. Auch das stand nun in einer Ecke des Raumes. Zudem hatte Inez eine große Filterkaffeemaschine erstanden und einen Tauchsieder für die, die lieber Tee tranken. An der Tür hing ein großes Poster, auf das Inez «Frauenzimmer – ein Raum für uns» geschrieben hatte. Inez war stolz auf sich, richtig stolz. Und sie stellte erstaunt fest, dass sie das alles hier nicht nur ihren Müttern gerne gezeigt hätte, sondern auch Dan, dem Nachbarsjungen, der ihr nicht aus dem Kopf ging. Obwohl es mehr als ein halbes Jahr her war, dass sie ihn zuletzt gesehen hatte. Inez zuckte die Schultern und lachte über sich selber. Da stand sie nun in ihrem Raum für die Frauen und dachte über einen Mann nach. Sie hatte Einladungen geschrieben, von Hand, und sie in die Briefkästen der Nachbarschaft verteilt. Auch die Schwarzen Bretter hatten erneut herhalten müssen, nachdem sie sich bei der Wohnungssuche als so hilfreich herausgestellt hatten.

Liebe Frauen

Junge und alte, solche, die stricken und kochen können, und solche, die das niemals lernen möchten: Diese Einladung gilt euch allen!

Ich lade euch ins Frauenzimmer ein, einem Raum, in dem wir Dinge diskutieren, die uns Frauen beschäftigen. Es wird Buchbesprechungen, Musik-Zirkel, Vorträge und Diskussionsrunden geben.

Den Anfang macht die Journalistin Thea Schönbächler. Am Mittwoch, dem 11. Juni 1969, wird sie die Europäische Menschenrechtskonvention erläutern und erklären, warum es für uns Frauen so wichtig ist, dass das Parlament sich dagegen entscheidet, der Konvention mit Vorbehalten beizutreten.

Eintritt frei.

Darunter hatte Inez ihre Adresse, Zeit und Datum viele Male hintereinander in kleinen Buchstaben notiert und den Rand eingeschnitten. In den Tagen, nachdem alles verteilt war, verbot Inez es sich, zu den Inseratwänden zu eilen, um zu sehen, ob bereits jemand eines der Zettelchen weggerissen hatte. Würde außer Doris, ihrer treuen Freundin, überhaupt jemand kommen? Tante Thea hatte erstaunlich schnell zugesagt. «Das ist mir ein riesiges Anliegen», hatte sie gesagt, «ich will endlich wieder überall mitreden können.» Tante Thea war Amerikanerin mit Schweizer Wurzeln. Sie hatte ihren langjährigen Partner, den

Schweizer Max Schönbächler, erst geheiratet, als der Kanton Basel-Stadt, wo sie beide zusammenlebten, das Frauenstimmrecht angenommen hatte. Wäre es nach Thea gegangen, hätten sie gewartet, bis alle Schweizerinnen abstimmen dürfen. Aber das konnte ja allem Anschein nach noch ewig gehen. Als unverheiratetes Paar eine Wohnung zu teilen, war allerdings illegal. Auch wenn die Behörden in Basel es nicht so genau nahmen wie anderswo. Das Argument von Max, er möchte endlich wieder zurück in die Legalität, wenn auch mit Augenzwinkern vorgebracht, hatte schließlich seinen Zweck erfüllt: Er und Tante Thea feierten bald ihren dritten Hochzeitstag.

Der 11. Juni kam und Inez' Nervosität stieg. Sie hatte Kekse gekauft und eine kleine Box für die Kollekte aufgestellt. Am Mittag hatte sie sich dann gestattet, die Zettel an den Inseratwänden zu inspizieren. Immerhin würde sie so ein bisschen abschätzen können, wie viele Frauen etwa kamen. Mit klopfendem Herzen lief Inez auf die erste Wand zu. Doch sosehr sie auch suchte: Ihr Inserat war verschwunden.

«Wenn sich über lange Zeit keiner einen Zettel abreißt, nehmen wir das Inserat manchmal weg, damit Platz für Neues frei wird», sagte eine der Verkäuferinnen und zuckte die Schultern. An der nächsten Wand hing der Zettel noch, allerdings unberührt. An der übernächsten fehlten nur zwei der kleinen Zettelchen. Inez war frustriert – und sich ziemlich sicher, heute Abend mit Doris und ihrer Tante Thea alleine im Zimmer zu sitzen. Am liebsten hätte sie die Veranstaltung wieder abgesagt. Vielleicht hatten die Leute, die sagten, die Frauen würden sich schlicht nicht für diese Dinge interessieren, ja doch recht.

Daheim kochte Tante Thea, die bereits früher angereist war, Spaghetti. «Türöffnung 17.30 Uhr, Vortragsbeginn 18 Uhr» hatte Inez auf die Einladungen geschrieben. Die Kirchenuhr schlug zweimal, die Klingel blieb ruhig. Thea versuchte, ihre Nichte in ein Gespräch zu verwickeln, aber Inez hörte nur halbherzig zu. Zehn Minuten vergingen, dann endlich schrillte die Klingel. Inez sprang auf und öffnete nervös die Tür. Doch keine Frauengruppe stand dort, nur Doris grinste ihr entgegen.

«Sind schon viele da?», fragte sie, als sie durch die Tür schlüpfte.

«Niemand», seufzte Inez. Doch in diesem Moment schrillte die Klingel erneut. Eine ältere Dame mit dunkelrotem Kleid und streng nach hinten frisiertem Dutt war der erste Gast im Frauenzimmer. Sie wohnte im zweiten Stock im Haus gegenüber. Inez hatte sie am Tag des Umzugs am Fenster stehen sehen.

«So, wollen wir mal sehen, was Sie aus der Wohnung gemacht haben», sagte die Frau anstelle einer Begrüßung und lief neugierig an Inez vorbei in die Wohnung hinein. Auf sie folgten einige weitere Nachbarinnen, alle in Tante Theas Alter oder darüber. Dann kamen zwei junge Mädchen, beide mit denselben Stirnfransen, auf die Inez vor Kurzem noch so stolz gewesen war. Sie grinsten und fragten, ob sie die Schuhe ausziehen sollten. Nach ihnen kam ein Mädchen mit Zöpfen und schüchternem Blick, von dem Inez nicht recht wusste, ob sie am richtigen Ort gelandet war. Die Kleine kam ihr noch viel zu jung vor. Direkt nach ihr trat eine Frau im Hosenanzug ein. Sie trug einen Aktenkoffer in der Hand, nickte Inez knapp, aber freundlich zu und rief das junge Mädchen wieder zurück, das eben einen Schritt in die Wohnung gemacht hatte.

«Schuhe ausziehen, Natascha, wir sind da nicht bei uns zu Hause», sagte die Frau und Inez war erleichtert, dass das Kind zu jemandem gehörte.

Bis 18.15 Uhr hörte der Strom an Frauen nicht auf. Auch Inez' frühere Mitbewohnerin Bea war gekommen und schaute sich neugierig in der neuen Wohnung um. Zwei Jungs musste Inez abweisen. Sie erklärten ihr mit zusammengekniffenen Augen, dass sie sich sehr für Frauensachen interessierten. Als Inez den Kopf schüttelte und ablehnte, reagierte der eine verärgert und warf ihr vor, dass sie ihn aufgrund seines Geschlechtes diskriminiere und dass das nicht okay sei. Inez schickte die beiden trotzdem weg. Doch auch ohne die zwei war der Raum sehr voll. Schulter an Schulter saßen die Frauen nebeneinander, während Thea erzählte.

«Sie ist die geborene Rednerin», dachte sich Inez, während sie ihre Tante beobachtete. Die Gruppe lachte und hörte ihr gebannt zu. Thea hatte ihre ungeteilte Aufmerksamkeit. Auf Theas letzten Satz folgte lauter Applaus.

«Das heißt also, wenn wir diese Revolution», begann das Mädchen, wurde aber augenblicklich von seiner Mutter korrigiert: «Resolution, Natascha.»

«Wenn wir diese Resolution also mit Vorbehalten unterschreiben, dann hat der Bundesrat keinen Grund, mit dem Frauenstimmrecht vorwärts zu machen und kann noch ewig trödeln?»

Thea nickte. «Genau so ist es. Darum ist es so wichtig, dass der Nationalrat morgen zu den Vorbehalten Nein sagt. Und dass später auch der Ständerat Nein sagt.»

«Und die Männer stimmen wohl auch eher Ja für uns, wenn die Resolution noch nicht unterschrieben ist», sagte eine der beiden jungen Frauen mit Stirnfransen, «sonst haben sie ja nur etwas zu verlieren und gar nichts zu gewinnen.»

«Außer Gerechtigkeit», warf eine andere Frau ein.

«Wieso sprechen wir erst jetzt darüber! Wir hätten uns vor einem Monat treffen sollen! Dann wäre noch Zeit gewesen, um den Herren Parlamentariern Briefe zu schreiben und die Meinung zu geigen», rief eine dicke Frau mit grauen Locken. Einige der übrigen Frauen nickten.

Dann hob eine junge Frau zögernd die Hand.

«Ist es nicht egoistisch, dass wir erst unseren Wunsch durchsetzen wollen? Sind die globalen Menschenrechte nicht wichtiger?», fragte sie zögerlich.

Thea erklärte nochmals, was die Menschenrechte waren. Die junge Frau nickte, hob dann aber erneut die Hand.

«Aber wieso brauchen wir das Frauenstimmrecht denn so dringend? Uns geht es in der Schweiz doch gut. Was würde sich ändern, wenn wir Frauen mitreden könnten? Was brauchen wir denn überhaupt noch, um glücklich zu sein?»

«Einiges. Ein neues Eherecht, in dem der Mann nicht mehr das Oberhaupt der Familie ist und entscheiden kann, ob und was seine Frau arbeitet, zum Beispiel», sagte Thea und nickte mit dem Kopf in Richtung Tafel, auf der Inez genau das notiert hatte.

«Und eine Mutterschaftsversicherung», sagte eine Frau um die vierzig, die bisher leise zugehört hatte.

«Und gleichen Lohn für gleiche Arbeit», sagte eine weitere Frau, aber Inez konnte gar nicht erkennen, welche es war. Denn es ging bereits weiter.

«Vergewaltigung in der Ehe muss strafbar sein.»

«Aber Sexualität gehört doch genau in die Ehe», konterte jemand.

«Aber nur, wenn beide das wollen», kam es aus einer anderen Ecke zurück.

«Ein Gesetz, das es verbietet, eine Frau in irgendeiner Form anders zu behandeln, nur weil sie eine Frau ist. Gleichberechtigung als Gesetz!»

Inez stand auf. Sie war etwas nervös. Jetzt war der Moment gekommen, in dem es an ihr war, etwas zu sagen.

«Genau über diese Dinge, die ihr nun alle aufgezählt habt, möchte ich beim nächsten Treffen diskutieren», sagte sie. Erleichtert stellte sie fest, dass ihre Stimme ruhig klang. «Es findet in zwei Wochen statt. Draußen auf dem Tisch liegt eine Liste, tragt euch doch bitte ein, wenn ihr an weiteren Informationen interessiert seid. Dann schicke ich euch eine Einladung per Post. Es hat auch eine Kollekte, die geht an Frau Schönbächler. Falls jemand etwas spenden möchte. Ihr könnt gerne auch weitere Themen notieren, die euch interessieren.»

«Ich würde gerne mehr über den weiblichen Zyklus erfahren», sagte eine junge Frau mit langen roten Haaren und einem grünen Strickpullover. «Und», fügte sie an, «über die weibliche Sexualität.»

Einige der übrigen Frauen nickten.

«Wenn wir nur eine Gynäkologin in der Familie hätten, die dazu Auskunft geben könnte», raunte Thea so leise, dass nur Inez sie hören konnte. Als sie sich umdrehte, grinste ihre Tante unschuldig. Viele der Frauen wollten sich persönlich von Thea und Inez verabschieden und so dauerte es, bis der Raum sich merklich leerte. Mit jedem Händeschütteln, mit jedem Dank, ja, sogar mit den kritischen Worten hatte Inez sich darin bestätigt gefühlt, dass sie dieses Zimmer zu Recht eingerichtet hatte. Das erste Treffen – ein voller Erfolg. Ein Lächeln lag auf ihrem Gesicht, als die junge Frau mit den langen roten Haaren zu ihr kam, um sich zu verabschieden.

«Was du machst, ist wichtig», sagte sie und strahlte Inez an. Inez lächelte zurück.

«Ich stecke gerade mitten in den Maturitätsprüfungen. Wenn alles gut geht, beginne ich im Herbst mein Studium. Politikwissenschaften», fuhr das Mädchen fort. Das war auch Inez' Plan gewesen. Aber jetzt brauchte sie ihren Job, um die Miete zahlen zu können.

«Toll», sagte Inez, «dann laden wir dich irgendwann auch als Spezialistin ein.»

Die junge Frau lachte. «Bis ich als Rednerin tauge, müssen wir uns hoffentlich nicht mehr über das Stimmrecht unterhalten», sagte sie dann. «Jedenfalls danke für den Abend, ich bin so froh, bin ich hergekommen. Ich wollte erst nicht, weil ich eigentlich gerade jede Sekunde zum Lernen brauche. Aber mein Freund hat mich überredet. Ihr kennt euch übrigens ein bisschen. Ihr seid zusammen zur Schule, glaube ich. Oder Nachbarn», sagte sie nach kurzem Nachdenken und mit fragendem Unterton. «Er meinte jedenfalls, wenn du das Frauenzimmer eingerichtet hast, wird das bestimmt gut. Daniel heißt er. Aber alle nennen ihn Dan. Ich soll dich grüßen.»

Nachdem der Rest der Frauen sich verabschiedet hatte, halfen Doris und Thea beim Aufräumen.

«Ein voller Erfolg!» Doris strahlte. Sie schaute ihre Freundin lange an. Inez schien nicht ganz so erfreut ob der Gesamtsituation, wie sie gedacht hätte.

«Du freust dich doch auch, oder?», fragte Doris und Inez nickte.

«Klar, sehr», sagte sie.

«Ich bin sehr stolz auf dich», sagte auch Thea.

Dann verabschiedeten sich die beiden. Doris musste pünktlich zu Hause sein und Thea am nächsten Morgen früh nach Bern, um im Bundeshaus zuzuhören, wie der Nationalrat entschied. Sie hatte Inez fest versprochen, sie nach dem Entscheid direkt aus der nächsten Telefonkabine anzurufen.

«Dan hat jetzt also eine Freundin», dachte Inez laut, als sie später endlich im Bett lag. Sie ärgerte sich darüber, dass sie das so sehr ärgerte. Immerhin hatte sie an diesem Abend etwas wirklich Gutes gemacht. Und Dan konnte sich ja verlieben, in wen er wollte. Hatte sie denn gedacht, er hocke in seinem Zimmer, höre Hendrix und Joplin und warte darauf, dass sie zurückkomme?

Als am nächsten Tag das Telefon klingelte, traute Inez ihren Ohren nicht.

«Der Nationalrat nimmt den Bericht an? Die wollen trotz allem mit Vorbehalten unterschreiben?»

«Ja. Sie wollen die beiden Geschäfte nicht mischen.»

«Das heißt, wir haben keine Chance, dass das Frauenstimmrecht bald kommt?», fragte Inez bange.

«Erstmal entscheidet jetzt noch der Ständerat. Dann sehen wir weiter.»

«Waren Frauen im Parlament auf den Zuschauerrängen?», fragte Inez.

«Nicht nur auf den Zuschauerrängen», rief Thea durch den Hörer. Jetzt frohlockte ihre Stimme. «Einige haben Transparente gemalt, an denen die Parlamentarier vorbeimussten. ‹Solange die Frauen nicht stimmen können, ist die Schweiz keine Demokratie›, zum Beispiel. Oder ‹Helvetia erwache›. Und vor dem Bundeshaus standen ebenfalls Frauen. Sie haben Fahnen geschwenkt, auf denen ‹Protest› und

‹Verrat› stand.»[103] Begeisterung klang in Theas Stimme. «Die wehren sich schon, die alten Damen. Diesmal kriegen sie, was sie wollen», sagte sie bestimmt, «ich meine, die Amerikaner wollen nächstens auf den Mond – wir Schweizerinnen ja nur nach Bern. Das kriegen wir hin.»

Und dieses Mal sollte Thea recht behalten: Der Ständerat lehnte den Bericht des Bundesrates ab und so kam es nicht zur Unterzeichnung der Konvention. Stattdessen wurde schleunigst das alte Material von der ersten eidgenössischen Abstimmung zum Frauenstimmrecht von 1959 hervorgekramt und eine neue bundesrätliche Botschaft verfasst, die die Einführung des Frauenstimmrechts in der Schweiz zum Ziel hatte.

Der Oktober kam und Inez notierte auch das Tessin auf ihre Liste von Kantonen, die das Frauenstimmrecht eingeführt hatten. Der November brachte Regen und unerwarteten Besuch. Als es klingelte, zögerte Inez, ob sie die Tür überhaupt aufmachen sollte. Es war Sonntag, sie erwartete niemanden und sah schrecklich aus. Wenn sie Pech hatte, waren es die Zeugen Jehovas und sie wurde sie kaum wieder los. Dabei hatte sie sich so sehr auf einen Abend ganz für sich alleine gefreut. Sie war schon fast bei der Tür, als sie sich anders entschied. Sie wollte einen ungestörten Abend für sich alleine und den nahm sie sich nun einfach. Falls es dringend war: Sie besaß ja jetzt auch wieder einen Telefonanschluss. Die Tür blieb zu.

Der Dezember brachte Schnee, zwei Buchbesprechungen im Frauenzimmer und ein unerwartetes Weihnachtsgeschenk: Am 23. Dezember hörte Inez im Radio, dass der Bundesrat nun tatsächlich seine Botschaft verabschiedet hatte. Er wollte ausschließlich den Artikel 74 in der Bundesverfassung ändern, der die Stimmberechtigung bei eidgenössischen Wahlen und Abstimmungen regelte. Neu sollte dort «Schweizerinnen und Schweizer» stehen, nicht mehr nur «Schweizer».

«Warum wollen sie das Stimmrecht nur auf eidgenössischer Ebene einführen und nicht auch kantonal?» notierte sich Inez in ihr Notizbuch mit Ideen für das Frauenzimmer. Sie konnte sich so oder so denken, warum in der Vorlage so wenig wie möglich gefordert wurde: Der Widerstand der Schweizer nämlich wurde immer dann am heftigsten, wenn man ihren Kantönligeist angriff. Aber sie wollte gerne jemanden einladen und eine Diskussionsrunde dazu eröffnen. Am liebsten eine Juristin, die alles zu der Abstimmung erklären konnte. Natürlich hätte sie ihren Onkel, Theas Mann Max Schönbächler, fragen können. Er war Jurist am Bundesgericht. Aber sie wollte eine Frau. Noch war auch nicht klar, wann die Abstimmung stattfinden sollte. Und ob National- und Ständerat der Botschaft überhaupt zustimmten.

Weihnachten war ein einsames Fest für Inez, dafür brachte Silvester umso mehr Freude. Sie feierte zusammen mit Doris, Sämi und einigen der Stammgäste, aus denen ein vertrauter kleiner Zirkel geworden war, den Inez um nichts in der Welt hätte hergeben wollen.

Der Frühling brachte hellgrüne Knospen und Vogelzwitschern am Morgen. Im April notierte Inez unter dem Kanton Tessin auch das Wallis auf ihrer Liste. Der Sommer verging und der Herbst veränderte die Blätter im Wald – die Politiker taten das Gleiche mit der Stimmung in Inez' kleinem Frauenzimmer: An dem Tag, an dem das Parlament die Botschaft des Bundesrates ohne Gegenstimme angenommen hatte, einer Volksabstimmung also nichts mehr im Weg stand, war das Frauenzimmer so voll wie noch nie. Einige der Frauen hatten Wein und Sekt mitgebracht, andere hatten Torten gebacken. Nicht alle Frauen waren das ganze Jahr über wiedergekommen. Dafür mischten sich neue Gesichter in die Reihen. Manche Frauen brachten ihre Freundinnen, andere die Nachbarin oder Cousine, Töchter ihre Mütter und umgekehrt. Während Inez auf ihre Liste mit den Kantonen auch Luzern und bald darauf Zürich notieren konnte, beriet sich der Bundesrat über einen Termin für die Abstimmung. Schließlich stand der große Tag fest: Es war der 7. Februar 1971. Und das löste einiges an Hektik aus, blieb so doch reichlich wenig Zeit, um einen Abstimmungskampf auf die Beine zu stellen. Doch die Frauen – und ihre Gegnerinnen und Gegner – waren gewappnet. Bald pflasterten Plakate für und gegen das Frauenstimmrecht die Litfaßsäulen. Die Treffen im Frauenzimmer wurden häufiger und aufgeregter. Die Frauen schrieben Briefe an die Männer in der Nachbarschaft. Klingelten mit Keksen und Lächeln bewaffnet bei den Herren, die es zu überzeugen galt, und Inez malte unzählige Transparente, die ihre Freundinnen bei sich daheim an die Balkonbalustraden, aus den Fenstern und in den Garten hängten. Für den Sohn einer «ihrer» Frauen malte Inez eine Piratinnenflagge für das Frauenstimmrecht, die der Kleine stolz auf dem Dach seines Baumhauses montierte. Inez war so beschäftigt, dass sie kaum merkte, wie Weihnachten näher kam. Und dann war der 20. Dezember da. Die dritte Weihnacht ohne ihre Mütter stand vor der Tür. Inez hatte viel an die beiden Frauen gedacht. Je mehr sie sich engagierte, umso näher fühlte sie sich ihnen. War sie als Kind nicht genau bei solchen Aktionen bereits mit dabei gewesen? Hatte ihre Mütter nicht genau das Gleiche angetrieben wie sie jetzt? Würde Inez die gleiche Enttäuschung einstecken müssen wie ihre Mütter immer und immer wieder? Tante Thea war optimistisch. Aber das war sie immer. Inez hatte gehört, dass es Frauen gab, die fest mit einem Nein der Männer rechneten und darum noch immer hofften, dass man einfach die Verfassung anders interpretieren könnte, um den Frauen volle Rechte zu gewährleisten. Und sie hatte auch von Frauen gehört, die vehement gegen das Frauenstimmrecht waren. Sehr laut sogar hatte sie von diesen Frauen gehört: Sie hatten sich nämlich unter ihrem Fenster aufgestellt, um das Frauenzimmer auszupfeifen und Inez zu beleidigen. Inez aber hatte die Gruppe aus Frauen und einer Handvoll Männer jedes Mal ignoriert. Nicht ignorieren konnte sie das nagende Gefühl des Vermissens, das sich in ihr festgebissen hatte. Nochmals ein Weihnachtsfest allein? Aber wenn sie sie genau gleich fest vermissen würden, hätten ihre Mütter sich denn dann nicht schon längstens bei ihr gemeldet? War es wirklich an ihr? Und was sagte man einander denn, wenn man sich zwei Jahre nicht mehr gesehen hatte?

«Egal», sagte Inez laut, stand auf, zog ihren Mantel an und die Haustür hinter sich zu. Es war jetzt an der Zeit.

Der Bus war an diesem späten Sonntagabend praktisch leer. Wer ins Dorf wollte, war bereits dort. An der Haltestelle der Endstation hatte das Busunternehmen ganze Arbeit geleistet: Auf der einen Seite leuchtete ein Tannenbaum. Auf der anderen warf ein Stern von Bethlehem mit Schweif und dickem Kabel sein gelbes Licht auf die hölzerne Sitzbank darunter. Inez war die letzte Passagierin, die ausstieg. Der Buschauffeur wünschte einen schönen Abend und Inez hoffte inständig, dass sie den haben würde. Frischer Schnee lag auf der Straße und auf dem Trottoir. Nur dort, wo es zum Wald und dem kleinen Hügel hochging, auf dem die Kinder gerne schlittelten, war er von vielen Füßen und Schlittenkufen flachgedrückt worden. Einzelne Schneeflocken glitzerten noch im Licht der Straßenlaternen. Zuspätgekommene, die hinter der großen Masse vom Nachmittag hertanzten. Die Häuser der Straße, die Inez schon so oft hochgegangen war und nun so lange nicht mehr, machten sich dunkel gegen die schneeblaue Nacht aus. Inez lief an geschmückten Türen und hell erleuchteten Fenstern vorbei. Wie Augen blinzelten sie auf die Straße. Jedes ein Türchen hinein in den Sonntagabend einer anderen Familie. Und Inez konnte sich vorstellen, wie man auf die Idee mit den Adventsfenstern gekommen war. Sie wurde auch dieses Jahr wieder zelebriert, das zeigten Nummer sieben, dreizehn und zwei, an denen Inez eben vorbeigekommen war. Ob auch ihre Mütter in diesem Jahr wieder mitmachten? Nervosität und Angst vor dem Augenblick, der nun so nah bevorstand, hatten sich in Inez' Magen zu einem flauen Gefühl zusammengemischt. Der Schnee knirschte unter Inez' Füßen, als sie in ihren Weg einbog. Von Weitem sah sie bereits das Fenster zu Dans Zimmer. Er hatte auch in diesem Jahr die Ehre, einen ganzen Advent lang mit Licht schlafen zu müssen. Wenn er denn überhaupt noch hier wohnte. Dieses Mal hatte seine Mutter sich für ein einzelnes Kerzlein als Motiv entschieden. Das passte. Über dem Fenster prangte nämlich die Zahl eins. Inez erinnerte sich an den Nikolaus, der vor zwei Jahren das Fenster geschmückt hatte. Und dahinter sie und Dan und dieses Gefühl, einfach zu genügen, genau so, wie sie war. Inez lief weiter. Hinter dem Haus von Dans Eltern tauchte ihr altes Zuhause auf. Rauch stieg aus dem Kamin auf und der Weg zum Haus war von zahlreichen Füßen flach getreten worden. Durch die Dunkelheit leuchtete das Fenster, das ihre Mütter ausgerichtet hatten. Vor gelbem Hintergrund hatten die beiden ein einziges großes, rotes Herz aus Seidenpapier ausgeschnitten. «Liebe ist Liebe» stand in dunklen Lettern darauf. Und darüber die Zahl 20. Erst jetzt hörte Inez Stimmen und Lachen vom Haus herüberwehen. Das Advents-Apéro ihrer Mütter – es war heute. Dann war es doch nicht der richtige Moment. Nicht nach all der Zeit und jetzt mit all den Leuten. Inez wollte kehrtmachen, als sie die Stimme von Bertha hörte.

«Wir sind hinter dem Haus im Garten, wir haben ein Feuer gemacht», rief sie und verschwand wieder hinter der Hausecke. Sie hatte Inez für eine Nachbarin gehalten, die noch später dazustoßen wollte. Inez konnte nicht anders: Sie folgte ihrer Mutter. Als sie ums Haus kam, sah sie als Erstes das Feuer. Ihre Mütter hatten in einer Schale aus Metall ein großes Feuer entfacht. Die Flammen züngelten in den Himmel und die Funken sprühten gelb und rot glühend in die Nacht. Die Nachbarn standen in kleinen Gruppen um das Feuer herum. Sehr viele waren gekommen. Manche hielten Stöcke mit Würstchen und Schlangenbrot ins Feuer, andere wärmten sich aus sicherer Distanz den Rücken oder die Hände an den Flammen. Sie lachten und redeten. Inez suchte den Garten nach Caroline und Bertha ab. Sie standen etwas abseits, weg vom Feuer und näher beim Haus, die Köpfe zusammengesteckt. Sehr wahrscheinlich waren sie dabei zu besprechen, ob es Nachschub brauchte. Inez näherte sich ihnen. Ihr Herz klopfte. Die kalte Luft brannte ihr im Hals.

«Mami, Mama», sagte sie zögerlich. Die beiden Frauen drehten sich um. Einen Sekundenbruchteil schauten sie verwirrt, dann erkannten sie ihre Tochter.

«Inez», rief Bertha ungläubig.

«Mein Schatz», stieß Caroline aus, machte einen großen Schritt auf Inez zu und umarmte sie. Kaum hatte Inez ihre Arme um Caroline geschlungen, spürte sie auch Berthas Hände auf ihrem Rücken. Tränen tropften auf Inez' Wangen, ohne dass sie hätte sagen können, ob es nun ihre eigenen waren oder die ihrer Mütter.

Später am Abend, als die Nachbarn nach Hause gegangen waren, saß Inez mit ihren Müttern drinnen am Küchentisch. Inez spürte einen Stich, als Bertha ihr erzählte, dass sie und Caroline an einem Novemberabend vor einem Jahr an ihrer Tür geklingelt hatten.

«Als die Tür zublieb, dachten wir, es ist besser, wenn du zu uns kommst, sobald du so weit bist.»

«Ich hab' euch am Marsch auf Bern gesehen», sagte Inez leise. «Ich wollte euch erst hinterhersprinten, aber dann ...» Sie zuckte die Schultern. Einen Augenblick lang herrschte Stille in der Küche. Dann stand Bertha auf, holte eine Flasche Sherry und drei Gläser.

«Das ist liegt jetzt alles hinter uns», sagte sie bestimmt und schenkte ein.

«Erzähl von deinem Frauenzimmer», forderte Caroline ihre Tochter auf.

Inez erzählte von den Diskussionsrunden und einem missglückten Musikabend. Dann übernahmen ihre Mütter. Bertha war seit den Sommerferien pensioniert und hatte nun viel mehr Zeit als Caroline. Deren Behandlungszimmer im hinteren Teil des Hauses war nämlich noch immer sehr gut besucht.

«Könntest du dir vorstellen, also, im Frauenzimmer, da fragen viele nach jemandem», Inez atmete durch und ordnete die Frage in ihrem Kopf neu. Es fühlte sich gut an, mit ihren Müttern an einem Tisch zu sitzen. Und daheim, stellte sie erstaunt fest, war genauso daheim, egal, ob man ein Jahr in den USA gewesen war oder zwei im Streit gelegen hatte. Und doch war sich Inez unsicher, denn zwei Jahre ließen sich nicht einfach wegumarmen. Würde ein falsches Wort reichen, um alles wieder zu verlieren? «Könntest du dir vorstellen, mal einen Vortrag zu halten im Frauenzimmer?», fragte sie vorsichtig. «Über die weibliche Sexualität oder über die Menstruation? Viele Frauen trauen sich kaum, darüber zu sprechen. Blut ist für sie ein unglaubliches Tabu. Eine hat mir erzählt, ihr Mann rühre sie nicht mehr an, wenn sie blutet, er findet das so eklig. Und so fühlt sie sich dann selber natürlich auch.»

Caroline nickte: «Sehr gern.»

«Ich habe sogar ein Unterleibsmodell, das hat Doris irgendwo aufgetrieben», sagte sie dann und Caroline lachte.

«Das sehe ich mir erst mal an, bevor ich das zum Erklären nutze», rief sie aus. «Das stand bestimmt bei einem uralten Gynäkologen in der Praxis und hat weder Schamlippen noch Klitoris.»

Inez nickte heftig und lachte. Sie wusste genau, dass dem Modell alles fehlte, was ihre Mutter als wichtige Attribute bezeichnete, um die weibliche Sexualität zu erklären.

Bertha erzählte von ihren ehemaligen Arbeitskolleginnen. Viele von ihnen waren ebenfalls bereits in Pension. «Wir haben uns zusammengeschlossen und sind in den letzten Wochen von Haus zu Haus gegangen, um mit den Leuten über das Frauenstimmrecht zu reden, sie zu fragen, wovor sie sich fürchten, wenn es angenommen wird.»

«Und, wovor fürchten sie sich?», fragte Inez.

«Davor, dass die Familie ihren Wert verliert. Das macht ihnen am meisten Angst.»

«Erzähl, was dir diese Gruppe junger Männer gesagt hat», sagte Caroline.

Bertha machte große Augen.

«Oh ja, die waren gut. Sie haben mir gesagt, dass Frauen ja nicht immer zurechnungsfähig seien. Da hab ich natürlich nachgefragt. Die jungen Herren sind ganz rot geworden und schließlich hat einer gesagt: Wenn sie ihre Erdbeertage haben, dann sind Frauen nicht zurechnungsfähig. Und wenn die Abstimmungen genau dann stattfinden, sei das halt blöd.»

«Sobald die Vorlage angenommen ist, können wir über solche Dinge nur noch lachen», sagte Caroline, die allerdings jetzt schon ein breites Grinsen im Gesicht hatte.

«Unsere Freundinnen wagen gar nicht, daran zu glauben. Die hoffen weiterhin auf Juristen, die den Interpretationsweg erforschen», sagte Bertha.

Inez schüttelte unwillig den Kopf. «Aber der Bundesrat hat doch schon gesagt, der funktioniert nicht.»

«Je mehr Kantone das Frauenstimmrecht auf Kantons- und Gemeindeebene annehmen, desto höher sind die Chancen, dass die Verfassung eben doch neu interpretiert werden könnte.»

«Aber wozu? Die Männer werden die Vorlage annehmen. Sie müssen einfach», rief Inez aus.

«Darauf haben wir 1959 auch gehofft – umsonst», sagte Bertha und zuckte die Schultern.

«Aber das sind jetzt andere Zeiten», wandte Inez ein.

«Auch das dachten wir schon oft», sagte Caroline und seufzte. «Nimm mich als Beispiel, Liebes. Ich bin ja jetzt auch schon nicht mehr die Jüngste.»

«Aber du hast dich gut gehalten», warf Inez ein und grinste.

«Sehr gut sogar», sagte Bertha und küsste ihre Lebensgefährtin liebevoll auf die Wange.

Caroline lachte. «Also hört jetzt zu, ihr Bauchpinslerinnen. Meine langjährige Erfahrung verbietet es mir, allzu optimistisch zu sein. Ich glaube erst, dass wir das Stimmrecht kriegen, wenn ich zum ersten Mal an der Urne stehe und kein Polizist kommt und mich abführt.»

«Das wirst du nächstes Jahr erleben, davon bin ich überzeugt», sagte Inez und meinte es von Herzen.

«Ich wünsche es mir und uns, aber am meisten wünsche ich es dir, Inez», sagte Bertha und Caroline nickte.

Wer an diesem Abend auf einem mitternächtlichen Spaziergang durch das schlafende Dorf an der Nummer zwanzig des Adventsfenster-

Kalenders vorbeikam, sah im Fenster neben dem großen, roten Herzen aus Seidenpapier drei Frauen an einem kleinen Küchentischchen sitzen. Wer gute Augen hatte, konnte beobachten, dass die Flasche Sherry arg zur Neige ging. Und wer wirklich gute Augen hatte, sah, dass Bertha um Punkt Mitternacht sechs Gleiche würfelte und damit beim Yahtzee unangefochten die Führung übernahm.

Weihnachten und Silvester 1970 waren ruhig und schön. Die Versöhnung mit ihren Müttern hatte in Inez ein tiefes Gefühl der Zufriedenheit ausgelöst.

«Es fühlt sich jetzt alles irgendwie wieder ganz an», hatte sie Doris zu erklären versucht.

Am 6. Januar begleitete Inez ihre Tante Thea an die «Eidgenössische Aktion gegen die Frauenstimmrechtsvorlage». Dass sie überhaupt stattfand, erstaunte Thea.

«Meine Familie ist mit der Präsidentin des Bundes der Schweizerinnen gegen das Frauenstimmrecht befreundet, leider. Und die Präsidentin selbst hat bereits im November erklärt, es lohne sich nicht mehr, Geld in die Sache zu stecken. Das erste und einzig wahre Wort, dass sie je gesprochen hat, denke ich», sagte Thea, während sie und Inez, die Hände tief in den Taschen ihrer Mäntel vergraben, durch den kalten Nachmittag liefen. Dann lachte Thea plötzlich. «Eine lustige Anekdote habe ich dir ja noch gar nicht erzählt. Ich habe mit Gegnern und Befürwortern des Frauenstimmrechts gesprochen. Das soll dann einen schönen Artikel geben für die Woche vor der Abstimmung. Einer der Gegner, Markus Herzig heißt er, Fürsprecher aus dem Aargau, hat mir erklärt, dass der Bundesrat mit seiner Gleichberechtigungsthese einen großen Fehler mache. Es sei nämlich nicht so, dass man einfach den Frauen das Stimmrecht gebe und dann verändere sich nichts. Oh nein, es sei vielmehr so, dass das Stimmrecht unweigerlich auch zu einer Gleichstellung der Frauen im Zivilrecht führe. Darüber müsse man doch sprechen, das müssten die Leute doch wissen, dann würden sie nicht so leichtfertig Ja stimmen.»[104]

Inez lachte nun ebenfalls. «Hast du ihm gesagt, dass genau das unser Ziel ist?», fragte sie grinsend.

«So in etwa», bestätigte Thea. «Jedenfalls hat er sich geweigert, nochmals mit mir zu sprechen.»

Der Januar verging und zum ersten Mal verschrieb Inez sich beim Datum kein einziges Mal. Hatte sie noch vor einem Jahr bestimmt zwanzig Mal 1969 statt 1970 notiert, passierte ihr das dieses Jahr nicht.

«Weil 1971 in die Geschichte eingehen wird», sagte sie zu Ueli, ihrem Arbeitskollegen, der über die anstehende Abstimmung gar nicht erfreut war. Er hatte allen, die das wissen wollten, und auch den anderen gesagt, dass er ein Nein in die Urne legen werde. Und dass alle Männer in seiner Familie und seinem Freundeskreis das Gleiche tun würden.

«Das wird aber nicht ausreichen», hatte Inez gesagt und ihm den Rücken gekehrt.

Dann war es endlich so weit: Der Tag der Abstimmung war gekommen. Inez' Frauenzimmer war so voll wie noch nie. All die Frauen, die sie nun schon so lange immer wieder bei sich begrüßt hatte, waren da. Hier und da entdeckte sie aber auch ein neues Gesicht. Manche hatten Freundinnen mitgebracht, andere ihre Mütter. Die Menge war bunt gemischt. Nur eines hatten sie alle gemeinsam: die Anspannung. Wann immer der Radiomoderator die Musik für eine Ansage unterbrach, wurde es im Raum augenblicklich still. Inez' Herz klopfte dann so heftig, dass sie dachte, die anderen müssten es hören. Doch die Ansagen gingen ohne nennenswerte Meldung vorüber und sobald die Musik wieder spielte, gingen auch die Gespräche wieder weiter. Während Inez die älteren Damen beobachtete, die nicht von der Seite ihrer Töchter wichen und sich halb neugierig, halb unsicher umblickten, dachte sie an ihre eigenen Mütter und vermisste sie plötzlich schrecklich. Bertha und Caroline waren zusammen mit Tante Thea nach Bern gefahren. Dort trafen sich all die anderen Frauen aus der ganzen Schweiz, die den langen Weg bis zu dieser zweiten Abstimmung gemeinsam gegangen waren. Bertha und Caroline hatten

Inez eingeladen, sie zu begleiten, aber Inez hatte die Veranstaltung im Frauenzimmer bereits angekündigt. Und es hätte sich falsch angefühlt, die Frauen, denen die Abstimmung teilweise erst ihretwegen so wichtig geworden war, sitzen zu lassen. Nun blickte sie sich in ihrem überfüllten Frauenzimmer um: Es war eine besondere Gruppe Menschen, die hier zusammengekommen war. Egal was die Abstimmung brachte, sie hoffte von Herzen, dass das Frauenzimmer noch lange weiterbestand.

«Hast du denn überhaupt den richtigen Sender eingestellt?», fragte Doris schon zum dritten Mal. Inez löste den Blick von den Frauen und drehte sich zu ihrer besten Freundin um.

«Nein, ich glaube, es ist der falsche und wir haben das Wahlresultat bereits verpasst», antwortete sie und verdrehte die Augen. «Denkst du, ich würde freiwillig diese Musik hören?»

Doris grinste. «Sorry», sagte sie dann, «ich bin einfach so aufgeregt. Vorhin, als ich zu dir hochkam, hatte ich plötzlich das Gefühl, wenn ich bis oben immer zwei Treppenstufen überspringen kann, dann gibt es ein Ja. Wenn nicht, dann verlieren wir. Ich hab jetzt noch Schmerzen im Knöchel, weil ich beim allerletzten Schritt einen Misstritt gemacht habe. Völlig doof.»

Inez lachte laut. «Dreh dir einen Joint, das holt dich ein bisschen runter», sagte sie dann und verschwand in der Küche, um noch mehr Snacks zu holen.

Je aufgeregter die Frauen wurden, umso mehr aßen sie. Als Doris den Joint gedreht und angezündet hatte, streckte eine der älteren Damen die Hand aus.

«Wenn nicht heute, dann weiß ich auch nicht, wann ich das noch ausprobieren soll», sagte sie, nahm einen tiefen Zug und hustete bald darauf so laut, dass Inez besorgt aus der Küche zurück ins Frauenzimmer kam.

«Keine Sorge! Sie wird es überleben», sagte jemand von der Tür her und Inez drehte sich um. Diese Stimme war ihr nur zu vertraut. Überraschung und Freude spiegelten sich in ihrem Gesicht: In der Eingangstür standen Caroline, Bertha und Thea.

«Ihr wolltet doch nach Bern», rief Inez.

«Dorthin waren wir auch unterwegs, aber in Olten haben wir es uns anders überlegt», sagte Bertha und grinste.

«Wir dachten, bei den Jungen wird bestimmt länger gefeiert als bei den Alten», sagte Caroline und nickte der Frau lachend zu, die sich langsam von ihrem Hustenanfall erholte, «und wir hatten recht: Hier geht die Post ab.»

Inez strahlte, lief auf ihre Mütter zu und umarmte sie beide gleichzeitig.

«Pssst jetzt, ihr Süßholzrasplerinnen», rief Thea dazwischen, «jetzt könnte es so weit sein.» Der Moderator hatte die Musik unterbrochen. Stille breitete sich im Raum aus. Fast automatisch hatte Inez die Hände ihrer Mütter ergriffen. Nun war nur noch die Stimme des Nachrichtensprechers zu hören. Sie klang trocken und neutral. Die Meldung war kurz.

«Bern. In der eidgenössischen Abstimmung ist das Frauenstimmrecht mit großer Mehrheit angenommen worden.»[105]

Schier grenzenloser Jubel brach aus. Caroline umarmte Inez, Inez umarmte Bertha, Doris umarmte Thea. Bald war die eben noch vor Anspannung erstarrte Frauengruppe zu einem riesigen Knäuel sich umarmender Frauen zusammengeschmolzen.

«Zwei Drittel haben Ja gesagt», rief Inez immer wieder, «zwei Drittel!»

Ungläubige Freude, Triumph und Glück zeigte sich in den Gesichtern. Inez und Doris ließen die Korken der kalten Sektflaschen knallen und schenkten großzügig ein. Während sie jubelte und bereits die nächste Flasche öffnete, sah Inez ihre elegante Tante Thea, der die Glückstränen die schwarze Wimperntusche verschmiert hatten. Es war ihr ganz und gar egal.

«Auf uns», rief Inez und hob das Glas in die Höhe.

«Auf uns», riefen die Frauen.

Bis weit in die Nacht hinein stießen die Frauen auf sich an und auf alles, was nun möglich war. Irgendwann hatte Inez den Sender gewechselt und das Radio wieder lauter gestellt. Die Frauen tanzten und feierten noch lange.

«Könntest du dir vorstellen, selbst für ein Amt zu kandidieren?», fragte Doris, als sie und Inez am frühen Morgen alleine zwischen Korken, Flaschen und schmutzigen Gläsern saßen.

«Ja», sagte Inez ohne zu zögern.

RICHMOND, ENGLAND, IM WINTER 1971

«Hörst du das nicht?», fragte die alte Dame entrüstet und zog eine nachgezeichnete Augenbraue hoch. Das Pfeifen des Teekessels schrillte aus der Küche und verjagte die Katze hinaus in den Garten – obwohl es in Strömen regnete. Den ganzen Tag schon.

«Ach, lass sie doch, Elsie. Sie ist ja praktisch taub», sagte der alte Mann, der neben ihr saß, und tätschelte die Hand seiner Frau. Diese stand auf und verschwand Richtung Küche. Augenblicklich verstummte das Pfeifen.

«Ich habe den Teekessel schon gehört», sagte die zweite alte Dame, die dem Mann gegenübersaß, und blickte von den Karten auf, die sie in der Hand hielt. «Aber die Gute verliert ihre Geduld immer vor mir.» Sie grinste breit und legte den Finger an die Lippen. Der alte Mann lachte und aus dem Lachen wurde ein Husten.

«Das habe ich mir schon gedacht», raunte er dann verschwörerisch zurück.

Emma, die einst in einer Kapelle in den Bündner Bergen auf den Namen Emerita getauft worden war, mochte Gary, den dritten Mann ihrer Freundin Elsa. Auch Dennis hätte ihn gemocht, wenn er nun mit ihnen am Tisch hätte sitzen können. Seit mehr als zehn Jahren war er nun schon tot – und manchmal staunte Emma, dass sie ihrem Mann nicht schon längst gefolgt war.

«Wir Bergler sind zäh», hatte ihr Vater früher immer gesagt. Vielleicht stimmte das sogar.

Bald darauf kam Elsa mit einem Teekrug und drei Tassen aus der Küche zurück. Sie wusste nicht nur, wo die Teetassen standen, sondern auch, wo Emma den Pflaumenschnaps lagerte. Davon gab sie nun in jede der Porzellantassen einen Schuss.

«Das ist doch besser als nur Zucker», sagte sie dabei und grinste schelmisch. Das Leben hatte es nicht immer gut gemeint mit Elsa. Doch die Tiefs hatten in ihrem Gesicht kaum Spuren hinterlassen. Das hellbraune Haar war noch immer voll, das geschminkte Gesicht um einiges glatter als jenes von Emma, die ihr schlohweißes Haar zu einem Dutt gesteckt hatte. Aber das war auch gut so, Elsa war einige Jahre jünger als Emma. Sie war vor zwanzig Jahren nach England zurückgekommen. «Da hat mein Leben angefangen», pflegte sie zu sagen. Von der Zeit davor, der Zeit in der Schweiz und der Zeit im Gefängnis, sprach Elsa kaum. Seit ihrer Rückkehr vor all den Jahren spielten Emma und Elsa jeden Sonntag zusammen Karten. Jass, mit zwei blinden Stapeln und den alten Karten von zu Hause. Deutsch sprachen beide kaum mehr, auch nicht miteinander. Emma nicht, weil es einfach zu lange her war. Elsa nicht, weil die Sprache sie zu sehr an Dinge erinnerte, an die sie nie mehr denken wollte. Manchmal kam auch Gary mit auf Besuch, manchmal spielten sie dann zu dritt Eile mit Weile.

Gary lehnte sich zurück, nippte an seinem Tee und schaute aus dem Fenster in den Regen, während die beiden Frauen ihr Kartenspiel wieder aufnahmen. Sie hatten eben die Karten neu gemischt, als sie erneut von einem schrillen Lärm unterbrochen wurden. Weil es das Telefon war und Emma wusste, dass ihre Freundin diesmal nicht aufstehen würde, tat sie es selbst und hielt sich den Hörer ans Ohr. Am anderen Ende war ihre Tochter Elisabeth.

«Mum», rief sie aufgeregt und ohne Begrüßung, «du musst sofort den Fernseher einschalten. Die bringen jetzt dann gleich etwas in den Nachrichten, das musst du einfach sehen!»

«Ich habe doch Gäste, Liebes, wie jeden Sonntag. Elsa und Gary sind bei mir», sagte Emma.

«Dann erst recht», drängte Elisabeth. «Elsa muss das unbedingt auch sehen», rief sie ihrer störrischen Mutter so laut durch den Hörer zu, dass auch Gary und Elsa es hörten.

«Wieso auch nicht», sagte Elsa, stand auf und drückte den dicken Knopf des Fernsehers.

Es war ein altes Modell mit schlechtem Bild. Zudem war der Empfang auf dem Land nicht der beste. Elsa drückte die Knöpfe auf der Fernbedienung, bis sie die Nachrichten gefunden hatte. Die Kamera zeigte eine Rose, die auf einem Pult aus Holz lag. Dann Tisch- und Stuhlreihen, in einem Oval hintereinander angeordnet. Herren mit dunklen Anzügen und wenig Haaren. Ein Gemälde mit Vierwaldstättersee, Rütliwiese und Bergpanorama. Daneben, für die steinerne Ewigkeit, «William Tell», wie der BBC-Reporter sagte, mit seinem Bogen und daneben die Stauffacherin. Doch die Stauffacherin war nicht mehr die einzige Frau im Raum. Da kamen sie, Frauen mit lockigem Haar, mit hochgestecktem Haar, mit Hosenanzügen und Jupes, Blusen und Blazern, sie mischten sich unter die Herren in ihren immer gleichen Anzügen, schüttelten Hände, lachten, blickten sich um und nahmen dann ganz selbstverständlich in den hölzernen Reihen zwischen den Männern Platz.[100]

Ohne es selbst recht zu bemerken, hatten die beiden Frauen sich bei den Händen gefasst.

«Wir haben es endlich geschafft», sagte Emma.

«Frauen im Bundeshaus! Und endlich nicht mehr auf der Zuschauertribüne», rief Elsa aus.

«Wie lange haben wir darauf warten müssen», Emmas Stimme klang beinahe andächtig. Sie spürte ein Kribbeln auf der Haut und

Tränen in den Augen. Keine der beiden hatte bemerkt, dass sie in ihre Muttersprache zurückgefallen waren.

«Etz wird alles andersch det äne. Etz chönds ändli afange ufrume», sagte Elsa.

Amara

Eine junge Frau hat ein uraltes Problem. Weil sie damit trotz unserer modernen Zeiten nicht die Einzige ist, färben die Straßen sich schließlich violett: Es ist Frauenstreik.

Adrians Stimme verstummte abrupt: Amara hatte ihn weggedrückt. Sie stellte das Handy auf Flugmodus, schmiss es in eine Ecke und ließ sich auf das Sofa fallen. Sie spürte den weichen, hellgrauen Bezug an ihrem Kopf und legte ihre Füße auf das Beistelltischchen aus dunklem Holz. Adrian hatte es selbst gemacht, exakt nach Amaras Wünschen. Geschickt war er mit seinen Händen, das musste man ihm lassen. Ihr Blick fiel auf die Wand gegenüber. Dort, wo in den meisten Wohnungen der Fernseher platziert war, stand ein weißes Billy-Bücherregal. Adrian hatte viele der Bücher quer hineingelegt statt aufgestellt, weil sich der Platz so noch besser nutzen ließ. Das Regal quoll über. Aber Amara mochte es. In einem großen Topf am Boden neben dem Regal wuchs ein Avocadobaum. Er war der Beweis dafür gewesen, dass Amara recht hatte: Man konnte aus einem Avocadokern mit etwas Geduld eine Pflanze ziehen. Sie waren noch kein Paar gewesen, damals, als sie um den Avocadokern gewettet hatten. Nur wahnsinnig gute Freunde.

Über dem Baum hingen die Bilder. Adrian und Amara während ihrer Interrailreisen durch Osteuropa und Skandinavien, mit Rucksäcken auf den Schultern und breitem Grinsen im Gesicht. Adrian und Amara knutschend und verschwommen vor dem Eiffelturm. Scharf auf dem Bild einzig ihre beiden Mittelfinger, die sie in jugendlichem Klischee-Protest der Kamera entgegenstrecken. Adrian mit seinem Handballteam. Amara mit Mundschutz und bei ihrem Einsatz auf der MSC Mercy, einem Krankenhausschiff vor der Küste Afrikas. Amara und Adrian inmitten ihrer Freunde, Champagner und Bierflaschen Richtung Linse gereckt und Happy-2017-Sticker auf die Stirn geklebt. Eine viel jüngere Amara mit Rollkragenpullover, den Kopf an den orange-gold gemusterten Hidschab ihrer Mutter gelehnt, die Augen nicht auf die Kamera gerichtet, sondern auf Bruder und Vater, die für das mit Selbstauslöser geschossene Foto Grimassen schneiden. Es war das aktuellste Bild, das Amara von sich und ihrer Familie besaß. Es war das einzige, das von Glas und Rahmen geschützt wurde. Daneben Amara und ihre beste Freundin Sylvie auf dem Tandemvelo, mit dem sie Minuten später so heftig gestürzt waren, dass beide bleibende Narben davontrugen. Drei Frauen mit Schals und Mützen vor dem Sonnenuntergang in Zermatt. Amara mit dunkelrotem Cocktailkleid bei ihrer Bachelor-Feier. Ein Ultraschallbild, Adrians große, helle Hände auf Amaras großem, dunklem Bauch. Dieses Bild war noch keine zwei Wochen alt.

«Idiot», murmelte Amara und wandte den Blick ab. Sie strich sanft mit den Händen über ihren Bauch. «Nicht du», sagte sie liebevoll zu dem Kind, das mit seinen Füßchen von innen gegen ihre Bauchdecke stieß, als hätte auch es etwas in der Sache zu sagen. Und genau genommen hatte es das ja auch. Immerhin ging es hier um den Papa.

Seit fünf Jahren waren Amara und Adrian ein Paar. Davor fast ebenso lange beste Freunde. Auch seinetwegen hatte ihre Familie ihr den Rücken zugekehrt.

«Man wirft doch nicht alles einfach hin», murmelte Amara leise. Adrian war doch ihre Zukunft.

«Das möchtest du zumindest», sagte eine böse Stimme in ihrem Kopf.

«Aber jetzt, nach dem, was er mir und seinem eigenen Kind angetan hat – wie soll es da noch weitergehen mit uns?»

Amaras Gedanken rasten. Sie legte den Kopf in den Nacken und schloss die Augen. Atmete tief ein und aus und versuchte sich zu erinnern, was sie damals in dem Meditationskurs gelernt hatte. Tief in den Bauch atmen. Das war gar nicht so einfach – vielleicht weil dort gerade Raumknappheit herrschte. Den Körper fühlen, nur auf den Körper achten und die Gedanken ziehen lassen. Wo sind die Zehenspitzen? Wie fühlt sich die Fußsohle an, die Oberschenkel, die Knie. Amara schüttelte sich. Je mehr sie versuchte, sich ganz ruhig auf ihre einzelnen Körperteile zu fokussieren, umso mehr überkam sie der dringende Wunsch, sich zu bewegen. Ein unruhiges Kribbeln hatte sich in ihr ausgebreitet. Sie stand auf und schaute auf die große Uhr mit dem weißen Zifferblatt und den schwarzen Zeigern. Es war bereits nach 21 Uhr. In weniger als einer Stunde musste sie im Krankenhaus sein.

Schwer atmend schloss Amara ihr Fahrrad ab, ein rostrotes Damenmodell, dessen Jahrgang wohl irgendwo in der Nähe von dem ihrer Mutter lag, und lief Richtung Personaleingang. Im Gehen band sie ihre langen, schwarzen Haare zu einem hohen Pferdeschwanz zusammen.

«Amara!» Die Frau im Pausenraum schaute sie überrascht an. Es war Maya, die Stationsleiterin. «Was machst du denn hier? Hat Erno dich nicht angerufen?»

Amara schüttelte den Kopf. «Was ist los? Braucht ihr mich heute nicht?»

«Nein, wir, ach, das tut mir furchtbar leid, jetzt bist du extra den ganzen Weg gekommen. In deinem Zustand ... Alissa wurde verlegt, sie ist nun nicht mehr in akuter Gefahr. Erno sollte dir Bescheid geben. Erno!» Das letzte Wort rief die Stationsleiterin laut über ihre Schultern.

Alissa war das Mädchen, neben dessen Bett Amara als Nachtwach-Aushilfe die letzten Wochen viele Nächte verbracht hatte. 15 Jahre jung war sie und hatte vom Leben bereits genug. Amara saß neben ihr, damit Alissa nicht noch einmal Gelegenheit bekam, ihrer Todessehnsucht nachzugeben.

Erno, ein junger Mann mit regenbogenbuntem Haar und einem ruhigen, lieben Gesicht, steckte den Kopf in den Pausenraum, sah Amara und hob abwehrend die Hände.

«Ich bin unschuldig», rief er und schaute zur Stationsleiterin. «Ich habe Amara fünfmal anzurufen versucht, aber das Handy war aus – ich bin jedes Mal direkt auf der Combox gelandet. Du hast die Nachricht dort offensichtlich noch nicht abgehört», sagte er, nun direkt an Amara gewandt.

Das Gespräch mit Adrian zuckte noch lebhafter durch Amaras Kopf, ihre Wut und die wenigen Berührungen auf dem Bildschirm, um den Flugmodus einzuschalten und ihre Ruhe zu haben.

Amara winkte ab. «Egal», sagte sie, «es war so oder so gut, aus dem Haus zu kommen. Das heißt, der Dienst von morgen ist ebenfalls abgesagt?», fragte sie und schaute zu Maya. Diese nickte.

«Wenn Alissa weiterhin so gute Fortschritte macht, dann ja.»

Amara verabschiedete sich von den beiden und ging den neonhellen Flur entlang zurück zum Ausgang. Sie stieß die Tür auf und atmete die frische Frühlingsluft ein. Egal wie kurz oder lange man den eigentümlichen Spitalgeruch eingeatmet hatte: Die ersten Atemzüge wieder draußen waren immer eine Wohltat. Amara hatte bereits vor ihrem Job als Nachtwach-Aushilfe im Krankenhaus gewusst, dass sie hier niemals würde arbeiten wollen. Sie träumte von einer eigenen Hausarztpraxis. Am liebsten irgendwo auf dem Land. Sie wollte ihre Patienten kennen, begleiten und sich Zeit für sie nehmen können. Das Beste war: Ihre beste Freundin und Kommilitonin Sylvie hatte den gleichen Traum. Aber noch war es nicht so weit. Noch fehlte den beiden ein Jahr Studium und das Staatsexamen. Beides mit einem Neugeborenen zu meistern, war ambitioniert. Aber sie musste es schaffen. Und sie hatte ja auch einen Plan – gehabt, fügte sie in Gedanken bitter hinzu. Sie hätte gerne mit Sylvie über alles gesprochen. Gleichzeitig wusste sie nicht, wo die Energie herkommen sollte, um ihr alles zu erzählen.

Amaras Schritte führten sie, wie so oft, hinunter zum Fluss. Ihr altes Fahrrad klickerte leise, während sie es neben sich herschob. Ein beruhigendes Geräusch. Es erinnerte sie an früher, es machte sie sentimental und froh und dankbar und zerrissen zugleich. Bern, wie an den Abhang geklatscht, befand sich nun über Amara. Die Lichter der untersten Fenster und Straßenlaternen spiegelten sich im Fluss, der an dieser Stelle glatt und schnell Richtung Schleuse floss. An ihrer Lieblingsstelle stellte sie ihr Rad an den Straßenrand, lehnte sich an das plumpe Geländer und blickte in den Fluss. An manchen Stellen kräuselte sich das Wasser leicht, an anderen schien ein regelrechter Sog es nach unten zu ziehen. Dann wieder floss es glatt und ruhig weiter. Hier hatten sie gestanden, Amara und Adrian, nachdem der Schwangerschaftstest ihr Leben auf den Kopf gestellt hatte. Der dritte Test war es gewesen, seinen beiden Vorgängern nämlich hatten sie nicht glauben wollen. Bis zu diesem Augenblick war ihr Leben voller Pläne gewesen, aber keiner von ihnen bot Platz für ein schreiendes Bündel mit Rundum-Betreuungsbedarf. Nachdem beim ersten Test neben dem einen auch ein zweiter Strich auf dem Testfeld erschienen war, hatte Amara Abtreibung gegoogelt. Es war ihr schwergefallen. Ihre gesamte Erziehung, ihre Kultur, die Religion, nach der sie nicht mehr lebte, hatten sich in ihr aufgebäumt und versucht, ihre Finger von der Tastatur fernzuhalten. Auf der anderen Seite aber drückte die Gewissheit, dass sie, Amara, noch nicht bereit war für ein Kind. Und das zählte doch auch.

«Klingt gar nicht so schlimm», hatte sie zu Adrian gesagt, nachdem sie einige Links zur Abtreibung auf Google angeklickt hatte. Er hatte sie in die Arme genommen und lange festgehalten.

«Egal wie es weitergeht, ich bin da, bei dir», hatte er gesagt. Schließlich hatte sie sich aus seiner Umarmung gewunden. Liebevoll. Und ihn geküsst.

«Lass uns einen zweiten Test machen», hatte Adrian vorgeschlagen, «vielleicht löst das Problem sich ja von alleine.»

Als auch beim zweiten Test zwei satte, hellblaue Striche auf dem Testfeld erschienen waren, fiel es Amara leicht, an Abtreibung zu denken. Adrian aber nicht. In seinem Kopf war aus den beiden Strichen ein Mensch geworden. Ein kleines Wesen mit Amaras Augen und seinen Sommersprossen, ein neuer Weg, ein neuer Plan für eine andere Zukunft. Amara reagierte erst ablehnend. Doch je mehr sie darüber sprachen, umso weniger dachte sie an Abtreibung. Adrians Worte, die Hoffnung in seinen Augen und die Vorfreude auf seinem Gesicht überzeugten sie.

«Mein Studium ist nicht so wichtig wie deines. Ich habe ja schon eine abgeschlossene Ausbildung, du nicht. Wenn es hart auf hart kommt, dann gehe ich für ein paar Jahre zurück auf die Bank. Dann haben wir genug Geld, bis du deine Praxis hast», hatte Adrian gesagt. Und immer wieder: «Das ist unser Problem, nicht deines, du und ich, das unschlagbare Team. Wir machen das zusammen.»

Dann kamen der dritte Test und der erste Termin beim Frauenarzt, das Ultraschallbild, schließlich die Entscheidung.

Auf die Übelkeit am Morgen folgten Abende mit Freunden. Überraschte Blicke, Gratulationen, freudiges Strahlen, ernste Gespräche, Umarmungen und die ersten Babyfinklein – selbst gemacht. Wer hätte gedacht, dass Adrians Bruder so hübsch stricken konnte?

Und nun stand sie also hier, am Wasser, in dem sich die gelben Lichter der alten Häuser spiegelten. Sie fühlte sich so einsam wie noch nie. Weil sie wusste, dass sie sehr bald nur noch sehr selten allein sein würde. Amara spürte, wie ein Damm brach, ein Schutzwall einstürzte. Warm rannen ihr die Tränen über die Wangen. Bald brannte die verschmierte Mascara in ihren Augen. Sie umklammerte das Geländer, als müsste sie sonst in das kalte Wasser des Flusses fallen.

«Es ist meistens gar nicht so schlimm, wie es im ersten Moment scheint.»

Ein letztes, eher überraschtes als trauriges Schluchzen, dann drehte Amara beschämt den Kopf. Die Stimme hatte dünn, aber warm geklungen. Verständnisvoll. Hinter Amara stand eine alte Frau. Sie trug ihr Haar altertümlich hochgesteckt, der dünne Mantel hing über ihre schmalen Schultern. Er war so groß und lang, dass Amara fürchtete, sie würde darin verschwinden. Die Frau lächelte.

«Darf ich?», fragte sie und streckte eine schmale Hand nach Amara aus.

Amara nickte und die Frau legte sie auf ihren Arm. Die dünnen Finger sanken in Amaras leichte Daunenjacke ein. Als Amara sich zu ihr umdrehte, blickte die Frau überrascht auf ihren großen, runden Bauch. Sie schien erst jetzt erkannt zu haben, dass die junge Frau am Flussgeländer schwanger war.

«Ich dachte, Sie wollten sich etwas antun», sagte die Frau.

Amara lächelte und schüttelte den Kopf. Sie machte einen Schritt weg vom Geländer.

«Ich wollte nur meine Gedanken fließen lassen. Ein Fluss hilft dabei manchmal», sagte sie.

«Darf ich einige Schritte mit Ihnen gehen?», fragte die Frau. Amara war ob der Frage erstaunt und noch erstaunter ob der eigenen Antwort. Sie mochte Menschen sehr gerne. Sie mochte es auch, neue Menschen kennenzulernen. In Momenten wie diesem aber war sie lieber allein. Wenn sie sich verletzlich oder schwach fühlte, fiel es ihr schwer, eine fremde Person um sich zu haben. Dennoch nickte sie und zeigte flussabwärts.

«Ich muss da lang.»

Die Frau ging eine Weile stumm neben ihr her. Amara fühlte sich in dem geteilten Schweigen ein Stück weniger einsam. Nur das leise Klicken ihres alten Fahrrades war zu hören. Irgendwann begann die Frau zu erzählen. Vom Markt, auf dem sie am Vormittag Spargel, Frühlingskartoffeln, Zwiebeln und Käse gekauft hatte. Vom Gespräch mit dem Käser, der seine Produkte nicht ohne viel Erklärungen und Geplauder abgegeben hatte. Und von einem Strauß zartrosa und violetter Pfingstrosen, schwere Blüten und pralle Knöpfe, die Blumen würden ihr und ihren beiden Mitbewohnerinnen lange Freude bereiten. Früher hätte sie das nie gemacht. Über den Markt bummeln nicht – und

Geld für Schnittblumen ausgeben erst recht nicht. Ihr Mann fand das verschwenderisch. Aber den Mann gab es nicht mehr, zumindest nicht mehr in ihrem Leben. Er war weitergezogen und hatte sie zurückgelassen. Was für ein Glück.

«Jetzt genieße ich es, mir mein Leben ganz alleine einzurichten», sagte die Frau. Als sie das sagte, straffte sie unter ihrem großen Mantel die Schultern. Amara lächelte. Sie mochte die fremde Alte. Und sie ahnte, dass es ihr nicht immer leicht gefallen war, sich das Leben ganz alleine einzurichten.

«Ich heiße übrigens Amara», sie zögerte und ärgerte sich sogleich darüber, «Amara Akgül.»

«Oh, sind Sie Türkin?»

«Kurdin.»

«Dann wiegt es wohl umso schwerer, steckt kein Ring an Ihrem Finger», bemerkte die Frau. Ihre Worte klangen rebellisch.

Amara schüttelte den Kopf und nickte gleichzeitig, lächelte dabei und blickte erst zu Boden, dann auf den Fluss.

«Meine Familie weiß nichts von der Schwangerschaft. Wir haben seit fünf Jahren nicht mehr miteinander gesprochen. Es war so oder so bereits etwas schwierig. Meine Eltern träumen von der alten Heimat. Mein Bruder auch, oder er will es zumindest. Aber ich bin hier daheim. Irgendwie hatten wir es geschafft, uns trotzdem zu lieben, ein bisschen zumindest. Dann bin ich mit meinem Freund zusammengezogen. Er ist Schweizer. Und sie wussten nicht, dass er mein Freund ist. Als sie es herausgefunden haben, war alles kaputt.»

Die Alte nickte bedächtig. Ihre Augen waren auf Amara gerichtet, aber sie schien weder die junge Frau noch den Fluss und die Lichter im Hintergrund zu sehen.

«Man tut manchmal Dinge, von denen man eigentlich weiß, dass sie falsch sind. Aber man kann nicht anders.»

Amara schaute die Frau von der Seite an, fragend und auffordernd. Diese lächelte.

«Es gab da mal eine Zeit, da habe ich einen großen Fehler gemacht. Ich hatte mich verrannt, damals. Aber dann, ach, das ist so lange her. Mittlerweile habe ich ja eine Brille und sehe vieles klarer.»

Sie lachte laut und tippte sich an die schmale Brille, die auf ihrer zierlichen Nase saß. Sie musste eine schöne Frau gewesen sein, dachte Amara. Sie war trotz des übergroßen Mantels und der hageren Statur noch immer eine schöne Erscheinung. Dem Alter zum Trotz. Amara hätte gerne gewusst, was es war, zu dem die Frau ihre Meinung geändert hatte. Ein Mann? Ein Lebensstil? Sie musste ungefähr achtzig Jahre alt sein. Sie war in einer anderen Welt jung gewesen. Aber Amara getraute sich nicht, sie zu fragen. Die Frau deutete auf das schmale Stadthaus vor ihnen.

«Möchten Sie einen Tee? Ich wohne da oben, im dritten Stock. Dort, wo der Balkon so vollgestellt ist, dass er nächstens wohl runterfällt», sagte sie.

Amara war gerührt. Einen Moment zögerte sie. Vielleicht war diese fremde, alte Frau genau der richtige Mensch, um ihr zuzuhören. Amara strich mit den Händen über ihren Bauch.

«Das ist sehr lieb von Ihnen, aber ich sollte nach Hause und mich hinlegen. Es ist schon sehr spät.»

Die Frau nickte und verabschiedete sich. Amara stieg auf ihr Rad und fuhr tief in Gedanken versunken nach Hause. Während des Gesprächs mit der fremden Frau hatte die Wut sich davongeschlichen und Leere zurückgelassen. Bald darauf stand sie vor ihrem eigenen Wohnblock. Sie schloss ihr Fahrrad ab und blickte hoch. Oben im fünften Stock, wo ihr Wohnzimmer dunkel und leer liegen sollte, brannte Licht. Adrian war zu Hause. Aber er wollte doch erst am nächsten Tag zurück sein? Amaras Herz schlug schneller. Wenn sie jetzt hineinging, die Haustür öffnete und Adrian gegenüberstand, dann war das das Ende. Hier und jetzt, einfach so. Sie lief langsam zur hölzernen Haustür, wühlte in ihrer Tasche nach dem Hausschlüssel, steckte ihn ins Schloss und drehte ihn um. Sie hatte schon einen Schritt hinein, ins Treppenhaus, gemacht, als sie es sich doch anders überlegte. Der Scheißkopf dachte ja, sie sei bei ihrer Nachtschicht im Spital. Bestimmt war er gekommen, um sich ein paar Sachen zu holen, während Amara weg war. Sie wollte ihm nicht begegnen. Nicht jetzt, nicht so. Amara machte auf dem Absatz kehrt und lief weg. Weg vom Haus und weg vom Mann. Sie lief den Weg zurück, den sie eben gekommen war, bis sie vor dem schmalen Stadthaus stand, vor dem sie eben die alte Frau verabschiedet hatte. Sie blickte hoch: Im dritten Stock brannte Licht. Amara klingelte. Einen Moment geschah nichts. Dann klang eine verzerrte Stimme durch die Gegensprechanlage.

«Ja?»

«Da ist Amara, von eben, vom Fluss, ich ...»

«Doch Tee?»

«Ja, gerne.»

Die Wohnung der Frau hatte hohe Decken und Sichtbalken und war viel geschmackvoller eingerichtet, als Amara das erwartet hatte. Einige Fenster gingen hinaus auf den Fluss und das Wäldchen dahinter. Es gab einen Kamin und der kleine Haufen trockenes Holz daneben deutete darauf hin, dass die alte Frau hier und da tatsächlich einfeuerte. Das Sofa war mit dunkelgrünem Samt bezogen und mit Kissen übersät. Es roch nach Lavendelkissen, Abendessen und Haarspray.

«Lenchen hat einen Kissen-Fimmel, schieben Sie die Dinger einfach weg, damit Sie Platz zum Sitzen haben. Lenchen ist eine meiner beiden Mitbewohnerinnen.» Die Frau deutete mit ihrem Finger auf eine verschlossene Zimmertür. «Das ist das Zimmer von Irene. Sie schläft schon und wir brauchen keine Rücksicht zu nehmen, sie ist halb taub und hört uns nicht. Und das», sie deutete auf eine Tür, die nur angelehnt war, «das ist das Zimmer von Lenchen. Sie ist gerade auf einer Seniorenreise in Ägypten. Weiß Gott, was die Alte dort alles treibt», sagte sie.

«Sie wohnen in einer WG?», Amara war erstaunt. Seit wann machten alte Leute das?

«Jaja, wir drei kennen uns schon ein Weilchen. Und da kam uns einmal beim Wandern die Idee, dass wir doch zusammenwohnen könnten, statt jede alleine in einer Wohnung. Damit sparen wir ein bisschen Geld. Wir haben alle drei nicht allzu viel.[107] Und schöner ist es auch, abends nicht alleine in einer stillen Stube zu sitzen. Einmal die Woche kommt die Putzfrau und wenn es dann mal so weit ist, auch die Spitex. Solange wir uns unten in den Lift schleppen können und hier oben über die Schwelle kommen, bleiben wir hier.»

Die alte Frau lächelte, verschwand in der Küche und kam bald darauf mit zwei dampfenden Tassen zurück.

«Sie haben vorhin gesagt, Sie hätten mal etwas gemacht, von dem Sie wussten, dass es falsch war.»

Das zu fragen war dreist und Amara wusste es. Aber sie war neugierig und alles war besser, als ihre Gedanken zurück zu Adrian wandern zu lassen. Die alte Frau zog die Augenbrauen hoch.

«‹Man› habe ich gesagt, nicht ‹ich›», entgegnete sie dann.

«Es klang aber schon sehr nach Ihnen», erwiderte Amara und die alte Frau lachte.

«Keck sind Sie, Fräulein Amara. Mein Name ist übrigens Helga Wenger. Aber von mir aus können wir Du sagen – ich bin am liebsten einfach Helga.»

Amara trank einen kleinen Schluck heißen Tee und schaute die alte Frau erwartungsvoll an. Diese strich eine zarte Häkeldecke glatt, dann lehnte sie sich zurück und begann zu erzählen.

«Ich bin, wie man anno dazumal sagte, eine Tochter aus gutem Hause, weißt du. Reiche Familie, einflussreich, der Vater, Onkel und Großvater zumindest. Die Frauen wussten sich zurückzuziehen. Sie spielten in der Geschichte meiner Familie nie eine Rolle. Dann kam ich – und war genau gleich. Ein Welschland-Jahr habe ich gemacht, in La Neuveville. Das war das erste Mal in meinem Leben, dass ich manchmal selber entscheiden musste, was ich will. Ich, für mich persönlich. Zu Hause haben das stets meine Eltern bestimmt. Es gab viel Kontrolle bei uns, wir alle waren Aushängeschilder der Familie. ‹Alles, was ihr sagt und tut, fällt auf uns alle zurück!›, pflegte meine Mutter zu sagen. Entsprechend fehlerfrei hatten wir uns zu verhalten. Das kennst du als Türkin vielleicht noch eher als die jungen Frauen hier in der Schweiz.»

«Kurdin», sagte Amara automatisch, «aber ja, das kenne ich schon auch von uns, also, von meiner Familie.»

«Entschuldige bitte! In meinem Alter fällt es mir manchmal schwer, mir alle Dinge zu merken, weißt du. Ich altere langsam in jenen Lebensabschnitt hinein, in dem das Vorvorgestern näher ist als das, was eben geschah.»

Sie strich erneut die Häkeldecke glatt, obwohl sie längst ohne eine einzige Welle auf der Sofalehne lag.

«Du wolltest ja wissen, wie ich mein Leben vertan habe. Nicht ganz vertan, muss ich sagen. Ich habe zwei wunderbare Kinder und drei Enkel. Sie leben nur leider weit weg. Aber du wolltest ja, dass ich von damals erzähle. Da war ich junges Ding also in La Neuveville, zum ersten Mal in meinem Leben nicht in Reichweite meiner Familie. Erst wusste ich gar nicht recht, was ich mit dieser Freiheit anfangen sollte. Ich habe mich nach dem Unterricht einfach in mein Zimmer gesetzt, gelesen, gestrickt oder gestickt. Die anderen Mädchen waren wahnsinnig lieb. Sie haben einen Schritt auf mich zu gemacht und mich aus meinem Kämmerchen geholt. Wir sind spazieren gegangen und ins Kino und ich habe das Leben genossen. Schön war das, sehr schön. Aber manche Mädchen hatten rigorose Ansichten. Und eine unserer Lehrerinnen, Madame Véronique Voisier, ui, das war eine waschechte Emanze. Mich hat das ja vor allem erschrocken. Ich bin in einem Elternhaus aufgewachsen, in dem nicht freundlich über die Frauen gesprochen wurde, die ‹alles an sich raffen wollten›, wie mein Vater sich ausdrückte. Beruf und Stimmrecht und gute Löhne wollten sie plötzlich haben und überall ihre Nase hineinstecken, obwohl es nur die Männer anging. Mein Vater fand das alles schrecklich und hat vehement dagegen gekämpft. Mein Vater war lange Zeit Gemeinderat in Bern, musst du wissen. Und später dann Nationalrat. Er hat das ‹Weibertum›, wie er es nannte, bekämpft. Viele seiner Parteikollegen, die manchmal auch bei uns zu Hause waren, haben gelächelt, wenn das Thema aufkam. Die fanden das lustig und ulkig, dass die Frauen mitreden wollten. Und meine Mutter hat laut mit ihnen mitgelacht. Ich habe erst viel später erkannt, wie erbärmlich das war. Aber damals, als Kind, da habe ich auch gelacht. Aber mein Vater nicht. Oh nein, der hat nie gelacht bei dem Thema. Im Gegenteil: Er hat den Kampf gegen uns Frauen sehr ernst genommen. Und dann saß ich im Klassenzimmer einer Frau, die betonte, dass wir Mädchen für uns selbst einstehen mussten. Das wir dafür kämpfen mussten, dass wir arbeiten können, dass wir unser eigenes Geld verdienen. Wir sollten achtgeben, wen wir heiraten, weil die Ehemänner das letzte Wort hatten, wenn wir nach der Hochzeit weiterarbeiten wollten, und auch darüber, was mit unseren Kindern passierte. Mir war das mit dem Heiraten und Mann-Suchen ja einerlei, ich wusste, mein Vater würde schon nach einem rechten Mann für mich Ausschau halten. So war das bei uns immer und nur weil der Krieg vorbei war und plötzlich alle in Nylonstrümpfen zu Elvis und den Beatles tanzten, würde sich das für mich auch nicht ändern. Aber dann kam Giacomo.»

Ein verträumter Ausdruck erschien auf dem Gesicht der alten Dame. Sie lächelte und ihr Blick ging durch Amara hindurch, weit zurück bis in die Sechzigerjahre, als sie noch eine junge Frau gewesen war und am Anfang ihres Erwachsenenlebens gestanden hatte. Amara sah Wehmut in ihren Augen. Als würde sie sich bis heute fragen, was geschehen wäre, wenn sie damals einen Schritt in eine andere Richtung getan hätte. Einen Augenblick verlor Helga sich vollends in der Vergangenheit. Dann erinnerte sie sich an ihren Gast und erzählte weiter.

«Giacomo war Italiener. Er kam aus dem Süden, ich weiß nicht mehr recht, aus welchem Dorf. Irgendwo am Knie des Stiefels, zwischen Rom und Neapel, glaube ich. Er war der schönste Mann, den ich in meinem Leben je gesehen habe. Seine Haut war dunkler als meine, nur ein bisschen, aber das war man damals ja nicht gewohnt. Für mich war er das Maximum an Exotik. Und dann noch diese schwarzen Locken und die dunklen Augen dazu. Er sprach Deutsch, es war schon seine fünfte Saison in der Schweiz und er hatte sogar einige Brocken Dialekt aufgeschnappt. Er sprach mit seinem Akzent alles so wunderbar aus, dass ich direkt die Sonne über dem Meer aufgehen sah, wenn er redete. Er war Maurer, darum habe ich ihn überhaupt erst kennengelernt. Das Internat, in dem ich unter der Woche wohnte, wurde renoviert. Das passierte ja oft in den Sechzigerjahren, da war plötzlich wieder mehr Geld vorhanden und die Leute begannen, ihre Häuser umzubauen und zu renovieren. Und so stand eines Morgens, ich war spät dran, dieser Italiener vor der Tür. ‹Tschingg› sagten wir damals. Aber das ist grässlich. Wir waren beide augenblicklich hin und weg. Meine Eltern haben natürlich gemerkt, dass ich am Wochenende gar nicht mehr nach Hause kommen wollte. Erst sagte ich ihnen, ich müsse lernen und wolle keine Zeit im Zug vertun. Aber irgendwann habe ich ihnen die Wahrheit gesagt. Ich war verliebt, wahnsinnig verliebt. Ich dachte, Giacomo und ich, das ist für die Ewigkeit. Und das hätte es auch sein können: Wenn ich ihn geheiratet hätte, dann hätte er wohl in der Schweiz bleiben können. Ohne dass er nach jeder Saison zurück nach Italien gemusst hätte. Dann würde ich jetzt vielleicht in unserem Haus am Meer sitzen, in der Wärme, ‹la famiglia› rund um mich herum. Wer weiß. Ich dachte, meine Eltern würden einsehen, dass ich mit Giacomo so glücklich war wie noch nie. Dann hätte sich alles von alleine ergeben. Und vielleicht haben sie das auch gesehen, ich weiß es nicht recht. Aber ich hatte meine Rechnung ohne den Standesdünkel meines Vaters gemacht. Mein Glück war kein Faktor, der etwas in seiner Kalkulation zu suchen hatte. Meine Eltern haben mich so schnell wie möglich zurück nach Bern geholt und Giacomo musste zurück nach Italien. Ich habe ihm geschrieben, oft, aber ich habe nie eine Antwort bekommen. Vielleicht hat er mich schnell vergessen und vielleicht haben meine Eltern die Post abgefangen. Das weiß ich nicht und es ändert auch nichts mehr. Giacomo war aus meinem Leben verschwunden. Aber er hatte etwas zurückgelassen: Ich war guter Hoffnung. Ich habe mich meiner Mutter anvertraut, weil ich nicht wusste, an wen ich mich sonst wenden konnte. Sie hat sofort gehandelt. Ich bin zu einer Ärztin nach Basel gefahren, die Abtreibungen vornahm. Damals gab es die Fristenlösung[108] natürlich noch nicht, das war höchst illegal, was wir da taten. Aber die Frau war sehr nett mit mir und hat mich gefragt, ob ich wirklich abtreiben wolle, ob ich mir das gut überlegt habe. Sie hat mich untersucht und gesagt, ich hätte noch etwas Zeit, ich könne auch noch ein paar Mal darüber schlafen. Aber meine Mutter wollte nicht mehr darüber schlafen. Und so war das Kindlein bald weg. Es hat so stark geblutet. Und es tat ungeheuerlich weh. Ich habe danach drei Wochen das Bett nicht verlassen. Es war das einzige Mal, dass meine Mutter sich schützend vor mich gestellt hat. Sie hat meinem Vater gesagt, ich sei nervlich am Ende, weil ich Giacomo hatte aufgeben müssen, und er müsse mir Zeit und Raum geben, damit ich innerlich heilen konnte. Ich war meiner Mutter unendlich dankbar dafür, dass sie mir diese Verschnaufpause schenkte. Und dafür, dass sie mich von der Schwangerschaft befreit hatte, von diesem Kind, das mich nur jeden Tag an Giacomo erinnert hätte, den ich nicht haben konnte.» Plötzlich hielt Helga inne. Ihr Blick ruhte lange auf Amaras Bauch. «Du musst mich für einen Unmenschen halten, solche Dinge zu sagen. Wo du dich doch selber bestimmt riesig gefreut hast.»

Amara schüttelte den Kopf. «Ich wollte das Kind auch abtreiben», sagte sie dann. Es ging ganz leicht, dieser fremden Frau davon zu erzählen. «Ich war nicht allein damit und ich hatte von meinen Eltern gelernt, dass jedes Leben eine Chance verdient und dass Abtreibung von dem da oben nicht gutgeheißen wird. Dass es immer einen Weg gibt mit dem Kind. Das alles wusste ich auch, aber ich wollte diesen Weg einfach noch nicht gehen. Es hat nicht in mein Leben gepasst und ich finde, mein Leben ist meine Entscheidung.»

Helga schaute Amara lange an. Dann nickte sie bedächtig.

«Was für ein großes Glück, so denken und danach handeln zu können», sagte sie. Dann schaute sie Amara direkt an. «Warum hast du deine Meinung geändert?», fragte sie geradeheraus.

«Weil ich davon ausging, das ich das nicht alleine schaffen muss.»

«Und jetzt?»

«Jetzt stellt sich heraus, dass mein Freund ganz viel versprochen hat und nicht bereit ist, sich daran zu halten. Weil sich jetzt neue Möglichkeiten für ihn eröffnen und er sie nicht an sich vorbeiziehen lassen will.»

Amara zuckte die Schultern. Sie wollte jetzt nicht über Adrian reden. Später vielleicht. Sie wollte noch mehr von der alten Frau erfahren. War ihr großer Fehler, nicht um ihre Liebe gekämpft zu haben? Um eine Zukunft, in der sie glücklich werden konnte? Wieder schlichen ihre Gedanken sich leise Richtung Adrian. Hatte sie vielleicht voreilig ihre Schlüsse gezogen und ihre Entscheidung gefällt? Sie schaute Helga an, die ihr gegenübersaß und sich sammelte, um weiterzuerzählen.

«Zwei Jahre später, das war das Jahr 1963, habe ich Hans-Georg geheiratet. Er war ein junger Parteikollege meines Vaters, sehr ambitioniert, ins nationale Parlament wollte er – und das sollte ihm auch gelingen. Aber erst später, als die Kinder schon da waren. Hans-Georg hat mir gut gefallen, so war es nicht. Man hat mich nicht gezwungen, irgendeinen dahergelaufenen Clochard zu heiraten. Er war wirklich kein Unmensch. Er war nicht Giacomo, aber niemand war Giacomo. Er war die nächstbeste Wahl und meine Eltern waren richtig stolz auf mich. Zum ersten Mal hatte ich etwas geschafft, was mich in ihren Augen ehrte. Unsere Tochter kam kein Jahr nach der Hochzeit auf die Welt. Ich war ganz furchtbar erleichtert, als ich gemerkt hatte, dass ich schwanger war. Nach einer Abtreibung, hatte ich gehört, wisse man nie so recht, ob da unten noch alles ganz gesund funktioniert. Aber bei uns hat es wohl schon in der Hochzeitsnacht eingeschlagen. Was war ich da glücklich und vernarrt in das Kindlein. Ich gab mich ganz und gar der Rolle als Mutter und Hausfrau hin. Vergessen war der stürmische Giacomo und vergessen waren die Worte von Madame Voisier und den anderen Mädchen aus La Neuveville. Das waren schöne Jahre damals. Hans-Georg hat mir Blumen mit nach Hause gebracht und die Sekretärinnen in seinem Büro haben Finken und Kleidli für unsere Tochter gestrickt. Am Wochenende sind wir mit unseren neuen Auto nach Thun gefahren und am See entlangspaziert. Oder in ein Restaurant mit Aussicht und haben Nussgipfel gegessen oder uns einen Coupe Dänemark geteilt. Und dann, mitten in dem ganzen Idyll, kam mein Sohn zur Welt. Ein zweites gesundes Kind mitten hinein in das Familienglück. Beruflich und politisch ging es für Hans-Georg ebenfalls nur aufwärts und als ich mich erneut ein klein wenig zu langweilen begann, merkte ich, dass ich schon wieder guter Hoffnung war. Das war, kurz bevor Hans-Georg und ich uns zum ersten Mal richtig gestritten hatten. Der Grund war dieser Schwarzenbach mit seiner unsäglichen Volksinitiative.[109] Wissen Sie davon?»

Amara schüttelte den Kopf. Es hatte seine Gründe, warum sie Medizin und nicht Geschichte studierte.

«Wir brauchten damals Arbeitskräfte in der Schweiz, darum kamen ja die Italiener und später auch andere. Und das gefiel den Schweizern gar nicht. Die Nationale Aktion gegen die Überfremdung von Volk und Heimat wurde gegründet, mein Vater war, glaube ich, von Anfang an mit dabei, obwohl es eher eine Zürcher Sache war. Der Gründer, James Schwarzenbach, jedenfalls war ein Zürcher. Ich fand das schrecklich, dass mein Vater einer Gruppe angehörte, die Menschen wie Giacomo aus dem Land vertreiben wollten. Nach der Heirat und den Kindern habe ich mich dann aber nicht mehr dafür interessiert. Aber dann hat diese Gruppe eine Volksinitiative lanciert, die im Gesetz festhalten wollte, dass nur maximal zehn Prozent der Bevölkerung in der Schweiz Ausländer sein dürfen. Stell dir das mal vor! Zehntausende, nein, Hunderttausende hätten die Schweiz verlassen müssen. Mein Vater und Hans-Georg hatten das Heu politisch auf der gleichen Bühne. Sie beide haben sich für die Initiative starkgemacht. Aber ich nicht. Ich fand das schrecklich und ich musste so oft an Giacomo denken. Kam er noch immer in die Schweiz, um hier zu arbeiten? Wie würde er sich fühlen, wenn er hörte, dass die Menschen, denen er ein Haus baute, ihn nicht im Land haben wollten? Dass sie ihn nur als Arbeitskraft sahen, nicht als Menschen? Das tat mir so weh. Mit meinem Mann habe ich natürlich nie über Giacomo gesprochen. Aber ich denke, nach unserem Streit wegen der Initiative hat mein Vater aus dem Nähkästchen geplaudert. Hans-Georg hat nie etwas zu mir gesagt, aber er hat sich ein Leben lang gewehrt, nach Italien in die Ferien zu fahren. Da half auch alles Betteln und Jammern der Kinder nichts: Wir fuhren nach Südfrankreich oder gingen in den hiesigen Bergen wandern. Die Initiative wurde abgelehnt, aber das alles hat mich so furchtbar aufgeregt, auch der Streit mit Hans-Georg, dass ich unser Kindlein verloren habe. Da war wieder ganz viel Blut und Schmerz und ich war unendlich traurig. Aber Hans-Georg sagte, das hätte ich nun davon, dass ich mich in Dinge eingemischt hatte, die Frauen nichts angehen. Von da an hielt ich mich zurück. Vielleicht hat er recht, dachte ich, vielleicht ist das weibliche Gemüt für derartige Aufregungen wirklich nicht gemacht. Regelrecht eingeredet habe ich mir das, wie ich später erkennen musste, bis ich froh war, dass Frauen nicht mitreden und abstimmen konnten. Und dann kam, für mich scheinbar aus dem Nichts, die Diskussion um das Frauenstimmrecht. Eigentlich zwang uns ja das Ausland dazu. Man wollte die Schweiz die Menschenrechtsdeklaration erst unterschreiben lassen, wenn auch die Frauen abstimmen durften. Ich hatte mich zu diesem Zeitpunkt vollständig in unser Heim zurückgezogen und in meiner Rolle als Ehefrau eingerichtet. So wurde ich eine von denen, die regelrecht Angst vor dem Frauenstimmrecht hatten. Eine rechte Wut hatte ich auf diese Frauen, die mir mein schönes Leben kaputtmachen wollten. So sah ich das damals halt. Ich dachte, sie zerstören die Familien. ‹Bald besteht die Schweiz nur noch aus einzelnen Menschen, weil alles auseinandergebrochen ist›, dachte ich mir. Kein Familienzusammenhalt mehr, kein Heimatgefühl. Dafür dieser Druck, als Frau mehr aus seinem Leben zu machen. Sich einzumischen, aufsässig zu sein, die Kinder sich selber zu überlassen, statt die Zeit mit ihnen zu genießen. Ich habe mich mit Händen und Füßen gewehrt. Ich habe bei Veranstaltungen vor Männern geredet und gesagt, warum ich als Frau das Stimmrecht nicht will.

Hans-Georg hat in meinem Namen Artikel geschrieben und an die Zeitungen geschickt. Nicht viele sind gedruckt worden, der Zeitgeist hatte sich seit 1959 geändert, uns Gegnern wehte nun ein strengeres Lüftchen entgegen. Ich habe mich einem Verein angeschlossen, der die Frauen verband, die alles beim Alten halten wollten. Ich habe wirklich sehr viel getan, um zu vereiteln, dass wir Frauen weiterkommen. Dafür schäme ich mich schon sehr lange.»

Die alte Frau hielt inne. Ihr Mund war trocken geworden. Sie schaute auf die Uhr.

«Jesses, nach Mitternacht», rief sie aus. Amara hatte während Helgas Erzählung gespürt, wie sie müde geworden war. Aber sie hatte nicht auf die Uhr schauen wollen. Sie wollte der Frau zuhören, deren Leben nicht nach ihren eigenen Maßstäben gelaufen war. Die Worte der alten Frau lenkten sie von ihrer eigenen Misere ab und sie beruhigten ihre Sorgen. Helga hatte nicht bekommen, was sie sich vom Leben gewünscht hatte, trotzdem schien sie nicht bitter und enttäuscht.

«Ich habe gar nicht gemerkt, wie die Zeit verging, ich habe dir so gerne zugehört», sagte Amara und lächelte die alte Frau an, «danke, hast du mir das alles erzählt.»

Helga lächelte zurück und Amara ahnte, dass die Abtreibung und ihre Affäre mit Giacomo, dem Italiener aus dem Süden, keine Themen waren, über die Helga oft sprach. Amara spürte, wie gut es ihnen beiden tat. Sie fühlte sich wohl und sicher hier bei Helga.

«Ich kann kaum glauben, was du alles erlebt hast. Und dein Mann, der ist», Amara hielt inne, sie hatte etwas sagen wollen, was in dieser Stube, wo Häkeldecken auf dem Sofa lagen, nicht angebracht gewesen wäre. «Zum Glück bist du ihn los und kannst dein Leben endlich so leben, wie du es wirklich willst», sagte sie stattdessen. Dann hielt sie einen Moment inne und sprach dann leiser weiter. «Ich frage mich manchmal, was das ganze Gerede von Gleichberechtigung und Feminismus hier in der Schweiz soll», sagte sie zögerlich, «den Frauen hier im Westen geht es doch gut.»

«Jetzt schon», sagte Helga, «aber das war damals anders. Wir Frauen waren vor dem Gesetz rein gar nichts wert. Es ist wohl, wie sagt ihr denn heute, Karma, ja? Das ist es wohl, was bei mir zugeschlagen hat. Mehrmals. Ich hatte mich gegen mehr Rechte gewehrt und ich bekam bald darauf zu spüren, was das bedeutete.»

Helga war aufgestanden. Sie trug Bluse und Rock, keine Hose. Das war Amara im Sitzen gar nicht aufgefallen. Beides sah günstig gekauft und gut gepflegt aus. Helga strich ihren Rock glatt, es waren geübte, routinierte Handgriffe.

«Soll ich noch mal Tee kochen?», fragte sie dann und Amara nickte. Kurz darauf hörte Amara sie in der Küche hantieren. Als sie zurückkam, brachte sie nicht nur Tee mit, sondern auch einen Teller mit Wurst und Käse, ein paar Scheiben Brot, ein halbiertes hartgekochtes Ei und in einem Schüsselchen geschnittene Radieschen und Essiggurken.

«Mitternachtsimbiss», sagte sie und ein freches Lächeln stahl sich in ihre Augen. Das war nichts, was sie sich oft gönnte. Die beiden Frauen aßen einige Minuten schweigend. Dann nahm Helga ihren Faden wieder auf.

«Der Rest der Geschichte ist rasch erzählt», sagt sie. «Die Zeit kam, als es darum ging, ob unsere Kinder ins Gymnasium sollten oder nicht. Mein Mann meinte, das sei etwas für Jungs, die später mal eine Familie zu ernähren hätten. Die Mädchen dagegen kämen am Gymnasium doch nur auf dumme Gedanken. Aber es verhielt sich halt so, dass meine Tochter eine gelehrige und fleißige Schülerin war und für diese höhere Ausbildung wie geschaffen, während unser Sohn ganz andere Dinge spannend fand. Draußen herumtollen, schnitzen und hämmern und sägen, das gefiel ihm. Er ist dann auch Bootsbauer geworden. Er lebt mit seiner Familie in der Bretagne und baut dort winzige Segelschiffe mit jedem Schnickschnack, die er dann zu einem Preis verkauft, dass es mir schlecht wird.»

«Bootsbauer, echt?», fragte Amara überrascht. «Das wollte mein Freund Adrian immer werden. Im Sommer Kapitän auf einem Schiff und im Winter Arbeiter auf der Werft. Stundenlang konnte er davon schwärmen. ‹Einfach nur mit den Händen arbeiten›, hat er dann immer gesagt. Aber stattdessen hat er eine Lehre in der Bank gemacht. Und jetzt studiert er Informatik.» Sie verstummte. Fast wäre sie über die Schwelle gestolpert und hätte Helga noch mehr erzählt. Davon, dass Adrian sein Informatikstudium eine Weile auf Eis hatte legen wollen, bis sie selber ihr Medizinstudium abgeschlossen hatte. Damit genug Geld für sie beide und das Kind da war. Helga sah sie neugierig an. Sie hatte gespürt, dass die junge Frau drauf und dran gewesen war, mehr zu erzählen. Aber sie hatte auch gespürt, dass es ihr dabei noch nicht wohl war. Weil sie wusste, dass der Moment zum Erzählen stimmen musste und weil es ihr selber so gut tat, dieser jungen, schwangeren Frau die Fehler ihres Lebens einzugestehen, redete sie weiter.

«Meine Tochter also wollte ans Gymnasium und ich wollte das auch für sie, aber mein Mann hat Nein gesagt. Ich wollte meine Tochter nicht allein lassen, wie das meine Mutter bei mir bis auf das eine Mal immer gemacht hatte. Ich wollte für sie einstehen und dachte, als Mutter hätte ich da auch ein Wörtchen mitzureden. Immerhin hatte ich das Kind in mir getragen, geboren und all die Jahre mehr oder weniger alleine großgezogen. Aber es stellte sich heraus, dass dem nicht so war. Erst als kurz darauf das neue Kindesrecht[110] eingeführt wurde, bekamen beide Eltern die gleichberechtigte Sorge über ihre Kinder. Da war es für mein Mädchen aber natürlich bereits zu spät. Sie hat eine Lehre als Schneiderin gemacht und später im Theater Bern als Kostümbildnerin und -schneiderin gearbeitet. Ganz prächtige Kleider hat sie gemacht. Sie hat mich anfangs oft zu den Hauptproben mitnehmen dürfen. Da habe ich immer gestaunt und mich riesig gefreut, dass sie ihre Passion auch ohne meine Hilfe gefunden hatte. Und sie ist gut», Helgas Stimme schwoll vor Stolz an, «wahnsinnig gut. Mittlerweile arbeitet sie an der Oper in Sydney, Australien», Helga machte eine kurze Pause. Als sie weitersprach, lag Sehnsucht in ihrer Stimme. «Das ist wunderbar für sie, ihr Mann kommt ja auch von dort. Die Kinder sprechen zum Glück noch perfektes Schweizerdeutsch», die Stimme der alten Frau brach ab. Dann atmete sie tief durch, zuckte die Schultern und sagte leichthin: «Es ist halt furchtbar weit weg, dieses Australien. Sie fehlt mir. Sie fehlen mir alle. Die Familie um sich zu haben ist ein großes Glück.»

Amara nickte und strich mit der Hand sanft über ihren runden Bauch. Sie kannte diese Sehnsucht nur zu gut. Die Familie musste nicht in der Bretagne oder in Australien leben, um unerreichbar zu sein.

«Dass sich das dann geändert hat, mit dem Kindesrecht, da bin ich überzeugt, dass wir das den Frauen zu verdanken haben. Die Männer haben doch gar nicht an ein neues Gesetz gedacht. Warum auch? Ich war aufgewühlt damals. Ich empfand das als wahnsinnige Ungerechtigkeit, dass ich bei der Erziehung meiner Tochter nichts zu melden hatte. Aber ich habe das nur auf mich gemünzt und war wütend auf Hans-Georg, weißt du. Ich habe nicht gesehen, dass das unsere ganze Gesellschaft betrifft. Dann wurden die Kinder größer und brauchten mich immer weniger. Und da bin ich auf den Gedanken gekommen, dass es doch schön wäre, einmal selber zu arbeiten. Nur etwas Kleines, ich habe ja gar keine richtige Ausbildung. Aber es gab da einen kleinen Knopfladen in der Altstadt, die suchten eine Verkäuferin und hätten mich vom Fleck weg eingestellt. Aber mein Mann wollte das nicht. Er hat bei dem Laden angerufen und gesagt, als mein Ehemann ziehe er meine Bewerbung wieder zurück. ‹Damit kommst du nicht durch!›, habe ich ihm gesagt – aber ich lag schon wieder falsch. Und da begann es dann langsam in mir zu arbeiten und zu rattern im Oberstübchen. Noch in der gleichen Woche, in der Hans-Georg meine Anstellung gekündigt hatte, habe ich mich für einen Kurs eingetragen und angefangen, Italienisch zu lernen. Hans-Georg hat das gar nicht gefallen. Lächerlich sei es, eine Sprache zu lernen, die man niemals brauche. Aber da konnte er nicht einfach anrufen und kündigen. Allerdings brauchte er das auch gar nicht. Er hat nämlich stattdessen mich gekündigt. Ich hatte mir die größte Mühe gegeben, ihm zu zeigen, wie sehr ich ihn dafür verachtete, dass er mir die Stelle genommen hatte. Ich wollte, dass es ihm leid tat, und ich wollte, dass er es sich zweimal überlegte, falls ich mich jemals wieder irgendwo bewerben würde. Wir haben viel gestritten und er ist immer öfter abends gar nicht mehr nach Hause gekommen. Irgendwann sagte er mir dann, er habe eine Neue gefunden und würde sich von mir scheiden lassen. So ist er dann also gegangen und ich stand alleine da. Die Kinder ausgeflogen, das Haus nicht meines und Arbeit hatte ich auch keine. Ein Jahr später kam in der Schweiz das neue Eherecht.[111] Damit hätte Hans-Georg mir diese Stelle nicht einfach so verbieten können. Und das Gericht hätte bei der Scheidung auch nicht über die Schuldfrage befinden müssen. Ich habe ein bisschen mehr Rente bekommen, weil Hans-Georg Ehebruch begangen hatte. Aber die Schmach, das vor dem Richter diskutieren zu müssen, hat mich auch viel gekostet. Dann kam mir dieses neue Gesetz wie ein Hohn vor und darum habe ich Nein gestimmt. Aus purer Boshaftigkeit und Frustration. Warum sollten es andere einfacher haben als ich?» Helga schaute Amara mit einem Blick an, als erwarte sie eine grandiose Schelte von der jüngeren Frau. Diese zuckte aber einfach die Schultern.

«Du warst verzweifelt. Da tut man manchmal die dümmsten Dinge, ohne dass man sie wirklich meint. Ich bin vor allem schockiert, dass das Gesetz früher so anders war. Als wären Frauen eine minderwertige Spezies. Und dass es noch gar nicht so lange her ist, ist krass. Wann genau war das?»

«1988», sagte Helga.

«Uff, sechs Jahre, bevor ich auf die Welt gekommen bin. Unglaublich», Amara stieß ihren Atem laut und missbilligend durch die Nase aus. «Wie ging es dann weiter mit dir, hast du Arbeit gefunden?»

Die alte Frau nickte. «In einem Altersheim. Eine wunderbare Arbeit. Ich sollte mit den alten Leutchen spazieren gehen und reden, ihnen beim Essen helfen und einfach da sein. Der Lohn war natürlich miserabel. Darum bekomme ich jetzt auch eine so schlechte Rente. Aber was waren das schöne Jahre. Und», jetzt grinste sie schelmisch, «weißt du, warum ich diese Anstellung überhaupt bekommen habe? Weil ich

Italienisch konnte! Das war ein Altersheim, in dem vor allem Leute wohnten, die Italienisch sprachen. Viele hatten im Laufe ihres Lebens zwar Deutsch gelernt, aber im Alter verloren sie die Sprache wieder und fielen immer mehr zurück in ihre Muttersprache. So hat sich der Kreis dann ein bisschen geschlossen. So sehe ich das auf jeden Fall gerne.»

Amara grinste zurück. «Hat dein Ex-Mann das erfahren, dass du nur dank dem Sprachkurs diesen Job bekommen hast?»

Helga machte eine wegwerfende Handbewegung.

«Dem war das egal. Aber ich hatte große Freude. Für mich war das ein richtiger Triumph.»

Der Teller und die beiden Teetassen standen längst leer vor den beiden Frauen auf dem Beistelltischchen. Aber keine von beiden dachte daran, mit dem Gespräch aufzuhören.

«Jetzt habe ich dir so viel erzählt. Nun ist es an der Zeit, mit deinen Sorgen auszupacken», sagte Helga und schaute Amara freundlich an. Amara musste sich einen Ruck geben. Doch dann übertrat sie die Schwelle in ihrem Kopf.

«Es gibt nicht viel zu sagen. Ich studiere Medizin, noch ein Jahr, dann mache ich Staatsexamen. Danach möchte ich mir eine Hausarztpraxis suchen, in der ich meine Assistenzzeit absolvieren kann und die ich dann später zusammen mit meiner besten Freundin übernehmen könnte. Am liebsten auf dem Land. Und Adrian käme mit. Als Informatiker hat er es so oder so nicht schwer, eine Anstellung zu finden. Er hat jetzt seinen Bachelor fertig, also die ersten drei Jahre seines Studiums. Er wollte eigentlich auch noch den Master machen, aber dann bin ich schwanger geworden. Wir haben ausgemacht, dass er sich einen Job sucht, entweder als Informatiker oder wieder in der Bank, damit ich mein Studium abschließen und eine Praxis finden kann. Wenn das dann unter Dach und Fach ist, könnte er sein Studium fertig machen. Falls das überhaupt nötig ist. Er hat schon sehr viele gute Angebote, für die man gar keinen Masterabschluss braucht.» Amara sprach schnell, fast hastig und etwas nervös. Sie spürte, dass sie das alles aus sich raushaben wollte. Sie wollte wissen, was Helga davon hielt. Sie wollte wissen, was sie selber davon hielt, wenn sie es hörte. Sie konnte jetzt kaum schnell genug zu dem Punkt kommen, an dem es zu schmerzen begann.

«Einer seiner Professoren, ein Deutscher, recht jung noch, hat ab dem nächsten Semester einen Posten an der Stanford University in Kalifornien. Adrian war megatraurig, als er gehört hat, dass der Prof geht. Er ist einer seiner liebsten Dozenten – und umgekehrt schätzt der Dozent ihn auch. Aber so war das jetzt halt und Adrian hat sich dann auch gleich selber damit getröstet, dass er ja ab dem nächsten Semester auch nicht mehr an der Uni sein wird. Heute hat der Prof ein Abschiedsfest veranstaltet. Das dauerte den ganzen Tag und die halbe Nacht und darum haben die sich ein Hotel genommen. Na ja, und da fragt der Prof Adrian, ob er mit ihm nach Stanford kommen will. Das ist für Informatiker anscheinend eine der besten Unis überhaupt und ohne Connections und Kohle kommt man da kaum hin. Aber der Prof darf einen Studenten mitbringen, bei dem er sich vorstellen könnte, dass er dann auch doktorieren würde. Der Student wäre dann sein Assistent und die Uni würde sogar einen Teil der Kosten übernehmen und ja, also, auf jeden Fall wäre das ein Topangebot. Ein ‹No-Brainer› hat Adrian vorhin am Telefon gesagt. Er klang schon ziemlich besoffen. ‹Ich muss das Angebot annehmen›, hat er gesagt, ‹das kommt so nie wieder!› Er meint, mit einem Abschluss an der Stanford University kann er sich seine Jobs überall auf der Welt aussuchen.»

«Das klingt gut», sagte Helga nachdenklich, «zumindest für deinen Freund. Möchtest du denn unbedingt sofort arbeiten? Könntest du dir nicht vorstellen, mit nach Amerika zu gehen, dort das Kind zu bekommen und dich eine Zeit lang darum zu kümmern und dann vielleicht in drei oder vier Jahren fertig zu studieren? Ich sage das aus der Warte einer Mutter: Es ist schön, in den ersten Jahren viel Zeit für seine Kinder zu haben. Als Frau hat man einfach das Bedürfnis, das liegt in unserer Natur.»

Amara wusste nicht, was sie darauf antworten sollte. Sie empfand ganz und gar nicht so, im Gegenteil. Sie fühlte sich von Adrian verraten. Nicht einmal gefragt hatte er sie, ob sie sich das vorstellen konnte. Er hatte gesagt, es sei ein ‹No-Brainer›, etwas, über das man gar nicht nachdenken musste. Eine Chance, für die er zugesagt hatte, noch bevor er Amara angerufen hatte. Dabei hatte er gesagt, sie würden das zusammen schaffen. Er hatte das immer wieder betont, nicht sie. Das war die Bedingung gewesen, unter der sie sich vorstellen konnte, ein Kind zu bekommen. Jetzt war es zu spät, um etwas daran zu ändern. Das Einzige, was Amara jetzt noch ändern konnte, war, sich zu entscheiden, das Kind alleine großzuziehen. Ohne seine Hilfe. Nur so konnte sie die Kontrolle wieder zurückgewinnen. Er konnte das Kind natürlich sehen – wann immer er Zeit hatte, von Kalifornien in die Schweiz zu fliegen. Oft wäre das nicht und während sie hier Kind und Studium irgendwie und ohne die Hilfe ihrer Familie unter einen Hut bringen müsste, wäre er an einer neuen Uni und könnte das Studentenleben genießen.

«Weißt du, Helga, ich wollte immer Kinder und eine Familie. Aber nur Hausfrau und Mutter zu sein, kommt für mich nicht infrage. Dieses Bedürfnis habe ich nicht», sagte Amara. «Die Kinder wollte ich zu einem Zeitpunkt, der richtig für mich ist. Zu einem Zeitpunkt, an dem ich erreicht hatte, was ich erreichen wollte. Wer mag denn eine junge Mutter als Assistenzärztin einstellen? Am Anfang einer Karriere Teilzeit zu arbeiten ist Gift. Und gerade als Frau muss ich doch», sie hielt plötzlich inne. Helga schaute sie erwartungsvoll an. Ein Gedanke hatte sich in ihrem Kopf geformt. Sie schob ihn für den Moment zur Seite. «Jedenfalls», fuhr Amara fort, «habe ich mich für das Kind entschieden, weil ich dachte, wir hätten eine Abmachung, Adrian und ich.»

«Aber manchmal kommt es im Leben doch anders, als man denkt», wandte die alte Dame ein.

«Ja, klar, aber dann spricht man darüber, dann diskutiert man das. Dann sagt man nicht einfach schon zu.»

Die alte Frau zuckte die Schultern. Dann lächelte sie.

«Ja, heutzutage ist das wohl so. Zu meiner Zeit war das ganz normal, dass die Männer allein entscheiden. Vielleicht steckt etwas davon eben doch auch noch in den jungen Herren drin. Dann musst du mit ihm reden, ihm erklären, was er falsch gemacht hat, und ihm die Chance geben, seinen Fehler zu korrigieren.»

Amara zuckte die Schultern. Adrian war ein reflektierter Mensch. Einer, der für Amaras Geschmack sogar zu viel nachdachte und abwägte, statt einfach mal aus dem Bauch heraus zu entscheiden. Wenn er sie anrief und sagte, er habe die Stelle in Kalifornien angenommen, dann hatte er die Konsequenzen durchdacht und entschieden, dass sie es für diese große Chance wert waren. Und das bedeutete, seine berufliche Zukunft war ihm wichtiger als die Abmachung, die er und Amara getroffen hatten. Ihr Blick wanderte ziellos durch das Wohnzimmer, auf der Suche nach etwas, was sie ablenkte. An der Wand tickte eine große, hölzerne Uhr. Wie viele Jahre diese Zeiger wohl schon ihre Runden auf dem Zifferblatt drehten? Ein zur Hälfte aufgeschobenes Fach in der verschnörkelten Wohnwand verbarg einen Fernseher. Auf den Büchern und kleinen Figürchen lag eine Staubschicht. Einige Abteile waren mit Bildern gefüllt.

Amara stand auf und deutete auf die Bilder.

«Darf ich?», fragte sie und Helga nickte.

Auf einem der Bilder war Helga zu sehen, die Arme links und rechts um zwei Menschen geschlungen, die im Alter von Amaras Eltern waren. Das mussten ihr Sohn und ihre Tochter sein. Daneben waren Gruppenbilder von strahlenden und winkenden Familien eingerahmt, eine Postkarte aus New York lehnte an einem rund eingerahmten, alten Bild von einer jungen Helga. Dahinter war ein Foto eingerahmt, das jemand aus einer Zeitung geschnitten hatte. Es zeigte die Straße einer Schweizer Stadt, Bern war es nicht. Zu wenig Sandstein. Die Straße war voll mit Menschen und Amara stach sofort ins Auge, dass es sich bei allen Menschen um Frauen handelte. Sie hielten Luftballons in den Händen und manche trugen Schilder mit Aufschriften, die zu klein waren, als dass Amara sie hätte lesen können. Nur das Spruchband, das die beiden vordersten Frauen zwischen sich trugen, war klar und deutlich zu lesen. Darauf stand: «Wenn Frau will, steht alles still!» Amara deutete auf das Foto.

«Was war das denn für eine Demonstration?», fragte sie. Helga kam näher heran und nahm das Bild hervor. Sie holte ein feuchtes Tüchlein und wischte den Staub sorgsam weg, sodass er sich nicht in der Luft verlor und an anderer Stelle wieder setzen konnte, sondern am Tüchlein kleben blieb.

«Das war keine Demonstration», belehrte sie Amara, während sie mit dem Bild hantierte, «das war der Frauenstreik von 1991.»[112] Als sie das Bild zu ihrer Zufriedenheit gesäubert hatte, deutete sie auf eine der Frauen, die hinter dem Banner liefen. «Das ist meine Tochter.»

Amara schaute genau hin. Die junge Frau auf dem Bild glich der jungen Helga auf dem anderen Bild ganz und gar nicht. Amara hätte niemals gedacht, dass die beiden Frauen miteinander verwandt waren. Die junge Frau trug eine wilde Dauerwelle und ein T-Shirt mit zu wenig Ärmel und zu viel Aufschrift. Dazu Pins und Piercings. Daneben wirkte das schwarz-weiße Bild von Helga mit ihren glatten Haaren und ihrem zarten, fein gezeichneten Gesicht wie aus einer anderen Ära.

«Im Juni 1991 war das, kurz vor den Sommerferien. Ich erinnere mich noch sehr gut. Wir hatten einen riesigen Streit danach: Ich fand das damals schrecklich, dass ein Bild von ihr in diesem Zusammenhang in die Zeitung kam. Ich dachte, so etwas macht man einfach nicht. Wenn man sich über etwas ärgert, dann macht man das mit sich selbst aus, zieht für sich die Konsequenzen und lebt damit. Aber sie ließ ihre Arbeit einen ganzen Tag lang einfach liegen, um mit all diesen Frauen auf die Straße zu gehen und ein grandioses Fest zu feiern. So wurde das später in der Zeitung beschrieben: ein fröhliches Straßenfest.»

«Warum haben die Frauen denn gestreikt?», wollte Amara wissen. Es faszinierte sie, dass Helgas Tochter als junge Frau zu den Rebellinnen gehört hatte. Der Apfel fiel eben doch hier und da weit vom Stamm.

«Ach, was der Auslöser war, weiß ich gar nicht mehr so recht», sagte

Helga, den Blick noch immer auf das Bild gerichtet. «Das Übliche wohl; gleicher Lohn für gleiche Arbeit, mehr Frauen in wichtigen Positionen in der Wirtschaft und in der Politik. Gleichstellung halt», sagte sie.

«Und da wolltest du nicht mitmachen? Nachdem du so schmerzlich erfahren musstest, dass es Gleichberechtigung in der Schweiz eben noch nicht gab?»

Helga schaute sie erstaunt an.

«Genau das hat meine Tochter damals geantwortet, als ich ihr die Zeitung mit ihrem Foto gezeigt habe. Aber es gab ja damals all diese neuen Gesetze, ich fand diesen Streik unnötig.» Sie schwieg einen Augenblick und stellte das Bild zurück an seinen Platz. Sie rückte es zurecht, sodass man es trotz der Position weit hinten gut sehen konnte. Dann erst schaute sie wieder zu Amara und fuhr fort. «Ich habe ihr damals gesagt: ‹Das stimmt, ich hatte es noch schwer. Aber ihr jetzt doch nicht mehr. All die Gesetze, die man für euch Frauen erlassen hat, und ihr fühlt euch noch immer benachteiligt und jammert. Gebt der Sache doch etwas Zeit, da muss die Gesellschaft sich erst daran gewöhnen, aber das wird sich dann in ein paar Jahren schon von alleine alles finden.›» Sie zuckte ihre schmalen Schultern. Dann schüttelte sie den Kopf. «Das hat es aber eben nicht. Wenn ich heute die Zeitung aufschlage oder Tagesschau schaue, dann fordern die Frauen noch immer das Gleiche wie meine Tochter anno dazumal. Jetzt bin ich stolz darauf, dass sie das damals schon erkannt und sich eingesetzt hat. Ich habe das Bild eingerahmt, damit ich mich bei der nächsten Möglichkeit, mich einzusetzen, an diesen Stolz erinnere und endlich das Richtige mache. Aber das ist ja jetzt schon mehr als 20 Jahre her und die Gelegenheit kam nie. Nicht so richtig, jedenfalls.»

Der große Zeiger von Helgas alter, tickender Uhr war mittlerweile weit über Mitternacht hinaus gewandert und Amara spürte die Müdigkeit nun in den Lidern und Gelenken. Sie machte sich daran, sich zu verabschieden.

«Das ist mir nicht recht, wenn du so spät noch alleine nach Hause läufst. Man weiß doch einfach nie. Soll ich dir ein Taxi rufen?», fragte Helga.

Aber Amara winkte ab.

«Oder», Helga schaute die junge Frau fürsorglich an, «möchtest du hier schlafen? Lenchens Bett ist ja frei – und sie hat es frisch bezogen, bevor sie nach Ägypten geflogen ist.»

Amara, die normalerweise nicht gerne bei fremden Menschen übernachtete, nickte spontan.

«Wenn es dir keine Umstände macht, dann sehr gerne.»

Es war mehr das Risiko, jetzt noch auf Adrian zu treffen, das sie abschreckte, als der Heimweg in der kalten Nacht. Helga lächelte zufrieden und brachte Amara eine frische Zahnbürste, ein sauberes Nachthemd und gestrickte Socken, für den Fall, dass sie beim Schlafen kalte Füße bekam.

Bald darauf lag Amara in dem fremden Bett. Die Bettwäsche roch nach einem ihr unbekannten Waschmittel und die Matratze war sehr weich. Im Zimmer nebenan lag eine Frau, die vor wenigen Stunden noch eine Fremde gewesen und jetzt plötzlich so etwas wie eine Freundin geworden war.

«Oder eine Oma», dachte Amara bei sich.

Sie hatte ihre eigenen Großmütter nie richtig kennengelernt. Und nun lag sie da und fühlte sich zum ersten Mal seit vielen Jahren behütet und umsorgt. Helga hatte sie nicht ganz verstanden, aber sie hatte es versucht. Ganz so, wie es einem normalerweise daheim bei der eigenen Familie ging. Und Amara hatte gefühlt, wie sie selbst während des Redens einiges zu verstehen begonnen hatte. Nun war es an der Zeit, den Gedanken fertig zu denken, den sie vorhin im Wohnzimmer bei Helga unterdrückt hatte. Sie hatte doch oft das Gefühl, sich besonders beweisen zu müssen. Vielleicht lag das nicht nur an ihrem ausländischen Namen, sondern auch daran, dass sie eine Frau war. Und während Adrian munter über seine Zukunft verfügen konnte, war sie gebunden und niemand würde ihr helfen. Vielleicht hatten die Frauen im Westen eben doch recht, wenn sie sagten: «Wir haben die Gleichstellung noch nicht erreicht.» Was, wenn Amara sich bisher getäuscht hatte? «Wir müssen kämpfen», sagten die Frauen. Amara legte sich auf die Seite und betrachtete im Mondlicht ihren runden Bauch unter dem verwaschenen Nachthemd. Ihr Kind sollte sich niemals fragen müssen, ob die Gleichstellung der Geschlechter nun erreichbar war oder nicht.

Als Amara sich am nächsten Morgen von Helga verabschiedete, versprach sie, wiederzukommen. Die zierliche alte Frau umarmte Amara und winkte ihr aus dem Fenster nach, bis sie um die nächste Ecke gebogen war. Sie schaltete ihr Handy ein und sah 72 Anrufe in Abwesenheit. Zwei davon waren vom Krankenhaus, in dem sie letzte Nacht nicht hatte arbeiten müssen. Fünf von ihrer besten Freundin Sylvie, der Rest von Adrian. Ihr Wegbleiben über Nacht war bemerkt worden. Als sie die Haustür aufschloss, schreckte Adrian vom Sofa hoch und rannte ihr entgegen. Er umarmte sie und drückte sie zitternd an sich. Seine Lider waren aufgequollen und er hatte Ringe unter den Augen.

«Ich habe im Krankenhaus angerufen, um zu fragen, ob deine Schicht heute länger geht. Die meinten, sie hätten dich gestern spät wieder heimgeschickt, weil sie dich nicht gebraucht hatten. Aber du warst nicht daheim und nicht bei Sylvie und», er brach ab und schaute Amara an. Sie wusste nicht recht, was sie tun sollte. Adrian so aufgelöst zu sehen, tat ihr unendlich leid. Aber es änderte nichts an ihrer Wut. «Scheiße, ich dachte», Adrian zögerte, «ich dachte, vielleicht hat deine Familie Wind von der Schwangerschaft gekriegt und irgendetwas, irgendetwas gemacht.» Er betonte das letzte Wort und Amara wusste genau, was er meinte.

Sie schüttelte den Kopf. Sie kannte die Geschichten von Brüdern, Vätern oder Onkeln und Cousins, die jungen Frauen Schreckliches antaten, um die Ehre der Familie zu retten. Aber so war ihre Familie nicht. Sie waren wütend auf sie, weil sie nicht ehrlich gewesen war und weil sie gegen die Regeln, die ihnen Halt und Richtung gaben, verstoßen hatte. Ihre Strafe dafür war Schweigen, nicht Gewalt. Amara erzählte Adrian knapp von der alten Frau und dem langen Gespräch. Am Schluss fügte sie hinzu: «Und ganz ehrlich, der Heimweg wäre kein Problem gewesen. Aber ich hatte Angst, mitten in der Nacht auf dich zu treffen und dir dann völlig übermüdet sagen zu müssen, was ich dir jetzt sage: Wir zwei hatten einen Deal. Wir haben zusammen einen Plan gemacht, wie wir eine Familie werden können. Ich habe mich an meinen Teil der Abmachung gehalten, aber du hast deinen Teil bei der erstbesten Gelegenheit in den Wind geschmissen. Das hat mich so verletzt und so wütend gemacht, dass ich im ersten Moment wahnsinnig emotional reagiert habe. Aber jetzt hatte ich Zeit, darüber nachzudenken.»

Amara sprach langsam und gab sich Mühe, ihre Stimme neutral klingen zu lassen. Sie beide waren zwei erwachsene Menschen, die ihre Beziehung auf eine erwachsene Art beenden mussten. Immerhin waren sie trotz allem bis ans Ende ihres Lebens miteinander verbunden.

Die Erleichterung, die aus Adrians Augen gesprochen hatte, als Amara unversehrt zur Tür hereingekommen war, wich langsam einem offenkundigen Unwohlsein. Er wollte etwas einwenden, aber Amara hob die Hand.

«Lass mich ausreden, bitte. Ich liebe dich, sehr sogar, daran ändert dein Entscheid, nach Kalifornien zu gehen, nichts. Aber ich brauche jetzt vor allem einen Partner. Jemanden, auf den ich mich verlassen kann. Jemanden, der Dinge mit mir abspricht und nicht für sich allein entscheidet. Jemanden, der bereit ist, genau den gleichen Workload zu tragen wie ich. Und du hast mir gestern Abend gezeigt, dass du das nicht bist.»

Tränen liefen über Amaras Wangen, aber es war ihr egal. Hier ging es nicht darum, das Gesicht zu wahren oder die Starke zu sein.

«Dich gestern anzurufen war wohl die dümmste Idee, die ich je hatte. Ich habe davon erzählt, wie schwierig es ist, eine gute Teilzeitstelle zu finden. Gerade als Mann; da haben wir ja schon so oft darüber gesprochen, dass viele Arbeitgeber denken, Teilzeit ist nur etwas für Frauen. Keine Ahnung. Jedenfalls sagte mein Prof dann einfach so, aus dem Nichts: ‹Komm doch mit mir mit.› Und ich dachte: ‹Yeah, wie geil wäre das denn!› Aber erst hab ich trotzdem abgewunken und gesagt, wir hätten einen Plan, du und ich. Dann meinte er, dass wir uns finanziell keine Sorgen zu machen brauchten, wenn wir nicht gerade im größten Luxus leben wollten, und dass du dein Studium doch in zwei oder drei Jahren abschließen könntest. Da hab' ich einfach zugesagt, ohne noch weiter darüber nachzudenken. Ich hab nach dem Gespräch mit dir natürlich sofort gecheckt, dass das absolut dumm, ignorant und egoistisch war. Ich bin zu meinem Prof und habe ihm genau das gesagt. Er meinte: ‹Das ist eine Chance, die nicht alle Tage daherkommt.› Aber ich habe ihm gesagt, ich bin Teil eines Teams, wir entscheiden zusammen. Dann bin ich mit dem Zug nach Bern gekommen, damit ich daheim bin, wenn du von der Nachtwache kommst. Aber du bist nicht gekommen.» Tränen rannen Adrian über die Wangen. «Es tut mir so leid», sagte er.

Erleichterung durchflutete Amara und sie fühlte sich federleicht, noch leichter als vor ihrer Schwangerschaft. Sie umarmte Adrian und küsste ihn. Der Kuss schmeckte salzig von all den Tränen.

«Vielleicht steckt doch noch mehr von den alten Rollenbildern in mir drin, als ich dachte», murmelte Adrian leise.

«Genau das hat Helga gesagt», rief Amara aus, «und darum soll ich dir sagen, was ich fühle, und dir eine zweite Chance geben.»

«Wer ist denn Helga?», fragte Adrian verwirrt.

«Die alte Frau, bei der ich übernachtet habe. Sie hat mir das gestern gesagt und es hat mich geärgert. Aber vielleicht hatte sie recht.»

^v

EIN JAHR SPÄTER

Draußen war das Wetter schlecht, drinnen die Stimmung. Amara balancierte bereits Kind, Plüschteddy und Fläschchen, als ihr Telefon klingelte. Ihre Laune war sehr tief gesunken an diesem Tag. Ein alter Mann hatte sich partout nicht von ihr untersuchen lassen wollen.

«Nein, Schwester, es wäre mir wirklich lieber, der Herr Doktor würde das machen. Ich bin privatversichert, wissen Sie», hatte er mit freundlicher, aber bestimmter Stimme gesagt. Schließlich hatte Amara kapituliert und den Kollegen geholt, der gleichzeitig mit ihr seine Assistenzzeit am Universitätsspital angefangen hatte. Damit war der alte Mann zufrieden gewesen, ihr Kollege halb belustigt, halb beschämt und Amara entnervt.

Das kurze Telefongespräch gab Amaras Laune schließlich den Rest. Als die Person am anderen Ende das Gespräch beendet hatte, warf sie das Telefon wütend auf den Tisch. Die kleine Naira spürte den Frust ihrer Mutter und begann ihrerseits zu wimmern. Amara streichelte sie und schielte auf die Uhr. Noch eine Stunde, dann war Adrian daheim. Seit Amara ihr Studium abgeschlossen hatte, war die bezahlbare Kita-Betreuung ihrer Tochter an der Universität nicht mehr möglich. Sie hatte gehofft, als Teilzeit-Assistenzärztin frisch ab Staatsexamen und mit kleinem Lohn Vergünstigungen zu bekommen. Aber rechnete man die Einkommen von ihr und Adrian, der ebenfalls Teilzeit arbeitete, zusammen, war das knapp zu viel. Sie hatten es eigentlich bereits geahnt, aber gehofft, es wäre doch anders. Adrians Mama übernahm einen Tag die Woche, daneben war sie als freiwillige Helferin in einem Altersheim und mit ihrem kleinen Pensum als Musiklehrerin ausgelastet. Einen Tag übernahm Amara, einen weiteren Adrian, es blieben also zwei Tage Kita übrig – und die waren teuer. Amara tippte eine kurze Nachricht an Adrian, damit er wusste, wie das Gespräch mit dem Amt verlaufen war. «Keine Kita-Vergünstigungen für uns zwei Bonzen» schrieb sie. Danach setzte sie sich zu ihrer Tochter auf den Boden und blätterte ein Wimmelbuch mit ihr durch. Naira zeigte erfreut mal hier und mal da auf die vielen Figürchen, die zu sehen waren. Sie hatte Adrians große, grüne Augen, aber keine Sommersprossen geerbt. Die ersten dunklen Löckchen ließen ahnen, dass sie die Haare von der Mama hatte. Adrian kam fast eine Stunde später nach Hause als angekündigt. Aber als Amara sein Gesicht sah, schluckte sie ihren bösen Kommentar herunter. Adrian war sauer. Er stellte eine Tüte mit Einkäufen auf den Tisch und eine Packung Windeln in Nairas neuer Größe daneben. Er hatte Amaras Nachricht gelesen und dabei so sehr das Gesicht verzogen, dass sein Chef ihn darauf ansprach.

«Ich habe ihm davon erzählt. Und weißt du, was er dann gesagt hat?», rief Adrian aus.

Naira, die mittlerweile auf seinem Knie saß, schaute erschrocken zu ihrem Papa hoch. Ihre Mutter schaute fragend.

«Er hat gesagt: ‹Warum arbeitest du denn nicht einfach Vollzeit? Du weißt: Wir haben noch Stellenprozente offen. Dann kann deine Frau sich um das Kind kümmern und das Problem ist gelöst. Sie arbeitet ja gratis.› Und dann», Adrians Augenbrauen zogen sich zusammen, «dann hat er so kumpelhaft gelacht und gesagt: ‹Unter uns: Du wärst doch auch froh, du müsstest nicht mehr so viel daheim sein und babysitten. Ich meine, ich bin ja selber Vater. Am Anfang kann man da als Mann einfach nicht viel ausrichten. Das ist ein viel engeres Band, das da zwischen Mutter und Kind besteht. Und die Kinder sind ja so bis sechs oder sieben auch wirklich ein bisschen langweilig.›» Adrian schüttelte den Kopf. Die Wut stand ihm noch immer ins Gesicht geschrieben. «Echt, am liebsten würde ich dort künden, du könntest aufstocken und ich würde ganz daheimbleiben. Und diesem ignoranten Menschen zeigen, dass ein Vater sehr wohl 24/7 sein eigenes Kind ‹babysitten› kann. Der Idiot hat bestimmt am Tag nach der Geburt seiner Kinder wieder in irgendeinem Meeting gesessen.»

Amara nickte. «Deppen gibt es wirklich überall. Mich hat die Frau vom Amt gefragt, ob es denn keine ‹innerfamiliäre Lösung› gebe. Ich hab' ihr dann gesagt, doch, klar, wir arbeiten ja eben schon beide Teilzeit. Sie meinte dann, sie habe eher an ein Grosi oder so gedacht.»

Während ihre Eltern ernste Gesichter machten, quietschte Naira fröhlich auf dem Schoß ihres Vaters und kuschelte sich an seinen Bauch. Adrian hatte seit ihrer Geburt mehr Zeit mit dem Kind verbracht als

Amara, die mit Studium und Staatsexamen sehr ausgelastet gewesen war. Nun musste Naira sich daran gewöhnen, ihren Vater weniger oft zu sehen. Und das fiel ihr ganz offenkundig ähnlich schwer wie dem Papa selber.

«Was machen wir denn jetzt?», fragte Amara und stützte ihr Gesicht müde auf ihre Hände.

EIN WEITERES JAHR SPÄTER: DER 14. JUNI 2019

«Vigolett», sagte Naira und deutete auf eine junge Frau mit einem dunkelvioletten T-Shirt. Aufgedruckt war das Venussymbol, darin eine geballte Faust mit lackierten Fingernägeln. Die Frau sprang über den Zebrastreifen und stieg in einen stehenden Bus, der gleich darauf die Türen schloss und losfuhr. Er war gefüllt mit Frauen und Männern, von denen fast alle etwas Violettes trugen. Manche T-Shirts, andere Mützen, Tücher oder Sonnenbrillen. Ein Mann, der aus dem Bus ausgestiegen war, trug einen Strauß aus pinken und violetten Luftballons. Nairas Blick lag sehnsüchtig auf ihm.

«Ballon», rief sie laut aus und der Mann schaute auf. Er war jung, reichlich tätowiert und trug einen dünnen, blonden Bart.

«Willst du einen?», fragte er und ging auf das kleine Mädchen im Kinderwagen zu. «Darf ich ihr einen schenken?» Er schaute die alte Frau an, die den Buggy zum Stehen gebracht hatte.

«Ja klar, gerne, das ist sehr nett von Ihnen», sagte Helga und schaute zu, wie der junge Mann einen Ballon aus der Traube in seinen Händen löste. «Am besten, wir binden ihn am Buggy fest, die Kleine lässt ihn sonst bei der erstbesten Gelegenheit los – und dann haben wir das Drama.»

Der Mann lachte, band den Ballon fest, wünsche einen schönen Tag und verabschiedete sich winkend. Naira schaute interessiert zu, wie der Ballon im Fahrtwind ihres Kinderwagens tanzte und hopste, fischte nach der Schnur und zog den Ballon zu sich herunter, schaute ihn einen Moment an und ließ ihn wieder frei. Die beiden waren zu früh am Treffpunkt und schauten sich das Treiben aus der Distanz an. Der Bundesplatz war voller Menschen. «Mehr Lohn. Mehr Zeit. Mehr Respekt. Wir Frauen streiken» stand in weißen Lettern auf einem langen, violetten Banner. Eine Gruppe von Frauen trug Pappmodelle in der Form einer Vulva und einer Klitoris auf langen Stöcken zur Schau, dazu ein Schild mit der Aufschrift «Viva la Vulva» und ein zweites, dessen eine Seite der Schriftzug «Gegen Gewalt an Frauen» zierte, auf der anderen stand «Nicht dein Sexobjekt #metoo». Eine Frau hatte auf ihr rotes Plakat «Same shit, different century» geschrieben, eine andere hatte auf ihren Leiterwagen, in dem eine Handvoll Kinder saß, eine dicke Schnecke gemalt. Auf einer großen Tafel notierten Frauen und Männer, was sie für mehr Gleichberechtigung in der Gesellschaft fordern wollten. «Gleicher Lohn für gleiche Arbeit» stand da und «Care-Arbeit ist auch Arbeit». Jemand hatte in dicken Buchstaben «Elternzeit» hingeschrieben. Verschiedenfarbige Pfeile, Ausrufezeichen und Linien, die das Wort unterstrichen, zeigten, dass diese Forderung vielen aus dem Herzen gesprochen hatte. Helga schaute auf die Uhr: Amara kam frühestens in zehn Minuten. Ihr Blick wanderte zurück zur Tafel mit den Forderungen. Kugelschreiber waren mit Schnur daran befestigt worden. Einer davon baumelte unbenutzt herunter. Helga zögerte, dann gab sie sich einen Ruck.

«Dass es für niemanden mehr einen Unterschied macht, ob sie ein Mädchen oder einen Jungen vor sich haben. Damit die Kinder mit genau den gleichen Möglichkeiten groß werden» schrieb sie und dachte an ihre Tochter. Daneben quietschte Naira munter in ihrem Buggy und spielte mit dem Ballon, der noch immer daran festgeknotet war. Helga strich der Kleinen über ihre schwarzen Löckchen. Sie war für ihre Tochter hier und für Amara. Sie war auch für sich selber hier. Aber vor allem war sie für dieses kleine Mädchen hergekommen, das sie so bedingungslos und verschwenderisch liebte, wie Großeltern ihre Enkel lieben konnten.

Die Stimmung auf dem Platz war freudig und ausgelassen. Überall klang Musik aus kleinen, tragbaren Boxen. Menschen malten sich gegenseitig Venussymbole auf die Wangen, redeten und winkten sich über den Platz hinweg zu. Plötzlich stieß Naira in ihrem Kinderwagen ein freudiges Quietschen aus.

«Ma-ma», rief sie und zupfte munter an ihrem Ballon.

Amara, das dunkle Haar ganz frisch zu einem lockigen Bob geschnitten, kam winkend auf sie zu. Sie drückte ihrer Tochter einen Schmatzer auf die Stirn und bewunderte den tollen Ballon. Dann umarmte sie die Frau, die noch immer mit einer Hand den Kinderwagen hielt.

«Danke, Helga», sagte Amara. Dann schaute sie die ältere Frau herausfordernd an: «Na, bist du dir noch immer sicher?»

Helga nickte und Amara zog aus ihrer Tasche zwei violette T-Shirts.

«Die Stationsleiterin hat die für das Pflegepersonal bestellt – und ich durfte zwei für uns abzweigen.» Sie warf Helga das T-Shirt zu und zog ihr eigenes über den Kopf. Helga schaute einen Moment auf das T-Shirt, dann auf Amara. Sie zögerte und Amara rechnete mit einem Kopfschütteln. Dass Helga überhaupt entschieden hatte, sie an den zweiten Schweizer Frauenstreik zu begleiten, war ein kleines Wunder gewesen. Sie wusste genau, dass sie selber vor zwei, drei Jahren noch den Kopf über eine solche Veranstaltung geschüttelt hätte. Adrian wäre derjenige gewesen, der sich ins Getümmel gestürzt hätte, nicht sie. Aber Adrian war gerade in den USA. Er machte seinen Master zwar in Bern, konnte nun aber eines seiner Projekte gemeinsam mit seinem ehemaligen Professor vorstellen. Es hatte ihn furchtbar geärgert, fand der Kongress, zu dem er eingeladen worden war, ausgerechnet am Tag des Frauenstreiks statt. Aber er wusste: Amara, Naira und Helga waren eine würdige Vertretung. Amara musste grinsen, als sie sah, wie Helga neben ihr stand, ihre hellgelbe Bluse bereits zur Hälfte aufgeknöpft, darunter das weiße Spitzenhemdchen gut sichtbar. Helga knöpfte die Bluse vollständig auf, legte sie sorgsam über den Griff des Kinderwagens und zog ihr neues Streik-T-Shirt etwas umständlich über den Kopf.

«So was hätte ich mich anno ’91[113] ja niemals getraut», sagte Helga stolz.

Amara applaudierte und beide Frauen mussten lachen. Naira in ihrem Wägelchen lachte mit und zeigte begeistert auf die vielen Plakate mit kunterbunten Forderungen, die um sie herum zu sehen waren. Amara beugte sich zu ihrer Tochter.

«Das wirst du alles bekommen. Alles! Dafür kämpfe ich», sagte sie und küsste die Kleine auf die Stirn.

Helga zupfte derweilen ihr Streik-T-Shirt zurecht.

«Machst du noch ein Foto von uns dreien, mit deinem Telefon?», fragte sie dann. «Weißt du, fürs Regal.»

Amara lächelte. Es brauchte zwei Versuche, dann waren die beiden Frauen mit dem Foto zufrieden.

«Ma-ma, Omsa, Nara», sagte Naira zufrieden, als Amara ihr das Bild auf dem Telefonbildschirm zeigte.

«Und jetzt, wohin gehen wir?», fragte Helga und schaute sich um. Immer mehr und mehr Menschen strömten für die große Demonstration auf den Bundesplatz und langsam, aber sicher, füllten sich auch die Straßen und Gassen, die zum Bundeshaus hinführten.

Amara deutete auf eine große Frauengruppe. Sie hatte einige ihrer Freundinnen erkannt, die ihr nun wild zuwinkten.

«In Richtung Frauen, würde ich meinen», sagte sie, schob Nairas Wägelchen an und lief zusammen mit Helga mitten hinein in die Menge.

Nachwort

Dieses Buch lag mir schon lange auf der Seele. Weil ich als Historikerin davon überzeugt bin, dass wir unsere Vergangenheit verstehen müssen, um unsere Gegenwart zu begreifen. Viele Antworten auf Fragen der Gegenwart erschließen sich uns erst im Blick zurück komplett. Warum etwa noch im Jahr 2019 ein zweiter Schweizer Frauenstreik nötig war, bei dem rund 500'000 Menschen die Schweiz violett färbten und Transparente durch die Straßen trugen, auf denen sie gleichen Lohn, gleiche Möglichkeiten und Respekt forderten. Warum die Schweiz im Jahr 2020 über zwei Wochen Vaterschaftsurlaub abstimmte oder warum Journalistinnen im Jahr 2021 in einem offenen Brief strukturellen Sexismus an ihrem Arbeitsplatz anklagten. Haben wir nicht seit 50 Jahren das Frauenstimmrecht? Haben wir nicht ein Gleichstellungsgesetz?

Die Antwort ist ebenso kurz wie kompliziert: Doch. Aber es braucht noch mehr. Es braucht den Willen zu erkennen, dass Unrecht nicht Norm werden darf, nur weil es seit Jahrzehnten begangen wird. Es braucht mehr «Wir packen das gemeinsam» und weniger «Ja, darf man denn jetzt nicht einmal mehr ...». Es braucht das Umdenken einer Gesellschaft, die Unzulänglichkeiten lieber kaschiert als behebt. Diese Gesellschaft, das sind wir alle. Die Verwaltungsrätin ebenso wie der Krankenpfleger, die Tochter ebenso wie die Urgroßmutter oder der Onkel. Darum erzählt dieses Buch nicht die Geschichten der großen Frauenfiguren aus der Schweizer Geschichte. Im Mittelpunkt stehen stattdessen Frauen, die nicht in einem Geschichtsbuch auftauchen würden, dafür aber so oder ganz ähnlich in unserem Alltag.

In den Wochen und Monaten, während denen ich für «Helvetias Töchter» recherchierte, Bücher wälzte, Timelines notierte, alte Fotos studierte, Zeitzeuginnen traf, wichtige Schauplätze besuchte und behutsam durch Originaldokumente blätterte, gewannen die Töchter und ihre Geschichten immer mehr an Kontur. Bis sie schließlich da waren: Hélène, Emerita, Luisa, Véronique, Elsa, Thea, Inez und Amara. Figuren, die es genau so nicht gegeben hat. Dafür Figuren, die stellvertretend für viele Frauen ihrer Generation stehen und dafür, wie diese Frauen in ihrer jeweiligen Epoche gelebt, gedacht, gelacht, geliebt, geträumt und gekämpft haben. Dieses Buch erzählt Geschichte in Form von Geschichten. Auf dass wir sie nicht nur verstehen, sondern tatsächlich begreifen.

Dank dafür, dass «Helvetias Töchter» von Ideen in meinem Kopf zu Figuren in meinen Geschichten wurden, gebührt dem Arisverlag, der auf mich gesetzt hat. Dank gebührt auch all den echten, inspirierenden, ermutigenden und kämpferischen Frauen, die mehr oder weniger Laufmeter meines Lebensweges mit mir gingen. Und noch immer gehen. Meiner Familie, meinen Freundinnen und Vertrauten. Besonders meiner Mutter, die immer mein Vorbild sein wird, meinem Vater, dem Feministen und meiner Großmutter, die nicht nur den Deckel dieses Buches ziert, sondern so manche prägende Erinnerung. Vor allem aber gebührt der Dank Lucas: Du weißt, ohne dich gäbe es dieses Buch hier nicht.

Biografie

Nadine A. Brügger (*1989) ist Historikerin und Germanistin. Als Journalistin hat sie für diverse Medien im Print-, TV- und Onlinebereich gearbeitet, aktuell ist sie Chefin vom Dienst und Redaktorin bei der NZZ. Brügger lebt in der Stadt Bern.

www.texttrafik.com
Twitter & Instagram: @nadineabruegger

© Tim Loosli

Anhang

Die historischen Fakten und Figuren hinter der Geschichte von Hélène

1 Ab 1840 ließ die Universität Zürich erstmals Hörerinnen zu, ab 1864 reguläre Studentinnen. Als erste Schweizer Studentin schrieb sich Marie Heim Vögtlin 1869 an der Medizinischen Fakultät in Zürich ein. Bald folgten weitere Schweizer Universitäten dem Beispiel Zürichs.

2 Das repräsentative Parlamentsgebäude, in dem sich der Nationalrats- und Ständeratssaal befinden, wurde erst 1902 eingeweiht. Das Bundeshaus West, damals Bundes-Rathaus genannt, wurde 1857 fertiggestellt und enthält die Bundeskanzlei, eine Bibliothek und das Sitzungszimmer des Bundesrates. Der Ostflügel wurde 1892 eröffnet.

3 In seinen anonym veröffentlichten Pamphleten «Die Freiherren von Regensberg» kritisierte der Anwalt Friedrich Locher Missstände in der Zürcher Verwaltung und Justiz. Seine Hauptkritik galt dabei dem «System Escher». Damit lieferte er der entstehenden Demokratischen Bewegung die richtigen Schlagwörter, blieb aber politisch isoliert, da sich die Demokraten wegen seines persönlichen Kampfstils von ihm distanzierten. Lochers spätere Kampfschriften kosteten ihn schließlich das Anwaltspatent.

4 Lydia Welti-Escher, Tochter von Eisenbahnpionier und ETH- und CS-Gründer Alfred Escher, notierte in einer unpublizierten, autobiografischen Abrechnung mit dem Patriarchat: «Die Schweizer, mit seltenen Ausnahmen, verlangen von ihren Frauen, nebst möglichst ansehnlichem Vermögen, nur denkbar größte Anspruchslosigkeit. Die schweizerische Gattin auch der höheren Stände ist durchschnittlich nichts anderes als eine Haushälterin, die den Zweck ihres Daseins erfüllt, wenn sie wenig Geld braucht. Ein glänzendes Wesen, Charme, feinere Bildung würden ihr, von ihrem Gatten und ihrer Umgebung, als Criminalverbrechen vorgeworfen.» [Joseph Jung: Lydia Welti-Escher (1858–1891), NZZ Libro 2016[2].]

5 1833 schrieb der Zürcher Radikale Johann Jakob Leuthy in der einzigen Ausgabe des von ihm lancierten Magazins «Das Recht der Weiber»: «Hat der Mensch das Recht, frei zu seyn? Sind die Weiber auch Menschen? Haben sie daher ein gleiches Recht frei zu seyn? Wer nur die ersten Anfangsgründe des Denkens aufgefasst hat, wird sicher den richtigen Schluss folgern den keine Spitzfindigkeit umzustoßen vermag.» (NZZ Geschichte, Ausgabe 4, S. 42).

6 Erstmals offiziell schriftlich festgehalten wurde die Forderung «Gleicher Lohn für gleiche Arbeit» 1896 vom Oltener Stimmrechtsverein. Er reagierte damit auf eine Forderung der Basler Lehrerinnen, die ihre Delegationsverordnung so anpassen wollten, dass auch die Frauen für die Inspektionen der Mädchenschulen wählbar waren. Da sie schlechter bezahlt wurden als ihre männlichen Kollegen, forderten sie zudem gleichen Lohn für Frauen und Männer.

7 Erst seit der Einführung des Schweizerischen Zivilgesetzbuches von 1912 können Mütter die Vormünder ihrer Kinder sein und die Erziehungskompetenz für sie übernehmen. Das verbesserte die rechtliche Situation der Mütter im Falle einer Scheidung oder des Todes des Ehemannes erheblich. Doch auch nach 1912 bekam die Frau im Falle einer Scheidung nur einen Drittel des gemeinsamen Vermögens. Das übrige Geld ging an den von ihr geschiedenen Gatten.

8 Bis zur Einführung des Zivilgesetzbuches (ZGB) 1912 variierte das Familienrecht, das die juristischen Aspekte in Bezug auf Ehe und Nachwuchs regelte, von Kanton zu Kanton. In Zürich trat 1853 erstmals ein «Privatrechtliches Gesetzbuch» in Kraft. Mehr dazu: siehe Fußnote 18.

9 Marie Goegg-Pouchoulin war die erste bekannte Schweizer Frauenrechtlerin. Sie war eine der wichtigsten frühen Kämpferinnen für das Frauenstimmrecht und setzte sich für die zivilrechtliche und politische Gleichstellung der Frauen in der Schweiz ein. Sie wurde zur Symbolfigur für den progressiven Flügel der Frauenbewegung in der Westschweiz. Am 16. Juli 1868 gründete sie die «Association internationale des femmes» und übernahm deren Vorsitz. Die Organisation setzte sich die Gleichstellung der Geschlechter im Bildungswesen, im Erwerbsleben und in rechtlichen Belangen zum Ziel. Artikel 1 der Statuten besagt: «Die internationale Frauenassoziation hat zum Ziel, am moralischen und geistigen Fortschritt der Frau mitzuarbeiten, ebenso an der schrittweisen Verbesserung ihrer Stellung in der Gesellschaft durch Erlangen der menschlichen, zivilen, wirtschaftlichen, sozialen und politischen Rechte. Sie fordert die Gleichberechtigung auf dem Gebiet der Entlöhnung, des Unterrichts, des Familienrechts und vor dem Gesetz.» 1869 gründete Goegg-Pouchoulin die erste Schweizer Frauenzeitschrift, das «Journal de femmes».

Dank einer Petition Goegg-Pouchoulins ließ die Universität Genf im Wintersemester 1872/73 erstmals Frauen zum regulären Studium zu.

10 Originalzitat von Marie Goegg-Pouchoulin, zitiert nach: [FrauenMediaTurm (Hrsg.): Marie Goegg (1826–1899), www.frauenmediaturm.de, zuletzt eingesehen 2021.]

11 Den jüdischen Schweizer Männern wurde das Stimm- und Wahlrecht im Jahr 1866 zugestanden.

12 Émilie de Morsier war eine Schweizer Pazifistin, Abolitionistin und Frauenrechtlerin. 1897 schrieb sie ein Werk über die Aufgaben und Rollen der Frau, insbesondere in den Bereichen Friedensstiftung und des Abolitionsismus. Das über 200 Seiten starke Werk trug den Titel «La Mission de la Femme: Discours et Fragments».

13 Caroline Fanny Cuénod-Juillerat war Teil der frühen Westschweizer Frauenstimmrechtsbewegung.

14 1907 gründete Auguste de Morsier, Sohn von Émilie de Morsier, die Stimmrechtsorganisation Association genevoise pour le suffrage féminin und wurde deren erster Präsident. 1909–1912 stand er dem Schweizerischen Verband für Frauenstimmrecht vor. Er verfasste verschiedene feministische und pazifistische Werke, darunter «Le droit des femmes et la morale intersexuelle» (1903) und «La paix par le droit et par la guerre» (1915).

15 Helene von Mülinen erhielt als «höhere Tochter» einer Berner Patrizierfamilie eine breite Allgemeinbildung. Studieren aber durfte sie im Gegensatz zu ihrem Bruder nicht, obwohl sie sich dies ausdrücklich gewünscht hätte. Sogar als längst erwachsene Frau durfte sie, um keinen Streit mit der Familie zu riskieren, die Universität nur als Hörerin besuchen, ohne einen Abschluss zu machen. Sie litt zeitlebens darunter. Gemeinsam mit ihrer Lebensgefährtin Emma Pieczynska-Reichenbach engagierte sie sich in der erstarkenden Frauenbewegung der Jahrhundertwende. Die beiden Frauen lebten bis 1918 in der Wegmühle (Bolligen, BE), einem Landhaus, das zu einem Treffpunkt der Frauenbewegung wurde. 1896 gründete von Mülinen nach dem Muster der «Union des femmes de Genève» die «Harmonische Gesellschaft» in Bern, später umbenannt in «Frauenkonferenzen zum Eidgenössischen Kreuz». Neben der Frauenbewegung war, wie bei vielen Pionierinnen der Frauenbewegung, die Religion ihr zweites Beschäftigungsfeld. [Doris Brodbeck: Hunger nach Gerechtigkeit. Helene von Mülinen (1850–1924). Eine Wegbereiterin der Frauenemanzipation, Chronos Verlag 2000.]

16 Die Berner Patrizierin Julie von May forderte rechtliche Gleichstellung der Frauen. Dabei pochte sie auf die Bundesverfassung, die besagte: «Alle Schweizer sind vor dem Gesetze gleich. Es gibt in der Schweiz keine

Unterthanen-Verhältnisse, keine Vorrechte des Orts, der Geburt, der Familien oder Personen.» (Bundesverfassung 1848, Artikel 4). Von May appellierte für die tatsächliche Umsetzung von Artikel 4 der Bundesverfassung an den Stolz der Schweizer Demokraten. Dazu schrieb sie 1870 im Vereinsorgan der «Association internationale des femmes (AIF)»: «Die Wiege (...) aller europäischen Freiheit und Gleichheit, die Schweiz, hält (...) ihre Töchter enteigneter und geknechteter als keine der sie umringenden Monarchien; das mündigste Volk Europas betrachtet und behandelt seinen weiblichen Bestandtheil (...) als das unmündigste Kind.» Insbesondere kritisierte sie auch die Tatsache, dass Frauen in ihren Pflichten (Steuerrecht, Strafrecht) den Männern gleichgestellt seien, in ihren Rechten jedoch nicht. Julie von May von Rüed sah in dieser Diskriminierung den Grund vieler sozialer Probleme ihrer Zeit. Durch das «Elend ihrer sozialen Stellung» seien den Frauen die Hände gebunden, für sich selbst zu sorgen. Anschliessend folgt ein Forderungskatalog, der – mit Ausnahme der politischen Gleichstellung – alle Punkte beinhaltet, für die die Schweizer Frauenbewegung bis 1981 zu kämpfen hatte: gleiche Ausbildung, gleiche Besteuerung, gleicher Lohn für gleiche Arbeit, Gleichstellung im Erbrecht, Eigentumsrecht, Verwaltungs- und Verfügungsrecht, Gleichberechtigung im Ehe- und Scheidungsrecht. In Bezug auf die politischen Rechte beruhigte sie die Männer, «dass wir keine politischen Rechte verlangen, (...) solange wir unsere Abhülfe von der Gerechtigkeit der Männer gewärtigen können.»

17 Dem ehemaligen Anwalt Friedrich Locher (siehe Fussnote 3) gelang es die öffentliche Meinung so stark zu beeinflussen, dass es bei den Zürcher Wahlen von 1868 zu einem politischen Umsturz kam: Die Liberalen verloren die Macht, die Demokraten übernahmen.

18 1855 wurde das «Privatrechtliche Gesetzbuch für den Kanton Zürich» publiziert. Herausgegeben wurde es «mit Erläuterungen von Dr. Bluntschli, Redaktor des Gesetzes». Das Gesetzbuch (PGB) schuf eine oftmals zitierte und von anderen Gesetzgebern kopierte Rechtssicherheit und Freiheit für männliche Zürcher in Handel und Wirtschaft. Die Bestimmungen zur Ehe wollten von einer «abstrakten Rechtsgleichheit» allerdings nichts wissen. Der Mann habe gegenüber der Frau eine «überragende Stellung» inne, wie Bluntschli erläutert. «Sein Schicksal zieht das ihrige magnetisch an und mit», die Ehefrau habe ihrem Ehemann entsprechend überallhin zu folgen. Die Habe der Frau hat sie nach der Eheschliessung zudem dem «ehelichen Vormund», also dem Ehegatten, abzutreten: «Er verwaltet ihr Vermögen und (...) hat das Recht, das Vermögen seiner Frau zu gebrauchen und zu geniessen.»

19 Elise Honegger gehört zu den Pionierinnen der Schweizer Frauenrechtsbewegung. In der «Berna», dem Organ des Berner Frauenrechtsvereins, formulierte sie erstmals, was Frauen sich bis heute auf die Fahne schreiben: «Gleiche Pflichten, gleiche Rechte» und «Frauenrecht ist Menschenrecht».

20 Die «Union für Frauenbestrebungen Zürich» wurde 1896 unter anderem von Klara Honegger und Emma Boos-Jegher gegründet. Nach einem Besuch in London hatte Honegger die Schweizer Frauenrechtlerinnen dazu aufgefordert, endlich unbequem zu werden, statt nach Kompromissen mit den Männern zu suchen. Honegger war 1909 eines der Gründungsmitglieder des Schweizerischen Verbands für das Frauenstimmrecht (SVF), der bis heute als Schweizer Verband für Frauenrechte weitergeführt wird.

21 Die Petition der anonymen Frauen aus dem Volke wurde 1868 als Forderung für die Totalrevision der Zürcher Kantonsverfassung eingereicht und vom Verfassungsrat ignoriert. Hélènes im Text formulierter Vorschlag ist dem Originaltext der Petition nachempfunden.

22 Diese Erfahrung machte Emilie Kempin-Spyri, die Nichte der Autorin Johanna Spyri. Sie immatrikulierte sich 1883 an der Universität Zürich als erste Schweizerin an der Juristischen Fakultät. Im Juli 1887 promovierte sie mit der Dissertationsschrift «Die Haftung des Verkäufers einer Fremden Sache» zur ersten Doktorin der Rechte Europas. Durch das fehlende «Aktivbürgerrecht» (Wahlrecht) war ihr jedoch das Anwaltspatent verwehrt. Ihre Klage vor dem Bundesgericht zu einer Neubewertung des Artikels 4 der Bundesverfassung, wonach der Begriff «Schweizer» in der Verfassung sowohl Männer als auch Frauen umfasse (generisches Maskulinum), wurde abgewiesen. Obwohl die Frauen in allen anderen Formulierungen der geltenden Verfassung selbstverständlich mit gemeint waren. In der Ablehnungsbegründung des Bundesgerichts steht, Kempin-Spyris Lesart von «Schweizer» in der Bundesverfassung mit dem generischen Maskulinum sei «ebenso neu als kühn».

Die historischen Fakten und Figuren hinter der Geschichte von Emerita

23 Das beschriebene Bild des internationalen Frauenfriedenskongresses aus Den Haag wurde in verschiedenen internationalen Zeitungen gedruckt. Zu finden zum Beispiel auf Wikipedia unter «Internationaler Frauenfriedenskongress»

24 Der Kongress dauerte vom 28.–30. April 1915, 1136 Teilnehmerinnen aus zwölf Nationen nahmen daran teil. Während dem Kongress wurde der «Internationale Ausschuss für dauernden Frieden» (1919 in «Internationale

Frauenliga für Frieden und Freiheit» (IFFF) umbenannt) gegründet. Dieses Gremium existiert bis heute und hat bei den Vereinten Nationen einen Beraterstatus. Nach dem Kongress reisten zwei Delegationen durch Europa und führten Gespräche mit den Vertretern von 13 Regierungen. Zudem gewährte Papst Benedikt XV., der sich seinerseits für den Frieden einsetzte und mehrere Forderungen des IFFF aufnahm, den Frauen eine Audienz.

25 1915 hätte in Deutschland der Kongress des Weltbunds für Frauenstimmrecht (bekannter unter seinem englischen Namen «International Woman Suffrage Alliance» (IWSA), heute: «International Alliance of Women» (IAW)) stattfinden sollen. Doch der Deutsche Verband für Frauenstimmrecht wollte während dem Krieg nicht mit Frauen aus feindlichen Nationen verkehren. Die beiden deutschen Frauenrechtlerinnen Anita Augspurger und Lida Gustava Heymann aber hielten die internationale Schwesternschaft für wichtiger denn je. Sie baten ihre Gesinnungsgenossinnen in der neutralen Schweiz, den Kongress durchzuführen. Doch diese sahen sich dazu nicht im Stande. So fragten Augspurger und Heymann die Niederländerin Aletta Jacobs an. Sie sagte zu und der Kongress konnte in Den Haag stattfinden. Unter den über 1000 offiziellen Delegierten fand sich schließlich keine einzige Schweizerin. Denn die Schweizerinnen standen der Verbindung der beiden Interessen «Frieden» und «Frauenstimmrecht» weiterhin zurückhaltend gegenüber und wollten trotz Krieg klar auf das Stimmrecht fokussieren. Zudem stehe der Schweiz stilles diplomatische Vorgehen besser als große öffentliche Kongresse. Diese Meinung hing eng mit jener des Bundesrates zusammen, mit dem die Frauen es sich nicht verscherzen wollten, hofften sie doch, nach dem Krieg ihre politischen Rechte zu erhalten. Immerhin stellte die Berner Frauenrechtlerin Gertrud Woker den Kontakt zwischen Aletta Jacobs und den Bundesräten Motta und Hoffmann her, damit Jacobs die Haager Beschlüsse überbringen konnte.

26 Der «Artikel» wurde entsprechend den in der Haager Resolution gefassten, historisch belegten Zielen von der Autorin frei geschrieben.

27 Am 5. Juni 1915 nahm Dänemark das Wahlrecht für alle Däninnen und Dänen ab 29 Jahren und mit sauberem Leumund in das Grundgesetz auf. Voraussetzung dafür war die Niederlage der Konservativen Mehrheit bei den Wahlen im Oberhaus 1914. Diese machte den Weg für eine Verfassungserneuerung frei und verhinderte, dass die Konservativen das bereits mehrmals eingeforderte Wahlrecht für alle Bürgerinnen und Bürger Dänemarks weiterhin blockieren konnten. In Kraft trat das Gesetz allerdings erst nach Kriegsende 1918. Bei den ersten Wahlen erkämpften sich vier Frauen einen Sitz im nationalen Parlament Dänemarks.

28 Von 1915 bis 1916 sammelten die Schweizer Frauenvereine rund eine Million Franken, die sie dem Bundesrat übergaben. Die nationale Frauenspende sollte als Beitrag der Frauen an den Krieg und an die Mobilisierung verstanden werden. Indem sie Pflichten mit Rechten verknüpften, erwarteten die Schweizerinnen nach der Erfüllung ihrer Pflicht im Krieg auch das Zugeständnis der entsprechenden Rechte. Um sich diesem Druck zu entziehen, nutzte der Bundesrat die Frauenspende allerdings für wohltätige Zwecke, wodurch er ihr die staatsrechtliche Form absprach und die Frauen weiterhin auf ihre traditionellen Bereiche beschränkte.

29 Viele ehemalige Schweizer Soldaten sprachen während beiden Weltkriegen von einer Schweizer «Front». Das ist falsch: Als neutrale, nicht-kriegführende Partei hatte die Schweiz keine Front. Die Soldaten standen entsprechend an der Schweizer Grenze.

Die historischen Fakten und Figuren hinter der Geschichte von Luisa

30 Hierbei handelt es sich um den originalen Wortlaut der von Oberstdivisionär Sonderegger in Zürich aufgehängten Flugblätter. [Einzusehen im Schweizerischen Sozialarchiv, Zürich.]

31 Im Juni 1915 sagten die Stimmbürger Ja zur Einführung einer Kriegssteuer auf Vermögen und Einkommen. Erhoben wurde sie schließlich von 1916 bis 1919.

32 Die Proklamation des Streikkomitees enthielt neun politische und soziale Forderungen. Sie verlangte die sofortige Neuwahl des Nationalrats gemäß dem am 13. Oktober 1918 angenommenen Proporzwahlrecht, die Einführung des Frauenstimmrechts, eine allgemeine Arbeitspflicht, die 48-Stunden-Woche, eine Armeereform, die Sicherung der Lebensmittelversorgung, eine Alters- sowie Invalidenversicherung, ein staatliches Außenhandelsmonopol und eine Vermögenssteuer zum Abbau der Staatsverschuldung.

33 Emilie Gourd war von 1912 bis 1928 Präsidentin des Schweizerischen Verbandes für Frauenstimmrecht, dem vor allem bürgerliche Frauen angehörten.

34 Die Sozialdemokratin Rosa Bloch-Bollag war bei der Gründung des Oltener Aktionskomitees im Februar 1918 als einzige Frau mit dabei, doch bereits im März des gleichen Jahres schied sie wieder aus dem Komitee aus.

35 Vor allem sozialistische Frauenvereinigungen begaben sich auf den Markt und versuchten, die rasant steigenden Lebensmittelpreise zu drücken. Weigerten sich die Verkäufer, verdrängten die Frauen sie von ihren Ständen und verkauften die Ware zu ihrer Meinung nach gerechten Preisen selber. Den Erlös gaben sie den Besitzern zurück. Selten wurden die Waren allerdings

auch gestohlen. Weil die staatliche Notversorgung der Armen mit Fortschreiten des Krieges immer dürftiger wurde, nahmen die Marktdemonstrationen gegen dessen Ende stark zu.

36 250'000 Schweizerinnen und Schweizer nahmen am Landesstreik, auch Generalstreik genannt, von 1918 teil.

37 Am dritten Streiktag erschossen Soldaten in Grenchen (SO) die drei Arbeiter Marius Noirjean (29), Fritz Scholl (21) und Hermann Lanz (29).

38 Um ein Blutvergießen zu verhindern, beschloss die Streikführung in der Nacht vom 13. auf den 14. November 1918 den Streikabbruch.

Die historischen Fakten und Figuren hinter der Geschichte von Véronique

39 Die Saffa war die weltweit erste Ausstellung, die die Arbeit der Frauen ins Zentrum rückte. Sie wurde von den großen nationalen Frauenorganisationen Bund Schweizerischer Frauenvereine (BSF), Schweizerischer Frauengewerbeverband, Schweizerischer Katholischer Frauenbund (SKF) und 28 weiteren Vereinen organisiert und fand erstmals im Jahr 1928 in Bern statt. 1958 wurde die Saffa in Zürich erneut ausgerichtet. Aus dem Erlös der ersten Saffa von 1928 entstand die Bürgschaftsgenossenschaft Saffa, die bis heute Projekte von Frauen unterstützt.

40 Artikel in der Abendausgabe «Der Bund» vom 24. August 1928. [Der gesamte Artikel kann unter www.saffa.ch online eingesehen werden.]

41 Siehe Fußnote Nr. 40.

42 Mit Verweis auf die verfassungsmäßig verankerten Prinzipien der Selbstbestimmung, Freiheit und Gleichheit aller Menschen, forderten 26 Frauen 1923 in der Stadt Bern die Eintragung in das Berner Stimmregister. Doch auch die staatsrechtliche Beschwerde ihres Anwalts Léonard Jenni stimmte den Regierungsrat des Kantons Bern nicht um, der auf das Gewohnheitsrecht verwies, das Frauen seit jeher von politischen Rechten ausschloss.

43 1928 wandte sich der Anwalt Léonard Jenni mit einer Petition an den Bundesrat und wies darauf hin, dass der Begriff «Stimmbürger» in der deutschen Sprache Menschen beiderlei Geschlechtes beinhalte. Das Gesuch wurde mit folgender Begründung abgelehnt: «Wenn man nun behauptet, dass der Begriff auch die Schweizer Frauen in sich schließen sollte, so überschreitet man die Grenzen der zulässigen Interpretation und begeht damit einen Akt, der dem Sinne der Verfassung widerspricht. [...] Die Beschränkung des Stimmrechts auf die männlichen Schweizer Bürger ist ein fundamentaler Grundsatz des eidgenössischen öffentlichen Rechts.»

44 Der Schweizerische Verband für das Frauenstimmrecht (SVF) besteht im Jahr 2021 noch immer und heißt seit 1971 Schweizerischer Verband für Frauenrechte. Er wird von Ursula Nakamura und Annemarie Heiniger im Co-Präsidium geführt.

45 In der Petition wurde die Bundesversammlung darum gebeten, durch eine Verfassungsergänzung den Frauen das vollständige Stimm- und Wahlrecht zuzugestehen. Denn während eine Änderung der Verfassung einer Volksabstimmung bedurfte, hätte die Ergänzung vom Bundesrat selber vorgenommen werden können. Was die Frauen forderten, war, dass künftig nicht nur «alle Schweizer» in der Verfassung stand, sondern auch noch «und Schweizerinnen».

46 Die Formulierung stammt von Annie Leuch-Reineck, ab 1928 Zentralpräsidentin des SVF. Sie lehnte sich in der Argumentation an die beiden Motionen von 1919 an, allerdings ohne konkret darauf anzuspielen.

47 Emil Göttisheim (FDP) und Herman Greulich (SP) verlangten 1919 die politische Gleichberechtigung der Frauen. Der Nationalrat überwies ihre beiden Motionen (also konkrete Aufträge an die Regierung) zur Einführung des Frauenstimmrechts in der abgeschwächten Form von Postulaten (unverbindliche Forderung). Der Bundesrat ließ die beiden Postulate jahrzehntelang liegen.

48 Siehe Fußnote Nr. 42.

49 Siehe Fußnote Nr. 43.

50 Mit 249'237 Unterschriften (78'840 von Männern, 170'397 von Frauen) ist die Petition für das Frauenstimmrecht von 1929 auf nationaler Ebene bis heute die Petition mit den meisten Unterschriften überhaupt. Für eine Initiative reichten 1929 zudem noch 50'000 gültige Unterschriften. Da rund 78'840 Männer die Petition unterschrieben, wäre im Nachhinein also auch eine Initiative möglich gewesen. Davon rieten die männlichen Mitglieder und Berater des Petitionskomitees allerdings ab. Sie hatten vor dem Beginn der Unterschriftensammlung mit maximal 50'000 Unterschriften für das Anliegen gerechnet.

51 Am 2. Oktober 1984, fast 60 Jahre nach dem Einreichen der Petition für das Frauenstimm- und Wahlrecht, wählte die Bundesversammlung mit Elisabeth Kopp (FDP) die erste Frau in den Bundesrat.

52 «Das Material für das Frauenstimmrecht liegt in der mittleren Schublade rechts Deines Schreibtisches», schrieb Bundesrat Heinrich Häberlin (FDP Thurgau) bei seiner Demission 1934 seinem Nachfolger Johannes Baumann (FDP Appenzell AR). Er sei nicht dazu gekommen, das Geschäft selber an die Hand zu nehmen. Laut Häberlin habe es in seiner Amtszeit «dringendere Probleme» als das Frauenstimmrecht gegeben.

53 Die Eheschließung galt in vielen Branchen als Kündigungsgrund für weibliche Angestellte. Bis zum neuen Ehegesetz von 1988 galten Männer zudem als Oberhaupt der Familie und konnten ihren Frauen beispielsweise die Ausübung einer Arbeit außer Haus verbieten.

54 Der Verein «Freundinnen junger Mädchen» (FJM) wurde im ausgehenden 19. Jahrhundert zur Bekämpfung der Prostitution gegründet. Je mehr die Nachfrage nach Schweizer Haushaltshilfen in England anstieg, umso stärker baute der FJM seine Tätigkeit in der Stellenvermittlung aus. Er arbeitete dabei eng mit dem Bundesamt für Industrie, Gewerbe und Arbeit (BIGA) zusammen und eröffnete in Bern ein «Englandplatzierungsbüro». Während die Schweizer Behörden also eng mit dem FJM zusammenarbeiteten, stuften sie die privaten Vermittlungsagenturen als unseriös ein, weil diese dem Vernehmen nach die Arbeitsstellen nicht gut genug kontrollierten.

55 Am 23. und 24. Oktober 1939 organisierte die Schweizer Botschaft in London den letzten Transport von Schweizerinnen und Schweizern zurück in die Heimat. Zwei Schiffe verließen nacheinander den Hafen von Southampton und nahmen, begleitet von Minensuchbooten, Kurs auf Le Havre. Insgesamt 802 Passagiere wurden so in die Heimat zurückgebracht. Die überwiegende Mehrheit von ihnen Frauen, die in England als Dienstmädchen gearbeitet hatten.

56 Die Landesausstellung 1939 in Zürich, umgangssprachlich «Landi» genannt, war zunächst wie ihre Vorgängerinnen im 19. Jahrhundert als wirtschaftliche Leistungsschau geplant, stellte sich dann aber unter dem Eindruck der politischen Entwicklung in Europa in den Dienst der geistigen Landesverteidigung. Die Themengruppen «Heimat und Volk», «Unsere Rohstoffe», «Verarbeitung und Verkauf», «Verteilung und Vermittlung» und «Kultur des Geistes und des Körpers» zeigen die Ausrichtung zwischen wirtschaftlicher Leistungsschau und nationaler Selbstbehauptung. Unter dem Begriff «Geistige Landesverteidigung» versteht man den mit geistigen Mitteln geführten Abwehrkampf der Schweiz gegen die Ideologie des deutschen Nationalsozialismus und des italienischen Faschismus in der Zeit vor und während des 2. Weltkrieges.

57 Die Garantie dafür, dass die Männer nach ihrem Einsatz an der Grenze ihren Arbeitsplatz zurückbekommen.

58 Zitate aus einem privaten Nachlass [Yaële Debelle: Heldenhafte Männer – und die Frauen?, Der Beobachter 2019.]

59 Zitat ebenda.

60 Im April 1939 entstand aufgrund einer Verordnung über den Hilfsdienst, der in kantonaler Zuständigkeit liegende Frauenhilfsdienst (FHD), dem der Rotkreuzdienst angegliedert wurde. Etwa tausend Freiwillige meldeten sich zudem für den Motorwagendienst beim Touring Club Schweiz und beim Automobil-Club. Bei der Schweizer Mobilmachung im September 1939 waren Tausende von Frauen bereit, Dienst zu leisten, doch reagierten die Männer und Unternehmer, die auf Arbeitskräfte angewiesen waren, zurückhaltend. Einige Kommandanten setzten Frauen ohne jegliche rechtliche Grundlage für Sekretariatsarbeiten ein. Am 27.1.1940 unterstellte das Militärdepartement den FHD dem Territorialdienst der Armee und am 2. Februar erließ General Henri Guisan Richtlinien über dessen Organisation.

61 1934 wurde von der Bundesversammlung der Bundesbeschluss betreffend den passiven Luftschutz der Zivilbevölkerung angenommen und sofort als dringlich in Kraft gesetzt. Der Beschluss enthielt Maßnahmen gegen die Bedrohung durch Flugzeuge und Kampfgas und bildete die Grundlage zur Mitwirkung der Frauen im zivilen Luftschutz. Ab 1935 wurden alle Schweizer Ortschaften mit mehr als 3000 Einwohnern zur Bildung örtlicher Luftschutzorganisationen verpflichtet. Dafür wurden schweizerische Staatsangehörige rekrutiert, die im Falle einer allgemeinen Mobilmachung weder Militärdienst zu leisten hatten, noch infolge ihrer amtlichen zivilen Stellung unabkömmlich waren – gemeint waren damit also in erster Linie Frauen. Der Bundesbeschluss von 1934 verpflichtete sie zum Mitwirken in dieser zivilen Organisation. Die Forderung der Frauen, dass gleiche Pflichten auch gleiche Rechte beinhalten müssen, blieb erneut ungehört.

62 Heinrich Rothmund war ab 1919 Chef der Zentralstelle für Fremdenpolizei. Von 1929–54 zudem Leiter der Polizeiabteilung des Justiz- und Polizeidepartements. Rothmund gilt als die zentrale Figur der schweizerischen Fremden- und Flüchtlingspolitik der Zwischenkriegs- und Kriegszeit. Er befürchtete eine Überfremdung der Schweiz und stufte besonders die einwandernden Juden als nicht assimilierbar ein.

Die historischen Fakten und Figuren hinter der Geschichte von Thea

63 1951 legte der Bundesrat einen finalen Bericht vor und stellte fest, dass eine Neuinterpretation der Bundesverfassung für die Einführung des Frauenstimmrechts keine Option sei. Es bedürfe dafür zumindest einer Teilrevision. Nahmhafte Juristen sahen dies allerdings weiterhin anders. Sie empfanden die neuen gesellschaftlichen Umstände in der Schweiz als relevant genug, um damit eine Neuinterpretation von «Schweizer» zu rechtfertigen. Nationalrat Peter von Roten wollte darauf eingehen und sprach gegen den Bericht des Bundesrates vor, wurde aber mit 11 zu 128 Stimmen im Nationalrat abgelehnt. Weil alle Kantone das Frauenstimmrecht bisher auch auf kantonaler und Gemeindeebene abgelehnt hatten, riet der Bundesrat dazu, erst lokal etwas zu verändern, bevor erneut national gekämpft werde.

64 Bundesrat und Bundesgericht argumentierten über Jahrzehnte mit dem Gewohnheitsrecht gegen den Interpretationsweg: Da man bisher in der Bundesverfassung unter «alle Schweizer» nur die Männer verstanden habe, müsse sich diese Gewohnheit zumindest auf Kantonsebene ändern. Hätte bereits eine Mehrheit der Kantone das Frauenstimmrecht eingeführt, wäre der Interpretationsspielraum grösser, weil das nationale Gesetz dann einer kantonalen Realität folgen würde.

65 Beide Zitate wurden an der Nationalratsdebatte am 12. Dezember 1945 vom parteilosen Schwyzer Nationalrat Josef Schuler geäussert.

66 Die beiden Zitate des katholisch-konservativen Luzerner Nationalrats Karl Wick wurden ebenfalls in der oben genannten Parlamentsdebatte geäussert.

67 Der Aargauer Arzt und Nationalrat der Bauern- und Gewerbepartei (später SVP) machte diese Aussage während eines parlamentarischen Votums 1951.

68 Das Ehepaar von Roten gestand sich gegenseitig Freiheiten zu, die zu ihrer Zeit – und teilweise bis heute – in vielen Ehen und Partnerschaft keinen Platz finden. So hatten sie beide ein außereheliches Sexualleben. Peter von Roten hielt seine erotischen Eroberungen in loser Folge in seinem «Journal de mes amours» fest. Das Tagebuch zeigt laut dem von Roten Biograph Wilfried Meichtry einen «Ladykiller und Charmeur, dem die Frauenherzen zufliegen». [Wilfried Meichtry: Verliebte Feinde, Nagel & Kimche 2007.]

69 Zitat von Gottlieb Duttweiler. [Beatrix Messmer: Staatsbürgerinnen ohne Stimmrecht, Chronos Verlag 2007.]

70 Die Urnen waren am Wochenende vom 2. und 3. März 1957 geöffnet. Aus Angst vor den Reaktionen der Gegner, warteten die Frauen von Unterbäch am Samstagabend bis nach 18 Uhr, um ihre Stimme abzugeben. Dann nämlich konnten sie im Schutz der Dunkelheit zum Stimmlokal gehen.

71 Die politischen Gegner des Gemeindepräsidenten Paul Zenhäusern (Christlich-Soziale Partei (CSP)) zogen am Abstimmungswochenende in einem lauten Protestzug gegen die «Frauenabstimmung» durch das Dorf. Die Protestierenden verabschiedeten auch die Journalisten aus aller Welt mit Schmährufen und einem lauten Pfeifkonzert.

72 Zitat vermerkt in der Festschrift: «Unterbäch, das Rütli der Schweizerfrau», herausgegeben vom Verkehrsverein Unterbäch im Februar 1982.

73 Zitat ebenda.

74 Auch die Baselbieter Gemeinde Niederdorf ließ ihre Frauen 1957 konsultativ über das Zivilschutzobligatorium abstimmen, nachdem der Gemeinderat dem Vorschlag von Gemeindepräsident Willy Buser knapp mit drei zu zwei Stimmen gefolgt war. Auch hier wurden die Stimmen der Frauen für ungültig erklärt.

75 Im «alten Eherecht» von 1907, welches bis zum 1. Januar 1988 Gültigkeit hatte, wurde das Recht der Frau, einen Beruf außer Haus auszuüben, wie folgt festgelegt: «Mit ausdrücklicher oder stillschweigender Bewilligung des Ehemannes ist die Ehefrau unter jedem ehelichen Güterstande befugt, einen Beruf oder ein Gewerbe auszuüben. Verweigert der Ehemann die Bewilligung, so kann die Ehefrau vom Richter zur Ausübung ermächtigt werden, wenn sie beweist, dass dies im Interesse der ehelichen Gemeinschaft oder der Familie geboten ist.»

76 Das «alte Eherecht» hielt auch die Rechte und Pflichten der Ehegatten fest: «Der Ehemann ist das Haupt der Gemeinschaft. Er bestimmt die eheliche Wohnung und hat für den Unterhalt von Weib und Kind in gebührender Weise Sorge zu tragen. Die Ehefrau erhält den Familiennamen und das Bürgerrecht des Ehemannes. Sie steht dem Manne mit Rat und Tat zur Seite und hat ihn in seiner Sorge für die Gemeinschaft nach Kräften zu unterstützen. Sie führt den Haushalt.» Gegen die Revidierung dieses Gesetzestextes ergriff der damalige SVP-Nationalrat Christoph Blocher das Referendum. Denn das neue Eherecht übergehe die Bedürfnisse der Familie zugunsten der individuellen Bedürfnisse der Eheleute. In der Volksabstimmung vom 22. September 1985 wurde das neue Eherecht dennoch mit einem Ja-Anteil von 54.7 Prozent der Stimmen angenommen. Ausschlaggebend waren die gut mobilisierten weiblichen Stimmbürger. Die männlichen Stimmbürger hätten die Vorlage mit einem Nein-Anteil von 52 Prozent der Stimmen abgelehnt.

77 Am 1. Januar 1978 trat das neue Kindesrecht in Kraft. Erst jetzt hatten Mutter und Vater ihrem Kind gegenüber die gleiche Entscheidungsbefugnis.

78 Von 1953–1962 arbeitete Marthe Gosteli, die später unter anderem den Berner Stimmrechtsverein präsidierte und einen erheblichen Beitrag zur Annahme des Frauenstimm- und wahlrechts im Februar 1971 leistete, im US-Filmarchiv, dem Motion Picture Program for Switzerland.

79 Marthe Gosteli, Gründerin des ersten und einzigen Archivs für Frauenstimmrechtsgeschichte, erklärte später, im amerikanischen Filmarchiv habe sie das Handwerk des Archivierens gelernt.

80 Die Frauenstimmrechtsbewegung blieb bis zur Einführung des Frauenstimmrechts zweigeteilt, was die Strategie zur Erlangung des Stimmrechts betraf. Da war einerseits der Interpretationsweg, von dem etwa das Ehepaar von Roten trotz zahlreicher Rückschläge überzeugt war. Andererseits der Weg über Volksabstimmung und Verfassungsänderung, für den unter anderem Berner Frauenstimmrechtlerinnen wie Marthe Gosteli einstanden.

81 Um die Männer zu überzeugen, gründeten engagierten Frauen und Männer die Arbeitsgemeinschaft für die politischen Rechte der Frau, der sich viele Frauenverbände anschlossen. Auch das Schweizerische Komitee gegen das Frauenstimmrecht wurde bald darauf gegründet und machte vor allem mit Artikeln in verschiedenen Tageszeitungen auf sich aufmerksam.

82 85 Prozent der Genferinnen gaben 1952 an, das Frauenstimmrecht zu befürworten. In Basel-Stadt waren es im Jahr 1954 72,9 Prozent.

83 Dr. jur. Marie Boehlen war die erste vollamtliche Jugendanwältin der Schweiz und Mitglied sowohl der Sozialdemokratischen Partei als auch des Frauenstimmrechtsvereins. Sie präsidierte das bernische Aktionskomitee für die Mitarbeit der Frau in der Gemeinde und die SP Frauen Schweiz. Nach Annahme des Frauenstimmrechts wurde Boehlen erst Berner Stadt- und später Grossrätin. [Liselotte Lüscher: Eine Frau mach Politik. Marie Boehlen 1911–1999, Limmat Verlag 2009.]

84 Artikel im «Spiegel», zitiert nach Franziska Rogger: Gebt den Schweizerinnen ihre Geschichte! Marthe Gosteli, ihr Archiv und der übersehene Kampf ums Frauenstimmrecht, NZZ Libro 2015.

85 Bereits vor der Abstimmung 1959 beklagten die Mitglieder vom «Bund der Schweizerinnen gegen das Frauenstimmrecht», dass sie in vielen Gesellschaften abgewiesen wurden. Diese Tendenz nahm während der Sechzigerjahre rapide zu. Um 1965 beklagte sich die Präsidentin des Bundes, Gertrud Haldimann: «Die Unterdrückung unserer Argumente und die Verhinderung jeder Diskussion auf grundsätzlicher Ebene hat vielerorts derartige Formen angenommen, dass von Meinungsterror gesprochen werden muss.»

86 Der einleitende kursive Text und alle angeführten Kurzzitate sind dem Original «Frauen im Laufgitter» von Iris von Roten entnommen.

87 Zitiert nach Beatrix Messmer: Staatsbürgerinnen ohne Stimmrecht, Chronos Verlag 2007.

88 Zitat ebenda.

89 In der Waadt wurde parallel zur eidgenössischen, auch über eine kantonale Vorlage abgestimmt. Beide Vorlagen wurden von den Waadtländer Männern angenommen. Damit erhielten die Frauen in der Waadt zwar nicht das nationale Stimmrecht, zumindest aber als erste Schweizerinnen jenes auf

Kantons- und Gemeindeebene. Bereits 1958 hatte Basel-Stadt seine drei Bürgergemeinden dazu ermächtigt, das Frauenstimmrecht einzuführen. So stimmten am 26. Juni 1958 in Riehen erstmals Frauen auf Gemeindeebene ab.

90 Nach dem «Schwarzen Sonntag», bei dem die Vorlage für das Frauenstimmrecht von zwei Dritteln der abstimmenden Schweizer Männer abgelehnt worden war, zeigten viele Frauen offen ihre Frustration. In Zürich wurden noch am Abend des Abstimmungssonntags Fackelzüge abgehalten und die Frauenhilfsdienst-Werbeplakate, die eine Soldatin im Dienste des Vaterlandes zeigten, überklebt. In Basel streikten die Lehrerinnen des Mädchengymnasiums am Dienstag, 3. Februar 1959. Sie erhielten dafür von der Schulleitung einen Verweis und einen Lohnabzug. Die Lehrerinnen erhielten bereits auf allen Stufen einen niedrigeren Lohn als ihre männlichen Kollegen und wenn sie heirateten, verloren sie ihre feste Anstellung, mussten ihre Mitgliedschaft in der Pensionskasse aufgeben und konnten bestenfalls als Vikarinnen weiterbeschäftigt werden. Doch erst die politische Enttäuschung brachte die Frauen schließlich dazu, gegen das althergebrachte System aufzubegehren und zu streiken.

Die historischen Fakten und Figuren hinter der Geschichte von Inez

91 Dieses und die weiteren kursiv geschriebenen Zitate sind wortwörtliche Abschriften der Rede, die die Aktivistin Andrée Valentin am 10. November 1968 im Zürcher Schauspielhaus hielt, um die Feier des Zürcher Stimmrechtsvereins zu sprengen. Die Zitate sind der SRF-Produktion «Die Schweiz 1968 – Frauen verändern die Gesellschaft» im Originalton entnommen. Nach der Diskussion zwischen den alten und den neuen Frauenstimmrechtskämpferinnen wurde im Schauspielhaus Zürich der Grundstein für die Frauenbefreiungsfront (FBB) gelegt. Eine Vereinigung junger Aktivistinnen, die mit lautstarken Aktionen die Aufmerksamkeit auf ihre Anliegen zu lenken versuchten. Sie kritisierten in ihrem Kampf um das Frauenstimmrecht die alte Frauenstimmrechtsbewegung scharf.

92 O-Ton aus dem Schauspielhaus Zürich.

93 O-Ton ebenda.

94 O-Ton ebenda.

95 Das änderte sich erst mit dem neuen Eherecht von 1988.

96 1942 trat das in einer Volksabstimmung knapp angenommene Gesetz zur medizinischen Indikation eines Schwangerschaftsabbruchs in Kraft. Das heißt: Ein Schwangerschaftsabbruch war nicht mehr illegal, wenn Gefahr für das

Leben der Mutter bestand. Ein regulärer Schwangerschaftsabbruch blieb damit allerdings für einen Großteil der Betroffenen unmöglich. Erst als 1999 in der Schweiz die Abtreibungspille Mifegyne zugelassen wurde, diskutierten National- und Ständerat über eine weitere parlamentarische Initiative zur Legalisierung einer Fristenlösung. Im Jahr 2001 wurde diese vom Parlament angenommen, die Frist allerdings auf zwölf Wochen reduziert. Die Abtreibungsgegner, die 1999 eine Initiative für ein praktisch vollständige Verbot der Abtreibung eingereicht hatten, ergriffen gemeinsam mit der CVP das Referendum – allerdings vergeblich: Im Juni 2002 wurde die Fristenlösung von 72,2 Prozent des Stimmvolkes angenommen, im Oktober des gleichen Jahres trat sie in Kraft.

97 Der Schweizer Tag des Frauenstimmrechts wird seit der Einführung des Frauenstimmrechts 1971 nicht mehr begangen.

98 Die Bilanz der Krawalle im und um das Provisorium des Globus-Kaufhauses: 19 verletzte Demonstranten, 15 verletzte Polizisten, 7 verletzte Feuerwehrleute und rund 169 Festnahmen.

99 Spruchbänder mit dieser Aufschrift hielten die Frauen der alten und der neuen Stimmrechtsbewegung am 12. Juni 1969 auch auf der Tribüne des Nationalrates in die Höhe, als dieser nach dem Überweisen der Motion Tanner die Ratifikation der EMRK mit Vorbehalten erneut diskutierte.

100 Bilder von Transparenten, die im Schweizer Sozialarchiv und im Gosteli-Archiv abgelegt wurden.

101 Originalzitat der Rede von Emilie Lieberherr beim Marsch auf Bern am 1. März 1969.

102 Die zitierten Passagen und Titel aus den Zeitungen sind der Presse von 1969 entnommen.

103 Bei den Aufschriften der Transparente handelt es sich um historisch belegte Parolen.

104 Die Frauenstimmrechtsgegner hatten sich in einem nationalen Komitee um den Aargauer Anwalt Markus Herzig formiert. Wie bereits 1959 argumentierten sie mit den unterschiedlichen Rollen, die Männern und Frauen in Gesellschaft und Familie zu übernehmen hätten.

105 Originalton der Nachricht vom 7. Februar 1971, ausgestrahlt vom Schweizer Radio DRS.

106 Bei den ersten parlamentarischen Erneuerungswahlen im Herbst 1971, an denen auch die Frauen teilhaben durften, wurden elf Frauen in den Nationalrat und eine Frau in den Ständerat gewählt. Beschrieben wird der Beginn der Wintersession im Dezember 1971, bei dem die Frauen erstmals ihr Amt ausübten.

107 Noch immer verfügen 38 Prozent der Frauen und 18 Prozent der Männer im Alter nur über die AHV. Drei Hauptgründe erklären, warum die Zahl der Frauen, die keine zweite Säule haben, so viel höher ist als jene der Männer: Frauen, die nie einer bezahlten Erwerbstätigkeit nachgingen, haben keine berufliche Vorsorge aufgebaut. Frauen, die gemäß altem Scheidungsrecht geschieden wurden, profitierten nicht vom BVG-Splitting (erst seit dem 01.01.2000 werden die beruflichen Vorsorgeersparnisse bei einer Scheidung hälftig geteilt). Personen, deren Lohn unter der Eintrittsschwelle für das BVG-Obligatorium von CHF 21'150.00 liegt (etwa Frauen in Teilzeitstellen oder Menschen mit Migrationshintergrund im Niedriglohnbereich) sind entsprechend nicht BVG-versichert.

108 Siehe Fußnote 96.

109 Die Vorlage verlangte, dass der Ausländeranteil in der Schweiz maximal zehn Prozent betrage. Wäre sie angenommen worden, hätten 350'000 Arbeiterinnen und Arbeiter das Land verlassen müssen. Lanciert hatte die Initiative die 1961 gegründete Nationale Aktion. Kopf der Initiative war der Zürcher Nationalrat James Schwarzenbach. Das Volksbegehren kam am 7. Juni 1970 an die Urne und erzielte eine Stimmbeteiligung von fast 75 Prozent. Es wurde mit 54 Prozent Nein-Stimmen verworfen. Aber 46 Prozent der stimmberechtigten Männer sagten Ja. Dieses Ausmaß an Ja-Stimmen war für viele unerwartet. Sämtliche Parteien, die Arbeitgeberorganisationen, Gewerkschaften und auch die Kirchen lehnten das Ansinnen ab. Trotzdem waren viele für die Initiative, darunter auch Arbeiter, die der Sozialdemokratischen Partei und den Gewerkschaften nahstanden.

110 Am 1. Januar 1978 trat in der Schweiz das neue Kindesrecht in Kraft. Ab sofort wurde nicht mehr zwischen ehelichen und unehelichen Kindern unterschieden. Zudem wurde die Vormundschaft zu gleichen Teilen auf Mutter und Vater übertragen.

111 1988 trat das neue Eherecht in Kraft, welches Frauen und Männer in der Ehe gleichstellte.

112 In der Schweiz ist die Gleichstellung der Geschlechter seit dem Jahr 1981 in der Bundesverfassung verankert. Artikel 8 über die Rechtsgleichheit lautet: «Mann und Frau sind gleichberechtigt. (...) Mann und Frau haben Anspruch auf gleichen Lohn für gleichwertige Arbeit.» Weil dieses Gesetz auch zehn Jahre nach seinem in Kraft treten nicht der Realität entsprach, fand am 14. Juni 1991 unter dem Motto «Wenn Frau will, steht alles still» der erste gesamtschweizerische Frauenstreik statt. Es handelte sich um die größte öffentliche Mobilisierung seit dem Landesstreik von 1918. Ohne ihn wäre die Protestbewegung bei der Nichtwahl von Christiane Brunner in den Bundesrat 1993 nicht denkbar gewesen. Andere langfristige Erfolge zeigten sich bei der Verabschiedung des neuen Gleichstellungsgesetzes 1995, der Einführung der Fristenlösung 2002 (Abtreibung) und der Institutionalisierung einer Mutterschaftsversicherung 2005 (für die seit 1945 ein Verfassungsauftrag bestand).

113 Der erste Schweizer Frauenstreik fand am 14. Juni 1991 statt. Der zweite am 14. Juni 2019.